《王维研究》编委会

高 萍 梁瑜霞 主编

王维研究（第八辑）

上海三联书店

CONTENTS 目录

中国王维研究会第八届年会暨国际学术研讨会开幕式致辞

中国王维研究会会长　吴相洲

各位领导,各位嘉宾,各位同仁:

感谢各位光临本会! 使中国王维研究会第八届年会暨王维国际学术研讨会能在南国第一大都会广州召开。

今天召开中国王维研究会年会,使我不得不提起研究会创始人,研究会名誉会长师长泰先生。大家都知道王维研究会有三位名誉会长:陈铁民、陈允吉和师长泰。但研究会发起者是师先生,发起单位是师先生所在的西安文理学院。多年来师先生为研究会各项事务倾注了无数心血,应该说没有师先生,就没有多届王维会议的召开,也没有那么多本《王维研究》的出版,就没有中国王维研究会。师先生长期致力于王维研究,在王维行迹调查、王维诗歌艺术研究上,作出了突出贡献。令人痛心的是先生没能像以往那样来参加年会。师先生于去年 10 月 13 日在北京广安医院肺癌治疗期间不幸辞世。当时在医院举行了一个简单告别仪式,我和康震教授、高萍教授、西安文理学院离退休干部处杨处长以及先生亲属参加了告别仪式。在此我提议全体起立,为研究会创会领导,为敬爱的师先生默哀。……斯人已逝,风范永存! 希望各位同仁一如既往爱护学会,支持学会,不断开拓王维研究新境界,我想这才是对师先生最好的纪念。

自从 2014 年王志清会长在南通举办第七届年会以来,王维研究又取得了很多进展。每年发表论文都在 100 篇左右,硕士、博士论文都在 5 到 10 篇。论题主要集中在王维生平事迹、思想文化研究、诗歌艺术研究、比较接受研究、海外传播研究。继张进会长等人《王维研究资料汇编》出版以后,又出版师长泰先生《王维诗歌艺术论》(上海三联书店 2016 年 11 月)、王志清教授《王维诗传》(河北人民出版社 2016 年 12 月)等重要著作出版。这些成果在王维研究各方面都取得了一系列突破。例如赵海菱在《〈江南逢李龟年〉作者发疑》(《社会科学辑刊》2014 年第 5 期)一文中提出,这首诗作者极有可能是王维。胡可先《石刻史料与诗人王维、王缙兄弟研究论述》（《学术界》2016 年第 5 期）一文结合上世纪以来出土的碑志和传世石刻题名题记中王维兄弟的相关记载，补正王维兄弟事迹，解读王维作品。王志清会长《王维诗传》（河北人民出版社 2016 年 12 月）对王维作品解读提出了很多新见。本次论文也有很多新的亮点，相信通过这两天会议交流大家会有同感。

我对今后王维研究有两点期望：一、沿着已有思路向纵深开掘。目前研究关注点过于集中，有些想法深入研究远远不够。例如乐府诗人王维、边塞诗人王维、文宗王维、散文家王维等等。二、新的研究思路有待发现。要开启王维研究新理念，新思路。思路一开，很多传统话题就会出现新的认识。我们从思想和艺术两个方向去思考王维的价值：王维这位盛唐诗人、最具有典型意义的诗人，对于今人生活到底有哪些价值？王维诗歌言说技巧就值得总结。目前王维研究，文章不少，专著不多；硕士论文不少，博士论文不多。王维就真的没有大问题值得研究吗？我认为主要是没有打开思路。

最后感谢广州大学人文学院领导、师生为大会举办所付出的心血！张进、高萍两位副会长多日来辛勤筹办会务；上次南通年会后王志清会长筹钱、编辑出版了《王维研究》第七辑；康震教授每年都为《唐代文学研究年鉴》王维研究专栏撰写综述。让我们对他们的辛勤付出表示感谢！相信在各位的支持下，大会一定会取得圆满成功！

（作者单位：广州大学文学院）

中国王维研究会第八届年会暨国际学术研讨会开幕式致辞

韩国釜庆大学人文学院院长　金昌庆

尊敬的各位领导、各位来宾：

大家好，我是来自韩国釜庆大学的金昌庆。

首先非常荣幸能够参加中国王维研究会第八届年会暨王维国际学术研讨会，也非常感谢主办方对我的邀请。今天，中国王维研究会第八届年会暨王维国际学术研讨会在广州隆重召开，这是研究中国唐代文学的学者们的一大盛会。中国王维学会成立多年，各位学者在中国古代文学领域，为巩固、发展、促进学术交流做了很多的工作，取得了诸多成绩。

本次大会的召开对中国唐代文学的理解和认识，对促进东亚地区学者对王维的持续关注，对加强中国与周边国家的学术交流合作都必将起到积极的作用。在此，我对本次大会的隆重召开表示热烈的祝贺，对莅临本次大会的领导们、与会的专家学者们表示衷心的感谢，向辛勤工作的筹备人员表示问候和崇高的敬意。我衷心地希望能够通过大会，与各位从事唐代文学和王维研究的朋友们沟通，实现资料共享，互相交流，丰富王维研究的深度和广度，探究王维研究的更为广阔的学术领域和融入的平台，推动学术发展，使学会的工作更加广泛。

同时我也希望中国王维研究会与世界其他国家从事中国唐代文学研究的大学、学会和机构能够建立积极深入的合作关系和研究活动的联系，形成良好的沟通机制，通过开展国际性的学术交流、人才培养和人文交流等途径，促进唐代文学和王维研究的发展。我相信此次大会的顺利召开，必将成为各界学者交流的重要途径，体现王维研究的国际合作交流，促进王维研究的发展。

最后，预祝本次大会圆满成功，祝在座的各位领导、专家们工作顺利，身体健康，谢谢大家！

（作者单位：韩国釜庆大学人文学院）

中国王维研究会第八届年会暨国际学术研讨会闭幕式发言

中国王维研究会副会长　王志清

尊敬的各位领导、亲爱的各位同道：

中国王维研究会第八届年会暨国际学术研讨会即将胜利闭幕，我谨受大会委托，做闭幕式总结发言。首先，我提议，衷心感谢大会的主办单位广州大学文学院，并向辛苦办会的张文沛等广州大学的工作人员，向亲临现场指导并参与筹备的张进、高萍两位副会长，表示诚挚的敬意。

大会隆重而简朴、热烈而紧凑，超出效果预期，是一个"团结的大会、胜利的大会"，是一个开拓、发展的大会。因此，我还要提议，还要给我们自己一点掌声。

此次大会，最是可喜的是，有一批新生力量的加入。我说的"新生力量"，表现为两个方面，一是年富力强的高端学者，二是初出茅庐的青年学子。高端学者里，有第一次参会的张中宇教授，第二次参会的刘方教授，陈才智研究员已是第三次参会了。一个学会要搞好，必须要有重量级的学者，如果有更多的重量级学者参与，而且又是全身心的投入，王维研究一定会做得更好！青年学子的加入，给学会输入了新鲜血液，这是保证研究会后继有人的新生力量。我之前参加过武汉的一个会议，他们在会上搭建了一个"学生发表"的平台，去了一批学生，大概有三十个人。这次吴相洲会长也带来了一批学生，年轻人前途不可限量，我也希望他们能够对王维不离不弃，把研究精力、研究重心主要放在王维上。

这次会议，参会人数不算多，提交的论文也不太多，但是，我们惊喜地看到，论文的质量并不低，论文里有很多的惊奇发现和深入的开拓。每次会议，都要有一本大会论文汇编，会议论文的质量越来越高，《王维研究》也越编越好。我们王维研究会，是个老学会了，虽然召开的届数不多，才八届，李白会都已经十五届了，他们的队伍也比我们壮大，而我们的论文质量，也是与他们可有一比的。希望各位把这次论文做好，修改好，精益求精，拿去先发表也可以。李白会的论文也是这样做的，发表过的文章也可收录，收录发表后的文章摘要，我就有过这样的经历，原文一万二千字,收录文摘好像四千字左右。如果我们会上的文章发表得比较多了,可以专门设一个专栏,即发表过的文章专栏,把这些发表过的文章摘要出来,也是一个展示。

此外,《王维研究》还要增加一个栏目,就是怀念创会会长师长泰先生。希望大家自愿去写怀念师先生的文章,形式多样,写点纪念文章,也可以写诗,或者写赋。

大会期间,我们还达成了一些让人鼓舞的意向。第一个意向是,将要对《王维研究资料汇编》进行补编工作,张进、高萍教授的研究团队正在招募人,欢迎有兴趣者积极参与。第二个意向是,西安王维诗画院的赵院长提出学术研究和地方建设结合,共建文化项目的问题。这也是个非常好的议题。现在各地都在争名人,王维这么大的名,西安怎能不争呢? 我们怎能不充分用足? 譬如李白,譬如李商隐,不少地方都在争他们的出生地。这个意向,我们也可以举王维研究会之力来做,如果地方政府能高度重视的话,是能够做得很好的。

同志们,大会即将闭幕,第九次会议将在三年后召开,让我们紧密地团结在以吴会长为首的王维学会领导班子周围,戮力同心,开拓进取,把王维研究工作做强做大,做得如火如荼,做得风生水起,仰不愧王维,俯不怍学会。现在,我郑重宣布:中国王维研究会第八届年会暨国际学术研讨会胜利闭幕。

(作者单位:南通大学文学院)

《王维集校注》修订重排本修订说明

陈铁民

《王维集校注》于一九八七年十一月完稿,交给中华书局编辑部,一九九七年八月出版。此书自交稿至今已近三十年,出版至今也已近二十年,其间唐诗和王维的研究成果不断涌现,我觉得有必要将其中一些有益的成果吸收到新印行的《校注》中;同时,自《校注》交稿至今,自己始终从事唐诗的研究与整理,对唐诗的熟悉程度与认知水平有了提高,具备将它进一步修订好的条件,现今自己读《校注》,也已发现其中的若干不足或错误。由于《校注》原用铅字排版,先后已重印八次,旧纸型渐有耗损,所以书局有旧版更新重排的计划,我认为趁此书重排之机,对它作一次全面修订,使其趋于完善,是很有必要和合宜的。

事实上,我对此书的修订,已进行过两次。第一次在二〇〇一年,当时中华书局决定重印《校注》,于是我校读全书一过,改正了一些错字,并在不影响版面的前提下,对极个别注释作了修改。校读中也发现了一些其他问题,由于版面不允许更动,无法直接修改,于是特意写了一篇《重印后记》(附于重印本之末)加以交代:一、《过太乙观贾生房》之注释与系年应作修改。二、诗之系年宜改及未编年诗之可编年者(共列了三项)。三、附录一《传本误收诗文》之《代陈司徒谢敕赐麟德殿宴百僚诗序表》之作者应为王纬。四、关于陆心源《唐文续拾》卷一一所收阙名《河内摩崖造像记》的作者问题。对于上述问题这次修订重排时都直接作了修改,因此这篇《重印后记》也就不再有保留的必要,修订本中遂加以删除。

第二次在二〇〇六年至二〇〇八年,这期间,我应台北三民书局之约,撰写《新译王维诗文集》(二〇〇九年出版),这本书分诗集、文选和文选附录三部分,对于诗集和文选中的诗文,书中均逐篇作了注、译、研析;可以说有白话翻译是此书的一个特点,虽然我在《校注》中已对王维的诗文作了注释,但这次翻译起来仍感到很费力,因为要翻译得准确,必须对诗意有透彻的理解,每个字的含义是什么,都要弄清楚,不能有丝毫马虎。可以说,这段翻译的实践,加深了我对王诗诗意的理解,并使我发现原来注释的一些不足和过去未曾注意到的问题,从而也就得以对它们作了一次较为全面的修订,另外,当时还对诗文的系年作了一些调整。这些成果无法反映到多次重印的《校注》中,这次《校注》修订重排,自然要把它们全部吸收到修订本中来。

今年对《校注》的修订,算是第三次了。这次修订下笔之前,我曾广泛地阅读了学界有关王维的研究论文,以找寻和选择可以汲取到修订本中来的有益成果。同时,还对全书进行了一次全面的检查,以发现问题和进行修订、补充。修订本除吸收学界的有益成果外,也对一些我认为不正确的看法择要作了回应。例如,陶敏、傅璇琮《唐五代文学编年史》初盛唐卷开元七年云:岐王开元六年十二月兼岐州刺史,"故借当州闲置之九成宫避暑。李范以开元八年归朝,诗(指《敕借岐王九成宫避暑应教》)当七年夏作"。时王维"已为岐王府属,随王在岐州"。按,谓《敕借》诗作于岐王李范兼任岐州刺史期间,是其;谓诗作于岐州,时维已为岐王府属,则非是。时岐王虽为岐州刺史,实际上却不理州务,而且每年有半年时间居于长安;王府为中央机构,不可能迁到岐州,唐代制度规定,王府属官皆由吏部经铨选后任命,而非由岐王自行任命,开元七年王维尚未登第,连参加吏部铨选的资格都没有,岂能被吏部任命为岐王府属?说详《年谱》。又如,《新唐书·王维传》称维"擢进士,调大乐丞",同上书开元九年云:"按云'调',知王维前此已为官,惟不知任何职。"按,此说误,调者选也,指吏部铨选,唐时新及第进士,不能立即授官,必须经过吏部的铨选才能授官,说详《年谱》。再如,同上书天宝九载二月云:"唐代于洛阳置尚书留省及御史台留台,其官员称分司官,时王维当分司东都,故表中屡自称'限于留司'。"又云:天宝八载闰六月五日以前,"王维已在东都"。按,依《编年史》之说,王维至少有八个多月在东都分司任职,然而从他的集中,我们却找不出一篇可以证明这一点的诗文,相反,倒能找到证明天宝八载闰六月以后王维仍在长安的诗歌;不错,留司确有分司东都之义,但也有"留于本司中"之义,"限以留司,不获随例拚舞",是说早朝时为留在本司中值班所限,不能随上早朝的官员一起拚舞庆贺,王维有《春日直门下省早朝》诗,所谓"直门下省早朝",即指早朝时在门下省值班,可为此解之一证明,说详《年谱》及《贺古乐器表》注释。

下面谈谈《校注》修订重排本与原本有哪些不同,也即修订重排本究竟作了哪些修订?关于这个问题,拟分以下几个方面作说明:

一、注释、校勘的订补注释的体例,仍保持原本之旧,不作更动。注释是这次修订的重点之一。工作过程中,发现原本注释有讹误、缺漏者,均予以订正、增补,感到不够准确者,也一一加以修改。此外,为适应年轻读者的需要,又适当增加了一些注释和串讲。我在广泛阅读有关王维的研究论文时,发现有些论文在征引王维诗说明某个问题时,往往存在误解诗意的现象,这种现象,似乎与有关的诗句《校注》中无注（多是我认为不必作注或作串讲者）有一定的关系，因此才做出了这一决定。修订本基本保留了原本的校勘，但个别地方在对异文是非的判断上作了更正。

二、诗文编年的调整。修订本对原本中的十九首诗、两篇文的编年作了改动。修订本仍分为十二卷（诗七卷，文五卷），各卷收录诗文的起讫时间也未更动，但因为对若干诗文的编年作了改动，所以各卷收录诗文的数目也相应发生了变化：卷一原收诗五十目六十一首，现收诗五十目六十五首；卷二原收诗四十六目五十一首，现收诗四十八目五十四首；卷三原收诗三十九目四十七首，现收诗四十目四十八首；卷四原收诗四十七目四十八首，现收诗四十六目四十七首；卷五、卷六现收诗同于原本；卷七原收诗六十一目七十四首，现收诗五十七目六十五首；卷八原收文十一篇，现收文十二篇；卷九原收文十五篇，现收文同（但篇目有变化）；卷十、卷十一现收文同于原本；卷十二原收文十二篇，现收文十一篇。

三、附录五《王维年谱》的修改。《年谱》也是这次修订的重点之一。修订本对《年谱》作了不少修改。例如，王维的籍贯，原作"蒲州人"，现改为"蒲州猗氏县人"。又如，关于天宝五载苑咸与王维赠答酬唱时的官职，原作中书舍人兼郎中，现据新出土的苑咸墓志，改作"考功郎中兼知制诰"，等等。《年谱》中还对有关王维生平事迹的一些我认为不正确的说法作了回应，这一点前面已经谈到，这里就不多说了。

四、《前言》及其他附录的修订。《前言》的字数基本维持原貌，论述则作了一些修改。附录一《传本误收诗文》中，对所加用以说明定为伪作之根据的按语，作了较多修订、补充；又将原卷七所收《赋得秋日悬清光》《疑梦》二诗删除，移入《误收诗文》，并加按语说明定为伪作之根据；另《唐文续拾》所收阙名《河内摩崖造像记》也移入《误收诗文》，并加按语作说明。附录二《王维事迹资料汇录》补录了一条资料，其余未作改动。附录三《诗评》增收了十二条评论，其余未作改动（各诗注文后附载的诸家评论也未作改动）。附录四《画评》未作改动。附录六《王维集版本考》增加了关于南宋麻沙本的刊刻年代与麻沙本同宋蜀本、述古堂抄本之关系的论述。

《校注》历经三次修订，应该说工作都是很认真的，至于成效如何，只有等待读者的评判了。

中华书局文学编辑室的同志为《校注》的修订提供了许多方便，仅在此向他们表示衷心的谢意。

（作者单位：中国社会科学院文学研究所）

文学史误读王维的案例及原因

王志清

　　王维在他的那个时代，无疑是坐第一把交椅的诗人，只有王维才有资格充当开元天宝间的领衔人物。独孤及《唐故左补阙安定皇甫公集序》云："沈宋既殁，而崔司勋颢、王右丞维，复崛起于开元、天宝之间。得其门而入者，当代不过数人。"王维不但聚集了大批的同调诗人，中唐的刘长卿、韦应物以及大历十才子也皆本出右丞。李白、杜甫颠覆了王维的位置是他们死后几十年的事情。"李白卒后的头几十年，几乎没人提及或模仿他的诗……到了九世纪初，围绕于韩愈和白居易周围的作家们，已经认为李白和杜甫是盛唐最伟大、最具典范的诗人。从那时起，李白和杜甫共享的名望事实上从未被质疑，而对于这两位诗人的相关评价发展成为一种流行的批判消遣，特别是在二十世纪。"①也就是说，"到中唐的大作家重新评价盛唐传统时，李白和杜甫被抬高至他们从未有过的杰出地位。王维被排列于李杜之下"。②

　　然二十世纪王维则逐渐走低，五六十年代间则被彻底边缘化了，而在所能够看到的几部文学史里，王维简直是被"妖魔化"了。文学史误读王维，是王维走低的重要原因。我们以为，文学史误读王维，不仅是文学史写作主体的意志，其实也是时代的意志，是社会意识的反映。文学与政治、哲学、宗教等始终是互动互渗也互为影响的，中国文学史写作始终坚持的是从文学与政治、与时代关系来考察与表达的思想结构与历史特征。

一、文学史误读王维的案例举隅

　　文学史关于王维的不少误读，读来滑稽可笑，无须费力词讼而不攻自破，然而，

---

① 宇文所安：《盛唐诗》，北京：生活·读书·新知三联书店 2004 年版，第 141 页。
② 宇文所安：《盛唐诗》，北京：生活·读书·新知三联书店 2004 年版，第 43 页。

我们还是就事关学术的几个误读问题作一点回应。

误读之一:前期积极而后期消极。游国恩等主编的《中国文学史》说:"王维的思想,可以四十岁左右为界限,分为前后两期。前期具有一定的向往开明政治的热情,对当时社会上的一些不合理现象,曾经表现了不满。"随着张九龄罢相、李林甫上台的政局变化,他渐渐开始了亦官亦隐的生活,"王维前期也写了一些游侠、边塞诗篇"云云。[①] 这种"前后两期"的分法,与刘大杰同[②]。这样的前期积极而后期消极的认定,在学界影响极其深远,而为广大文学史所重复言说。

这种说法,与实情极不相合,至少是太过粗放。王维 21 岁被谪济州,直至 35 岁知遇贤相,十四五年间销声匿迹,或赋闲隐居,显然不可用"积极"来解释。说王维在张九龄罢相后就消极了,更是枉顾事实。王维后期真不是消极,别的不说,就说王维"后期"的三次出使吧。三次出使,一而再,再而三地衔命出使,能说王维消极了吗?第一次是开元二十五年(737),以监察御史出使西北劳军宣慰;第二次是开元二十八年(740),以选补副使赴桂州知南选;第三次是天宝六载(747),王维迁库部员外郎,从门下省转兵部,主管武库等事,出使榆林新秦二郡。不到十年,三次出使,充分说明王维能干,也肯干,还真的干得不错,完全可以用"积极"来评价。三次出使,两次兵事,一次铨选,作为朝廷的特派使者,既代表着君主对地方的制约监督,亦能代表君主对地方进行招抚宣慰,需要有解决特殊问题的能力,有独立处理复杂问题的能力。三次出使,西北问边,岭南铨选,从西北到岭南,都是蛮荒僻远之地。王维第一次出使的河西,地处河西走廊东端,北御突厥,南防吐蕃,为西北边防重镇。第二次出使岭南,蛮荒夷俗之地,"北至上都三千七百五十里"[③]。第三次出使的榆林、新秦,位于黄土高原与内蒙古高原的交界,自古就是兵家必争之地。每次出使,长途跋涉总在几千里,长达数月的风雨兼程,不是 21 世纪"打飞的",其鞍马劳顿的辛劳程度可想而知。张九龄罢相后,王维几乎一直在政府中枢工作,其官阶也稳步上升。王维是个以处理文字活儿为主的文职官员,有好几年纪检监察,还有几年在兵部任职,先是库部员外郎,后迁库部郎中,掌戎器、卤簿仪仗。如果真是消极而不求上进的话,他定然不能胜任这些工作,更不要说做好这些工作了。因此,我们即使不能用积极来形容,说王维积极投身政治,但也肯定不能说他消极的。因此,王维前期积极后期消极的说法,是没有读懂王维,更把事情简单化而简单因果。为什么会出现这种情况,还是受阶级斗争为纲的思维,站队的意识,忠奸的狭隘理念,是非黑即白的政治立场的影响。

误读之二:王维问边河西为政治"迫害"说。一说是排挤。二说是牵连。三说

① 游国恩主编:《中国文学史》,北京:人民文学出版社 1983 年第 11 次印刷,第 38—39 页。
② 刘大杰:《中国文学发展史》(中册),上海:上海古籍出版社 1982 年版,第 438—439 页。
③ 李吉甫撰,贺次君点校:《元和郡县图志》,北京:中华书局 1983 年版,第 917 页。

是避难。凡此三者，都是被"迫害"的意思，都是"政治牵连"的思维，都是从消极方面来解读的，而把王维出塞被动化了。

开元二十五年，张九龄夏天被贬，王维秋天出使，让人很自然将二事联系起来思考，进而得出王维出使肯定是受政治牵连的结论。因为王维是张九龄提拔的，是张九龄的人。有学者就明言，王维是被李林甫"支出"的。说是"开元二十五年(737)夏天，张九龄贬荆州。置于官小权不小的右拾遗位子上的王维，也借宣慰河西军队之名被李林甫支出中央，到荒远的凉州去"①。"支出说"亦即"迫害说"，这种解读，不仅没有任何事实依据，也不合常理常情，完全是想当然的联系。像王维这样一个微不足道的八品言官，根本就不可能对李林甫构成任何威胁，说"支"也真是太抬举王维了。李林甫真要想动王维的话，何必要给他这么个荣耀的差事而"支"其出使呢？

从客观上看，王维出使劳军理应是一种重用。何谓使者？仲尼曰："使于四方，不辱君命，可谓士矣。"使者往往代表君主和朝廷去行使某种特殊权力，解决某项特殊事务的。春秋战国时就有"重行人之职，荣使臣之选"②的观念，开元天宝也有"为使则重，为官则轻"③的说法。据说，开天间对使者的要求近乎苛刻，"常择容止可观、文学优赡之士为之，或以能秉公执法，折冲樽俎，不辱君命者充任，故必尽一时之选，不轻易授人"④。也就是说，使者遴选的条件，除了政治条件、业务能力，还要文学水平，甚至要高颜值，要有风度。唐朝使者的产生非常严格，经由三省六部制的行政系统，而王维可谓"尽一时之选"，必然是君主信任或朝廷倚重者。而若以劳军论，就更不是随便派个人就行了。历代王朝都很重视劳军。劳军大致有两种情况，一是将帅出征，于拜将祭师仪式上，劳军校阅，以整军容，以壮军威；一是边军大捷，或班师凯旋，遣使劳军，封赏激励。而这种劳军的差事，朝廷一般是派遣亲信、大臣去完成的，有时候甚至皇帝亲往。《史记》中细柳劳军典故，说的是汉文帝亲自劳军的事。而王维此次劳军又具有非常特殊的意义。吐蕃之患，让唐王朝非常头疼。唐蕃大非川一战，唐朝战神薛仁贵所率十万大军几乎全军覆没，唐朝被迫撤销安西四镇建制，而以和亲维持与吐蕃和平共处的关系。玄宗时期，吐蕃已经完全占据九曲之地，入侵大唐临洮之地，大肆劫掠唐朝官营牧马场，并对兰州、渭州造成极大威胁。开元二年(714)玄宗就曾御驾亲征。开元二十五年(737)，吐蕃进攻唐附属国勃律国，唐玄宗下令喝止吐蕃，然吐蕃不予理睬而最终破勃律国。吐蕃居然敢无视唐皇诏令，唐玄宗大发雷霆。唐玄宗遂折毁赤岭界碑，命河西节度使崔希

① 林继中：《栖息在诗意中——王维小传》，保定：河北大学出版社 2000 年版，第 149 页。
② 王钦若等编纂，周勋初等校订：《册府元龟》，南京：凤凰出版社 2006 年版，第 7516 页。
③ 李肇：《唐国史补》，上海：上海古籍出版社，1979 年版，第 53 页。
④ 薛明扬：《论唐代使职的功能与作用》，《复旦学报》(社会科学版)1990 年第 1 期，第 27 页。

逸痛击吐蕃。《旧唐书》载："(开元二十五年)三月乙卯,河西节度使崔希逸自凉州南率众入吐蕃界二千余里。己亥,希逸至青海西郎佐素文子觜,与贼相遇,大破之,斩首二千余级。"此战大解玄宗心头之恨,也让大唐朝野极其振奋,玄宗恨不能亲去劳军才好。派特使去劳军,则是不可能太敷衍的,显然不能误读为加害性质的"支出"或"左迁",反倒可以理解为朝廷的一种信任与重用。

王维问边,虽然不能说是主动请缨,似也是乐于前行的。我们于史载或于王维诗文中,看不到一点是因为政治迫害或避祸朝廷的或明或隐的迹象,也找不到任何政治瓜葛的联系。相反,我们在其诗文中倒可清晰看到,王维问边之行是乐观的,简直就是豪情满怀的。王维的《使至塞上》,《文苑英华》里的开篇是:"衔命辞天阙,单车欲问边"。这个开篇极好,奉命问边,踌躇满志,充满了自豪感,也更能够表现作者奉命出使边塞的使命感,标榜与炫耀之情溢于言表。"衔命"暗用语典,《管子·形势》:"衔命者君之尊也,受辞者君之运也。"《后汉书·邓寇传》:"使君建节衔命,以临四方。"而诗间一"辞"字,内涵丰富,让人联想到李白诗中的辞,"故人西辞黄鹤楼""朝辞白帝彩云间",此二"辞"都是兴高采烈的情态,王维此时的状态也可这么形容。此后,刘禹锡《送从弟郎中赴浙西》也这么开篇:"衔命出尚书,新恩换使车。"刘长卿《贾侍郎自会稽使回篇什盈卷兼蒙见寄》也有:"报恩看铁剑,衔命出金闺。"因此,王维诗中不是灰头土脸地被"支"出的那种灰溜溜的情绪。王维问边时期的诗,写得意气风发,气势超迈,其《出塞作》的题下自注:"时为御史,监察塞上作"。诗云:

> 居延城外猎天骄,白草连天野火烧。暮云空碛时驱马,秋日平原好射雕。
> 护羌校尉朝乘障,破虏将军夜渡辽。玉靶角弓珠勒马,汉家将赐霍嫖姚。

诗写边关两军对垒之势,剑拔弩张,一触即发。诗人笔下的唐军雍容镇静,应付裕如,神速威猛,攻守兼备,具有压倒一切敌人而不被敌人所压倒的凌厉气势。诗尾顺带一点,透露出赏功劳军的题旨,也突出了他自己的身份,他的劳军或监军者的立场与视域。诗人的情绪相当乐观也相当豪迈。边地约一年时间,王维亲入兵幕,参与边军生活,边塞诗写得如火如荼,豪情万丈。后来,王维官居长安,也不时有边塞诗写作,仍然念念不忘其出塞经历,"单车曾出塞,报国敢邀勋"(《送张判官赴河西》)。非常骄傲地回忆起自己当年出塞的情境,充满了自豪感与幸福感。因此,王维出塞说明他不是消极的。从朝廷对王维的态度,与王维自己的表现看,将其出使边塞说成是政治迫害,显然是一种误读,这自然也贬低了王维。

误读之三:王维后期诗逃避现实,为禅所"吞噬"。这是错误前提推出的错误结论,进而又有前期乐观浪漫而作激愤诗边塞诗,后期消极而作山水诗云云。

龚鹏程先生就说过:"历来我们对王维及其诗之认识是偏颇的。"人们往往"大谈王维的冲淡恬静而忽略其豪健风格;大谈王维之山水田园诗,而漠视其边塞题材"。① 就说王维的边塞诗吧,王维十八九岁时就有了《老将行》等一批边塞诗,而其最能够表现盛唐气象、也最有思想境界的边塞诗则写作于后期。王维写于出使西北时的边塞诗如《使至塞上》《出塞作》《陇西行》《陇头吟》等,表现出超强的功名自信心和高度的社会责任感,一扫其早期边塞诗的哀怨与沉郁。王维写作于天宝年间的边塞诗,算是"后期"作品了,如《送张判官赴河西》《送平澹然判官》《送刘司直赴安西》《送赵都督赴代州得青字》《送宇文三赴河西充行军司马》《送韦评事》以及《送魏郡李太守赴任》《送陆员外》等,同样洋溢着强烈的英雄主义意识和乐观主义精神,充满了时代的自豪感与幸福感。晚年的王维,即便是其丁忧隐居辋川,甚至其陷贼后复出,其诗也不是一味消极的。而关于王维诗的误读,最突出的是夸大了静穆的负面效应,说是王维诗被禅"吞噬",说他的山水诗没有"血色",叶嘉莹也说他"天分很高,但缺乏真挚的感情力量"。殊不知,王维诗多写方外之情,却没有纵诞的宗教色彩,而是将禅境化入静照忘求的审美观照方式,创造出清净空灵的艺术意境,强化了中国诗歌的形上性,也使中国诗学开始以境为上,以逸为高。而这也正是王维诗歌的特殊贡献。文学史采用这样"粗放"的界定,简单地对王维的生平思想作大而化之的划分,不仅使其诗丧失了其本身应有的丰富性和生动性,也产生了不少自相矛盾、难以自圆的荒谬。

文学史关于王维的误读,还有不少,譬如说他毁节偷生,说他怀禄恋栈,说他地主阶级的闲适,说他与世隔绝的逃逸,说他举解头乃公主之力,连"豪英贵人虚左以迎,宁薛诸王待若师友"之史载都被解读为他社交的阔绰腐朽,凡此种种,不一而足。

二、文学史误读王维的时代背景

文学史写作的任务,在于厘清文学历史上那些真正存在过的历史事实,包括历史文献,包括笔记、史传、本事等,客观地叙述文学发展的历史过程,恰当地评价作家作品和文学运动、文学现象,揭示文学发展的历史特征与规律,给予各种文学现象及作家作品以符合历史作用的评价。我国之有文学史,也就一百多年历史,盖始于光绪三十年(1904)林传甲氏之京师大学堂中国文学史讲义。而后来流行(包括当下)的文学史都有一个通病,即意识形态话语的支配。庸俗社会学深入到文学史骨髓,影响到文学史主编对作家作品的客观评价,也影响了文学史进程的总体描述。陆侃如、冯沅君在 1956 年版的《中国诗史》的"自序"中坦言:"这书初稿是在

---

① 龚鹏程:《中国文学史》(上),北京:东方出版社 2015 年版,第 386 页。

1925—1930年间写成的。那时我们一方面受了五四运动右翼的'整理国故'的影响，一方面也一知半解地浏览了一些1927年以后翻译出版的左翼文艺理论书籍，在思想上是非常混乱的。"他们又检讨说："胡适在《白话文学史》里的谬论，我们不止一次地移植了过来，后来在改写古代部分时，又采用了一些所谓'汉学家'如瑞典的高本汉、德国的康拉第之流的不正确的话。现在如果原封不动地印出来，那简直是犯罪。"陆冯的"反思"，让我们看到了两个背景，一个是成书的背景，一个是再版的背景，而再版时意识形态的干预与支配，则更是无与伦比的强悍。

新中国成立初期，客观上要求文学为无产阶级政治服务，阶级斗争成为其主要内容，而现实主义甚至异化为以政治批判为主的唯一的文学思想。而在这种"现实主义独尊"的文化语境里，文学的工具性被极大地强化了，文学批评中的思想份额也绝大占比，现实主义成为了阶级斗争的意识形态，形成了特殊的"现实主义语境"。在这种文学史"语境"中，王维的文学史地位一落千丈自不足为怪，事实上王维就被定性成"反现实主义的诗人"。也就是20世纪50年代期间，撰写与出版了一部《中国文学史》①，两卷本，红色书面，为学界戏称为"红皮书"。此文学史的第四编"隋唐五代文学"共七章，"伟大的浪漫主义诗人李白"，"伟大的现实主义诗人杜甫"，还有"白居易和中晚唐现实主义文学的发展"各一章。而第三章里，囊括了唐初到安史之乱前所有应该在文学史上有一席地位的诗人。这一章共六节，最后一节为"诗歌高潮中的反现实主义流派"，王维被封为"反现实主义流派"的头。这一节先从三个方面来概括"反现实主义流派"的特点，而后定性说："他们诗歌的共同的基本特征是：逃避现实，粉饰现实；以自然山水、田园景色寄托自己剥削阶级的闲淡、孤寂的消极颓废心情，甚至宣传佛教的禅宗妙理。"编者进一步指出："他们算不上什么真正的艺术家。列宁曾经说：'如果站在我们面前的是一位真正伟大的艺术家，那末他至少应当在自己的作品里反映出革命的某些本质的方面来。'（《马恩列斯论文艺》）在当时这样的历史时代中，他们的创作只是反映了一个地主阶级的生活面，宣扬了它消极颓废的思想感情。"以王孟为首的反现实主义流派，"于是就成了文学史上的一股逆流"。"由于他们的社会地位，由于他们表现反动的思想内容上有较高的艺术技巧，又使这一文学逆流在文学史上起了极大的影响……在整个中国诗歌发展上起了极恶劣的影响。"而王维呢？"王维是一个反现实主义诗人，但他也有一些值得肯定的诗歌。资产阶级专家都从各个角度去大力捧他，林庚夸大他的前期作品，用超阶级的'少年精神'来说明他是'代表整个盛唐诗歌的特点'（《中国文学简史》第271页）的诗人。刘大杰则丢弃他诗歌的思想内容，单纯地肯定他的艺术性，以至于把《酬张少府》《终南别业》《渭川田家》等等

---

① 北京大学中文系1955级集体编著：《中国文学史》，北京：人民文学出版社1958年版。

宣扬佛理、粉饰现实的作品，也当作'优秀'作品介绍起来了(《中国文学发展史》中册)。这些都是我们所必须批判的。"①这种类似"文革"中的大批判语言，现在听来仍然非常耳熟，这可是当时的"经典性"评判，也是此后十几年乃至更长时间段里的"定评"，可谓影响极其深远。

文学史以阶级斗争的立场观点与方法论来观察分析和认识作家与作品，这除了社会政治上的外部原因之外，还有其自身的文化发展逻辑。横向看，整个思想文化领域都是这种政治意识。20世纪50年代的中国文学，是社会主义现实主义的语境，文学与国家政治的关系紧密。最深刻影响中国当时诗坛乃至学界的是苏联著名诗人马雅可夫斯基。马雅可夫斯基特别强调诗歌介入现实，为社会和人民服务，他认为，诗歌"要像灯塔一样"，"诗歌就是力量，就是战斗的号角，就是人们思想的火花"。当时中国诗坛最著名的几个"男高音"如贺敬之、郭小川、田间等都竞相模仿马体，写出了大批"楼梯式"的诗歌。而这种影响，甚至可以寻索到朦胧诗的一代。也就是说，时代要求诗歌成为阶级斗争的武器，成为匕首投枪，成为火炬号角旗帜鼓点。在这样语境下的文学史写作，即便是古典诗人与诗歌，也以揭露为尚，以批判为上，因此，杜甫"忠臣词愤激，烈士涕飘零"(《秦州见敕目薛毕迁官》)的一面得以无以复加的强化与张扬。几乎所有的文学史都试图将杜甫与李白塑造成具有完美人格且代表盛唐文化的诗人，而忽略了文学史研究需要实事求是的精神。

纵向看，则可追溯到胡适的《白话文学史》。这部未曾完成的文学史，定稿于1921年，1928年正式出版，既是"五四"新文学革命的产物，也是"整理国故"的组成部分，其工具性与功利性显而易见。这部文学史以杜甫与白居易为重点，单独成章阐论，非常欣赏杜甫与白居易诗歌的斗争性，"这个时代的创始人与最伟大的代表是杜甫……八世纪下半与九世纪上半(755—850年)的文学遂成为中国文学史上一个最光华灿烂的时期"。胡适甚至认为："以政治上的长期太平而论，人称为'盛唐'；以文学论，最盛之世其实不在这个时期。天宝末年大乱以后，方才是成人的时期。从杜甫中年以后，到白居易之死(864年)，其间的诗与散文都走上了写实的大路，由浪漫而回到平实，由天上而回到人间，由华丽而回到平淡，都是成人的表现。"②胡适对王维以及其诗，印象似也不坏，并未有什么批判性的用语，但篇幅不长。而其书旨在为新文化运动张目，提倡文学白话，提倡文学的平民性、大众化与人文关怀精神，故而对文人文学评价甚低。因为这部文学史是在新文化运动迫切需要立论的背景下匆忙产生的，因此也造成了胡适文学史中存在不少的遗憾，其中

① 北京大学中文系1955级集体编著：《中国文学史》，北京：人民文学出版社1958年版，第265—274页。
② 胡适：《白话文学史》，北京：东方出版社1996年版，第223页。

许多观点今天看来未免太过偏颇和武断。而被"红皮书"文学史批判的那个刘大杰,被称为"二十世纪最有才气的中国文学史家"①,他的《中国文学发展史》也诞生于国难时期。刘先生在1957年的"新序"中回忆说:"当时生活非常穷困,一面教书一面写,断断续续地写了六七年。那六七年正是抗日战争的国难时期"。他又说:"解放后,由于自己对马克思列宁主义的初步学习和看到了一些从前没有看到过的史料,关于中国文学史的某些问题,已有不同看法。"也就是说,他的这部文学史若不是诞生于国难时期,就不会是这个面貌。《中国文学发展史》中册,第十四章"盛唐诗人与李白";第十五章"杜甫与中晚唐诗人";王维与众多的山水诗派诗人挤挤于第十四章第二节的"王孟诗派"里。刘大杰毫不留情地批评说:"王维是封建社会某种官僚士大夫的典型。他具备着内佛外儒、患得患失、官成身退、保全天年这些特点。他对于现实感到不满,也有不愿同流合污的心情,但对于统治阶级的态度,始终是妥协的,动摇的,缺少斗争的力量。"②刘先生对王维的判词,其实与"红皮书"一个口吻。而"红皮书"以"超阶级"抨击刘大杰是因为刘大杰在王维诗的艺术成就上说了几句公道话。王运熙先生对王维诗也有较充分的肯定,然仍指出:"王维是个非常软弱的知识分子"而"不能坚决地反抗黑暗,洁身引退"等③。可见,要准确评价王维也真的不易。在阶级斗争为纲的时代,王维走低,甚至被"妖魔化",这是正常不过的事情。

文学史应该以文学本体的"实在性"为依据,应该从文本出发,以作家的作品来说话。而假如我们戴上了有色眼镜读文本的话,则会堕落到庸俗社会学的泥淖里。梁实秋写过一篇散文,题目《寒梅着花未》,用的是王维的诗句,这篇散文是谈文艺特质与艺术批评的,他在文章中认为"刘大杰批评王维也堕入了一般庸俗的邪见"。刘大杰《中国文学发展史》中就王维的五言杂诗("君自故乡来"),而批评王维"对于民生漠不关心"。刘大杰解读说:"见了乡人,不问民生的疾苦,不问亲友的状况,只关心窗前的梅花,可知这派诗人,除了他个人以外,对于现实社会,是完全闭着眼了。"梁实秋反唇相讥说:"以为凡是文学作品皆千篇一律的反映民间疾苦,否则便是无视于现实社会。"他从文学创作的角度立论,指出:"殊不知文学范围很广,社会现象复杂,文学创作不能限于某一单独题材。我们评论作家,也不应该单凭一首小诗来论定作者全部的性格。"梁实秋认为像王维身处开元盛世,很难要求他询问"来日朱门前,有无冻死骨"之类的话。他认为:"五言绝句,局面很小,容不下波澜壮阔的思潮,只好拈一星半点灵机隽语,既不可失之凝滞,亦不可过于庄严。像王维这首杂诗,温柔潇洒,恰如其分,不愧为绝唱。凡是有过离乡羁旅经验的人,谁不惦念

① 陈尚君:《转益多师》,上海:上海辞书出版社2015年版,第242页。
② 刘大杰:《中国文学发展史》(中册),上海:上海古籍出版社1982年版,第439页。
③ 赵殿成笺注:《王右丞集笺注·序》,上海:上海古籍出版社1984年版,第4页。

其家园中的一草一木，人情所系，千古无殊。"①梁实秋赞同刘延涛的见解，认为刘大杰对王维"实在责备太过"，把他作为革命干部来要求了。何况 20 字小诗，也不能写出一篇民生疾苦的考察报告来。刘大杰对盛唐山水田园诗也"实在责备太过"，他认为："在盛唐的富庶繁荣的社会里，那些大官僚地主，或者在政治上受了某些挫折，或者在思想上受了佛道的影响，退居田园，优游林下，逃避现实，追求个人的超脱，田园山水便成为他们灵魂活动的小天地，便成为他们诗歌中的主要题材。"②曲解误读王维乃时代使然，连公认优秀的文学史家都不能幸免。而像这样对待王维的，也不是个案，不是刘大杰之一人也。然而，虽然在同一时代，对同一作家作品也有截然不同的看法，像梁实秋，以及梁实秋认可的刘延涛，都不能接受刘大杰的看法。而在那个"斗争哲学"一统的时代，给予王维最高评价的是林庚。林庚在他的《中国文学简史》里对王维的评价是满怀深情的，他满怀深情地指出："王维就是当时的大师"。"王维在文艺上的全面发展，也就使得他在诗歌里成为一个全面的人才"，"因为他发展得如此全面，……代表了这个盛唐诗歌的特点"。③ 这就告诉我们一个道理，你戴什么眼镜看文本，文本在你眼里就是什么颜色的。你戴的红色眼镜看李杜，李白逆反精神，杜甫批评意识，让你觉得很高大；你戴的灰色眼镜看王维，王维很懦弱，其诗也很颓废。

三、文学史误读王维的思维方法

文学史应该是文学的反映史与存在史，虽然有作家的作品说话，而在文学史的建构中却不可避免地存在有文学史主体性的虚拟。董乃斌先生指出："所谓文学史的两重性，是指它既是实在的——首先是在已逝的历史过程中，同时也是在书写的文学史之中；但它又是虚拟的——因为是在人为的、书写文学史论著中，文学史本体就是这样的实在性和虚拟性的浑然统一。"④而这种"虚拟性"由一只看不到的手遥控着，那就是写作主体的史识与史观。与史家治史同，文学史也需要史实、史识与史观。绝对客观性的文学史是没有的，文学史的高下取决于文学史写作主体的素质以及他的史识与史观。王维在文学史上的实在高度，这是文学史写作的"实在性"；而文学史里王维被种种误读，是文学史写作的"虚拟性"所造成，是文学史写作主体的史识与史观所决定的。

深究起来，文学史误读王维，是时代的原因，是社会的问题，阶级斗争的急风暴雨，使文学史也彻底地工具化了，文学史成为阶级斗争的辅助工具，文学史研究中

① 梁实秋：《梁实秋散文集》第六卷，长春：时代文艺出版社 2015 年版，第 328—330 页。
② 刘大杰：《中国文学发展史》(中册)，上海：上海古籍出版社 1982 年版，第 434 页。
③ 林庚：《中国文学简史》，上海：上海古典文学出版社 1957 年版，第 271 页。
④ 董乃斌：《文学史学原理研究》，石家庄：河北人民出版社 2008 年版，第 45 页。

思想性份额占比超大,评判价值异化,而在对作家作品进行思想和艺术二分法时,思想性则又是第一的,甚至是唯一的,压倒一切的。然而,为什么时代已经进入 21世纪,已经不是以阶级斗争为纲的年代,已经是盛世,是经济发展的社会主题,王维的文学史命运还没多少改善呢?今人的唐诗选本,为什么选诗都将王维置于李杜乃至白居易之下呢?为什么几乎所有的文学史还是都用章来写李杜甚至写李商隐而都用节来写王维呢?这是什么原因呢?

原因之一:已有文学史的影响根深蒂固。已有文学史,主要是指形成于阶级斗争为纲年代的文学史,这里主要举例的是游国恩等主编的《中国文学史》,因为这是一部最权威、也最有影响的文学史。我们真不敢说这个文学史不是现实主义为尊的思路,真不敢说不受阶级斗争时代意识形态的影响。此文学史酝酿于、写作于也写成于阶级斗争为纲的时代,1961年开工,1963年出版,即为全国高校教材;"文革"十年后修订再版,作为全国统一教材。1983年就第 11 次印刷,印数已达 52.8万册。1985 年以后,文学史教材逐渐呈"多元化"局面,各校纷纷采用自编教材,然此著仍然为不少学校所沿用。也就是说,这个高校教材,影响了几代人。以对王维的评价看,这部文学史反复提醒读者要注意其诗的消极影响,"这些诗在艺术上的成功,并不能掩饰他思想上的严重缺点";"正因为他的山水诗在艺术上有这样高的成就,所以在当时和后代取得了很高的声誉,同时也产生了较大的消极影响"。[①]应该说,对王维这样的评价也不算太低了,没有使用什么妖魔化的词汇,但是,比较起对李杜竭尽赞美之词的褒奖来,反差何其大也,可谓云泥之别。而我们这些人,包括比我年长的一些学者,包括后来主编文学史的学者,都是读此文学史长大的,都曾经为这些文学史"洗脑",影响深入骨髓。以我本人为例,20 世纪 90 年代初开始王维研究,亦是阶级分析方法,亦是积极消极的非此即彼的思维。

原因之二:新编文学史墨守成规。20 世纪末开始,文学史进入了"大跃进"时代,有人说是"文学史的垃圾时代"[②]。说三十年来文学史出版有六千部,或有夸张之嫌,但是,文学史写作的门槛太低则是事实。主要是因为利益驱动,什么人都能写,什么人都敢写,几乎每个学校都在编文学史,形成了天下文学史一大抄的局面。而不少的文学史"主编"一无史识,二无史才,主编文学史也就成了一种简单的"搬运",多属于二手研究乃至三手研究,难免不人云亦云而照搬不误。难怪文学史专家戴燕在接受记者专访时惊呼:文学史写作越来越趋同。说得好听是"趋同",不客气地说就是相互抄袭,就是不敢逾越的亦步亦趋,就是没有新见的"剪辑拼合",就是"观点先行"的"虚拟"。这样的文学史,既无学术可言,又无文学可观。即便是

---

① 游国恩主编:《中国文学史》第二册,北京:人民文学出版社 1983 年版,第 41、43 页。
② 《文汇报》2008 年 9 月 22 日刊发的新闻《警惕文学史写作"垃圾化"》;伍立杨《中国六千部文学史写作"垃圾化"》,《羊城晚报》数字报刊"花地·论坛",2008.12.6。

学坛名家也不敢越雷池一步,思想深处根深蒂固的还是现实主义与反现实主义的划线,还是"站队"意识,还是思想份额占比超大的评价原则。主编文学史,最可怕的是"观点先行","观点"先于阅读,甚至"观点"替代阅读,无须亲证,陈陈相因,譬如李杜一流,王维充其量准一流,甚至不及白居易与李商隐。三人成虎,辗转反复,形成了一成不变的"定识",也形成了我们认知文学史作家与作品的思维惯性。

原因之三:文学史的教学"买椟还珠"。高校文学史教学,多重"史"的教授而轻"文"的审美。显然,这是一种舍本逐末而取舍不当的教学,大类于"买椟还珠"者的愚蠢。董乃斌先生认为:"在有限的时间里,学生多读历代优秀作品,比仅仅掌握史的条条框框好。文学史应该是具体的,作品才是文学史真正的血肉。史的概括和论述,史的发展线索的勾勒,均应从作品分析中来,多读熟读作品乃是讲史的基础。……广读历代优秀作品(特别是所谓经典),尽量较好地掌握文学史本体,在此基础上逐步构筑和形成文学史的完整概念,比少读作品而仅仅了解、背诵史的概念和线索重要得多。"[1]高校"买椟还珠"式的文学史教法,摈弃了文本的细读,越过文本本身,而将文学史常识与作品作家评判,直接摊派给学生,即让被文学史"洗脑"的老师再为学生"洗脑",形成了对李白杜甫与王维的一成不变的先入之成见。学生对李白杜甫与王维的认识,不是通过他们的审美活动从作品中获取的,没有活生生的感性认识,没有自己的审美见解,而是教师或教材强加予的孰优孰劣的"基本概念"。这种教学培养出来的学生,只是从课堂或教材中获取文学史概念。也就是说,他们对中国古代文学的了解,对作家作品的认知,是没有了珍"珠"的空"椟"。文学史教材对学生的影响是极其深固的,而这种"买椟还珠"式教学的演绎,本身就没有审美,也没有超越,只是在强化着教材中的概念性的内容,产生着一批又一批的"衣钵相传"的学舌者。

袁行霈先生在《中国文学史》"总绪论"里指出:文学史有三个层面,一是社会政治经济文化背景;二是作家与流派;三是文学作品。而文学作品"才是文学史的核心内容。因为文献创作最终体现为文学作品,没有作品就没有文学,更没有文学史。换句话说,文学史著作的核心内容就是阐释文学作品的演变历程,而前两个层面都是围绕这个核心的"。[2] 这部作为面向 21 世纪课程教材的文学史,就是以作品为核心的本体观。文学史应该立足于文学本位,应该明确以文学创作及其成果为主体。也就是说,文学史里作家的高下,是由作家自己的作品说了算的,因为有诗人作家各自的作品在。胡适谈及他《白话文学史》的特点时说:"我这部文学史里,每讨论一人或一派的文学,一定要举出这人或这派的作品作为例子。故这部书

① 董乃斌:《文学史学原理研究》,石家庄:河北人民出版社 2008 年版,第 45 页。
② 袁行霈主编:《中国文学史》第一卷,北京:高等教育出版社 1999 年版,第 3—4 页。

不但是文学史，还可算是一部中国文学名著选本。"文学史研究的任务就是通过对历史上相继产生的文学作品进行解析和评述，展示出文学发展的历史面貌和演变规律。我们所说的以文本为中心，即是以文本作为评判作家的主要依据，以对文学作品的解析认知为主要研究方法，讨论作家作品在文体演变史、嬗递史中的作用与价值，而通过对作品的解析与诠释进行文学史的建构，反映文学史的演进。作家的定位，必须依赖作品，必须建立在对作家作品的解析、认知和评判的基础上。因此，文本细读是文学史写作主体获取评判依据而建构文学史的必要途径。文本细读的过程，并不是对文本的随心所欲的肢解和剖析，而是要在合乎作品自身逻辑的前提下的顺应与发掘，对那些经得起历史上反复被人引用、被人阐发的文化资源，按某种标准予以选择、删汰，作轻重不同的处理。我们强调细读，其实就是强调写作主体的文学审美活动，强调对作品的认知不仅仅偏于道德评判。你所写的内容，你对作家作品的认知与评判，不应全部是从文学史文本里获得的，而应该主要是你自己读出来的。不读作品，你怎么知道谁高谁低？你只能搬运他人的观点了。我们面对的是被历代许多人研究和解说过了的文学名著，而有自己见解吗？见解哪里来？我们要从这些被历代解读严严实实包裹着的文本里，读出文本本来所有的光鲜面目，读出文本的生命活力，读出我们自己的见解，读出我们自己的境界。那么，你的文学史就不会人云亦云了，也不会是与作家主体和社会客体都无关的纯技术形态的解析，而是个性形象鲜明、美学情感饱满、时代烙印深刻的文学史。

文学史写作不可避免地受制于文学史写作主体极为隐秘的个人感情经验。但是，不等于说这种虚拟就可以滥用文学史写作的话语权而随意拿捏。而文学史要能够做到不随意拿捏、不恶性误判、不幼稚学舌，关键的关键就在于读懂文本，对作家的评价是不是都以作品来说话。然而，读懂文本，特别是读懂唐诗，读懂唐诗里脍炙人口的诗，谈何容易！文学史写作，应该具有尊重历史的敬畏之心，这是能否客观评价作家作品而准确揭示文学发展的历史与规律的前提，否则，文学史就会"离诗很远"，就会对王维有这么多的偏见了。

（作者单位：南通大学文学院）

说王维《扶南曲五首》

吴相洲

王维诗特多名篇,相比之下,《扶南曲五首》不怎么引人注目。但从乐府学角度看,这五首诗有着特殊意义:它是唯一保存至今的《扶南曲》歌辞,弄清其音乐特点和思想内容,有助于认识《扶南曲》这一乐府曲调,有助于认识王维乐府诗创作情境。下面就对《扶南曲》音乐特点、思想内容、文本流传、乐府归类等问题展开具体分析。

一、《扶南曲》音乐性质和特点

作为一个外来乐府曲调,《扶南曲》有两个问题需要弄清:一是扶南乐是否属于十部伎,二是表演上有何特点。

首先说《扶南曲》是否属于十部伎。所谓"伎",也叫"乐",是包含歌、乐、舞多个要素成建制的音乐表演,所以史籍中又有"部伎""部乐"等称呼。隋文帝开皇年间置七部乐,隋炀帝大业年间扩展为九部乐,唐高祖武德年间沿用,到唐太宗贞观年间置十部乐。《隋书·音乐志》云:"始开皇初定令,置《七部乐》:一曰《国伎》,二曰《清商伎》,三曰《高丽伎》,四曰《天竺伎》,五曰《安国伎》,六曰《龟兹伎》,七曰《文康伎》。又杂有疏勒、扶南、康国、百济、突厥、新罗、倭国等伎。"[1]隋文帝时扶南乐虽然在宫廷表演,但未被列入七部乐,地位较低。《隋书·音乐志》又载:"及大业中,炀帝乃定《清乐》《西凉》《龟兹》《天竺》《康国》《疏勒》《安国》《高丽》《礼毕》,以为《九部》。乐器工衣创造既成,大备于兹矣。"[2]炀帝也没有将扶南乐列入九部乐。到唐太宗时,九部扩展为十部,仍然没有扶南乐。李林甫等撰《唐六典·太常寺》云:"凡大燕会,设十部之伎于庭,以备华夷:一曰燕乐伎,有《景云》之舞、《庆善乐》之舞、

---

① 魏征等撰:《隋书》,第 15 卷,北京:中华书局 1973 年版,第 376—377 页。
② 魏征等撰:《隋书》,第 15 卷,北京:中华书局 1973 年版,第 377 页。

《破阵乐》之舞,《承天乐》之舞,二曰清乐伎,三曰西凉伎,四曰天竺伎,五曰高丽伎,六曰龟兹伎,七曰安国伎,八曰疏勒伎,九曰高昌伎,十曰康国伎。"①直到中唐杜佑作《通典》,才见扶南乐被列入九部、十部乐。《通典·坐立部伎》云:"燕乐,武德初,未暇改作,每燕享,因隋旧制,奏九部乐。一燕乐,二清商,三西凉,四扶南,五高丽,六龟兹,七安国,八疏勒,九康国。至贞观十六年十一月,宴百寮,奏十部。"②可见扶南乐是否属于九部、十部乐是个问题。

　　《唐会要》首先发现了这一问题:"武德初,未暇改作,每燕享,因隋旧制,奏九部乐:一燕乐、二清商、三西凉、四扶南、五高丽、六龟兹、七安国、八疏勒、九康国。至贞观十六年十二月,宴百寮,奏十部乐。先是,伐高昌,收其乐付太常,乃增九部为十部伎。今《通典》所载十部之乐,无扶南乐,只有天竺乐。"③苏冕先录《通典》有关十部伎记载,仍将扶南乐列入十部乐,但他同时发现《通典·四方乐》又说:"至炀帝,乃立清乐、龟兹、西凉、天竺、康国、疏勒、安国、高丽、礼毕为九部。平林邑国,获扶南工人及其匏瑟琴,陋不可用,但以天竺乐传写其声,而不列乐部。"④所以才补充道:"今《通典》所载十部之乐,无扶南乐,只有天竺乐。"但《通典》"以天竺乐传写其声"这句话给解释这种矛盾现象提供了一个思路,即扶南乐和天竺乐存在替代关系。所以《唐会要》叙述南蛮诸国乐时特别强调:"扶南、天竺二国乐,隋代全用天竺,列于乐部,不用扶南。因炀帝平林邑国,获扶南工人及其匏琴,朴陋不可用,但以天竺乐转写其声。"⑤由于扶南乐乐人和乐器过于简陋,难登大雅之堂,炀帝弃而不用,诏以天竺乐人模仿扶南乐曲,扶南乐虽然没有列入乐部,但乐曲得以保存下来。九部乐第四部或列扶南乐,或列天竺乐,看似前后矛盾,其实事出有因,未必就是错误。

　　其次看《扶南曲》音乐特点。《通典·四方乐》:"扶南乐,舞二人,朝霞衣,朝霞行缠,赤皮鞋。隋代全用天竺乐,今其存者有羯鼓、都昙鼓、毛员鼓、箫、横笛、筚篥、铜钹、贝。天竺乐,乐工皂丝布头巾,白练襦,紫绫葱,绯帔。舞二人,辫发,朝霞袈裟,若今之僧衣也。行缠,碧麻鞋。乐用羯鼓、毛员鼓、都昙鼓、筚篥、横笛、凤首箜篌、琵琶、五弦琵琶、铜钹、贝。其都昙鼓今亡。"⑥记述扶南乐舞人有两人,穿朝霞衣、朝霞行缠、红皮鞋。乐器有羯鼓、都昙鼓、毛员鼓、箫、横笛、筚篥、铜钹、贝。虽然中间隔了一句"隋代全用天竺乐",但这里仍是介绍扶南乐器,否则后面不会详细

① 李林甫等撰,陈仲夫点校:《唐六典》,第14卷,北京:中华书局1992年版,第404—405页。
② 杜佑撰,王文锦等人点校:《通典》,第146卷,北京:中华书局1982年版,第3720页。
③ 王溥:《唐会要》,第33卷,北京:中华书局1955年版,第609页。
④ 杜佑撰,王文锦等人点校:《通典》,第146卷,北京:中华书局1982年版,第3726页。
⑤ 王溥:《唐会要》,第33卷,北京:中华书局1955年版,第620页。
⑥ 杜佑撰,王文锦等人点校:《通典》,第146卷,北京:中华书局1982年版,第3723页。

列举天竺乐器。但这里有两个问题：一、扶南乐"工人及其匏琴朴陋不可用"，怎么又有了这八种扶南乐器？是原来就有，还是后来添加？二、隋代"但以天竺乐转写其声"时用的是扶南乐器，还是天竺乐器？按常理推断应该使用天竺乐器，很难想象不用天竺乐器，不着天竺舞衣，只用天竺乐人就能"转写"扶南乐曲。《旧唐书·音乐志》中一段记载为解决这两个问题提供线索："《扶南乐》，舞二人，朝霞行缠，赤皮靴。隋世全用《天竺乐》，今其存者，有羯鼓、都昙鼓、毛员鼓、箫、笛、筚篥、铜拔、贝。"① 从"隋世全用《天竺乐》，今其存者"话语推测，隋代用天竺乐人使用天竺乐器模仿扶南乐曲，到唐代又用扶南乐人扶南乐器表演扶南乐曲。《通典》记述扶南乐、天竺乐，特意将两个乐队乐人、服饰、乐器分开介绍，说明到唐代扶南乐和天竺乐是分列的。扶南乐表演建制至少到盛唐仍然留存，王维作《扶南曲》歌辞属于倚曲制作。

二、《扶南曲五首》文本、内容考

王维集版本甚多，陈铁民先生《王维集版本考》有详述。笔者以手头几个版本与《乐府诗集》进行比对，发现：《扶南曲五首》各本题目或有差异，但文字相同，只有《乐府诗集》所载五首中四首文字有异。且看下表：

版本	题名	内容
《王摩诘文集》（宋蜀本）	扶南曲歌词五首	其二：堂上**青**弦动，堂前绮席陈。齐歌卢女曲，双舞洛阳人。倾国徒相看，宁知心所亲。 其三：香气传空满，妆华影箔通。歌闻天仗外，舞出御**楼**中。日暮归何处，花间长乐宫。 其四：宫女还金屋，将眠复畏明。入春轻衣好，半夜薄妆成。拂曙朝前殿，玉**墀**多佩声。 其五：朝日照绮窗，佳人坐临镜。散黛恨犹轻，插钗嫌未正。同心勿遽游，幸**待**春妆竟。
《王维诗集》（万历庚寅顾可久注本）	扶南曲歌词	其二：堂上**青**弦动，堂前绮席陈。齐歌卢女曲，双舞洛阳人。倾国徒相看，宁知心所亲。 其三：香气传空满，妆华影箔通。歌闻天仗外，舞出御**楼**中。日暮归何处，花间长乐宫。 其四：宫女还金屋，将眠复畏明。入春轻衣好，半夜薄妆成。拂曙朝前殿，玉**墀**多佩声。 其五：朝日照绮窗，佳人坐临镜。散黛恨犹轻，插钗嫌未正。同心勿遽游，幸**待**春妆竟。

---

① 刘昫等撰：《旧唐书》，第 29 卷，北京：中华书局 1975 年版，第 1070 页。

续 表

版本	题名	内容
清编《全唐诗》	扶南曲歌词五首	其二:堂上**青**弦动,堂前绮席陈。齐歌卢女曲,双舞洛阳人。倾国徒相看,宁知心所亲。 其三:香气传空满,妆华影箔通。歌闻天仗外,舞出御**楼**中。日暮归何处,花间长乐宫。 其四:宫女还金屋,将眠复畏明。入春轻衣好,半夜薄妆成。拂曙朝前殿,玉**墀**多佩声。 其五:朝日照绮窗,佳人坐临镜。散黛恨犹轻,插钗嫌未正。同心勿遽游,幸**待**春妆竟。
赵殿成《王右丞集笺注》	扶南曲歌词五首	其二:堂上**青**弦动,堂前绮席陈。齐歌卢女曲,双舞洛阳人。倾国徒相看,宁知心所亲。 其三:香气传空满,妆华影箔通。歌闻天仗外,舞出御**楼**中。日暮归何处,花间长乐宫。 其四:宫女还金屋,将眠复畏明。入春轻衣好,半夜薄妆成。拂曙朝前殿,玉**墀**多佩声。 其五:朝日照绮窗,佳人坐临镜。散黛恨犹轻,插钗嫌未正。同心勿遽游,幸**待**春妆竟。
陈铁民《王维集校注》	扶南曲歌词五首	其二:堂上**青**弦动,堂前绮席陈。齐歌卢女曲,双舞洛阳人。倾国徒相看,宁知心所亲。 其三:香气传空满,妆华影箔通。歌闻天仗外,舞出御**楼**中。日暮归何处,花间长乐宫。 其四:宫女还金屋,将眠复畏明。入春轻衣好,半夜薄妆成。拂曙朝前殿,玉**墀**多佩声。 其五:朝日照绮窗,佳人坐临镜。散黛恨犹轻,插钗嫌未正。同心勿遽游,幸**待**春妆竟。
《乐府诗集》	扶南曲五首	其二:堂上**清**弦动,堂前绮席陈。齐歌卢女曲,双舞洛阳人。倾国徒相看,宁知心所亲。 其三:香气传空满,妆华影箔通。歌闻天仗外,舞出御**筵**中。日暮归何处,花间长乐宫。 其四:宫女还金屋,将眠复畏明。入春轻衣好,半夜薄妆成。拂曙朝前殿,玉**除**多佩声。 其五:朝日照绮窗,佳人坐临镜。散黛恨犹轻,插钗嫌未正。同心勿遽游,幸**得**春妆竟。

从上表所列看出,第一首各种版本没有差别,其他四首自宋代以来几部别集一致,清编《全唐诗》也与之一致,只有《乐府诗集》每一首文字上都有不同。这再次证明《乐府诗集》编纂主要取材于乐府《歌录》,而非诗人别集。《乐府诗集》是一个特殊的诗歌留存系统,后人整理宋前诗歌时可以参考,但不能轻易据之改动作品。同理,整理《乐府诗集》时也不应该据传世别集改动作品。

这五首诗写宫女日常生活和心理活动。宫女大概属于梨园弟子,平日生活是给皇帝表演歌舞。其一写宫女春睡中被同伴叫醒,因为"中使"已经催促,须早早起来伺候君王。其二写堂上表演歌舞,歌有《卢女曲》。《乐府诗集》解题引《乐府解题》曰:"卢女者,魏武帝时宫人也,故将军阴升之姊。七岁入汉宫,善鼓琴。至明帝崩后,出嫁为尹更生妻。梁简文帝《妾薄命》曰:"'卢姬嫁日晚,非复少年时。'盖伤其嫁迟也。"①宫女卖力表演,心里想着是否被君王看重。其三写宫女早上化妆,白天歌舞,晚上休息,心中黯然神伤。《乐府诗集·近代曲辞》收有《被褥曲三首》,其三云:"何处堪愁思,花间长乐宫。君王不重客,泣泪向春风。"②似可作为该诗注解。《被褥曲三首》未标作者,或就出自王维之手。其四写回宫休息,但睡不踏实,担心明早迟到,半夜就画好了妆。其五写宫女晨起化妆,没等画好同伴就开始催促,于是央求同伴稍稍等待。上述所写是典型宫体题材:少女思春,尽态极妍,希冀恩宠。只要翻开齐梁到初唐诗歌就会看到很多似曾相识之作。如萧纲《美人晨妆诗》:"北窗向朝镜,锦帐复斜萦。娇羞不肯出,犹言妆未成。散黛随眉广,燕脂逐脸生。试将持出众,定得可怜名。"李百药《火凤辞》二首其二:"佳人靓晚妆,清唱动兰房。影入含风扇,声飞照日梁。娇啭眉际敛,逸韵口中香。自有横陈分,应怜秋夜长。"

扶南乐是外来音乐,曲目总该有些异域色彩,这五首歌辞却全然没有,说明时至盛唐扶南乐已经没有固定表演曲目。初唐十部乐表演有很强仪式性,而到玄宗手里都成了娱乐音乐,扶南乐没有列入十部乐,成为娱乐性乐曲毫不奇怪。从王维这五首歌辞看,《扶南曲》已经完全娱乐化。陈铁民先生《王维集校注》将这五首诗列入未编年部分,愚意以为在王维任太乐丞期间创作可能为最大。王维是宫廷诗人,顺着齐梁以来宫廷诗人创作传统写这种歌辞,实属自然之事。南朝宫体诗多为单首,王维所作为多首,记述宫女生活各种场景,既有宫体诗特点,又有宫词特点,可以看作宫体诗向宫词之过渡。自从王建开始,诗人写作宫词,动辄百首,蔚为大观,而溯其渊源,王维这五首歌辞是不能漏掉的。

三、王维《扶南曲五首》何以被列为新乐府

学界长期以来认为新乐府不入乐,有学人因此主张取消这类乐府。这五首倚曲而作,具有音乐形态,却被郭茂倩列入新乐府辞,郭茂倩是否弄错了呢?其实郭茂倩没有错误,是人们把郭茂倩新乐府定义搞错了。郭茂倩在新乐府辞叙论中给新乐府下了一个明确定义:"新乐府者,皆唐世之新歌也。以其辞实乐府,而未常被于声,故曰新乐府也。"③问题就出在"未常被于声"上,几乎所有人都把"未常被于

---

① 郭茂倩编,聂世美、仓阳卿校点:《乐府诗集》,第73卷,上海:上海古籍出版社1998年版,第783页。
② 郭茂倩编,聂世美、仓阳卿校点:《乐府诗集》,第80卷,上海:上海古籍出版社1998年版,第847页。
③ 郭茂倩编,聂世美、仓阳卿校点:《乐府诗集》,第90卷,上海:上海古籍出版社1998年版,第955页。

声"理解为不入乐。其实"未常被于声"意思很清楚,不是不入乐,而是不经常入乐。新乐府之"新",既相对"旧"而言,又相对"常"而言。"被于声",是指被之管弦,即付诸表演。乐府曲目确实有"常行用者"和"不经常行用者"。如《旧唐书·音乐志》就把"常行用者"当作标准收录雅乐歌辞。《旧唐书·音乐志三》云:"(开元)二十五年,太常卿韦绦令博士韦逌……等,铨叙前后所行用乐章……今依前史旧例,录雅乐歌词前后常行用者,附于此志。"①郊庙乐曲仪式性强,歌辞相对稳定,尚有不常行用者,其他乐章行用稳定性就更差了。《扶南曲》不齿乐部,也就不可能经常行用,郭茂倩将王维《扶南曲五首》划入新乐府辞,是再正常不过的事情了。

关于新乐府音乐形态,郭茂倩新乐府辞叙论在给新乐府下定义之前特意做了说明:"凡乐府歌辞,有因声而作歌者,若魏之三调歌诗,因弦管金石,造歌以被之是也。有因歌而造声者,若清商、吴声诸曲,始皆徒歌,既而被之弦管是也。有有声有辞者,若郊庙、相和、铙歌、横吹等曲是也。有有辞无声者,若后人之所述作,未必尽被于金石是也。"②郭茂倩列举了乐府辞乐结合四种情况:旧乐旧辞、旧声新辞、新声新辞、无声新辞。其中旧乐旧辞不是新歌,其他三种都是新歌。而旧声新辞、新歌新辞、无声新辞都是新乐府辞音乐形态。王维《扶南曲五首》属于旧声新辞。王维《扶南曲五首》是证明新乐府辞有部分作品能够入乐的有力证据。

(作者单位:广州大学文学院)

---

① 刘昫等撰:《旧唐书》,第30卷,北京:中华书局1975年版,第1089页。
② 郭茂倩编,聂世美、仓阳卿校点:《乐府诗集》,第90卷,上海:上海古籍出版社1998年版,第955页。

王维《过太乙观贾生房》之"太乙观"辨

陈才智

王维《过太乙观贾生房》云:"昔余栖遁日,之子烟霞邻。共携松叶酒,俱簪竹皮巾。攀林遍云洞,采药无冬春。谬以道门子,征为骖御臣。常恐丹液就,先我紫阳宾。夭促万涂尽,哀伤百虑新。迹峻不容俗,才多反累真。泣对双泉水,还山无主人。"①杨径青《王维的终南隐居——与陈铁民先生商榷》(《文学遗产》2001 年第 4 期)一文云,太乙观在嵩山,并转引《中国道教》为据。

按,《中国道教》第四卷云:"景日昣《说嵩》卷二十称,嵩山南麓,汉时曾建万岁观,唐代更名**太乙观**,宋易名崇福宫。"②

首先,景日昣,应为景日昣。景日昣(1665—?),字东旸,河南登封人。有《嵩厓学凡》六卷(见《四库全书存目丛书》影印清康熙间刻本,子部第 25 册),《菘台学制书》三种(日本东研藏清刻本)。昣,明也,与"东旸"相应。

其次,作者卿希泰先生此处乃撮述《说嵩》大意,并非径引原文。景日昣《说嵩》卷二十原文云:

> 太乙观,即汉万岁观。唐高宗将封泰山,属久雨,命刘道合祈祷有验,就其所居,建太乙观居之。宋敏求《退朝录》云:唐建观,奉太乙,塑像尽服王者衣冠。宋熙宁中,议太乙冠服,乃于亳州太清宫视唐像,诏如其制。③

第三,清人景日昣《说嵩》亦非原始文献,较其更早,元代河南府路总管梁宜(1291—?)《嵩阳崇福宫修建碑》云:

---

① 陈铁民:《王维集校注》,北京:中华书局 1997 年版,第 244 页。
② 卿希泰:《中国道教》第四卷,上海:知识出版社 1994 年版,第 164 页。
③ (清)景日昣《说嵩》卷二十,《四库存目丛书》影印清康熙岳生堂刻本,史部第 238 册,第 257 页;郑州市图书馆文献编辑委员会编"嵩岳文献丛刊"第 3 册,郑州:中州古籍出版社 2003 年版,第 429 页。

崇福宫,踞嵩岳之麓,即汉万岁观,有奉邑。唐改曰太乙。宋升为宫,以太乙殿改祈真,又曰保祥。左右建真宗元神、本命二殿。天圣中,保祥北为真宗御容殿,像真献后于西阁帐内,宫设提举管勾,以主祝釐,高选若范忠文、刘元城、吕献可皆尝奉祠。司马温公及子康,程明道与父太中,迭任斯职,余不能殚举,皆当代闻人。①

元人梁宜这篇碑文,清人景日昣《说嵩》卷二十六曾有节选。②《全元文》据清乾隆五十二年刻本《登封县志》卷十九所录梁宜《崇福碑》,仅为转引和节录本而已,不足原文十分之一,可据《嵩书》予以换改。③

而如果追溯嵩山太乙观之来历,元人梁宜《嵩阳崇福宫修建碑》之前还有更早的记载。南宋学者王应麟(1223—1296)《玉海》卷一百"天禧崇福宫"云:"在嵩山下,古**太一观**也。天禧三年重建。五月己巳赐名太一殿,曰祈真三尊殿,曰会元。"王维集《过太乙观贾生房》之"太乙观",《文苑英华》卷二百二十六即作"太一观"。盖太乙称谓,彼时尚未确定,有时亦称为太一,或泰一、太壹等。《玉海》卷一百又专门立有"唐**太一观**",中云:"《潘师正传》:'高宗诏即其庐作崇唐观,及营奉天宫,受敕直逍遥谷,作门曰仙游,北曰寻真,时太常献新乐,帝更名祈仙、望仙、翘仙曲。'刘道合亦居嵩山,帝即所隐,立**太一观**使居之。(永隆元年三月己未,幸师正所居,旧史云云,别起精思院以处之。**太一观**,本朝为崇福宫。)"

可与之相参者,另一位南宋学者、与王应麟同时而生年略早的黄震(1213—1280),其《古今纪要》卷十(《文渊阁四库全书》本)云:"潘师正。道士。对高宗:'茂松清泉,臣所须既不乏矣。'诏以其居作崇唐观。时太常献新乐上,名之为祈仙、望仙曲。刘道合。同时隐嵩山,上为立**太一观**居之。封太山,祝雨,俄霁,先行祈袚。为帝作丹,剂成卒。"宋人董正功《续家训》(一作《续颜氏家训》)卷六(《续修四库全书》影印宋刻本)亦云:"有刘道合者,与师正同居嵩山,帝即所隐,立**太一观**,为帝作丹,剂成而卒。"

但是,子部杂家中偏于儒家的《续家训》,与撮举诸史的史部别史《古今纪要》,均非原始文献,《玉海》也只是一部综合性类书,其所引《潘师正传》指两《唐书》之

---

① (明)傅梅《嵩书》卷二十一章成篇三,明万历刻本;郑州市图书馆文献编辑委员会编"嵩岳文献丛刊"第1册《嵩岳志·嵩岳文志·嵩书》,郑州:中州古籍出版社2003年版,第507页。"高选若"三字,原文误点为人名。

② (清)景日昣《说嵩》卷二十六,《四库全书存目丛书》影印清康熙岳生堂刻本,史部第238册,第330页;郑州市图书馆文献编辑委员会编"嵩岳文献丛刊"第3册,郑州:中州古籍出版社2003年版,第578页。

③《全元文》卷一二二二,南京:凤凰出版社2004年版,第37册,第135页。

《潘师正传》。不过"太一观"见于《刘道合传》。刘道合,亦名刘爱道,陈州宛丘(今河南淮阳)人,隋末唐初道士。早年住寿春安阳山,隋末迁居苏山,从仙堂观道士孟诜(621—713)传道。曾得神人授以"三天正一盟威摄召符契"之法,自此道法灵验。大业中(605—617),遇潘师正(585—682),见而奇之,建议师正礼茅山派第十代宗师王远知(530—635)为师。而王远知则嘱师正去嵩山修道,于是,唐高祖武德年间(618—626),潘师正与王远知同入嵩山,共居双泉中岭间,前后将近十年。① 高宗闻刘道合之名,降诏于所隐立太一观使居之。咸亨(670—673)中卒。《旧唐书》卷一百九十二《刘道合传》云:"道士刘道合者,陈州宛丘人。初与潘师正同隐于嵩山,高宗闻其名,令于隐所置**太一观**以居之。"《新唐书》卷一百九十六《刘道合传》亦云:"又有刘道合者,亦与师正同居嵩山,帝即所隐立**太一观**使居之。"②

北宋道士贾善翔《唐嵩岳太一观蝉蜕刘真人传》述刘道合始末更详,中云:"刘道合者,一名爱道,陈宛丘人也。幼怀隐逸志,住寿春安阳山。隋末迁苏山,从仙堂观道士孟诜传道。后入霍山。春分日,启誓文于谷中,返数里,闻雷电而雨,遂止于岩。是夕,梦有人召,觉则恍然有光,见一神人身长丈余,衣冠剑,佩持符,从介甲士六七人。谓道合曰:'吾乃黄神大威司使者,今六天丑类贼害民物,闻子好道,志节不屈,可制魔群。吾以三天正一盟威摄召符契授子。'道合受而吞之,自是道法所施,无不验。武德中,入嵩山与潘师正同居。高宗闻,降诏于所隐,立太一观,使居之。时将封泰山,雨不止。帝使道合禳祝,俄霁。得宠赐,辄散贫乏。洛邑苦飞蝗,道合以符示官吏,俾散贴境内,则立消。咸亨中,上召作符。既成,未克进,忽料简经书,汲汲然似有行意。弟子问之,则曰:'龟山(一作庐山)司命君召吾。'有顷,□沐浴具冠褐而化。调露中,创奉天宫,迁道合墓。发棺见骸,有若蝉蜕者(一作惟有空皮,而背上开拆,有若蝉蜕者)。帝闻之,曰:'为我合丹,而乃自服去耶?'"③元人张雨《玄品录》卷四"道术"则云:"刘道合,陈州宛丘人。初与潘尊师同隐嵩山。高宗闻其名,令于隐所置**太一观**以居焉,数召入宫。及将封泰山,属久雨,帝命于仪鸾殿作止雨之术,俄而霁朗。帝大悦,即令驰传,先登太山,以祈福佑。前后赐赉,皆散与贫乏。高宗尝命其合还丹,丹成而上之。咸亨中卒。及帝营奉天宫,迁道合之殡室。弟子开棺,将易衣改葬,其尸唯空皮,而背上开坼,有似蝉蜕,尽失其齿骨,众

---

① 参见元刘大彬《茅山志》卷十一,《续修四库全书》影印北图藏元刻本配明刻本,第 723 册;陈国符《道藏源流考》,北京:中华书局 1963 年版,第 50 页。

② 潘师正其人事迹,详见唐人王适《体玄先生潘尊师碣》,《金石萃编》卷六十二;陈子昂(661—702)《续唐故中岳体玄先生潘尊师碑颂并序》,四部丛刊景明本《陈伯玉集》卷五;李渤(773—831)《中岳体玄潘先生》,收入宋张君房《云笈七签》卷五(四部丛刊景明正统道藏本),《全唐文》卷七百十二题为《中岳体玄潘先生传》。

③ 据北京大学图书馆藏柳风堂石墨本,引自陈垣编纂《道家金石略》,北京:文物出版社 1988 年版,第 717 页。又见元人赵道一《历世真仙体道通鉴》卷二十九,明正统道藏本。

谓尸解。高宗闻之，叹曰：'刘尊师为朕合丹，乃自服仙去矣。'其所上者，卒无异焉。"①亦可参证，唐时嵩岳确有**太一观**。

关于嵩岳太一观或太乙观的后世文献，可以参考者，如《御选唐诗》卷十三沈佺期《岳馆》诗注引《嵩山志》云："唐则天后号为神岳，又崇福宫在万岁峰前，唐之**太乙观**也。其下有亭馆焉。"《河南通志》卷五十"崇福宫"云："在登封县城东北五里，汉武帝创建，名万岁观；唐改名**太一观**；宋改今名。为真宗祝釐之所，宋韩维、司马光、程颢、程颐、朱熹等皆提举管勾于此。"《大清一统志》卷一百六十三河南府二"崇福宫"云："在登封县北嵩山万岁峰下，相传汉建，曰万岁观，唐改名**太乙观**，宋天禧三年改今名。为真宗祝釐之所，设提举管勾官，朝臣领之。韩维、吕夷简、司马光及程朱诸臣皆为此职。"以上均可供参证。

不过，太乙观并非嵩山所独有，庐山亦有太乙观，在双剑峰下，属江西德化。保大十二年（954）乙卯十一月，倪少通有《太一观董真人殿碑铭》。② 倪少通（900—990），南岳朱陵道士，洪州道正、知太一观事。③ 董真人，指三国时期的董奉（220—280），字君异，侯官（今福建长乐）人。少时治医学，医术高明，与南阳张机、谯郡华佗齐名，并称"建安三神医"。对所治愈病人轻只要求在其住宅周围种植杏树，以示报答。日久郁然成林，董氏每于杏熟时于树下作一草仓，如欲得杏者，可用谷易之。后世以"杏林春暖""誉满杏林"称誉医家。董奉在庐山遗迹颇多，在山南般若峰下居住地称董奉馆，又称董真人升坛，还有杏林即董奉种杏处，后在此处又曾建杏坛庵，山北亦有杏林。董奉去世后，当地人相传董奉为天上太乙使者，故在其升仙处建太乙宫祀之。永嘉元年（307），赐董奉为"太乙真人"，号"碧虚上监"。南唐升元元年（937），徐知证作《太乙真人庙记》。保大间，在杏林故地建太乙观。宋祥符间，建太乙祥符宫。宣和五年（1123）重修太乙观，九江人王易简有《重修观记》。周必大《庐山后录》云："又三里，有谢景先草堂，乃杏林故地。天气未佳且有乡导，不果遍游。杏林者，后汉董奉治人疾，不敢赀，使愈者人植杏五株，然奉自有太乙观，在山北，或曰杏林在此，而上升太乙观耳。"④

而终南山亦有**太一观（太乙观）**。唐末杜光庭（850—933）《洞天福地岳渎名山记》载七十二福地，其中，"临邛山，在邛州临邛县白鹤山，相如所居。少室山，在河南府，连中岳。翠微山，在西安府终南**太一观**。大隐山，在明州慈溪县天宝观。"（明正统道藏本）明人章潢《图书编》卷三十"七十二福地"则引作："临邛山，在邛州白鹤

---

① （元）张雨《玄品录》卷四，明正统道藏本，见《张雨集》，杭州：浙江古籍出版社2015年版，第586页。

② 《全唐文》卷九百二十八，陈垣编纂《道家金石略》，北京：文物出版社1988年版，第202页。

③ 倪少通事迹，详见徐铉《洪州道正倪君碣》，《徐公文集》卷二十七，四部丛刊黄丕烈校宋本。

④ 《说郛》卷六十四上，《文渊阁四库全书》本；又见周必大《泛舟游山录》三，《文渊阁四库全书》《文忠集》卷一百六十九。

山,相如所居。少室山,连中岳。翠微山,在终南**太乙观**。大隐山,在慈溪县天宝观。"太一观更为具体的地点,宋敏求(1019—1079)《长安志》载:"太一观在县南六十里,终南山炭谷口。"①宋哲宗元祐元年(1086)闰二月十日至十六日,北宋学者张礼,与其友楚人陈明微同游长安城南,访唐代都邑旧址,撰成《游城南记》一卷,并自为之注。《四库提要》称:"凡门坊、寺观、园囿、村墟及前贤遗迹见于载籍者叙录甚备。"此书实际上是宋人对长安城南唐代遗址的实地考察报告,其中写道:"又南行七八里,至炭谷。自谷口穿云渡水,蹑乱石,冒悬崖,行十余里,数峰耸削,蹬道之半,有司马温公隶书二十八字曰:'登山有道,徐行则不困,择平稳之地而置足则不跌。人莫不知之,鲜能慎。'谷前**太乙观**,有希夷先生所撰碑,观南为故处士雷简夫隐居之地。"②清人毛凤枝《陕西南山谷口考》云:"又西为太乙谷,一名炭谷。"其下注曰:"太、炭双声,缓言之曰太乙谷,急言之则言炭谷。"又云:"在咸宁县东南六十里。有太乙谷水,北入滴水。"下引韩昌黎《题炭谷湫祠堂》诗,称:"炭谷之名,唐时已著。"③《大清一统志》卷一百八十西安府三亦云:"**太一观**在咸宁县南六十里,终南山炭谷口。"

唐末道士程紫霄曾与朝士在终南太乙观共守庚申。道教"守庚申"一说,认为在庚申日通宵静坐不眠,清斋修持,可以避免三尸作祟,安定灵魂。唐末丁用晦《芝田录》载:"朝士夜集终南太乙观,拉道士程紫霄同守庚申。紫霄曰:'不守庚申亦不疑,此心良与道相依。玉皇已自知行止,任汝三彭说是非。'"④宋人曾慥(?—1155)编《类说》卷十二"守庚申诗"述程紫霄事作"**太一观**",中云:"道士程紫霄有《朝士夜会终南**太一观**拉师同守庚申》。师作诗曰:'不守庚申亦不疑,此心良与道相宜。玉皇已自知行止,任汝三彭说是非。'"宋人祝穆(?—1256)《古今事文类聚前集》卷三十八"守庚申"引《芝田录》亦作"**太一观**",文字与《类说》相同。

宋初秦再思《洛中记异》也有类似记载。⑤宋人高似孙(1158—1231)《纬略》卷十"守庚申"引《洛中记异》云:"唐时衣冠往往守庚申。如皮日休、白乐天诸公是也。道士程紫霄有《朝士夜会终南**太乙观**拉师同守庚申》,师作诗曰:'不守庚申亦不疑,

---

① 《(雍正)陕西通志》卷二十八引、《(乾隆)西安府志》卷六十一引作太乙观。
② (宋)张礼《游城南记》,民国景明宝颜堂秘笈本。《(雍正)陕西通志》卷七十三、《(乾隆)西安府志》卷五十九"雷简夫隐居处"引文略异。
③ (清)毛凤枝《陕西南山谷口考》,台北:成文出版社有限公司《中国方志丛书》影印同治七年刊本,1985年版,第53页。
④ (清)周城《宋东京考》卷十六,清乾隆刻本。清吴景旭《历代诗话》卷五十二引《芝田录》文字略异:"朝士夜集终南太乙观,拉道帅同守庚申,医云:'不守庚申亦不疑,此心良与道相依。玉皇已自知行止,任汝三彭说是非。'"按,《芝田录》一卷,右叙谓尝游猴氏,故取潘岳《西征赋》名其书,记隋唐杂事,未详何人,总六百条(晁公武《郡斋读书志》卷三下,四部丛刊三编景宋淳祐本)。
⑤ 按,《遂初堂书目》著录《洛中记异》,《宋史·艺文志》著录"秦再思《洛中记异》十卷"。秦再思,宋初人。

此心良与道相依。玉皇已自知行止,任汝三彭说是非。'"①在《洛中记异》中记"终南太乙观",虽则可"异",亦当有所根据,并非不可能。

宋叶梦得(1077—1148)《避暑录话》卷下述此作"太极观",中云:"且唐末犹有道士程紫霄,一日朝士会终南太极观守庚申,紫霄笑曰:三尸何有?此吾师托是以惧为恶者尔。据床求枕,作诗以示众曰:'不守庚申亦不疑,此心长与道相依。玉皇已自知行止,任尔三彭说是非。'投笔鼻息如雷。诗语虽俚,然自昔其徒未有肯为是言者,孰谓子厚而不若此士也。"《全唐诗》卷八百五十五引《避暑录》同。太极,当为与太乙音近之讹,而在终南则可以确定。

唐代大力扶植道教,当时社会上弥漫着浓厚的崇道之风,堪称道教黄金时代。不仅皇室尊崇,士大夫阶层也因道教思想在某种程度上契合追求人生适意和超凡脱俗、不受羁束的趣味,因此多有认同。朝野上下崇道,又与道教自身的发展成熟相互作用,极大推动了崇道隐逸风气的盛行,唐代诗人大都有不同程度的崇道表现。王维生当其时,虽然被后人称为"诗佛",但在宗奉佛家思想的同时,从早年至中年,一直对道家和道教有相当大的兴趣,也接受了其影响。《鱼山神女祠歌》《送方尊师归嵩山》《送张道士归山》等,都与之有关。《终南别业》所云"中岁颇好道,晚家南山陲"之"道",亦关联着老庄之道与神仙之道。王维自称"愿奉无为化,斋心学自然"(《奉和圣制庆玄元皇帝像之作应制》),"上宰无为化,明时太古同"(《和仆射晋公扈从温汤》),从"山林吾丧我"(《山中示弟》)和"守静解天刑"(《赠房卢氏》)中,可以了解其习道实践。唐玄宗一再制造玄元皇帝(道教教主老子)托梦、显灵的神话,在社会上掀起崇道狂热,王维亦撰有《贺玄元皇帝见真容表》《贺神兵助取石堡城表》等,加以宣扬鼓吹。王维在《赠东岳焦炼师》诗中,把当时著名女道士焦炼师写成一个身怀异术的仙人,流露出崇仰之情。道家哲学自然、无为的思想,影响到王维的审美趣味和诗歌创作。因为有道家思想作根底,诗人将对自然美的理想融入诗歌创作,形成了"人闲桂花落,夜静春山空"的素雅清淡风格。

王维有很多与道士交往之作,如《赠焦道士》《送张道士归山》《送方尊师归嵩山》《赠东岳焦炼师》《送王尊师归蜀中拜扫》《漆园》《游悟真寺》《终南山》等。不只如此,王维自己曾有过一段学道求仙、服食采药的经历,证据即这首《过太乙观贾生

---

① (明)彭大翼《山堂肆考》卷一百四十八撰道教"守庚申"引《洛中记》云:"道士程紫霄有《朝士夜会终南太乙观拉师共守庚申》。师作诗云:'不守庚申亦不疑,此心良与道相依。玉皇已自知行止,任汝三彭说是非。'"以下又引《酉阳杂俎》:"'凡庚申日,三尸言人过于天帝,七守庚申三尸灭,三守庚申三尸伏。'按三彭者,三尸之姓,谓彭质、彭矫、彭居也。凡学仙者,先绝三尸,故柳子有《骂三尸文》。"详见段成式(803?—863)《酉阳杂俎》前集卷二(许逸民《酉阳杂俎校笺》,北京:中华书局,2015年12月版,第145页)。清高士奇辑注《三体唐诗》卷三引《洛中记异》曰:"道士程紫霄有《朝士夜会太乙观拉师共守庚申》。《酉阳杂俎》曰:凡庚申日,三尸言人过。七守庚申三尸灭,三守庚申三尸伏。"

房》。这首五言排律,诗中自称"道门子",叙及一度在山中隐居,与贾生一起,在山里的太乙观学道求仙,采药炼丹。诗的首二句,点出从前自己和贾生都在山中隐居。接下四句,回忆两人经常在一起"攀林""采药"的情景。二人一起携带松叶酒,戴着用笋壳做的帽子,攀林登木,寻遍高入云端的山洞,四处采药,不管是冬天还是春天。① 松叶酒,指一种加松叶酿制成的酒。北周庾信《赠周处士》诗云:"方欣松叶酒,自和《游仙》吟。"唐人喜以植物花卉叶片酿入酒中,松叶酒也是其一。张九龄《答陆澧》即云:"松叶堪为酒,春来酿几多。不辞山路远,踏雪也相过。"王绩《采药》诗亦曰:"家丰松叶酒,器贮参花蛋。"对松叶酒的吟咏,透露出一丝游仙入道的意味。因为松在《名医别录》中被列为上品,松叶气味苦温,无毒,能治"风湿疮,生毛发,安五脏"②;独活祛风胜湿,利筋骨;麻黄亦能除风。以酒浸之,既使药中有效成分能充分析出,同时酒亦为行气血,助药势。《本草纲目》引《圣惠方》"服食松叶"云:"松叶细切更研,每日食前以酒调下二钱,亦可煮汁作粥食。初服稍碓,久则自便矣。令人不老,身生绿毛,轻身益气。久服不已,绝谷不饥不渴。"簪同"簪",插戴也,意同白居易《同诸客嘲雪中马上妓》诗:"银篦稳簪乌罗帽,花襜宜乘叱拨驹"。竹皮巾,即竹皮冠。秦末刘邦以竹皮所作之冠。《史记·高祖本纪》载:"高祖为亭长,乃以竹皮为冠,令求盗之薛治之,时时冠之,及贵常冠,所谓'刘氏冠'乃是也。"③宋人邵博《闻见后录》卷十议论说:"汉高祖一竹皮冠起田野,初不食秦禄,卒能除其暴。"七至十句说王维入朝为官后,贾生仍在山中隐居学道,自己常恐贾生炼成道教称之为长生不老药的还丹金液,先于自己成仙,成为道教仙人紫阳真人的宾客。下面"夭促"二句,忽然笔锋一转,说没料到贾生却短命早逝,不免令人"哀伤百虑新"。"迹峻"二句,乃承"百虑新"而言,其中颇有反思,既与贾生夭促有关,又作了由个别到一般的提升,感叹行为孤高难免不为世俗所容,才华很多反而妨碍保持本性;其蕴含丰富,耐人寻味,堪称警句。末二句"泣对双泉水,还山无主人",是对贾生的哀悼,寓情于景,真挚感人。

而王维《过太乙观贾生房》诗题之"太乙观",究竟在河南嵩山,还是陕西终南山,事关此诗编年和王维行迹,值得斟酌。结合诗中"谬以道门子,征为骖御臣"之句,若为嵩山,则应作于开元二十三年(735)结束隐居嵩山,至洛阳任右拾遗后不久。若为终南山,则应作于天宝元年(742)自岭南回归长安转任左补阙之后。目前看,前者嵩山可能性更大,原因有三:

---

① 参见陈铁民《新译王维诗文集》,台北:三民书局 2009 年版,第 157 页。
② 《本草纲目》卷三十四,《文渊阁四库全书》本。
③ 裴骃集解引应劭曰:"以竹始生皮作冠,今鹊尾冠是也。"司马贞索隐引应劭曰:"一名'长冠'。侧竹皮裹以纵前,高七寸,广三寸,如板。"王绩《被召谢病》曰:"横裁桑节杖,直剪竹皮巾。"白居易《赠张处士韦山人》亦云:"罗襟蕙带竹皮巾,虽到尘中不染尘。"

首先，刘道合、潘师正隐居处，或云在"双泉中岭间"①，或云在"双泉顶"②，唐代雍州司功参军王适《体玄先生潘尊师碣》亦有"漱阴嵲之双泉，庇阳崖于二室"之语。③ 而王维诗中正有"双泉水"之描写，从这一对应关系看，王维诗之太乙观在嵩山似为更妥。双泉，又名双璧泉，明人傅梅《嵩书》卷二峙胜篇载："双璧泉，太室之南，二泉相并，亦名双泉。"

其次，诗中松叶、云洞等自然环境之描写，与潘师正尊师"但嚼松叶饮水而已"，应对唐高宗之语"松树清泉，山中不乏"④，亦可互文。

最后，前引文献中，庐山、终南山之太一观（太乙观），皆始见于唐末，而嵩山太乙观则唐初即有，因此更切王维之诗。

但从严格意义上看，毕竟还难以完全否认终南山的可能性，除了楼观、骊山这两处道观较为集中之外，距离长安最近的道观，即位于终南山炭谷口的太乙观，这是唐代士人与道士交往的重要场所之一。当然，王维诗之太乙观，也可能泛指终南山主峰太乙山之庙观。总之，王维《过太乙观贾生房》诗题中的"太乙观"，究竟在河南嵩山，还是陕西终南山，目前只能姑且阙疑，以俟多闻。

与太乙观相关联，还有太乙宫。相传汉武帝见终南山谷云气融结，隐然成象，于是在此建宫，名太乙宫，又名太一宫。宋人陈抟（871—989）有《太一宫记》。⑤ 今终南山主景区翠华山所在地，即长安县太乙宫镇。但亦可泛指，如王维《和仆射晋公扈从温汤》诗云："天子幸新丰，旌旗渭水东。……奠玉群仙座，焚香太乙宫。"诗注云："时为右补阙。"据上下文之意，太乙宫并非特指，而是泛指祭祀太一神的宫殿，业师陈铁民先生《王维集校注》即如此理解，⑥当可据信。

唐人诗中还有太乙庙。李益（748—827?）有《同萧炼师宿太乙庙》诗："微月空山曙，春祠谒少君。落花坛上拂，流水洞中闻。酒引芝童奠，香余桂子焚。鹤飞将

---

① （元）刘大彬《茅山志》卷十一，《续修四库全书》影印北图藏元刻本配明刻本，第 723 册。

② （元）赵道一《历世真仙体道通鉴》卷二十五，明正统道藏本。

③ （明）傅梅《嵩书》卷二十章成篇二，明万历刻本。阴嵲，又作阴峴，见《金石萃编》卷六十二；陈垣编纂《道家金石略》，北京：文物出版社 1988 年版，第 83 页；《全唐文》卷二百八十二；清叶封《嵩阳石刻集记》卷上（《文渊阁四库全书》本）。

④ （唐）李渤《中岳体玄潘先生传》云："栖于太室逍遥谷，积二十年。但嚼松叶饮水而已。高宗皇帝每降銮辇，亲诣精庐，先生身不下堂。接手而已。及问所须，答言松树清泉，山中不乏。帝与武后共尊敬之，留连信宿而返。寻敕于所居造崇唐观，岭上起精思院以处之。敕置奉天官，令于逍遥谷口特开一门，号曰仙游门，复于苑北面置寻真门。"（《全唐文》卷七百十二）《旧唐书》卷一百九十二《潘师正传》亦云："所须松树清泉，山中不乏。"

⑤ 《金石萃编》卷一二三；陈垣编纂《道家金石略》，北京：文物出版社 1988 年版，第 211 页。

⑥ 陈铁民《王维集校注》，北京：中华书局 1997 年版，第 217 页；《新译王维诗文集》，台北：三民书局 2009 年版，第 276 页。

羽节,遥向赤城分。"①诗题中的太乙庙,有的注本予以回避、未加确指。② 也有两部今人之李益诗注认为是指终南山炭谷口的太乙观。③ 此说未必可信,其实李益诗题中的太乙庙应在嵩岳,而非终南山。首先,此诗曾被清人景日昣收入《说嵩》卷二十八,只是将作者误署为李峤(645—714)。其源当来自明人龚黄《六岳登临志》卷三中岳嵩山(明钞本),其中也收入此诗,也是将作者误署为李峤,虽署名不足为训,但归为描写嵩山之诗,则有据可按。其次,李益《同萧炼师宿太乙庙》诗题之萧炼师,很有可能即许浑(公元 791? —854)《赠萧炼师》中的萧炼师,而此萧炼师在嵩岳,而非终南山。因为许浑《赠萧炼师》诗序云:"炼师,贞元初,自梨园选为内妓。善舞柘枝,宫中莫有伦比者,宠锡甚厚。及驾幸奉天,以病不获随辇,遂失所止。泊复宫阙,上颇怀其艺,求之浃日,得于人间。后闻神仙之事,谓长生可致,乞奉黄老。上许之,诏居嵩南洞清观,迨今八十余矣,雪肤花颜,与昔无异,则知龟鹤之寿,安得不由所尚哉!因赋是诗,题于院壁。"④其中点明萧炼师所居在嵩南,所述萧炼师事迹,与李益《同萧炼师宿太乙庙》正相符合。但其中所记萧炼师"贞元初自梨园选为内妓","及驾幸奉天,以病不获随辇",德宗即位,次年改元建中,至建中四年(783)十月,泾原兵过长安,哗变,唐德宗仓皇出走,奔奉天县,原泾原节度使朱泚入京称帝。次年五月,李晟收复长安,朱泚被杀,七月德宗回京,改元为兴元,公元 785 年再改元为贞元。⑤ 萧炼师贞元初自梨园选为内妓,则德宗驾幸奉天之事已过,不当再有"以病不获随辇"事。诗序所述时间颠倒,殊不可解。疑"贞元"为"建中"之误。萧炼师自梨园选为内妓,当在大历、建中之间,其供奉梨园在此之前,或在大历间。据《旧唐书》卷十二《德宗本纪》:"大历十四年五月……停梨园使及伶官之冗食者三百人,留者皆隶太常。"《新唐书》卷七《德宗本纪》云:"大历十四年五月……癸未,罢梨园乐工三百人。"萧炼师自梨园选为内妓,当在大历十四年(779)五月德宗罢梨园乐工时,其时依例约为二十岁。萧炼师(759? —?)在德宗驾幸奉天时未能随行,德宗回京后才得以重新回到宫中,许浑《赠萧炼师》称萧炼师"后闻神仙之事,谓长生可致,乞奉黄老",恐未可尽信。盖当时宫中放女妓,多令其到道观修道,萧炼师应是年长后被放出宫。《赠萧炼师》"网断鱼游藻,笼开鹤戏林",已隐约暗喻而言之。

① 《全唐诗》卷二八三,北京:中华书局 1999 年版,第 3211 页。
② 见范之麟《李益诗注》,上海:上海古籍出版社 1984 年版,第 65 页;《增订注释全唐诗》卷二七二,北京:文化艺术出版社 1997 年版,第 891 页。
③ 见王亦军、裴豫敏《李益集注》,兰州:甘肃人民出版社 1989 年版,第 382 页;王胜明《〈李尚书诗集〉编年校注》,北京:社会科学文献出版社 2014 年版,第 249 页。另,王胜明《李益研究》称《同萧炼师宿太乙庙》等"皆为诗人为排遣内心负面情绪而到附近名胜华山寻仙访道时的纪行之作"(成都:巴蜀书社 2004 年版,第 94 页),恐并无根据,华山是否有太乙观倒还在其次。
④ 《全唐诗》卷 537,蜀刻本许浑诗集题为《赠萧炼师二十韵》。
⑤ 事见两《唐书》之《德宗本纪》、《资治通鉴》卷二二九。

据"迄今八十余矣",则已阅六十余载,可知此诗当为开成四年(839)以后所作。

孟郊(751—814)有《送萧炼师入四明山》,诗云:"闲于独鹤心,大于高松年。迥出万物表,高栖四明巅。千寻直裂峰,百尺倒泻泉。绛雪为我饭,白云为我田。静言不语俗,灵踪时步天。"诗题和诗句均点明四明山,从地点上看,与上述李益、许浑诗中曾供奉梨园之萧炼师同姓而已,并无干系。元和十三年(818),白居易(772—846)在江州有《送萧炼师步虚词十首,卷后以二绝继之》,其一云:"欲上瀛州临别时,赠君十首步虚词。天仙若爱应相问,可道江州司马诗。"其二云:"花纸瑶缄松墨字,把将天上共谁开。试呈王母如堪唱,发遣双成更取来。"[1]可知白居易为萧炼师写过备言众仙缥缈轻举之美的道家曲《步虚词》十首,与供奉梨园之萧炼师不知是否为一人。[2] 如系一人,则时年已近耳顺的萧炼师倒是颇有知名度,只是并无实据。

有时历史原貌远比我们想象的复杂,因此不妨阙疑,以俟多闻。

(作者单位:中国社会科学院文学研究所)

---

① 朱金城:《白居易集笺校》,上海:上海古籍出版社1988年版,第1115页。
② 黄永武:《中国诗学·考据篇》认为李益、白居易、许浑三人诗中之萧炼师是同一人(台北:巨流图书公司1977年版,第37页;北京:新世界出版社2012年版,第52页)。

《洛阳新获墓志》王维书迹证伪

谭苦盦

　　《洛阳新获墓志》(二〇一五),齐运通、杨建锋编,中华书局 2017 年出版。此书收有八面柱形经幢拓本一方,题作《佛顶尊胜陀罗尼石幢赞并序》(下称"经幢序"),高 170 厘米,上宽 14 厘米,下宽 17 厘米,正书,面 4 行,行 38 字,不具撰人名氏,款为"大乐丞王维书"。

　　王维乃唐代大诗人,若经幢序为真品,则对于推进王维研究裨益颇大。一则弥补书迹之缺。史载王维"书画特臻其妙,笔踪措思,参于造化"(《新唐书》本传),但至今无原作遗世,现藏日本大阪市立美术院之《伏生授经图》传为王维所绘,难以坐实,则经幢序乃王维书迹之首次发现,意义重大。二则印证史籍之评。王维"工草隶"(《旧唐书》本传),此处之隶并非"古隶"(秦隶并汉隶之合称),而是"今隶",即正书之别称;经幢序为王维正书,如何之工,则可求证。三则订正行实之非。据陈铁民《王维年谱》,开元九年(721),王维以事坐累,由太乐丞("大"通"太")谪济州司仓参军[①],这基本上已是学术界共识;而经幢序有明确纪年为开元十年(722)四月十三日,此时王维尚在太乐丞任,则其年谱及相关诗作系年当据以修正。但事实上经幢序乃一伪刻,不可依据。

　　从拓本看,经幢序大体有前后两个部分。前部分为右起一至四面,乃序文;后部分为右起五至八面,乃经文,节抄《佛顶尊胜陀罗尼经》。其序文云(□谓缺字,☑谓缺字数不详):

　　　　公□□□□西成纪人也。若乃开国承家之茂,已昭□□于□□光朝☑
　　　于史□,可略言也。九代祖全,后汉□□将军、高州都督、范阳王。□风☑盖于
　　　西☑十二□大☑智□忠州刺史,或□□玉□□高□□之☑万细□之□父□□

────────────────

① 陈铁民:《王维论稿》,北京:人民文学出版社 2006 年版,第 5 页。

代州都督府长史。百城之□□□惟□□□之班□□是哲。公□祖任□州,卜居万安山下,至子孙等五代□为伊阙县人□公□万峰之□□伊浦之□□忠孝而□操□上□而挺生。硌硌不群,山水谐其性。□恂□□乡□□其德□任南阳令,俄□汝州司马☑匡州□□尚。岂冀□□未福☑良木☑大唐开元十年二月。夫人□州史氏。曾祖□洛阳太守。祖□平州□□令。夫人□舍贞。夫人□□□氏。曾祖道,周□州刺史。祖,隋本郡太守。父,唐怀州河内令。夫人□精□岭☑开元十年岁次甲午四月乙酉朔十三日丁酉,与夫人□于万安山☑石佛寺□□石幢一□惟祖惟父☑光朝□□冬日□□惟公光☑名☑非好泉☑兮□白日☑玄☑。①

因残泐不全并毡拓不清,损字尤多,以致文义不尽相贯,然大抵是历叙此公之籍贯、家世、行实、妻室、卒年、葬日之属,与墓志之例同。其中“开元十年岁次甲午四月乙酉朔十三日丁酉”一句,按之《二十史朔闰表》不符,应作“岁次壬戌四月辛未朔十三日癸未”。本来唐碑中不乏干支纪法有误者,然经幢序纪年作“甲午”一误,纪朔作“乙酉”再误,纪日作“丁酉”三误,有如此者,实在罕见,则经幢序是否真品令人生疑。

当然,仅凭干支之误,或未敢遽断经幢序必伪,但以之与《洛阳流散唐代墓志汇编》所收《大周故汝州司马牛公墓志铭》拓本(下称“牛志”)相较,文字极为近似,如出一辙,足以证实所疑非虚。

2009年,牛志始出土于洛阳偃师,长55.5厘米,宽55.5厘米,有方界格,且志中凿圆孔,正书,24行,行24字,其云:

公讳陵,字君,其先陇西成纪人也。若乃开国承家之茂,已昭晰于缇细;光朝绝俗之英,亦纷纶于史谍;可略言也。九代祖金,后汉骠骑将军、幽州都督、范阳王。蓣风万里,翼飞盖于西园;桂岭千寻,郁平台于东菀。曾祖仙,北齐十二卫大将军。祖贵,周汝州刺史。或韬奇玉帐,荣高去病之功;或奋略彤襜,德万细侯之最。父兴,隋代州都督府长史。百城之寄,所辅惟良;六察之班,其规是哲。公因祖任汝州,卜居缑氏山下,至子孙等五代,遂为缑氏县人焉。公禀缑峰之精,缊伊浦之灵;含忠孝而植操,体上仁而挺生。硌硌不群,山水谐其性;恂恂善诱,乡党归其德。唐授南阳令,俄迁汝州司马。鸣弦抚县,驯翟非优;洗帻匡州,徒貆何尚。岂冀大年未福,小竖遄灾;智石爱倾,良木斯坏。春秋八十有九,以大周长寿二年一月十四日卒于私第,呜呼哀哉。夫人武威贾

① 齐运通,杨建锋:《洛阳新获墓志》(二〇一五),北京:中华书局2017年版,第167页。

氏。曾祖彦,洛阳太守。祖道,雍州栎阳令。夫人琼台缊妙,芝浦含贞;落莽彩于先朝,戢兰仪于厚夜。夫人彭城刘氏。曾祖道,周益州刺史。祖,隋本郡太守。父,唐怀州河内令。夫人禀精鱼岭,凝粹凤楼;掩神珮于珠皋,寝仙袿于云泽。粤以长寿三年岁次甲午一月乙酉朔十三日丁酉,与夫人等合葬于缑氏山南麓之平原,礼也。启故块于先魂,合新茔于后魄,悲松风于松路,惨山烟于山陌。呜呼哀哉,乃为铭曰:蝉联绪阀,森漫源长。惟祖惟父,知微知彰。光朝秀郡,冬日秋霜。惟公光诞,实茂名扬。器宇虚寂,风仪俊朗。荣利非好,泉林纵赏。耆哲忽萎,云谁可像。掩九泉兮辞白日,冥万古兮纪玄壤。[1]

据牛志载,牛陵出自牛金之后,其人见于《三国志·魏书·曹仁传》,初为曹仁"部曲将",其后"官至后将军"。另据《晋书》卷六《元帝纪》,"故宣帝(指司马懿)深忌牛氏,遂为二杯,共一口,以贮酒焉,帝先饮佳者,而以毒酒鸩其将牛金"。惟其历仕汉魏晋,谓之"后汉骠骑将军",或"魏司徒公",或"晋将军",均宜。其余人则史籍不载,无从查考。

牛志属辞有法,用事亦当,而且葬日"长寿三年岁次甲午一月乙酉朔十三日丁酉",按之《二十史朔闰表》皆合,则非赝石。虽经幢序"剥蚀"尤甚,然就现有文字与牛志作比勘,除篡改或删汰个别辞句、地名、职官、年号之外,诸如,改"缑氏山"为"万安山",改"幽州都督"为"高州都督",改"长寿三年"为"开元十年";其余沿袭之迹显然,几无二致,尤其"若乃开国承家之茂""硌硌不群,山水谐其性""至子孙等五代""祖,隋本郡太守。父,唐怀州河内令"各句。"麒麟皮下露出马脚",经幢序系以牛志为底本刻石伪造者,实非王维书迹。

《洛阳新获墓志》误收伪刻,重印时应将经幢序剔去,或加注一"伪"字,以示审慎。

(作者单位:重庆师范大学古籍所)

---

① 毛阳光,余扶危:《洛阳流散唐代墓志汇编》,北京:国家图书馆出版社2013年版,第94页。

王维与禅宗美学的思想因缘

刘 方

王维,字摩诘,后世推为诗佛。他与佛教特别是禅宗之间的关系,人所周知。不过囿于学科知识的局限,绝大多数相关研究,只是局限在佛教特别是禅宗如何影响到王维及其诗歌创作方面,很少有从禅宗思想发展史的角度与脉络,考察与思考王维在其中的地位、作用。特别是王维不仅受到禅宗思想的影响,在王维之后,禅宗思想同样受到王维诗歌的影响,从中获得思想的启迪。对王维影响到禅宗思想发展方面,少有论述,本文就上述两个方面,研究比较少的部分,稍作探讨。

一、唐代禅宗的成立与王维的作用及其受到的影响

(一)惠能南禅美学的根本确立与王维《能禅师碑铭》的思想阐释

中国禅宗,按传统的说法,是由菩提达摩传来,此后代代相传而至六祖惠能,建立起南宗禅,实际上,从达摩到惠能,是从印度禅到中华禅的一个演变过程,①禅宗的真正建立,确切地说,应当从唐代的六祖惠能算起。半个多世纪前,胡适对此发表过评论,认为"禅宗是个运动,是中国思想史,中国禅宗史,佛教史上一个很伟大的运动,也可以说是中国佛教的革命运动。"②他认为,中国佛教革新运动,是经过很长时期演变的结果,并不是待出来一个不识字的和尚,做了一首五言四句的偈,在半夜三更得了法和袈裟,就突然起来的,它是经过几百年很长时间的演变而成的。③他指出在烦琐学风弥漫全国的时代,"这种革命思想自然有绝大的解放作用"④,都是很精确的看法。

---

① 印顺法师:《中国禅宗史》序,上海:上海书店出版社 1992 年版,第 4 页。
② 胡适:《禅宗史的一个新看法》,《胡适集》,北京:中国社会科学出版社 1995 年版,第 198 页。
③ 胡适:《禅宗史的一个新看法》,《胡适集》,北京:中国社会科学出版社 1995 年版,第 199 页。
④ 胡适:《荷泽大师神会传》,《胡适集》,北京:中国社会科学出版社 1995 年版,第 83 页。

惠能(公元 638—713 年)①的生平事迹，禅史文献的记载出入很大，至今仍纷争不息。他的参礼五祖、黄梅得法及出家开法等重要的历史年代的确切时间，各种文献记录说法不一。王维受神会之请所写的《能禅师碑铭》，写作时间距惠能去世尚近，为关于惠能生平思想的最早文献，②应该比较接近史实。但是材料得自神会，也必然夹杂门派立场与神化问题。③ 依《碑铭》的说法，惠能原籍河北范阳，后因其父贬官岭南，成了平民。幼年时期惠能生活很贫困，后于唐高宗咸亨(公元 670—674 年)年间去湖北黄梅参见禅宗五祖弘忍，分在碓房舂米，随众听法，受到弘忍关注，独得特别教导，他辞别弘忍时，弘忍密授袈裟给他，以为信记，说明他得到嫡传。回到南方后，惠能"杂止于编人""混农商于劳侣"经十六年，出家开法，后住曹溪宝林寺。韶州刺史韦琚特地请他到城中大梵寺讲法，经他弟子们记录成为《坛经》。④

在佛教典籍中，"经"这个名称的用法是非常严格的，只有释迦牟尼本人的宣法，才称为"经"，历代弟子们的著述，只能称为"论"。中国佛教著作中称为"经"的唯一一部即是《坛经》。这种殊荣在中国佛教史乃至印度佛教史上，都是空前绝后的。随着禅宗的繁荣发展，《坛经》广泛流传，并在内容上发生变动，出现多种版本。对于《坛经》的各种版本，乃至于《坛经》的作者、真伪都引起了近世学者们的广泛论战、考辩。⑤ 而以敦煌本比较接近真实，也已经过了修改。⑥ 但仍为我们研究惠能思想的最主要文献。

当神秀的北方禅学如日中天的时候，⑦日后将名贯千古的惠能禅师则自弘忍大师圆寂(公元 674 年)一直到永昌元年(公元 689 年)十六年间，在南方故乡一直默然无闻。柳宗元《曹溪大鉴禅师碑》说是"遁隐南海上，人无闻知。又十六年，度其可行，乃居曹溪，为人师。"⑧与王维所做的《能禅师碑并序》中所讲到的："禅师遂

① 陈垣：《释氏疑年录》卷四，北京：中华书局 1964 年版。
② (唐)王维：《六祖能禅师碑铭并序》，(清)董诰等编：《全唐文》卷三二七，上海：上海古籍出版社 1990 年版。王维著、清·赵殿成笺注《王右丞集笺注》卷二五，上海古籍出版社 1984 年版，第 446 页。
③ 孙昌武：《禅思与诗情》增订本，北京：中华书局 2006 年版，第 42—44 页。
④ 关于惠能生平的详细考证可参印顺法师：《中国禅宗史》，上海：上海书店出版社 1992 年版，第 175—236 页。
⑤ 有关《坛经》的讨论，可看看胡适：《荷泽大师神会传》，《胡适集》，北京：中国社会科学出版社 1995 年版。张曼涛主编：《现代佛教学术丛刊》之一《六祖坛经研究论集》，台北：大乘文化出版社 1976 年版。
⑥ 参见印顺：《中国禅宗史》，上海：上海书店出版社 1992 年版有关考辩。
⑦ 参考葛兆光《中国禅思想史》北京：北京大学出版社 1995 年版。Bernard Faure, The Rhetoric of Immediacy: A Cultural Critique of Chan/Zen Buddhism, Princeton University Press, 1991. Bernard Faure, Chan Insights and Oversights: an Epistemological Critique of the Chan Tradition, Princeton University Press, 1993. John R. McRae, The Northern School and the Formation of Early Chan Buddhism, University of Hawaii Press, 1986. 龚隽《禅史钩沉》，北京：生活·读书·新知三联书店，2006 年版。
⑧ 柳宗元：《柳河东全集》卷六，北京：中国书店 1991 年版，第 64 页。

怀宝迷邦,销声异域,众生为净土,杂居止于编人,世事是度门,混农商于劳侣,如此积十六载"①的说法完全一致。也就是说,惠能这位日后的一代名僧,这时还隐于民间,日后将几成佛教代名的南禅,这时还悄无声息。惠能是在法如圆寂后才出山受具戒,住锡于韶州曹溪宝林寺及广果寺,并被当时韶州刺史韦据请到韶州城内大梵寺说法,并得到推崇,而开始声名远播。后来便有神秀向武则天推荐惠能(按,由此亦可见南北之争尚不存在),而惠能则托病推辞了诏请,保持了自道信以来,禅门不依附皇权的相对独立地位的品格与地方色彩。另一方面,这种拒诏,也同道信、弘忍当年一样,反而产生了更好的宣传效果,使其名声大振。特别是他充分利用这一段时间,培育出一批出色的弟子,成为日后显赫的南禅历史的开拓者。也正是这些杰出的弟子及传人,才使名声地位远不能与神秀相比的惠能,日后才不断被推崇,南宗的显达,乃至最终取代北宗,也与门下杰出弟子辈出大有干系。

关于惠能的禅学思想,除了《坛经》这一重要文本之外,唐代王维、柳宗元和刘禹锡所撰写的著名的三篇碑文,正如有研究者所指出,"是十分有价值的作品,对于研究慧能、禅宗以及佛教史、思想史、文化史均具有重大价值。"②

《坛经》是记述惠能思想的主要资料,其版本众多,内容有所出入。③ 其中最古老的是敦煌本,原名叫做《南宗顿教最上大乘摩诃般若波罗密经六祖惠能大师于韶州大梵寺施法坛经》,不分品目,目前所知有多种抄本。④ 敦煌遗书中所存《坛经》写本,学术界统称为"敦煌本《坛经》"。现知敦煌本《坛经》共 5 号,结合李富华、邓文宽、方广锠等多位研究者文章综述如下:

1. 英国图书馆藏 5475 号,缝缋装,首尾完整。是最早引起中外学者重视、在相当长的一段时间内作为敦煌本《坛经》研究大抵依据的版本。与旅博本同为《坛经》中现存的最早写本。1920 年代由日本矢吹庆辉发现、摄影,后著录于《鸣沙余韵》。1934 年日本铃木大拙、公田连太郎首次发表录校。

2. 敦煌县博物馆藏 77 号,缝缋装,首尾完整。1940 年代由向达发现并两度录文,但仅在《西征小记》中披露该写本的存在,没有公布原文。1983 年由周绍良再发现并组织拍摄照片。其后杨曾文得到照片,并于 1993 年首次发表录校。该写本抄写禅宗文献多件,《坛经》是其中之一;

3. 中国国家图书馆藏 BD04548 号背 1(岗 48 号),卷轴装,抄在一部《无量寿

① 王维著、(清)赵殿成笺注:《王右丞集笺注》,上海:上海古籍出版社 1984 年版,第 447 页。

② 孙昌武:《唐代慧能"三碑"对其禅法的理解》,载孙昌武《文坛佛影续集》,北京:宗教文化出版社 2008 年版,第 141 页。

③ 参考王儒童编校:《〈坛经〉诸本集成》,北京:宗教文化出版社 2014 年版。李富华《〈坛经〉的书名、版本与内容》,《中国禅学》,第一卷,中华书局 2002 年版,第 89—97 页。

④ 参考邓文宽《敦煌本〈六祖坛经〉的整理与研究——在中国国家图书馆的演讲》,载《敦煌坛经读本》,北京:民主与建设出版社 2019 年版,第 115—158 页。

宗要经》背面，只抄写了《坛经》的后部分，首残尾存，有尾题。1920年代陈垣首先发现并著录于《敦煌劫余录》，但未引起学术界注意。1991年日本田中良昭注意到该写卷并首次发表录校。

4. 现藏于旅顺博物馆，敦煌遗书077号，缝缋装，首尾完整。外观呈长方形，宽约14.3 cm，纵约27.4 cm强，厚约1.15 cm。合计是108半叶，54折。册子中实际抄写两部典籍：前部是《坛经》，后部是《大辨邪正经》。两部典籍的首尾均完整，均存有首尾题。1910年代日本大谷探险队橘瑞超得于敦煌并著录，该著录最早由罗振玉公布。原件辗转存旅顺博物馆，后下落不明。1989年日本龙谷大学公布该校所存照片3拍，其中属于《坛经》仅2拍，一首一尾。另一拍为尾部其他文献。其后潘重规从方广锠论文得到线索，1995年首次利用该照片进行录校。2009年，长期被认为已经亡佚的旅博本《坛经》，在沉寂于普通库房几十年之后，再次被发现。2011年影印出版。

5. 中国国家图书馆藏BD08958号，卷轴装，首尾均断，原为兑废稿。1996年由方广锠发现，1998年发表录文。

旅博本《坛经》的特殊价值：书末有"显德五年乙未岁"纪年题记（应是"显德六年"之误），显德为五代后周的年号。显德六年是公元959年。是唯一有年款的写本。旅博本《坛经》保留了完整的缝缋装装帧形式，经文中有朱笔画的间隔符号和断句标点，对于研究写本时期的中国书籍史，也有重要的标本价值。古代的禅宗僧人、古代的敦煌僧人到底怎样理解《坛经》，旅博本的分段与断句为我们提供了宝贵的钥匙。这是其他任何一个本子所不具备的。①

敦煌本经过中外几代学者整理，形成多种整理本。②

此外历史上流传的还有两个重要的版本：一是唐僧惠昕的改编本《六祖坛经》，约一万四千字，比法海本的字数约多十分之一。二是未署撰人的《六祖大师法宝坛经曹溪原本》，共十品，两万余字，大约比法海本多一倍。因此吕澂先生认为研究惠能的思想，不应以《坛经》作为唯一的依据，而应该主要以王维的《碑铭》作

---

① 敦煌本的影印出版，以郭富纯、王振芬整理《旅顺博物馆藏敦煌本六祖坛经》，上海：上海古籍出版社2011年版，为目前最佳版本。不仅正文完整影印了旅顺博物馆藏敦煌本六祖坛经—《南宗顿教最上大乘摩诃般若波罗蜜经六祖惠能大师于韶州大梵寺施法坛经一卷》，而且附录影印了其他四种：1. 敦煌市博物馆藏敦煌本六祖坛经（BD.077号），2. 英国国家图书馆藏敦煌本六祖坛经（S.05475），3. 中国国家图书馆藏敦煌本六祖坛经（BD.04548），4. 中国国家图书馆藏敦煌本六祖坛经残本（BD.08958）。

② 近年来比较有代表性的整理本有：邓文宽、荣新江：《敦博本禅籍录校》，南京：江苏古籍出版社1991年版。周绍良编著：《敦煌写本坛经原本》，北京：文物出版社1997年版。杨曾文校写：《新版敦煌新本六祖坛经》，北京：宗教文化出版社2001年版。李申校译、方广锠简注：《敦煌坛经合校译注》，北京：中华书局2018年版。邓文宽：《敦煌坛经读本》，北京：民主与建设出版社2019年版。

依据。①

王维《六祖能禅师碑铭并序》开篇即言：

> 无有可舍，是达有源；无空可住，是知空本。离寂非动，乘化用常，在百法
> 而无得，周万物而不殆。鼓枻海师，不知菩提之行；散花天女，能变声闻之身。
> 则知法本不生，因心起见；见无可取，法则常如。世之至人有证于此，得无漏不
> 尽漏，度有为非无为者，其惟我曹溪禅师乎！②

这一段文字，应该是表达了王维对于惠能禅学思想的一个基本的和整体的理
解与阐释。其中开篇即言："无有可舍，是达有源；无空可住，是知空本"几句核心观
念，孙昌武《王维〈六祖能禅师碑铭并序〉笺释》：

> 《坛经》上说："我此法门从上已来，顿渐皆立无念为宗，无相为体，无住为
> 本。""无有可舍"、"无空可住"即是"无念"、"无相"、"无住"。这体现了大乘空
> 观"荡相遣执"的精神。但"无有可舍"却要"达有源"，"无空可住"却要"知有
> 本"。就是说，不仅肯定"本"、"源"的存在，还要认识它、实现它。在慧能的观
> 念里，这个本源就是"本心"、"本元自性清净"、"自性法身"，等等。这是对涅槃
> 佛性说和如来藏思想的具体发挥，又显然吸收了道家的本体论。……新兴的
> 禅宗即重又拾取老庄的语言和思想来讲本体了。《庄子》说："夫道，有情有信，
> 无为无形，可传而不可受，可得而不可见，作本作根……""夫虚静恬淡寂寞无
> 为者，天地之本而道德之至……夫虚静恬淡寂寞无为者，万物之本也。"王弼注
> 《老子》说："道以无形无为成济万物。"又说："无形无名者，万物之宗也。"这在
> 观念上和逻辑上都与王维所阐释的慧能的新禅观有相通之处。③

在惠能看来，禅乃是众生的本性，生命的灵光，是解脱成佛的圣境，是生命的自
由境界，同样也是审美的最高境界。而这种境界的获得，乃是由"心"而"悟"的。在
惠能那里，"心"有时又称"自心""本心"，乃是人的本性、本体。"识自本心，若识本
心，即是解脱。"④这一自心、本心，也即是"自性""本性"，如惠能讲"汝自性且不
见，……汝自迷不见自心。"但是惠能禅学与此前的禅宗思想关于"心"的思想不同

---

① 吕澂：《中国佛学源流略讲》，北京：中华书局 1979 年版，第 223 页。
② 王维著，(清)赵殿成笺注：《王右丞集笺注》卷二五，上海：上海古籍出版社 1984 年版，第 446 页。
③ 孙昌武：《王维〈六祖能禅师碑铭并序〉笺释》，载孙昌武《文坛佛影续集》，北京：宗教文化出版社 2008
　年版，第 162—163 页。
④ 郭朋：《坛经校释》，北京：中华书局 1983 年版，第 60 页。

之处在于,惠能强调"真心""本性"与一般所谓人心是一体的,这两个层面的"心"只是人心的两个方面而已。而这真心、自性,也就是佛性,也就是佛,"佛是自性作,莫向身外求"。"我心自我佛,自佛是真佛"。惠能注重当下的人心,这就在实际上把活生生的每一个人自身推到了最重要的地位。而这一"心""性"涉及到禅宗美学的本体论,是禅宗美学的理论基石,而这种心本体的美学本体论同时也为艺术审美创造与欣赏提供了理论依据,同样,心本体也构成了悟之可能的本体依据。

惠能关于"心"本的思想,对中国美学、艺术理论与创作实践,有着极大的影响。惠能在《坛经》中讲"心量广大,犹如虚空。……虚空能含日月星辰、大地山河、一切草木、恶人善人、恶法善法、天堂地狱,尽在空中;世人性空,亦复如是。"从哲学认识论意义上讲,这当然是典型的唯心论思想。然而,如果从审美价值论,从艺术实践、艺术生成论角度看,却是一种十分精彩、十分契合中国传统文化与美学特色的学说。艺术美总是一种人的创造,艺术作为第二自然,同样是一种人的创造物。一方面体现为一种物质存在形态,一方面又是人的主体心灵、思想、观念的产物。因而,从美的创造,艺术的生成的角度而言,"心"本思想就无疑具有极大的理论意义与价值。

中国传统美学与文学艺术实践,都十分重视和强调审美主体心灵的创造性发挥与主导作用,在中国文学、艺术理论中,即使是强调对大自然的摹仿的理论,也与西方的纯客观的摹仿论有根本的区别与差异,中国的文学、艺术中,即使是摹仿自然,也并非是对自然的镜子式的反映,而是主体心灵对于自然的创造,是构成主体心灵可以游,可以栖居,可以获得安顿的精神家园。因此,对后世影响巨大的张璪的"外师造化,中得心源"的艺术美学理论,这一被宗白华先生称为"指示了……理解中国先民艺术的道路"①的重要理论,也有着鲜明的禅宗美学思想的影响也就不奇怪了。

2. 神会荷泽宗:禅宗美学的士大夫化与王维的意义

六祖惠能地位确立,成为中国南宗禅这一真正意义上的中国禅宗的祖师,标志着中国禅宗史的一个巨大转折与"佛学的革命"(胡适语)。而实现这种转折与革命的关键人物并非是惠能本人,而是他的弟子神会。虽然神会的实际历史作用,不如胡适在《荷泽大师神会传》中所推崇的那样大,②但也的确起过很大作用。神会在中国禅宗思想史及禅宗美学史上的重要贡献、作用,我以为突出体现于以下几个方面。首先,是在唐代社会文化、政治、经济发生大转型的时期,以卓越的才学和极大的勇气,树起南宗禅的旗帜,高扬起"顿悟"的理论学说,激烈地攻击声势正盛、地位

① 宗白华:《艺境》原序,北京:北京大学出版社1987年版,第3页。
② 胡适:《荷泽大师神会传》,载《胡适集》,北京:中国社会科学出版社1995年版。

尊宠的北宗禅,并最终为惠能南宗争得一席之地,取得最高权力——皇权的认可,南宗禅的合法性、正当性、权威性地位由此开始树立。虽然今天的新的资料与新的考证表明,实际上南宗禅并非神会时名显天下,北宗禅也在神会攻击之后仍然风光了近百年,①但是,神会的作用、贡献、仍然是不可低估的。而"顿悟"也成为南禅美学的核心与重要标志,对中国唐之后的美学产生深远的影响。

其次,神会几十年弘法,与从地方到中央的官员、士大夫进行了广泛的交游,获得了普遍的声誉,在文人士大夫阶层产生了广泛影响。为了使禅宗思想内容能够更符合文人士大夫品味、趣味,神会对禅宗思想进行了调整和改造,这样,禅宗由四祖道信、五祖弘忍"东山法门"建立起的以农禅为特色的佛教宗派,②虽然在惠能的时代仍然保持了其主要特色,但在神会时期则开始向士大夫禅转化。惠能开创的禅宗,当时仅是限于一隅的地方性佛教宗派,要想成为全国性的佛教宗派并产生广泛深远的影响,除了皇权支持之外,更为重要的还需要得到士大夫阶层的接纳、喜爱、支持和信仰。从中国历史上佛教各宗派的兴衰可以看到,仅有皇权的支持,并不能保证教派的流传久远与影响广泛。任何一个教派,要想获得稳定地位、持久的影响力和广泛的传播与众多的信众,在中国传统社会中必须得到这个社会实际的政治、文化的中枢——士大夫阶层的认可。③

士大夫的广泛参禅,信仰禅宗学说,一方面使禅宗思想最大限度地发挥其影响,普遍而广泛地传播,而另一方面,禅宗思想也不可避免地受到参禅的士大夫们思想的影响、渗透而被加以改变,使禅学趋向于全面的世俗化。虽则这种局面的广泛形成是后来才出现的,但毕竟在唐代,自神会时期便开始了这一漫长而缓慢的演变过程。

就禅宗美学而言,一方面,士大夫们在接受这种宗教信仰的学说、思想的同时,也广泛接受了禅宗美学的思想、观念,以及它所推崇的审美理想、审美趣味与审美境界。与此同时,禅宗美学也不能不受到士大夫审美趣味、审美风尚、审美观念的极大影响、渗透,使禅宗美学由一种宗教美学愈来愈向一种符合于士大夫审美理想、观念的世俗的士大夫美学方向演变。而神会与王维的交往即为一典型个案,从中可透视出这种发展演变的趋势。

神会在向北宗禅直接发起挑战的同时,也积极在中上层士大夫中间传播他的

---

① [法]佛尔:《正统性的意欲:北宗禅之批判系谱》,蒋海怒译,上海:上海古籍出版社2010年版。[美]马克瑞:《北宗禅与早期禅宗的形成》,韩传强译,上海:上海古籍出版社2015年版。韩传强:《禅宗北宗研究》,北京:宗教文化出版社2013年版。

② 参任继愈《农民禅与文人禅》,载《传统文化与现代化》1995年第1期。

③ 黄仁宇:《万历十五年》,北京:中华书局1982年版;崔瑞德、费正清主编:《剑桥中国秦汉史》,北京:中国社会科学出版社1994年版;以上著作均谈到官僚阶层是封建专制政权的实际操纵者的问题。

禅法,根据《南阳和尚问答杂征义》中提到的曾向神会问道的官员就有二十余人,其中比较著名的有苏晋、张说、王维、房琯等。① 而张说卒于开元十八年(公元730年)还在神会开元二十年向北宗挑战之前,对神会所标榜的独特禅法来不及做出充分反应。因而,在神会与士大夫交游中,与王维的接触便格外值得注意。这次接触不仅是王维生平和禅宗传播过程中的一件大事,也是中国禅思想史上的一个重要事件,因为这是当时最重要的禅宗思想家与当时最著名的诗人之间的一次直接接触,禅宗南宗的新思想,也因而第一次直接影响到士大夫的审美趣味与文学创作。

由王维,而不是其他盛唐诗人对南宗禅思想首先做出反应,这有着某种并非纯粹偶然的必然因素。王维生活在唐王朝的鼎盛时期,他也曾像少年杜甫、中年的李白一样,高歌过事业、功名,也像少年岑参、中年的高适一样向往过从军边塞。另一方面,王维笃信佛教又有家庭的影响与熏陶。他的母亲崔氏就曾师事大照普寂禅师三十年,②在其影响下王维和弟弟王缙"俱奉佛,居常蔬食,不茹荤血。"王维早中进士,因其杰出艺术修养而得到王公贵族的赏识和一般士人的敬仰,除了太乐丞职上受到坐贬的挫折和晚年安史之乱中的迫受伪署经历之外,一生都很平静。他的信奉佛教,并最终接受南宗禅的思想,与当时大多数士大夫信佛仅仅停留在福业报应、生死轮回的层次上不同,而真正关注的是更为内在、更为抽象的内在精神、生命存在与心灵安顿的层面上,正是在这一层面上,禅宗思想弥补了传统儒家思想在这一领域的欠缺与不足,满足了人们这种更内在更深邃的精神渴求。③

从神会禅学而言,为适应士大夫精神需求,而提出的"无念"与"顿悟"在某种意义上便是给予文人士大夫这样的"上根之人"的权宜方便。正如葛兆光所精辟分析的:

> 生活对于文人士大夫来说总是有双重意味的:一方面是责任与义务的完成,一方面是对自由与超越的追求。责任与义务使他们积极入世参与政治,很多文人其实都是不能那么潇洒的,为了生前事业身后声名,他们要埋头案牍,与种种世俗琐事打交道,在这些琐事中实现自己在社会上的价值。而对自由与超越的追求则使他们总是在寻找一种思想与实践,以期在这种思想里找到摆脱俗务的依据,在这种实践中寻觅人生的轻松与潇洒。从一开始,佛教就是在这一心理背景下成为士大夫信仰的,这与下层民众为解决现世具体问题与

① 神会:《南阳和尚问答杂征义》,见《神会和尚禅语录》,北京:中华书局1996年版。
② 王维:《请施庄为寺表》,(清)赵殿成笺注:《王右丞集笺注》卷十七,上海:上海古籍出版社1984年版,第320页。
③ 刘方:《中国禅宗美学的思想发生与历史演进》,第七章《诗性栖居的永恒感、可能性与日常化:禅宗美学对中国美学的丰富与深化》,北京:人民出版社2010年版,第129—139页。

来世生活状况而信仰佛教大不相同。①

虽然认为士大夫对佛教信仰的接受是为寻觅人生的轻松与潇洒，还只是看到了一个方面，而没有能触及到士大夫接受佛教、禅宗信仰的精神安顿、生死解脱这一深层的心灵根源，但这段文字对士大夫双重生活及其对佛教、禅宗思想接受的特殊心理的分析还是相当精辟的。正是在这种如前所说寻求精神安顿、生命存在的意义、价值，而又追求自由与超越的精神生活，使得士大夫们（王维是其中的先行者之一）有了普遍的对禅宗思想的接受。同时，也正是这种精神追求，使得他们不满足于北宗禅清净心的追求与"时时勤拂拭"的苦修，从而会对神会所宣传的"无念""顿悟"的禅修产生更大的兴趣。

有学者研究认为至迟开元末年王维已和神会交往，其时王维知南选过南阳，与神会谈禅，在《神会录》里有记载，②王维与神会的会面，当是有着某种渴求。因为神会北上向北宗禅挑战，集中攻击的普寂便是王维母亲师事三十余年而王维自己也必然深受影响的大照禅师。因此，王维与神会的会面必定带着疑惑、寻求解答的。据《南阳和尚问答杂征义》记载王维与神会的会面及问答：

> 于时王侍御问和尚言："若为修道得解脱？"答曰："众生本自心净。若更欲起心有修，即是妄心，不可得解脱。"王侍御惊愕云："大奇，曾闻诸大德皆未有作如此说。"乃为寇太守、张别驾、袁司马等曰："此南阳郡有好大德，有佛法甚不可思议。"③

王维在与神会见面时，径直就佛教的根本问题——生死解脱，向神会发问，而神会的回答，与王维行前所闻的北宗"时时勤拂拭"的主张根本对立和不同，这不能不使王维大为吃惊，并在与神会深入讨论了戒、定、慧诸问题后心悦诚服，在"语经数日"领悟了南宗宗旨之后，称叹"有好大德"。并因此应神会之请，以后又写了《能禅师碑》，对南宗禅的传播，产生了良好影响。而王维撰写此碑，也是有一定风险的，因为神会当日力单势薄，虽孤勇挑战北宗，但受到北宗势力的排挤、打击。而王维在《能禅师碑》中不仅为其盛叹"世人未识，犹多抱玉之悲"，最早于士大夫文人中阐发和颂扬惠能禅学主旨，而且肯定了神会宣扬的传衣说，反对当日已普遍认可的神秀为六祖、普寂为七祖的说法，显然已卷入南北宗的正统之争。而王维的宣传，

① 葛兆光：《中国禅思想史》，北京：北京大学出版社 1995 年版，第 275—276 页。
② 孙昌武：《禅思与诗情》增订本，北京：中华书局 2006 年版，第 72—73 页。
③ 神会：《南阳和尚问答杂征义》，见《神会和尚禅话录》，北京：中华书局 1996 年版，第 85 页。

对神会及南宗禅的扩大影响亦起不小作用。

对于王维诗歌所表现的禅宗思想,已不少文章论及,然而值得注意的是,王维当时所受南宗影响,仅限于惠能与神会的思想,而不可能受到后来的洪州宗或石头宗禅学思想的影响,并且,王维对禅学思想的接受,是出于主动的选择,也就在他的体现禅宗色彩的思想之中,不唯有接受,更有个人的融汇与改造。虽然神会禅学为适应士大夫思想而由清净真心的早期禅学开始向自然适意思想过渡,但也仅是初露萌芽,而王维诗歌中所体现的自然适意、任性逍遥、于山水愉悦中领悟至深的禅境,则是王维对后来的禅宗思想形成的"平常心是道""立处皆真"的影响。因此,以王维为代表的士大夫在接受禅宗思想的同时,也同样给禅宗思想发展以巨大影响,特别是对禅宗思想的审美化以影响。它体现了在禅宗思想与士大夫观念之间的双向渗透、影响,而非单向的接受。

神会吸取道家哲学与美学的关于"自然"的思想,提出"僧家自然"的理论主张,他反复申说:

> 僧家自然者,众生本性也。又经文所说:"众生有自然智、无师智。此是自然义,道得称自然者,道生一,一生二,二生三,三生万物,从道以下,并属因缘。
>
> 众生本有无师智、自然智。众生承自然智,得成于佛。……众生虽有自然佛性,为迷故不觉,被烦恼所覆,流浪生死,不得成佛。①

显然,神会这里所讲的自然,并非是指物质性的自然世界,而是指一种人的内在精神特性,也即禅宗常喜欢说的"本来面目",在神会看来,人人本是有自然智、无师智,自然佛性,这是成佛的依据,前提和能力所在。同时,只有按照自然本性、顺应自然本性,显现出人的本性、本来面目,便可成就佛道。这一"僧家自然"的理论,是禅学的新内容、新贡献。在惠能"即心即佛"的基础之上,又发展了一大步,也同时向传统道家思想更靠近了一大步。使禅宗作为中国化的佛教,在其思想体系上,中国本土特色也更加深了一大步。

"僧家自然"理论同样也是对禅宗美学思想的新贡献与新发展。传统佛教美学是一种"禁欲的、苦行的",是把逃避现实世界的希望寄托在彼岸世界,寄托给来生。而对于中国的传统士大夫而言,他们当然也愿意来世生活得更好,可是更为实际的则是在现实当下活得好,所以维摩诘居士这位在印度影响不大的经中人物在中国却大受欢迎,而《维摩诘经》也特别在中国社会文化中起巨大影响。② 唐代时,从繁

---

① 神会:《南阳和尚问答杂征义》,见《神会和尚禅话录》,北京:中华书局 1996 年版,第 91 页,第 95 页。
② 陆场:《〈维摩诘经〉与南北朝社会文化之关系》,见《中国文化与中国哲学》1988 年辑,北京:生活·读书·新知三联书店 1990 年版。

多的有关变文、画像等也可见所受欢迎的程度。① 对于士大夫而言，有着庄子式的自然、适意、清净、淡泊为特征的人生哲学与人生美学的传统。因而神会"僧家自然"理论的提出，指出顺自然而得自由，以自由为人生与美的本质所在，此为禅宗为争取士大夫而在美学思想上向士大夫的审美趣味靠拢。它既不同于传统佛教那种以身饲虎之类殉难式的慈悲之美，也不同于传统禅宗面壁九年、断臂求法一类坚毅、诚信型的美。同时，也不同于传统道家、特别是庄子美学中的"自然"为美的思想。庄子自然美的观念，设境过高，而自然美的理想境界又在过去的原生态的世界中，如庄子言：

> 古之人，在混茫之中，与一世而得淡漠焉。当是时也，阴阳和静，鬼神不扰，四时得节，万物不伤，群生不夭，人虽有知，无所用之，此之谓至一。当是时也，莫之为常而自然。②

庄子所宣示的这种理想地体现自然特征的世界，对于士大夫们而言，虽心向往之，但却可望而不可及，只能成为少数潜心修道者所追求的目标，却不能实现于众多的士大夫阶层的现实生活。而神会的"自然"禅宗美学观，则强调的是日常、当下性，强调的是这种自然智、自然佛性，是人本有、本具，只需顺应本性，使其凸显出来便可成佛。这样，对于士大夫阶层而言，既可顺着自己的审美趣味发展，同时又能获得证成佛道的好处、目标，则其理论的影响力与吸引力自然是可想而知了。唐代诗僧如皎然、贯休等人创造出的禅宗诗歌的审美境界，以及宋元时达到极端的深受禅宗美学思想影响的文人山水画境，无一不体现为一种"僧家自然"的禅境之美。而王维诗的升格运动，南宗画的推崇，也无一不与中国传统诗画美学思想愈来愈受到禅宗美学思想，特别是自然适意的人生美学态度的深厚影响联系在一起。③

空灵明彻的心灵境界，这种审美心境的意义，不仅在于它在主体的审美活动过程中，使主体成为审美的主体，从而能够以审美的眼光、心胸，去观照、欣赏审美对象。更为重要的是，这种空灵明彻的心境的长久保持，将使主体在日常生活中，时时处处都作为一种审美的主体而存在，从而也就使日常生活、平常日用，时时处处在这一主体的观照下、审视中，都转化为一种美的存在，从而使现实当下的人生审美化、生活审美化，从而构成人的诗性栖居，人成为诗性栖居的生命存在。④ 正如

---

① 项楚：《〈维摩碎金〉探索》，见《南开学报》1983 年第 2 期。
② 陈鼓应：《庄子今注今译》，北京：中华书局 1983 年版，第 404 页。
③ 刘方：《宋型文化与宋代美学精神》，成都：巴蜀书社 2004 年版，第 347—373 页。
④ 刘方：《中国美学的历史建构与文化功能》，北京：中国社会科学出版社 2016 年版，第 273—277 页。

海德格尔所指出的,正是人的"本真状态"的生存,这种"自由的存在"状态,①体现出人的诗性生存的特质。"诗意"不是一种轻松浪漫的姿态,而是人本真生存的光华,其中深藏着神性尺度,使"诗意的"成为对生存的根本评价。② 而有着宗教哲学背景的"僧家自然"的禅宗美学思想所体现的,也正是这种呈现人的自然本性、本来面目的本真状态的诗性生存的特征。恰恰是这种精神境界与精神追求,成为与王维精神追寻相契合之点。

二、宋代禅宗的发展及其受到王维的影响作用
——以宏智正觉关于"游"的美学思想与王维诗歌为核心

中国禅宗美学,自六祖惠能奠定根基,洪州宗石头宗大力弘扬与发展,而导致五家七宗的各具形态的美学思想,丰富和发展了禅宗美学。随着禅宗思想开始走向衰微的漫长历程,禅宗美学思想亦陷于停顿状态,大多重复前人而少创新。沩仰、法眼、云门三宗,已相继衰微甚至销声匿迹,而临济、曹洞二宗却各自出现了一位中兴人物,这就是临济宗大慧宗杲禅师与曹洞宗宏智正觉禅师。他们不仅在禅宗思想上有所创新,在禅宗美学上亦有新的发展,不仅影响禅林,而且在士大夫中亦产生了强烈的反响,影响深远。

宏智正觉以"默照禅"称名于当时与后世,而其美学思想最为可贵与最有新意的,从而使禅宗美学思想得以丰富与发展的,我以为是他关于"游"的美学思想,它吸收、承继、融通了中国传统美学思想的有关理论学说,并纳入禅宗美学之中,融铸成新的美学学说体系,从而也为中国古典美学思想增添了新的内容。

"游"是中国古典美学一个极重要的理论范畴,③是中国艺术精神之所在。它不仅融铸在儒道两家美学思想中,而且在后起的禅宗美学,特别是宏智正觉的美学思想中亦有深刻而丰富的体现。我们对于儒、道的有关思想已有不少深入研究的成果,而对禅宗美学相关内容的研究,目前仍几乎是一片空白。

宏智正觉的禅学思想本身就有一种玄学化的倾向。其中庄子思想的痕迹相当明显,他广泛吸收庄子思想来阐发他的禅学思想,如他说:"我与诸法,同出同没,同生同死,无一事不从这里出,无一法不从这里生,所以道'天地同根、万物一体'"(卷五)④,以庄子的天地并生、万物齐一的思想来阐释禅宗思想的法我同一真性。类似言论在正觉的语录中不少。正觉也喜用轮扁、庖丁等庄子的著名寓言故事来解

---

① 海德格尔:《存在与时间》,北京:生活·读书·新知三联书店1987年版,第22页。
② 参见余虹:《思与诗的对话——海德格尔诗学引论》,北京:中国社会科学出版社1991年版。
③ 刘方:《中国美学的基本精神及其现代意义》,成都:巴蜀书社2003年版,第194—219页。
④ 《宏智禅师广录》卷五,载《禅宗语录辑要》,上海:上海古籍出版社1992年版。以下凡引《宏智禅师广录》只随文标出卷次,不另出注。

说，喻示禅法，给人印象很深。宏智正觉有关"游"的美学思想也深受庄子影响，如他讲"虚明神宁也，唯道而游"(卷七)就几乎与庄子言论难以分辨。

围绕着"游"这一范畴，他还组合了一系列合成词，构成了一个"游"的家族系列。其中就有不少明显源自庄子美学。如"道游"渊源于《庄子》"吾游心于物之初"(《田子方》)；"浮游乎万物之祖"(《山木》)，"上与造物者游"(《天下》)。虽然在庄子和正觉那里，"道"有着不同的内在规定性与本质特征。再如"至游"可能从《庄子》"得至美而游乎至乐"(《田子方》)而来。"游世"大概出于《庄子》"唯至人乃能游于世而不僻，顺人而不失己"(《外物》)。此外，像"独游"也与《庄子》"独与天地精神往来"(《天下》)在精神上有血脉联系。更为可贵的是，正觉是自铸新词，创构出一系列前人未尝言及的范畴，如"智游""游践""优游""禅游""默游"等等，形成了以"游"为核心的一个词语丛，一个"游"的美学范畴家族。"游"这一范畴在正觉的语录中反复出现达四五十处，与"游"构成的范畴达十余个。从而多层次、多侧面、多角度地揭示了"游"这一美学范畴的丰富内涵与深邃意蕴，达到了前人未曾达到的高度，极大地丰富了中国古典美学范畴体系与中国古典美学思想宝库。

在宏智正觉有关"游"的美学思想中，一个重要的构成方面，即是"游"作为审美的生存方式。对于宏智正觉来说，深渗着庄子的艺术精神，禀受着禅宗的诗性人生哲学，也便使他很自然地将"游"作为一种审美的生存，以"游"的精神处世、入世、存世，从而使在世的生活艺术化、审美化，最终达到自由化。正是以"游世""优游"等范畴来表达"游"的这一层含义的。

正觉强调、宣扬一种审美化的生存方式——"游世"，它虽有庄学的影响，但作为真正的禅者，他不会像庄子那样"傲世"，因为这将是有所执，是禅者的大忌。正觉云："衲僧游世，当虚廓其心，于中无一点尘滓，方能善应，不为物碍，不被法缚。堂堂出没其间，有自由分。"(卷六)这里虽可见出庄子游世思想的影子，但根柢上则是惠能"无念为宗，无相为体，无住为本"的禅宗思想，而这种"游世"的生存方式中有"有自在分"，所谓"道人游世应缘，飘飘不羁，如云成雨，如月随流，如兰处幽，如春在物。……有自由分。"(卷六)正觉在这里描述了、揭示了这种"游世"生存方式所具有的审美特征与自由本质。

正觉用"优游"这一范畴来标示这种审美的生存方式。所谓"逆浪截流，任运优游"(卷五)中的"优游"也正体现出游之悠然自适，无所束缚，正可谓"不知所求""不知所往"(《庄子·在宥》)。这样一种自由自在，任兴而运的"游"的审美活动所体现出的自由审美境，正觉用诗佛王维"行到水穷处，坐看云起时"(《终南别业》)的诗句来传达。禅师每喜引以喻禅，而宏智正觉在其语录中也同样采用王维的这两句诗来喻示禅理：

师云:"诸禅德,当明有暗,当暗有明。闹浩浩中静悄悄,静悄悄中明历历。还委悉心。"良久云:"行到水穷处,坐看云起时。"(卷一)

正觉以王维诗歌传达的这样一种审美的人生方式,强调的是一种随缘自适,任运自在的审美的人生态度。而正是在王维的诗歌中,禅师寻找到一种教外别传的方式,也正是王维那些富有禅意的诗歌,给予了禅师一种思想的启迪。

美国学者艾略特·温伯格宣称有十九种观看王维诗歌的方式,①禅宗大师的观看方式也许更在其外,限于本文题旨与篇幅,王维这一著名诗句在唐宋时期的广泛传播与影响问题,只能另文详论。而禅师对于王维诗歌的喜爱与引用,则是王维诗歌影响到禅宗历史发展的一个显著事实。

(作者单位:湖州师范学院文学院)

---

① [美]艾略特·温伯格著,光哲译:《观看王维的十九种方式》(19 Ways of Looking at Wang Wei),北京:商务印书馆 2019 年版。

论王维的生命意识与独特人生追求^①

荣小措

生命意识是人类对自身生命所进行的自觉的理性思索和情感体验,包含了对于自我生存和生存方式、价值的感悟与反思,以及在此基础上对生命自由的追求、对生命痛苦的超越。王维的不少诗中即带有强烈的生命意识,其中既有传统文人普遍具有的对生命短促、时光飞逝的敏感忧伤,也有他对生存价值和人生追求的独特思考;并最终在持久反思后潜心构筑了蓝田辋川别业这一融合了山水田园的自然淳朴之美、《辋川集》《辋川图》所代表的诗画园林艺术之美和佛教信仰魅力的理想精神家园。尤其是他勇于偏离重在建功立业的儒家传统价值观而选择在自己钟爱的自然、艺术、宗教世界里安身立命的独特人生追求,形成了其诗独具的空灵静美和丰厚意蕴,开创了一种诗意栖居的理想生活范式,成为备受尘世烦扰的世人的绝佳心灵安慰剂,对日渐浮躁的当代人也不乏启示意义。

一、对生命短促的敏感

和传统文人一样,王维在不少诗歌中表现出对光阴易逝、人生苦短的敏感和对衰老死亡的忧伤。如早在开元九年王维因伶人舞黄狮子一案受到牵累,被贬济州,遭遇了人生中的首次厄运,精神上深受打击,即在《被出济州》一诗中流露出对光阴易逝的伤感:"微官易得罪,谪去济川阴……纵有归来日,多愁年鬓侵。"^②无辜被贬后强烈的失落感、孤独感以及对未来岁月流逝、而生命只能在碌碌无为中虚耗的预感,给王维以强烈的精神刺激,使年仅21岁的诗人开始哀叹人生的短促和身不由己。此后,随着年龄的增长诗人对人生几何的悲叹也日渐深重,如作于天宝初年的《哭殷遥》中以"人生能几何,毕竟归无形"^③之句表达了人生苦短、终归虚无的悲

---

① 基金项目:教育部人文社会科学研究规划基金项目"王维诗歌与长安文化的双向建构"(15YJA751007)

② 王维著,赵殿成笺注:《王右丞集笺注》,上海:上海古籍出版社1984年版,第155页。

③ 王维著,赵殿成笺注:《王右丞集笺注》,上海:上海古籍出版社1984年版,第86页。

叹;这与作于早年的《哭祖六自虚》中对一个人才德功业的重视有了明显区别。作于天宝末年的《过沈居士山居哭之》中有"逝川嗟尔命,丘井叹吾身。前后徒言隔,相悲讵几晨?"①等句表现了对死亡迫近的忧惧悲伤,这是此前的悼友诗中所没有的。从《哭祖六自虚》中对才德功业的看重到《哭殷遥》中对人生苦短的悲叹,再到《过沈居士山居哭之》中对自身死亡的恐惧,王维这三首作于不同时期的悼友诗,真切地反映了他人生不同阶段对生命的思考和认识。王维后期对自己老病衰颓的敏感表现还有很多,如《酬诸公见过》中的"嗟予未丧,哀此孤生……仰厕群贤,皤然一老"②;《河南严尹弟见宿弊庐访别人赋十韵》中的"拂衣迎五马,垂手凭双童"③;《夏日过青龙寺谒操禅师》中的"龙钟一老翁,徐步谒禅宫"④;《同崔员外秋宵寓直》中的"更惭衰朽质,南陌共鸣珂"⑤;《崔濮阳兄季重前山兴》中的"故人今尚尔,叹息此颓颜"⑥;《送韦大夫东京留守》中的"功名与身退,老病随年侵"⑦,《冬晚对雪忆胡居士家》中的"寒更传晓箭,清镜览衰颜"⑧等等,诗人反复表达了对自己生命日渐衰朽老病的敏感和无奈,以上这些诗歌中表现出来的王维作为普通人关怀自我、体悟生命的真实情感,遂与其山水田园诗中超脱淡泊、闲雅自在的高士形象一起,完成了一个更为鲜活可感、立体真实的诗人形象。

在忧惧和感伤老病死亡的同时,诗人也努力寻找应对之策。他曾对道教的采药炼丹、辟谷等颇感兴趣,其《过太乙观贾生房》诗中有"昔余栖遁日,之子烟霞邻。共携松叶酒,俱簑竹皮巾。攀林遍岩洞,采药无冬春。谬以道门子,征为骖御臣。常恐丹液就,先我紫阳宾"⑨等诗句,回忆了自己曾与贾生隐居南山、采药炼丹以求长生的往事。再如"好读高僧传,时看辟谷方"⑩等,均可见其曾对道教养生的浓厚兴趣。而《秋夜独坐》一诗则表达了他晚年对道教养生术的反思:

独坐悲双鬓,空堂欲二更。雨中山果落,灯下草虫鸣。

白发终难变,黄金不可成。欲知除老病,惟有学无生。⑪

① 王维著,赵殿成笺注:《王右丞集笺注》,上海:上海古籍出版社 1984 年版,第 235 页。
② 王维著,赵殿成笺注:《王右丞集笺注》,上海:上海古籍出版社 1984 年版,第 472 页。
③ 王维著,赵殿成笺注:《王右丞集笺注》,上海:上海古籍出版社 1984 年版,第 544 页。
④ 王维著,赵殿成笺注:《王右丞集笺注》,上海:上海古籍出版社 1984 年版,第 362 页。
⑤ 王维著,赵殿成笺注:《王右丞集笺注》,上海:上海古籍出版社 1984 年版,第 338 页。
⑥ 王维著,赵殿成笺注:《王右丞集笺注》,上海:上海古籍出版社 1984 年版,第 478 页。
⑦ 王维著,赵殿成笺注:《王右丞集笺注》,上海:上海古籍出版社 1984 年版,第 57 页。
⑧ 王维著,赵殿成笺注:《王右丞集笺注》,上海:上海古籍出版社 1984 年版,第 122 页。
⑨ 王维著,赵殿成笺注:《王右丞集笺注》,上海:上海古籍出版社 1984 年版,第 268 页。
⑩ 王维著,赵殿成笺注:《王右丞集笺注》,上海:上海古籍出版社 1984 年版,第 153 页。
⑪ 王维著,赵殿成笺注:《王右丞集笺注》,上海:上海古籍出版社 1984 年版,第 158 页。

诗中的"悲双鬓""欲二更""白发终难变"以及"老病"等语词反复出现，可见诗人晚年对衰老疾病的敏感和焦灼。颈联"白发终难变，黄金不可成"二句可见诗人对道教养生术的期望、努力和发现其难除老病之苦后的失望；尾联则表达了诗人又欲借佛教无生观来解脱老病之苦的心情。王维另有《叹白发》一诗云："我年一何长，鬓发日已白。俯仰天地间，能为几时客？"①岁月的流逝、鬓发的斑白，使诗人像汉魏古人一样，开始俯仰宇宙天地，思考这短促人生的生存价值和自我的人生追求。

二、对生存价值和生存方式的独特追求

自从汉末魏晋之际"人的自觉"以来，感伤光阴易逝、人生无常的生命意识就成为诗歌的一个重要主题，不同时代的诗人不断咏唱出各自的哀音，如"人生寄一世，奄忽若飚尘。"②（《古诗十九首》其四）"对酒当歌，人生几何？譬如朝露，去日苦多。"③（曹操《短歌行》）"人生处一世，去若朝露晞……自顾非金石，咄喑令心悲。"④（曹植《赠白马王彪》）等，凄苦哀伤之音遍布整个中古诗坛。而对如何化解这一悲哀，不同时代的人们也提出了各自的解决之道。有汉末文人"昼短苦夜长，何不秉烛游"⑤式的及时行乐以增加生命的长度，有曹操为代表的建安诗人努力建功立业以拓宽人生的广度，也有南朝诗人求之于虚无缥缈的游仙等等。初唐张若虚则首次吟出"人生代代无穷已，江月年年只相似"⑥（《春江花月夜》）的旷达之句，从理论上淡化了这一悲哀。但从个体生命的角度来看，"年年岁岁花相似，岁岁年年人不同"⑦（刘希夷《代悲白头翁》）的悲哀终究无从化解。盛唐国势昌隆，文人士子大都积极振奋，走上了狂热追求外在功业以实现生命价值的儒家传统道路，仕途顺遂则志得意满，坎廪不遇则愤懑忧伤，汲汲于外在的功名得失，反而从侧面淡化了对生命无常的悲哀。而王维则因早年政治受挫，敏锐感知到功业难成、人生苦短的悲哀，故而不断思考着个体的生存价值和人生追求，并最终走出了与前贤和时人不同的人生道路。

王维与时人的一大差别是对自我的认知和定位不同。盛唐文人生逢盛世，比其他时期的文人具有更强烈的功业抱负和对自身政治才能的极度自信，王维则有异于是。遍读王维诗会发现，他早年虽因受时代精神影响，诗中有对功业的渴望和

① 王维著，赵殿成笺注：《王右丞集笺注》，上海：上海古籍出版社1984年版，第88页。
② 逯钦立：《先秦汉魏晋南北朝诗》，北京：中华书局1983年版，第330页。
③ 逯钦立：《先秦汉魏晋南北朝诗》，北京：中华书局1983年版，第349页。
④ 逯钦立：《先秦汉魏晋南北朝诗》，北京：中华书局1983年版，第454页。
⑤ 逯钦立：《先秦汉魏晋南北朝诗》，北京：中华书局1983年版，第333页。
⑥ 曹寅，彭定求等：《全唐诗》，上海：上海古籍出版社1986年版，第273页。
⑦ 曹寅，彭定求等：《全唐诗》，上海：上海古籍出版社1986年版，第210页。

怀才不遇的愤懑，但和同时代的孟浩然、李白、杜甫、高适、岑参等人相比，王维对功业的追求不算强烈，且随着年岁渐长，他对自身政治才能的平凡也有了日渐清醒的认知，并频频诉之于诗，毫无掩饰。最有代表性的如《漆园》：

> 古人非傲吏，自阙经世务。偶寄一微官，婆娑数株树。①

诗中的古人指曾经身为漆园吏的庄子，也是暗指王维自己。在王维看来，庄子并非有意傲世，而是缺乏经世致用的才干和热情。因此只要能将无可避免的生计问题寄于一微官即可满足。显然，诗人是以庄周自况，表明自己卜居蓝田辋川并非是性傲，而只是由于缺少济世救民的政治才能。这种对前贤庄子的独特解读和对自我才干的清醒认知，实际上表达了王维对人生道路的独特认识，即随性自适而不强求，理性的认识自我，充分的悦纳自己，寻找最适合自己的人生之路，而不过多地受身外事物、观念的影响。这显然是一种冷静理智、务实成熟的生命价值观，与儒家"知其不可为而为之"的积极人生观大异其趣。故据罗大经《鹤林玉露》记载，朱熹曾云："余平生爱王摩诘诗云：'漆园非傲吏，自缺经世具；偶寄一微官，婆娑数株树。'以为不可及，而举以语人，领解者少。"②在儒家传统价值观深入人心的宋代，王维这种特立独行的人生观自然少人领解。明代李贽在其《儒臣传·德业儒臣·孟轲》中曾云"李谪仙、王摩诘，诗人之狂也"③。李白的"狂"放浪形骸，人所共知；而王维则一直以闲雅淡泊的高士形象为人所知，为何会被定位为"狂"呢？或许正与王维这种特立独行的人生追求有关。遍读王维诗即会发现，王维诗中语气平和地否定自我政治才能的诗句还有很多，如"无才不敢累明时，思向东溪守故篱"④，"晚年唯好静，万事不关心。自顾无长策，空知返旧林"⑤，"愧不才兮妨贤，嫌既老兮贪禄。誓解印兮相从，何詹尹兮可卜？"诗人再三表明，"无才""不才""无长策"是自己渴望归隐的重要原因。诗人对自身才能和心性的认识，可谓清醒精准，不同于流俗。尤其是王维作于晚年的《赠从弟司库员外絿》一诗，更通过对自己过往人生的理性反思，详尽表述了这一认识：

> 少年识事浅，强学干名利。徒闻跃马年，苦无出人智。
> 即事岂徒言，累官非不试。既寡遂性欢，恐招负时累。

---

① 王维著，赵殿成笺注：《王右丞集笺注》，上海：上海古籍出版社 1984 年版，第 250 页。
② 罗大经撰，王瑞来点校：《鹤林玉露》，北京：中华书局 1983 年版，第 113 页。
③ 张进、侯雅文等编：《王维资料汇编》，北京：中华书局 2014 年版，第 541 页。
④ 王维著，赵殿成笺注：《王右丞集笺注》，上海：上海古籍出版社 1984 年版，第 187 页。
⑤ 王维著，赵殿成笺注：《王右丞集笺注》，上海：上海古籍出版社 1984 年版，第 120 页。

> 清冬见远山，积雪凝苍翠。皓然出东林，发我遗世意。
> 惠连素清赏，夙语尘外事。欲缓携手期，流年一何驶。①

诗人将自己早年令人艳羡的名满京城、进士及第等荣耀和从政热情予以否定，认为不过是"少年识事浅，强学干名利"，而"苦无出人智"一句则坦承自己并无过人之智，多年的仕宦经历对此已有充分印证。盲目追名逐利的结果是"既寡遂性欢，恐招负时累"，为官并未给自己带来真正的快乐和满足，反而可能招致牵累。何如与同道中人"浩然出东林，发我遗世意"；诗末的"欲缓携手期，流年一何驶"二句，写诗人深感光阴如梭、年华易逝，所以迫不及待想与堂弟王缋携手归隐了。诗人在全诗中以平和的语气，有理有据的诉说，真切表达了自己智谋不足却出入官场的不适和对归隐自然的由衷热爱，从中可见诗人的理性心态和准确的自我认知。因而对此类诗句，不宜皆以传统的思维模式主观臆测，认为全是怀才不遇的愤激之语。对此，我们可以诗人早年政治热情高涨时献给张九龄的《献始兴公》一诗为例，诗云：

> 宁栖野树林，宁饮涧水流。不用坐梁肉，崎岖见王侯。
> 鄙哉匹夫节，布褐将白头。任智诚则短，守仁固其优。
> 侧闻大君子，安问党与雠。所不卖公器，动为苍生谋。
> 贱子跪自陈，可为帐下不。感激有公议，曲私非所求。②

遍读全诗后我们很难在这首应该极力表现自我的干谒诗中找到突出王维政治才干的诗句，既没有李白在《代寿山答孟少府移文书》中"申管晏之谈，谋帝王之术，奋其知能，愿为辅弼，使寰区大定，海县清一"③的恢弘抱负和豪言壮语，也没有杜甫在《奉赠韦左丞丈二十二韵》中的"自谓颇挺出，立登要路津。致君尧舜上，再使风俗淳"④的政治自信。与此相反，诗人坦承自己短于智谋："任智诚则短，守仁固其优"，反复强调的只有自己不肯"崎岖见王侯"的气节和长于"守仁"的操守，只因仰慕张九龄公正无私的"大君子"之风，才希望能追随其左右。在张九龄这位自己仰慕的名相面前，王维应该是坦诚相见，没有所谓的怀才不遇的反语和牢骚，故而这番夫子自道是充分表现了他较为准确的自我认知的。

同样的思想除在诗歌中频频表露以外，王维在不少文章中也反复提及自己政

① 王维著，赵殿成笺注：《王右丞集笺注》，上海：上海古籍出版社 1984 年版，第 20 页。
② 王维著，赵殿成笺注：《王右丞集笺注》，上海：上海古籍出版社 1984 年版，第 85 页。
③ 李白著，王琦注：《李太白全集》，北京：中华书局 1977 年版，第 1220 页。
④ 杜甫著，仇兆鳌注：《杜诗详注》，北京：中华书局 1979 年版，第 73 页。

治才干的平凡,如其在晚年所作的《与魏居士书》一文中,他也坦承自己缺乏经世济民的政治才干:"仆年且六十,足力不强。上不能原本理体,裨补国朝。下不能殖货聚谷,博施穷窘。偷禄苟活,诚罪人也。然才不出众,德在人下,存亡去就,如九牛一毛耳"①;还有去世前一年上奏朝廷的《责躬荐弟表》一文中也称自己有五短,胞弟王缙有五长,其中第二条云:"缙前后历任,所在著声。臣忝职甚多,曾无裨益,臣政不如弟。"②可见王维对自己仕宦多年的政绩并不满意。而王缙在受命呈送唐代宗的《进王右丞集表》中也认为:"臣兄文词立身,行之余力,当官坚正,秉操孤直,纵居要剧,不忘清净,实见时辈,许以高流。"③其中的"文词立身"说明了王维的自我定位,"当官坚正,秉操孤直"则肯定了王维的品行而非政绩。能够证明这一问题的还有最高统治者唐代宗,他在《答王缙进王维集表诏》中云:"卿之伯氏,天下文宗。位历先朝,名高希代……泉飞藻思,云散襟情。诗家者流,时论归美"④。文中对王维"天下文宗"的定位和赞誉是其时最高统治者的盖棺定论之语,并且完全符合王维的自我期许。约作于晚年的《偶然作》其六某种程度上可以视为王维对自己人生的总结与反思:

老来懒赋诗,惟有老相随。宿世谬词客,前身应画师。
不能舍余习,偶被世人知。名字本皆是,此心还不知。⑤

可知王维晚年给自己一生的定位是词客、画师,而且明确表示"不能舍余习,偶被世人知":自己不能舍弃前生遗留的对诗画艺术的爱好,执着于写诗作画,并以此得名于世。清人余成教在《石园诗话》卷一中评曰:"'宿世谬词客……偶被时人知'四句,善于自写"。⑥这种"善于自写"的前提无疑是诗人准确坦率的自我认知。而王维这种以诗人、画家身份自居的态度在当时堪称特立独行。故而被李贽视为"诗人之狂"。相较之下,同时代的其他著名诗人如李白、高适、岑参、孟浩然等都是不甘心仅作词客的。而画家身份就更不是封建士人的人生理想所在了。唐代著名画家阎立本的以下言行很大程度上代表了唐代士人的普遍心态。据《旧唐书》记载:

立本虽有应务之才,而尤善图画,工于写真。……太宗尝与侍臣学士泛舟

---

① 王维著,赵殿成笺注:《王右丞集笺注》,上海:上海古籍出版社 1984 年版,第 334 页。
② 王维著,赵殿成笺注:《王右丞集笺注》,上海:上海古籍出版社 1984 年版,第 317 页。
③ 王维著,赵殿成笺注:《王右丞集笺注》,上海:上海古籍出版社 1984 年版,第 494 页。
④ 王维著,赵殿成笺注:《王右丞集笺注》,上海:上海古籍出版社 1984 年版,第 495 页。
⑤ 王维著,赵殿成笺注:《王右丞集笺注》,上海:上海古籍出版社 1984 年版,第 75 页。
⑥ 郭绍虞:《清诗话续编》,上海:上海古籍出版社 1983 年版,第 1740 页。

于春苑，池中有异鸟，随波容与。太宗击赏，数诏座者为咏，召立本令写焉。时阁外传呼云："画师阎立本。"时已为主爵郎中，奔走流汗，俯伏池侧，手挥丹粉，瞻望座宾，不胜愧赧。退诫其子曰："吾少好读书，幸免面墙，缘情染翰，颇及侪流。唯以丹青见知，躬厮役之务，辱莫大焉！汝宜深诫，勿习此末伎。"立本为性所好，欲罢不能也。及为右相，与左相姜恪对掌枢密。恪既历任将军，立功塞外；立本唯善于图画，非宰辅之器。①

阎立本痴迷并擅长绘画，但却视其为"末技"，以被人称为"画师"为耻，认为"辱莫大焉"，并令子孙"勿习此末伎"。可惜阎立本其人虽位至宰辅，却"唯善于图画，非宰辅之器"，于国于民于己而言，都是遗憾。而他的这一认知，显然是深受"学而优则仕"看重功业的儒家传统价值观的影响。王维则不然。他擅长绘画且勇于自称"前身应画师"，与阎立本耻为画师的态度相反，可见其看淡世俗名利的高士风范和敢于突破传统价值观的勇者气度。

"知人者智，自知者明"。王维的这份自知有效地避免了自我才华和人生定位的偏离，并使他最终确立了半官半隐、亦官亦隐的独特生存方式。王维在仕宦后期并未汲汲于加官进爵、争名逐利，如在《重酬苑郎中》一诗中面对苑咸的有意提携："仙郎有意怜同舍，丞相无私断扫门。扬子《解嘲》徒自遣，冯唐已老复何论"②，他以年老为由婉言拒绝，而是选择了一条身在官场而心在山林的中隐之路，精心营造辋川别业，过着"与裴迪游其中，赋诗相酬为乐"③的惬意生活。王维后期大量的山水田园诗都表现了他在辋川山水中淡泊自在的洒脱情怀，如"风景日夕佳，与君赋新诗。澹然望远空，如意方支颐"④、"寒山转苍翠，秋水日潺湲。倚杖柴门外，临风听暮蝉"⑤、"独坐幽篁里，弹琴复长啸。深林人不知，明月来相照"⑥等等。这种投身山水田园、诗画自娱的生活才是艺术家王维真正渴望的，如果没有后来的安史之乱，这或许是那个时代最适合艺术家的生活。这与传统文士建功立业、封妻荫子的人生追求显然有别，也因此获得了后世诸多文人的艳羡，王维与辋川成为诗意栖居生活的代名词，成为一种有特色、有价值、有影响力的存在。

唐代以及历史上有不少文人怀才不遇的悲剧命运其实也往往与其人对自我不

---

① 刘昫等撰：《旧唐书》，北京：中华书局1975年版，第2680页。
② 王维著，赵殿成笺注：《王右丞集笺注》，上海：上海古籍出版社1984年版，第184页。
③ 欧阳修、宋祁：《新唐书》，北京：中华书局1975年版，第5052页。
④ 王维著，赵殿成笺注：《王右丞集笺注》，上海：上海古籍出版社1984年版，第27页。
⑤ 王维著，赵殿成笺注：《王右丞集笺注》，上海：上海古籍出版社1984年版，第122页。
⑥ 王维著，赵殿成笺注：《王右丞集笺注》，上海：上海古籍出版社1984年版，第249页。

准确的认知和定位有关,最典型的如与王维同时的李白、杜甫两位大诗人。如上文所述,李白以"申管晏之谈,谋帝王之术,奋其智能,愿为辅弼,使寰区大定、海县清一"为人生目标,杜甫则以"致君尧舜上,再使风俗淳"自命,自我期许极高。后来经过种种不懈努力,他们也都曾受到过统治者的关注,李白被唐玄宗征召至长安,随侍三年无有建树,最终自请还山,也只得到了唐玄宗"非廊庙器"的评价,晚年更因追随永王璘而被长流夜郎,再次印证了他的不谙政治。杜甫也曾以左拾遗的身份效力唐肃宗左右,却很快被疏远贬职,终于弃官,漂泊西南困顿以终。两位伟大诗人的不幸遭遇当然主要是由时代的黑暗、统治者的昏庸狭隘造成的,但也未尝不与他们自身诗才横溢却不甘心仅以诗人自居,徒有政治家的志向却缺乏政治家才识的自我认知错位有关。遗憾的是,这种自我认知错位的人生悲剧在历代文人身上不断上演。

王维这种独特的人生追求与其秉性、人生经历和所处的时代环境以及佛道思想的影响密切相关。盛唐时期文化艺术全面高涨,诗歌、绘画、音乐、书法等各种艺术门类都获得了极大发展,深受时人喜爱,王维也因此凭借其"九岁属属辞""工草隶,善画"而"名盛于开元、天宝间,豪英贵人虚左以迎,宁、薛诸王待若师友","开元初,擢进士,调太乐丞"①。王维以自身卓越的艺术才华和努力初获成功,兼之生逢盛世,又当壮年,他具有入世热情和功业思想,既合乎情理,也是传统儒家思想的典型体现。但入仕不久即因伶人舞黄狮子一案被贬,使原以为天下清明公正、学而优可仕的青年王维精神上深受打击。此后十余年间,他的仕途几近停滞,在仕隐之间不断徘徊,思想上也逐渐发生了变化,约作于27岁时的《偶然作》其二云:"五帝与三王,古来称天子。干戈将揖让,毕竟何者是? 得意苟为乐,野田安足鄙?"②作者对五帝三王等儒家所推崇的政治人物和理念产生困惑,肯定了自我身心适意的可贵。《偶然作》其三中还声称自己"爱染日已薄,禅寂日已固。忽乎吾将行,宁俟岁云暮?"③可见,母亲奉佛的家庭环境和仕途失意引发的思想困惑使王维开始向佛教靠拢,儒家的功业价值观有所动摇。此后所作的《送孟六归襄阳》一诗中,王维劝慰友人"无劳献《子虚》""劝君归旧庐",过一种"醉歌田舍酒,笑读古人书"④的自由生活。而他本人也在"家贫禄既薄,储蓄非有素"⑤的情况下闲居多年,学习顿教。直到张九龄拜相,王维才再度燃起对政治的热情,他先后写了《上张令公》《献始兴公》等诗表达自己对张九龄德行和政绩的仰慕以及渴望追随其左右的愿望,此后被

---

① 欧阳修,宋祁:《新唐书》,北京:中华书局1975年版,第5765页。
② 王维著,赵殿成笺注:《王右丞集笺注》,上海:上海古籍出版社1984年版,第72页。
③ 王维著,赵殿成笺注:《王右丞集笺注》,上海:上海古籍出版社1984年版,第73页。
④ 王维著,赵殿成笺注:《王右丞集笺注》,上海:上海古籍出版社1984年版,第269页。
⑤ 王维著,赵殿成笺注:《王右丞集笺注》,上海:上海古籍出版社1984年版,第73页。

擢升为右拾遗。但不久张九龄罢相并被贬离京，王维再度深受打击，其时所写的《寄荆州张丞相》诗云："所思竟何在？怅望深荆门。举世无相识，终身思旧恩。方将与农圃，艺植老丘园。目尽南飞鸟，何由寄一言"①，表达了对张九龄的感激和张九龄罢相后他深感"举世无相识"的落寞与归隐之念。张九龄作为开元最后一位贤相，其非凡风度、出色才干和刚正品德罕有人及，他的罢相表明唐玄宗已从早年的励精图治转变为后期的昏庸腐朽，而继任者李林甫以其奸诈阴狠、堵塞言路的行径使朝廷风气大变，黑暗污浊，王维亲身经历着这种黑暗，政治热情急速衰减，兼之对佛道思想的深入了解，使王维对儒家传统价值观更加犹疑。约作于开元二十七年的《晦日游大理韦卿城南别业四声依次用各六韵》四首和《资圣寺送甘二》诗中，都明确表达了对追求仕宦功名的传统人生价值观的怀疑，如《晦日游大理韦卿城南别业四声依次用各六韵》其二中的"归欤细微官，惆怅心自咎"句表达了在为官和归隐之间去取的矛盾心情；其三中的"高情浪海岳，浮生寄天地。君子外簪缨，埃尘良不啻"②几句，描写了韦卿放浪于湖山间的潇洒生活，表达了浮生如寄、功业富贵如尘埃的感悟；而《资圣寺送甘二》诗中的"浮生信如寄，薄宦夫何有"之句，也直接抒发了同样的生命短促、仕宦虚无之慨。开元二十九年所作的《谒璿上人》一诗中，诗人认真反思了自己的过往：

> 少年不足言，识道年已长。事往安可悔，余生幸能养。
> 誓从断荤血，不复婴世网。浮名寄缨珮，空性无羁鞅……③

诗人认识到自己年轻时的经历不值一提，一味追求仕宦浮名就无法摆脱尘网的束缚，诗中的王维显然对生命的自然本真和社会外加于生命的名利束缚有了清醒的认识，因而用理性坚定的语气表达了他决心舍弃浮名、养护生命本真、追求自由无碍人生的迫切心情。这可视为诗人在几度仕隐后对人生的成熟认识。清代牟原相曰："王右丞诗'识道年已长'，真过来人语"④。此后王维又一度归隐终南山，自称"中岁颇好道，晚家南山陲。兴来每独往，胜事空自知。行到水穷处，坐看云起时。偶然值林叟，谈笑无还期"⑤，表明自己中年信奉佛道、安家终南山，在山中领悟到了随缘任运、心灵自由的人生至境并乐在其中，诗人的思想已日趋成熟。此点也与张九龄的影响有关。陈建森即认为张九龄"能够灵活圆通地处理人生的进退

① 王维著，赵殿成笺注：《王右丞集笺注》，上海：上海古籍出版社1984年版，第121页。
② 王维著，赵殿成笺注：《王右丞集笺注》，上海：上海古籍出版社1984年版，第64页。
③ 王维著，赵殿成笺注：《王右丞集笺注》，上海：上海古籍出版社1984年版，第39页。
④ 郭绍虞：《清诗话续编》，上海：上海古籍出版社1983年版，第923页。
⑤ 王维著，赵殿成笺注：《王右丞集笺注》，上海：上海古籍出版社1984年版，第35页。

和穷达,形成了自己守正中和、随缘自适的文化心态",而"王维的亦官亦隐亦禅则是随缘自适的深化和发展。"①同时该诗又如孙尚勇所论:"映现了王维对超越于世俗权力和专制政治之外的独立自我价值的清晰把握。"②同样的思想还表现在此期所作的《白鼋涡》中:

> 南山之瀑水兮,激石滴瀑似雷惊,人相对兮不闻语声。翻涡跳沫兮苍苔湿,藓老且厚,春草为之不生。兽不敢惊动,鸟不敢飞鸣。白鼋涡涛戏濑兮,委身以纵横。主人之仁兮,不网不钓,得遂性以生成。③

诗人笔下的终南山瀑水击打在石头上,声似惊雷,翻涡跳沫,使"兽不敢惊动,鸟不敢飞鸣",独有白鼋委身瀑水波涛中,俯仰自如,无拘无束,得以顺其本性。诗歌在对自然山水的真切描写中似有一定的寓意:无论外在环境如何,白鼋都可以委身其中、顺其本性、俯仰自如,这种状态融合了道家的崇尚自然、追求精神自由和佛教的随缘任运思想,近于陶渊明诗中"纵浪大化中,不喜亦不惧"的境界(《形影神并序》)④,这也是王维在仕隐之间徘徊多年后不断反思所领悟到的人生境界。此后王维再度出仕,经营辋川别业,公事之余和好友裴迪"弹琴赋诗,啸咏终日",从此再未离开朝廷。显然诗人已从辋川别业的中隐生活中获得了心灵的自由解脱,故而有《偶然作》其六中的自我定位。

三、诗意栖居的辋川佳境

王维在反思多年后最终偏离了儒家传统价值观,明确了诗人兼画家的自我定位,选择了钟情辋川、半官半隐的中隐之路,并以其集诗人、画家、园林设计师、居士为一身的非凡才华,将蓝田辋川构筑成集山水自然之景、世外桃源式的田园风情、诗画园林艺术之美和佛教信仰等"四美"于一身的诗意栖居之所;辋川成为寄托王维独特人生追求的精神家园,是他在感伤生命短促并持久反思人生后最渴望的可以抚慰心灵的绝佳安慰剂。

王维早年受儒家思想影响,也曾有济世救民的抱负和热情,然玄宗后期的昏庸享乐、朝政黑暗从客观上断送了王维追求功业不朽的儒家理想,多年从政过程中对自身政治才干有限而热衷诗画创作的逐步认知也使王维主观上放弃了功业梦想。

---

① 陈建森:《张九龄的文化价值取向与诗歌的美学追求》,《文学遗产》2001年第4期,第44页。
② 孙尚勇:《〈终南别业〉诗意重绎——兼论王维的轻狂及其内心悲苦的消解与郁结》,《杜甫研究学刊》2017年第1期,第101—108页。
③ 王维著,赵殿成笺注:《王右丞集笺注》,上海:上海古籍出版社1984年版,第8页。
④ 陶潜著,袁行霈笺注:《陶渊明集笺注》,北京:中华书局2003年版,第67页。

同时,母亲虔诚奉佛的家庭环境和盛唐佛道风靡的时代环境使王维较早接触了佛老思想,道家崇尚自然、追求精神自由和佛教随缘任运、空静无生观念都深深契合王维的秉性和勘破外在功利后追求清静的心境。在上述辋川"四美"中,山水美景和田园风情在王维诗中有大量直接而优美的表现,此不赘述;诗画园林艺术之美也可从《辋川集》《辋川图》中窥见一斑。此处重点论述王维与辋川之间的宗教渊源。如王维在《请施庄为寺表》中所述:"臣亡母故博陵县君崔氏,师事大照禅师三十余岁。褐衣蔬食,持戒安禅。乐住山林,志求寂静。臣遂于蓝田县营山居一所。"①因母亲奉佛好静,王维中年以后也潜心佛教,故而选择蓝田辋川这一佛教氛围浓厚之处营建别业以满足这种奉佛需求。此外,王维在构筑别业时也直接受到了佛教思想的影响,据入谷仙介分析,王维辋川庄以欹湖为中心的布局是受到净土信仰中八功德水池的启发②,进一步强化了辋川别业的佛教气氛,并深刻影响了王维的心灵和诗歌创作;他从辋川的中隐生活中获得了心灵自由,辋川诗歌也饱含着他人难以企及的佛禅意趣。如明胡应麟认为"右丞《辋川》诸作,却是自出机轴,名言两忘,色相俱泯。"③而《竹里馆》《辛夷坞》等诗"读之使人身世两忘,万念俱寂"④。清王士祯认为"王、裴辋川绝句,字字入禅"⑤。陈允吉《王维〈辋川集〉之〈孟城坳〉佛理发微》一文认为《辋川集》之首的《孟城坳》是"融会浮屠微旨的山水田园短章",《华子冈》《斤竹岭》《鹿柴》《木兰柴》等诗也"分别包容着庞大佛学思想体系不同层面上的旨趣"⑥。邱瑞祥《试论辋川集中的佛家色彩》一文亦认为《辋川集》诸诗明显表露出"无常""无我""空寂"的佛教思想。以上所论甚是。正如入谷仙介所言,王维在政事之余,也"在艺术和信仰中寻求生活意义。这方面他主要是营建了辋川别业,创造了一个自然、艺术、信仰和谐统一的生活环境。"⑦王维长期以来对个体生命的诸多感触和思考,终在自然、艺术和宗教中得到了归宿。

美学家苏珊·朗格指出:"艺术家表现的,决不是他自己的真情实感,而是他认识到的人类情感。"⑧蓝田辋川是王维晚年精心构筑的乌托邦,他成功的将自己身为艺术家所领悟到的人类渴望的各种精神需求,诸如爱好山水美景和园林诗画艺术的审美需求、对田园淳朴民风的好尚以及渴望解脱生老病死之苦的宗教信仰需求等熔铸其中,并将其用最优美的诗句呈现出来,最终成就了他山水田园诗

① 王维著,赵殿成笺注:《王右丞集笺注》,上海:上海古籍出版社1984年版,第320页。
② 入谷仙介著,卢燕平译:《王维研究》,北京:中华书局2005年版,第453页。
③ 吴文治:《明诗话全编》,南京:凤凰出版社1997年版,第5537页。
④ 吴文治:《明诗话全编》,南京:凤凰出版社1997年版,第5536页。
⑤ 张进、侯雅文等编:《王维资料汇编》,北京:中华书局2014年版,第1021页。
⑥ 师长泰:《王维研究第二辑》,西安:三秦出版社1996年版,第453页。
⑦ 入谷仙介著,卢燕平译:《王维研究》,北京:中华书局2005年版,第257页。
⑧ [美]苏珊·朗格著,滕守尧等译:《艺术问题》,北京:中国社会科学出版社1983年版,第25页。

的非凡成就,也为自己和后世文人在尘世中难以安放的灵魂找到了极佳的心灵安慰剂。这种艺术的高度,也包含着思想的深度,并因此受到后世文士的持久企慕。

(作者单位:西安文理学院文学院)

王维诗歌的多重自我
——兼论部分王维诗作的再理解

刘万川

"宿世谬词客,前身应画师。"王维对自己的社会身份有过较为明确的认知,当然,这句诗或是他的戏说,但在诗歌中,王维确实存在着一种有意识的自我形象塑造和呈现。

一

王维诗作中的自我形象存在时间上的阶段性特征。因为仕途的起伏,在不同历史时期呈现出不同的面目。①

作者入仕之前基本没有个人身份的表达,自太乐丞被贬官之后,直至任右拾遗期间,开始屡次提及自己的身份。如开元九年,自太乐丞"坐累济州司仓参军"②,《被出济州》中提到自己的身份——"微官易得罪",即使将来归来也年华老去,慨叹"纵有归来日,多愁年鬓侵。"《宿郑州》说自己是"孤客亲童仆","穷边徇微禄"。《和使君五郎西楼望远思归》是在济州之后的作品:"能赋属上才,思归同下秩",对自己司仓参军身份深以为然。也正是这种在意,他在写给张九龄的干谒诗歌中才更为谦卑和恭敬,《上张令公》中有"尝从大夫后,何惜隶人余"之句,王维说自己宁可列居人群之末,也要跟从张九龄。《献始兴公》中有"贱子跪自陈,可为帐下不"之句,也是直接谦称"贱子"。王维这一时期的作品,由于政治上的失意,往往显露自己的宦游和孤独者形象,如《送崔兴宗》:"已恨亲皆远,谁怜友复稀?"隐居嵩山时的《山中寄诸弟妹》:"山中多法侣,禅诵自为群"同样是如此。王维又有《秋夜独坐怀内弟崔兴宗》一诗,崔为王维内弟,在与亲人的离别中更加表现出自己的背井离乡。还有《观别者》,尾句"余亦辞家久,看之泪满巾"说明个人的漂泊,如沈德潜《唐诗别裁

---

① 本文中王维仕历及诗歌系年,如无特别说明均据陈铁民《王维集校注》及所附《王维年谱》,北京:中华书局1997年版。

② 欧阳修、宋祁等:《新唐书》,北京:中华书局1975年版,第5764—5765页。

集》所说,"只写别者之情,观字只末二句一点自足。"①

任右拾遗之后,是王维作为普通官吏较为平淡的一段时期。期间所以官员身份创作的应制酬唱类诗歌中,对个人官员身份的自我认识都中规中矩,既没有骄傲,也没有牢骚不满。如《奉和圣制赐史供奉曲江宴应制》中的"侍从有邹枚",是对个人文学身份的认同,《和尹谏议史馆山池》中"君恩深汉帝,且莫上空虚",是对帝王的称许。天宝元年,王维官居左补阙,有《送丘为落第归江东》,"知祢不能荐,羞为献纳臣。"对丘为的落第,有自己作为朋友却难以施助的内疚;《和仆射晋公扈从温汤》小注为"时为右补阙","司鉴方无阙,陈诗且未工",也是对自己官职履职和才能的自谦;与苑咸酬唱的《重酬苑郎中》有"仙郎有意怜同舍"句,苑咸为郎官知制诰,②虽然点明自己的官职身份稍低,却是不卑不亢的态度。

这一时期王维有较多赠诗,体现出因人而异的特征和矛盾。有时他劝人出仕,如《送崔三往密州觐省》是河西时所作,"鲁连功未报,且莫蹈沧州"希望被送的崔三继续功业,不要归隐。《送赵都督赴代周得青字》称"岂学书生辈,窗间老一经!"也是唐代常见的功业追求,与杨炯"宁为百夫长,胜作一书生"(《从军行》),李白"谁能书阁下,白首太玄经"(《侠客行》)近似。有时他遇到隐者,则表明自己早有归去之意。在长安为监察御史时作《晦日游大理韦卿城南别业四首》,其二"归欤绌微官,惆怅心自咎"句就是说明个人已有隐意。《同卢拾遗过韦给事东山别业二十韵给事首春》中"素是独往客,脱冠情弥敦",说明自己原本属于隐者,如果脱离官场心情会更加踏实。《送綦毋校书弃官还江东》一诗干脆提出"余亦从此去,归耕为老农。"还有《送张五归山》:"送君尽惆怅,复送何人归?几日同携手,一朝先拂衣。东山有茅屋,幸为扫荆扉。当亦谢官去,岂令心事违。"想要与张五一起归隐。形成对比的是,王维在担任拾遗之前有《送綦毋潜落第还乡》:"吾谋适不用,勿谓知音稀。"虽然诗中也有"隐者""东山客""采薇"等词语,但并无归隐意愿,此时的表现就完全相反。与佛教中人的交往也表现出归隐愿望。如《资圣寺送甘二》:"浮生信如寄,薄宦夫何有。"不但提到人生如寄的感慨,而且直接提出为官的厌倦。还有《投道一师兰若宿》,其时道一在终南山太白峰,"岂为暂留宿,服事将穷年"称自己将在这里安居。

这一时期也有部分自处的诗作,这类作品应该更接近作者内心。如《终南别业》是隐居终南所作,"兴来每独往,胜事空自知",诗意随缘任性,却颇为孤单。《秋夜独坐怀内弟崔兴宗》中"吾生将白首,岁晏思沧洲。高足在旦暮,肯为南亩俦。"对亲戚抒发出内心呼声。

① 沈德潜:《唐诗别裁集》,北京:中华书局1975年版,第13页。
② 详见拙文《王维生平研究中关于职官的几个问题》,《杭州电子科技大学学报》2014年第2期。

天宝后,王维诗中作者的隐者形象越发清晰,在辋川隐居的诗歌中较集中体现。如:

> 野老与人争席罢,海鸥何事更相疑。(《积雨辋川庄作》)
> 悠然远山暮,独向白云归。(《归辋川作》)
> 鹤巢松树偏,人访荜门稀。(《山居即事》)
> 随意春芳歇,王孙自可留。(《山居秋暝》)
> 无才不敢累明时,思向东溪守故篱。——(《早秋山中作》)

为伪官之后的日子里,王维内心恐惧羞愧,《谢除太子中允表》曾写道:"当逆胡干纪,上皇出宫,臣进不得从行,退不能自杀,情虽可察,罪不容诛。""伏愿陛下中兴,逆贼殄灭,臣即出家修道,极其精勤,庶裨万一。"此时诗作中再无官员职责言说,都是说自己年岁衰老。乾元元年有《晚春严少尹与诸公见过》:"自怜黄发暮,一倍惜年华。"乾元二年有《送韦大夫东京留守》:"壮心与身退,老病随年侵。"《冬晚对雪忆胡居士家》:"寒更传晓箭,清镜揽衰颜。"

二

上文中,王维对诗歌中自我形象的呈现和认知,恰好在趋势上印证了王维在仕途上的高低起伏。但在王维的某一历史时期,往往出现矛盾的思想感情表达,比如崇佛、归隐与为官的矛盾,劝人出世与劝人归隐的矛盾。这种矛盾与其半官半隐行为有关,也与诗歌所具备的社会性有关,后者是本文讨论的重点。

古代诗歌的言志说与缘情说是着眼于创作内因,而表达与交际则是创作的外在动力,故有兴观群怨之说,这也是诗歌的基本功能。在不同的创作场合,内外因素发挥的作用不同。诗歌作为抒情工具,到底是一种自我表达,作为交际工具时,奉和应制,友人酬唱,抑或是寄赠送别,其写作目的所限定,诗歌在疏解个人情绪的同时还要标榜主张,注意诗作所产生的观众反应。所以,诗歌的写作场合,是与人唱和赠答还是自言自语,诗人对自我形象的呈现自然受到这种"场"的影响。个人都具备社会身份并牵扯社会关系,诗人既是朝中大臣也是家中丈夫,这种身份促使他在创作时必须照应自己的社会属性。同时,每个人也都是单独的个体,他们"久在樊笼里",又常常在无人时吐露心声。

王维在自我独处时认知的重心在于个人年龄与身体,而非同时代人常见的功业之心。如《叹白发》:"我年一何长,鬓发日已白。俯仰天地间,能为几时客?怅惘故山云,徘徊空日夕。何事与时人,东城复南陌。"这种感触和个人情绪以及所呈现出的老病形象,在公共创作唱和场合都没有出现过。

　　其与家人的创作多表现出长兄身份。王维诗文未提及父母，或是因其早逝。据《新唐书·宰相世系表·河东王氏》，王维有弟：缙、繟、纮、紞。王维与兄弟姊妹的诗歌中所呈现出的自我感情多是对弟妹的怜爱，《九月九日忆山东兄弟》即是对家中兄弟的思念，《山中寄诸弟妹》是写自己的孤单与相思。还有《别弟妹二首》其一："两妹日成长，双鬟将及人。已能持宝瑟，自解掩罗巾。念昔别时小，未知疏与亲。今来始离恨，拭泪方殷勤。"语句中充满慈爱。另外还有《赠从弟司库员外綝》："少年识事浅，强学干名利。徒闻跃马年，苦无出人智。即事岂徒言，累官非不试。既寡遂性欢，恐招负时累。清冬见远山，积雪凝苍翠。皓然出东林，发我遗世意。惠连素清赏，夙语尘外事。欲缓携手期，流年一何驶。"是对个人经历的总结感慨，其中对自己的仕途评价颇为低调。

　　与此相反，当王维以官员身份写作时，便"吾上可陪玉皇大帝，下可以陪卑田院乞儿"，诗歌倾向就因人而异。大部分送别同僚的诗作，只是着眼于客套送别，祝福前程，个人隐没其中。当个人身份低微时，则诗作整体表现为谦卑。如上文提及过的《献始兴公》"贱子跪自陈，可为帐下不"，《和仆射晋公扈从温汤》中的"司鉴方无阙，陈诗且未工"。对方如果是隐士或被迫归隐，便畅谈归隐之乐。如《送张五归山》："东山有茅屋，幸为扫荆扉。当亦谢官去，岂令心事违。"《酬比部杨员外暮宿琴台朝跻书阁率尔见赠之作》："羡君栖隐处，遥望白云端。"对志同道合者便谈理想，如《济上四贤咏·崔录事》中"已闻能狎鸟，余亦共乘桴。"《送綦毋校书弃官还江东》中"明时久不达，弃置与君同。……无庸客昭世，衰鬓日如蓬。顽疏暗人事，僻陋远天聪。微物纵可采，其谁为至公？余亦从此去，归耕为老农。"对方若是方外之人，则多写个人对生命和佛法的见解。如《资圣寺送甘二》："浮生信如寄，薄宦夫何有。"不但提到人生如寄的感慨，而且直接提出为官的厌倦。知南选之后的《谒璿上人》，既体现对其敬重，也带有明显的应景成分，其中"少年不足言，识道年已长。事往安可悔？余生幸可养"，还有《投道一师兰若宿》："岂为暂留宿，服事将穷年"，《青龙寺昙壁上人兄院集》（并序）："眼界今无染，心空安可迷"，这些诗所表现出的对自己生命追求的转向，不可认定便是王维真实的想法，需要从长计议。《酬黎居士淅川作》原注：昙壁上人院走笔成。"侬家真个去，公定随侬否？着处是莲花，无心变杨柳。松龛藏药里，石唇安茶臼。气味当共知，那能不携手？"这种应急走笔之作，更是当真不得。

　　与此相关，诗歌不但在抒情的直白与隐晦上照应了人物的远近亲疏，在写作手法、措辞炼句上也随之变化，这主要体现在应制宴游和谈禅说佛两类作品。

　　王维自开元九年擢进士第，解褐太乐丞，虽其后多有贬官与归隐，但司仓参军、右拾遗、监察御史、殿中侍御史、左补阙、库部员外郎、库部郎中、文部郎中、给事中、太子中允、太子中庶子、中书舍人、给事中，还是最终的尚书右丞等职位，均属于官员身份。如应制类作品,结构上具备传统宫廷诗歌特征:即主体部分歌颂盛德,诗歌结尾放低身段,呈现出谦卑的臣子形象。例如《奉和圣制庆玄元皇帝玉像之作应制》:"明君梦帝先,宝命上齐天。秦后徒闻乐,周王耻卜年。玉京移大像,金篆会群仙。承露调天供,临空敞御筵。斗回迎寿酒,山近起炉烟。"诸句都是颂圣,到尾句"愿奉无为化,斋心学自然"呈现自身一心奉道的自我。此类作品旨在颂圣,作品要求典雅端正,诗歌中整体铺排,诗人自我隐没,凸显奉承之意。干谒类作品,如《上张令公》前半部分称许张九龄的功德,其后"贾生非不遇,汲黯自堪疏。学易思求我,言诗或起予。尝从大夫后,何惜隶人余。"连用汉人故事说明自己的遭际,然后请求张九龄的引荐。再如《和仆射晋公扈从温汤》写给李林甫,也是先称许李其后以自谦结尾,"司谏方无阙,陈诗且未工。长吟吉甫颂,朝夕仰清风",不无谄媚之意,但却是干谒类作品常态,亦不可理解为王维对李林甫的真实态度。

与佛禅相关作品也是如此。《与苏卢二员外期游方丈寺而苏不至因有是作》"共仰头陀行,能忘世谛情。回看双凤阙,相去一牛鸣。法向空林说,心随宝地平。手巾花氎净,香帔稻畦成。闻道邀同舍,相期宿化城。安知不来往,翻以得无生。"《夏日过青龙寺谒操禅师》:"龙钟一老翁,徐步谒禅宫。欲问义心义,遥知空病空。山河天眼里,世界法身中。莫怪销炎热,能生大地风。"就都使用了较多的佛教用语,可见王维佛教造诣之深。

三

不同的创作环境,诗人不同的自我认知,造成了诗歌中多种自我形象,甚至是自我的隐没。反过来,对诗作的理解必须结合当时的创作"场"。这里要说明的是王维的《辋川集》与《偶然作》两组诗。

这两组诗都是同咏作品。同咏必然有相同的因由,所以指向明确。如王维有《与卢员外象过崔处士兴宗林亭》一诗:"绿树重阴盖四邻,青苔日厚自无尘。科头箕踞长松下,白眼看他世上人。"卢象同咏《同王维过崔处士林亭》:"映竹时闻转辘轳,当窗只见网蜘蛛。主人非病常高卧,环堵蒙笼一老儒。"[①]王缙同咏《与卢员外象过崔处士兴宗林亭》:"身名不问十年余,老大谁能更读书。林中独酌邻家酒,门外时闻长者车。"[②]裴迪同咏《与卢员外象过崔处士兴宗林亭》:"乔柯门里自成阴,散发窗中曾不簪。逍遥且喜从吾事,荣宠从来非我心。"[③]都有清凉林荫,都有隐居的主人,也都有主人与外在尘世的隔绝。又如王维《夏日过青龙寺谒操禅师》和裴迪同咏之作,二者着眼于寺庙的幽静,并使用大量的佛教用语。

---

① 彭定求等:《全唐诗》卷一百二十二,北京:中华书局 1960 年版,第 1221 页。
② 彭定求等:《全唐诗》卷一百二十九,北京:中华书局 1960 年版,第 1311 页。
③ 彭定求等:《全唐诗》卷一百二十九,北京:中华书局 1960 年版,第 1315 页。

同时,同咏诗作必然面对其他作者和观众,诗歌便具备了社会性和表演性,语句中的感情需要理解中消解。如《别辋川别业》,若只看王维诗作:"依迟动车马,惆怅出松萝。忍别青山去?其如绿水何!"对辋川难舍难分,情深义重。但王缙也有同咏之作:"山月晓仍在,林风凉不绝。殷勤如有情,惆怅令人别!"诗歌中对辋川别业也同样感情深重。王缙史料记载不多,但他也未曾有王维坎坷复杂的经历,是否在辋川有过长期居住也未可知,所以单纯分析诗歌文本,结论却有些令人生疑。同理,王维还有《崔九弟欲往南山马上口号与别》:"城隅一分手,几日还相见?山中有桂花,莫待花如霰。"裴迪有同咏:"归山深浅去,须尽丘壑美。莫学武陵人,暂游桃源里。"王维诗作偏重于对崔九弟及时归隐的欣赏,而裴迪则着眼于希望其长期留于山中,隐在桃源,说明同咏之作可以有非一致的趋向。

王维同咏类诗歌多与友人同游所作,如《过感化寺昙兴上人山院》与裴迪同咏。《辋川集》也是如此。《辋川集序》说:"余别业在辋川山谷,其游止有孟城坳、华子冈、文杏馆、斤竹岭、鹿柴、木兰柴、茱萸沜、宫槐陌、临湖亭、南垞、欹湖、柳浪、栾家濑、金屑泉、白石滩、北垞、竹里馆、辛夷坞、漆园、椒园等,与裴迪闲暇,各赋绝句云尔。"考察王维与裴迪各自的诗歌,可以发现两组绝句实际创作于同时,是一组有意识的组诗写作,且二人有意识相互呼应。比如《孟城坳》,王维诗句"来者复为谁?空悲昔人有"与裴迪"古城非畴昔,今人自来往"[1]都在说明今昔对比。又如王维《斤竹岭》有"檀栾映空曲,青翠漾涟漪。暗入商山路,樵人不可知"。裴迪同咏有"明流纤且直,绿筱密复深。一迳通山路,行歌望旧岑。"对景物描写的视角,显现出二人属于同游之作。既然辋川绝句是在具备观众的情况下的创作,且有友人同时写作,其中"场"的影响和表演性不容忽视,而不能只就文本自身单独分析。

如王维《辛夷坞》:"木末芙蓉花,山中发红萼。涧户寂无人,纷纷开且落"。或有学者解释为以辛夷花的自开自落表现对生命的深刻理解,但考虑到裴迪同咏:"绿堤春草合,王孙自留玩。况有辛夷花,色与芙蓉乱。"虽然两诗很难区分创作的先后,但却可以相互印证。裴迪诗称辛夷花的颜色与芙蓉近似,王维诗作直言"木末芙蓉花";王维诗作称花开又落,裴迪诗云"绿堤春草合",均为暮春花落草密时节。两者从相同和不同的角度写景色之美与环境之幽,王维重在无人环境中的花开花落,裴迪重在《招隐士》典故中隐居情绪的传达。

再如《鹿柴》,王维诗作:"空山不见人,但闻人语响。返景入深林,复照青苔上。"裴迪诗作:"日夕见寒山,便为独往客。不知松林事,但有麏麚迹。"描写时间一致:一为返景复照,一为日夕;环境一致:一为空山深林,一为寒山松林;人物一致:

---

① 裴迪《辋川集二十首》均见彭定求等:《全唐诗》卷一百二十九,北京:中华书局 1960 年版,第 1312—1315 页。

一为空山人语,一为独往客。所相异者,裴迪尾句既写人兽罕至,又用《楚辞·招隐士》"白鹿麏麚兮或腾或倚"①句。或言王维纯写自然,裴迪用典,那么再看吟咏归隐的《漆园》,庄子曾为漆园吏,王维诗作为"古人非傲吏,自阙经世务。偶寄一微官,婆娑数株树。"首句用郭璞《游仙诗》"漆园有傲吏"②,尾句用《世说新语·黜免》中殷仲文"槐树婆娑,无复生意"③语,相比裴迪同咏之作"好闲早成性,果此谐宿诺。今日漆园游,还同庄叟乐",倒是更为随意的表达了。

以上简单论及《辋川集》中几首名作,共同特征是王维与裴迪作品实为唱和。王维与裴迪本就有较多唱和,如《辋川闲居赠裴秀才迪》以古人为赠,《答裴迪辋口遇雨忆终南山之作》中有句"君问终南山,心知白云外",《赠裴十迪》称"风景日夕佳,与君赋新诗","请君理还策,敢告将农时",还有《酌酒与裴迪》"酌酒与君君自宽"等等。如果以唱和诗理解,王维《辋川集》并非单纯抒情,而是带有游戏和标榜性质,如结合作者此种写作"场",常见的对这些诗歌的解读,尤其是佛教角度的解读恐有过度阐释之嫌。

与此类似的还有王维《偶然作》和储光羲《同王十三维偶然作十首》④也应为同咏之作。《偶然作》并无小题目,但从所咏事物依然可以找到线索。王维诗作:"楚国有狂夫,茫然无心想。散发不冠带,行歌南陌上。孔丘与之言,仁义莫能奖。未尝肯问天,何事须击壤?复笑采薇人,胡为乃长往?"储光羲诗作中有"狂歌问夫子,夫子莫能陈","孔丘贵仁义,老氏好无为"。王维诗作有"赵女弹箜篌,复能邯郸舞。夫婿轻薄儿,斗鸡事齐主。黄金买歌笑,用钱不复数。许史相经过,高门盈四牡。客舍有儒生,昂藏出邹鲁。读书三十年,腰下无尺组。被服圣人教,一生自穷苦。"储光羲有"妾本邯郸女,生长在丛台","逶迤歌舞座,婉娈芙蓉闱","朴儒亦何为,辛苦读旧史。"从题目上看,王作在前,储作在后,但亦不能纯粹认定王维自咏情感。

还有颇具争议的一首诗:

老来懒赋诗,惟有老相随,宿世谬词客,前身应画师。
不能舍余习,偶被世人知。名字本皆是,此心还不知。

据张彦远《历代名画记》卷十:"清源寺壁上画《辋川》,笔力雄壮。尝自制诗曰:

① 洪兴祖:《楚辞补注》,北京:中华书局1983年版,第234页。
② 逯钦立:《先秦汉魏晋南北朝诗》,北京:中华书局1983年版,第865页。
③ 徐震堮:《世说新语校笺》,北京:中华书局1984年版,第464页。
④ 《偶然作》原六首,陈铁民先生认为实为五首,且非同时所作,储光羲《同王十三维偶然作十首》均见彭定求等:《全唐诗》卷一百三十七,北京:中华书局1960年版,1384—1386页。相关又见陈铁民《储光羲生平事迹考辨》,《文史》第十二辑。

'当世谬词客,前身应画师。不能舍余习,偶被时人知。'诚哉是言也。"①唐朱景玄《唐朝名画录》、宋郭若虚《图画见闻志》卷五记载类似。但细读张彦远语意,其重点乃在辋川图与绘画技能,"自制"非言题画,而是在"尝"。《唐人万首绝句》取中四句为绝句,题曰《题辋川图》,或是错解王维诗意。② 王维此诗与《偶然作》中"日夕见太行,沉吟未能去。问君何以然? 世网婴我故。小妹日成长,兄弟未有娶。家贫禄既薄,储蓄非有素。几回欲奋飞,踯躅复相顾。孙登长啸台,松竹有遗处。相去讵几许,故人在中路。爱染日已薄,禅寂日已固。忽乎吾将行,宁俟岁云暮。"都带有对外宣讲特征,旨在说明个人出仕与归隐的矛盾。这与另五首诗歌存在的"场"的影响是一致的,因此王维《偶然作》或非一时之作,却是另一种唱和之作。

综上,诗歌创作在自我言情与面对读者时不同,诗作中有不同的诗人自我出现,这是当时创作"场"的影响,由此也影响到诗歌抒情方式、修辞特征,这是我们"以意逆志"时不应忽视的因素。

(作者单位:河北师范大学文学院)

---

① 俞剑华注释:《历代名画记》,上海:上海人民美术出版社 1964 年版,第 192 页。

② 霍松林:《万首唐人绝句校注集评》,太原:山西人民出版社 1991 年版,第 197 页。关于此诗之名将另撰文详解。

道教视阈下的王维研究[①]

高 萍

对于王维,研究者往往以张九龄罢相为界,将其一生分为前后两期,前期受儒家思想影响,积极进取;后期受佛教思想影响,追求精神解脱。这种二分法,将诗人思想简单化、刻板化,是研究的一个误区。在王维生命历程中具有重大影响的事件是张九龄罢相和安史之乱受伪职,以此为节点,王维一生大致"入于儒,出于道,逃于佛"[②],早年心怀儒家抱负,中年颇具道家风采,晚年犹得佛家精髓,但并非简单固化。王维一生儒释道三家思想并蓄而存,互相融通,以一贯之,在人生各个阶段中此消彼长,时显时隐。长久以来,王维的佛学修养与诗中禅意一直是研究的热点问题,但研究者们对王维外禅内道、融道入禅的道教智慧关注较少,在一定程度上影响了王维研究的全面性。道教在李唐时期被奉为国教,对当时文人的交游隐逸、生活方式、诗文创作均有很大的影响。生活在开元、天宝时期帝都长安的王维浸淫其中,其生存方式、诗文创作、人生志趣、精神思想等方面皆受到道教的影响,王维在对道教的接受中能动选择,汲取精义,形成其闲远之人格和清远之诗格。

一、道教信仰狂热下的政治顺应与神仙向往

道教是中国的本土宗教,肇始甚早且内容杂而多端,既有先秦时期的古代巫术、鬼神崇拜,又有秦汉时期的黄老之学、神仙方术、谶纬思想,甚至还有少数民族的原始宗教信仰,[③]但道教真正初具规模则在东汉,"上标老子,次述神仙,下袭张陵。"(《灭惑论》)

从东汉道教初创到唐初的四百多年时间,尽管思想多源,但其尊奉老子为祖、

---

① 基金项目:教育部人文社会科学研究规划基金项目"王维诗歌与长安文化的双向建构"(15YJA751007)

② 陈炎、李红春:《儒释道背景下的唐代诗歌》,北京:昆仑出版社 2003 年版,第 84 页。

③ 黄海德:《道家、道教与道学》,《宗教学研究》2004 年第 4 期,第 1—9 页。

以道家思想为宗的基本信条却得到了尊重和保留。唐代意欲自抬门第,更是攀附老子,将道教奉为国教,道教的政治地位和社会影响力空前提高。建立之初,高祖李渊便大力封赏有功道士,还多次敕修道教名邸楼观台。武德八年(625),高祖下诏,道教为先,儒教次之,佛教最末,道教地位青云直上。玄宗时以道抑佛,拉近道教与皇家的联系,产生了中国历史上独一无二的道教统治。① 玄宗追封道教的鼻祖老子为"大圣祖玄元皇帝",并广建道观,扩大信徒,重视道教思想研究,开元年间,蒐集校勘道家典籍,编纂《道藏》,使道教理论得到充分完善与发展。同时推广《老子》,将道家经籍与科举考试相结合,设立玄学博士,提高崇玄馆地位,并要求百官研习《老子》,大举推广玄学,②大力重用道士,下诏搜罗怀才隐者,重隐风气盛行。这为意欲进阶仕途的封建文人开辟了一条捷径,道教信仰成为风尚。

道教在玄宗朝空前兴盛,对整个社会的文化风俗产生了重大影响,加上道教本身宣扬的长生成仙对世人具有巨大的吸引力,当时社会上谈玄论道、结交道士、求仙习道之风盛行,文人权贵也热衷于此。初唐四杰、陈子昂、杜甫、白居易等都曾与道士过往甚密,李白还曾跟随道士吴筠、司马承祯等学道。王维早年、中年也热衷仙道活动,广交道友,与李白、孟浩然、贺知章、宋之问等被称作"仙宗十友"。在这种宗教的狂热下,王维对道教的主动接受既有对道教政治的鼓吹与宣扬,也有对神仙世界的向往与追求。

(一)逢迎庙堂　顺应政治

开元天宝前后,玄宗极力制造宗教崇拜,屡次编织出老子显灵、天降符瑞之事,神话王朝统治。开元二十九年,玄宗梦京师城南山趾有天尊之像,求得之于盩厔楼观之侧,③后迎置于兴庆宫,并让全国画玄元皇帝真容,分布各地。天宝四年,玄宗在宫中设坛为百姓祈福,借机称"朕自草黄素置案上,俄飞升天,闻空中语云:'圣寿延长'。"④玄宗乐此不疲地编织着此类怪诞之象,群臣官吏,布衣士庶纷纷起而效仿,神说怪谈"仅据正史记载,便不下数十条之多"⑤,朝野内外弥散着狂热的宗教情绪。

长期浸淫于这种社会风气之下,王维也多次撰写应制诗文顺应政治,以宣释道教政治之功德。天宝七年,道士申太芝进言云"有一神人'于九疑山桂阳石室中藏天乐一部,岁月久远,变为五野猪……逐之……化为石物五枚。"面对此等天方夜

---

① 巴雷特著,曾维加译:《盛唐时期的道教与政治》,《道教研究》2011年第3期,第38页。
② 刘昫等撰:《旧唐书》,北京:中华书局1975年版,第213页。
③ 刘昫等撰:《旧唐书》,北京:中华书局1975年版,第925页。
④ 司马光:《资治通鉴》,北京:中华书局1956年版,第6982页。
⑤ 薛平栓:《论唐玄宗与道教》,《陕西师范大学学报》(社会科学版)1993年第3期,第83—89页。

谭,王维上《贺古乐器表》,称"臣等限以留司,不获随例抃舞,不任踊跃喜庆之至"①,以表庆贺。天宝八载,上党郡奏称,该地玄元皇帝庙中的圣象和玄宗的玉容"齐开光明",且"内殿有光,非常照耀,及开殿门,其光弥盛,满堂如昼,久之方散",于是王维又进献《贺玄元皇帝见真容表》,写道:"圣人降生,祥光满室。固知仙圣,必有景光……实由陛下弘敷本际,大启玄宗,明君润色于真源,圣祖和光于帝载。"②认为天降祥兆是由于玄宗的圣德所至。同年,陇右节度使哥舒翰攻拔吐蕃石城堡,好事布衣王英杞便谎称"去载七月,于万春乡界频见圣祖,空中有言曰:'我以神兵助取石堡城。'"经过寻找,果然发现一石龛,里面"尊像一、左右真人六"。对此无稽之谈,王维在其《贺神兵助取石堡城表》中说:"圣祖在千古之前,还临后叶。视之不见者今见,听之不闻者今闻。仍敕神兵,以助王旅……实感明主,缩地而来;岂比汉时,乘空而去"③,极力赞美玄宗能以道理国,以奇用兵,得玄元皇帝之庇佑。

在统治者不遗余力地对道教神话进行宣扬和鼓吹时,王维或多或少地参与到了这场声势浩大的、以道教为外衣的政治谎言之中。这其中有对道教政治狂热的逢迎,也有对自我仕途晋升的考虑,还有对道教的熟谙与认可,这是作为官宦的王维对政治的顺应。天宝年间王维从七品上的左补阙升迁到从六品下的侍御史,再到从六品上的库部员外郎,正五品上的吏部郎中、给事中,一直是平稳升迁,这与他政治上的迎合有一定的关系。但王维在应制诗文中也委婉地表达了他的政治主张,在《贺神兵助取石堡城表》中肯定了道教圣人"先天而法自然,终日不离辎重"的行道方式。在《奉和圣制庆玄元皇帝玉像之作》中提出:"愿奉无为化,斋心学自然",此语出自《道德经》五十七章:"我无为而民自化,我如静而民自在",在这里与其说是王维对皇帝信奉道教、无为盛德的襄扬,莫若说是对顺应自然,无为而治的期许。

(二) 结缘道流　服食求仙

任何宗教的存在都是给人以终极关怀,帮助人们解决生与死的困惑与苦恼。道教信仰的核心就是长生不死,得道成仙。仙人特征有二:一是能超越时间长生久视;二是能超越空间,自由飞升。这种特征满足了文人消解生命短暂,有生必死的悲哀,同时也为文人提供了追求有生无限、人生自由的可能与路径。

道教神仙思想对唐代文人影响最大,其中最具吸引力的就是神仙与丹药,这种思想是对生命的肯定和对永生的追求。王维早年、中年也倾心道教,积极参与仙道活动,结缘道流,求仙练药。王维的道友大致有两类:一类是以修仙练道为旨的金

---

① 陈铁民:《王维集校注》,北京:中华书局1997年版,第865页。
② 陈铁民:《王维集校注》,北京:中华书局1997年版,第870页。
③ 陈铁民:《王维集校注》,北京:中华书局1997年版,第878页。

丹道士，如焦炼师、张道士、方尊师等；另一类是与王维一样慕道求仙的文人雅士，如裴迪、李颀、储光羲、钱起等。

王维在与道友的交游中表现出对神仙境界的向往和超凡脱俗气度的钦羡。他称方尊师为"仙官"，迎来双白鹤，将得道成仙。而称王尊师是"大罗天上神仙客"，称颂张道士是"当作辽城鹤，仙歌使尔闻"。在与道友的交往中，也希望道友能有所体悟，早日得道成仙。"独有仙郎心寂寞，却将宴坐为行乐"（《同比部杨员外十五夜游有怀静者季》）、"高人不可有，清论复何深。一见如旧识，一言知道心。"（《送权二》）。用"仙郎""高人""辽城鹤"一类的称谓赠与亲密的友人，表现出王维对道教高人的敬慕之情。

王维也表现出对道教服食仙丹、长生不老之说的认可和热衷。焦炼师是唐代著名的女道士，诸多名流与之相交甚厚。李白作《赠嵩山焦炼师》，王昌龄有《谒焦炼师》，李颀曾作《寄焦炼师》。而王维有两首赠作，《赠东岳焦炼师》中云："先生千岁余，五岳遍曾居。遥识齐侯鼎，新过王母庐。……自有还丹术，时论太素初。"王维尊称其为"先生"，认为焦炼师正是因常与"齐侯鼎""王母庐"为伴，化炼仙丹而食，而成为身怀仙术、预知千里、能达千岁的神人。李颀是王维的好友，喜好丹砂。王维在《赠李颀》诗中写到："闻君饵丹砂，甚有好颜色。不知从今去，几时生羽翼？王母翳华芝，望尔昆仑侧。文螭从赤豹，万里方一息。悲哉世上人，甘此膻腥食"，极其夸张地想象了李颀服药成仙后的生活状况，对饵丹药后的"甚有好颜色"羡慕不已，对那些甘愿唉食荤腥之人表示惋惜与失望。

王维本人也积极参与仙道活动。《过太乙观贾生房》云："昔余栖遁日，之子烟霞邻。共携松叶酒，俱篸竹皮巾。攀林遍云洞，采药无冬春。谬以道门子，征为骖御臣"。王维和贾生曾一度隐居终南，与烟霞为邻，一起携酒篸竹，攀山采药，以求得道。王维在学道的过程中，也是佛道兼修。《春日上方即事》云："好读高僧传，时看辟谷方。"，辟谷是道教的一种修炼方式，不食五谷，服食丹药，兼做导引，学习辟谷方的目的是"鸠形将刻仗，龟壳用支床"，能够长生，说明王维对道教长生之术也有涉猎。

但是随着亲人及道友的逝去，王维对道教服食成仙亦产生了怀疑与失望。《林园即事寄舍弟纮》云："徒思赤笔书，岂有丹砂井？心悲常欲绝，发乱不能整"；《哭褚司马》云："故有求仙药，仍余遁俗怀"。服食成仙成为虚妄，这使王维转而在佛教中寻求关怀。《秋夜独坐》中写到："白发终难变，黄金不可成。欲知除老病，唯有学无生。"神仙烧炼丹药化为金银的黄白之术已经不可能让人长生，为了去除生、老、病、死的人间忧苦，需学习佛教的"无生"，不来不去，无生无灭，破除生灭的烦恼。

王维否定了道教的炼形之法，但道教神仙的超尘脱俗、自由自在、飘逸不群的生存方式一直潜藏于内心深处，给他以吸引与支持。《山中示弟》为天宝末年居辋川所作，"山林吾丧我，冠带尔成人。莫学嵇康懒，且安原宪贫"，写出诗人忘怀内外，超然自得，安贫乐道，"缘合妄相有，性空无所亲。安知广成子，不是老夫身？"大千世界诸法皆因缘所生，不断生灭变化，一切事物皆虚幻不实，不必有所亲近，这种对本体之认识来自佛教思想。但王维又将自己比为古之仙人"广成子"，渴慕狂放不羁，自由超脱的神仙生活。

《田园乐》其一云："出入千门万户，经过北里南邻。蹀躞鸣珂有底，崆峒散发何人"，高门权贵算得了什么呢？那崆峒山上"散发"而居的仙人才是真正值得让人羡慕的。在王维眼里，披散着头发的仙人已经不在乎自己外在的形体，忘掉了世俗的束缚和羁绊，进而可以达到身心自由、无拘无束的状态，这才是王维所羡慕的得道境界。

王维对道教的接受最初有对神仙丹药、长生久视的迷恋，但深层情感中是对高蹈绝尘、自由自在的人生方式的渴望，渴慕能够解脱羁束，寻求心灵的自由。正如葛兆光先生所论："这批文人对于生命短暂感到深深的忧患，对于社会的喧嚣感到深深烦恼，一种强烈的生命意识和一种灰暗的逃避意识使他们由衷地羡慕道门的清幽旷逸情致和长生不死追求，他们与道士为友，在道观栖息游览，进而受道教的精神熏染……他们往往无暇分辨老、庄哲学与道教的差异，也无暇在道教与佛教之间细细挑选，只是希望在这里找到一种超越凡尘的生活情趣和超越现实的生存希望，使自己的肉体和精神都摆脱桎梏，驰骋在自由的天地之中。"①

二、道教精神渗入下的生存智慧与精神追求

王维对道教的接受主要在早年、中年。他生活在道教的兴盛期，也是道教的转化期，道教精神渐渐渗入他的心灵，在仕隐道路的选择上、虚静闲适的心境上、桃源的理想追求上给予他以智慧指引。

（一）仕隐两全的生存智慧

隐居与出仕是士大夫面临的一种生存矛盾，孔子说："天下有道则见，无道则隐"（《论语·泰伯》），孟子云："穷则独善其身，达则兼济天下"（《孟子·尽心上》），庄子云："当时命而大行乎天下，则反一无迹；不当时命而大穷乎天下，则深根宁极而待"（《庄子·缮性》）。儒家的独善其身与道家的无为思想奠定了中国隐逸思想的基础，但儒道两家的思想框架中仕和隐对应着社会的有道无道、士人的得志失志，两者处于对立关系。

魏晋时期，随着"名教"与"自然"关系的讨论，仕隐观念也由两者的对立渐趋同一。东晋葛洪在《抱朴子·内篇·对俗》中提出："为道者当先立功德"，把世俗的伦

---

① 葛兆光：《想象力的世界——道教与唐代文学》，北京：现代出版社1990年版，第44页。

理纲常与道教联系起来,修仙是正道,是道教的终极目的,而在实现这个目的的过程中,要求世人立功德,以神仙养生为内,儒术应世为外,把道教从虚无缥缈的神仙世界拉回到世俗世界。道教以社会人事为出发点,将庄子的避世逍遥转变为入世修行,最终落到人生意义这个最根本的问题上,对文人的仕隐观念产生了重要影响。葛晓音说:"道教的宗旨也是以入世为本、而以出世为迹,比儒教和佛教更完满地解决了仕与隐的矛盾。"①

魏晋时期"身处朱门而情游江海",以隐逸为心,以仕宦为迹的朝隐,在唐代得到了发展。盛唐时期统治者对道士的擢拔奖掖,使终南捷径畅行,仕隐不再对立,隐逸与积极用世互为补充,成为与应举、出塞一样重要的功名之路。在道教影响下,唐代文人将群体意识和个体意识视为同等重要,"廊庙与江湖其致,把同时享有两种全然不同的人生体验视为最高理想"②,士大夫们既身居庙堂,又隐逸林薮,既能在朝堂之上实现安邦治国之抱负,又能在林泉之下实现自我的精神自由,隐逸而不废经世之心,更加入世化。这种入世修行观念对王维影响很大。

王维一生有四次隐居,在还未步入仕途之时,曾效仿前人隐居道教名山终南山,意欲借道终南捷径;其诗作《哭祖六自虚》反映了这一时期的情况:"念昔同携手,风期不暂捐。南山俱隐逸,东洛类神仙。"这时的隐逸带着对神仙世界的向往,还包含着积极入仕的愿望。开元九年王维因"伶人舞黄狮子"案而获罪被贬,任济州司库参军,开元十六年隐居淇上。《不遇咏》中云:"北阙献书寝不报,南山种田时不登",一腔济世之心却遭到贬谪与弃置,内心充满愤慨。王维弃官而隐,过着"屏居淇水上,东野旷无山""牧童望村去,猎犬随人还"(《淇上即事田园》)的田园生活。这次的隐居包含着对现实不满,是儒家的愤然出世。

王维真正能够消解仕隐对立则是在开元二十九年至安史之乱前。开元二十四年张九龄罢相,李林甫当道,王维在仕途上失去了有力地支持。开元二十九年在知南选回来后隐居终南山。"天宝三载甲申(七四四),四十四岁。仍在长安任左补阙。始营蓝田辋川别业最晚当在本年。"③这十五年王维在终南山、辋川过着亦官亦隐的生活。一方面在长安为官,"晨摇玉佩趋金殿,夕奉天书拜琐闱"(《酬郭给事》),另一方面在休沐之日"与道友裴迪浮舟往来,弹琴赋诗,啸咏终日。"(《旧唐书·王维传》)④王维既是朝臣,又是隐士,两种生活方式和谐地统一于一身。既不以为官为俗,也不以隐逸为高。于庙堂之上济世为宦,保持儒家的人伦大道;于山林之中颐养性情,涵养心灵的自由与适意。斯蒂芬·欧文云:"王维的诗常常吟咏

① 葛晓音:《从"方外十友"看道教对初唐山水诗的影响》,《学术月刊》1992年第4期,第44页。
② 李珍华、傅璇琮:《河岳英灵集研究》,北京:中华书局1992年版,第189页。
③ 陈铁民:《王维集校注》,北京:中华书局1997年版,第1350页。
④ 刘昫:《旧唐书》,北京:中华书局1975年版,第5052页。

在蓝田山庄的田园风光中过隐居生活的快乐,而学者们却通常把这些诗看成是对脱离朝政的反映"①,王维这种生存之路的选择,有排遣仕途挫折,解脱俗世物累的一面,但也有主动寻求生命的悠游自在,还我本真的精神追求。

开元二十九年至安史乱前,正是李林甫、杨国忠先后弄权之际,也是唐玄宗大倡道教,王朝由治到乱的转折期。王维的亦官亦隐在时间上与此大体吻合。孙昌武《道教与唐代文学》中云:"宗教对这一时期的多数文人来说,往往只是经世理想之外的不同凡俗的生活方式,是解脱个人精神挫折的出路,是一种特殊的文化生活内容。"②

王维在《逍遥谷燕集序》中提出了"不废大伦,存乎小隐,迹崆峒而身托朱绂,朝承明而暮宿青霭",表明了自己的仕隐观念,君臣之义乃是大伦,不可偏废,悠游山林乃是小隐,身居魏阙与心存林泉同一并存。《与魏居士书》中对隐士进行了评价,再次阐释了自己的隐逸观念。他批评许由非旷达之士,恶声洗耳,把名看得太重。嵇康顿缨狂顾过于执着,长林丰草和官署门阑没有什么本质区别。陶渊明忘大守小"一惭不忍终身惭"。他们都是"欲洁其身而乱大伦"。然后引孔子的话"无可无不可"作为自己行为准则的基础,"可者,适意,不可者不适意也。君子以布仁施义、活国济人为适意。纵其道不行,亦无意为不适意也"。王维认为前贤都过于执着,将仕隐完全对立,只要做到"身心相离,理事具如,则无往而不适意",超越尘俗之累,达到心灵自由。这种观念以不废大伦的入世观念为前提,集仕隐为一体,消解了仕隐两难的困境,突破了非此即彼的对立性,既保持了思想与心灵的自由,又保持了儒家的人格理想,形成了具有实践意义的生存智慧。

王维为仕隐观念注入了新的价值取向"无往而不适意"。"嘉此幽栖物,能齐隐吏心。早朝方暂挂,晚沐复来簪"(《酬贺四赠葛巾之作》),诗人追求这种不受仕隐拘泥的适意生活。他始终能以一种闲适自在的心态观照内心世界、探索山水万物,消解了物的对立,一切顺应自然,清净无为。"人闲桂花落,夜静春山空","洞户寂无人,纷纷开且落",而诗人或是临风听暮蝉,或是倚杖候荆扉,或是"行到水穷处,坐看云起时。偶然值林叟,谈笑无还期",一切皆悠游自在,潇洒自得,弥散着宁静与淡泊。

王维仕隐两全的生存方式调和了仕隐对立的两难选择,为生命寻得一种更开阔的方式,既入世存身又出世清心,为后人提供了"适性解脱"的智慧,更为后代士人开辟了独特的精神生存空间。

---

① 斯蒂芬·欧文:《唐代别业诗的形成》,《古典文学知识》1997 年第 6 期,第 112—116 页。
② 孙昌武:《道教与唐代文学》,北京:人民文学出版社 2001 年版,第 30—31 页。

(二) 守静去欲的闲适心境

盛唐时期,人的"心性"问题成为关注的重心。儒学反映了以家庭为核心、以血缘为纽带的社会关系,关心人与社会的关系,真正关注人的心性问题是外来的佛教与本土的道教。禅宗的"明心见性"法门否定了繁琐的戒律和修持,求之于对自性清净的觉悟,人的主体意识加强。道教传统的神仙观念和神仙术也在发生变化,修炼方式从外丹术开始向内丹转化。成玄英、王玄览、司马承祯、李含光等重视个人心性的养炼,把向外的追求转化为向内的体验,把神仙迷信转化为哲理,使道教走向高雅脱俗,成为士大夫更能接受的思想观念。

在道教的修炼中,"忘名去利""守静去欲"则可长久。唐代道学家成玄英解释《道德经》"静为躁君"为"静则无为,躁则有欲。有欲生死,无为长存",提供了长存的另一种方式,虚静为体,摆脱物欲,回归本心。司马承祯《护命经》认为终生之所以轮回苦海不得解脱,因为不能认清有、无、色、空,有无来自道家思想,色空是佛教观念。他的道教思想中融入了佛教观念,要解决这种痛苦只有采用观心的方法,静和净。让心回归到原始状态,也就能够得道。司马承祯在晚年著作《坐忘论》中云:"所以学道之初,要须安坐,收心离境,住无所有,不著一物,自入虚无,心乃合道",更是强调安心、坐忘,心与道合而生慧。这种修炼方式与禅宗的"守心"法门十分相似,禅定与守静、虚空与坐忘在精神上相通。道教这种与禅宗相通的"守静去欲"的理论和修炼方法,对王维思想产生了很大的影响。

王维摒弃了急功近利的服食丹砂之法,转向了内在的修神之道,自觉地践行"守静""坐忘"的观照方式,隐居林泉,以静修心,安时处顺,自性逍遥。

> 山中习静观朝槿,松下清斋折露葵。(《积雨辋川庄作》)
>
> 吾生好清静,蔬食去情尘。(《戏赠张五弟諲三首》其三)
>
> 晚年惟好静,万事不关心。(《酬张少府》)
>
> 我心素已闲,清川澹如此。(《青溪》)
>
> 将从海岳居,守静解天刑。(《赠房卢氏琯》)

诗人体静心闲,在对自然的静观中去欲忘我,消解情尘,与万事万物和谐相处,不偏激,不违逆,从而使精神进入一种无欲无求、无功无利的自由之中。这"不仅仅是对于主体的自觉抛舍、回到生命的本真状态,进入无欲无求的空明境界,更重要的还在于自由心灵与自然之心的寂然相通,彻底认同宇宙生命之道。"①

王维澹然地对待外界加诸的枷锁和内在的不释然,通过精神的超越实现心灵

---

① 王志清:《道学视阈的王维解读》,《南通大学学报》(社科版)2006年第6期,第54页。

的平衡。诗人已然忘却了形体的痛苦和外在的荣辱,甚至连自己也忘却了,进而与天地融为一体。在《积雨辋川庄作》中写到"野老与人争席罢,海鸥何事更相疑","海鸥"一句出自《列子·黄帝篇》,海鸥都与人和谐共存,达到了互无猜疑的程度,可见王维内心对于外物的接纳程度。又如《戏赠张五弟谭三首》之三中"云霞成伴侣,虚白侍衣巾",诗人将无生命的云霞视为可与自己交流沟通的"伴侣",与万物齐一。在《座上走笔赠薛璩慕容损》中说到:"君徒视人文,吾固和天倪,缅然万物始,及与群物齐。"

道的"虚""静"哲学意蕴成为王维自觉的审美感知和创作灵感,创作主体的"人"逐渐消隐于自然万物的花鸟明月之中。忘我、忘形,以无己的状态观照万物,物我合一,皆自然闲适。

> 木末芙蓉花,山中发红萼。涧户寂无人,纷纷开且落。(《辛夷坞》)
> 嫩竹含新粉,红莲落故衣。渡头灯火起,处处采菱归。(《山居即事》)
> 山下孤烟远树,天边独树高原。(《田园乐·其五》)
> 明月松间照,清泉石上流,竹喧归浣女,莲动下渔舟。(《山居秋暝》)

道家的"虚静"境界和佛家的"万象皆空"不同,它不是佛家的断绝烦恼,以归寂灭,而是带给人一种脱离尘世的逍遥超越,一种物我自在的闲适飘逸。据不完全统计,王维诗作当中直接使用"闲""静"等字共计120余次。正是这种清静恬淡的生活、适意的人生哲学使诗人回归本真,内心宁静,诗中充满闲适之情。但必须承认的是,这时期的诗歌创作也受到佛禅的影响,以"空""静"为意境的诗作更多带有佛心禅意,而以"闲适"为意境的诗作更多道家情怀,但都不能从片面的、单一的角度去分析,在佛道的影响下,王维的诗作比禅语多了一份飘逸,比道言多了一份智慧。

(三)辋川桃源的精神追求

王维一生中都有一个追梦"桃源"的情结。它是隐藏在诗人内心中一个神秘的心理状态,一种强烈而无意识的冲动,是心灵所指向的更高层次的美好境界。

王维19岁时就依陶渊明的《桃花源记》情节写了《桃源行》。与陶渊明建构的逃避乱世、和谐安乐的乌托邦家园不同,王维建构了一个静谧奇妙的仙人乐土,"峡里谁知有人事,世中遥望空云山。不疑灵境难闻见,尘心未尽思乡县","春来遍是桃花水"的"灵境"世界,一个远比眼前的盛世更为美好的自由、和谐的尘外世界。正当盛世,正当青春的王维对仙境的描绘与向往和道教的神仙信仰密不可分,这也表现出他在年少之时"建功立业"和"追慕自由"的价值观念并存,预叙了他的生命走向。

"桃源"意象在王维诗歌中反复涌现。如《酬比部杨员外暮宿琴台朝跻书阁率尔见赠之作《春日与裴迪过新昌里访吕逸人不遇》《田园乐》《蓝田山石门精舍》《口号又示裴迪》和宋中丞夏日游福贤观天长寺之作即陈左相宅所施》《送钱少府还蓝田》等直接描写桃花源,还有许多诗都有明显的桃源之行和桃源境界,如《青溪》《寄崇梵僧》《寒食城东即事》《过香积寺》《游感化寺》等等。19 岁开启的桃源梦想一直贯穿王维一生,尤其是在开元二十九年之后,桃源的追寻成为王维内心一个长久弥漫的情结,也成为他诗歌中一个重要的母题。

年少时王维构建了"灵境"的仙化桃源,到后期桃源佛教化、人间化。王维对桃源的寻找有无心发现和有意追寻。无心之旅,意外发现的桃源往往是神仙乐土,佛门圣地,这是一个他人的世界;有意追寻,诗人建构属于自己的桃花源。

道教的理想世界有两种,一种是世俗的理想世界,希望没有灾祸、没有战争,世界公正和平。另一种是宗教的理想世界,即"仙境",那些适合修炼的风景秀丽的地方往往被誉为人间仙境。《释名·释长幼》曰:"老而不死曰仙。仙,迁也,迁入山也。"[①]道教追求长生成仙,山是遇仙之处,也是得道后的归宿。山成为了道教的神圣空间。一切以道为最高标准的家园里,人才得到安全,人心才能得到安宁。对于道教而言,山就是世外桃源,人间仙境,也是一个充满神圣感和依恋感的家园。现实中的责任不容逃避,于是构筑园林,模拟山居生活,表达一种守道顺性的人生境界。东晋戴逵《闲游赞》曰:"然如山林之客,非徒逃人患、避斗争,谅所以翼顺资和,涤除心机,容养淳淑而自适耳。"山水田园成为了清心之所。

王维将道教的这种山居求仙的宗教信仰内化为辋川桃源的精神追求,建构了具有现实性的人间乐土和心灵家园。他在蓝田辋川构了一个安顿心灵的诗意之地,将辋川视作清静自然的世外桃源。《辋川集》诸作中依然带有仙道风范,如《文杏馆》"文杏裁为梁,香茅结为宇。不知栋里云,去作人间雨"、《欹湖》"吹箫凌极浦,日暮送夫君。湖上一回首,山青卷白云"、《椒园》"桂尊迎帝子,杜若赠佳人。椒浆奠瑶席,欲下云中君",还出现了两座谢灵运笔下的神仙居住的山峦——华子岗、斤竹岭,正如宇文所安所云:"对自己青年时期文学世界的记忆可以成为更强有力的语境。"[②]

但王维的辋川别业更是诗人现实的桃花源,是诗人的心灵家园和精神归宿。

> 再见封侯万户,立谈赐璧一双。讵胜耦耕南亩,何如高卧东窗。
>
> (《田园乐七首·其二》)
>
> 采菱渡头风急,策杖村西日斜。杏树坛边渔父,桃花源里人家。
>
> (《田园乐七首·其三》)

---

① 刘熙:《释名》卷 3,台北:台湾商务印书馆 1986 年版,第 397 页。
② 宇文所安:《学会惊讶:对王维〈辋川集〉的重新思考》,见《中国中古文学国际学术研讨会论文集》,北京:学苑出版社 2004 年版,第 732 页。

安得舍尘网，拂衣辞世喧。悠然策藜杖，归向桃花源。

（《口号又示裴迪》）

王维将桃源世界人间化，成为中国士大夫能够安顿心灵的精神家园。作为桃源梦想的承载者"辋川"，也成为人间桃源的象征。

综之，由开始对道教主动的顺应与接受，到后来能动地选择与内化，王维将道教精义化为生存智慧与诗歌意境，使其具有遗世高蹈的人格和闲适宁静的诗格。王维仕隐两全的方式调和了仕隐对立的两难选择，从而为中国士大夫提供了诗意生存的智慧。王维的辋川别业亦成为一个经典的文化空间，一个典型的文学意象，流播于中国文人的内心深处，成为中国士大夫能够践行的精神家园。

（作者单位：西安文理学院文学院）

老庄思想与王维的诗歌创作

孙明材

对于王维,人们关注较多的是佛教思想对其诗歌创作的影响,近年来,一些学者虽然也已注意到老庄思想对其诗歌创作的影响,但仍嫌不够深入、全面,仍然值得做进一步的探讨,本文正是试图对此做一些尝试。

一、营建了适宜的创作心境

《庄子·大宗师》中曾描述了一个颜回体道的故事。"颜回曰:'回益矣。'仲尼曰:'何谓也?'曰:'回忘礼乐矣。'曰:'可矣,犹未也。'他日,复见,曰:'回益矣。'曰:'何谓也?'曰:'回忘仁义矣。'曰:'可矣,犹未也。'他日,复见,曰:'回益矣。'曰:'何谓也?'曰:'回坐忘矣。'仲尼蹴然曰:'何谓坐忘?'颜回曰:'堕肢体,黜聪明,离形去知,同于大通,此谓坐忘。'仲尼曰:'同则无好也,化则无常也。而果其贤乎!丘也请从而后也。'"①陈鼓应先生评此:"'离形',即消解由生理所激起的贪欲。'去知',即消解由心智作用所产生的伪诈。如此,心灵才能开敞无碍,无所系蔽,而通向广大的外境。"②这说明要悟道就必须首先去除一切私心杂念,涤除一切知性活动,进入一种无智无欲的心灵的虚静状态,然后才能与大道浑融而一,泯灭生死,超越时空,实现精神的永恒。这虽然仅是一种对习道者的要求,却在客观上营造了一种适于引发创作灵感的创作心境。因为写作者最佳的写作状态实际上也正是这样一种涤除一切私心杂念后的注意力高度集中的心灵的虚静状态。

《文心雕龙·神思》说:"文之思也,其神远矣。故寂然凝虑,思接千载;悄然动容,视通万里;吟咏之间,吐纳珠玉之声;眉睫之前,舒卷风云之色:其思理之致乎。

---

① 陈鼓应:《庄子今注今译》,北京:中华书局 2001 年版,第 204 页。
② 陈鼓应:《庄子今注今译》,北京:中华书局 2001 年版,第 168 页。

故思理为妙,神与物游。"①又说"是以陶钧文思,贵在虚静,疏瀹五脏,澡雪精神"②,这说明刘勰主张创作必须首先"疏瀹五脏,澡雪精神",去除一切私心杂念,进入一种虚静状态,然后才能"思接千载","神与物游"。所以去欲(去除一切私心杂念)、守静对于引发创作灵感是极为重要的。

而王维作为一个"道门子"(《过太乙观贾生房》),正是有着大量的这样的习道实践。如《山中示弟》:"山林吾丧我,冠带尔成人。""吾丧我",即"摒弃我见。'丧我'的'我',指偏执的我。'吾',指真我。由'丧我'而达到忘我、臻于万物一体的境界"③。又,《戏赠张五弟諲三首》其三:"我家南山下,动息自遗身。入鸟不相乱,见兽皆相亲。云霞成伴侣,虚白侍衣巾。""自遗身"所反映出来的实际又是《庄子·大宗师》中的坐忘思想。此外,还有像"皓然出东林,发我遗世意"(《赠从弟司库员外絿》)、"将从海岳居,守静解天刑"(《赠房卢氏琯》)、"吾生好清静,蔬食去情尘"(《戏赠张五弟諲三首》其三)、"晚年惟好静,万事不关心"(《酬张少府》)等,都说明王维确是在自觉地进行着守静、去欲的习道实践,而这种习道实践本身同时在客观上为他的诗歌创作营建了一种极为适宜的创作心境。

二、促成了两种范型的审美思维

王国维《人间词话》说:"有有我之境,有无我之境。……有我之境,以我观物,故物皆著我之色彩。无我之境,以物观物,故不知何者为我,何者为物。古人为词,写有我之境者为多,然未始不能写无我之境,此在豪杰之士能自树立耳。"④王维可以说就是这样一个既能写"有我之境"又能写"无我之境"的"豪杰"之士。而他之所以能够做到这一点,又是与他所吸收的"道"密不可分。

(一) 以我观物——理想化的审美思维

道家思想虽有一定的避世倾向,但其创始人老子却是极为关注现实的。⑤正因为他关注现实,看到了当时社会上普遍存在的狡诈、纷争,看到了普通民众的疾苦,他才不断地思考和探寻救治社会和百姓的出路。在他看来,引起社会纷争、百姓疾苦的根本原因就是人的机诈和贪欲。要想真正实现社会之安定、百姓之安宁,

---

① 范文澜注:《文心雕龙注》,北京:人民文学出版社2000年版,第493页。
② 范文澜注:《文心雕龙注》,北京:人民文学出版社2000年版,第493页。
③ 陈鼓应:《庄子今注今译》,北京:中华书局2001年版,第35页。
④ 王国维:《人间词话》,上海:上海古籍出版社2000年版,第1页。
⑤ 陈鼓应《老子注译及评价》代序"误解的澄清":"他(老子)所关心的是如何消解人类社会的争纷,如何使人们生活幸福安宁。他所期望的是:人的行为能取法于'道'的自然性与自发性;政治权力不干涉人民的生活;消除战争的祸害;扬弃奢侈的生活;在上者引导人民返回到真诚朴质的生活形态与心境。……老子的思想并没有消沉出世的念头。"

就必须"绝圣弃智""绝仁弃义""绝巧弃利"①,使人们都恢复到原始初民的无智无欲的状态中去,他的理想蓝图就是小国寡民。应该说,老子的这种济民意识是值得肯定和称赞的,但其方式却是落后的、不现实的,这本身也就说明他的社会政治思想带有明显的理想化色彩。而这种带有理想化色彩的社会政治思想却为王维所吸收,这集中表现在王维对统治者"无为化"的多次规劝和强烈的反战思想上。王维《奉和圣制庆玄元皇帝玉像之作应制》:"愿奉无为化,斋心学自然。"又,《和仆射晋公扈从温汤》:"上宰无为化,明时太古同。"《三月三日勤政楼侍宴应制》:"天保无为德,人欢不战功。"这都说明王维对于老子"无为而治"的政治思想是认同的。

关于王维的反战思想,主要体现在:第一,王维笔下的战争诗都是一种被动迎敌或被迫反抗,几乎没有一首是描写主动侵袭别人的。如《陇西行》:"十里一走马,五里一扬鞭。都护军书至,匈奴围酒泉。关山正飞雪,烽戍断无烟。"此诗向来为人称道,但观其所写,无外是快马驰报匈奴来犯的紧张气氛。再如《出塞作》:"居延城外猎天骄,白草连天野火烧。暮云空碛时驱马,秋日平原好射雕。护羌校尉朝乘障,破虏将军夜渡辽。玉靶角弓珠勒马,汉家将赐霍嫖姚。""猎天骄""好射雕",表面看来是写匈奴秋日校猎的情状,而实是说匈奴常常在秋日草黄马肥时入寇。②既然是入寇,就说明必然是一场卫国战争。此外,王维还写了许多反映游侠精神的诗,如"新丰美酒斗十千,咸阳游侠多少年"(《少年行》)、"长安少年游侠客,夜上戍楼看太白"(《陇头吟》)等,这些诗虽然也表现出了一种积极的参战意识,但这种参战也不是侵略,事实上,游侠本身已经说明了这一点,即扶弱济困,而不为虎作伥。第二,王维的战争诗所反复强调的是武力的震慑。在王维早期所写的战争诗中,确实反映出了一种积极的参战意识,但那完全是一种不得已而为之的被迫应敌,当战争平息、边地无事时,他马上便对战争采取了一种冷却的态度。《送陆员外》:"万里不见虏,萧条胡地空。无为费中国,更欲邀奇功!""万里不见虏,萧条胡地空",说明边地已无战事。既无战事,也就没有必要再耗费大量的人力、物力去建立所谓的"奇功"了,所以作者说"无为费中国,更欲邀奇功!"再如《奉和圣制送不蒙都护兼鸿胪卿归安西应制》:"万方氛祲息,六合乾坤大。无战是天心,天心同覆载",《送刘司直赴安西》:"当令外国惧,不敢觅和亲"等,都说明王维此期的主导思想是反战的,而这种思想正是源于老子。《老子》云:"夫兵者,不祥之器,物或恶之,故有道者不处。君子居则贵左,用兵则贵右。兵者不祥之器,非君子之器,不得已而用之,恬淡为上。胜而不美,而美之者,是乐杀人。夫乐杀人者,则不可得志于天下矣。……

---

① 陈鼓应:《老子注译及评价》,北京:中华书局 2003 年版,第 136 页。
② 陈铁民《王维集校注》注释:"以上四句描写匈奴(借指唐西部边地的少数民族)秋日校猎的情状,隐谓其以校猎为名,伺机来犯。唐时突厥、吐蕃等游牧民族,作战以骑兵为主,常在秋日草黄马肥时入寇。"

杀人之众,以悲哀泣之,战胜以丧礼处之。"①不难看出,王维的这种战与非战的思想,实际正是老子不战与不得已而战思想的一种具体化。而尤应注意的是,老子的这种理想化的社会政治思想不仅影响了王维的社会政治思想,同时还影响了他的审美思维方式,使其诗歌创作也带上了浓重的理想化色彩。主要表现在:

1. "出游逢牧马,罢猎有非熊"——对君主、臣子的理想化

王维曾作有一些旨在颂扬皇帝和朝中权臣的应制、酬答诗。对于王维的这类诗,后人的态度往往是否定的。而其之所以否定,本身就说明一个问题,即王维诗中所描述的皇帝和权臣的形象与事实不符。这固然可以在一定程度上表露王维的奉承心理,但同时也证实了一个事实:王维并不是在以纯客观的态度描述现实生活中的皇帝和权臣,而是以理想化的笔法描绘其心目中理想的统治者形象,或者可以说,王维笔下的统治者更多的带有老子政治理想中的统治者形象的成分。如《奉和圣制登降圣观与宰臣等同望应制》:"山川八校满,井邑三农竟。比屋皆可封,谁家不相庆? 林疏远村出,野旷寒山静。帝城云里深,渭水天边映。喜气含风景,颂声溢歌咏。端拱能任贤,弥彰圣君圣。"很显然,诗中所写并非现实中的最高统治者,而是一个能够使"井邑三农竟""比屋皆可封"的"圣君"。再如《和仆射晋公扈从温汤》:"天子幸新丰,旌旗渭水东。寒山天仗里,温谷幔城中。奠玉群仙座,焚香太一宫。出游逢牧马,罢猎有非熊。""出游逢牧马"出自《庄子·徐无鬼》:"黄帝将见大隗乎具茨之山……无所问涂,适遇牧马童子,问涂焉。……黄帝又问,小童曰:'夫为天下者,亦奚以异乎牧马者哉? 亦去其害马者而已矣。'黄帝再拜稽首,称天师而退。"②很显然,作者是在以黄帝之逢牧马童子喻玄宗之遇林甫。而"罢猎有非熊"则出自《搜神记》:"吕望钓于渭阳,文王出游猎,占曰:'今日猎得一兽,非龙非螭,非熊非罴,合得帝王师。'果得太公于渭之阳。与语,大悦,同车载而归。"③这又是用文王之得太公望喻玄宗之得林甫。还有像《晦日游大理韦卿城南别业四首》:"幸同击壤乐,心荷尧为君",《送韦大夫东京留守》:"曾是巢许浅,始知尧舜深"等,都说明出现在王维诗中的最高统治者,并非现实生活中实实在在的玄宗皇帝,而是王维以其理想化的笔法所勾勒出来的理想的圣君形象。

2. "杏树坛边渔父,桃花源里人家"——对农民形象和农村景象的理想化

王维虽以盛唐山水田园诗人著称,但其田园诗的成就是远不如山水诗的,原因就是他的田园诗与现实生活相脱离。诗中的农民形象和农村景象几乎完全是他理想化思维的产物,如《渭川田家》:"斜光照墟落,穷巷牛羊归。野老念牧童,倚杖候

① 陈鼓应:《老子注译及评价》,北京:中华书局 2003 年版,第 191 页。
② 陈鼓应:《庄子今注今译》,北京:中华书局 2001 年版,第 633 页。
③ (晋)干宝撰,汪绍楹校注:《搜神记》,北京:中华书局 1979 年版,第 110 页。

荆扉。雉雊麦苗秀,蚕眠桑叶稀。田夫荷锄立,相见语依依",《赠房卢氏琯》:"桑榆郁相望,邑里多鸡鸣"等等。人物无非就是田夫、牧童,气氛无非就是闲逸、安适,宛如一幅定格的农村风景画,只有农闲的场景,而永远没有劳动的艰辛与生活的苦楚。与其说是在描绘盛唐时期农村的生活现实,还不如说是在展示老子理想中的那些日出而作、日落而息的原始初民的生活的悠然自得。如果说王维以理想化的笔法勾勒统治者的形象尚带有应制诗本身的局限的话,那么王维笔下的这些富于理想化色彩的农民形象和农村景象则可说是其理想化审美思维的一种自觉显露。

(二) 以物观物——"以明"的观照方式

《庄子·齐物论》云:"欲是其所非而非其所是,则莫若以明。"[1]又"彼是莫得其偶,谓之道枢。枢始得其环中,以应无穷。是亦一无穷,非亦一无穷。故曰莫若以明。"[2]这里的"以明"指的就是齐是非,合同异,忘却一切是非、彼此、可不可的差别对立纷争,以明静的心境观照事物的本然。[3] 对于庄子的这种思想,王维是有所吸收的。《戏赠张五弟谌》:"一知与物平,自顾为人浅。"又,《座上走笔赠薛据慕容损》:"君徒视人文,吾固和天倪。缅然万物始,及与群物齐。"《山中示弟》:"山林吾丧我,冠带尔成人。"这说明王维确曾吸收庄子的齐物思想。既然如此,其观物方式也就必然是"以明"(以明静的心境观照事物的本然)。而值得说明的是,王维不仅用"以明"的观照方式观照日常生活中的事物,他同时还将这种观照方式应用于大自然,从而也就影响了他的诗歌创作,使其得以创作出大量的具有空灵宁静之美的山水诗。如:

> 空山不见人,但闻人语响。返景入深林,复照青苔上。(《鹿柴》)
> 独坐幽篁里,弹琴复长啸。深林人不知,明月来相照。(《竹里馆》)
> 木末芙蓉花,山中发红萼。涧户寂无人,纷纷开且落。(《辛夷坞》)

袁行霈在分析这三首诗时说:"一则说'不见人',再则云'人不知',复又说'寂无人',在常人看来,该是何等的孤独寂寞!而王维则不然,因他所欣赏的正是人在寂寞时方能细察到的隐含自然生机的空静之美。那空山青苔上的一缕夕阳、静夜深林里的月光、自开自落的芙蓉花,所展示的无一不是自然造物生生不息的原生状态,不受人为因素的干扰,没有孤独,也没有惆怅,只有一片空灵的寂静……"[4]我们看,诗中所展示的是"自然造物生生不息的原生状态",诗人所持的又是一份"没

① 陈鼓应:《庄子今注今译》,北京:中华书局 2001 年版,第 50 页。
② 陈鼓应:《庄子今注今译》,北京:中华书局 2001 年版,第 54 页。
③ 陈鼓应:《庄子今注今译》,北京:中华书局 2001 年版,第 50—59 页。
④ 袁行霈:《中国文学史》(第二卷),北京:高等教育出版社 2000 年版,第 243 页。

有孤独,也没有惆怅"的明静心境,这不正是庄子所说的"以明"(以明静的心境观照事物的本然)吗?

以上所谈主要是老庄思想对王维诗歌创作的影响。除此之外,道教神仙思想也在一定程度上影响了他的诗歌创作。如《桃源行》本是根据陶渊明的《桃花源诗并记》敷衍而成,但王维却将其笔下的那个没有王税、自给自足的人间乐园幻化成了景色优美的世外仙境,这不能不说与王维早期所受到的道教神仙思想有关。程千帆先生在评价王维的《桃源行》时即认为这是其"对神仙世界的向往之情"的一种流露。① 而值得说明的是,王维的这种"对神仙世界的向往之情"不仅使他将本来就蕴涵着仙境色彩的桃源改造成了世外仙境,同时还使他在描写现实生活中实实在在的隐居之地时也有意无意地运用了一种描绘仙境的笔法。如《寄崇梵僧》:"崇梵僧,崇梵僧,秋归覆釜春不还。落花啼鸟纷纷乱,涧户山窗寂寂闲。峡里谁知有人事,郡中遥望空云山。"很显然,此诗所写即为现实生活中实实在在的崇梵寺中的景象,只不过崇梵寺位于山中、远离尘世而已,但作者却将它描绘成"峡里谁知有人事,郡中遥望空云山"。"空云山",本身就带有虚无缥缈之感,有如仙境一般。如果再参照《桃源行》中王维描写"仙源"时所用的笔法,我们就更容易看出这种描写手法的仙境化了。我们知道,桃源中所生活着的实际完全是一些普普通通的劳动人民,而其之所以以仙人面目出现,正是源于王维的定性以及对其生存环境的夸张渲染——"初因避地去人间,及至成仙遂不还。峡里谁知有人事,世中遥望空云山。"不难看出,"空云山"在桃源由人境变为仙界的过程中是起着极为重要的作用的,所以《寄崇梵僧》中的"峡里谁知有人事,郡中遥望空云山"也是一种仙境化的笔法。值得说明的是,王维的这种以仙境化的笔法描绘现实中居所的例子并非仅此一处。《山中寄诸弟妹》:"山中多法侣,禅诵自为群。城郭遥相望,惟应见白云。"又,《答裴迪辋口遇雨忆终南山之作》:"君问终南山,心知白云外。"这也就再次说明王维对于道教神仙思想是较为热衷的,而这种热衷,反过来又影响了他的诗歌创作。

(作者单位:大连外国语大学汉学院)

---

① 程千帆:《相同的题材与不相同的主题、形象、风格》,《文学遗产》1981年第1期。

王维寓居帝都行迹及其文学表达[①]

陆 平

长安是唐王朝政治、经济和文化的中心,也是诗坛人才云集之地。长安,是大唐帝国文人精神世界里一面令人振奋的旗帜,它以得天独厚的条件吸引着唐代文人并深刻地影响着他们的生活和创作。许多唐代诗人都是从长安起步,在长安成长起来,他们一生最华彩的乐章在这个舞台上搬演,一生最美好的岁月在这块土地上流连。他们寓居长安的时间或长或短,但都在这里写下了许多脍炙人口的诗篇,有的诗人甚至不直接称之为长安,而朝圣般地以"帝京""帝都""帝城"等来称呼他们所热爱的国都。辉煌无比的帝都,激起流连于长安的大唐文人无限感慨以及书写的欲望,他们将一己个体与帝都长安或缘浅或缘深的层层涟漪、深深情结悉数谱写于火热的长安歌咏中。他们为古老的长安留下最华彩的乐章、最绚丽的风景;历经沧桑、蒙尘已久的长安也因为他们而焕发青春,露出它最动人的笑容。

十五岁就以"妙年洁白,风姿都美"[②]之质吟唱着"君家云母障,持向野庭开。自有山泉入,非因彩画来"(《题友人云母障子》)悠然进入长安的王维,是奔赴长安求取功名的唐代文人的成功典范。他在几年之后就顺利登第、历官京都,虽然相当长的时间过着亦官亦隐的生活,但始终未离开文化中心长安,是长安城里炙手可热的都市诗人,时有"朝廷左相笔,天下右丞诗"[③]之美誉。长安之于王维,是他赢得第一声喝彩的舞台,是他展现人格魅力的战场,更是他实现人生价值的阶梯。王维在其长安歌咏中屡屡传达出深切的帝都情结。

一、初入帝都之行迹及其文学表达

唐代寓居帝都长安且在此达到人生成功之境的文人中,王维堪称典范。他十

---

① 基金项目:国家社会科学基金项目"乾嘉诗坛研究"(项目编号16BZW091)。
② (唐)薛用弱:《集异记》,(宋)李昉等编纂:《太平广记》卷一七九,北京:中华书局1961年版。
③ (唐)朱景玄:《唐朝名画录》,清刻本。

五岁自长安起步,在长安生活为官数十年,交往上及帝王、下至百姓,足迹遍及皇家宫苑、佛寺园林。他以独特的才情禀赋赢得了统治集团和长安文化圈的广泛认同,成为以长安文化为中心的诗坛核心人物。王维多样的才华与帝都长安相得益彰,他在长安上演了人生最为华美的乐章。

唐都长安以其无与伦比的恢弘气象迎接着来自四面八方的文人墨客,开元三年(715),自蒲州(治今山西永济)进京赶考的王维,自东向西由长安城的东门进入巍峨屹立的长安城。

唐长安城规模宏大,由宫城、皇城和外郭城(又称京城或罗城)组成,三重相依,像天设都。宫城为皇室宫掖所在地,皇城为王朝政治机构荟集地,外郭城列置诸坊,坊内以民居为主,还有官署、邸店、佛寺、道观等多种建筑,是贵族官吏、百姓、商贾和其他各色人等聚集的处所。① 宫城和皇城位居长安城北部正中,外郭城居于宫城和皇城之南,其东西两侧向北伸出,因而宫城和皇城的东西也在外郭城范围之中,外郭城内街道整齐宽直、纵横交错,城中的街坊以正门明德门与皇城朱雀门之间贯穿的主要干道——朱雀大街为中轴线,将全城分为大致规则对称的东西两个城区,由京兆府万年、长安二县分治。随着长安城的发展,东城和西城在居民分布、社会功能和文化品味等方面逐渐发生分化。从外郭城中东市、西市的发展变化可见一斑:

> 东市,隋曰都会市,南北居二坊之地,……街市内财货二百二十行,四面立邸,四方珍奇皆所积集。万年县户口减于长安,又公卿以下居止多在朱雀街东,第宅所占勋贵,由是商贾所凑,多归西市。

> 西市,隋曰利人市,南北尽两坊之地,……市内店如东市之制。长安县所领四万余户,比万年为多,浮寄流寓不可胜计。②

这就是惯常所说的"东贵西富",即达官显贵多集中于朱雀街以东,商贾流寓者多聚居于朱雀街以西的居民分布格局。③ 由是,都市文人代表王维选择靠近宫掖的东城近北诸坊,作为进入帝都长安后实现仕进理想的首选之地,可谓必然之选;而东城近北诸坊便于朝谒、利于仕进的地理位置优势,以及文化品位较高和人文环境较好等有利因素,也促使越来越多的贵族官僚、文人雅士云集于此,进一步彰显出朱

---

① 于长安城详细的形制描述及成因,见(清)徐松撰,李健超增订:《增订唐两京城坊考》,西安:三秦出版社1996年版。

② (宋)宋敏求撰:《长安志》,北京:中华书局1988年版。

③ [日]妹尾达彦:《唐代后期的长安与传奇小说——以〈李娃传〉的分析为中心》,载刘俊文主编:《日本中青年学者论中国史》(六朝隋唐卷),上海:上海古籍出版社1995年版。

雀街以东的"东贵"优势。

　　长安外郭城东面有三座城门,自北向南依次为:通化门、春明门、延兴门。① 初入长安的王维当是从长安外郭城东面的中门——春明门入城:一方面,王维来自蒲州,唐代蒲州在京邸署——河中进奏院②位于京师长安平康坊③,距平康坊最近的东城门为春明门;另一方面,从唐代诗人作品看,由东面前来长安的士人,多由春明门入城,这是由于驿道所向及春明门位于长安城郭中最重要的东西向道路东端之故。

　　据《唐会要》卷十九《百官家庙》载:

　　　　(长安外郭城)近北诸坊,渐逼宫阙……便于朝谒,百官第宅,布列其中,其间杂以居民。

由此可推知,王维初入长安的第一站平康坊具备上述优点,此坊位于长安朱雀门街之东第三街街东从北第五坊,东临东市,西临务本坊,北临春明门、金光门大街和崇仁坊,居于长安城北部之中心地区,坊中多达官贵人住宅,设有同州、华州、河中、河阳等12所地方驻京进奏院。④

　　长安城的旅馆,大多分布在皇城东南的兴道、务本、平康、长兴、永乐、靖安、亲仁、永崇、道政诸坊。唐代进奏院多集中于平康坊和崇仁坊,与平康坊相邻的崇仁坊有23个进奏院,崇仁坊位于长安皇城的景风门外,"与尚书省选院最近,又与东市相连,选人京城无第宅者多停憩此"⑤。由此可见,初入长安的王维居住在平康坊于生活和仕进都是比较方便的,而在坊中及邻近坊中多地方驻京进奏院,又大大增加了初入帝都的王维与其他士人交往的机会。据《增订唐两京城坊考》"次南平康坊"条下载:

　　　　嘉猷观。……观中有精思院,王维、郑虔、吴道子均有画壁。……汧阳郡太守王倕宅。王维《汧阳郡太守王公夫人安喜县君咸氏墓志》:"薨于长安平康里之私第。"⑥

---

① (唐)李林甫等撰,陈仲夫点校:《唐六典》卷七:"京城……东面三门,中曰春明,北曰通化,南曰延兴。"北京:中华书局1992年版。
② 唐代河东道河中府驻京办事处,其前身为留后院、邸院。
③ (清)徐松撰,张穆校补,方严点校:《唐两京城坊考》,北京:中华书局1995年版,第57页。
④ (宋)王溥:《唐会要》,四库全书文渊阁本。
⑤ (清)徐松撰,张穆校补,方严点校:《唐两京城坊考》,北京:中华书局1995年版,第163页。
⑥ (清)徐松撰,李健超增订:《增订唐两京城坊考》,西安:三秦出版社1996年版,第89—90页。

王维于平康坊嘉猷观精思院所留壁画作于何时已不可考,据其所作《汧阳郡太守王公夫人安喜县君成氏墓志铭并序》原文及陈铁民所作校注知,此文大概作于天宝年间。① 由此可见,王维与平康坊渊源颇深,从初入京城入居于此到写作这篇墓志铭,时间跨度长达二十余年。可见王维曾于不同时段屡次涉足此坊:王维定然于不同时期在平康坊居住了不少时日,而且结交一定不少,否则不会遗留下如此多的线索。因此,平康坊当为初入帝都的王维仕进之路的起点。

面对高高在上、巍峨恢弘的帝都长安,寂寂无名的少年王维将如何拉开他帝都生活的序幕、推进他的仕进之路? 这一时期,王维的诗作展现了其初入长安的人生际遇变化和心境变化,诗作如下(按时间顺序排列分别为):

独在异乡为异客,每逢佳节倍思亲。遥知兄弟登高处,遍插茱萸少一人。(《九月九日忆山东兄弟》作于开元五年(717))

本家清渭曲,归葬旧茔边。永去长安道,徒闻京兆阡。旌车出郊甸,乡国隐云天。……念昔同携手,风期不暂捐。南山俱隐逸,东洛类神仙。未省音容间,那堪生死迁? 花时金谷饮,月夜竹林眠……。(《哭祖六自虚》作于开元六年(718))

藏冰玉壶里,冰水类方诸。未共销丹日,还同照绮疏。抱明中不隐,含净外疑虚。气似庭霜积,光言砌月余。晓凌飞鹊镜,宵映聚萤书。若向夫君比,清心尚不如。(《赋得清如玉壶冰》作于开元七年(719))

莫以今时宠,能忘旧日恩。看花满眼泪,不共楚王言。(《息夫人》作于开元八年(720))

杨子谈经所,淮王载酒过。兴阑啼鸟换,坐久落花多。径转回银烛,林开散玉珂。严城时未启,前路拥笙歌。(《从岐王过杨氏别业应教》作于开元八年(720))

座客香貂满,宫娃绮幔张。涧花轻粉色,山月少灯光。秋翠纱窗暗,飞泉绣户凉。还将歌舞出,归路莫愁长。(《从岐王夜宴卫家山池应教》作于开元八年(720))

圣代无隐者,英灵尽来归。遂令东山客,不得顾采薇。既至君门远,孰云吾道非? 江淮度寒食,京洛缝春衣。置酒临长道,同心与我违。行当浮桂棹,未几拂荆扉。远树带行客,孤城当落晖。吾谋适不用,勿谓知音稀!(《送綦毋潜落第还乡》作于开元九年(721))

---

① 陈铁民:《王维集校注》,北京:中华书局1997年版,第920—921页。

其中还有一首作于开元八年(720)的《敕借岐王九成宫避暑应教》,这些诗作由点带面地绘制出一幅清晰的王维"初入长安行迹变化图",更将初入长安的王维面对仕途艰难、不断因时而化的"心理演进轨迹"展现出来:

孤独寂寞【"独在""思亲"(《九月九日忆山东兄弟》(717))】→结交朋友【"同携手""俱隐逸"(《哭祖六自虚》(718))】→清心明志【"藏冰""抱明"(《赋得清如玉壶冰》(719))】→结交权贵【"座客香貂满"(《从岐王夜宴卫家山池应教》(720))】→声名鹊起【"前路拥笙歌"(《从岐王过杨氏别业应教》(720))】→重回寂寞【"吾谋适不用,勿谓知音稀"(《送綦毋潜落第还乡》(721))】。

满怀希望奔赴长安求取功名的王维,在开元三年(715)至开元七年(718)期间,虽才华横溢却徘徊于仕进之途门外,未能如期进入求取功名的正途。《九月九日忆山东兄弟》应是此间心情的写照,踌躇满志的他独自在帝都品尝着孤寂与思亲的苦涩味道。

其间孤独寂寞地寓居长安的王维结识了綦毋潜、储光羲、祖自虚等友人,并在《哭祖六自虚》一诗中深情回忆了他与祖自虚一道"南山俱隐逸"期间"花时金谷饮,月夜竹林眠"的美好时光。在与友人间至洛阳期间的开元六年(718),王维写下了借越女有貌却贫苦比喻士子有才而不遇的寄托之作《洛阳女儿行》:

> 洛阳女儿对门居,才可容颜十五余。良人玉勒乘骢马,侍女金盘脍鲤鱼。画阁朱楼尽相望,红桃绿柳垂檐向。罗帏送上七香车,宝扇迎归九华帐。狂夫富贵在青春,意气骄奢剧季伦。自怜碧玉亲教舞,不惜珊瑚持与人。春窗曙灭九微火,九微片片飞花琐。戏罢曾无理曲时,妆成只是熏香坐。城中相识尽繁华,日夜经过赵李家。谁怜越女颜如玉,贫贱江头自浣纱。

这首王维早年在长安、洛阳之间游历时所创作的诗歌,表面写"洛阳",写"女儿",实则写长安,写诗人:洛阳夫婿的骄奢阔绰和富贵风流一如长安权贵的豪华繁富和高高在上,洛阳女儿的天生丽质一如诗人的才华横溢,洛阳女儿对于嫁入豪门后生活的美好憧憬一如诗人对于进入长安后仕进之路的美好向往,而洛阳女儿花开艳丽无人赏的落寞也一如诗人有才不被用的失意……这应该是初出茅庐的王维初入长安受阻于仕进之途、郁郁不得志心态的生动写照。全诗最后"戏罢曾无理曲时,妆成只是熏香坐。城中相识尽繁华,日夜经过赵李家。谁怜越女颜如玉,贫贱江头自浣纱"可以见出,不谙世事的少年王维已经约略体悟到长安堂皇美好风景背后的严酷冷峻现实,隐隐意识到了求仕之途的崎岖艰难。这也成为促使王维心理发生转变的契机,成为推动他走上以结交诸王实现其仕进理想之路的最初动因。

唐玄宗曾于开元五年(717)二月至六年(718)十月居洛阳,王维大抵也是出于谋求进取的目的追随玄宗至洛阳。在当时长安社会风气的影响下,也许是得益于与他同样有俊才的弟弟王缙的襄助,也许是仰赖于身边好友的及时提醒,王维于仕进之路进行了上下求索、积极努力。当时参加科举考试的士子一定要得到权贵们的荐举,科考试卷不封卷头,主考官在评阅试卷的同时,还要参阅应试者平日的诗文和声望来决定取舍。因此,所谓的行卷、温卷之风大行其道,士子们也将结交、干谒名流显贵视为科举考试的一部分,积极向他们敬献自己的诗文以期获得他们的推荐和奖掖。① 在此期间,王维逐渐适应了京师的世态人情,了解了仕进之途的相关要领,他开始频繁出入于王公贵族之门,积极奔忙于兄弟二人的仕进之路。王维结交诸王的努力相当成功,当时的大致情状在两《唐书》中均有记载:

> (维)昆仲宦游两都,凡诸王驸马豪右贵势之门,无不拂席迎之,宁王、薛王待之如师友。②

> 维工草隶,善画,名盛于开元、天宝间,豪英贵人虚左以迎,宁、薛诸王待若师友。③

其间至顺利及第,王维主要游历于宁王、薛王、岐王等豪戚之门,而王维在此期间所作的应制诗则为他自入京师至顺利及第这一时期的行止作了鲜明的标记。如果说《从岐王过杨氏别业应教》《从岐王夜宴卫家山池应教》《敕借岐王九成宫避暑应教》等应制诗是王维与岐王过从的证据;那么,此间王维在宁王府中应宁王之命所作《息夫人》一诗④,则是他与宁王往来的注记。由此可知,此间与岐王范、宁王宪、薛王业频繁往还的王维与其弟王缙,一定时常前去上述王府中拜访诸王。《旧唐书·睿宗诸子》载:

> 让皇帝宪……睿宗长子也……初,玄宗兄弟圣历初出合,列第于东都积善坊……大足元年,从幸西京,赐宅于兴庆坊……及先天之后,兴庆是龙潜旧邸,因以为宫。宪于胜业东南角赐宅,申王捴、岐王范于安兴坊东南赐宅,薛王业于胜业西北角赐宅,邸第相望,环于宫侧。玄宗于兴庆宫西南置楼,西面题曰花萼相辉之楼,南面题曰勤政务本之楼。……诸王每日于侧门朝见,归宅之后,即奏乐纵饮,击球斗鸡,或近郊从禽,或别墅追赏,不绝于岁月矣。……惠文太子范,睿宗第四子也。……范好学工书,雅爱文章之事,士无贵贱,皆尽礼

---

① 科举温卷、行卷,可参傅璇琮著:《唐代科举与文学》,西安:陕西人民出版社1986年版。
② (后晋)刘昫等撰:《旧唐书》卷一九〇下《王维传》,北京:中华书局1975年版,第5052页。
③ (宋)欧阳修、宋祁等合撰:《新唐书》卷二〇二《王维传》,北京:中华书局1975年版,第5765页。
④ (唐)孟棨:《本事诗》"情感第一",见丁福保著:《历代诗话续编》,北京:中华书局1983年版,第5页。

接待……惠宣太子业,睿宗第五子也。①

据此知,当时宁王宪宅在胜业坊东南角;岐王范宅在安兴坊南门之东;薛王业宅在胜业坊西北角。② 安兴坊(后更名为广化坊),位于朱雀门街之东第四街街东从北第三坊,南临胜业坊,坊中多王宅;胜业坊(本名宜仁坊)位于朱雀门街之东第四街街东从北第四坊。从地理位置上看,王维、王缙兄弟二人此时所居住的平康坊(朱雀门街之东第三街街东从北第五坊)与上述两坊相距不远、交通便利,这样的地理优势从某种程度而言,对王维干谒诸王的活动比较有利。

这一时期,初入长安的少年王维面对帝都求仕之路的艰难,开始慢慢冷静下来。他及时调整努力方向和心理状态:首先开始了人生重要的一课——交友交游,逐渐融入长安的现实生活,与綦毋潜等友人过从时所作的《送綦毋潜落第还乡》等诗即真诚表达了与友人交往时的惺惺相惜之情;另一方面,积极推进仕进理想的实现之途,在适应长安官场现实的前提下,采取更为直接有效的干谒手段——与诸王及公主交往,这些调整和努力立竿见影地推动他踏上了帝都的仕宦正途。

二、进入帝都仕途之行迹及其文学表达

经历初入帝都的青涩迷茫和调整方向后进入帝都仕宦正途的王维,在与长安日渐频繁的交往中,凭借超高的悟性,借鉴科举考试的经验,仰赖无可匹敌的全面才华,成为帝都长安城最炙手可热的都市诗人,声名鹊起的成功带其登上诗坛和仕途的巅峰。开元七年(719)至九年(721),王维在长安的才华展示和仕途经营获得了全面成功。开元七年(719)七月,十九岁的王维赴京兆府试,以《赋得清如玉壶冰》举为京兆府解头。③ 当然,其间关于王维演奏《郁轮袍》夤缘干进之故事在史书中多有记载:

> (薛用弱)《集异记》载:"维未冠,文章得名,妙能琵琶。春之一日,岐王引至公主第,使为伶人,进主前一进新曲,号《郁轮袍》;并出所为文。主大奇之,令宫婢传教,遂召试官至第,谕之作解头登第。"④

---

① (后晋)刘昫等撰:《旧唐书》卷九五《睿宗诸子》,北京:中华书局 1975 年版。
② (清)徐松撰,李健超增订:《增订唐两京城坊考》,西安:三秦出版社 1996 年版,第 118 页"次南安兴坊"条下和第 121 页"次南胜业坊"条下亦有记载。
③ 王维进士擢第的年代亦有二说。一说"维开元九年进士擢第"(刘昫等撰:《旧唐书·王维传》卷一九〇下,北京:中华书局 1975 年版);一说"(维)开元十九年状元及第"(辛文房:《唐才子传》卷二《王维传》,见辛文房撰,傅璇琮主编:《唐才子传校笺》,北京:中华书局 1987 年版)。
④ (宋)计有功撰,王仲镛校笺:《唐诗纪事》卷一六《王维》,上海古籍出版社 1965 年版。

　　王维右丞,年未弱冠,文章得名。性闲音律,妙能琵琶。游历诸贵之间,尤为岐王之所眷重。时进士张九皋声称籍甚,客有出入公主之门者,为其地,公主以词牒京兆试官,令以九皋为解头。维方将应举,言于岐王,仍求庇借。岐王曰:"贵主之强,不可力争。吾为子画焉。子之旧诗清越者可录十篇,琵琶新声之怨切者可度一曲,后五日至吾。"维即依命,如期而至。岐王谓曰:"子以文士请谒贵主,何门可见哉!子能如吾之教乎?"维曰:"谨奉命。"岐王乃出锦绣衣服,鲜华奇异。遣维衣之,仍令赍琵琶。同至公主之第,岐王入曰:"承贵主出内,故携酒乐奉宴。"即令张筵,诸伶旅进,维妙年洁白,风姿都美,立于行。公主顾之,谓岐王曰:"斯何人哉?"答曰:"知音者也。"即令独奏新曲,声调哀切,满座动容。公主自询曰:"此曲何名?"维起曰:"号《郁轮袍》。"公主大奇之。岐王因曰:"此生非止音律,至于词学,无出其右。"公主尤异之,则曰:"子有所为文乎?"维则出献怀中诗卷呈公主。公主既读,惊骇曰:"此皆儿所诵习,常谓古人佳作。乃子之为乎!"因令更衣,升之客右。维风流蕴藉,语言谐戏,大为诸贵之钦瞩。岐王因曰:"若令京兆府今年得此生为解头,诚为国华矣。"公主乃曰:"何不遣其应举?"岐王曰:"此生不得首荐,义不就试。然已承贵主论托张九皋矣。"公主笑曰:"何预儿事? 本为他人所托。"顾谓维曰:"子诚取,当为子力致焉。"维起谦谢。公主则招试官至第,遣宫婢传教。维遂作解头,而一举登第矣。出《集异记》。①

在元代辛文房《唐才子传》卷二《王维传》和清代徐松所撰《登科记考》卷七中均有大致相同的故事记录。对故事真伪及其中公主身份的质疑,各家考证及解释存在不少分歧和矛盾,至今仍无定论。② 不过,故事至少表明于仕进之途初有心得的王维改以干谒手段擢进士第之顺利。开元九年(721)春,王维进士及第,解褐为太乐丞,此事两《唐书》均有记载:

　　　维开元九年进士擢第。③
　　　王维……开元初,擢进士,调太乐丞。④

① (宋)李昉等编纂:《太平广记》卷一七九,北京:中华书局 1961 年版。
② 一可参看《唐才子传校笺》卷二《王维》中的解释;二可参看《唐研究》第九卷《隋唐长安史地丛考》(荣新江主编:《唐研究》第九卷,北京:北京大学出版社 2003 年版)中雷闻的考证;三可参看王勋成:《王维进士及第与出生年月考》(《文史哲》2003 年第 2 期)中的考证。
③ (后晋)刘昫等撰:《旧唐书》卷一九〇下《王维传》,北京:中华书局 1975 年版。
④ (宋)欧阳修、宋祁等合撰:《新唐书》卷二〇二《王维传》,北京:中华书局 1975 年版,第 5764 页。

这一时期应当是王维寓居长安以来最春风得意的时光。在家乡寒窗苦读十余载的付出终于开花结果，所有的阴霾都已如拨云见日而去，建功立业的理想有了实现的可能，光明的前程就在眼前。

然而，当年轻的王维对即将到来的风雨还毫无察觉之时，一个偶然发生的事件不仅迅速终结了他对长安的热切期待，而且无情地结束了他在帝都长安春风得意马蹄疾的少年时光。从此，王维透过长安表面的光彩夺目看到了长安更多的面孔，他与长安有了更深层次的对话和交往的可能。

据宋人王说《唐语林》卷五《补遗》载：

> 王维为大乐丞，被人嗾令舞黄狮子，坐是出官。黄狮子者，非天子不舞也，后辈慎之。

开元九年秋，王维因"伶人舞黄狮子"事坐累，遭贬谪为济州司仓参军，是秋离京之任。王维此次遭贬原因复杂：一则"伶人舞黄狮子"触及皇权的尊严，二则王维与诸王来往过密。还有人认为事件前因是张说对刘知几等人编修的《则天实录》不满，因此借"伶人舞黄狮子"事处置刘知几的长子、当时任大乐令的刘贶。《旧唐书·刘子玄传》对此事的记载为：

> （开元）九年，长子贶为大乐令，犯事流配。[1]

时大乐令刘贶与大乐丞王维同领大乐署，刘贶"犯事流配"，王维"坐累"出贬。这是王维政治生涯遭受的第一次打击，他初次尝到了从顶峰跌入低谷的苦涩，也有幸看到了长安的另一副面孔，他声名早播的长安生活也迅速翻开了彷徨迷茫的下一页。王维开始重新审视自己，重新审视长安，重新定位自己与长安之间的关系。

贬官济州至回长安作右拾遗之间的一段时期，王维基本上处于疏离长安的贬谪漂泊阶段，行止不明。被贬去济州路途之中，大致经洛阳、郑州、荥阳等地（见《宿郑州》《早入荥阳界》等诗）；在济州结交了崔录事、成文学、郑霍二山人（见《济上四贤咏》）等失意之士。离开长安，王维在济州司仓参军任上供职了几年；开元十四年（726）离开济州，到长安等待新的任命；开元十五年（727）改官淇上，不久又弃官在当地隐居；从开元十七年（729）到开元二十一年（733）回到长安闲居；开元二十二年（734）到长安请求张九龄汲引，不久隐居嵩山。开元二十三年（735），张九龄荐其出任右拾遗，王维离开嵩山，到东都洛阳赴任，结束了这一段被贬的漂泊经历。

---

[1] （后晋）刘昫等撰：《旧唐书》，北京：中华书局1975年版，第3173页。

这一时期,王维作于长安的诗作据时间依次为:

> 微官易得罪,谪去济川阴。执政方持法,明君无此心。闾阎河润上,井邑海云深。纵有归来日,多愁年鬓侵。(《被出济州》作于开元九年(721)秋)
>
> 杜门不欲出,久与世情疏。以此为长策,劝君归旧庐。醉歌田舍酒,笑读古人书。好是一生事,无劳献《子虚》。(《送孟六归襄阳》作于开元十七年(729))
>
> 已恨亲皆远,谁怜友复稀?君王未西顾,游宦尽东归。塞迥山河净,天长云树微。方同菊花节,相待洛阳扉。(《送崔兴宗》约作于开元二十二年(734))
>
> 珥笔趋丹陛,垂珰上玉除。……贾生非不遇,汲黯自堪疏。学《易》思求我,言《诗》或起予。尝从大夫后,何惜隶人余!(《上张令公》约作于开元二十二年(734)秋)
>
> 宁栖野树林,宁饮涧水流;不用坐粱肉,崎岖见王侯。鄙哉匹夫节,布褐将白头!任智诚则短,守仁固其优。侧闻大君子,安问党与雠;所不卖公器,动为苍生谋。贱子跪自陈,可为帐下不?感激有公议,曲私非所求!(《献始兴公》作于开元二十三年(735))

上述诗作梳理了王维这一阶段的人生轨迹和心理走向:刚刚启程就被终结的帝都仕途使王维的进取之心受挫。即将离京之任的王维以"微官易得罪,谪去济州阴。执政方持法,明君无此心"(《被出济州》)表达了无辜遭贬的遗憾和愤慨,这与上一年(720)还轻松愉悦地唱着"杨子谈经所,淮王载酒过。兴阑啼鸟换,坐久落花多。径转回银烛,林开散玉珂。严城时未启,前路拥笙歌"(《从岐王过杨氏别业应教》)之歌的志得意满的王维天壤之别!长安之于王维,似乎渐行渐远,突然间变得遥不可及、深不可测了,于是诗人无奈而又感伤地叹息:"纵有归来日,多愁年鬓侵。"王维再次入朝为官,已是十余年之后了!

自开元九年(721)秋至开元十四年(726),王维在济州任职。疏离帝都长安的数年给予他充分的时间和空间去审视过往的一切,思考即将到来的一切。他不再单纯地相信仅仅仰赖盖世才华就能在帝都安身立命,也不再执著于仅凭济世情怀即可实现人生理想,思想与现实的矛盾使他处于进退两难和迟疑不决中,这些思考清晰地反映在他的诗作中:

> 日夕见太行,沉吟未能去。问君何以然?世网婴我故。小妹日成长,兄弟未有娶。家贫禄既薄,储蓄非有素。几回欲奋飞,踟蹰复相顾。孙登长啸台,松竹有遗处。相去讵几许?故人在中路。爱染日已薄,禅寂日已固。忽乎吾

将行,宁俟岁云暮?(《偶然作》其三)

徘徊于理想与现实之间的王维充分考虑到现实的无奈,"几回欲奋飞"后的他反思:自己的人生选择若与长安疏离是没有前途的。理性思考之后,约在开元十四年(726)秋,随上司裴耀卿调离,王维很快离开济州西归,在洛阳、长安短暂逗留后即隐居淇上;"踟蹰复相顾"后不久,即重返长安积极寻求再次入仕之路。

之后不久,王维受到时任集贤院副知院事、秘书少监的张九龄的赏识,张九龄辟王维为校书郎。据王维《大荐福寺大德道光禅师塔铭》载:

禅师讳道光,本姓李……以大唐开元二十七年五月二十三日,入般涅盘于荐福僧坊。……维十年座下,俯伏受教,欲以毫末,度量虚空……。

王维此时正跟随大荐福寺道光禅师学习顿教,时常出入位于长安开化坊南半部的大荐福寺。开化坊位于朱雀门街之东从北第二坊。① 开元十六年(728)冬,赴长安应进士试的孟浩然落第滞留长安,王维开始与孟往还。次年(729)冬,孟浩然将离长安归襄阳;行前,二人互有诗文赠答,孟浩然作《留别王维》,诗云:

寂寂竟何待,朝朝空自归。欲寻芳草去,惜与故人违。当路谁相假,知音世所稀。只应守寂寞,还掩故园扉。②

求仕无望、无功而返的孟浩然心中充满惆怅,发出了"寂寂竟何待,朝朝空自归"的不遇叹息。诗里有对朝廷压抑人才的怨愤,有不忍远别知心朋友的留恋,还有怀才不遇的嗟叹。怀着对友人的理解和关切,王维写下了赠答之作《送孟六归襄阳》,诚挚地安慰友人"以此为长策,劝君归旧庐",劝解孟浩然回乡,逍遥自在地享受"醉歌田舍酒,笑读古人书"的田园生活,不必继续在长安辛苦地赋诗求官。此时的王维对长安仕进路途之难已深有体会,他劝解孟浩然的殷殷之语也是对自己的宽慰之词。至于二人在何地作别,已不可考。

开元十八年(730)冬,张说去世,张九龄离京回乡探视病重的母亲未归,自此至开元二十二年(734),王维未出仕,其妻亡约在这一时期。《旧唐书》本传云:

妻亡,不再娶,三十年孤居一室。

① (清)徐松撰,张穆校补,方严点校:《唐两京城坊考》卷二,北京:中华书局1995年版。
② 王启兴主编:《王维孟浩然诗歌名篇欣赏》,成都:巴蜀书社1999年版,第57页。

开元二十一年(733)末,张九龄出任宰相,开始执掌朝政。由于张九龄主张不循资格用人,王维的政治热情再度兴起,重新萌发了出仕愿望,因此献诗希望被用。次年秋34岁的王维赴洛阳献《上张令公》诗请张九龄汲引。王维洛阳献诗后不久即隐于嵩山。此时玄宗居东都,而嵩山地近东都,王维隐于此可以待机出仕。开元二十三年(735),王维在张九龄举荐下官拜右拾遗,又作《献始兴公》诗,以"侧闻大君子,安问党与雠;所不卖公器,动为苍生谋"称颂张九龄的公允、无私,以"贱子跪自陈,可为帐下不? 感激有公议,曲私非所求"表达对张九龄不遗余力的襄助和提携的感激之情。

张九龄宅在长安朱雀门街东第四街街东从北第十一坊的修政坊,西临晋昌坊大慈恩寺,东南接曲江池①,王维可能多次造访张宅。遗憾的是,张九龄执政不到三年,在开元二十四年(736)冬,即被处心积虑的李林甫排挤出朝廷,刚刚燃起政治热情不久的王维再次受到政治打击,进取之心再次低落下来。

三、亦官亦隐于帝都之行迹及其文学表达

开元二十三年(735)出任右拾遗的王维,在开元二十五年(737)张九龄被罢相、出为荆州长史后不久,即奉命赴凉州劳军,在河西节度使幕中兼为判官,为时两年多。从边疆返回不久,就任殿中侍御史,开元二十八年(740)被派往襄阳主持"南选"考试。次年(741),王维从南方回到长安。自开元二十五年(737)至天宝十五载(756),时李林甫、杨国忠先后当权,朝政日趋黑暗,王维积极用事之心逐渐黯淡,开始过上半官半隐的生活。王维在自己人生最年富力强的36—56岁的二十年中,面对日益渺茫的仕途进行了痛苦的思考和艰难的抉择,不愿"忘大守小"(《与魏居士书》)的他再次冷静调整人生坐标,开始淡化物质、突出精神,疏离官场、融入山水。

在此期间,王维开始游刃有余地进退于官场之间,轻松自如地驱散了笼罩在他周围的浓云惨雾,举重若轻地化解了奸臣当道可能发生的种种矛盾,谨慎小心地规避了一次次近在咫尺的危险。他坚守着自己的政治立场,又明智地与李林甫、杨国忠之流保持相对安全的距离、维持若即若离的关系。他既如沐春风地与张九龄、萧嵩、韩休、裴耀卿诸公赴骊山韦氏逍遥谷宴集②,又平心静气地与李林甫等人扈从玄宗至骊山温泉,并与仆射晋公李林甫和诗(《和仆射晋公扈从温汤》)。在李林甫当政的十七年里,其职位也按唐代官员迁除常规由从八品上的右拾遗升到从五品上的文部郎中,后平稳升至正五品上的给事中。其所历官职依次为右拾遗(从八品上)、监察御史(正八品上)、殿中侍御史(从七品下)、左补阙(从七品上)、侍御史(从

---

① (清)徐松撰,李健超增订:《增订唐两京城坊考》,西安:三秦出版社1996年版,第137页。
② 王维:《暮春太师左右丞相诸公于韦氏逍遥谷宴集序》曰:"时则有太子太师徐国公、左丞相稷山公、右丞相始兴公……画轮载毂,羽幢先路,以诣夫逍遥谷焉。"

六品下)、库部员外郎(从六品上)、库部郎中(从五品上)、吏部郎中(从五品上)、给事中(正五品上)①。

自此至安史之乱爆发,除开元二十五年(737)秋至次年(738)五月赴河西节度使幕为监察御史兼节度判官和开元二十八年(740)冬至次年(741)春自长安至岭南作知南选及一度因丁母忧离职外,王维一直在长安为官。

这是王维诗歌创作最为丰富的时期,由于生活半径的扩大,王维的诗歌创作从内容到艺术风格都呈现出丰富多彩的特点。在西至边塞、南至岭南期间,他创作出了不少深得"简笔传神"之妙的边塞诗和大量优秀的山水诗。如:《使至塞上》,黄培芳曰:"'直'、'圆'二字极锻炼,亦极自然"②;方东树曰:"此是古今第一绝唱,只是声调响入云霄。……前四句目验天骄之盛,后四句侈陈中国之武,写得兴高采烈,如火如锦,乃称题。收赐有功得体。浑颢流转,一气喷薄,而自然有首尾起结章法。其气若江海水之浮天……"③;对其诗《凉州郊外游望》《凉州赛神》《从军行》《陇西行》《陇头吟》,沈德潜曰:"少年看太白星,欲以立边功自命也;然老将百战不侯苏武祈邀薄赏,边功岂易立哉"④;对其《老将行》,沈德潜曰:"此种诗纯以队(对)仗胜。学诗者不能从李、杜,入右丞、常侍,自有门径可寻"⑤;对《哭孟浩然》《汉江临眺》诗,王夫之曰:"有大景,有小景,有大景中小景。……若'江流天地外,山色有无中','江山如有待,花柳更无私',张皇使大,反令落拓不亲"⑥;对其《登辨觉寺》,明谢榛曰:"('窗中'二句)旷阔有气,但'上'字声律未妥"⑦;对其《双黄鹄歌送别》《终南别业》诗,宋胡仔云:"《后湖集》云:'此诗造意之妙,至与造化相表里,岂直诗中有画哉!观其诗,知其蝉蜕尘埃之中,浮游万物之表者也。'"⑧清沈德潜曰:"行所无事,一片化机"⑨;对《终南山》,王夫之曰:"'欲投人处宿,隔水问樵夫',则山之辽阔荒远可知,与上六句初无异致,且得宾主分明,非独头意识悬相描摹也。……'柳叶开时任好风'、'花覆千官淑景移'及'风正一帆悬'、'青霭入看无',皆以小景传大景之神。"⑩

王维在这一阶段还创作了不少干谒诗和送别诗,如:《寄荆州张丞相》《留别山

---

① 《旧唐书》卷一九〇下《王维传》;《新唐书》卷二〇二《王维传》。
② (清)王士禛:《唐贤三昧集笺注》卷上,翰墨园重刊本。
③ (清)方东树:《昭昧詹言》卷一六,北京:人民文学出版社1961年版。
④ (清)沈德潜:《唐诗别裁》卷五,上海:上海古籍出版社1979年版。
⑤ (清)沈德潜:《唐诗别裁》卷五,上海:上海古籍出版社1979年版。
⑥ (清)王夫之撰,舒芜校点:《薑斋诗话》卷二,北京:人民文学出版社1961年版。
⑦ (明)谢榛撰,宛平校点:《四溟诗话》卷四,北京:人民文学出版社1961年版。
⑧ (宋)胡仔纂集,廖德明校点:《苕溪渔隐丛话》前集卷一五,北京:人民文学出版社1962年版。
⑨ (清)沈德潜:《唐诗别裁》卷九,上海:上海古籍出版社1979年版。
⑩ (清)王夫之撰,舒芜校点:《薑斋诗话》卷二,北京:人民文学出版社1961年版。

中温古上人兄并示舍弟缙》《送崔三往密州觐省》《送岐州源长史归》，黄培芳曰："意在笔先，起便深情"①；还创作了《资圣寺送甘二》《送封太守》《送康太守》《送宇文太守赴宣城》《送邢桂州》《送赵都督赴代州得青字》等诗。

此时，身在朝廷的王维还写了不少应制诗，如：《三月三日曲江侍宴应制》《奉和圣制庆玄元皇帝玉像之作应制》《奉和圣制天长节赐宰臣歌应制》等。但与此同时，心存山野的他又在佛理与诗心中寻找着精神的家园，以此来缓解其内心的矛盾和隐忧，并在佛理与诗心的融合中创作出了大量艺术造诣极高的诗歌作品。特别是他的山水诗，在意境创造上精深、空灵，具有很强的艺术感染力，其《辋川集》绝句组诗尤其被看作是意境艺术的极致，如：《孟城坳》《鹿柴》，沈德潜曰："佳处不在语言，与陶公'采菊东篱下，悠然见南山'同"②；《木兰柴》《竹里馆》《辛夷坞》，胡应麟曰："五言绝之入禅者。"③历代诗评家对《辋川集》绝句组诗做出了诸多评价，如明胡应麟曰："右丞《辋川》诸作，却是自出机轴，名言两忘，色相俱泯。"④

天宝十四载（755），安史之乱爆发。次年（756），叛军攻下长安，王维为叛军俘获，胁迫至洛阳，授了伪官。至德二载（757），唐军收复两京，凡授伪职者均依六等判罪，王维得到唐肃宗的宽恕，未被定罪，降职不久又升了官。经历这一场变乱之后，王维的心境更加消沉。自安史之乱至诗人逝世，为时很短，王维这一时期的创作已明显减少；但其中也不乏优秀之作，如：《和贾舍人早朝大明宫之作》，胡仔评此诗曰："老杜《和早朝大明宫》诗，贾至为唱首，王维、岑参皆有和，四诗皆佳绝"⑤；又如《冬晚对雪忆胡居士家》，沈德潜评曰："写对雪意，不削而合，不绘而工，忆胡居士，只末一见。"⑥然而，最能展示诗人心声的作品已越来越少，诗人在萧索的心境中走向人生的终点。

这是王维人生起落和心理变化较大的一个时期，不仅是他诗歌创作的高峰期，也是他在长安创作诗歌数量最多的时期。此间，王维创作于长安的诗作大约有上百首，其中可确定为在长安所写并可大致确定写作时间的诗作约有 90 目 97 首。其中，王维不同阶段具有代表性的作品依时间顺序排列如下：

> 幸忝君子顾，遂陪尘外踪。闲花满岩谷，瀑水映杉松。啼鸟忽临涧，归云时抱峰。良游盛簪绂，继迹多夔龙。讵枉青门道，故闻长乐钟。清晨去朝谒，

---

① （明）谢榛撰，宛平校点：《四溟诗话》卷四，北京：人民文学出版社 1961 年版。

② （清）沈德潜：《唐诗别裁》卷十九，上海：上海古籍出版社 1979 年版。

③ （明）胡应麟：《诗薮》内编卷六，上海古籍出版社 1979 年版。

④ （明）胡应麟：《诗薮》内编卷六，上海古籍出版社 1979 年版。

⑤ （宋）胡仔纂集，廖德明校点：《苕溪渔隐丛话》前集卷一〇，北京：人民文学出版社 1962 年版。

⑥ （清）沈德潜：《唐诗别裁》卷九，上海：上海古籍出版社 1979 年版。

车马何从容！（《韦侍郎山居》(737)）

所思竟何在？怅望深荆门。举世无相识，终身思旧恩。方将与农圃，艺植老丘园。目尽南飞鸟，何由寄一言！（《寄荆州张丞相》(737)）

天子幸新丰，旌旗渭水东。寒山天仗里，温谷幔城中。奠玉群仙座，焚香太一宫。出游逢牧马，罢猎有非熊。上宰无为化，明时太古同。灵芝三秀紫，陈粟万箱红。王礼尊儒教，天兵小战功。谋猷归哲匠，词赋属文宗。司谏方无阙，陈诗且未工。长吟吉甫颂，朝夕仰清风。（《和仆射晋公扈从温汤》(742)）

上卿增命服，都护扬归旆。杂虏尽朝周，诸胡皆自郃。鸣笳瀚海曲，按节阳关外。落日下河源，寒山静秋塞。万方氛祲息，六合乾坤大。无战是天心，天心同覆载。（《奉和圣制送不蒙都护兼鸿胪卿归安西应制》(741—747)）

旧简拂尘看，鸣琴候月弹。桃源迷汉姓，松树有秦官。空谷归人少，青山背日寒。羡君栖隐处，遥望白云端。（《酬比部杨员外暮宿琴台朝跻书阁率尔见赠之作》(749)）

建礼高秋夜，承明候晓过。九门寒漏彻，万井曙钟多。月迥藏珠斗，云消出绛河。更惭衰朽质，南陌共鸣珂。（《同崔员外秋宵寓直》(752)）

少年识事浅，强学干名利。徒闻跃马年，苦无出人智。即事岂徒言，累官非不试。既寡遂性欢，恐招负时累。清冬见远山，积雪凝苍翠。皓然出东林，发我遗世意。惠连素清赏，夙语尘外事。欲缓携手期，流年一何驶！（《赠从弟司库员外絿》(752 前后)）

晚知清净理，日与人群疏。将候远山僧，先期扫敝庐。果从云峰里，顾我蓬蒿居。藉草饭松屑，焚香看道书。燃灯昼欲尽，鸣磬夜方初。一悟寂为乐，此生闲有余。思归何必深，身世犹空虚。（《饭覆釜山僧》(761 前数年)）

因为这一时期王维作于长安的诗作数量较多，且其中部分诗作会在下文论及，故仅列上述作品，作为王维这一时期长安生活和行踪的线索。据此亦可由点及面地窥见王维在人生各转折阶段的人生取向及其生活内容和心理的变化。

开元二十三年(735)，出任右拾遗的王维重新燃起了政治热情，长安又成为他实现仕进理想、济世抱负的舞台。因此，"幸忝君子顾，遂陪尘外踪""清晨去朝谒，车马何从容"（《韦侍郎山居》）等诗句呈现于我们眼前的是一个生活安定、心境平和的王维；"所思竟何在，怅望深荆门。……举世无相识，终身思旧恩"（《寄荆州张丞相》）则让我们看到了一个在开元二十五年(737)张九龄被罢相、出为荆州长史后的失意彷徨、心境难平的王维。"司谏方无阙，陈诗且未工。长吟吉甫颂，朝夕仰清风"（《和仆射晋公扈从温汤》）呈现出一个开始与官场周旋妥协的王维；"杂虏尽朝周，诸胡皆自郃"（《奉和圣制送不蒙都护兼鸿胪卿归安西应制》）则让我们看到了一个充满豪情和热忱的王维。从"羡君栖隐处,遥望白云端"(《酬比部杨员外暮宿琴台朝跻书阁率尔见赠之作》),我们看到的是一个追求隐逸生活的王维;而"建礼高秋夜,承明候晓过"(《同崔员外秋宵寓直》)则呈现了一个与一般官员一样过着平静官场生活的王维。从"欲缓携手期,流年一何驶"(《赠从弟司库员外绦》),我们看到的是一个感慨光阴流逝的不平静的王维;"思归何必深,身世犹空虚"(《饭覆釜山僧》)则呈现出一个洞悉一切的世外王维。集如此多侧面于一身的王维具有非凡的应对危机的能力,他良好的心理品质使他在每一次危机到来时都能及时调整心态,并在不违背其基本做人原则的前提下适度地改变处事方式。因此,他以强大的自我调适能力顺利化解了人生中的各种矛盾。

身处长安的王维,曾于开元二十五年(737)春与张九龄等赴韦嗣立位于长安之东骊山凤凰园鹦鹉谷的韦氏逍遥谷宴集(上文已述,又见《旧唐书·韦嗣立传》及王维《同卢拾遗韦给事东山别业二十韵》);开元二十六年(738)在长安送岐州源长史还岐州(具体地点不可考);开元二十七年(739)曾至位于朱雀门街之东从北第二坊开化坊南半部的大荐福寺①;开元二十九年(741)隐于终南;天宝元年(742)出为左补阙,并于是年扈从玄宗游览位于骊山北麓的华清宫温泉。王维时常出入位于唐长安城朱雀门街之东第五街街东从北第八坊的新昌坊,其所作《故任城县尉裴府君墓志铭》曰:

> 天宝二年正月十二日,唐故鲁郡任城县尉河东裴府君,卒于西京新昌坊私第……

《增订唐两京城坊考》"次南新昌坊"条下载:

> 南门之东,青龙寺。……鲁郡任城县尉裴回宅。王维《裴回墓志》:卒于西京新昌坊私第。……考功郎中钱起宅……《校补记》:……吕逸人宅,注:王维有《春日与裴迪过新昌里访吕逸人不遇诗》云:柳市南头访隐沦。又云:城上青山如屋里,东家流水入西邻。裴迪亦有《与王右丞过新昌里访吕逸人诗》。②

王维还曾与王缙、王昌龄、裴迪等人齐聚长安城新昌坊南门之东青龙寺昙壁上人院,并共同赋诗(王维诗题为《青龙寺昙壁上人兄院集》),作有《别弟缙后登青龙

---

① 《大荐福寺大德道光禅师塔铭》,又见《唐两京城坊考》卷二。
② (清)徐松撰,李健超增订:《增订唐两京城坊考》,西安:三秦出版社1996年版,第152—155页。

寺望蓝田山》诗。

自岭南北归返京后,王维曾半官半隐于终南山;天宝三载(744)始营蓝田辋川别业,至天宝十五载(756)陷贼前,王维常常在公余闲暇时间回到蓝田小憩:

> 得宋之问蓝田别墅,在辋口,辋水周于舍下,别涨竹洲花坞,与道友裴迪浮舟往来,弹琴赋诗,啸咏终日。尝聚其田园所为诗,号《辋川集》。①

> 别墅在辋川,地奇胜,有华子冈、欹湖、竹里馆、柳浪、茱萸沜、辛夷坞,与裴迪游其中,赋诗相酬为乐。②

有时王维又如其诗"不到东山向一年,归来才及种春田"(《辋川别业》)所言,或较长时间居住在长安,或又较长时间居于辋川。长安与辋川,这两个空间恰是两个象征,王维优游其中,则也成为一种姿态。他纯熟地驾驭着生活的局面,与长安这个政治漩涡既若即若离地保持着联系,又气定神闲地保持着距离。从更深广的角度而言,辋川以及长安城外之离宫、别业,也是长安城不可分割的一部分,这一独具魅力的部分的存在与帝都的万丈红尘形成了鲜明的对照,显示出长安更为深广的文化意蕴。

天宝五载(746)至天宝七载(748)间,王维屡与储光羲、苑咸等人赠答唱和,如王维赠储光羲诗《待储光羲不至》云:

> 重门朝已启,起坐听车声。要欲闻清佩,方将出户迎。晚钟鸣上苑,疏雨过春城。了自不相顾,临堂空复情。

储光羲《答王十三维》③诗云:

> 门生故来往,知欲命浮觞。忽奉朝青阁,回车入上阳。……是日归来暮,劳君奏雅章。

从诗中可知,二人间感情真挚并时常互访;亦可看出朋友在王维心中具有极其重要的地位,交友已成为他生命中非常重要的内容,这也是王维于长安官场生活之外获取快乐和力量的源泉之一。与僚友苑咸的交往则是另一情形:王维尝作《苑舍人能书梵字兼达梵音皆曲尽其妙戏为之赠》,干辖常中略带"戏谑",苑咸亦作《酬

---

① (后晋)刘昫等撰:《旧唐书》卷一九〇下《王维传》,北京:中华书局1975年版。
② (宋)欧阳修、宋祁等合撰:《新唐书》卷二〇二《王维传》,北京:中华书局1975年版,第5765页。
③ 《全唐诗》卷一三九。

王维》赠之,其诗序云:"王员外兄……且久未迁,因而嘲及。"王维复作《重酬苑郎中》答之。由是观之,长安官场上的王维也是颇有机锋的,而且不乏风趣诙谐。

王维还到过降圣观(《奉和圣制登降圣观与宰臣等同望应制》),储光羲《述降圣观》诗题下自注:"天宝七载十二月二日,玄元皇帝降于朝元阁,改为降圣阁"。天宝九载(750),年已半百的王维丁母忧离朝屏居辋川,两《唐书》均有记载:

> 居母丧,柴毁骨立,殆不胜丧。服阕,拜吏部郎中。天宝末,为给事中。①
> 母丧,毁几不生。服除,累迁给事中。②

天宝十二载(753)夏,王维送李峘出为睢阳太守,"将置酒,思悲翁,使君去,出城东"(《送李睢阳》);是秋,送晁衡还日本国(《送秘书晁衡还日本国》),但送别地均不可考。天宝十四载(755),王维在《酬郭给事》中描述了自己任职给事中的生活:

> 洞门高阁霭余辉,桃李阴阴柳絮飞。禁里疏钟官舍晚,省中啼鸟吏人稀。
> 晨摇玉佩趋金殿,夕奉天书拜琐闱。强欲从君无那老,将因卧病解朝衣。

诗中描绘了王维作为京师朝堂上一个尽职尽责的官吏,在宁静祥和、井然有序的"禁里"年复一年、日复一日地恭顺谨慎、尽心工作的情形。

至德二载(757),唐军平定安史之乱,收复两京,王维及诸陷贼官皆被收系勒赴西京,在长安与郑虔、张通等并囚于朱雀门街之东第三街街东从北第六坊宣阳里的杨国忠旧宅;还曾至位于皇城正南朱雀门街之东第二街从北第二坊的崇义坊,到过已是窦易直私第的崔圆旧宅,据《太平广记》和《新唐书》载:

> 天宝末,禄山初陷西京,维及郑虔、张通等,皆处贼庭。洎克复,俱囚于宣杨里杨国忠旧宅。崔圆因召于私第,令画数壁。当时皆以圆勋贵无二,望其救解,故运思精巧,颇绝其能。能原作皆,据明钞本改。后由此事,皆从宽典。至于贬黜,亦获善地。今崇义里窦丞相易直私第,即圆旧宅也,画尚在焉。维累为给事中。禄山授以伪官,及贼平,凡缙为北都副留守,请以己官爵赎之,由是免死。累为尚书右丞。出《集异记》。③

安禄山反,谴张通儒劫百官置东都,伪授虔水部郎中。……贼平,与张通、

① (后晋)刘昫等撰:《旧唐书》卷一九〇下《王维传》,北京:中华书局1975年版。
② (宋)欧阳修、宋祁等合撰:《新唐书》卷二〇二《王维传》,北京:中华书局1975年版,第5765页。
③ (宋)李昉等编纂:《太平广记》卷一七九,北京:中华书局1961年版;《增订唐两京城坊考》,第93—95页"次南宣阳坊"条下载:"东北隅……前司空、兼右相杨国忠宅。虢国夫人居坊之左,国忠第在其南。"

108

王维并囚宣扬里。三人者,皆善画,崔圆使绘斋壁,虔等方悸死,即极思祈解于圆,卒免死,贬台州司户参军事,维止下迁。①

安史之乱中凡授伪职者均依六等判罪,而王维则被宥复官。乾元元年(758)春,“责授太子中允”(《新唐书》本传),加集贤殿学士;迁太子中庶子、中书舍人。此间王维同贾至、岑参、杜甫等僚友屡有唱和(《和贾舍人早朝大明宫之作》等),亦与京兆少尹严武往来(见王维《晚春严少尹与诸公见过》《酬严少尹徐舍人见过不遇》等)。乾元二年(759),与蓝田县尉钱起、皇甫冉有相互酬和之诗(见王维《春夜竹亭赠钱少傅贵蓝田》《送钱少府还蓝田》《左掖梨花》等),有为韦陟送别的诗作《送韦大夫东京留守》。经历变乱之后,王维更加超然物外:

在京师日饭十数名僧,以玄谈为乐。斋中无所有,唯茶铛、药白、经案、绳床而已。退朝之后,焚香独坐,以禅诵为事。妻亡不再娶,三十年孤居一室,屏绝尘累。②

这应是他生命最后历程的真实写照。

上元二年(761),王维卒,葬于辋川(见两《唐书》本传)。

当是王维生命最后历程的客观记录。上元二年(761)王维卒,葬于辋川(两《唐书》本传)。

四、结语

王维在帝都长安还留下了一些无法确定年代的印迹。王维所作《故右豹韬卫长史赐丹州刺史任君神道碑》文曰:

……以某年月日寝疾,卒于永兴里第。某年月日,葬于京兆神禾原,礼也。③

---

① 《新唐书》卷一○二《郑虔传》;《增订唐两京城坊考》,第63—64页“次南崇义坊”条下载:“尚书左仆射窦易直宅。《明皇杂录》曰:本中书令崔圆宅,禄山盗国,王维、郑虔、张通皆处于贼庭。泊克复,俱囚于宣扬里杨国忠之旧宅。崔圆因召于私第令画,各有数壁……其第鬻于易直,大和中画尚存。”
② (后晋)刘昫等撰:《旧唐书》卷一九○下《王维传》,北京:中华书局1975年版。
③ (清)徐松撰;李健超增订:《增订唐两京城坊考》,西安:三秦出版社1996年版,第82—83页“次南永兴坊”条下载:“右豹韬卫长史、赠丹州刺史任丹宅。王维任丹碑:寝疾,卒于永兴里第。”

永兴坊位于朱雀门街之东第三街街东从北第三坊。《增订唐两京城坊考》第109—110页"次南晋昌坊"条下载：

> 半以东，大慈恩寺……寺西院，浮图六级，崇三百尺。……《名画记》：慈恩寺塔院有吴道玄、尹琳、胡人尉迟乙僧、杨廷光、郑虔、毕弘、王维……画。……《校补记》晋昌坊注：晋，一作进。补注：《长安图》：自京城启夏门北入东街第二坊曰进昌坊。进，亦作晋。……寺西院浮图注：《名画记》：慈恩寺塔院有吴道玄、尹琳、胡人尉迟乙僧、杨廷光、郑虔、毕弘、王维……画。校：按《唐画断》：……王维、毕弘、郑虔所画，乃寺东院小壁，非西院也。

《增订唐两京城坊考》第201页"安定坊"条下载：

> 东南隅，千佛寺。……按《唐画断》：千佛寺西塔院有王维掩障，一画枫树，一图辋川。①

千佛寺位于唐长安城朱雀门西第四街街西从北第一的安定坊东南隅，千佛寺额为上官昭容所书，东塔院额为高力士所书，西塔院为王维所画掩障。据此可知，王维曾至安定坊千佛寺。

《增订唐两京城坊考》"道政坊"条下载：

> 宝应寺。《代宗实录》与《会要》曰：本王缙宅。缙为相，溺于释教，妻李氏实妾也，大历四年以疾请舍宅为寺。……《寺塔记》：韩干，蓝田人，少时常为贳酒家送酒。王右丞兄弟未遇，每一贳酒漫游，干常征债于王家，戏画地为人马。右丞精思丹青，奇其意趣，乃岁与钱二万，令学画十余年。今宝应寺中有韩干画，又有释梵天女，悉齐公妓小小等写真也。②

王缙宅位于长安朱雀门街之东第五街街东从北第五坊的道政坊，王维可能在那里居住了比较长的时间，《太平广记》所载的一则故事或可为之证：

> 唐宰相王玙好与人作碑志(此句《唐语林》卷五作"王缙多与人作碑志")，有送润毫者，误扣右丞王维门，维曰："大作家在那边。"③

---

① (清)徐松撰，李健超增订：《增订唐两京城坊考》，西安：三秦出版社1996年版，第201页。
② (唐)段成式：《酉阳杂俎》续集卷五《寺塔记上》，《钦定四库全书》《丛书集成初编》0276—0278。
③ (唐)卢言：《卢氏杂说》，见《太平广记》卷二五五。

对照《唐西京外郭城图》，除位于朱雀门街西第四坊的安定坊外，王维帝都长安的生活轨迹基本都在朱雀门街以东，如：朱雀门街东第一街的兴道坊、开化坊，第二街的崇义坊，第三街的永兴坊、崇仁坊、平康坊、宣阳坊、昭国坊，第四街的大宁坊、安兴坊、胜业坊、修政坊，第五街的道政坊、常乐坊、新昌坊、敦化坊等。

即便亦官亦隐于帝都期间，王维的文学表达仍然传递出对现实人生的关注，更传达出精神心理层面上的超越与疏离。此间王维始终是身处仕宦之中，表达隐逸之情，"仕"与"隐"本是相互矛盾的，在王维这里却以平衡的处理方式得以和谐统一。王维历来被誉为亦官亦隐的典型，但根据长安城"东贵西富"的城市居住格局，王维帝都长安行迹集中于朱雀门街之东近北诸坊的史实，或多或少可以说明王维人生价值的取向是"官"而不是"隐"。同样，虽然王维在长安交游的对象除少数达官显贵外，多数是中下级官吏、怀才不遇的都市文人以及一些宗教人士，但在他长安生涯的起步阶段以及人生的每一关键时刻，他所求助的对象以及提携襄助他的却是那少数达官显贵，他们在王维帝都长安生活的起起伏伏中起到了至关重要的作用。

综上，作为帝都诗人的典型代表，王维藉由进京赶考开启了其以帝都长安为核心的人生旅程，其帝都行迹之跌宕起伏及文学表达之丰富多彩，在有唐一代极具代表性。从王维寓居帝都的行迹可以看出，自少年时代的声名鹊起到花甲之年的黯然离世，帝都长安在某种意义上引领和改变了王维的人生走向和文学创作。王维以帝都长安行迹为中心的文学表达，饱含着炽热的情感，凝聚着浓郁的帝都情结；长安在王维笔下，不再仅是地理之名，还承载着其家国之志、功名追求、人生理想。可以说，长安成就了王维经典都市文人的一生，王维也以自己独有的才情禀赋赋予帝都长安以更加丰富多彩的精神内涵；同时，王维身处帝都世俗仕宦生活，心系自然山林之趣的行为模式及文学表达方式，对宋元明清文人的行为风范及文学创作均产生了深远的影响。

（作者单位：重庆师范大学文学院）

论王维长安诗及其文化意蕴^①

雒　莉　高　萍

　　唐代宗曾在《答王缙进王维集表诏》中云:"卿之伯氏,天下文宗,位历先朝,名高希代"^②,以"文宗"之誉肯定了王维在诗坛上的地位。王维从少年时代在长安声名鹊起到花甲之年谢世,一生在长安生活几近40年。长安文化对其人格以及诗歌产生了很大的影响,王维也以其诗作再现了风华绝世的长安。

　　王维一生著述颇多,而描写长安的诗作或与之相关的诗作就有110首。这些诗作昭示了盛唐的青春气息和磅礴气派,体现出豪迈的人生理想及和谐安然的人生境界,更为广阔地展示出大唐气象。

　　王维长安诗内容丰富、体裁多样,反映了盛唐长安文化的多个层面,再现了大唐气象。从内容而言,多写皇家宫苑、佛寺道观等渗透着浓厚文化气息的自然、人文景观及其身为朝臣所历之政事,因而其长安诗作流露出浓重的皇家风范和超然物外的宗教情怀。就艺术风格而言,王维的长安歌咏多为明朗昂扬的盛世之音,极少哀婉惆怅的情绪。身处官场的王维,在生活上又恰如其分地与长安保持一定的距离,亲身参与政治而又远距离欣赏和思考长安,二者在其文学创作中达到了完美的融合。在创作中,王维以他得自天赋的机敏和智慧,汲取他在长安为官数十年的生活经验,以及在朝和在野期间侍宴豫游、唱和酬答的特殊感受,凝聚成其独一无二的长安歌咏。他的长安歌咏不仅赞美了长安自然景观的美质神韵,而且展示了长安人文景观博大深厚的内蕴和富丽堂皇的气势。同时,更赋予长安以冲淡渊雅的人文气息和兼容并摄的文化气度。

---

① 基金项目:教育部人文社会科学研究规划基金项目"王维诗歌与长安文化的双向建构"(15YJA751007)。

② 董诰等:《全唐文》,上海:上海古籍出版社1990年版,第220页。

一、王维长安诗中的帝都和宫苑

王维长安诗歌中描绘帝都与宫苑的诗作大概有 25 首,大多描写侍宴、豫游的情景,以及帝都的宫殿和宫苑,主要写了九成宫、华清宫、大明宫等皇家宫苑。这些诗既展现了帝都的雄伟、宫廷的气派,还体现出雄浑秀雅的盛唐气象。

(一)王维长安诗中的帝都

在王维进入长安之前,他是无比憧憬和激动的。15 岁时,他背上行囊,奔赴长安,之后便与长安结下了情缘。进入长安,这个"九岁知属辞"的文弱青年被震慑住了。第一次面对磅礴大气的长安城,他在《登楼歌》中发出了慨叹,诗云:

> 聊上君兮高楼,飞甍鳞次兮在下。俯十二兮通衢,绿槐参差兮车马。
> 却瞻兮龙首,前眺兮宜春。王畿郁兮千里,山河壮兮咸秦。[①]

这是他登楼俯瞰,对整个长安街市形象的纵目远眺图。从诗中我们可以看到严谨亦不失恢弘的街坊、鳞次栉比的街衢、郁郁葱葱的树木中的坊市,来来往往车水马龙的热闹繁华。诗作印证了初唐诗人对长安城的描绘,对中唐诗人也产生了影响。如卢照邻《长安古意》所写的"长安大道连狭斜,青牛白马七香车",骆宾王《帝京篇》中的"山河千里国,城阙九重门",王勃《送杜少府之任蜀川》所写"城阙辅三秦",章八元《题慈恩寺塔》的"落日凤城佳气合,满城春色雨蒙蒙",白居易《登观音台望城》的"百千家似围棋局,十二街如种菜畦。"而王维这首诗包含了前人后人对长安城描绘的各个层面,可以说是对长安城最直观、最全面、最简洁的呈现。整个长安既饱藏着文化气息,又洋溢着青春的生命力,在壮伟山河的映衬下,彰显着气势磅礴的王者风范,蕴含着无限的生机和希望。

他的《冬日游览》诗云:

> 步出城东门,试骋千里目。青山横苍林,赤日团平陆。渭北走邯郸,关东出函谷。秦地万方会,来朝九州牧。鸡鸣咸阳中,冠盖相追逐。丞相过列侯,群公饯光禄。相如方老病,独归茂陵宿。

如果说上一首诗写的是长安城的巍峨壮观和布局规划特点,那么这首诗所写便是长安城的山川背景、地理布局,和四通八达的交通。长安被称为"四塞之国",还有秦岭横亘,气势磅礴,真可谓"一夫当关,万夫莫开";长安也是天府之国,关中

---

① 陈铁民:《王维集校注》,北京:中华书局 1997 年版,所引王维之诗文均出于此版本。

平原土地肥沃,物产丰饶;长安还是中心之地,向东出潼关,向东南走蓝田直道,向西和西北走咸阳古道出阳关,交通便利,加之丝绸之路所带来的胡商会集,唐王朝的繁华雍容在这座城市的每一个层面、每一个节点上不断弥漫着。身处在这座辉煌宏大的都城中,王维也加深了对这座城的理解和热爱。如《奉和圣制从蓬莱向兴庆阁道中留春雨中春望之作应制》云:

> 渭水自萦秦塞曲,黄山旧绕汉宫斜。銮舆迥出千门柳,阁道回看上苑花。
> 云里帝城双凤阙,雨中春树万人家。为乘阳气行时令,不是宸游重物华。

这首诗不仅写出兴庆宫的风采,更写出了"秦中自古帝王州"的丰厚底蕴:水流萦秦塞,山绕汉宫斜。秦塞、汉宫为长安城增添了文化的厚重。细雨蒙蒙,王维漫步在兴庆阁道中,依水环绕,郁树葱葱。整个诗歌洋溢着一种生机盎然的气息,整个皇家宫苑也焕发着青春的光彩,让千年之后的我们也不得不慨叹大唐的胜景以及唐人积极向上的心理状态。

王维笔下的长安城如元代李好文《长安志图》所云:"棋节栉比,街衢绳直,自古帝京未之比也"。都城方正、街衢严整、宫阙雄伟、市坊划一、等级分明,遵循着礼制的规范,呈现出雄阔而又肃穆的气氛。如康震所论:"人们在等距离的同一形式的宫墙、城墙、坊墙、街衢中连续行走,整齐、反复的节奏韵律传递着强烈的秩序感、归属感与崇高感。大唐诗人的骄傲与激情,大一统王朝的政治意志、审美理想就在这平整方正的布局里得到了尽情的发挥。"[1]

(二) 王维长安诗中的宫苑

王维有许多具体描写宫殿、官署的作品,这对我们了解和感受唐王朝各个宫殿的细节有很大帮助。由于他对所供职场所极为熟悉,并常常扈从侍宴、侍游于大明宫、兴庆宫、望春宫、华清宫、曲江等皇家宫苑,因此这一类作品往往有生动的现场感,描摹具体细腻,叙事雍容严谨中洋溢着激情,予人以升平盛世的圆满心态。其中《大同殿生玉芝龙池上有庆云百官共睹圣恩便赐宴乐敢书即事》中云:

> 欲笑周文歌宴镐,遥轻汉武乐横汾。岂如玉殿生三秀,讵有铜池出五云。
> 陌上尧樽倾北斗,楼前舜乐动南薰。共欢天意同人意,万岁千秋奉圣君!

此诗作于天宝七载(748)三月兴庆宫中。《旧唐书·玄宗纪》:"(天宝七载)三

---

[1] 康震:《唐长安城宏观布局与初盛唐诗歌》,《陕西师范大学学报》2002年第3期,第77页。

月乙酉,大同殿柱产玉芝,有神光照殿。"诗歌既写出了皇家宫苑的恢弘气象,又表现了上天圣灵对大唐王朝的护佑异象,以及祝愿承平气象之千秋万代。作为侍宴诗,场面描述具体、叙事多带着欢快的基调。写兴庆宫的作品,多是以借兴庆宫美景颂圣的,再比如《奉和圣制天长节赐宰臣歌应制》中云:

> 太阳升兮照万方,开阊阖兮临玉堂,俨冕旒兮垂衣裳。
> 金天净兮丽三光,彤庭曙兮延八荒。德合天兮礼神遍,
> 灵芝生兮庆云见。唐尧后兮稷契臣,匝宇宙兮华胥人。
> 尽九服兮皆四邻,乾降瑞兮坤降珍。

这首诗通过"延八荒""尽九服""皆四邻""华胥人"等词记述了王维参与天长节侍宴活动场面的盛大、气势的宏伟以及参与者身为大唐臣子的自豪和满足。读来如临其境。

王维描写曲江的作品很多。曲江在少陵塬的北边,长安城的东南隅。从秦朝开始就是皇家的游乐之地,历经汉代、隋代,至唐朝最盛。唐玄宗为游曲江方便,沿东城墙修夹城连接兴庆宫和芙蓉苑,时时与后宫嫔妃驾临曲江。因此,曲江是上自君王、下至百姓最好的游乐之地。王维的应制诗就反映了这样的场面。比如《三月三日曲江侍宴应制》《奉和圣制刺史供奉曲江宴应制》等。因曲江侍宴在每年春秋时分最为热闹,这时候进入曲江池观看的人不计其数,以至于"长安几半空"。皇帝嫔妃登城垂帘而望,各大臣依次排列垂手而站,整个曲江流水潺潺、绿树丛生、碧红翠瓦、相辅相成。这些美景似乎都活在他的诗中,如《奉和圣制赐史供奉曲江宴应制》:"侍从有邹枚,琼筵就水开。对酒山河满,移舟草树回……"就水而开的琼宴,轻舟在草树间轻摇,既写出了曲江的盛景,又反映了喜悦的心情,大唐之安逸升平气象尽在其中。再比如《三月三日曲江侍宴应制》云:

> 万乘亲斋祭,千官喜豫游。奉迎从上苑,祓禊向中流。
> 草树连容卫,山河对冕旒。画旗摇浦溆,春服满汀洲。
> 仙籞龙媒下,神皋凤跸留。从今亿万岁,天宝纪春秋。

公元742年,唐玄宗改开元年号为天宝,并于此年上巳节驾游曲江。王维这首应制诗,纪录了这次皇帝出游曲江活动。场面雍容华贵、盛大壮观,辞藻富丽是这首诗的特点。这首诗写出了曲江侍宴场面的宏大、景色的美丽。身在曲江,抬头是秦岭,低头是曲水汀州,越发衬托出长安的秀美和庄严。

王维在描绘皇家宫苑的诗中,通过场面的浩大、建筑的华丽、景色的壮观,向我

们展示了一个磅礴大气、雍容气阔、青春洋溢的皇家宫苑。他用细腻通达的手法向我们叙说着帝都长安的繁茂与活泼。这些豪华典丽的宫殿，重叠相依的城阙，仪态万千的园林，浑然天成的别墅，不仅表现了盛唐时代帝都长安富丽堂皇的盛景，而且传递着一种昂扬向上的唐人心态，由衷地赞美了美好的时代以及大气雄浑的盛唐气韵。

二、王维长安诗中的朝仪和民俗

王维诗歌中涉及朝仪的诗作向我们展现了大唐严明有序的政治风潮，也彰显了长安帝都的庄严和帝王的尊贵。而涉及民俗的，除了春禊奉和、曲江侍宴之类的皇家活动外，亦有不少描写长安风俗人情的诗作。这些民俗让我们充分了解到长安文化的丰富和多彩，让我们更加贴进这个雄浑大气的长安。

（一）王维长安诗中的朝仪

早朝是文武百官进谏皇帝、汇报国家大事的时刻，它是长安文化中不可缺少的内容。王维关于早朝诗作有《春日直下省早朝》《早朝》《奉和圣制暮春送朝集使归郡应制》《和贾至舍人早朝大明宫之作》。

"剑佩声随玉墀步，衣冠身惹御炉香。共沐恩波凤池上，朝朝染翰侍君王"，贾至这首诗以百官为主写群臣沐朝的场面，政治色彩浓厚，将皇宫豪华的气派以及百官上早朝时严肃隆重的场面写得活灵活现。同样是和贾至《早朝大明宫》的诗作，王维则从另一个角度描写皇帝早朝时的盛况，在《和贾至舍人早朝大明宫之作》中所云：

> 绛帻鸡人报晓筹，尚衣方进翠云裘。九天阊阖开宫殿，万国衣冠拜冕旒。
> 日色才临仙掌动，香烟欲傍衮龙浮。朝罢须裁五色诏，佩声归到凤池头。

鸡人报晓，尚衣进氅；宫门打开，万国瞻仰；障扇蔽日，龙袍闪光。王维以概括叙述和具体描写，表现场面的宏伟庄严和帝王的尊贵。诗一开头，选择了"报晓"和"进翠云裘"两个细节，显示了宫廷中庄严、肃穆的特点，给早朝制造气氛。而后层层叠叠的宫殿大门如九重天门，迤逦打开，深邃伟丽。万国的使节拜倒丹墀，朝见天子，威武庄严，彰显出大唐帝国的威仪，在一定程度上体现出当时唐王朝的强盛。通过仙掌挡日、香烟缭绕制造了一种皇庭特有的雍容华贵的氛围。而五彩的颜色，清脆的环佩之声更是写出了大唐的自信和从容。所谓万国来朝的盛况就不会仅在我们的想象中了，而可以在王维的诗中得到具体的呈现。另外，《春日直下门下省早朝》以早朝、当值为内容，写出其群臣共商的盛况。《早朝》中云：

> 柳暗百花明,春深五凤城。城乌睥睨晓,宫井辘轳声。
> 方朔金门侍,班姬玉辇迎。仍闻遣方士,东海访蓬瀛。

这首《早朝》点出了早朝时间并描写了朝臣上朝的盛况以及外宾进谏的场面,体现出盛唐的辉煌和作为唐人的自豪感。君王的励精图治,大臣的忠于职守,才会有开元盛世这样的封建王朝的顶峰。

王维的早朝诗不仅写出了一种大气宏伟,而且细节处又不失细腻。飞扬的屋脊、精致的雕饰,在庄严中不失活泼,在严谨中不失大气,形成了特有的长安帝都盛景。

(二) 王维长安诗中的民俗

节序活动是帝都文化的重要组成部分,王维诗中亦有表现。王维长安诗中关于上巳节的记载最多,呈现出从君到民的习俗。有《三月三日勤政楼侍宴应制》《奉和圣制上巳于望春亭观禊饮应制》等。如《三月三日勤政楼侍宴应制》中云:

> 彩仗连宵合,琼楼拂曙通。年光三月里,宫殿百花中。
> 不数秦王日,谁将洛水同。酒筵嫌落絮,舞袖怯春风。
> 天保无为德,人欢不战功。仍临九衢宴,更达四门聪。

诗中写的是上巳节在勤政楼宴乐的场景,不仅写出长安的宏伟气魄,也描绘了君臣相庆的生活场景。首先在礼仪中,表现出皇权为尊的制度。皇帝其上,而后为百官大臣,但这并未影响整个节日的气氛。从君到臣,再到民间百姓,整个长安都笼罩在节日的气氛之中。虽然有等级森严的礼制,但更有开放的大唐气度。

王维长安诗中也有描写寒食节的,如《寒食城东即事》中云:

> 清溪一道穿桃李,演漾绿蒲涵白芷。溪上人家凡几家,落花半落东流水。
> 蹴鞠屡过飞鸟上,秋千竞出垂杨里。少年分日作遨游,不用清明兼上巳。

诗人于寒食节走出郊外,春意盎然的美景迎面而来。在桃花流水人家的美妙风景中,最抢眼的是少男少女在花树烂漫的郊外纵情游玩的欢乐景象,那种洋溢着青春的欢笑让整个节日都绚烂了很多。由此可见,节日庆祝在长安城的盛行:玩蹴鞠,荡秋千,户外踏青……把唐长安的民俗写得具体而生动。这也是清明盛世最好的体现。

帝都开放的文化局面和广阔的心胸在造就丰富多彩的生活上有着不可估量的作用。其中对外贸易便是一种开放形式,大唐对外贸易有丝绸、彩陶,还有一物,是

当时在国外以金为称的事物,它便是茶。在帝都长安炎炎夏日的时候,王维在《赠吴官》中云:

> 长安客舍热如煮,无个茗糜难御暑。空摇白团其谛苦,
> 欲向缥囊还归旅。江乡鲭鲊不寄来,秦人汤饼那堪许?
> 不如侬家任挑达,草属捞虾富春渚。

从诗中可见,在当时为抵御炎热,人们想到了茶、打扇及食汤饼等。喝茶也就成了生活的必须。而茶亦作为珍贵的物品被带出了长安,远销海外。

三、长安诗中的胜迹与寺观

(一) 王维长安诗歌中的胜迹

在王维的诗歌创作中,山水诗成就最高,也备受后世批评家关注。他的山水诗在形式层面上具有以画入诗、声色并出的特点和独特的动静互衬、平缓悠长的节律,给人以极大的审美享受。此外,诗人复杂的人生经历、丰富的心路历程更使其诗蕴含着深厚的人文内涵,潜藏着诗人独特的审美理想和生命意识。官场的风云变幻,宦海浮沉,使他常常在抑郁不得志中独自品尝着孤寂与失落的苦涩。面对着磅礴大气的都城,此时他不再有刚来时的欣喜与期盼,更多的是矛盾和惆怅。为了内心的宁静,他踏入终南山,隐居在辋川,在山水中平复内心的感伤,写下了《终南别业》:

> 中岁颇好道,晚家南山陲。兴来每独往,胜事空自知。
> 行到水穷处,坐看云起时。偶然值林叟,谈笑无还期。

此处是王维隐居之地,于山水之间,坐看风起云涌;于是非之外谈笑林间。终南山的美景成为诗人精神的寄托。他在自然的风云变幻,花落水流中参禅悟道。放弃执念,随意而安,随缘任运。美景无处不在,宁静的内心也随之生出喜悦。因此,在王维的笔下,山水似乎也多了种禅意。长安城与终南山互为表里,构成了一种奇妙的平衡。王维亦官亦隐的生活可以说是这个独特的城市与山水所提供的不二选择。《维摩诘经》云:"若菩萨欲得净土,当净其心;随其心净,则佛土净"[①],所以王维可以在长安的滚滚红尘中通过净心以净土,同时又可以在终南山的宁静美景中体会大自然的生机。如其《辋川闲居赠裴秀才迪》中言:

---

① 赖永海编译:《维摩诘经》,北京:中华书局2010年版,第16页。

> 寒山转苍翠,秋水日潺湲。倚杖柴门外,临风听暮蝉。
> 渡头余落日,墟里上孤烟。复值接舆醉,狂歌五柳前。

虽为赠友作,但诗中山水似与闲乐生活交相呼应。因为有了内心的安然,所以他笔下的山水才是活的灵物,在吐纳间获得了一种永存的价值,为都城长安的文化气氛带入了一种新的风潮。而终南山也就不仅仅是一座自然的山,它成为人们远离世俗功利,平静内心欲念的一个文化符号了。

骊宫在骊山脚下,也是自然山水与皇帝行宫的结合。诗人在《燕子龛禅师》中写骊山景色,将诗描绘的画景与骊山实景结合到一起。王维用高超的艺术手法,描述了"燕子龛"的山水韵味:"岩腹乍旁穿,洞唇时外拓。桥凭倒树架,栅直垂藤缚。鸟道悉已平,龙宫为之涸。跳波谁揭厉,绝壁免扪摸。"在诗人眼里,这里是人间仙境。他不写宫苑,只写山水,而写山水,意在参禅。王维晚年存在"誓陪清梵末,端坐学无生"的皈依观念,他的《燕子龛禅师》也流淌着隐居向道、出世向禅的心迹:"时许山神请,偶逢洞仙博。救世多慈悲,即心无行作。周商倦积阻,蜀物多淹泊。山水日夕阴,结跏归旧林。一向石门里,任君春草深。"因此王维笔下的自然是长安城外或宫苑之外的自然,也可以说是他心中的自然。这也就是王维能够"结魏阙于山林,著冠带而禅诵"的原因。王维不仅在生活方式的选择上有独到之处,在艺术上也形成了自己的特点。苏轼曾说:"味摩诘之语,诗中有画,观摩诘之画,画中有诗。"(《东坡志林》)从上面的诗作中可以看出他的山水诗把绘画的精髓带入其中,以简洁灵性的语言,生花妙笔地为我们描绘出一幅幅画面,层次丰富,动静结合,有一种和谐之美。

他的山水意境已超出一般平淡自然的美学,进入到一种宗教的境界。整个山水诗风多是清冷幽邃,远离尘世,看似是无意禅语却又令人在举手投足间领悟到这山水诗中的一点明悟。因此,他的山水诗影响到长安,让无数学子静默,整个喧哗的都市似乎也开始肃静。这不仅是王维的成功,也是整个大唐的成功。

(二) 王维长安诗歌中的寺观

在佛教高度繁荣的唐代,士大夫学佛之风极盛。长安城内外寺院和道观众多,文人与僧人、道士的往来也成为长安的一种风尚。

王维诗中对寺院的描写和与僧人的交往也不少,他的佛学修为在其中表现得极为明显,如其《过香积寺》:

> 不知香积寺,数里入云峰。古木无人径,深山何处钟。
> 泉声咽危石,日色冷青松。薄暮空潭曲,安禅制毒龙。

幽深寂寥的松径之中,衬着泉声呜咽而过,整个画面从静中透露出丝丝活力。整个香积寺的宁静安然与自然中的生机勃勃相映成趣,达到了佛学中和谐共生的美感。又如《春日上方即事》中云:

> 好读高僧传,时看辟谷方。鸠形将刻杖,龟壳用支床。
> 柳色青山映,梨花夕鸟藏。北窗桃李下,闲坐但焚香。

该诗记载了诗人生活的一个侧面,也让读者看到了他的好佛绝非虚言。末句"闲坐但焚香",显然是坐禅。《五灯会元》卷一记载迦叶的事迹说:"尊者一日踏泥次,有一沙弥见,乃问尊者:'何得自为?'者曰:'我若不为,谁为我为?'"[1]可见禅要有切身体验,注重亲自证悟,所以坐禅也是必要的。达摩祖师在嵩山少林寺不就是"面壁而坐,终日默然"吗?南宗禅兴起以后,强调直指心源,顿悟成佛。对于坐禅,往往只视为一种手段,并不认为有多重要。惠能就说过"道由心悟,岂在坐也"的话。诗人王维虽然对南宗禅有很深刻的理解,但同时也并不否定北宗的禅定功夫。

王维有数首与青龙寺相关的诗作,如《夏日过青龙寺谒操禅师》《青龙寺昙壁之人上兄院集并序》等。青龙寺位于长安城东新昌坊东南隅,建于长安有名的高地乐游原上。寺始建于隋开皇年间,唐初被废,唐高宗龙朔二年(662)复为观音寺,唐睿宗景云二年(711)改为青龙寺。是唐长安人人日(正月初七)、端午(五月初五)、重阳(九月初九)登高远望的绝佳处,也是夏日纳凉的好地方。

《夏日过青龙寺谒操禅师》以誉美之词称赞操禅师之智慧明达和佛寺世界之清凉无忧,《青龙寺昙壁上人兄院集并序》描绘了一幅现实世界中清幽旷远的景象。如"高原陆地,下映芙蓉之池;竹林果园,中秀菩提之树"等平实的世俗生活,这些世俗的生活在王维眼中却是一个超越于现实世界之上"不起于游览,不风而清凉"的内在宇宙,故云:"眼界今无染,心空安可迷。"

道教在唐代被遵奉为国教,长安道观中多有华美瑰丽的建筑。随着对长安城认识的加深,为寻求心灵的寄托,此时的王维希望从长安的名利场中脱离出来。因此,在十年沉淀间,他慢慢地受到了道教"出世"思想的感染,渴望追寻一方自由的天地以返璞归真。如《山中示弟》中云:"山林吾丧我,冠带而成人。"表明了自己思想中的"无己""坐忘"等道家意识。在这一过程中,他写下了大量有关道观的诗作,如《奉和圣制登降至圣观与宰臣等同望应制》云:

---

[1] 普济辑,朱俊红点校:《五灯会元》,海口:海南出版社 2011 年版,第 16 页。

林疏远村出，野旷寒山静。帝城云里深，渭水天边映。

与前期的应制诗多描述皇家宫苑的大气雄浑不同，这首应制诗多表现清丽淡雅的景致，展现出内心的宁静。庄子哲学的本意着重于人生，用乐天知足的态度与自然默契相处。王维具有虚境之心，在感悟人生真谛后，追求适意自然，虚境无己。可以说长安成就了王维的诗歌，使其诗作尽显高华雄浑。但他却在逐渐远离长安的过程中寻找到一方心灵的栖地，使其诗风中又多了一份空灵隽雅。

王维长安诗歌中的长安概貌、帝都宫苑、山水人文无一不体现着长安这座都城的华丽雄浑、磅礴大气。在他遭受挫折冷寂长达十年之久后，其思想的变化、情感的倾向让我们领略到长安寺庙道观给予王维心灵的慰藉与共鸣，从繁华大气的长安氛围中又延伸出宁静祥和的另一种帝都风貌，在这个过程中找回本心，诗意生活。这些都与长安的帝都文化和独特的山水风貌相关。王维在稚嫩中成长，经历洗礼，扛过心理压力之后回归本真。从开始对长安的依恋、渴望融入，再到之后的清醒、脱离，他的思想一直在不断变化。而王维的融入是身心的融入，王维的脱离是心的脱离。他在秦岭山水中寻找到了心灵的栖息之地，从而达到了忘却肉身的地步。所以，从长安的都市繁华和秦岭的静默安详中我们会对王维有另一种解读。

（作者单位：西安文理学院文学院）

论王维女性题材诗歌的思想意蕴

杨林夕　聂雅璘

　　王维今存诗 376 首,文 70 篇。他的诗形式多样,题材丰富。王维的山水田园诗和边塞诗历来为后人称道,相关的研究文献也非常多。王维有一类以女性为描写对象的作品,虽然数量不多,但对于我们全面把握王维的诗歌创作特色,以及其中所蕴含的思想感情亦有不容忽视的作用,尤其值得引起我们的注意。然而笔者发现,这类女性题材诗歌还未得到应有的重视,研究不够。据粗略检索,以王维的女性题材诗歌为研究对象的仅有刘曙初的《论王维诗歌中的女性意象》①和张自华的《王维女性诗的孤独情怀》②,前者主要探讨王维诗歌中所选取的女性意象对其生活经历的反映和对其创作风格多样性的影响,后者主要论述王维借诗中的女性所诉说的自身孤独不安的情怀。二者都是选取了王维几首较为典型的女性诗歌进行研究,未能对其全部女性题材诗歌作出全面分析。因此,笔者以期抛砖引玉。

　　根据清代赵殿成编撰的《王右丞集笺注》和陈铁民先生整理的《王维集校注》,笔者整理出与女性相关的诗歌近五十首,可分两大类:一类是以女性为主要题材的诗歌共有二十八首,一类是不以女性为主要题材,但对女性形象有所涉及的诗歌,共有二十首。这些诗歌中所出现的女性,类型丰富,覆盖面广。有地位高贵的妃嫔(如班婕妤、息夫人、西施),贵族妇女(如洛阳女儿、官员夫人),也有身份普通的民间女子,如劳动妇女(浣纱女、采莲女)、闺妇、征妇等,也有侍女(如少儿、小玉、酒家胡)和宫女,但更多的是歌女、舞女(如碧玉、邯郸娼、卢女、仙妓等)。同时,笔者也注意到,在王维诗中所出现的众多女性中,却丝毫不见其妻子或者母亲的踪影。

---

① 刘曙初:《论王维诗歌中的女性意象》,《福州大学学报》2007 年第 3 期。
② 张自华:《王维女性诗的孤独情怀》,《华南理工大学学报》2014 年第 5 期。

一、王维女性题材诗歌的内容

（一）女性之美

王维是把女性当做美的化身来描写的，他对他笔下的女性持有一种非常健康的欣赏态度。在为数不多的女性题材诗歌中，虽没有大量关于女性形貌之美的直接描写，但还是能通过这些少量的诗句领略到其中女性美好、可爱的绰约风姿。

1. 容貌美

王维对其诗中女性的外貌不作直接的、具体的描写，他往往是用一个简洁的词概括这些女性的特质，如"才可颜容十五余"（《洛阳女儿行》），容貌大约是十五岁的样子，只点出其年轻。"艳色天下重"（《西施咏》），单一个"艳"字，即可表现出西施之美，美还不足够，更是美到了"天下重"的程度，无需再多笔墨，西施之美已展现得淋漓尽致。又如"倾国徒相看"（《扶南曲歌词五首·其二》）和"佳人坐临镜"（《扶南曲歌词五首·其五》）[①]，这两句都是借用古诗中常用的名词意象来表现女性之美。"倾国""佳人"均指美女，《汉书·外戚传》中有李延年歌曰："北方有佳人，遗世而独立；一顾倾人城，再顾倾人国。宁不知倾城与倾国，佳人难再得"，"艳""倾国""佳人"，仅仅是这些词，也足以令她们的美丽形象在我们心中留下深刻的印象。

2. 衣饰美

王维也通过对衣饰的描写来表现女性的美。他对诗中女性衣饰的描绘是从多方面进行的。对服装的描写，有颜色如"红莲衣"（《皇甫岳云溪杂题五首·莲花坞》），用衣裙红莲般的颜色表现采莲女的美丽；有材质如"轻衣""薄妆"（《扶南曲歌词五首·其四》）、"轻罗"（《秋夜曲》）、"罗袜"（《凉州郊外游望》）、"罗衣"（《西施咏》）、"罗襦"（《杂诗》）、"锦衣"（《故南阳夫人樊氏挽歌二首》），均是些轻薄飘逸的丝质衣衫，衬托出女性体态的婀娜；对配饰的描写，有光华如"妆华影箔通"，写出宫人富贵华美的装扮（《扶南曲歌词五首·其三》），有声音如"玉墀多珮声"（《扶南曲歌词五首·其四》），从侧面反映宫女的年轻活泼、步履轻盈，也有味道如"香气传空满"（《扶南曲歌词五首·其三》），写出宫中女子的活色生香。

这些描绘在一定程度上展现出了盛唐时代女子对美衣美饰的追求。唐朝经济文化繁荣发达，对外交往频繁，在这样特定的社会氛围下，加上受到外域少数民族的影响，唐朝时期的女性服饰以其艳丽的色调，典雅华美的风格，创新性的装饰手法成为当时唐文化的一种重要标志。当时流行的，时人形容为"慢束罗裙半掩胸"

---

① 陈铁民：《王维集校注》，北京：中华书局 1997 年版。文中王维诗均出自此版本。

"参差羞杀雪芙蓉"(周濆《逢邻女》)和"绮罗纤缕见肌肤"(欧阳炯《浣溪沙·落絮残莺半日天》)的"襦裙""画帛"以及精美的玉佩、玉环等饰物,在此均有所体现。王维写这些华美的衣饰,实际上是用衣饰来衬托女性自身的美。

3. 情态美

王维也常常通过细致的情态描写来表现诗中女性之美。在他笔下,有少妇"爱水看妆坐,羞人映花立"(《早春行》),因为对水的喜爱而坐在水边,面对着水看自己的装扮,羞于见人而立于花中,为花所掩映,是一种娇羞的美;有宫女"羞从面色起,娇逐语声来"(《扶南曲歌词五首·其一》),快乐而娇柔,是一种年轻的美;也有采莲女"弄篙莫溅水,畏湿红莲衣"(《皇甫岳云溪杂题五首·莲花坞》),浣女"竹喧归浣女,莲动下渔舟"(《山居秋暝》)则是一种清新自然的美。

(二) 女性之才

王维不仅描写了女性的美,也吟咏了她们的才华。具体如下:

1. 乐舞

王维诗中所表现和欣赏称颂的女性才能,主要是指乐舞方面。

她们精通歌舞,如"齐歌卢女曲,双舞洛阳人"(《扶南曲歌词五首·其二》)、"歌闻天仗外,舞出御楼中"(《扶南曲歌词五首·其三》)、"同看舞凤凰"(《奉和杨驸马六郎秋夜即事》)、"复能邯郸舞"(《偶然作六首·赵女弹箜篌》)、"定应偷妙舞"(《奉和圣制十五夜然灯继以酺宴应制》)、"女巫纷屡舞"(《凉州郊外游望》)"清歌邀落日,妙舞向春风"(《奉和圣制上巳于望春亭观禊饮应制》)。她们擅长音律,有的会吹笛("画楼吹笛妓"《过崔驸马山池》),有的会弹琴("对坐弹卢女"《奉和杨驸马六郎秋夜即事》),有的奏古筝("复闻秦女筝"《与卢象集朱家》),也有的弹箜篌("赵女弹箜篌"《偶然作六首·赵女弹箜篌》)。

从"清歌""妙舞""舞凤凰""邯郸舞""筝""吹笛"等等这些词,可以看出,这些诗作中的女性或有着动人的歌喉,或有着曼妙的舞姿,又或精通音律,均是技艺超绝。

2. 纺织

除乐舞之外,在王维诗作中的女性也具有纺织的才能。"小小能织绮"(《杂诗·双燕初命子》),很小的时候就能够织出有美丽花纹的丝织品,可见其纺织技艺精湛。

不仅如此,王维笔下的一些女性也是博学多才,这些描写集中于王维为官员夫人所作的一些墓志铭中,笔者将在后文作详细分析。

(三) 女性之情

王维很善于写情,他对所写对象的内心和情感有着细致入微的把握,并能够用朴素自然的语言将诗中人物的感情含蓄委婉地表现出来。

1. 无尽的思念

王维诗中吟咏女性的情感最多的是她们对丈夫或情人无尽的思念,这种思念几乎是无所不在、无孔不入。"游衍益相思,含啼向彩帏"(《早春行》),少妇外出游玩,欣赏美丽的春景,本是为了驱除离别之苦,谁知却更增添了相思的痛苦,含悲带泪地走向独宿的彩帏。一喜乐一哀伤,这样的对比使人们对她的这份思念有了更深一层的感受。"忆君长入梦,归晚更生疑",因为太过思念,丈夫便常常会出现在自己的梦中,而回来的太晚,更疑心见到了丈夫,使得相思更浓。她们因思念而等待,又因思念之深导致等待之久,"行人过欲尽,狂夫终不至"(《羽林骑闺人》),路上的行人来来往往直至快要不见踪影,却始终没有等到丈夫的归来。晚唐诗人温庭筠在《望江南》中也描写过几乎一致的情境:"梳洗罢,独倚望江楼。过尽千帆皆不是,斜晖脉脉水悠悠。肠断白蘋洲"。怀着期待,登楼远眺、盼望归人,看着千帆过尽,却没有看到等待的人,希望落空,幻想破灭,直至"肠断"。从期望到失望,一个望尽长路也等不到归人的妻子形象宛在眼前。"常有江南船,寄书家中否"(《杂诗三首·其一》),常有江南来的船,不知客居江南的丈夫是否捎信回家?等不到人,便开始等远方丈夫寄回家中的书信。一直都等不到,以至于"愁心视春草,畏向阶前生"(《杂诗三首·其三》),春天已到,丈夫却迟迟不归,害怕春草向阶前生长,因为如果那样,她将随时都能真切地感受到春天的到来,思念丈夫的心情也会因此而变得愈发不可抑止。

2. 独居的落寞

独居的生活状态更容易引起女性对丈夫的思念,而对往日相互陪伴恩爱有加的怀念,又反过来加剧了此时独居的落寞。"离人堂上愁……出门复映户,望望青丝骑……左右寂无言……"丈夫离家在外,闺人听到音乐声后,在堂上发愁。她走出门去,看到月光照在门上,望向昔日丈夫的坐骑,想起他还在家中的时候,可现在却无人倾诉,寂寞无言。而这种孤独、落寞到了傍晚也变得愈加浓厚。"向晚多愁思"(《晚春闺思》),陈铁民先生在《王维集校注》中指出,"愁思"在这里是指"闺中女子独处的愁思"①。清代许瑶光曾写道:"鸡栖于桀下牛羊,饥渴萦怀对夕阳。已启唐人闺怨句,最难消遣是昏黄。"黄昏是唐诗中一个非常重要的意象,它往往能够引起人们对感伤情绪的共鸣。深闺寂寞似乎是古代女子最难以消解的黄昏愁思,暮色四起,她的离愁别绪,她对丈夫的思念蓦然更浓。而日暮之后便是漫漫长夜,她又是如此不堪寂寞,以至于"心怯空房不忍归"(《秋夜曲》),想到要回到空荡荡的房间,便觉得忧虑交加,不愿独自一人忍受孤独。于是她走出屋外,可她看到屋外双栖的燕子,触景生情,更感到孤独之深重,"不及红檐燕,双栖绿草时",人还不如屋

---

① 陈铁民:《王维集校注》,北京:中华书局1997年版,第309页。

外红檐下的燕子,在铺着绿草的巢中日日双宿双栖,用一对燕子的互相陪伴来反衬自己的独守空房,无限闺怨之情不言自明。

3. 被弃的悲怨

比独居、思念更为孤寂幽怨的,应该是王维笔下的嫔妃被厌弃之后的悲怨了。"宫女还金屋,将眠复畏明"(《扶南曲歌词五首·其五》),王维借陈阿娇的典故抒写宫人失宠后的情景。昔日愿铸金屋宠爱她的人不会再来,独自和宫女住着曾经象征爱情的金屋,心里失望伤心难以入睡,宫女带来他不会来的消息,临睡前再一次想起往昔恩爱,于是更加害怕一个人孤独的睡眠。短短十字,便将这种被君王厌弃之后的孤独、落寞展现得淋漓尽致。"宫殿生秋草,君王恩幸疏"(《班婕妤三首·其二》),"怪来妆阁闭,朝下不相迎。总向春园里,花间笑语声"(《班婕妤三首·其三》),前句用象征荒芜的满院秋草来暗示班婕妤的失宠冷落,虽无一字说"怨",落寞悲怨之情却清晰地见于言外。后句运用对比,其他人都在春日的花园中笑声一片,却没有人关心理会自己,更深一步地表现班婕妤内心的孤独、寂寞、痛苦。

4. 出游的喜悦

王维不仅写女子在婚恋中带着忧伤的情感,也写她们的喜悦,写她们对出游的期待。"散黛恨犹轻,插钗嫌未正",佳人坐在镜前梳妆,画眉却嫌颜色太浅太淡,头上插的珠钗也担心不够端正,这一细致入微的情态描写将宫女出游前的精心打扮的样子刻画得惟妙惟肖,显示了主人公对这次出游的重视。"同心勿遽游,幸待春妆竟",心相契合的同伴莫要仓促,希望你等待我将妆容整理完毕。两句心理描写,更是将她出游前喜悦和期待展现得淋漓尽致。

王维所写的情感极为丰富,并且细致入微。钟惺曾评价王维的诗说:"右丞禅寄人,往往妙于情语",就指出了王维在情感处理上的高明,他的语言简练而自然,却又委婉含蓄、回味无穷。

(四) 女性之德

王维诗中所写的女性,也拥有着美好的品德。

1. 勤劳

她们勤劳如"日日采莲去,洲长多暮归"(《皇甫岳云溪杂题五首·莲花坞》),"小小能织绮,时时出浣纱"(《杂诗(双燕初命子)》),"家住水东西,浣纱明月下"(《白石滩》),"晴江一女浣,朝日众鸡鸣"(《晓行巴峡》)。这些女子多是平凡的民间女子,如"采莲女""浣女",从"日日""时时""多暮归""明月下""朝明"这些词可以看出,她们往往是日出而作日落而息,劳动的时间非常长,凸显其勤劳的程度。而这平凡的生活画卷也恰恰因为有了她们勤劳的身影而变得充实和生动。

2. 忠贞

她们对自己的感情和婚姻忠贞不渝。如《杂诗(朝因折杨柳)》中所写:"朝因折杨柳,相见洛阳隅。楚国无如妾,秦家自有夫。对人传玉腕,映烛解罗襦。人见东方骑,皆言夫婿殊。持谢金吾子,烦君提玉壶。"这首诗借用了汉乐府《陌上桑》里秦家女的典故,讲述了一个丈夫不在家的少妇拒绝贵家子弟示好、挑逗的故事。"楚国无如妾,秦家自有夫",少妇在与贵家子弟见面之初就强调了自己有夫之妇的身份,面对对方"传玉腕""解罗襦"的非礼之举,少妇又以盛夸自己丈夫的方式,请对方提着盛酒的玉壶离开此地。第二句和最后两句均是少妇对那贵家子弟的拒绝之辞,可见其对自己婚姻和丈夫的坚守与忠贞。

3. 贤德

她们贤良淑德。如《故南阳夫人樊氏挽歌二首》所云:"淑女诗长在,夫人法尚存","淑女",指贤善之女,出自《诗经·周南·关雎》:"窈窕淑女,君子好逑"。"夫人法"出自《世说新语·贤媛》:"王汝南少无婚,自求郝普女。司空以其痴,会无婚处,任其意,便许之。既婚,果有令姿淑德。生东海,遂为王氏母仪。王司徒妇,钟氏女,太傅曾孙,亦有俊才女德。钟、郝为娣姒,雅相亲重。钟不以贵陵郝,郝亦不以贱下钟。东海家内,则郝夫人之法。京陵家内,范钟夫人之礼。""夫人"即指郝氏。郝氏虽出身贫寒,却极有美德,生子东海,即是王承,家中以郝夫人之教为法则,后用为颂母仪之典。王维这句便是用郝氏比拟樊氏,说樊氏才德兼备,虽然人已离世,但其定下的法度和规范却依然留存,称颂其贤德。

又如,《达奚侍郎夫人寇氏挽词二首》所云:"束带将朝日,鸣环映牖辰",每日上朝前帮丈夫整理好衣服,束紧腰带,佩戴好玉环,这两句是说夫人寇氏的贤惠。"能令谏明主,相劝识贤人",她能让自己的丈夫向贤明的君主进言,又能劝说自己的丈夫要用心地去赏识别人。这两句则写出了寇氏的贤德。

二、王维女性题材诗歌的深层思想意蕴

(一) 对美好事物的热爱

梁陈宫体诗对女性的描写,大多将目光停留在她们的身体,甚或指向男女结合或床笫之间,多有萎靡放荡、猥琐庸俗的精神体现。而王维与之截然不同,以一种健康的欣赏态度来描写女性。我们举两个例子进行比较:"梦笑开娇靥,眠鬟压落花。簟纹生玉腕,香汗浸红纱"(萧纲《咏内人昼眠》)和"开窗秋月光,灭烛解罗裳。含笑帷帐里,举体兰蕙香"(《子夜四时歌》)。前一首可谓浓软香艳,是典型的宫体诗。而后一首的表达则更为大胆、更为浓烈、更为轻艳。南北朝时期的宫体诗、艳情诗绝大部分都是写男女之情,从身姿饰物到风化雪月,极写女了之艳,大多有柔靡、庸俗之味。

而王维在其诗中对女性之美的描写,如"羞从面色起,娇逐语声来"(《扶南曲歌词五首·其一》)、"爱水看妆坐,羞人映花立"(《早春行》)、"朝日照绮窗,佳人坐临

镜"(《扶南曲歌词五首·其一》)等,全无萎靡、猥琐的气息,他笔下的女性,或形容姣好,或身姿曼妙,或歌喉动人,或乐技超绝,或淡妆浓抹,或朴素自然,都是那样美丽生动、栩栩如生。我们读来只能感受到他对女性所表现出的健康的欣赏态度。

在这份欣赏背后,我们也更能感受出王维对平常生活的细致观察和深深热爱,以及,他对美好事物的无限珍惜。这不仅表现在他对女性之美的描绘上,也体现在他对女性的才能和品德的赞美上。除上文提到的王维在诗歌中对女性的赞美之外,在王维的其他体裁的作品尤其是墓志铭中,这些赞美也有体现。

他赞美女性的才学,赞美她们对诗词歌赋的擅长。如"同云降雪,常闻柳絮之诗。献岁发春,即赋椒花之颂"(《沂阳郡太守王公夫人安喜县君成氏墓志铭》),"柳絮之诗"是用谢道韫形容雪为"未若柳絮因风起"的典故,"椒花之颂"则是选用了晋人刘臻的妻子陈氏的典故,陈氏聪慧,文章写得好,曾在大年初一写下《椒花颂》作为新年贺词。王维借用这两个典故盛赞夫人之才。"闲礼明诗""弹琴吐论,诵赋吟诗""赋掩西征,书教内史"(《工部杨尚书夫人赠太原郡夫人京兆王氏墓志铭》)和"女史之学,多赞大家之书"(《唐故潞州刺史王府君夫人荣国夫人墓志铭》),也都体现了对女性主人公博学多才的赞美。他也歌颂了女性的品德,"妇道允谐,母仪具美。每出诫夫,停餐训子"(《工部杨尚书夫人赠太原郡夫人京兆王氏墓志铭》),更是将这种为人妻的道德规范,为人母的仪态风范以及相夫教子的贤能展露无遗。

在《皇甫岳云溪杂题五首·莲花坞》《白石滩》和《山居秋暝》等诗中,这种对美好事物的热爱和珍惜则显得更加深切。诗中的女性同美丽的自然画卷融为一体,如"弄篙莫溅水,畏湿红莲衣""浣纱明月下""竹喧归浣女,莲动下渔舟",无一不具有美好的情致。与其说王维是在单纯地描写这些生活在自然田园之间的民间女子,倒不如说他是在借这些女性表现自己心中的隐士形象或者是抒发对归隐生活的向往。

(二) 对女性命运的同情

在封建男权社会中,女性作为弱势群体,几乎不能独立自主地选择人生道路、把握自身命运。她们的境遇、身份、前途乃至整个人生命运,往往总是为男性所控制所决定。盛唐时期,社会日益繁荣、开放、强大,诗人们也逐渐形成了一种健康明朗的心态,他们对女性的态度也变得更加包容、尊重,对女性所遭遇的不幸也有了更多的理解和同情。这一时期,拥有进步思想、关注社会现实的王维,在时代精神的熏染下,也写出了一些颇具现实意义的作品,来抨击当时社会上的不合理现象。

1. 抒写女性无力抗拒强暴势力的悲苦遭遇

弱势女性的命运为上层强暴势力所掌控,这样的无奈和悲愤在《息夫人》一诗中体现的尤为明显。"看花满眼泪,不共楚王言",看着本应让人感到美好与喜悦的鲜花,却流出满眼的泪水;在富丽华美的楚宫里,始终与楚王不共一言。

《息夫人》是王维在开元八年时于长安所作,此时的王维早已名动长安上流社会,这首诗就作于一次与宁王的宴会上。诗写的是春秋时期诸侯争霸时的一出悲剧。《左传》庄公十四年记载:"楚子如息,以食入享,遂灭息,以息妫归。生堵敖及成王焉。未言。楚子问之,对曰:'吾一妇人,而事二夫,纵弗能死。其又奚言?'"息夫人原本是春秋时息国君主的妻子。公元前 680 年,楚王灭了息国,将息夫人据为己有。后来,息夫人在楚宫里生了两个孩子,但始终默默不语,不愿和楚王说一句话。

王维写《息夫人》,并不单纯歌咏历史。根据唐孟棨《本事诗》的记载:"宁王宪(玄宗兄)贵盛,宠妓数十人,皆绝艺上色。宅左有卖饼者妻,纤白明晰,王一见属目,厚遗其夫取之,宠惜逾等。环岁,因问之:'汝复忆饼师否?'默然不对。王召饼师使见之。其妻注视,双泪垂颊,若不胜情。时王座客十余人,皆当时文士,无不凄异。王命赋诗,王右丞维诗先成,云云。坐客无敢继者。王乃归饼师,使终其志"。[①] 由这件事,可以看出,王维其实是借息夫人的故事来咏叹被当时的贵戚宁王李宪霸占的饼师之妻。"看花满眼泪,不共楚王言",只是描写了息夫人(亦即饼师之妻)的情态,"更不著判断一语",却生动地刻画出了一个无法抗拒强暴势力的弱女子形象,不仅表达了王维对她这样的弱女子的深切同情,同时也流露出对宁王这样的强暴势力的不满和批判。

2. 抒写女子以夫为纲终被抛弃的落寞结局

王维有一部分女性题材诗歌,在其美丽的语言背后,隐藏的却是一种令人感到不寒而栗的孤独,如:"忆君长入梦,归晚更生疑""不及红檐燕,双栖绿草时"(《早春行》),"行人过欲尽,狂夫终不至"(《羽林骑闺人》),"愁心视春草,畏向阶前生"(《杂诗三首》)。对于远行在外的丈夫,她们所能做的,只有无尽的等待,等待着丈夫那渺茫的归期。在这等待的过程中,她们的内心日益充满了苦恼、忧愁、疑虑等诸种思绪。在"女以夫为纲"的社会中,没有职业、没有经济独立能力的女性,一旦被丈夫遗弃,便失去了生活的依赖和保障,然而这种被遗弃的危险,却又时常存在。

被遗弃后,她们又能做什么呢?"秋夜守罗帷,孤灯耿不灭"(《班婕妤三首》),"宫女还金屋,将眠复畏明"(《扶南曲歌词五首·其四》)。等待,还是等待。作为历史上出类拔萃的才女,班婕妤不仅容貌秀美,更是聪明伶俐,德才兼备。她曾被选入孝成帝的后宫并深受宠爱,她不仅是汉成帝的侍妾,更是他的良师益友,然而后

---

① 孟棨:《本事诗》,北京:中华书局 1983 年版。

来被赵氏姐妹夺去了宠爱,降为皇太后的侍女而终。阿娇也难逃被遗弃的命运。曾说要"金屋藏娇"的汉武帝,最终也厌弃了陈阿娇。

班婕妤和陈阿娇,她们的一生从繁华到萧瑟,是历代嫔妃普遍命运的真实写照,也是男权社会中女性悲剧命运的缩影——女性或许会因为才情或者美貌得到一时的宠爱,最终却也会因为年老色衰或其他原因而遭到抛弃乃至遗忘。于是她们只能在等待君王回心转意的无尽绝望中孤独落寞地走完自己的余生。

(三) 对黑暗现实的讽刺

即便是在盛唐时期,社会上的不合理现象依然很多。具有一定正义感和进步思想的王维,再加上具有贬谪经历,对这些不合理现象自然也就有了更加深刻的体会。这体会当中,很大一部分就是对权贵当道、才士命运坎坷的黑暗现实的讽刺和感慨。

"夫婿轻薄儿,斗鸡事齐主"(《偶然作六首之赵女弹箜篌》),唐朝时斗鸡之风甚盛,颇有因善于斗鸡而得到皇帝宠幸之人。唐代陈鸿祖所写的《东城父老传》(又名《贾昌传》)描述的就是唐代的斗鸡风气。玄宗还住在藩王府的时候,就非常喜欢民间清明节斗鸡的游戏。等到做了皇帝,就在两宫之间修建了养鸡场用以养鸡。又从卫队中选出五百位少年,让他们饲养教练这些鸡。皇帝喜欢这种游戏,于是斗鸡在民间也就更加盛行。各位亲王皇族,帝王的母亲和后妃的亲族家、公主家、封侯之家,都倾家荡产地买鸡。京城中的男女老少,都把摆弄鸡作为营生干,贫穷的人家就玩弄假鸡。善于斗鸡的贾昌得到玄宗的宠幸,每天都有金帛之类的赏赐送到家中,被当时人称为"神鸡童",人们还为他编了一段话"生儿不用识文字,斗鸡走马胜读书。贾家小儿年十三,富贵荣华代不如。"非常形象的体现了当时这一荒唐的社会风气。王维写这句,实际是借用旧典讽刺时事。接着又说,"黄金买歌笑,用钱不复数",很容易令我们联系起李白的"黄金白璧买歌笑,一醉累月轻王侯",花了很多金钱只为买歌姬一笑,而真正有真才实学的人却得不到同等的待遇,再次抒发胸中不平之意,揭露唐朝的腐朽和衰败。

《剧嘲史寰》也是一首颇有讽刺意义的作品。"清风细雨湿梅花,骤马先过碧玉家",在这样一个和风细雨,梅花盛开的天气里,史寰意欲去"碧玉"家中探访。根据陈铁民先生《王维集校注》注释,"碧玉"有可能是指某平民家少女("碧玉"本指"小家女",故以之称平民家女子),也可能是指某妓女。梁简文帝萧纲在《鸡鸣高树颠》中写道:"碧玉好名倡,夫婿侍中郎"。唐李暇也有《碧玉歌》:"碧玉上宫妓,出入千花林。珠被玳瑁床,感郎情意深"[①]。由此推测,这里的"碧玉"是妓女的可能性更大。这首诗揭露了当时贵族、官员沉迷于寻欢作乐的社会现实。"正值楚王宫里

---

① 陈铁民:《王维集校注》,北京:中华书局 1997 年版,第 646 页。

至,门前初下七香车",刚到就发现楚王也到了"碧玉"家,只好败兴而归。黄周星曰:"题目'剧嘲',诗中殊无嘲意。然自是过访美人之作,嘲亦妙,不嘲亦妙。"这首诗以轻松幽默的笔调表现了对等级、权贵至上的嘲讽,读来颇有趣味。

(四) 借女言志——怀才不遇的不平与愤慨

在古代,女子与士人的命运在某种意义上是相通的。女子需要男性的宠爱,才能获得人生的幸福,士人也需要得到上层统治者的赏识,才能实现自己的人生理想。在家庭生活中,"夫为妻纲",妻子的命运取决于丈夫,在朝廷上,"君为臣纲",士人的命运取决于君王。由于身份地位和命运的相似,诗人们往往借助女性的形象来抒发自己仕进道路上的感慨,男子作闺音便成为中国文学史上一种常见现象。《洛阳女儿行》和《西施咏》就是王维诗歌中借女言志的代表作品。

《洛阳女儿行》刻画了一位生活奢华无比的贵族妇人,奢华到什么程度呢?"良人玉勒乘骢马,侍女金盘脍鲤鱼""罗帏送上七香车,宝扇迎归九华帐""狂夫富贵在青春,意气骄奢剧季伦"。末尾两句感慨越女虽貌美如玉却无人爱怜,两个人形成强烈的对比。清黄周星曰:"通篇写尽娇贵之态,读至末二句,则知意不在洛阳而在越溪,所以有《西施咏》也。"沈德潜则评论说:"结意况君子不遇也。"

《西施咏》取材于历史人物,描绘西施从贱到贵的命运转变,借古讽今。"朝为越溪女,暮作吴宫妃",西施"朝贵夕贱""邀人傅脂粉,不自着罗衣。君宠益娇态,君怜无是非"更是极写了她的备受宠爱。"当时浣纱伴,莫得同车归",而昔日与她一同浣纱的同伴却不曾发生和她同样的命运转变,二者的命运也形成了极为鲜明的对比。王维借此悲叹人生浮沉全凭机遇的炎凉世态,抒发怀才不遇的不平与感慨。又借世人只见显贵时的西施之美,表达对势力小人的嘲讽;再借效颦的东施,劝告世人不要为了博取别人赏识而故作姿态、弄巧成拙。沈德潜在《唐诗别裁》中评价此诗"写尽炎凉人眼界,不为题缚,乃臻斯诣",所言颇是。

这两首诗都运用了比兴寄托的方式,将女性命运同士人命运联系在一起,用美女喻士人,表面是借这两组对比悲叹人生浮沉全凭机遇的炎凉世态,更深层地则是在抒发身为士人、宦途失意、怀才不遇、壮志难酬的愤慨。

三、王维女性题材诗歌的创作背景

综上分析,不难发现,王维诗歌中所出现的女性,大多数是舞女、歌女、侍女、宫女或当时的贵妇人,也有数量不少的普通民间女子以及宗教中的女性形象。同时,我们也能够发现,在王维本就为数不多的女性题材诗歌作品中,却从来没有提及过自己的母亲和妻子,这也是一个值得研究的问题。

笔者将从当时社会状况、王维的生活经历、王维的思想心态和性格三个大方面来分析王维女性题材诗歌的内容及思想意蕴的成因。

（一）社会状况

1. 太平盛世

应当注意的是，王维的女性题材诗歌大多是作于安史之乱以前的盛唐时期。盛唐是太平、强大、繁荣、开放的时代，在这样的时代背景下，诗人们能够养成一种健康明朗的心态。宫体诗也开始在他们笔下得到过滤和纯化，从而体现出盛唐的时代精神。王维对女性所持的态度也是受到时代精神的熏染，他对诗中的女性均怀着健康的欣赏或同情态度。

王维诗中大部分女性是歌女、舞女。这一方面是因为王维曾官任太乐丞，负责朝廷礼乐方面的事宜，所以他的生活中少不了歌舞，更少不了这些歌舞的表演者。另一方面，由于社会繁荣太平，百姓安居乐业，各种宴会、宴请在唐朝也非常兴盛，在这些宴席上往往也会请舞女、歌妓前来表演。加之，唐代乐舞又是我国古典乐舞的高峰，于是诗人们也常常在宴席上一边欣赏歌舞一边用他们的生花妙笔来记录这些美好的歌舞和佳人。如李白所咏的"只愁歌舞散，化作彩云飞"（《宫中行乐词八首·其一》），白居易所咏的"缓歌慢舞凝丝竹，尽日君王看不足"（长恨歌），又或者是晚唐的温庭钧所咏"香随静婉歌尘起，影伴娇娆舞袖垂"（《题柳》），均反映出唐朝乐舞之盛。

2. 政治黑暗

开元时期，虽然贵族门阀把持各级政权的局面已被打破，但是，由于权贵当道和封建荫袭制度的存在，许多出身于庶族地主家庭的才智之士，仍然仕进无门。由于王维有进步的政治理想和出身于中下层官僚地主家庭，加上个人贬谪生涯的体验，所以对这种现象有比较深切的认识，如前分析的《洛阳女儿行》《西施咏》，就在一定程度上反映了这种现象。

到了天宝年间，李林甫为翦除异己，巩固自身势力而大兴冤狱，把持仕途，政治环境变得愈加险恶。《资治通鉴》记载："（天宝六载）上欲广求天下之士，命通一艺以上皆诣京师。李林甫恐草野之士对策，斥言其奸恶……乃令郡县长官精加试练，灼然超绝者，具名送省，委尚书覆试，御史中丞监之，取名实相副者闻奏。既而至者皆试以诗赋论，遂无一人及第者。林甫乃上表贺野无遗贤"。① 唐高宗当时举办这场考试的目的，是让天下但凡有一技之长的能士都能来京师长安接受皇帝的直接考察。但李林甫却在背后做了动作，使这场考试变成由各级地方再到中央部门的官员层层把关，最后才能参加考试。最后的结果竟是参加考试的没有一个人能够及第。李林甫上表向唐高宗祝贺说"野无遗贤"，意思是天下的人才早就被皇帝搜罗完毕，已经没有更多的人才了。从这件典型的黑暗史实，也可以窥见当时政治的

---

① 赵殿成：《王右丞集笺注》，上海：上海古籍出版社1984年版，第12—13页。

污浊、现实的黑暗。

3. 宗教鼎盛

由于唐朝的统治者奉行"三教并行"政策,宗教活动在唐代变得更加活跃,宗教文化也高度繁荣。佛教和道教进入了鼎盛阶段,其他的民间宗教也得到了很大的发展。王维诗中出现的佛教女性形象如鹿女("雁王衔果献,鹿女踏花行"《游化感寺》)、天女("羽人飞奏乐,天女跪焚香"《过福禅师兰若》),道教女性形象如王母("王母翳华芝,望尔昆仑侧"《赠李颀》),其他民间宗教女性形象如女巫("女巫纷屡舞,罗袜自生尘"《凉州郊外游望》)等等,都是对这一社会现象的体现。

(二) 个人经历

王维自幼聪颖,九岁时就能作诗写文章,又精通音律,擅长绘画,是个多才多艺的才子。他十五岁时离开家乡,赴两都谋求进取,以自己的才能博得了贵族诸王的敬重,宁王、薛王待他就像师友一样,可谓是少年得志,名动一时。《旧唐书》本传记载:"维以诗名盛于开元、天宝间。昆仲宦游两都,凡诸王驸马豪右贵族势之门,无不拂席迎之。宁王、薛王待之如师友"①,由此可见一斑。这一时期的王维,生活中少不了各种各样的宴会、宴请。后来又官任太乐丞,宫女、侍女、舞女、歌女自然成为他日常生活中最为常见的女性角色。所以,在王维早期的女性题材诗歌中,这类女性形象出现得较为频繁。

然而,王维虽少年得志,却在二十一岁登第之后,仕进道路多遇坎坷,并不得意。天宝年间,李林甫上台执政,张九龄被贬。王维开始对官场感到厌倦、沮丧和担心,并且随着时间的流逝,这种感觉日益加深。但或许是因为从小过着物质条件优渥的生活,也或许是因为家中有老母需要供养,政治失意的王维并不能像陶渊明那样彻底归隐田园,远离世俗不问政事。于是他开始将目光转向山水田园、自然风光,过起了半官半隐的生活。这一时期王维写了大量吟咏山水田园的诗歌,在这些诗中亦不乏对民间女子的欣赏与赞美,例如《皇甫岳云溪杂题五首·莲花坞》中的采莲女,《山居秋暝》中的浣女、《白石滩》中的浣纱女等等。

王维的女性题材诗歌大都集中作于安史之乱以前,安史之乱之后这类作品就全部销声匿迹了。这其中的原因,一方面是因为,这类绮丽之作常常是与风流、享乐的生活方式紧密相连的,盛唐繁荣太平的社会是这种生活方式的必要基础,安史之乱后,社会秩序遭到大规模的破坏,这种生活方式也就变得不合时宜。另一方面则是因为,王维在安史之乱时曾被迫接受伪职,后来虽得到宽宥,但他的内心是非常愧疚、痛苦的。与此同时,他的佛学素养也在不断加深,失去了享乐冶游的兴趣。因此,安史之乱后,王维就再没有这类女性题材的诗歌创作出现了。

---

① 刘昫等撰:《旧唐书》卷一百九十下,北京:中华书局1975年版。

(三) 思想性格

王维虽然仕途不顺,但是,他青壮年时代所生活的开元年间,社会经济繁荣,政治也比较清明,当时的士人多具有积极向上的精神,王维也是如此,这一时期他心情比较积极开朗,在政治上有一定的抱负。他的眼光亦能始终注视着现实,对当时社会上的一些不合理现象,敢于直截了当地给予抨击,使他在开元时代能够写出不少具有现实意义的诗作。

天宝年间,李林甫当政,政治环境十分险恶,王维在这样一种环境下为官,内心充满了矛盾和隐忧。然而,王维又是软弱的,他既不敢与黑暗势力抗争,又不能毅然弃官而去。这样的矛盾使王维更加倾心于佛教,他过起了半官半隐、寄情山水田园的生活。王维在《酬张少府》一诗中写道:"晚年惟好静,万事不关心",大概是他这一时期心态的最真实写照了。所以这一时期,王维的作品多是描写自然风光和田园生活,也就谈不上有多么深刻的社会意义。他笔下的女子形象,如"竹喧归浣女,莲动下渔舟",也只是美好生活的象征罢了。

在王维的一生中,有两位女性陪他走过了人生的重要阶段,对他的影响非常大,这便是他的妻子和母亲。

王维的妻子在王维三十一岁时便去世了。《旧唐书·王维传》中记载:"妻亡,不再娶,三十年孤居一室。"我们或许可以推测,王维与其妻子的感情应该是非常深厚的,于是,在妻子去世之后,倍感孤独的王维更加看破红尘,失去了男欢女爱、享乐生活的兴趣,所以此后王维也几乎没有描写女性的绮情艳丽之类的作品出现。但是我们感到疑惑的是,如果说王维和妻子确实情深义重,那为什么他从未写过吟咏妻子的作品呢?

王维的母亲崔氏,一生好佛不辍,吃斋念佛,布衣素食,王维的清心养性和倾心佛教在很大程度上应该是受到其母亲的影响。有传说称,王维的母亲在生王维的时候,梦到维摩诘走入她的房间,于是她便给王维取名摩诘。维摩诘是佛教中的一尊菩萨,以洁净、无垢著称。这传说的真实性不可考量,但似乎也能够说明王维这一生与佛教所结的不解之缘增加了一些说服力。而就是这样一位对王维有着很大影响的母亲,也如同王维的妻子一样,从来没有在王维的任何作品中出现过。

更甚至,王维在其妻子、其母亲离世之后,也没有悼亡、怀念之作出现。回顾一下历史上著名的悼亡之作,前有西晋潘岳的《悼亡诗》,后有宋朝苏轼的《江城子》"十年生死两茫茫",包括与王维同时代同庚的李白,也写下了大量如《自代内赠》《寂远十二首》这样的表达对自己妻子感情的诗作。王维对自己的妻子不著一语,确实是一个非常奇怪的现象。

王维曾为一些达官贵人的夫人作挽歌和墓志铭,如《故南阳夫人樊氏挽歌二首》《达奚侍郎夫人寇氏挽词二首》《工部杨尚书夫人赠太原郡夫人京兆王氏墓志铭并序》等。这其中不乏"女史悲彤管，夫人罢锦轩""凝笳随晓旆，行哭向秋原"这样真挚感人的表述。

王维也绝不是感情淡漠之人。他曾写下"遥知兄弟登高处，遍插茱萸少一人"，也曾写下"劝君更尽一杯酒，西出阳关无故人"，他还写过"劝君多采撷，此物最相思"和"左右寂无言，相看共垂泪"等等。这些诗句无一不是语短情长，情真意切。

那么笔者认为，王维之所以不写他的妻子、母亲，原因大概有以下三点：首先，从王维的诗作可以看出，王维并不是一个情绪、情感外放的人，相反，少小离家的他，性格里更多的是含蓄、内敛的特质。在他的观念中，亲情、爱情可能是一种更为私人的情感，因此他不足、也不愿为外人道，他选择将这种最真切的情感埋存心中；其次，王维长期受佛教思想的影响、熏陶，也许能够把人生的起起落落、悲欢离合都看得较为通透、超然，母亲、妻子的离世在别人看来是极度痛苦的分离，但王维也许会觉得这是她们从现世的解脱，于是不会那么大悲大痛；最后一个原因，或许就是大爱无言、至情无声了，正是因为母亲和妻子在自己的生命中，在自己的心里都分量极重，反而所有的语言都显得苍白。

史书记载，王维自妻子去世后，孤居三十年。禁肉食，绝彩衣。居室中仅有茶铛、茶臼、经案、绳床，此外一无所有，完全过着禅僧的生活。每当退朝之后，净室焚香、默坐独处，冥想诵经。此时，王维也许会一个人默默地思念起他的妻子、他的母亲吧。

综之，王维的女性题材诗歌描写了女性的德貌才情，展示了对美好的热爱、对女性命运的同情、对黑暗现实的讽刺和借女言志抒发怀才不遇的感慨，而这与当时的社会环境和王维思想心态、性格等主客观因素不无关系。研究王维女性题材诗歌，有助于全面了解王维其人、其诗，并管窥到当时唐朝社会状况以及唐朝女性的身份地位、思想、价值观念等方面，为以后的进一步研究打下基础。

（作者单位：广东惠州学院文传学院）

试论王维诗歌结尾的独特个性及其艺术特征

吴振华

　　一首好诗或一篇妙文都应该是神完气足、圆润自适的艺术体。古人很重视诗文的结构，强调发端要高唱惊挺、气势磅礴，中间要意脉连贯、顿挫曲折，结尾则要么如撞钟铿闳、余音袅袅，要么如豹尾凌空、斩截有力。尤其结尾，正是一首诗或一篇文的结穴处，情感之流、诗文之意与当下之境交融，还要给读者留下回味的余韵，因而大诗人或大文豪无不精心结撰诗文的结尾。甚至有人认为诗文的结尾成为全篇的关键所在。姜夔就说："一篇全在尾句，如截奔马。词意俱尽，如临水送将归是已；意尽词不尽，如抟扶摇是已；词尽意不尽，剡溪归棹是已；温伯雪子是已。所谓词意俱尽者，急流中截后语，非谓词穷理尽者也。所谓意尽词不尽者，意尽于未当尽处，则词可以不尽矣，非以长语益之者也。至于词尽意不尽者，非遗意也，辞中已仿佛可见矣。词意俱不尽者，不尽之中，固已深尽矣。"①显然，姜夔认为一首成功的诗，结尾要词与意具不尽为高，要达到言尽意远的境界。至于以什么方式结尾，大致不外乎"以景结情""以情结尾"两大类，沈义父《乐府指迷·结句》说："结句须要放开，含有余不尽之意，以景结情最好。如清真之'断肠院落，一帘风絮'，又'掩重关，遍城钟鼓'之类是也。或以情结尾，亦好。往往轻而露，如清真之'天便教人，霎时厮见何妨'，又'梦魂凝想鸳侣'之类，便无意思，亦是词家病，却不可学也。"②此类议论诗文作法的著作很多，大都属于诗词创作的操作性指导层面，而实际上如何处理诗文的结尾，则属于艺术构思的范畴，是大匠颇费经营的着力处。大诗人作品的结尾不仅富于艺术性，而且往往与其个性及艺术追求相关。今以王维诗歌结尾为例，考察其诗歌结尾的艺术特色，以就教于通家。

---

① 何文焕：《历代诗话·白石道人诗说》（下），北京：中华书局 1981 年版，第 682—683 页。
② 沈义父著，蔡松云笺释：《乐府指迷笺释》，北京：人民文学出版社 1963 年版，第 56 页。

一、结尾句式分类

据陈铁民《王维集校注》，王维现存诗歌共 376 首。其中非肯定形式的结句诗歌有 161 首，占总数的 43.1%，经过排比归纳，这些结句有三种结构模式。

（一）否定式

尾联含有否定词"不""勿""未""否""非""无""莫"或有疑问词"那""何""岂"等，通过否定某种情境或意向来反向表达正面意思。这种情况就是运用复句形式，"通常紧缩句是一句诗中包含着两个意义上的句子，在唐诗中存在一种相反的情形：意义上的一个句子由两句或几句诗来表述"①。一般来说，否定句比较委婉、缓和，不像肯定句直截了当。如王维《山中示弟》："山林吾丧我，冠带尔成人。……安知广成子，不是老夫身。"用"安知"先提振作势，然后说老夫就是当年寄居崆峒山石室中的仙人。这首诗中间"莫学嵇康懒，且安原宪贫"及"缘合妄相有，性空无所亲"也是运用肯定与否定对举的句式，表明人生志向的选择取向。又如《听宫莺》："春树绕宫墙，宫莺啭曙光。……游人未应返，为此始思乡。"由宫莺流寓难栖，联想到自己的漂泊无依，因而引发思乡之情。再如《皇甫岳云溪杂题五首·莲花坞》：

> 日日采莲去，洲长多暮归。弄篙莫溅水，畏湿红莲衣。

这首诗中的莲花坞是开满了粉红色莲花的一个水面宽阔的美好去处，莲花出污泥而不染，正是君子品格的象征，又是佛陀洁身自好的象征，王维有佛教信仰，所以尾联以谨小慎微的告诫来警醒自己，不要让竹篙溅起水花，弄湿红莲的花瓣，一种殷切的惜花之情便流露无遗。王维这种否定结尾的诗歌共计 64 首，占特殊结句诗歌的 39.8%，占总诗集的 17%。

（二）疑问式

含有疑问代词或语气词"谁""何""安""孰""乎""欤""岂"等，人们在阐明某种道理或表明某种态度时，往往不运用直接叙述说明的方法，而采取提问或反问来表达自己的观点或情绪。其作用是引起读者（或听众）的注意、兴趣，使主意更加显豁。

1. 有疑而问。如《喜祖三至留宿》："门前洛阳客，下马拂征衣。不枉故人驾，半生多掩扉。行人返深巷，积雪带馀晖。早岁同袍者，高车何处归？"祖三即祖咏，王维的知己朋友，王维被贬济州时，祖三前往探望，王维《齐州送祖三》表达了对祖

---

① 蒋绍愚：《唐诗语言研究》，郑州：中州古籍出版社 1990 年版，第 170 页。

咏相知相乐、难舍难分的感情，诗中说："相逢方一笑，相送还成泣。祖帐已伤离，荒城复愁人。天寒远山净，日暮长河急。解缆君已遥，望君犹伫立。"其情境颇似当年李白送别孟浩然。因此，四年后祖咏再次拜访王维，王维当然要他留宿了，结尾故作疑问说，你这位我早年交谊深厚的朋友，今天你的高车能去哪里呢？言外就是王维得意的笑声啦！这位友人刚刚进士及第，特意看望王维，当然也就不想离开了，因此祖咏回赠王维的诗说："四年不相见，相见复何为？握手言未毕，却令伤别离。升堂还驻马，酌醴便呼儿。语默自相对，安用旁人知？"也是运用反问的形式结尾，诗中洋溢着相隔数年之后重逢的喜悦，也含有一缕世事的沧桑。

又如《达奚侍郎夫人寇氏挽词二首》（其一）：

> 束带将朝日，鸣环映牖辰。能令谏明主，相劝识贤人。
> 遗挂空留壁，回文日覆尘。金蚕将画柳，何处更知春？

达奚珣，天宝时期任吏部侍郎，安史之乱爆发后，珣以河南尹的身份协助封常清抵御叛军，兵败被俘，接受安禄山的伪丞相职，至德元年（756）以从伪罪被杀。而据达奚珣《大唐故襄城郡君墓志铭并序》知其夫人寇氏"天宝六载二月四日终于西京升平里之私第，春秋五十有一"，则此诗当作于天宝六年春末。这首诗首联再现达奚珣上朝时妻子身佩鸣玉在窗前的情影；颔联写妻子的贤明，能让夫君向皇上进谏忠言，又能让夫君结识贤人；颈联说妻子生前用过的遗物还挂在墙上，她学习苏蕙写给丈夫窦滔的织锦回文诗已经蒙上了灰尘，给人物是人非的今昔之感；尾联说妻子已经被掩埋在堆积了"金蚕"祭物并覆盖了"画柳"的坟茔，什么地方还能见到这大好的春光呢？表达出一种深深的悼念情怀。

2. 无疑而问。如《送赵都督赴代州得青字》："天官动将星，汉上柳条青。万里鸣刁斗，三军出井陉。忘身辞凤阙，报国取龙城。岂学书生辈，窗间老一经。"这首诗暗用杨炯《从军行》诗意，表达了"宁为百夫长，胜作一书生"的情怀，杨炯诗结尾是直抒胸臆，王维诗结尾则是运用反问，遂显得笔力劲健，表达出一种高昂的报国热情，赵都督去青州赴任不是学书生穷守章句，而是去建功立业、施展抱负。诗人这样劝慰友人既是激励，也是自勉，表达了自己的志趣所在。

王维疑问形式的诗歌共计 87 首，占特殊结句诗歌的 54%，占总诗集的 23.1%。

（三）假想式

假想句式，实际上就是对未来情景进行假设的复句。"由两个分句构成一个复句，往往有一些关联词语来表示分句间的关系，如'因……故……'、'若……则……'、'纵……亦……'等等，而在唐诗（特别是近体诗）中，为了见出诗人创作的功力,这些关联词语一般省略不用"。① 但这类形式却常常出现在王维的送别诗作中。运用"纵不""疑是""若""遥知"等表示猜测性的关联词语,对未知事物或事件进行猜测或预想。其作用偏句表示提出的假想,而正句表示假想情况下事实的成立。

1. 表让步假设。如《初出济州别城中故人》(一作被出济州):"微官易得罪,谪去济川阴。执政方持法,明君无此心。闾阎河润上,井邑海云深。纵有归来日,多愁年鬓侵。"尾联即使有归京之日,只怕是光阴荏苒岁月播迁,那时双鬓都已经斑白了。同时说明此去一别,以后见面的机会近乎渺茫。

2. 表悬想假设。如《送友人南归》:"万里春应尽,三江雁亦稀。连天汉水广,孤客郢城归。郧国稻苗秀,楚天菰米肥。悬知倚门望,遥识老莱衣。"送别诗的结尾多运用悬想未来的景象来慰藉远行者,这首诗的结尾就料想友人的母亲在倚门眺望,老远就辨别出游子归来的身影了。让温馨的母爱温暖游子孤寂的心灵。又如《送李判官赴东江》:"闻道皇华使,方随皂盖臣。封章通左语,冠冕化文身。树色分扬子,潮声满富春。遥知辨璧吏,恩到泣珠人。"尾联运用典故祝颂李判官能成为恩及海边居民的良吏。

王维假想形式的诗歌共计 14 首,占特殊结句诗歌的 8.7%,占总诗集的 3.7%。

王维早慧,精熟音乐与诗歌,以一曲《郁轮袍》惊动玉真公主,年仅二十岁就高中进士,在诗坛上崭露头角。据陈铁民《王维集校注》统计,王维在二十一岁前(即擢进士第以前)的诗作共 14 首,其中有 13 首采用非肯定形式的结句模式,占早期诗作的 92.9%。如采用假想("遥知""疑是")、疑问("谁怜""何处")、否定("非""不")等方式来表达。为官之后到隐居终南及蓝田辋川时期,王维还是继续大量使用这类句式,具有较为恒定稳固的倾向。如下表:

数量 \ 类别	山水田园诗	边塞诗	送别诗	其他	总数
共计	134	15	68	159	376
非肯定结句	78	4	36	44	162
所占比重	58.2%	26.7%	53.9%	27.7%	43.1%

这种手法并非王维独创,而是从乐府、汉赋那里继承而来。李商隐诗歌中也大量运用这种手法,李诗共 596 首,非肯定结句形式的诗歌 232 首,约占总诗的 39%。众所周知,李商隐诗歌是以情感的主观内敛性见长,因为他身处晚唐末世,时代之

① 蒋绍愚:《唐诗语言研究》,郑州:中州古籍出版社 1990 年版,第 171 页。

悲、家国之思、身世之感导致诗歌表达整体上倾向于否定色彩。① 而王维身处盛唐，又过着亦官亦隐的闲适生活，诗歌的尾联中竟然存在大量的否定因素。

（四）肯定式

王维诗歌的结尾也有大量的肯定句式，这也是不争的事实。大致分为写景大于抒情型和抒情多于写景型两种，所占比例超过非肯定句式，约为57%。

王维不像孟浩然是远离政治的纯粹诗人。他所面对的是复杂的官场，既有正义与邪恶的较量，又充满勾心斗角、尔虞我诈的争斗与陷害，尽管王维内心崇尚光明雅洁，渴望明君贤臣的清明政治，但以开元二十四年贤相张九龄去职为标志，盛唐朝政走向黑暗窳败的灾难深渊，主要权力控制在李林甫、杨国忠等奸臣手中，东北边关军队又主要落入阴谋家安禄山等人的控制之中，大唐盛世表面繁荣的锦绣光环中潜藏着巨大的隐忧与危机。王维要想像莲花那样出污泥而不染，就不得不和光同尘，模糊是非观念，在不置可否中过着"亦官亦隐"的以宁静淡泊为主的生活。王维知道在政治上无所作为，但又不能像陶潜那样诀别官场，因此，表面的应酬自然难免。同僚的友人们离京赴地方任职或回乡隐居，大都有饯别宴会，要是在初唐时期，则会请文名甚高的人特别撰写诗序，集结所赋诗歌慰别远行者，而盛唐时期虽有诗酒高会，写诗送别也是主要形式，但诗序创作激情减退，而送别诗也大都是一些常见的情景与情感，主要以慰勉为主。王维的这类送别诗带有官场应酬的印痕，但他能够联系远行者将要去的区域，写出颇有特色的清新之作，从中也可以看出诗人的志趣。

1. 以写景为主。王维的送别诗善于写景，而情感则属于那种不温不火的平淡中包含着真诚劝勉、祝颂的普泛性情绪，缺少强烈的主观化特色。如《送邢桂州》：

> 铙吹喧京口，风波下洞庭。赭圻将赤岸，击汰复扬舲。
> 日落江湖白，潮来天地青。明珠归合浦，应逐使臣星。

这首诗对邢桂州（名济）乘船沿江东进再南下的一路风光迤逦展开，王维没有去过真正的南方，他对南方风物的想象主要以古代地理志书及诗词歌赋为依据，故地名常常密集出现在一首诗中，但王维富于画家的才华，擅长着色布景，尤其颈联把落日时江湖浪白、潮来时天地一色的优美壮阔情景写得涵虚概括，令人印象深刻。正如王达津先生所言："此诗空灵自然，无着力痕迹，而所谓赠人以言，用心恰在尾处。"② 这个尾联正是王维常用的假想式结尾，暗含了对邢桂州实施善政的劝勉，此

① 吴振华：《虚词与李义山近体诗所表现的情感与心态》，《安徽师范大学学报》2002年1期。
② 王达津：《王维孟浩然选集》，上海：上海古籍出版社2012年版，第130页。

诗作于安史之乱后的上元二年(761),用《后汉书·孟尝传》的典故,劝慰邢济要能廉洁奉公,又须采取安抚措施治理好桂州。又如《送钱少府还蓝田》:

> 草色日向好,桃源人去稀。手持平子赋,目送老莱衣。
> 每候山樱发,时同海燕归。今年寒食酒,应是返柴扉。

钱少府,即青年诗人钱起,与王维是忘年交,时任蓝田县尉。蓝田辋川有王维别墅,当钱起还蓝田时,王维大约因官务缠身,故在赠诗中表达对蓝田的桃源景象的神往,并在结尾说也许今年寒食节前后,自己可以返回隐居之所。体现出淡然的心境和同样淡然的意绪,大约与他"晚年惟好静,万事不关心"的心态相关。这类诗多见于晚年,写景的内容占据主要部分,情感因素涵融于悬想的景物之中。

2. 以抒情为主。另一种情况则相反,情感占据主要地位,景物起陪衬作用。如《送元二使安西》:"渭城朝雨浥轻尘,客舍青青柳色新。劝君更尽一杯酒,西出阳关无故人。"这是王维送别诗中最著名的作品,写出了没有悲伤只有惜别深情的一种盛世特有的普泛性情感,结尾以"更尽……无"的组合,表达此刻故人深情的重要意义,起到了很好的慰勉作用。又如《送崔九兴宗游蜀》:

> 送君从此去,转觉故人稀。徒御犹回首,田园方掩扉。
> 出门当旅食,中路授寒衣。江汉风流地,游人何岁归。

崔兴宗是王维的妻弟,两人情感深厚,首联相当于《送元二使安西》的尾句,强调故人的重要,而结尾则转入假设的忧虑性劝勉,希望崔兴宗不要迷恋江汉风流地,须早早归来。离愁别绪含在谆谆劝慰与叮嘱之中,表达的感情是温润而绵长的,没有激烈起伏的波澜。

从这些送别诗中可以看出王维对官场应酬是被动冷淡的。在官场压抑的氛围中,写景多于写人的应酬送别诗,结句形式多采用肯定陈述句式平铺直叙,所含诗人的感情也较少。而王维倾注感情送别好友的诗作,则几乎全部采用非肯定形式的结句模式。

(五)《辋川集》的特殊性

王维送别诗共计68首,其中非肯定形式的诗歌36首,约占53.9%。《辋川集》共计二十首,其中非肯定形式的诗歌7首,约占35%,非肯定结句所占比例明显少于送别诗作中的比例。

自苏轼提出"味摩诘之诗,诗中有画;观摩诘之画,画中有诗"以来,王维诗画结合的方式似乎成了无可争辩的事实。王维本身就是画家,做诗自然会带上画家的审美情趣和审美眼光。但苏轼是就眼前的《辋川烟雨图》及画上的题诗来发论,而后人则把苏轼论点推向王维全部诗歌,并认为"诗中有画"是一个高不可及的艺术成就。读《辋川集》会觉得诗歌美不可言,篇篇如画,可是真正从作画的角度思索,发现很难通过绘画表现出完整的诗境来,即使勉强画出来,也只能有画意而无画境。试看下面从《辋川集》中随意抽取的诗作,如《敧湖》:

吹箫凌极浦,日暮送夫君。湖上一回首,青山卷白云。

又如《辛夷坞》:

木末芙蓉花,山中发红萼。涧户寂无人,纷纷开且落。

两首诗尾联为肯定的陈述句式,以写景为主,且不能用绘画手法表现出来,但画面感却十分鲜明。究其原因是诗中有影像、有视听,是立体动态的画卷,很像运用了影视语言在表现诗歌。相对于绘画艺术,影视艺术可以将更为丰富的光影、色彩元素作为画面构图的有机元素。[1] 当然那时没有摄像机,诗人敏锐的眼睛就充当摄像机,对周围的视听环境进行精细的捕捉。《敧湖》由下句黄昏送别友人的一幕,可以推知在湖边倾斜的浦上箫声里传出的音乐应是不太哀愁的曲子,因为坐船离去的友人蓦然回首之间,看见绿水尽头的青山被白云轻轻环抱,有一种很惬意的宁静淡泊意味。友人之间的聚散会像青山白云一样,一会儿近了,一会儿远了。这其中有四个镜头,特写镜头(浦畔箫声)→焦距后移画面扩大(送别友人)→换景(舟中人湖上回首)→远景(青山白云环抱)。《辛夷坞》中辛夷花开的时候,漫山遍野灿烂如画,溪水附近的人家寂静无声,辛夷花又名木芙蓉,开至极盛时硕大的花瓣渐渐脱落,本性自然恬静的花朵,在没有扰攘的山涧自开自落,展现出生命的原生态,充满一种自适自足的圆融境界,也就是充满了一种静寂淡远的"禅境"。花落本是瞬间镜头,采用慢镜头,缩小焦距对准某片花瓣,周围曝光模糊,四周响声通过静化处理,花瓣落地的声响可以清楚地传到耳边。广镜头(遍扫满山花开)→换景(溪水附近的人家)→特写(花瓣)→慢镜头(花瓣落地)。确切地说《辋川集》不是单纯的画面组合,而是有声有色、有景有物、有人有境的影视作品。当然这种艺术表达方式还在王维其他的山水诗作以及边塞诗中大量存在。应该注意的是,送别好友的诗作几乎全部采用非肯定形式的结句模式。而《辋川集》中含有"影视语言"的诗歌,它在结句模式上更接近于肯定的客观陈述句式,而较少采用非肯定形式句式。

---

[1] 戴锦华:《电影批评》,北京:北京大学出版社2004年版。

简单概括这种现象：即诗歌尾联在写景时，采用非肯定形式的句式少；而尾联在抒发个人情感时，采用非肯定形式句式明显增多。

二、结尾句式与诗人性情及艺术追求的关系

结尾，对一首诗来说非常重要，好的诗歌结尾往往像一缕清风淡淡吹拂，像水面的涟漪荡漾散开，像优美的乐音袅袅播散、不绝如缕，或展现出一幅画面，空阔无垠、情韵无限。总之，要留下余味、耐人咀嚼。晚唐司空图提出"味在咸酸之外"及"象外之象""韵外之致"等说法，实际上是在总结整个唐代诗歌的艺术经验。尽管司空图也欣赏韩愈、柳宗元诗歌的"天风海雨般掀雷抉电"的恢宏境界，但实际上其艺术理想还是偏向王维、孟浩然等呈现出的冲淡神远、优美的艺术意境。后来王士祯创立"神韵诗派"，推王维、孟浩然为宗师，也是出于同样的理由。

以王维诗歌为例，其结尾多非肯定性句式已经是不争的事实，现在的问题是为什么会形成这样的特征呢？我认为大致有如下几点原因。

（一）对前代艺术传统的继承

王维诗歌之所以取得很高的艺术成就，当然得益于前代诗歌艺术的营养。从结尾句式的角度看，这种非肯定的句型是有遥远的传统的。如《诗经》中就大量存在：

> 我姑酌彼兕觥，维以不永伤。（《卷耳》）
> 汉之广矣，不可泳思。江之永矣，不可方思。（《汉广》）
> 无感我帨兮，无使尨也吠。（《野有死麕》）
> 我心匪石，不可转也；我心匪席，不可卷也；威仪棣棣，不可选也。（《柏舟》）
> 匪女之为美，美人之贻。（《静女》）
> 人而无礼，胡不遄死？（《相鼠》）
> 善戏谑兮，不为虐兮。（《淇奥》）
> 悠悠苍天，彼何人哉？（《黍离》）
> 谁谓河广？曾不容刀。谁谓宋远？曾不崇朝。（《河广》）

《诗经》是西周至春秋时期大约五百年的民歌总集，其强烈的抒情性就表现在这些俯拾即是的结尾否定句或疑问句中，或者说人们运用否定句和疑问句来表达反向意思已经形成了文学传统。此后，历代沿用，像汉魏乐府中的"少壮不努力，老大徒悲伤"（《长歌行》）、"野雀安无巢，游子谁为骄"（《猛虎行》）、"石见何累累，远行不如归"（《艳歌行》）、"景未移，行数千，寿如南山不忘愆"（《陌上桑》）、"吐吟音不彻，泣涕沾罗缨"（《长歌行》）、"今日乐相乐，别后莫相忘"（《怨诗

143

行》）、"心思不能言,肠中车轮转"（《悲歌》）、"不如饮美酒,被服纨与素"（《驱车上东门行》）、"多谢后世人:戒之慎勿忘"（《孔雀东南飞》）、"乐莫斯夜乐,没齿焉可忘"（《同声歌》）,等等,都是继承《诗经》时代的以非肯定句结尾的例子。究其原因,我认为这是古人思维模式的结晶,因为一个事物或某种意念都有肯定与否定两方面,以否定的方式强调肯定的内容,显得更含蓄,多绕一道弯子,也就多了一重意蕴。

送别诗的结尾用否定句就是更典型的表现。如曹植《送应氏》以"中野何萧条,千里无人烟。念我平常居,气结不能言"结尾,一方面"千里无人烟"的悲惨景象,难以用肯定句表达,另一方面"气结不能言"也是一种难用语言来表达悲愤的心态,否定句成为最佳选择。又如曹植《赠丁仪》以"思慕延陵子,宝剑非所惜。子其宁尔心,亲交义不薄"结尾,也是运用双否定句来表达正向肯定情意。到了唐代这种否定结尾几乎成为通例,如:

> 无为在歧路,儿女共沾巾。（王勃《送杜少府之任蜀州》）
> 莫愁前路无知己,天下谁人不识君。（高适《别董大》）
> 莫见长安行乐处,空令岁月易蹉跎。（李颀《送魏万之京》）
> 但令意远扁舟近,不道沧江百丈深。（王昌龄《送姚司法归吴》）
> 桃花潭水深千尺,不及汪伦送我情。（李白《赠汪伦》）
> 安能摧眉折腰事权贵,使我不得开心颜。（李白《梦游天姥吟留别》）

因此,王维运用非肯定句结尾,实乃一种传统的惯性使然,从上引诗句来看,否定句不仅力量更足,而且表现的范围更大,无论时间空间,或情绪心境,非肯定形式展现的内容更加丰富,耐人咀嚼。这种句式也成为其他各类题材诗歌的常用模式,如:

> 不堪盈手赠,还寝梦佳期。（张九龄《望月怀远》）
> 羌笛何须怨杨柳,春风不度玉门关。（王之涣《凉州词》）
> 不知细叶谁裁出?二月春风似剪刀。（贺知章《咏柳》）
> 少小虽非投笔吏,论功还欲请长缨。（祖咏《望蓟门》）
> 纵使晴明无雨色,入云深处亦沾衣。（张旭《山中留客》）
> 醉卧沙场君莫笑,古来征战几人回?（王翰《凉州词》）
> 但使龙城飞将在,不教胡马度阴山。（王昌龄《出塞》）
> 黄沙百战穿金甲,不破楼兰终不还。（王昌龄《从军行》）
> 此夜曲中闻折柳,何人不起故园情。（李白《春夜洛城闻笛》）
> 忧端齐终南,澒洞不可掇。（杜甫《自京赴奉先县咏怀五百字》）

志士幽人莫怨嗟,古来材大难为用。(杜甫《古柏行》)

无论抒情还是议论,先用否定句衬垫,再亮出主意,就会更加鲜明;如果先以肯定句衬垫,再以否定句结尾,则会产生漫向无边遥远的韵味,像"少小虽非投笔吏,论功还欲请长缨"一联,前句假设让步作陪衬,遂使后句的豪迈情怀高不可及;像"忧端齐终南,澒洞不可掇"一联,前句肯定托起,遂使后句的忧虑情绪变得不可收拾地弥漫开来。实际上,否定句更能将诗歌的情感、意境拓展到无穷的遥远,使诗歌韵味悠长。前面引用了大量王维的诗句,说明他只不过接受当时创作风气的普遍传统罢了。

(二) 展现独特的个性风采与艺术追求

总体上看,诗歌是吟咏性情的体现,而吟咏性情就必然要归结到创作主体的个性方面。性格悠闲沉静者,其诗歌格调往往趋向平淡隽永;而个性张扬恣睢者,其诗歌风格往往趋向雄浑飘逸。王维的一生,总体上看是偏向沉静的,早年入仕很顺利,以诗歌、音乐才华得到权贵的赏识,但无端的贬官又让他体会到官场的险恶,于是一生皆处于谨小慎微之中;三十岁时妻子去世后不再续弦,就跟随母亲师事大照禅师,退朝归来,常常焚香独坐,以禅诵为事。加上长期隐居终南山和蓝田辋川的秀美山水环境之中,感受大自然的静谧氛围和生生不息的原生状态,渐渐形成他静观的思维模式和澄澈清亮的透脱胸襟。其《终南别业》云:"中岁颇好道,晚家南山陲。兴来每独往,胜事空自知。行到水穷处,坐看云起时。偶然值林叟,谈笑无还期",大致是他生活真实状态和心境的写照,在那份悠闲与淡然之中,包含了对隐居禅悦的浓厚兴趣,也渐渐使他形成客观体察多于主观介入的认知方式,使他成为一个接近于注重客观的诗人,与李白、杜甫等主观化强烈的特点分道异趣。

这一点,可以将王维与李白、杜甫作一比较,就看得更清楚。如李白《蜀道难》曰:"蜀道之难难于上青天,侧身西望长咨嗟!"《行路难》云:"多歧路,今安在?长风破浪会有时,直挂云帆济沧海!"《将进酒》曰:"五花马,千金裘。呼儿将出换美酒,与尔同销万古愁!"《北风行》云:"黄河捧土尚可塞,北风雨雪恨难裁!"等等,结尾都凸显李白狂飙激进的个性,卷起翻江倒海的情感波涛,呈现典型的主观化特征,带有浪漫飘逸的神采。而王维的诗歌结尾即使要表达强烈感概,也一般不采用李白直呼告白的方式,或用非肯定句式,或用典故曲折代指。如《西施咏》曰:"持谢邻家子,效颦安可希!"《老将行》云:"莫嫌旧日云中守,犹堪一战立功勋。"前者告诫东施之流,不要盲目效颦;后者为老将鸣不平,也只是说还能一战立功,可惜无人荐举。抒情的方式大抵还是平和舒缓的,有"温柔敦厚"气象。而像《桃源行》结尾云:"当时只记入山深,青溪几度到云林。春来遍是桃花水,不辨仙源何处寻。"《蓝田石门精舍》结尾说:"再寻畏迷误,明发更登历。笑谢桃源人,花红复来觌。"两首诗的结

尾一虚一实,然而情感也都是平实淡然。还有《观猎》的结尾说:

> 回看射雕处,千里暮云平。

这是一首写将军打猎的诗,从题材角度看,应该属于边塞诗,风格也应该是雄浑劲健的,但从结尾来看,却显得淡然神远。明人叶羲昂《唐诗直解》和李攀龙《唐诗训解》都认为此诗结尾"淡而有味",而清人王士祯则认为:"为诗结处总要健举,如王维'回看射雕处,千里暮云平',何等气概!"①看似相互矛盾,其实是角度不同,这种看似淡然的结尾,其实恰恰表现了一种雄浑阔大的境界,与将军射猎的场面及胸襟相合。王维诗歌结尾像这样展现辽阔幽静境界的有很多,如:

> 唯有白云外,疏钟闻夜猿。(《酬虞部苏员外过蓝田别业不见留之作》)
> 寂寞柴门人不到,空林独与白云期。(《早秋山中作》)
> 唯有相思似春色,江南江北送君归。(《送沈子福归江东》)

都是以一副辽阔空静的画面来拓展诗歌的意境。有时候,王维则以典故曲折表达心境或心声。如:

> 复值接舆醉,狂歌五柳前。(《辋川赠裴迪秀才》)
> 寂寞於陵子,桔槔方灌园。(《辋川闲居》)
> 襄阳好风日,留醉与山翁。(《汉江临眺》)
> 随意春芳歇,王孙自可留。(《山居秋暝》)
> 野老与人争席罢,海鸥何事更相疑。(《积雨辋川庄作》)
> 即此羡闲逸,怅然吟《式微》。(《渭川田家》)

这些诗歌大抵属于田园隐逸题材,结尾请出一位古代名人来言志抒怀,显得含蓄婉转,这种作法恰恰是将自己隐藏起来,借古喻今,总体上还是呈现一种澹然的襟怀。

再来与杜甫作一比较。杜甫诗歌从创作时间上看,略迟于王维,他与王维似乎没有交集,尽管杜甫去蓝田辋川拜访过王维,但那是一次令人沮丧的不遇经历。也没有迹象证明,杜甫接受过王维的影响。但是,杜甫诗歌结尾善于通过刻画自己的

---

① 转引自黄念然等编:《历代古典诗词名篇选注集评》,桂林:广西师范大学出版社 2006 年版,第 172 页。

形象来抒情,恰好与王维诗歌的结尾形成鲜明的对照。如:

> 白头搔更短,浑欲不胜簪。(《春望》)
> 艰难苦恨繁霜鬓,潦倒新停浊酒杯。(《登高》)
> 彩笔昔曾干气象,白头吟望苦低垂。(《秋兴》)
> 飘飘何所似,天地一沙鸥。(《旅夜书怀》)
> 戎马关山北,凭轩涕泗流。(《登岳阳楼》)

杜甫面对安史之乱后山河破碎凋残、人民流离颠沛的悲惨历史画面,通过刻画自己忧国忧民、流泪伤感、白发颓颜、多病缠身的形象,正好成为时代悲剧的一个缩影,因此不需要也找不到古人来代指,与王维诗中的古人相比,杜甫诗中诗人自己的形象更具有震撼力和感染力,可以看作杜甫对王维诗歌艺术的发展。

最后以一首具体的作品为例来说明主观化强烈的诗人与客观化淡泊的诗人在处理结尾时所显现的不同特征。

王维《终南山》
> 太乙近天都,连山接海隅。白云回望合,青霭入看无。
> 分野中峰变,阴晴众壑殊。欲投人处宿,隔水问樵夫。

杜甫《望岳》
> 岱宗夫如何,齐鲁青未了。造化钟神秀,阴阳割昏晓。
> 荡胸生层云,决眦入归鸟。会当凌绝顶,一览众山小。

两首诗都叙写了一个完整的自山外望山,到入山登顶再下山的时间过程,王诗是全过程的描述,杜诗是在想象中完成全过程,而略去下山的环节。两首诗首联相同,都是山外望山;王诗颔联写山腰所见景象,与杜诗颈联大致相同;王诗颈联写山顶景象,与杜诗颔联大致相同;只有尾联大异其趣,值得关注。

王诗首联描写终南山巍峨阔大、高耸绵延的雄姿,运用十字构图法,以太一峰为主体,向东西延伸,直达海滨,画面清晰而简洁,也含有一定的想象性;而杜诗以设问开篇,然后以"齐鲁青未了"来展现泰山青苍雄莽的巍巍气势和来自远古的历史气息,虽然呈现出深邃的历史感和雄杰的气象,但无法像王诗那样入画。次联,王诗描述山腰所见景象,回首脚下白云飘荡,前瞻青霭迷人,而走近一看青霭却消散无影无踪,感受真切,突出了终南山的高峻与幽深,既符合绘画的对称性原则,又有鲜明的色彩,"青""白"搭配和谐贴切;杜诗颈联也描写山腰所见:层云在胸前飘荡,眼睛追逐飞鸟的影子,致使眼眶欲裂,杜诗想象力丰富,细节描写颇见功力,但王诗中人物隐藏起来了,只见白云飘荡、青霭迷人,可以入画,而杜诗人在诗中占据主要地位,甚至眼睛的细部被夸张地表现,不能入画,即使画出来也难看。颈联,王诗写登顶所见,终南山巨大的身躯成为一条区域和明暗的分界线,峰壑纵横,向阳背阴各不相同,很客观地描述峰顶俯视的景象;而杜诗额联与之对应,前句赞美"造化钟神秀"(即大自然把神奇和秀丽堆聚在这伟大的泰山上),接着说他伟岸的身躯割开昏暗与拂晓的区域,想象奇特,但昏晓差异太大,难以入画。

关键在末联,王诗写下山问樵投宿,暗写山谷深邃,意境清幽,两个小人物在山脚下的溪涧,隔水问答,符合中国画画法"经营位置"的要求,即将人物置于画面两边角落或中下部位置,有烘托山高水深之用,突出山谷溪涧的层深感,既符合真实情境又有画理蕴藏其中;而杜诗缺少这一细节,因而不够完整,完全靠飞腾的想象构成恢弘壮阔的意境,与王维的平淡幽深、空灵清秀大为异趣。因此,我们认为王维诗歌着眼于客观描绘,是诗中有画,而杜甫则过分突出诗人的主观情怀,不追求诗中有画,而是呈现出"诗中有人"的特色。我们完全可以说这一结尾体现了王维诗人兼画家的艺术个性,而杜甫诗歌的艺术个性则在于突出诗人的抱负和志趣。

这种情况并非王维诗歌中的个案,而是体现在大部分的山水诗中,王维擅长运用流动观照的方式,将时间过程空间化,善于将人物隐藏起来,着力刻画山水景物、花鸟等的生命原生状态,或极富于诗意的瞬间场景,对颜色、光线、声音、情态有细致的把握,尤其擅长布置画面的层深感和流动感,整体上呈现出客观化特征,这与他澄净空寂的心灵和冲淡闲雅的个性密切相关,也与他整体上追求一种圆润流美、空灵隽永的艺术意境有关。

(作者单位:安徽师范大学中国诗学研究中心)

王维诗歌中数字的运用

郑蓓培　　曾智安

　　数字本身是单一枯燥的表达符号,但其与汉字巧妙地搭配之后便产生了多样化的艺术效果。中国古典诗歌尤其是唐诗中,留下了许多以数字入诗的优美诗句。① 王维是盛唐时期最著名的代表诗人之一,在他的诗中也常常可以看到对数字的灵活运用。王维对于数字的运用情况多种多样,学界目前的研究角度大多为探讨王维的诗歌创作技巧及其所表达的艺术效果,特别是与王维的"诗中有画"联系起来,而关于王维诗歌中对数字运用情况的具体分析及其背后所体现的诗人创作心理的研究还不够丰富。藉此,本文试图通过对王维以数字入诗不同情况的分析,探求王维对数字运用的独特之处及其创作心理。

一

　　"一"是数字的开始,是所有数字的源头,其作为古代的最小数次,具有一定的特殊性。《说文解字》中指出"一,惟初太始,道立于一,造分天地,化成万物",所以"一"作为古人传统思想中的万物之本,除了其本身具有的数字属性之外,还带有一定的哲学意味。老子《道德经》中"道生一,一生二,二生三,三生万物"的宇宙观也是这样引申出来的。② 中国古典诗歌中更是不乏对于"一"的使用,如"功名万里外,心事一杯中。"③"锦瑟无端五十弦,一弦一柱思华年。"④"桃李春风一杯酒,江湖夜雨十年灯。"⑤等等。王维自然也不例外。通过翻阅王维的诗集,我们就能发现

① 王展平,《数字与诗歌——数字入诗问题初探》,《龙岩师专学报》1986 年第 3 期。
　　陈文运:《古代诗歌中数字的独特艺术价值》,《文史哲》2000 年第 3 期。
② 吴慧颖:《中国数文化》,长沙:岳麓书社 2013 年版,第 6—10 页。
③ 高适著,孙钦善校注:《高适集校注》,上海:上海古籍出版社 1984 年版,第 206 页。
④ 刘学锴、余恕诚著:《李商隐诗歌集解》第三册,北京:中华书局 1988 年版,第 1420 页。
⑤ 黄庭坚著,刘向荣校点:《黄庭坚诗集注》卷 2,北京:中华书局 2003 年版,第 90 页。

其对于"一"的运用是多样的,其中大致可分为两种情况:一是代表"少"的意思,尤指"一个事物";一是将"一"看作模糊数字,代表"多"的意思,具有整体性特征。

首先,"一"作为具体数字,其数字属性是它的基本内涵,表示少的意思或"一个事物"。如:

> 无著天亲弟与兄,嵩丘兰若一峰晴。(《过乘如禅师萧居士嵩丘兰若》)①
> 花雨一峰偏,迹为无心隐。(《投道一师兰若宿》)②
> 一见如旧识,一言知道心。(《送权二》)③
> 不须愁日暮,自有一灯燃。(《送卢员外宅看饭僧共题七韵》)④
> 劝君更尽一杯酒,西出阳关无故人。(《送元二使安西》)⑤

以上诗中的"一"均作为量词出现,表达一座峰、一盏灯、一杯酒等具体意象,但其达到的表达效果却具有丰富的内涵。"一峰晴""一峰偏"描写的都是一座山峰这一具体景物,诗人将"一峰"放在特定的景物环境中并单独描写,虽然表达的是少的意思,但却给读者带来强烈的感觉,突出了该景物的存在感,让读者将视线集中在一座山峰上,使得阅读感受更加立体。这也使得全诗描写的整体环境更有层次感,体现了王维"诗中有画,画中有诗"的艺术特点;再看"一灯燃""一杯酒"中的"一",体现的也是少的意思,给人带来只有一盏灯、一杯酒的弱的感觉,但其在情感体验上却是强烈的。王维是一个敏感的人,茫茫夜色中的一盏灯、临行前的最后一杯酒都能激起他内心情感的涟漪。"一灯"带给诗人的是温暖和归属感,而"一杯酒"带给诗人的是送别友人时的伤感,喝过这最后一杯酒王维便要和朋友分别了,不知何时才能再见。

王维诗中对具体数字"一"的运用,虽然字面上大多是体现少的意思,但不论是诗歌画面的展现还是诗歌情感的表达,其背后却蕴含着强烈的感情,使得这"一个事物"并不单薄。究其原因,除去王维高超的绘画技巧和作诗技巧,我们也不能忽略诗人的心理常态。王维是孤独的。在实际生活中,他是一个敏感细腻、容易伤感的人。而诗歌创作是他表达和消解这种孤独和感伤的心理状态的途径。具体的数字"一",既能表现诗人的孤独,又能通过它看到诗人丰富的

---

① 陈铁民:《王维集校注》,北京:中华书局 1997 年版,第 110 页。
② 陈铁民:《王维集校注》,北京:中华书局 1997 年版,第 196 页。
③ 陈铁民:《王维集校注》,北京:中华书局 1997 年版,第 566 页。
④ 陈铁民:《王维集校注》,北京:中华书局 1997 年版,第 342 页。
⑤ 陈铁民:《王维集校注》,北京:中华书局 1997 年版,第 408 页。

内心世界。

此外，"一"也可以作为模糊数字，表达出大或多的意思，具有整体性特点。如：

> 故乡不可见，云水空如一。（《和使君五郎西楼望远思归》）①
> 秋山一何净，苍翠临寒城。（《赠房卢氏琯》）②
> 九江枫树几回青，一片扬州五湖白。（《同崔傅答贤弟》）③

以上诗句中"一"表达的是"多""全"等含义，带有"一个整体"的意思。"一"既是始，也是全，这是与中国人内心深处的宇宙观相通相连的东西。④ 王维诗歌中这类整体性的"一"并不少见，具有丰富的表达效果。虽然同样是体现大的意思，但"一片扬州五湖白"中的"一"是对于具体景物的描绘，是我们可以实际感知到的，能够在脑海中通过联想构成一幅具体的画面；而"云水空如一"中的"一"则是缥缈的，它所表达的是象外之象，景外之景，带有模糊而朦胧的美感。由此可见王维对于"一"的使用并不单调。作为整体的"一"，一方面可以体现很具象的大，带来宏观的阅读感受，另一方面又具有抽象性，使得诗意变得含蓄而深远，王维的内心充满丰富的感情，对于自己诗歌中所表现的思想感情又多有深刻的体验。他"善于运用各种不同的艺术手法、表情方式和自然、平易、含蓄的语言来表达情意"⑤，使得它的诗歌语虽浅但情却深，有着余味不尽的艺术感染力。

也正是"一"这种抽象性的特征和表现，体现了其具有哲学意味的特殊性。王维作为一个以禅宗思想为精神支撑的诗人，他的诗句里也常常表现出与佛禅有关的"空"的思想观念。而"一"正是表达出这种"空"观的一个良好途径，比如"故乡不可见，云水空如一"，又比如"无有一法真，无有一法垢"等等。王维诗中大多都贯穿着"空"的思想，体现出一种虚幻不实的主题，流露出一种怅惘之感。当王维将这种落寞、感伤和人生境遇同空无观联系到一起的时候，这种"空"便有利于诗人消解其心中的惆怅，转而去追寻精神寄托来让自己得到解脱。

王维对于数字"一"的使用并不仅限于上述的单用情况，还有许多与其他数字对用的情况。如与"三""五""八""九"等具体数字的对用和与"百""千""万"等虚数的对用。这种对用情况下的"一"仍然具有两个意义：一是代表"一个事物"；一是代表"一个整体"。如与具体数字的对用：

---

① 陈铁民：《王维集校注》，北京：中华书局1997年版，第50页。
② 陈铁民：《王维集校注》，北京：中华书局1997年版，第95页。
③ 陈铁民：《王维集校注》，北京：中华书局1997年版，第495页。
④ 吴慧颖：《中国数文化》，长沙：岳麓书社2013年版，第6页。
⑤ 陈铁民：《善于写情的诗人王维》，见《王维新论》，北京：北京师范学院出版社1990年版，第204页。

生死在八议,穷达由一言。(《寓言二首》)①

回看双凤阙,相去一牛鸣。(《与苏卢二员外游方丈寺》)②

一瓢颜回陋巷,五柳先生对门。(《田园乐七首》)③

以上所列"一"与其他数字的对用,更多体现的是将数字用于诗歌对偶的美妙。一对五、一对双、一对九等,都是很明确的对偶,构成了诗歌对仗工整的美,使诗歌更加口语化、通俗化,增添了诗歌的音韵美和节奏美。也使得诗歌的画面感更加完整和强烈,诗歌的意境更加真实。这类数字对是从魏晋以来的诗歌创作中就有,将数字对用于列举、夸张和对比。到唐代,诗歌创作登上了一个新的高峰,诗人们将这种创作技巧运用得十分娴熟,这种数字对偶成为诗歌创作的常见技巧。王维作为诗坛高手,自然也将这种技巧运用得炉火纯青。

除去将数字用于诗歌对偶,更值得我们注意的是将数字对用于内容上而非形式上。在王维的诗歌中当"一"代表少,其他数字代表多的时候,两者的对用就不单单是形式上的对偶,而是内容上的呼应或对比。④ 这时,数字"一"大多是与"百""千""万"的虚数对用,带来时间、空间上的强烈对比,这也是王维诗歌创作中最常见的数字使用情况。有的是对于实际景物的描写,会增加诗歌的画面感和代入感,如:

晴江一女浣,朝日众鸡鸣。(《晓行巴峡》)⑤

山万重兮一云,混天地兮不分。(《送友人归山歌二首》)⑥

野花丛发好,谷鸟一声幽。(《过感化寺昙兴上人山院》)⑦

遥看一处攒云树,近入千家散花竹。(《桃源行》)⑧

有的则是运用数字在句中对或句间对来产生强烈的对比,这样可以更加突出一对多中的"一",如:

---

① 陈铁民:《王维集校注》,北京:中华书局1997年版,第49页。
② 陈铁民:《王维集校注》,北京:中华书局1997年版,第340页。
③ 陈铁民:《王维集校注》,北京:中华书局1997年版,第455页。
④ 罗积勇:《论唐宋诗歌对偶之新变》,《长江学术》2015年第3期。
⑤ 陈铁民:《王维集校注》,北京:中华书局1997年版,第93页。
⑥ 陈铁民:《王维集校注》,北京:中华书局1997年版,第389页。
⑦ 陈铁民:《王维集校注》,北京:中华书局1997年版,第437页。
⑧ 陈铁民:《王维集校注》,北京:中华书局1997年版,第16页。

一身转战三千里,一剑曾当百万师。(《老将行》)①

文螭从赤豹,万里方一息。(《赠李颀》)②

五湖三亩宅,万里一归人。(《送丘为落第归江东》)③

偶寄一微官,婆娑数株树。(《漆园》)④

"在古典诗歌中,一与多的对立统一通常是以人与人,物与物,以及人与物,物与人的组合方式出现的,而且一通常是主要矛盾面,由于多的陪衬,一就更其突出,从而取得较好的艺术效果。"⑤以上诗句中的"一"同"多"对立起来,更加突出了"一"的存在。不管是"晴江一女浣,朝日众鸡鸣""野花丛发好,谷鸟一声幽"这类对于风景的描写;还是"一身转战三千里,一剑曾当百万师""几日同携手,一朝先拂衣"这类对于往事的追忆与感叹;或是"五湖三亩宅,万里一归人"这类情感的表达,我们都能清晰、直接地感受到诗人向我们表达的是其中的"一"。这"一身""一剑""一归人"都深深地体现出了诗人的惆怅与孤独感。但同时,诗人又将"众""万里"等表达出"多"的意思,同孤独的"一"对应起来,让我们看到诗人心中不仅只有"一",也有"百""千""万"。王维是用这些"多"来突出他的"一"和他的孤独的,说明他的孤独并不是封闭的,而是充满了对"多"的世界的渴望。

通过这类表现方式我们可以看到,王维诗歌创作这种一对多的数字运用情况更多的是给读者带来一种消极的情感,这也是他自身寄托和表达自己内心负面情绪的一个出口,但这种悲伤并不凄凉,没有给人扑面而来的压迫感。王维"一对多"的使用所展现出来的画面感和对比感都不是浓墨重彩的,而是多了一丝安静的味道,反复体会诗句,我们可以发现诗人在万千世界和个体这两种环境中情感的矛盾之处。

二

虽然"一"是王维常用的数字表达,但他对其他数字的运用也不在少数。通过考察王维诗歌中的数字使用方法,我们可以看到他大多采取对用的方法。其中奇数对在王维的诗歌中出现次数很多,一般为"三""五""七""九"等数字的对用。其中有的是固定搭配或者典故,如:

---

① 陈铁民:《王维集校注》,北京:中华书局1997年版,第148页。

② 陈铁民:《王维集校注》,北京:中华书局1997年版,第266页。

③ 陈铁民:《王维集校注》,北京:中华书局1997年版,第210页。

④ 陈铁民:《王维集校注》,北京:中华书局1997年版,第426页。

⑤ 程千帆:《古典诗歌描写与结构中的一与多》,见《程千帆全集》第8卷,石家庄:河北教育出版社1982年版,第93—116页。

　　远瞻九霄上,来往五云车。(《奉和圣制幸玉真公主山庄因题石壁十韵之作应制》)①

　　逸兴方三接,衰颜强七奔。(《和陈监四郎秋雨中思从弟据》)②

　　松菊荒三径,图书共五车。(《晚春严少尹与诸公见过》)③

　　这里的"九霄"与"五云车","三接"和"七奔","三径"与"五车"都是诗歌创作中的常用典故或共识性的用语,王维诗歌中运用这类与数字相关的典故也不在少数。他的奇数对用中也有寓情于景的表达,如:

　　九江枫树几回青,一片扬州五湖白。(《同崔傅答贤弟》)④

　　这里奇数的对用,营造了一个静、空的冲淡意境,也显示出了诗人清淡的心境。有些对用情况是诗歌创作的传统搭配,在此不作赘述。但值得注意的是,在这些奇数的搭配使用上,王维格外偏爱"三"和"九"。他在诗歌创作中将实数对用的时候,"三"和"九"这两个奇数的对用次数非常多,如:

　　岛夷九州外,泉馆三山深。(《送从弟蕃游淮南》)⑤

　　楚塞三湘接,荆门九派通。(《汉江临眺》)⑥

　　祖席倾三省,褰帷向九州。(《奉和圣制暮春送朝集使归郡应制》)⑦

　　"三"和"九"是两个非常特殊的奇数词,在古代文学作品中出现的频率很高,既可用作实数也可用作虚数。作为实数时它们同其他数词的作用一样,不必多加探讨。"三""九"表虚数时则具有了独特的文化意蕴:数字"三"在《老子》"二生三,三生万物"中代表阴、阳二气相互作用产生的第三种事物,又由此产生了世间万物。此外,古人还习惯把事物进行三分,不管是典章制度还是伦理宗教等等⑧;而数字"九"作为最大的序数,经常被人用来表示"多""极",且"九"与"久"的

---

① 陈铁民:《王维集校注》,北京:中华书局1997年版,第240页。
② 陈铁民:《王维集校注》,北京:中华书局1997年版,第523页。
③ 陈铁民:《王维集校注》,北京:中华书局1997年版,第492页。
④ 陈铁民:《王维集校注》,北京:中华书局1997年版,第495页。
⑤ 陈铁民:《王维集校注》,北京:中华书局1997年版,第97页。
⑥ 陈铁民:《王维集校注》,北京:中华书局1997年版,第168页。
⑦ 陈铁民:《王维集校注》,北京:中华书局1997年版,第367页。
⑧ 张德鑫:《数里乾坤》,北京:北京大学出版社1999年版。

谐音也使它被赋予了长久、吉祥的寓意。① 所以,数字"三"和"九"的对用可是中国文化特色的体现。

通过分类统计王维以数字入诗中"三""五""七""九"等实数的使用情况,我们可以看到,王维诗歌中的数字对用大多是奇数的对用,却很少用到偶数对,如"二""双""六"。偶数对用可以给读者带来的是成双成对的圆满感觉,而奇数对用则不同,更多的是给人以突兀、孤单的感觉,使诗歌变得有"棱角"。这是王维创作诗歌时内心情感的映射。而且王维的诗歌中也很少出现数字连用的情况,如"两三""七八"等。将数字连用可以改变诗歌节奏,使得整体节奏更加紧凑或者轻快。但王维的诗歌大多是平静的,诗人内心的挣扎不会明显的见于其诗歌表达,我们只能从诗人的创作技巧中窥探他情感的波澜。

另一种数字对用情况是"三""五""七""九"等实数与"百""千""万"等虚数的对用。这种对用可以产生"少对多"和"多对多"两种表达效果。我们首先来看"多对多"的情况,如"三"与虚数的对用:

> 万里鸣刁斗,三军出井陉。(《送赵都督赴代州得青字》)②
>
> 逆旅到三湘,长途应百舍。(《送张舍人佐江州司马同薛据十韵》)③
>
> 万里春应尽,三江雁亦稀。(《送友人南归》)④

以上诗句中的"三军""三湘""三江"等代表的都是多的意思。"五"和"九"也有同样的使用和表达,尤其是数字"九":

> 百人会中身不预,五侯门前心不能。(《不遇咏》)⑤
>
> 九州何处所,万里若乘空。(《送秘书晁监还日本国》)⑥
>
> 九衢行欲断,万里寂无喧。(《和陈监四郎秋雨中思从弟据》)⑦

这里"三湘""五侯""九州"等使用的表达效果同"百""千""万"等虚数之间的对用是一样的,都是"多对多"的意思。王维大多采取对用的方式来借助此类数字的夸张

---

① 吴慧颖:《中国数文化》,长沙:岳麓书社 2013 年版,第 81—89 页。
② 陈铁民:《王维集校注》,北京:中华书局 1997 年版,第 189 页。
③ 陈铁民:《王维集校注》,北京:中华书局 1997 年版,第 567 页。
④ 陈铁民:《王维集校注》,北京:中华书局 1997 年版,第 608 页。
⑤ 陈铁民:《王维集校注》,北京:中华书局 1997 年版,第 80 页。
⑥ 陈铁民:《王维集校注》,北京:中华书局 1997 年版,第 319 页。
⑦ 陈铁民:《王维集校注》,北京:中华书局 1997 年版,第 5237 页。

性来展现宏大的场面或厚重的情感,如:

> 枕上见千里,窗中窥万室。(《和使君五郎西楼望远思归》)①
> 楼开万户上,辇过百花中。(《奉和圣制上巳于望春亭观禊饮应制》)②
> 千里横黛色,数峰出云间。(《崔濮阳兄季重前山兴》)③

仔细观察这类数字的使用方式,我们可以发现,这种"多对多"的表达大部分用于应制诗和边塞诗的创作。应制诗是奉天子或上司之命而作的诗,其格式要求庄重典雅,具有明显的公式化特征,"多对多"的诗歌表达效果正好符合这一题材要求。王维的应制诗着笔于大处,可以体现出阔达的意境,正描绘出了盛唐气象,展现了时代精神,意味深远。④ 而王维又是盛唐边塞诗人群中第一个大量创作边塞诗的人,其边塞诗塑造了雄悍逸放的人格和悲剧的气氛。⑤ 这两种意境的渲染都离不开数字"多对多"的使用。

王维诗中体现"少对多"效果的表达,如:

> 灵芝三秀紫,陈粟万箱红。(《和仆射晋公扈从温汤》)⑥
> 三春时有雁,万里少行人。(《送刘司直赴安西》)⑦
> 五湖三亩宅,万里一归人。(《送丘为落第归江东》)⑧

这种对用方式同上文中提到的"一"与虚数的对用所产生的表达效果类似,且这两种数字对用方式在王维的诗歌数量上占了很大比例,值得详细探讨。

"一对多"或者是"三""五""九"等实数对"百""千""万"等虚数这两种对用方式所表达的效果都是以少对多。众所周知,王维一直向往隐居的生活,并多次付诸实践,他渴望脱离尘世,诗中也多次出现"白云""云外"等词,我们可以看出王维有避人意。王维的这种心理正好在他的创作中多次运用"少对多"上得到了印证。"五湖三亩宅,万里一归人"这种强烈的对比同王维与人世隔绝的隐士心态相呼应,向我们展示了一个与尘世相离的王维。但我们从这些表达中同样能感受到王维的孤

---

① 陈铁民:《王维集校注》,北京:中华书局 1997 年版,第 50 页。
② 陈铁民:《王维集校注》,北京:中华书局 1997 年版,第 379 页。
③ 陈铁民:《王维集校注》,北京:中华书局 1997 年版,第 478 页。
④ 高萍:《王维应制诗与盛唐帝都文化》,《学术探索》2012 年第 8 期。
⑤ 王志清:《王维边塞诗:雄悍逸放的人格塑造》,《晋阳学刊》1994 年第 2 期。
⑥ 陈铁民:《王维集校注》,北京:中华书局 1997 年版,第 216 页。
⑦ 陈铁民:《王维集校注》,北京:中华书局 1997 年版,第 405 页。
⑧ 陈铁民:《王维集校注》,北京:中华书局 1997 年版,第 210 页。

独与寂寞,他并没有很享受这种"孤独",他所向往的隐居生活似乎也没有给他带来愉快的情感体验。王维既渴望脱离尘世过隐居生活,又在这种生活中感到落寞与悲伤。不管是对"少"的追求,还是对"多"的渴望,都是王维的真实心态,也是王维心理的矛盾之处。

三

通过上文中对王维以数字入诗情况的分类及说明可以得出,王维以数字入诗中所占比例最大的就是"一对多"与"多对多"两种情况。在这种独特的表达方式的背后,必然是王维自身心态的驱使。

盛唐时期的社会物质基础和上层建筑共同影响了当时的世人心理。经济的繁荣、政治的清明和风气的开化,塑造了盛唐人所共有也是所特有的社会心理,即充满了积极入世的自信心和强烈的民族自豪感。生活于这一特定时期的王维,也必然受到这一社会风气与时代精神的影响,在诗歌创作中展示出"盛唐气象"。[①] 这种开拓进取、积极阔达的心态以及渴望建功立业的意气,更多的体现在王维的应制诗和边塞诗等作品中。王维巧妙地利用数字,将其所见、所想之意境表达出来,如"九天阊阖开宫殿,万国衣冠拜冕旒",用"九天"比喻皇宫,言其高远,既符合应制诗的要求,又展现了雄深的气格。王维以数字入诗中"多对多"的表现效果便契合了这种时代的印记。

盛唐时期独特的时代风格是影响王维诗歌创作的外在因素,而王维自身的内在因素同样值得我们关注。实际生活中的王维是一个敏感、多情的人,结合他的人生境遇,包括家庭因素和个人政治遭遇等,可以看到王维的诗中充满了伤感的负面情绪。王维想要消解这种负面情绪,就要有所寄托。对于山水隐居生活的向往和对佛禅的信仰正是他所采取的精神寄托方式。在王维的诗歌创作中自然也能找到他对于这种情感的寄托和表达。诗人把自己寄托在诗中的数字"一"上,通过对比将读者的视线更加集中于这个"一",希望借此表达自己的孤独与落寞之感,又将对外界的渴望寄托在诗中的"多"上,希望可以"独坐幽篁里,弹琴复长啸。深林人不知,明月来相照",诗人虽"独坐",却仍然渴望"明月"的陪伴。"一对多"这类数字运用方法便可看作是王维表达内心孤独又渴望温暖的方式。

王维的父亲早逝,他又是家中长子,下面还有四个弟弟。这种家庭状况使得王维格外珍惜家庭,珍视兄弟之间的感情,也使他过早就担起了家庭的重担。王维十五岁就去了长安[②],从此与家人亲友聚少离多。"遥知兄弟登高处,遍插茱萸少

---

① 吴在庆:《王维与盛唐气象及风韵》,《黎明职业大学学报》1999 年第 2 期。
② 陈铁民:《王维年谱》,见《王维新论》,北京:北京师范学院出版社 1990 年版,第 2 页。

人"中的"一"就是王维对于自身孤独的表达。他想着兄弟们都在一起团聚,而唯独少了自己一人。王维也有许多送别诗歌,面对亲人或朋友的离别,诗人便常常感到悲伤。这种悲伤就化成了诗中孤独的"一",而对亲友团聚的向往便成了诗人心中的"多"。另一个影响王维心态的因素就是他在仕途上的失意。尤其是张九龄罢相之后,王维这种负面情绪便更加严重了。这些遭遇一起推动了王维的"避人意",体现在诗歌中便是其对于数字"一"的使用。但我们同时可以看到,王维在运用"一"的时候,大多都会用"多"与它相对应,体现出王维并不是想要完全与世隔绝,他即使去隐居,内心也渴望朋友的来访。这与我们平常认识的平静闲雅的王维不同,这是一个内心充满矛盾与挣扎的王维,是一个真真切切的人。

王维这种独特的数字运用方法从侧面反映出他的创作心境,巧妙又隐晦地表达出了自己内心的诉求。在王维的诗句中我们很难读到明显的带有积极情绪的句子,尤其是他中晚年之后的创作,总是不能给人轻快的感觉,但又不悲切、不凄凉,带着一种消极的温暖。王维很好地用以数字入诗的艺术技巧为我们展现了这种微妙情感。王维一直向往田园的隐居生活,希望寄情于山水之间,却又无法摆脱自己的家庭身份、社会身份,这种矛盾的心理状态自然会体现在他的诗歌创作中。当他处于兄长、官员这个社会身份时,总是感到孤单,想要逃避,而当他走向自然山水、走向田园时感到的是空静、清淡,却也总会伴随着个体的渺小感。这些矛盾的心境如果脱离了数字是很难表达出来的。

(作者单位:河北师范大学文学院)

唐宋"陶、王"接受论

张　进

在宋以后人看来,将陶渊明与王维并论,是顺理成章的事。然现存史料中,始终未见唐五代人将王维与陶渊明相提并论的文字。刘禹锡以王维、崔颢并提,司空图以右丞、苏州并举,刘昫以王维、杜甫并列;钱锺书先生也说到"少陵、皎然以陶、谢并称,香山以陶、韦等类,大拙(薛能)以陶、李(白)齐举"①,皆未及"陶、王"。唐人为何不将"陶、王"并称? 宋人为何推崇"陶、王"? 宋人对"王维讥陶潜"有何异议? 宋人的"陶、王"并称有何意义? 这些都很值得探讨。

一、唐人为何不并称"陶、王"?

唐人提到陶渊明,多着眼于其为人与出处态度,很少论及陶诗的文词风格。即如钱锺书说:"颜真卿咏陶渊明,美其志节,不及文词。"②以下举几位有代表性的诗人来作分析。

孟浩然诗中有三首言及陶渊明。《仲夏归汉南园寄京邑旧游》云:

> 尝读高士传,最嘉陶征君。日耽田园趣,自谓羲皇人。余复何为者,栖栖徒问津。中年废丘壑,上国旅风尘。忠欲事明主,孝思侍老亲。归来冒炎暑,耕稼不及春。扇枕北窗下,采芝南涧滨。因声谢朝列,吾慕颍阳真。③

此首写诗人自长安落第归来的心情和未来的打算,首尾四韵"嘉陶""慕颍",表明他要学"日耽田园趣"的陶渊明和"洗耳于颍水滨"的许由,隐居田园,不再出仕。

① 钱锺书:《谈艺录》二四,北京:中华书局 1984 年版,第 90 页。
② 钱锺书:《谈艺录》二四,北京:中华书局 1984 年版,第 89 页。
③ 孟浩然:《仲夏归汉南园寄京邑旧游》,《宋本孟浩然诗集》卷下,北京:国家图书馆出版社 2017 年版,第 234 页。

又《李氏园卧疾》云："我爱陶家趣，林园无俗情。"①又《口号赠王九》云："归人须早去，稚子望陶潜。"②总之，推赏陶渊明的清闲自适、超脱世俗，并要以此为榜样。

李白心中始终抱有建功立业的理想，虽几入长安，志不得酬，然此心不泯。59岁遇赦后在岳阳作《九日登巴陵置酒望洞庭水军》，抒发了要为平定叛乱、维护国家统一而出力的情怀：

> 今兹讨鲸鲵，旌旆何缤纷。白羽落酒樽，洞庭罗三军。黄花不掇手，战鼓遥相闻。剑舞转颓阳，当时日停曛。酣歌激壮士，可以摧妖氛。握觞东篱下，渊明不足群。③

末两句说，像陶渊明那样拘牵于小节而消极避世，是不值得与之为伍、不值得效仿的，对陶渊明的退隐表示了不予认同的态度。不过他之前也曾在寄好友韦冰的诗中表示过推崇陶的意思："梦见五柳枝，已堪挂马鞭。何日到彭泽，长歌陶令前。"④

王维对陶渊明也有不予认可之处。《偶然作六首》其四云："陶潜任天真，其性颇耽酒。自从弃官来，家贫不能有。九月九日时，菊花空满手。中心窃自思，傥有人送否。白衣携壶觞，果来遗老叟。且喜得斟酌，安问升与斗。……倾倒强行行，酣歌归五柳。生事不曾问，肯愧家中妇。"⑤王维觉得陶弃官归隐，只顾自己饮酒而不问家中生计，肯定是愧对妻子的。但他对陶的归隐是向往的。《早秋山中作》中说："无才不敢累明时，思向东溪守故篱。岂厌尚平婚嫁早，却嫌陶令去官迟。"他用了"岂厌……早""却嫌……迟"的语气，表明自己早已有隐逸之心了。

杜甫《遣兴五首》其三云："陶潜避俗翁，未必能达道。观其著诗集，颇亦恨枯槁。达生岂是足，默识盖不早。有子贤与愚，何其挂怀抱。"⑥认为陶潜虽然避世隐居，但也并未进入忘怀得失、通达人生的境界。他对五个儿子的不求上进还是很挂怀的。杜甫还以唐人的审美眼光，遗憾陶诗过于枯槁。不过他对陶的诗思、诗才是极为推服的，且以陶、谢并论："焉得思如陶谢手，令渠述作与同游"⑦、"陶谢不枝

① 孟浩然：《李氏园卧疾》，《宋本孟浩然诗集》卷下，北京：国家图书馆出版社 2017 年版，第 236 页。
② 孟浩然：《口号赠王九》，《宋本孟浩然诗集》卷下，北京：国家图书馆出版社 2017 年版，第 236 页。
③ 李白：《九日登巴陵置酒望洞庭水军》，《全唐诗》卷一百八十，北京：中华书局 1960 年版，第 1838 页。
④ 李白：《寄韦南陵冰，余江上乘兴访之遇寻颜尚书笑有此赠》，《全唐诗》卷一百七十二，北京：中华书局 1960 年版（以下引自《全唐诗》者，不再标注出版社及出版时间），第 1770 页。
⑤ 王维：《偶然作六首》其四，陈铁民《王维集校注》卷一，北京：中华书局 1997 年版，第 74 页。
⑥ 杜甫：《遣兴五首》其三，《全唐诗》卷二百一十八，第 2291 页。
⑦ 杜甫：《江上值水如海势聊短述》，《全唐诗》卷二百二十六，第 2443 页。

梧,风骚共推激"①。

韦应物是公认的学陶诗人。四库馆臣称其"五言古体源出于陶,而镕化于三谢,故真而不朴,华而不绮"②。韦有《与友生野饮效陶体》与《效陶彭泽》两首,写的都是关乎饮酒之事,前首曰"于时不共酌,奈此泉下人"③,后首曰"尽醉茅檐下,一生岂在多"(同前)。《东郊》一诗先写拘束于公务,因而案牍劳形。次写春日郊游,快乐无限。再写归隐不遂,越发慕陶。诗末有"终罢斯结庐,慕陶真可庶"之句。④韦诗基本是围绕着饮酒与归隐两点来效陶和慕陶的。

白居易在前期强调"风雅比兴"传统、肯定"讽喻诗"时,对晋宋诗人多有批评,指出"以渊明之高古,偏放于田园"⑤;在后期的闲适诗里,对陶多有认同。作《效陶潜体十六首》,序云:"因咏陶渊明诗,适与意会,遂效其体,成十六篇。"其中一篇专以咏陶:"吾闻浔阳郡,昔有陶征君。爱酒不爱名,忧醒不忧贫。尝为彭泽令,在官才八旬。……归来五柳下,还以酒养真。人间荣与利,摆落如泥尘。先生去已久,纸墨有遗文。篇篇劝我饮,此外无所云。我从老大来,窃慕其为人。其它不可及,且效醉昏昏。"⑥足见白氏的"效陶潜体",依旧循着韦应物的"饮酒"与"归隐"两个点展开,窃慕陶之摆脱"人间荣与利"的超然处世态度,其意本不在推赏陶诗的艺术风格。

柳宗元也是被公认的继陶一派的诗人,却未见留下咏陶的文字。

晚唐诗人薛能,字大拙,"自负过高",他将陶、李齐举而又同贬,说:"李白终无取,陶潜固不刊。"⑦实狂傲之徒。

从唐代诗人们对陶诗的接受看,或推崇或批评,着眼点主要在陶潜"为人"的精神境界,唯杜甫推服其"诗思",却又不欣赏其"枯槁"的"诗风"。

再说王维。唐人不仅称道王维"以孝闻""有高致"的品行,更欣赏王维"诗兴入神"、⑧"诗通大雅之作"的境界,⑨欣赏其诗"秀雅""澄澹""精致""华彩"的风格。殷璠说:"维诗词秀调雅,意新理惬。在泉成珠,着壁成绘"⑩刘禹锡说:"妍词一发,

① 杜甫:《夜听许十一诵诗爱而有作》,《全唐诗》卷二百一十六,第2263页。
② 永瑢等:《四库全书总目》卷一百四十九《韦苏州集》,北京:中华书局1965年版,第1285页。
③ 韦应物:《与友生野饮效陶体》,《韦苏州集》卷一,《文渊阁四库全书》第1072册,台北:台湾商务印书馆股份有限公司1986年版(以下简称《四库全书》,不再标注出版社及出版时间),第81页。
④ 韦应物:《东郊》,《韦苏州集》卷七,《四库全书》第1072册,第139页。
⑤ 白居易:《与元九书》,顾学颉校点《白居易集》卷四十五,北京:中华书局1979年版,第961页。
⑥ 白居易:《效陶潜体十六首序》,顾学颉校点《白居易集》卷五,北京:中华书局1979年版,第104页。
⑦ 薛能:《论诗》,《全唐诗》卷五百六十一,第6521页。
⑧ 窦臮:《述书赋下》,张彦远编《法书要录》卷六,《四库全书》第812册,第193页。
⑨ 同上书,窦蒙注。
⑩ 殷璠:《河岳英灵集·王维》,《唐人选唐诗十种》,上海:上海古籍出版社1978年新一版,第58页。

乐府传贵。"①司空图说："王右丞、韦苏州，澄澹精致，格在其中。"②刘昫说："（王维、杜甫）并非肄业使然，自是天机秀绝。若隋珠色泽，无假淬磨；孔玑翠羽，自成华彩。"③唐人对王维诗的欣赏，与唐人的诗歌审美取向相一致，也与恢宏绚丽的大唐气象相一致。唐代宗因此而誉之为"天下文宗"。④

池洁《唐人应试试题与唐代诗歌审美取向》一文通过对唐人应试诗题中典出六朝诗歌居多情况的分析，指出"崇尚六朝诗歌乃是唐代诗歌审美取向的主流，唐诗正是学习六朝诗歌而结出的硕果"⑤；认为陈子昂诗歌理论对唐代诗风的影响是非常有限的，长期以来文学史作了夸大描述。⑥ 笔者以为，这一观点是有道理的。但准确地说，唐人正是接受了陈子昂对六朝诗的批评，在对六朝诗的扬弃过程中，取其精华，为我所用，遂形成了唐代以崇尚典雅华彩、清丽隽永、雄浑高远、自然飘逸为主的诗歌审美取向。这里包含了谢灵运的富丽精工、谢朓的清丽秀发、庾信的清新、鲍照的俊逸等等。王维的边塞诗、应制诗、田园诗、送别诗……正兼具了上述风格，所以与唐人的诗歌审美取向相一致。

池洁文中还提到唐人应试诗题中，有3个诗题出自陶渊明的诗歌。⑦ 作者说："从中可见唐人对陶诗的喜爱与推崇"，"陶渊明在唐代就已被公认为第一流的大诗人"——这似乎有点言过其实。3个诗题出自两首诗。《拟古诗》之七"日暮天无云，春风扇微和"一诗，抒发人生无常、良景易逝之叹；《饮酒诗》之八"秋菊有佳色"一诗，借秋菊抒发忘忧遗世之情。如前所述，唐人对陶渊明与王维关注与推赏的视角有所不同，对王主要在其"为诗"的艺术境界；对陶主要在其"为人"的精神境界，而对陶诗的艺术性还未真正发抉。正如宋人《蔡宽夫诗话》中所言："渊明诗，唐人绝无知其奥者。"⑧钱锺书也说少陵、皎然、香山、大拙等人，"虽道渊明，而未识其出类拔萃"⑨。

可以说，在唐人眼中，陶渊明诗与王维诗的可比性不大，所以不曾有人将"陶、

① 刘禹锡：《唐故尚书主客员外郎卢公集纪》，《刘禹锡集》卷十九，《刘禹锡集》整理组点校，卞孝萱校订，北京：中华书局1990年版，第233页。
② 司空图：《与李生论诗书》，祖保泉、陶礼天《司空表圣诗文集笺校》，合肥：安徽大学出版社2002年版，第193页。
③ 刘昫：《旧唐书》卷一百九十上《文苑上》，北京：中华书局1975年版，第4982页。
④ 李豫：《答王缙进王维集表诏》，董诰等编《全唐文》卷四十六，北京：中华书局影印本，第510页。
⑤ 池洁：《唐人应试试题与唐代诗歌审美取向》，《文学评论》2007年第5期，第149页。
⑥ 同上书，第150页。
⑦ 同上。3个诗题：（1）《日暮天无云》，典出《拟古诗》之七。（2）《春风扇微和》，出典同上。（3）《秋菊有佳色》，典出《饮酒诗》之八。其中第（2）题曾被考过两次。见第152页。
⑧ 胡仔：《苕溪渔隐丛话》前集卷四引《蔡宽夫诗话》，廖德明校点，北京：人民文学出版社1962年版，第22页。
⑨ 钱锺书：《谈艺录》二四，北京：中华书局1984年版，第90页。

王"相提并论。

二、宋人为何推举"陶、王"?

到了宋人,才将"陶、王"捉置一处,有了摩诘、渊明并称,辋川、斜川对举的提法。

据笔者对现存宋代文献资料的检索,最早将"陶、王"并称的当是北宋的郭祥正与苏轼。

郭祥正(1035—1113),当涂(今属安徽)人,他与酷好陶诗、将陶诗风格归为"平淡"的梅尧臣有交集,与苏轼、黄庭坚等人交游甚密。郭祥正喜好渊明诗与王维画,因云:"谁展摩诘图,而把渊明杯。"①以为王摩诘之画与陶渊明之酒是人间之最美。

苏轼(1037—1101)参加科考那年,梅尧臣是考官。梅公赏识苏轼的文章,苏轼亦敬慕梅公的为人与诗文,从此结下深厚情谊。苏轼受梅公影响,加之外任、贬逐数年,对陶诗有深切的体会。又因他也喜好王维诗画与韦苏州之诗,所以当黄庭坚为李公麟(伯时)画的王维像题诗时,苏轼欣然次韵:"前身陶彭泽,后身韦苏州。欲觅王右丞,还向五字求。……"②唐宋以来,司空图有"王、韦"并称,梅尧臣有"陶、韦"并举,③至苏轼将陶、王、韦并列,指明三者的承继关系,并强调王维诗的特色在五言诗,这就使"陶、王"诗的关系首次得以确认。苏轼晚年对陶诗以及韦、柳的"平淡"诗风作了精辟的阐释:

> 渊明作诗不多,然其诗质而实绮,癯而实腴。④
>
> 所贵乎枯澹者,谓其外枯而中膏,似澹而实美,渊明、子厚之流是也。若中边皆枯澹,亦何足道。⑤
>
> 李杜之后……独韦应物、柳宗元发纤秾于简古,寄至味于澹泊,非余子所及也。⑥

苏轼指出陶诗与韦柳之诗,在看似朴质清癯、简古淡泊的文字中,实包含着绮

---

① 郭祥正:《清江台致酒赠范希远龙图》,《青山集》续集卷二,《四库全书》本第 1116 册,第 777 页。

② 苏轼:《次韵鲁直书伯时画王摩诘》,孔凡礼点校《苏轼诗集》卷四十七,北京:中华书局 1982 年版,第 2543 页。

③ 梅尧臣:《途中寄上尚书晏相公二十韵》:"下言狂斐颇及古,陶韦比格吾不私。"《宛陵集》卷二十八,《四部丛刊》本。

④ 苏辙:《子瞻和陶渊明诗集引》引苏轼语,陈宏天、高秀芳点校《苏辙集·栾城后集》卷二十一,北京:中华书局 1990 年版,第 1110 页。

⑤ 苏轼:《评韩柳诗》,孔凡礼点校《苏轼文集》卷六十七。北京:中华书局 1986 年版,第 2109 页。

⑥ 苏轼:《书黄子思诗集后》,孔凡礼点校《苏轼文集》卷六十七,北京:中华书局 1986 年版,第 2124 页。

丽细密、包含着深厚韵味,这就与王维诗的平淡、清丽、精致、华彩有了更多的相通。

自苏轼后,"陶、王"并论流播开来,成为宋代的时尚话语。黄庭坚云:"欲学渊明归作赋,先烦摩诘画成图。"①王之道云:"摩诘家风非世有,渊明心性与时违。"②杨万里云:"晚因子厚识渊明,早学苏州得右丞。"③又云:"已赓彭泽辞,更拟辋川诗。"④毛开云:"追念辋水斜川,有风流千载,渊明摩诘。"⑤汪藻云:"便觉斜川辋川,去人不远也。"⑥李处权将王维、陶渊明,与汉代郑朴、唐代贺知章四子相提并咏:"子真隐谷口,摩诘居辋川。渊明道上醉,知章井底眠。风味有数子,较量谁后先。"⑦陈师道说:"右丞、苏州皆学于陶,王得其自在"⑧,陈振孙说:"维诗清逸,追逼陶、谢"⑨,舒岳祥说:"自唐以来,效渊明为诗者皆大家数,王摩诘得其清妍,韦苏州得其散远,柳子厚得其幽洁,白乐天得其平淡。"⑩

处于两宋之交的汪藻在《翠微堂记》中,对陶、谢、王的"山水之乐"作了精彩的论述。他说:

> 山林之乐,士大夫知其可乐者多矣,而莫能有。其有焉者,率樵夫野叟、川居谷汲之人,而又不知其所以为乐。惟高人逸士自甘于寂寞之滨,长往而不顾者为足以得之。然自汉以来,士之遁迹求志者不可胜数,其能甘心丘壑使后世闻之翛然,想念其处者亦无几人,岂方寄味无味,自适其适,而不暇以语世耶。至陶渊明、谢康乐、王摩诘之徒,始穷探极讨,尽山水之趣,纳万境于胸中,凡林霏空翠之过乎目,泉声鸟咮之属乎耳,风云雾雨,纵横合散于冲融杳霭之间,而有感于吾心者,皆取之以为诗酒之用,盖方其自得于言意之表也。虽宇宙之大,终古之远,其间治乱兴废,是非得失,变幻万方,日陈于前者,皆不足以累吾之真。故古人有贵于山水之乐者如此,岂与夫槁项黄馘、欺世眩俗者同年而语哉!⑪

① 黄庭坚:《追和东坡题李亮功归来图》,刘琳等校点《宋黄文节公全集·正集》卷第七,成都:四川大学出版社 2000 年版,第 169 页。

② 王之道:《秋兴八首追和杜老(其三)》,《相山集》卷十一,《四库全书》第 1132 册,第 597 页。

③ 杨万里:《书王右丞诗后》,辛更儒《杨万里集笺校》卷七,北京:中华书局 2007 年版,第 390 页。

④ 杨万里:《归来桥》,辛更儒《杨万里集笺校》卷三十,北京:中华书局 2007 年版,第 1510 页。

⑤ 毛开:《樵隐词·念奴娇》,《四库全书》第 1488 册,第 215 页。

⑥ 汪藻:《跋折枢密锦屏山堂图》,《浮溪集》卷十七,《四库全书》第 1128 册,第 156 页。

⑦ 李处权:《翠微堂·为刘端礼题》,《崧庵集》卷一,《四库全书》第 1135 册,第 589 页。

⑧ 陈师道:《后山诗话》,何文焕辑《历代诗话》上,北京:中华书局 1981 年版,第 313 页。

⑨ 陈振孙:《直斋书录解题》卷十六,上海:上海古籍出版社 1987 年版,第 468 页。

⑩ 舒岳祥:《刘正仲和陶集序》,《阆风集》卷十,《四库全书》第 1187 册,第 452 页。

⑪ 汪藻:《跋折枢密锦屏山堂图》,《浮溪集》卷十八,《四库全书》第 1128 册,第 156 页。

士大夫一般多喜欢山林之乐,但在汪藻看来,真正能知山林之乐的高人逸士并无几人,难道是他们"寄味无味,自适其适",不暇以语世人? 至陶、谢、王这样的高人逸士,始能以贴近的心态探究山水之趣,以虚静的胸怀接纳万境之美,林霏空翠、泉声鸟咔、风云雾雨,极尽变化,过之于耳目,感之于内心,借诗酒以抒发,其"自得"于心者,又远非言意所能表现,而更在于其穿越时空局限,超脱世间得失,而从大自然中所领悟的生命之本真。这才是山水之乐的宝贵之处与根本所在。汪藻之论,将陶、谢、王维之"山水之乐"及其所达到的精神境界,给予了精准的诠释。

由上举数条,概知宋人将摩诘、渊明并称,基于三个认可:一是二人所具有的超脱世俗的高人品格;二是能知山水之乐,从大自然中体悟生命的本真;三是王维效法渊明之诗,其风格的主导方面与陶诗接近。这三个认可,与宋朝的政治环境与宋人的审美心理有密切的联系。

宋朝文人主政,北宋政治改革的风云、南宋主战主和的对立,使得宋朝的党争,一波接一波,文人士大夫遭贬谪成家常便饭。他们被迫离开政治中心,或外任州县,或赋闲乡村,与自然山水有着比较亲近的接触,对山水之乐也有了自己的体会。如王禹偁(954—1101)说:"一戴朝簪已十年,半生谪宦半荣迁"①,"公退之暇,……焚香默坐,消遣世虑。江山之外,第见风帆沙鸟、烟云竹树而已。……送夕阳,迎素月,亦谪居之胜概也。"②宋人也因此对王维的《辋川集》与辋川画有了特殊的兴趣,赏玩者、仿效者层出。林庚先生说:"宋元以来,中国的封建社会逐渐走向衰落的阶段,社会矛盾日趋复杂。一般有识之士,他们的心情往往是寂寞的,因此向往于一种清高幽寂的境界。……在这种情况下,王维晚年诗中那种幽寂的意境便很自然地与山水画融为一体。"③宋代扩大了科举取士的人数,出身寒微的士子所占比例增加,他们一般生活俭素,性不好奢华,易对平淡之美发生兴趣。他们在追慕陶、王的同时,拥有了一种超然物外的品格节操,也形成了有宋一代尚平淡的审美取向。

与唐人不同的是,宋人一方面将陶诗归为平淡,又充分看到陶诗平淡里所包含的绮丽;一方面欣赏王维诗歌的多种题材与风格,又特别偏好其山水田园诗所表现出的闲淡清雅。这样,在宋人眼里,摩诘与渊明在品格与诗风上就非常靠近了。宋人因此将"陶、王"作为山水田园诗歌与平淡诗风的代表人物。

三、宋人对王维讥陶的异议

王维晚年作《与魏居士书》,劝说魏居士走出山林,应朝廷征诏出来做官,以平

---

① 王禹偁:《朝簪》,《小畜集》卷十,《四库全书》第1086册,第102页。
② 王禹偁:《黄州新建小竹楼记》,《小畜集》卷十七,《四库全书》第1086册,第166页。
③ 林庚:《唐诗综论·唐代四大诗人》,北京:商务印书馆2011年版,第129页。

和、等同的心态对待仕隐问题，不可太在乎隐士之名，而废了君臣之义，"欲洁其身而乱大伦"①。为此，他先批评了拒仕的许由、嵇康。他说许由"闻尧让，临水而洗耳"，是"恶外垢内"，连一个旷士都算不上，离佛教所说的"虽即见闻觉知，不染万境"还差得远。他说嵇康自谓"顿缨狂顾，逾思长林而忆丰草"，若消除"异见"，能"等同虚空"（佛教谓一切法在虚空上无差异）、"知见独存"，则"顿缨狂顾"与"偃受维絷"，"长林丰草"与"官署门阑"有何差异？接下来，他也讥讽了陶渊明：

> 近有陶潜，不肯把板曲腰见督邮，解印绶弃官去。后贫，《乞食》诗云："叩门拙言辞。"是屡乞而多惭也。当一见督邮，安食公田数顷，一惭之不忍，而终身惭乎！此亦人我攻中，忘大守小，不恤其后之累也。②

在他看来，陶潜不肯执手板弯腰见督邮，一惭之不忍，而终身受惭，此亦太执着于自我，以至于"忘大守小"，是只顾一时而不恤其后之累的做法。王维最后引孔子"无可无不可"之语，提出：

> 可者适意，不可者不适意也。君子以布仁施义、活国济仁为适意，纵其道不行，亦无意为不适意也。苟身心相离，理事俱如，则何往而不适。③

王维在理想与现实、仕与隐的矛盾冲突中，融通了儒释道三家思想，④以"适意"为本，"为亦官亦隐、身官心隐找到了立论基点"。⑤ 总之，陶选择了遁隐，王选择了心隐。

值得注意的是，王维的"讥陶"，在唐人那里并未引起反对，却在宋代受到非议。

葛胜仲（1072—1144），字鲁卿，官至文华阁待制，气节甚伟，著名于时。他在《次韵良器真意亭探韵并序》中，批评王维、杜甫"不知渊明"。序云：

> 《晋》、《宋》二史皆载陶渊明不肯束带见乡里小儿，遂弃彭泽归，意谓淡于荣利，足名高隐。不知适所以訾之也。古之达人胜士，语默隐显，如固有渊明襟量，如止水，澄之挠之，未易清浊，岂以把板屈腰婴意遽违初心哉。……杜拾

---

① 王维：《与魏居士书》，陈铁民《王维集校注》第四册，北京：中华书局1997年版，第1095页。按，"欲洁其身而乱大伦"，语出《论语·微子》："不仕无义。长幼之节不可废也，君臣之义，如之何其废之？欲洁其身而乱大伦。君子之仕也，行其义也。"

② 王维：《与魏居士书》，陈铁民《王维集校注》第四册，北京：中华书局1997年版，第1095页。

③ 同上书，第1096页。

④ 王维提出的"知见独存""身心相离""适意"，近于庄子提出的"见独""坐忘""忘适之适"。

⑤ 安华涛：《三元同构的士大夫心理结构——解读王维〈与魏居士书〉》，《社科纵横》2000年第4期。

遗、王右丞辈固一臭味也。然杜诗云:"渊明避俗翁,未得为达道。观其著诗集,颇亦恨枯槁。有子贤与愚,何其挂怀抱。"王书云:"陶潜不肯见督邮,弃官后贫,《乞食》诗云:'扣门言辞拙',是屡乞而多惭也。一惭之不忍,乃终身惭乎!盖人我攻中之累也。"世人不知渊明类若此。渊明何訾焉?……

诗云:

　　我爱陶渊明,脱颖深天机。丛菊绕荒径,五柳摇幽扉。……少陵罪责子,颇谓达道非。右丞鄙乞食,更以人我讥。乃知第一流,尚此知音稀。……愿以靖节语,佩之如弦韦。①

葛氏认为,陶渊明是有襟量气度的人,岂肯以屈身事奉而改变初心。《庄子·大宗师》说:"嗜欲深者天机浅。"葛氏以为陶渊明正是能超脱嗜欲而天机深厚具有大智慧的人。而杜甫、王维臭味相投,杜甫罪他"责子",王维鄙他"乞食",讥他"一惭之不忍,乃终身惭",是"不知渊明"的一类人!他为渊明乃第一流人品却少知音而抱憾,愿以渊明之语来时时警戒自己。崇拜之情,溢于言表。

宋末学者王应麟(1223—1296)力挺葛胜仲的观点,他引苏轼之语,尊陶潜而抑萧统、杜甫和王维三人:

　　东坡云:"渊明欲仕则仕,不以求之为嫌。欲隐则隐,不以去之为高。饥则扣门而求食,饱则具鸡黍以迎客,古今贤之,贵其真也。"葛鲁卿为赞罗端良为记,皆发此意。萧统疵其闲情,杜子美讥其责子,王摩诘议其乞食,何伤于日月乎?②

他认为,陶渊明是一位不掩真情的贤人,萧、杜、王三人讥讽、疵议陶渊明,并不能减损其光辉。

陈渊(1075?—1145)为杨时弟子,南宋著名理学家。他在《答翁子静论陶渊明》中说:

　　所论王摩诘责渊明,非是精当。顷闻之,苏黄门(指苏轼)称渊明"欲仕则仕,不以求人为嫌。欲已则已,不以去人为高。饥则叩门以乞食,饱则鸡黍以

―――――――――――――――

① 葛胜仲:《次韵良器真意亭探韵并序》,《丹阳集》卷十六,《四库全书》第1127册,第　页。
② 王应麟:《评诗》,《困学纪闻》卷十八,《四库全书》第854册,第457页。

延客,古今贤之,贵其真也。"若此语深得渊明之心矣。今公所谓真者,无乃几
是乎。虽然此语可谓深得渊明之心,而不可谓义之尽也。渊明以小人鄙督邮
而不肯以己下之,非孟子所谓隘乎? 仕为令尹,乃曰徒为五斗米而已,以此为
可欲而就,以此为可轻而去,此何义哉? 诚如此,是废规矩准绳,而任吾意
耳。……渊明固贤于晋宋之人远矣,于此窃有疑焉。①

陈渊认为,苏轼赞渊明"贵其真",此语深得渊明之心,但不能说尽到了"义"。
《论语·微子》中说:"君子之仕也,行其义也。"在陈渊看来,渊明出仕为县令,把自
己应尽之责视为"五斗米而已",可轻易放弃,何义之有? 所以在这一点上他存疑
义。由此看来,他的观点与王维议陶渊明"忘大守小"说倒有些接近。其实,苏轼也
并非不尽义。他曾说:"古之君子,不必仕,不必不仕。必仕则忘其身,必不仕则忘
其君。譬之饮食,适于饥饱而已。……(张氏)使其子孙开门而出仕,则跬步市朝之
上;闭门而归隐,则俯仰山林之下。于以养生治性,行义求志,无适而不可。"②与王
维所阐发的"适意",意思比较接近。

宋人的议论,又引发了后人的议论。明李贽《续焚书》卷三《王维讥陶潜》条说:

此亦公(指王维)一偏之谈也。苟知官署门阑不异长林丰草,则终身长林
丰草,固即终身官署门阑矣。同等大虚,无所不遍,则不见督邮,虽不为高,亦
不为碍。若王维是,陶潜非,则一陶潜,足以碍王维矣,安在其为无碍、无所不
遍乎?③

认为既然王维以"同等大虚"的观点来抹去仕与隐、长林丰草与官署门阑的区
别,那么,陶潜不见督邮,亦不为碍,无可厚非。倘若一定要分辨孰是孰非,则如何
见得"无所不遍"呢? 意谓王维讥讽陶潜,是立不住的。明黄廷鹄说:

陶潜《乞食》……右丞乃云:"一惭之不忍,而终身惭乎。"此与腐鼠之吓何
异? 然"万户伤心"亦为一惭尔,俱两失之矣。④

黄氏借庄子讲的鸱得腐鼠而对空中飞过之鹓雏发出"吓"的怒斥声的故事,讥

① 陈渊:《答翁子静论陶渊明》,《默堂集》卷十六,《四库全书》第1139册,第426页。
② 苏轼:《灵壁张氏园亭记》,孔凡礼点校《苏轼文集》卷十一,北京:中华书局1986年版,第369页。
③ 李贽:《续焚书》卷三《王维讥陶潜》,张进等编《王维资料汇编》第二册,北京:中华书局2014年版,第540页。
④ 黄廷鹄:《诗冶》卷十一,明崇祯九年黄泰苣刊本。

讽王维不知渊明之清高自守,王维作"凝碧诗",亦为一惭,讥人亦为人讥,此两失之矣。

钱锺书说:"渊明文名,至宋而极。"①宋人出于对渊明人格的尊崇,容不得有对他的訾病,故对王维讥陶潜予以反唇相讥,是在情理之中。但宋人对王维赞誉的声音,远远高出指责的声音。

宋人之"陶、王"并称,确立了一个诗派的代表人物及其继承关系,确立了一种尚平淡的审美理想,这在文学史上是有重大意义的。从"陶、王"在唐宋时期的接受度来看,唐代王高于陶,宋代陶高于王,这种不同的接受状况,与时代的发展、与文学的发展相适应,反映出文学接受的历时性特点。

(作者单位:西安文理学院文学院)

---

① 钱锺书《谈艺录》二四《陶渊明诗显晦》,北京:中华书局 1984 年版,第 88 页。

清范大士选评《历代诗发》"王维"诗评辑录

——兼及《唐贤三昧集》对其之影响

王作良

引言

清初范大士(拙存)选评《历代诗发》,共四十二卷,书成之后,时人傅泽洪(康熙癸酉至丙子〈1693—1696〉任职扬州太守时)、尤侗(康熙丁丑〈1697〉)、李天馥(康熙己卯〈1699〉)分别为之作序,其书却流传不广。① 其诗歌评语,就笔者目前所看到的,有清一代,仅张玉穀《古诗赏析》②等书,在评述六朝及唐代诗歌创作时曾偶尔有所引用,二十世纪后半叶当代学者文学史著、古诗选本、鉴赏辞典中亦或多或少有所引用。③

---

① 《历代诗发》除北京故宫博物院藏本外,尚有江苏南京图书馆、上海复旦大学图书馆、重庆西南大学(原西南师范大学)图书馆、中国科学院图书馆、江苏徐州市图书馆及北京中国人民大学图书馆藏本。其存藏概况,可参阅谢海林《清代宋诗选本研究》"附录二清代通代诗选述略"中的相关论述,上海:上海古籍出版社 2011 年版,第 389 页。

② (清)张玉穀著,许逸民点校:《古诗赏析》(上)卷五"汉诗无名氏《东门行》"条,北京:中华书局 2017 年版,第 129 页。

③ 萧涤非《汉魏六朝乐府文学史》(原系作者清华研究院毕业论文,完成于 1933 年,后经修改定稿于 1943 年,最早版本为中国文化服务社 1944 年版)当为现代学术上最早引用《历代诗发》的著作,其中引《历代诗发》评《独漉篇》语云:"路险行单,心摇迹闇,历历比喻。空床低帷以下,是觅不得父仇,复恐为其所残也。"见人民文学出版社 1984 年版,第 173—174 页。此后,孙殿起录、雷梦水整理《贩书偶记续编》卷 9 著录该书,见上海古籍出版社 1980 年版,第 305 页。孔凡礼,齐治平编《陆游资料汇编》"陆游作品评述汇编"中则引"《历代诗发》评语选录十六则",中华书局 1962 年版,见该书第 214—215 页。迨至二十世纪九十年代,《历代诗发》的引用逐渐增多,《巴蜀文苑英华》中收彭应义《张栻》诗,其中曾提到《历代诗发》,四川人民出版社 1984 年版,第 226 页;曹余章主编《历代文学名篇辞典》(上海教育出版社 1990 年版)中引用多条《历代诗发》汉代诗歌评语;周正举编著《港选十佳唐诗趣话》中引《历代诗发》评白居易《赋得古原草送别》,四川人民文学出版社 1994 年版;孙琴安《唐七律诗精评》(上海社会科学院出版社 1989 年版)和《唐五律诗精评》(上海社会科学院出版社 1991 年版)则引用了相当数量的《历代诗发》中的唐人诗歌评语;而陈伯海主编《唐诗汇评》(浙江教育出版社)中引用《历代诗发》评语规模可观,颇有系统,对于其书的传播与接收影响颇大。

该书后收入《故宫珍本丛刊》(第 644—645 册)中,得以广泛流传。就其中所收唐代诗歌而言,其选目上与王士禛《唐贤三昧集》颇有渊源,其选自《唐贤三昧集》中的各家诗歌作品,不仅从规模上沿袭了《唐贤三昧集》的思路,诗歌排序也几乎与其完全一致。这其中不少评语很大程度上延续了王士禛"神韵说"的精髓,特别体现在对王孟诗派诗歌的评价上,从中可以看出《唐贤三昧集》的影响。① 《历代诗发》所选王维诗歌共 116 首,分别见于卷 9 和卷 13"补遗"中,其中有评语者共 68 首。这些评语,当代的各类诗歌选本、诗歌资料汇评中都有选录,但多属一鳞半爪,而且偶有误引。为了便于窥其全貌,笔者对其辑录整理,以便研究者之用。

一

《历代诗发》一书,如皋范大士评选、兴化王仲儒参评,通州邵幹同辑,其成书年代,约在康熙三十三年(1694)前后,据傅泽洪《〈历代诗发〉序》曰:"余之守芜城也,如皋范子时以谈艺来谒,因言其有历代诗选之役也,尚未竟绪。余曰:'噫!异哉,甚矣!子之志大也,然而其难也。'居无何,范子之选成,名之曰《诗发》,以问叙于余。"

《历代诗发》的编选,为读者提供可资借鉴传世的诗歌读本,据其《〈历代诗发〉自序》云:"学者户牖之书,如日用饮食之不可阙者,则经史古文尚矣。然经且总而为十三,史且胪为廿一,古文自周秦迄明季选集成帙者不胜更仆数。独于诗则未见有汇而登之以贯串于上下数千年之间也。""独于诗则未见有汇而登之"云云,其言不确,明末陆时雍编选《诗镜》和曹学佺编选《石仓历代诗选》皆为历代诗歌大型选本。② 从其唐宋部分的选源分析,《历代诗发》缘于对诗歌创作持发展演变的眼光,欲选取有别于前代的一部诗歌总集。其选心,《〈历代诗发〉自序》中云:"虽风会日变,体格日殊,嗜好取法日异,亦不可不博观群览,以驰骋其耳目,澡雪其神明,而因

① 《唐贤三昧集》的当代影响,见蒋寅《王渔洋与康熙诗坛》第 67—69 页的有关论述,凤凰出版社 2013 年版。尤侗在康熙壬申(1692)所作《唐诗十选》序中云:"《三昧》一选,独寻妙悟,超绝畦径之外,玩其序言,会心不远,以古准今,其有水乳之合与?"收入杨旭辉点校《尤侗集》(下)"艮斋倦稿文集"卷 10"序",上海古籍出版社 2015 年版,第 1267 页。然而,在《〈历代诗发〉序》中却绝口未提《唐贤三昧集》,同样,与王士禛颇有交往的李天馥在《〈历代诗发〉叙》中也对《唐贤三昧集》未置一词,这一方面也许与《历代诗发》的选源有关,二人的做法是出于对《历代诗发》编选的回护;同时也可能与《唐贤三昧集》刊刻后的一些遭遇有关。有关《历代诗发》的选源,谢海林在《清代诗选通代述略》中曾指出:"宋诗部分前面七卷除宋庠、范仲淹二家外,其余皆选自《宋诗钞》,第八卷则全取自吴绮《宋金元诗永》。"见氏著《清代宋诗选本研究》"附录二清代通代诗选述略",上海:上海古籍出版社 2011 年版,第 389 页。而《唐贤三昧集》刊行后阎若璩、赵执信等人的反映,也有可能影响了尤侗等人对《唐贤三昧集》的评价。阎若璩等对《唐贤三昧集》的态度,可参看《王士禛与康熙诗坛》(凤凰出版社 2013 年版)第 69 页的有关论述。
② 值得一提的是,康熙三十六年丁丑(1697)成书,是年,王士禛《古诗选》撰成付梓,可以肯定,范大士未曾寓目该书。

以体验其旨趣之所以分,与夫源流之所以合。"意在探讨诗歌风格源流之演变。对诗歌创作动因的探讨,尤侗、傅泽洪二家皆重在探讨范大士诗选何以名之以《发》。尤《叙》解释何谓"发"云:"子曰:'兴于诗。'又曰:'诗可以兴。'兴之为言,发也。诗可以兴,则观、群、怨在是矣!兴于诗,则立礼成乐亦在是矣!诗之未发,谓之中;诗之已发,谓之和。中和致,而诗备焉,温柔敦厚之教也。"强调温柔敦厚的诗教观,实为清代"格调说"的先声。傅泽洪《叙》于此,持与尤侗相似的论调,其中说:"虽所收甚窄,而所以搜剔一时之菁华,表章作者之微意,亦正不遗馀力,夫非欲得兴观群怨之本,温柔敦厚之遗,以上绍四始六义之绪而高出人一头地欤? 发之时义大矣,又何求备焉?"除了尊"诗教",主性情也是清初格调说的关注点之一。① 尤、傅二《序》论诗教,亦不废性情,诗教的阐发离不开作者独特的性情。尤《序》有曰:"百世之上,有诗人焉,此性此情也;百世之下有诗人焉,此性此情也。我生百世以下,尚论百世以上,而此性此情,有不介以孚者,不知古人能发我乎?"傅《叙》曰:"可以感发我者,即可感发夫人。"皆在强调诗人真情实感在创作中的作用。对于诗歌"性情"与"风韵"的关系,尤《叙》则引明代陈白沙之言云:"论诗当论性情,论性情先论风韵。无风韵则无诗矣!"②有学者指出,"神韵"亦为"格调"之一格,王士禛在论述其"神韵说"时,亦以"达性"为"神韵"之宗旨:"汾阳孔文谷天允云:'诗以达性,然须清远为尚。'薛西原论诗,独取谢康乐、王摩诘、孟浩然、韦应物,言'白云抱幽石,绿篠媚清涟',清也;'表灵物莫赏,蕴真谁为传',远也;'何必丝与竹,山水有清音','星晷鸣禽集,水木湛清华',清远兼之也。总其妙在神韵矣。"③其门人符昇《〈十种唐诗〉序》"直取性情,归之神韵"④说的也是相似的意思。从某种意义上说,盛唐诗歌,除了未选李、杜外,《唐贤三昧集》的选目,很大程度上勾勒出了"盛唐之精神之真面目"⑤。

《历代诗发》"王维"中评其诗歌,屡以"性情"论其诗歌,如《送岐州源长史归》"中四语句并感伤崔常侍,末方及长史也";《晚春归思》"以少陵'今夜鄜州月'一首参看,忆家之情,耿耿增感也";《秋夜独坐》"神伤幽独,是夜情景,万古如生"。而以"神韵"评王维诗,其中比比皆是,如《和使君五郎西楼望远思归》"不相关涉,偶然意到,便出人虑表,叹为神会,如'惆怅'二语是也";《齐州送祖三》"烘染在丹青之外";《辋川闲居赠裴秀才迪》"韵澹神孤,千秋独步";《冬晚对雪忆胡居士家》"不涉色相,

---

① 王顺贵:《清代格调论诗学研究》,北京:中国社会科学出版社,第35—39页。

② 陈白沙引语见(明)陈献章著,孙通海点校:《陈献章集》(上),北京:中华书局1987年版,第203页。

③ (清)王士禛著,(清)张宗柟纂集,戴鸿森校点:《带经堂诗话》(上)卷3"要旨类",北京:人民文学出版社1963年版,第73页。

④ (清)符昇《〈十种唐诗〉序》,清康熙刻本。

⑤ (清)何世璂述《然灯纪闻》,收入(清)丁福保辑《清诗话》(上),北京:中华书局1963年版,第120页。

天然画图";《送贺遂员外甥》"神来句落,窅渺惊魄";《送邢桂州》"神出鬼没之作";《山居秋暝》"天光云影,无复人工";《哭孟浩然》"王公五绝妙指,全在章句之外,其味隽永,金盘玉箸间,难以遇之";《寒食上作》:"摩诘天姿高妙,兴致空超,当其意惬挥毫,如微风片云,悠扬舒卷,名花语鸟,自效春工。章成而句若可遗,笔止而情犹初吐,诸体皆粹,异趣同归";《晦日游大理韦卿城南别业四声次用各六韵》"起句悠然神远";《黎拾遗昕裴秀才迪见过秋夜对雨之作》"得句在意言之外"。其中所言,多能道出王诗妙谛所在,虽繁简有异,皆能给人以启示。

《唐贤三昧集》对《历代诗发》编选思路的另一个影响,反映在其中对于李、杜、王三家诗歌入选的处理上。《历代诗发》中,李白入选诗歌八十四首(卷9收五十七首,卷13"补遗"收二十七首),杜甫入选诗歌数量最多,共六百九十一首,置于卷13初盛唐诗歌(有些诗人已属中唐,如独孤及、张志和等)"补遗"后,是否为后续所加,不得而知,不过其处理方式,却颇耐人寻味。

《唐贤三昧集》对《历代诗发》选目的影响①,其中以入选前五位的诗人(王维、孟浩然、岑参、王昌龄、李颀)最为明显。选诗规模及排序,前者因袭后者的痕迹甚为明显。其中《历代诗发》"补遗",皆为《唐贤三昧集》所不取,不在考虑之列。为节省篇幅,下面仅以王维诗歌为例。《唐贤三昧集》收王维诗一百一十首,《历代诗发》收一百一十二首。《唐贤三昧集》中《故人张谞工诗善卜,兼能丹青草隶书,顷以诗见赠,聊获酬之》一首《历代诗发》未收,而增之以《从岐王过杨氏别业应教》,《历代诗发》未收《同崔兴宗送衡岳瑗公南归》。《送崔兴宗游蜀》一诗,《唐贤三昧集》中在《送丘为往唐州》《送元中丞转运江淮》之后,《诗发》中未收《送元中丞转运江淮》。《历代诗发》中,在《孟六归襄阳》后选《初出济州别城中故人》,《喜祖三至留宿》后加入《晚春严少尹与诸公见过》《郑果州相过》,而未选《终南别业》,《终南山》后增入《辋川闲居》,《使至塞上》后增入《晚春归思》。《班婕妤》,《唐贤三昧集》选入第二首,《历代诗发》三首皆入选。《文杏馆》一首,《唐贤三昧集》置于《木兰柴》之后,《历代诗发》中则位于《华子冈》之后。《历代诗发》未收《上平田》,《杂诗二首》后的《相思》未选入。

二

《赠刘蓝田》:着笔全不犹人。

---

① 对《唐贤三昧集》选目的检讨,蒋寅《王渔洋与康熙诗坛》第56—62页通过对其与《唐诗品汇》有关诗人入选篇目的比较,得出如下结论:"平心而论,作为盛唐诗选本,《三昧集》的选目还是相当持平,较少偏见的。"见该书第62页。作为清初有代表性的唐诗选本,《唐贤三昧集》对陆时雍编选《唐诗镜》的编选宗旨多有吸收,也影响了后来沈德潜编选《唐诗别裁集》、刘文蔚编选《唐诗合选》、孙洙编选《唐诗三百首》等唐诗选本。限于篇幅,兹不赘述。

《赠祖三咏》：如题书札，"闲门"二语，景味无穷。

《戏赠张五弟諲》：写出高人。

《奉寄韦太守陟》：景物如睹。

《和使君五郎西楼望远思归》：不相关涉，偶然意到，便出人虑表，叹为神会，如"惆怅"二语是也。

《送魏郡李太守赴任》：委婉说去，遥情隽句，随手缤纷。

《送宇文太守赴宣城》：何等风度。

《齐州送祖三》：烘染在丹青之外。

《送綦毋潜落第还乡》："远树带行客，孤城当落晖"两句：摇落之感已寓。

《别弟缙后登青龙寺望蓝田山》：与《送祖三》诗同一机杼。

《崔濮阳兄季重前山兴》："故人"，公自谓也。数语得陶、谢之神。

《过李楫宅》："闲门秋草色，终日无车马"两句：静致可想。潇洒得趣，正不在多。

《宿郑州》：作古诗且无论汉、魏，只奉此等为矩矱，笔墨自不漫然，而攀援亦有道路矣。

《　门①歌》：汉、晋咏史诗通首叙事，只于一结见意，此歌亦然，而尤妙于含蓄。

《老将行》：右丞七古，和平宛委，无蹈厉莽岪②之态，最不易学。

《桃源行》："坐看红树不知远，行尽青谿不见人"两句：有声色。"山开旷望旋平陆"：好。较胜靖节诗，其叙事转卸③处圆活入神。

《从岐王过杨氏别业应教》："兴阑啼鸟换，坐久落花多"两句：自是伍句。　后四语未免时蹊，以"兴阑"二句不能割。

《辋川闲居赠裴秀才迪》：韵澹神孤，千秋独步。

《寄荆州张丞相》：此为欲寄一书，先述书意。

---

① 原文"门"前脱一"夷"字。

② 《王维诗集笺注》卷1"歌行应制"及附录"历代诗评及画评"引用该条时，误"岪"为"忧"，分别见该书第42页和第808页，四川人民出版社2003年版。

③ "转卸"，陈伯海主编《唐诗汇评　上》误为"转却"，浙江教育出版社1995年版，第296页，沈文凡、李博昊《名家讲解唐诗三百首》（长春出版社2008年版，第159页）、陈伯海主编《唐诗汇评　一》（增订本）（上海古籍出版社2015年版，第451页）沿袭其误。"转卸"一词，流行本《辞源》《汉语大词典》、汉语大词典编纂处编《汉语大词典订补》（上海辞书出版社2010年版）皆未收录，笔者见到的例证，该词本用作原意，与货物的转运装卸有关，亦用作书法用语和文章作法用语，如清·包世臣著，祝嘉疏证《艺舟双楫》"述书中"曰："盖行草之笔多环转，若信笔为之，则转卸皆成扁锋，故须暗中取势，换转笔心也。"巴蜀书社1989年版，第18页，近人黄宾虹《笔法两则》中云："隶楷尤较易为之，若行草之笔画，则势多环转，世人往往信笔为之，则转卸皆成扁锋，而毫无气力矣"，见萧培金编《近现代书论精选》第18页，河南美术出版社2014年版。清·张裕钊批清·姚鼐纂集《古文辞类纂》卷2韩愈《守戒》中曰："通体转卸接换，断续起落，在在不测。"见王达敏校点《张裕钊诗文集》（附录三）"张裕钊《古文辞类纂》批语辑存"，上海：上海古籍出版社2012年版，第555页。

《冬晚对雪忆 ①居士家》：不涉色相，天然画图。

《酬虞部苏员外过蓝田别业不见留之作》："石路枉回驾，山家谁候门"两句：何等匠意。

《酬张少府》：无一字不堪吟咀。

《送丘为落第归江东》："黄金""白发"，如此用便新脱。后来"黄金""白雪"②尘积乾坤，本不关字面也。

《送李判官赴东江》："树色分杨子，潮声满富春"两句：生秀骨。

《送岐州源长史归》：中四语句并感伤崔常侍，末方及长史也。

《送丘为往唐州》："四愁连汉水"句：新甚。风光在目。

《送崔九兴宗游蜀》："徒御犹回首，田园方掩扉"两句：含情无限。"出门当旅食，中路授寒衣"：对活。

《送平澹然判官》："瀚海经年到，交河出塞流"两句：清响。

《送刘司直赴西安③》：只如天造地设。

《送方城韦明府》："高鸟长淮水"，如何联合。然淮水悠悠，高飞始渡，实有此理，故为佳绝。

《送梓州李使君》：送使君诗，如此高雅。

《送友人南归》：徘徊超忽，径绝追踪。

《送贺遂员外甥》：神来句落，窅渺惊魄。

《送邢桂州》：神出鬼没之作。

《送孟六归襄阳》：当时荐贤有路，王、孟相知，亦不能为力如此。

《初出济州别城中故人》："执政方持法，明君无此心"两句：真好。

《登裴秀④迪小台》：肖题之工，必造此境，方为极诣。

《登辨觉寺》："窗中三楚尽，林上九江平"两句：透圆。

《喜祖三留宿》："不枉故人驾，平生多掩扉"两句：密致恒言，百思不到。"行人返深巷，积雪带馀晖"两句：闲处俱有神理。

《晚春严少尹与诸公见过》："鹊乳先春草，莺啼过落花"两句：警句。

《郑果州相过》：前辈声口。

《山居秋暝》：天光云影，无复人工。

---

① 原文"忆"后脱一"胡"字。

② 白雪，《唐诗汇评》(第304页)和《唐诗汇评 一》(增订本，第464页)引作"'白发'雪"，误。孙琴安《唐五律诗精评》第139页引作"白雪"。

③ "西安"，原文如此，应作"安西"，见陈铁民校注《王维集校注二》卷4"编年诗(天宝下)"，第405页。

④ 原文"秀"后脱一"才"字，见宋蜀本《王摩诘文集》卷9及清王士禛《唐贤三昧集》卷上(收入《丛书集成三编第三四册》，台湾新文丰出版公司1997年影印清康熙二十七年刻本，第333页)。

《归辋川作》:合二首(按:指《归嵩山作》与此首)读之,尊其风格。

《终南山》:"分野中峰变,阴晴众壑殊"两句:大言炎炎。

《辋川闲居》:"时倚檐前树,远看原上村"两句:澹至。"白鸟向山翻",真写生手。

《观猎》:如此结,便见适来驰骤,空阔之甚,健儿骏马,精神都出。

《汉江临泛》:"山色有无中",正见汉江浩荡波光,非写山也。

《登河北城楼作》:真平淡,真绚烂。

《使至塞上》:独造之句,得未曾有。

《晚春归思》:以少陵"今夜鄜州月"一首参看,忆家之情,耿耿增感也。

《秋夜独坐》:神伤幽独,是夜情景,万古如生。

《奉和圣制从蓬莱向兴庆阁道中留春雨中春望之作应制》:"銮舆迥出仙门柳,阁道迥(按:应作"廻")看上苑花"两句:"迥出""迥看",摹题极□①。"云里帝城双凤阙,雨中春树万人家"两句:如画。"为乘阳气行时令,不是宸游翫物华":得体。题无剩义,一句中用"雨中春"三字写"望"字,入神。只淡得四字成句也。诗家每设渲染,而不知白描之为上乘。读此诗,思过乎矣。

《敕赐百官樱桃》:"才是寝园春荐后,非关御苑鸟衔残":音律绮错。斟酌尽善。

《和太常韦主簿五郎温汤寓目之作》:"青山尽是朱旗绕"句:□②上一半来。

《酬郭给事》:隽笔,无凡音。

《送杨少府贬郴州》:举止高脱。

《春日与裴迪过新昌里访吕逸人不遇》:洒落自喜。

《酌酒与裴迪》:七律中用古人比喻法,亦仅见。

《积雨辋川庄作》:诗中写生画手,人境皆活,耳目长新,真是化机在掌握矣。

《送秘书晁监还日本国》:工好绝伦。

《送李太守赴上洛》:矜惜酌调,无丝毫凡近辱其风格。

《晓行巴峡》:摩诘此体,世所传多伟丽之篇,今惟录其本色数首。

《杂诗》"君自故乡来":"来日绮牕前,寒梅着花未"两句:思入风云。

《哭孟浩然》:王公五绝妙指,全在章句之外,其味隽永,金盘玉箸间,难以遇之。

《少年行二首》"一身能擘两雕弧":"偏"字妙。

《送元二使安西》:遂成绝唱。

---

① "□",原文漫漶不清。

② "□",原文漫漶不清,疑作"承"。

《送韦评事》：右丞善用"遥"字，俱是代人设想，莫不佳绝。

《寒食①上作》：摩诘天姿（按："姿"，应作"资"）高妙，兴致空超，当其意惬挥毫，如微风片云，悠扬舒卷，名花语鸟，自效春工。章成而句若可遗，笔止而情犹初吐，诸体皆粹，异趣同归。从来王、孟虽为伯仲，然襄阳终逊一筹。

《辋川集·白石滩》：诸作（按：指入选的《辋川集》中的《孟城坳》《斤竹岭》《鹿柴》《茱萸沜》《宫槐陌》《金屑泉》等）亦堪撑拄右丞。（以上卷九）

《晦日游大理韦卿城南别业四声次用各六韵》②：起句悠然神远。

《黎拾遗昕裴秀才迪见过秋夜对雨之作》：得句在意言之外。

《早秋山中作》：匀净。

《叹白发》：暮年宜学无生，息诸妄想，今之高寿者颇异，当以此诗药之。（以上卷13"补遗"）

结语

《历代诗发》中王维诗歌的入选与评语，较为集中地体现了《唐贤三昧集》的影响。其中编选宗旨的阐发与揭示，又从一个侧面为后世提供了时人对于《唐贤三昧集》的接受视角，因而对《历代诗发》中其他入选《唐贤三昧集》诗人诗歌及其评语的研究，也显得极为必要。本文的撰作，就是这方面的尝试。

（作者单位：陕西师范大学国际汉学院）

---

① 原文"食"与"上"之间，脱一"泛"字，见《王维集校注》卷1"编年诗（开元上）"，第67页。

② 王维原诗共四首，见《王维集校注》卷2"编年诗（开元下）"，第159—165页，此处所选为第一首"与世澹无事"，"四声次用各六韵"原为题注，《历代诗发》引用有误。"次用"，《王右丞集笺注》卷4、清·曹寅等编《全唐诗》卷125、《王维集校注》卷2等作"依次用"，宋·李昉等编选《文苑英华》卷318、明·曹学佺编选《石仓历代诗选》卷35"盛唐四"、明·钟惺、谭元春合编《唐诗归》卷8"盛唐三"与《历代诗发》同。

《唐诗成法》王维资料辑补^①

梁瑜霞

　　在已出版的《古典文学研究资料汇编》系列中，王维资料汇编长期阙如，这与王维在文学史上"一代文宗"的地位与影响，颇不相称。2009 年 5 月，中国王维研究会第五届年会在西安召开，西安文理学院文学院承办第五届王维年会。正是这次国际学术会议，促成了《王维资料汇编》^②的编辑出版。张进教授带领两岸三地的学者及 30 多名本科生、硕士生，历时五年，编撰《王维资料汇编》的整个过程，乃至选题的缘起、合作的契机，作为张教授的同事，本人都是见证者，对张进、董就雄、宋雅文三位教授付出的心血和努力，敬仰感佩之至！

　　2014 年 3 月，中华书局出版了四卷本 140 万字的《王维资料汇编》。该书辑录了上自唐代，下迄近代对王维诗文、书画、音乐等所作的评论与点评 1010 家，填补了王维研究学术史上的一项空白，弥补了《古典文学研究资料汇编》系列丛书的缺憾，成为王维资料整理研究中的一个里程碑，也成为西安文理学院中国古代文学重点学科建设的标志性成果，极大地方便学人开展研究，沾溉学林，其功甚伟。

　　但由于自唐代迄近代，时代漫长，对王维诗歌、绘画、音乐等的评论资料，浩若烟海，遗珠之恨，在所难免。所以，辑补工作，成为资料汇编类著作不断完善的必需。《王维资料汇编》的完善，需要学界同仁共同努力。本人因正在参与陕西省的一项古籍整理工作，整理清代初年陕西蒲城人屈复的《唐诗成法》，故有缘辑得屈复关于王维五言律诗评论 30 则、七言律诗评论 11 则，特作为《王维资料汇编》清代部分的补充。

---

① 基金项目：教育部人文社会科学研究规划基金项目"王维诗歌与长安文化的双向建构"（15YJA751007）。

② 张进、侯雅文、董就雄：《王维资料汇编》，北京：中华书局 2014 年版。

《唐诗成法》①（蒲城金粟老人屈复撰，顺德梁善长崇一重阅）系清代初年陕西蒲城人屈复所撰的一部评点唐人五、七言律诗作品之诗法诗艺和篇章结构的一部文论著作，全书十二卷。其中，卷二点评王维五言律诗 30 首；卷六点评王维七言律诗 11 首。现辑补如下：

一、屈复点评王维五言律诗 30 则

1.《同崔员外秋宵寓直》

> 建礼高秋夜，承明候晓过。九门寒漏彻，万井曙钟多。
> 月迥藏珠斗，云消出绛河。更惭衰朽质，南陌共鸣珂。

屈复点评：

一秋宵，二寓直。三、四承二，五、六承一。结，同崔员外。建礼秋夜，承以漏彻、疏钟，似不写夜景矣。直到五、六，方转笔写夜景，此"倒叙法"，唐人多有。更惭，接上，简妙！言同直已惭矣。更字、共字相呼应。

2.《从岐王过杨氏别业应教》

> 杨子谈经所，淮王载酒过。兴阑啼鸟换，坐久落花多。
> 径转回银烛，林开散玉珂。严城时未启，前路拥笙歌。

屈复点评：

一杨氏别业。二岐王过。三、四景。五、六游览。七、八归去。

啼鸟又换，则兴不阑矣；落花渐多，则坐更久矣，见别业之佳胜。五、六见别业之广大。不然，日游已尽，何至夜游哉！

所字，点明别业。过字，点明来游。三、四游已竟日，五、六游又半夜，七、八明朝乃去也。

3.《酬张少府》

> 晚年唯好静，万事不关心。自顾无长策，空知返旧林。
> 松风吹解带，山月照弹琴。君问穷通理，渔歌入浦深。

---

① 文中《唐诗成法》采用以下三个版本：陕西省图书馆藏乾隆二十九年(1764)重刻本及嘉庆七年(1802)重刻本；陕西师范大学图书馆藏光绪八年(1882)刻本。

屈复点评：

一好静。二真静。三、四好静根源。五、六静中风景。七、八酬少府。

晚年好静，万事无心。昔在少时，亦思用世，而顾无致君、泽民之长策，故空知返旧林耳。五、六静景，承君之问；渔歌入浦，即穷通之理也。

上六句便是穷通理。未静心，悟后语。"空知"字，言外见不是真无才略，乃世不用故耳，与"晚年"字对看。

一、二后即接当松风、山月，却补插"自顾"二句，意遂深厚。下《祖三留宿》"不枉故人驾"亦是此法。

4.《喜祖三至留宿》

> 门前洛阳客，下马拂征衣。不枉故人驾，平生多掩扉。
> 行人返深巷，积雪带馀晖。早岁同袍者，高车何处归。

屈复点评：

一、二暗言祖三至。三、四久无客至。五、六晚景。七、八方出祖三，而留宿在中矣。

一、二是阍人报客。三、四便应接出祖三，却横插"平生"二句，暗写喜字。五、六又写晚景，为留宿地也。直至七、八，方出祖三，又加"何处归"一问，反结"洛阳客"，而"留宿"二字，不言而喻矣。

5.《酬虞部苏员外过蓝田别业不见留之作》

> 贫居依谷口，乔木带荒村。石路枉回驾，山家谁候门。
> 渔舟胶冻浦，猎火烧寒原。唯有白云外，疏钟闻夜猿。

屈复点评：

一、二蓝田别业。三、四过不见留。五、六景。七、八不见留之情。

前三句题已写完，四添一笔，言山家无人可使也。后半皆酬意，五六昼景，七八夜景，言村荒如此，不足见留也。

6.《辋川闲居赠裴秀才迪》

> 寒山转苍翠，秋水日潺湲。倚杖柴门外，临风听暮蝉。
> 渡头馀落日，墟里上孤烟。复值接舆醉，狂歌五柳前。

屈复点评：

起，言山水闲。三、四人物俱闲。五、六时景闲。结言同志闲。转字、日字起

三、四。"馀"字、"上"字、"复值"字相呼应。

寒山、秋水、暮蝉,是岁暮;落日、孤烟,是日暮。时当岁暮,闲居依仗,低头听蝉,举头见落日、孤烟,闲亦至矣。复值醉友狂歌,其闲更何如也!

7.《寄荆州张丞相》

> 所思竟何在,怅望深荆门。举世无相识,终身思旧恩。
> 方将与农圃,艺植老丘园。目尽南飞雁,何由寄一言。

屈复点评:

一丞相。二荆州。三承二,四承一。五、六方欲归田。结,寄荆州。

本为浮沉宦海,今将决计归田。回思旧恩,举世无二,文义极顺,然不成作法矣。今先写丞相,接写感恩,决计归田反写在五、六,文势、意味方陡健深厚!

宦途不达正因张公罢相,外出荆州,无人荐拔,故决计归田。回思旧恩,不胜悲感。世人赠当路诗,满纸感恩报德,只是要求荐拔。时,张已出外,己又将归,则是真诚感恩可知。深曲之至!

8.《冬晚对雪忆胡居士家》

> 寒更传晓箭,清镜览衰颜。隔牖风惊竹,开门雪满山。
> 洒空深巷静,积素广庭闲。借问袁安舍,翛然尚闭关。

屈复点评:

一冬晓。二早起。三、四风雪。五、六对雪。七、八忆居士家。

早起对镜,衰颜可慨。寒风大雪,时复晚冬,忽忆居士,时犹高卧,形己早起也。

诗全首皆是冬晓而题(以下十二字阙如)○○○○○○○○○○○○。

五、六写雪,不着迹象,妙句。

此首逐次写去,直到结句。

9.《山居秋暝》

> 空山新雨后,天气晚来秋。明月松间照,清泉石上流。
> 竹喧归浣女,莲动下渔舟。随意春芳歇,王孙自可留。

屈复点评:

一、二破题。三、四新雨后景。五、六晚来秋景。七、八虽春草已歇,而景物清妙如此,王孙自可留居山中也。"随意",犹"一任"也。三、四"月到天心处,风来水面时"即此意;"花落林愈静,鸟鸣山更幽",五六得其意。

右丞此等诗,所谓"不着一字,尽得风流"者,最为难学。后生不知其难,往往妄步,遂至浅俗。

10.《终南别业》

> 中岁颇好道,晚家南山陲。兴来每独往,胜事空自知。
>
> 行到水穷处,坐看云起时。偶然值林叟,谈笑无还期。

屈复点评:

一,家别业之由。二别业。三、四承一、二,五、六承三、四。七、八承五、六结。无一语说别业,却语语是别业,神妙乃尔。

因好道而家南山,因南山而兴来独往,因独往而胜事自知。水穷、云起,道斯在焉。行到、坐看、独往、自知也。偶于此时,忽值林叟,遂谈笑无还期耳。

偶然,是无心而遇,与云水同,皆道也。非南山,无此胜事;非道,无此逸兴。中岁如此,晚益可知。

以"中岁"生"晚家",以"独往"生"自知";以"行到"应"独往",以"坐看"应"自知";以"水穷"、"云起"应"兴来"、"胜事";以"林叟""谈笑"而用"偶然"字,总应上。此"律中带古法"。

11.《山居即事》

> 寂寞掩柴扉,苍茫对落晖。鹤巢松树遍,人访荜门稀。
>
> 绿竹含新粉,红莲落故衣。渡头烟火起,处处采菱归。

屈复点评:

《喜祖三留宿》"不枉故人驾,平生多掩扉。"此一、四正与彼同。平日皆然,偶于此日发之耳,平生多寂寞掩扉,今日对此夕晖,惟见鹤巢松遍,因叹人访门稀。竹含新粉、莲落故衣,新、故二字,时、物之变,岁月之久,言外有乐此幽居之意。渡头烟火,正与落晖相应;采菱归,正与掩扉相应。写人之忙,形己寂寞之闲。不然,何以见其言外有乐此幽居之意乎?

有言:掩柴扉,是虚句。欲掩时,忽见落晖,遂不掩扉而徘徊半晌,下七句皆门外情景者。殊不知,右丞辋川数十里,所包甚大,非若穷措太半亩之宫、数间茅屋,一掩柴扉,遂无见闻可同日而语!况此句即"门虽设而常关"之意,非日夕掩门夜卧也。

12.《归嵩山作》

> 清川带长薄,车马去闲闲。流水如有意,暮禽相与还。
> 荒城临古渡,落日满秋山。迢递嵩山下,归来且闭关。

屈复点评:

清川长薄,山路虽远,车马此去,意却闲闲。流水如有意随人,暮禽与车马俱还。五、六去城已远、到山渐近,迢递而至,且闭关高卧,皆是闲闲之神。"迢递"二字,总结上六句,下八字方出题,此"倒出题法"也。

13.《终南山》

> 太乙近天都,连山到海隅。白云回望合,青霭入看无。
> 分野中峰变,阴晴众壑殊。欲投人处宿,隔水问樵夫。

屈复点评:

一,终南所在。二,其大无极。三、四合、无,状其远。五峰之高,六壑之广。七、八遊罢情景,诗中有画。通篇言其大,遊览竟日尚无宿处,故隔水问樵夫耳,其大如何!

中四景物,分前、后、上、下。

14.《辋川闲居》

> 一从归白社,不复到青门。时倚檐前树,远看原上村。
> 青菰临水映,白鸟向山翻。寂寞於陵子,桔槔方灌园。

屈复点评:

"时"字,顶一、二。"看"字,起五、六,正写闲处。五、六,亦"闲"字之神。桔槔灌园,不闲之甚,却是闲极处。

15.《晚春严少尹与诸公见过》

> 松菊荒三径,图书共五车。烹葵邀上客,看竹到贫家。
> 鹊乳先春草,莺啼过落花。自怜黄发暮,一倍惜年华。

屈复点评:

一、二贫家。写少尹与诸公见过,止三、四两句。五、六又写晚春。七正与少尹诸公对照,八结五六。

　　径荒,久无客至也。上客,少尹也,乃邀请而来者。诸公为看竹而来,则不为主人来也。结言己老而见弃于时,故倍惜年华耳。最闲题意深如此。

16.《过香积寺》

　　　　不知香积寺,数里入云峰。古木无人径,深山何处钟。
　　　　泉声咽危石,日色冷青松。薄暮空潭曲,安禅制毒龙。

屈复点评:

　　前半,不知有寺,偶然出游。后半,过香积寺,不知、何处相呼应。薄暮,总结上文。数里云峰、绝无人径,安知有寺? 何处钟,正应首句。及松石流连、日暮安禅,皆是偶过,故不曰"遊"、不曰"宿"而题曰"过"也。

　　此来本不知有寺,偶入云峰,深山古木,绝无人径,忽闻钟声,始知有寺,但不知在何处耳! 乃随钟声至寺,则泉咽危石、日冷青松,因薄暮遂安禅也。

　　有言:此诗通篇俱言寺外之景,皆写不知者。如此解,则右丞竟露宿一夜,岂有此理?

17.《送崔九兴宗游蜀》

　　　　送君从此去,转觉故人稀。徒御犹回首,田园方掩扉。
　　　　出门当旅食,中路受寒衣。江汉风流地,遊人何处归。

屈复点评:

　　前四,皆自己送别情景;后四,皆崔遊蜀情景。一、二下即当接五、六,却插"徒御"二句,右丞多用此法。五开,六言路远,七、八虽点遊蜀,亦遥应一、二。以风流之地而遊人尚无归处,行路之难如此!

18.《送平淡然判官》

　　　　不识阳关路,新从定远侯。黄云断春色,画角起边愁。
　　　　瀚海经年到,交河出塞流。须令外国使,知饮月氏头。

屈复点评:

　　一、二出塞兼点判官。三、四景。五、六地远。七、八勉其立功。此"通篇对待法"。瀚海,去必经年,故侯从定远出塞,舟泛交河,则阳关有路,交互承一、二。

　　不识、新从,已含愁字,又加以黄云断春色,方逼起边愁;又出塞必经年始到,岂

184

可空返？故用"经年""须令"字醒之。"不识"二字，倒从下"新从"字着笔。中四言跋涉如此。七、八"加一倍法"，强如月氏头，尚为邻国饮器，况堂堂中原乎？则不负此行矣。"断"字、"知"字，好！

19.《送刘司直(赴)安西》

绝域阳关道，胡沙与塞尘。三春时有雁，万里少行人。
苜蓿随天马，蒲萄逐汉臣。当令外国惧，不敢觅和亲。

屈复点评：

"阳关道"，加"绝域"字，"胡沙""塞尘"加"与"字，已写尽安西荒远矣。下又转笔写"时有雁""少行人"，愈见荒远之极。山穷水尽，方换笔写壮怀。五、六成绩犹在，"当令"二字，紧接上文，不可有愧古人也。

20.《送梓州李使君》

万壑树参天，千山响杜鹃。山中一夜雨，树杪百重泉。
汉女输橦布，巴人讼芋田。文翁翻教授，不敢倚先贤。

屈复点评：

前四，梓州山水之佳。五、六，梓州风俗。结，以先贤勉之。

将梓州山水直写四句，声调高亮，令人恍然一惊，全不似送使君，只似闲适诗，妙极！下方写风俗、使君。七、八有余意。

21.《送张五諲归宣城》

五湖千万里，况复五湖西。渔浦南陵郭，人家春谷谿。
欲归江淼淼，未到草萋萋。忆想兰陵镇，可宜猿更啼。

屈复点评：

一、二虚写宣城，三、四实接，五、六复虚写，七又实接，八又虚写。"虚实相间法"也。以"千万里"喝醒"况复"，以"欲归""未到"拟途中情景，以"忆想"收上六句起下句"可宜"，法密。起突然，结悠然，有无限深情在语言之外。

22.《送邢桂州》

铙吹喧京口，风波下洞庭。赭圻将赤岸，击汰复扬舲。
日落江湖白，潮来天地青。明珠归合浦，应逐使臣星。

屈复点评：

一、二自京口往洞庭。三、四一路扬帆而去。五、六水行之景,雄俊阔大。七桂州。八人。不用虚字照应,以意贯穿,此法最难学,恐有画虎不成之诮。

23.《汉江临泛》

> 楚塞三湘接,荆门九派通。江流天地外,山色有无中。
> 郡邑浮前浦,波澜动远空。襄阳好风日,留醉与山翁。

屈复点评：

一、二汉江。三、四远景。五、六近景。结,临泛。

前六雄俊阔大,甚难收拾,却以"好风日"三字结之,笔力千钧。题中"临泛",不过末句顺带而已,此法亦整。

24.《观猎》

> 风劲角弓鸣,将军猎渭城。草枯鹰眼疾,雪尽马蹄轻。
> 忽过新丰市,还归细柳营。迥看射雕处,千里暮云平。

屈复点评：

惟风劲,而角弓愈鸣,见猎者之众,乃将军猎渭城也。惟草枯,而鹰眼方疾;惟雪尽,而马蹄更轻。忽过、还归,见来去之速及猎毕而迥。看其处,但见暮云千里而已。劲、鸣、枯、疾、尽、轻、忽过、还归、回看、千里,"字法"也。

渭城、新丰、细柳营,皆皇都近郊,似非可猎之地,而将军众兵遊猎,其速、其远如此!玩"千里"字、"暮云平"字,意殆有讽乎?

通篇不出"观"字,全得"观"字之神!

25.《泛前陂》

> 秋空自明迥,况复远人间。畅以沙际鹤,兼之云外山。
> 澄波澹将夕,清月皓方闲。此夜任孤棹,夷犹殊未还。

屈复点评：

"皓方闲","皓"字妙!若作"圆",便索然!

一,其时可泛。二,地幽可泛。中四,景物之佳,故任夷犹而不欲遽还也。自况复、畅以、兼之、将、方诸字,相呼应。七以"此夜"总结。五、六,陶诗妙境。

26.《登裴迪秀才小台作》

> 端居不出户,满目望云山。落日鸟边下,秋原人外闲。
> 遥知远林际,不见此檐间。好客多乘月,应门莫上关。

屈复点评:

一、二就内虚写登台。三、四所望之景。五、六就外虚写小台。七、八期他夜看月于此台。是裴迪小台,言昼之云山、林鸟固佳,而夜之看月当更佳也。

三、四本是日边鸟下、原外人闲,倒法深妙!五、六是触目有会,幽静之极!结句,从"落日"二字来。

27.《被出济州》

> 微官易得罪,谪去济川阴。执政方持法,明君无此心。
> 闾阎河润上,井邑海云深。纵有归来日,各愁年鬓侵。

屈复点评:

一被出。二济州。三、四出济之故,承一。五、六济州风景,承二。结,别故人。

"易得罪",无罪而得罪也,官微故耳!若官不微,则不至此。三,回护。四,颂圣!中有小人在高位,蒙蔽弄权,种种奸恶,不言可知。结,有自信无罪、奸人终必败露,但迟早难定,意犹谚云:"闲将冷眼观螃蟹,看你横行到几时"也!语气和平,令人不觉,极妙!

28.《使至塞上》

> 单车欲问边,属国过居延。征蓬出汉塞,归雁入胡天。
> 大漠孤烟直,长河落日圆。萧关逢候骑,都护在燕然。

屈复点评:

一写其孤行寡侣。二写其经历荒远。三单车如征蓬之无定。四归雁之外更无他物。五、六状沙漠之景,七、八言单车庶可无虞矣。

前四写其荒远,故用"过"字、"出、入"字,五、六写其无人,故用"孤烟"、"落日"、"直"字、"圆"字,又加一倍惊恐,方转出七、八,乃为有力。

29.《戏题示萧氏外甥》

> 怜尔解临池,渠爷未学诗。老夫何足似,弊宅倘因之。

187

芦笋穿荷叶，菱花胃雁儿。郗公不易胜，莫着外家欺。

屈复点评：

一、二才质，是迈种之子。三、四出外甥。渠父既不能诗，则当似老夫矣。此"暗度之法"。然老夫亦何足似？倘宅相当如此耳，又自谦、又自负。芦笋犹穿荷叶，菱花尚胃雁儿，才质虽好，儿戏如此，恐郗公不易胜也，又是"暗度之法"。甥当努力，莫著外家欺汝无成，勉之哉！不用虚字照应，全以意暗度，此法最妙，最难学！

30.《待储光羲不至》

重门朝已启，起坐听车声。要欲闻清佩，方将出户迎。
晚钟鸣上苑，疏雨过春城。了自不相顾，临堂空复情。

屈复点评：

前半是待，后半不至。重门朝启，便听车声，要欲、方将，何等倾心！侧耳待至极晚，钟鸣、雨过方知"了不相顾"而"空复情"也。"空"字，无数相待之情，皆已成空；"复"字，无数相待之情，仍然未已。

二、七言律诗点评 11 则

1.《奉和圣(一作御)制从蓬莱向兴庆阁道中留春雨中春望之作应制》

渭水自萦秦塞曲，黄山旧绕汉宫斜。銮舆迥出千门柳，阁道迥看上苑花。
云里帝城双凤阙，雨中春树万人家。为乘阳气行时令，不是宸游玩物华。

屈复点评：

一、二，山川、宫阙大势。三、四，从蓬莱向兴庆阁道中。五、六，留春雨中春望。七、八，奉和。自萦者，天设地造，不假人力；旧绕者，历代已久，不费新功。迥出、迥看，是从蓬莱向兴庆。千门柳、上苑花，已带春望，故五承一、二，六承三、四，七、八奉和圣制，兼为洗发。为乘、不是，正从自萦、旧绕应来，连环钩锁，用意深曲。

2.《敕赐百官樱桃》

芙蓉阙下会千官，紫禁朱樱出上阑。才是寝园春荐后，非关御苑鸟衔残。
归鞍竞带青丝笼，中使频倾赤玉盘。饱食不须愁内热，大官还有蔗浆寒。

屈复点评：

此首颂君恩之有加无已也。一、二尊严。三、四"才是""非关"，礼重。五、六所赐之多，不是虚应故事。七、八"不须""还有"，不止一樱桃而已。诸虚字皆从"会、出"二字生来，不是凭空乱写。应制诗至此，神矣、化矣、无以加矣！

3.《敕借岐王九成宫避暑应教》

帝子远辞丹凤阙，天书遥借翠微宫。隔窗云雾生衣上，卷幔山泉入镜中。
林下水声喧笑语，岩间树色隐房栊。仙家未必能胜此，何处吹笙向碧空。

屈复点评：

一岐王。二敕借九成宫。中四皆景，不言避暑，而避暑即在其中矣。七、八总结九成之胜。五、六屋外景，三、四屋内景：辉煌正大，中有典丽清新之致，全无笔墨痕。

4.《和太常韦主簿五郎温汤寓目》

汉主离宫接露台，秦川一半夕阳开。青山尽是朱旗绕，碧涧翻从玉殿来。
新丰树里行人渡，小苑城边猎骑迴。闻道甘泉能献赋，悬知独有子云才。

屈复点评：

一、二宫殿之广。三、四顺承一、二。五、六远景。七、八和主簿。前六句皆温汤寓目。"接"字、"一半"字、"尽是""翻从"字，紧相承接，总见宫殿之多。五、六见地大。三、四的是温汤，移不得。甘泉，正陪衬温汤。一半夕阳，则一半皆离宫矣！

5.《酬郭给事》

洞门高阁霭馀晖，桃李阴阴柳絮飞。禁里疏钟官舍晚，省中啼鸟吏人稀。
晨摇玉佩趋金殿，夕奉天书拜琐闱。强欲从君无那老，将因卧病解朝衣。

屈复点评：

一、二晚景。三、四寓直。五、六职事。七酬给事。前四，夜之寓直寂寞，浑涵不露。五、六昼之公务不闲，逼出七、八欲谢病。和平典雅，具自然之致。

6.《酌酒与裴迪》

酌酒与君君自宽，人情翻覆似波澜。白首相知犹按剑，朱门先达笑弹冠。
草色全经细雨湿，花枝欲动春风寒。世事浮云何足问，不如高卧且加餐。

189

屈复点评：

一破题。二友道如土。三、四承二。五、六景，比也。七、八应首句。五小人得志，六君子不用也。何足、不如，正应自宽。自宽又起下五句。

7.《积雨辋川庄作》

> 积雨空林烟火迟，蒸藜炊黍饷东菑。漠漠水田飞白鹭，阴阴夏木啭黄鹂。
> 山中习静观朝槿，松下清斋折露葵。野老与人争席罢，海鸥何事更相疑。

屈复点评：

烟火迟，得积雨之神。前四积雨，后四辋川庄。二是雨中农事，三、四雨景。五、六是自己情事，逼出七、八，忘机也。

水田飞白鹭、夏木啭黄鹂，成句也，右丞加漠漠、阴阴四字，精彩百倍，竟成右丞之作，可见用成句亦不妨。然有右丞之炉锤则可；无，则抄写而矣。

8.《春日与裴迪过新昌里访吕逸人不遇》

> 桃源一向绝风尘，柳市南头访隐沦。到门不敢题凡鸟，看竹何须问主人。
> 城外青山如屋里，东家流水入西邻。闭户著书多岁月，种松皆老作龙鳞。

屈复点评：

一逸人。二访新昌里。三、四承二兼写不遇，用典入化。五、六承一。七、八叹美。前四写题已尽，转笔更写山水，究是承"绝风尘"；七转笔写人，究是承"隐沦"；八似虚拖一句，究是承一。局法之紧严如此。

9.《送方尊师归嵩山》

> 仙官欲往九龙潭，旄节朱幡倚石龛。山压天中半天上，洞穿江底出江南。
> 瀑布杉松常带雨，夕阳彩翠忽成岚。借问迎来双白鹤，已曾衡岳送苏耽。

屈复点评：

一、二归嵩山，三、四嵩山形胜。五、六景，开笔。结，人是仙官，洞是仙洞，山是仙山，景是仙景，已写到山穷水尽处矣！却用白鹤迎来，以苏耽陪仙官，以衡岳陪嵩山，结妙。

10.《送杨少府贬郴州》

> 明到衡山与洞庭，若为秋月听猿声。愁看北渚三湘远，恶说南风五两轻。

青草瘴时过夏口,白头浪里出溢城。长沙不久留才子,贾谊何须吊屈平。

屈复点评:

一郴州。二景物兼点时。三、四情,顺承一、二。五、六经历景地。七、八慰结。"若为",若何为,情也。"愁看""恶说"皆从"若为"生。五、六加一倍写愁景,为上四衬,为下二作势。

六句写愁景,句句令贬郴州者愁死,至七、八方逼出"不久""何须"四字,足合少府开颜。此前六句一段,后二一段,格奇。然一首中七用地名,虽气逸不觉,必竟非法。

11.《和贾舍人早朝大明宫之作》

绛帻鸡人报晓筹,尚衣方进翠云裘。九天阊阖开宫殿,万国衣冠拜冕旒。
日色才临仙掌动,香烟欲傍衮龙浮。朝罢须裁五色诏,佩声归向凤池头。

屈复点评:

一早。二朝。三大明宫。四朝。五早。六朝。七、八和舍人。衣裳字太多,前人已言之矣。早朝字未合写,亦一病。

三、结语

由西安文理学院张进教授领衔主编的《王维资料汇编》之出版,填补了王维学术研究史上的一项空白,极大地方便学人开展王维研究。但资料汇编类著作的资料蒐集和编撰,是一项长期而浩大的工程。自有唐以来,1200多年漫长的时间里,对王维进行研究和批评的资料,浩如烟海,遗漏在所难免。今从清初诗人屈复《唐诗成法》一书中辑得王维五言律诗评论30则、七言律诗评论11则,以补《王维资料汇编》的清代部分。

(作者单位:西安文理学院)

摩诘与志摩

——论王维诗歌对志摩诗歌的影响

李 明

就其诗歌在当时的影响而言,王维和徐志摩都影响了一个时代。一个生活在唐代,一个生活在现代,相距千年,表面上似乎没有太大的关联。但一个字"摩诘",一个字"志摩"(志在摩诘),似乎能够部分说明彼此艺术上的传承。两人都表现出对大自然的极端热爱,同样吮吸着中华传统文化又让两者的作品建立了千丝万缕的联系。

先看王维,"(王维)如此天衣无缝而有哲理深意,如此幽静之极而又生趣盎然,写自然如此之美,在古今中外所有诗作中,恐怕也数一数二。它优美、明朗、健康,同样是典型的盛唐之音。"①顾起经《题王右丞诗笺小引》:"其(王维)为诗也,上薄骚雅,下括汉魏,博综群籍,渔猎百氏。于史、子、苍、雅、纬候、铃决、内学、外家之说,苞并总统,无所不窥。"②

再看徐志摩,徐志摩的朋友胡适对他是这样评价的:"他的人生观真是一种单纯的信仰,这里面只有三个大字:一个是爱,一个是自由,一个是美。"③"他从小被泡在诗书礼教当中。"④朱自清曾认为:"现代中国诗人须首推徐志摩和郭沫若"。⑤"中国古典理想重构于现代的最完整的典型还得算是徐志摩的作品。"⑥王维的"辋川诗"和徐志摩的"康桥诗"实质是对生生不息的大自然的钟情。由此可知,对美、对自然、对自由的追求成了两位诗人心灵的契合点。从对王维和徐志摩的这些评论中,我们也可以得出一个结论:"一个最伟大的文学创新者一定是一个伟大的继

① 李泽厚:《美的历程》,合肥:安徽文艺出版社 1994 年版,第 130 页。
② 赵殿成:《王右丞集笺注》卷末"附录",上海:上海古籍出版社 2007 年版,第 518 页。
③ 胡适:《追忆志摩》,《新月》月刊 1932 年第 1 期。
④ 卞之琳:《徐志摩诗重读志感》,《诗刊》1979 年第 9 期。
⑤ 李怡:《中国现代新诗与古典诗歌传统》,北京:北京大学出版社 2008 年版,第 225 页。
⑥ 李怡:《中国现代新诗与古典诗歌传统》,北京:北京大学出版社 2008 年版,第 225 页。

承者。"①

　　比较王维和徐志摩的大部分作品,都是由音乐美、绘画美、建筑美熔铸而成的杰作,他们在创作中坚持着"三美"的和谐统一,相距千年而又都有共同的创作实践和创作理念,这恐怕并不仅仅只是一种巧合。

一、音乐美

　　刘勰《文心雕龙·练字篇》:"心既托声于言,言亦寄形于字,讽诵则绩在宫商。"概括了诗歌韵律节奏的重要性。诗歌的音乐美,具有和谐的音响效果和内在节奏。一般来说,音节匀称、节奏整齐而又富有变化、韵律前后呼应,是必不可少的要求。王维曾任太乐丞,尤其注重诗歌音乐美。"渭城朝雨邑轻尘,客舍青青柳色新。劝君更进一杯酒,西出阳关无故人。"(《送元二使安西》)最具音乐性,由于音调谐美,曾被广泛改编吟唱,且又名《渭城曲》《阳关三叠》,一直到晚唐都很受欢迎。当时的记载有"相逢且莫推辞醉,听唱阳关第四声"(白居易《对酒诗》);"唱尽阳关无限叠,半杯松叶冻颇黎。"(李商隐《饮席戏赠同舍》)可见,王维诗歌的音乐美是被广泛认可的。据说其"红豆生南国","清风明月苦相思"等,到唐末依然被艺人们传唱。

　　诗歌的流行情况很大程度上依赖于其入乐的程度。殷璠曾说"维诗词秀调雅,意新理惬,在泉为珠,着壁成绘,一句一字,皆出常境。"我们对这段话稍作分析就会明白:"词秀调雅"概括的是王维诗歌用词秀丽、音调雅绝;"意新理惬"概括的是王维诗歌立意新颖、情理愉悦;"在泉为珠"概括的是王维诗歌的音乐美;"着壁成绘"概括的是王维诗歌的绘画美;而"一字一句,皆出常境"指出王维诗歌只是用普通的字句描绘出平常意境。应该说,王维的创作是相当成功的,因为诗圣杜甫的《解闷十二首》:"不见高人王右丞,蓝田丘壑漫寒藤。最传秀句寰区满,未绝风流相国能"对其作了最高的评价。

　　而徐志摩也似乎深谙此理,他说:"诗的真妙处不在它的字义里,却在它的不可捉摸的音节里……我深信宇宙的底质,人生的底质……只有音乐,绝妙的音乐,天上的星,水里泅的乳白鸭,树林里冒的烟,朋友的信,战场上的枪,坟堆里的鬼磷,巷口那只石狮子,我昨夜的梦……无一不是音乐做成的,无一不是音乐。"②现代诗人卞之琳也评价说:"以说话的调子,用口语来写干净利落、圆顺洗炼的有规律诗行,则我们至今谁也还没有能赶上闻、徐旧作,以至超出一步。"③

---

① 郑敏:《文化·语言·诗学——郑敏文论选》,福州:福建人民出版社2017年版,第124页。
② 徐志摩译:《波特莱尔〈死尸〉序言》,《徐志摩全集》,南宁:广西民族出版社1991年版。
③ 卞之琳:《徐志摩诗重读志感》,《诗刊》1979年第9期。

读王维的诗歌,我们会发现其内在节奏整齐而又有变化。如《渭川田家》:"斜光照墟落,穷巷牛羊归。野老念牧童,倚杖候荆扉。雉雊麦苗秀,蚕眠桑叶稀。田夫荷锄立,相见语依依。"描绘的是一幅田园晚归图:牛羊晚归,野鸡鸣叫,农夫交谈,归——念——候——雊——眠——稀——立——语,远近高低错落,旋律优美,像一首田园小夜曲。这种具有内在节奏的自然交响乐在徐志摩诗歌中也巧妙地存在。例如《车眺》:一、我不能不赞美/这向晚的五月天;/怀抱着云和树/那些玲珑的水田。/二、白云穿掠着晴空,/像仙岛上的白燕!/晚霞正照着它们,/白羽镶上了金边。/三、背着轻快的晚凉,/牛,放了工,呆着做梦;/孩童们在一边蹲,/想上牛背,美,逞英雄!/四、在绵密的树荫下,/有流水,有白石的桥,/桥洞下早来了黑夜,/流水里有星在闪耀。/五、绿是豆畦,阴是桑树林,/幽郁是溪水傍的草丛,/静是这黄昏时的田景,/但你听,草虫们的飞动!/六、月亮在昏黄里上妆,/太阳心慌的向天边跑;/他怕见她,他怕她见,/怕她见笑一脸的红糟!描绘的也是一幅恬静安逸的黄昏乡村美景图,云、树、水田、孩童、水牛、草丛、树林……"在星光下听水声,听近村晚钟声,听河畔倦牛刍草声,是我康桥经验中最神秘的一种:大自然的优美、宁静,调谐在这星光与波光的默契中不期然的淹入了你的性灵。"①也就是说,王维和徐志摩诗歌的音乐美在于他们能够完整地按照大自然的声响节律去组织诗歌。

其次,音乐美感还在于内在节奏和顿挫。如《观猎》:"忽过新丰市,还归细柳营。""忽""还"节奏迅捷欢快,传达出将军动作的铿锵有力。类似的诗还有:"十里一走马,五里一扬鞭。"(《陇西行》)"大漠孤烟直,长河落日圆。"(《使至塞上》)等等,连续感和顿挫感十足。而徐志摩的《沙扬娜拉——赠日本女郎》:最是那一低头的温柔,/象一朵水莲花不胜凉风的娇羞,/道一声珍重,道一声珍重,/那一声珍重里有蜜甜的忧愁——沙扬娜拉!"温柔""娇羞""忧愁"等语词音调协婉,一三五为短句,二四为长句,长短句相间,节奏低回柔美,采用的是古典诗词循环复沓的方式,犹如一首错落有致的乐章。

第三,精通音乐的王维善于在诗歌中运用象声词直接摹拟出自然界的各种声音,让人感受到一种音乐美。如"飒飒秋雨中,浅浅石溜泻。"(《栾家濑》)"蔼蔼树色深,嘤嘤鸟声繁。"(《同卢拾遗过韦给事东山别业二十韵》)"飒飒松上雨,潺潺石中流。"(《自大散以往深林密竹磴道盘曲四五十里至黄牛岭见黄花川》)"漠漠水田飞白鹭,阴阴夏木啭黄鹂。"(《积雨辋川庄作》)"飒飒""浅浅""嘤嘤"等象声的叠字,能让人感受到自然的各种声响,给人以真实的感受,让人如闻其声,如临其境,又有一种节奏的紧凑美。徐志摩的诗歌中也有许多地方采用这种叠字来增强节奏感。如

---

① 徐志摩:《我所知道的康桥》,《徐志摩全集》,南宁:广西民族出版社1991年版。

《沪杭车中》：匆匆匆！催催催！／一卷烟，一片山，几点云影，／一道水，一条桥，一支橹声，／一林松，一丛竹，红叶纷纷：／艳色的田野，艳色的秋景，／梦境似的分明，模糊，消隐，——／催催催！是车轮还是光明？／催老了秋容，催老了人生！这首诗给人感觉最强烈的就是其鲜明的节奏和流畅的韵律。"匆匆匆！催催催！"象声词的叠用形成短促的停顿，形成车轮般的节奏，推动诗情向前发展。全诗一共只有78字，其中"一"字出现7次，"匆匆匆！催催催！"既有音响，又有节奏，由车轮而人生，耐人咀嚼。再如《为要寻一颗明星》：我骑着一匹拐腿的瞎马，／向着黑夜里加鞭；——／向着黑夜里加鞭，我骑着一匹拐腿的黑马……，《雪花的快乐》里"飞飏，飞飏，飞飏"，《沙扬娜拉》中"道一声珍重，道一声珍重"，《再别康桥》中三次"轻轻的"、两次"悄悄的"，用重复的形式叠加构成诗歌内在的节奏，形成诗歌的主旋律。

徐志摩深得王维诗歌中音乐美的精髓，他曾说："一首诗的秘密也就是它的内含的音节的匀整与流动。——明白了诗的生命是在它们内在的音节的道理，我们才能领会到诗的真的趣味，不论思想怎样高尚，情绪怎样热烈，你得拿来彻底的音节化（那就是诗化）才可以取得诗的认识，要不然思想自思想，情绪自情绪，却不能说是诗。"①所以他的诗歌也被谱成歌曲广为传唱，比如《偶然》《我不知道风是在哪一个方向吹》等，诗歌《再别康桥》两度被演成歌剧，据说那首根据徐志摩《再别康桥》改编的同名歌曲，只需听上一遍观众就可以跟着轻声吟唱。而这完全都得益于对诗歌音乐美的重视。

二、绘画美

王维对自己的评价是："宿世谬词客，前身应画师。"（《偶然作六首》）他被称为南宗画派的开山之祖，是一位真正的画家。《旧唐书》本传载：（王维）"笔踪措思，参于造化，而创意经图，即有所缺。如山水平远，云峰石色，绝迹天机，非绘者之所及也。"②作为一个诗人兼画家，在进行艺术创作的时候，常常打通诗与画的界限。所以读王维的诗歌，我们能时时领略到"诗中有画"绘画美。

首先是构图美。画家的构图非常注重景物的布局和取舍，王维常常用画家的眼光、画家的笔法，在诗歌中建立和谐的构图。其代表作《终南山》："太乙近天都，连山到海隅。白云回望合，青霭入看无。分野中峰变，阴晴众壑殊。欲投人宿处，隔水问樵夫。"浮现在读者面前的是终南山绵延不断的走势以及巍峨雄伟的气势。作者把整个终南山的山势通过绘画般的布局展现在我们眼前，天——地——海——云——人，读诗就像观画。并且，王维诗歌构图的层次感也非常清晰，例如

① 徐志摩：《诗刊放假》，《晨报副刊诗镌》第11号，1926年6月10日。
② 刘昫等撰：《旧唐书》卷190，北京：中华书局2000年版，第3438页。

《新晴野望》:"新晴原野旷,极目无氛垢。郭门临渡头,村树连溪口。白水明田外,碧峰出山后。农月无闲人,倾家事南亩。"第一句写"新晴原野旷"的"旷",继而写"郭门临渡头"的"渡头",继而"村树连溪口"的"村树",然后是"白水明田外"的"白水",最后是"碧峰出山后"的"碧峰"。读这首诗,最明显的是构图层次的清晰。如同电影镜头的推进把景物一层层地揭开,还原出全诗"新晴野望"的"望"。类似的这种在空间上具有指向性的构图非常之多。例如"水围舟中市,山桥树杪行。"(《晓行巴峡》)"山中一夜雨,树杪百重泉。"(《送梓州李使君》)"逶迤南山水,明灭青林端。"(《北坨》)等等。

徐志摩虽然不是画家,但他曾说:"要真心鉴赏文学,你就得对于绘画、音乐有相当的心灵的训练。"[1]如《春》:河水在夕阳里缓流/暮霞胶抹树干树头;/蚱蜢飞,蚱蜢戏吻草光光,/我在春草里看看走走。/……金花菜,银花菜,星星澜澜,/点缀着天然温暖的青毡,/青毡上青年的情偶,/情意胶胶,情话啾啾……诗歌动态描写了康河两岸的优美风景,犹如一幅优美的图画,意象逐层铺开,形成和谐构图。河水、夕阳、晚霞、树干、树头、蚱蜢、春草、金花菜、银花菜,以及身处其中的青年人……让读者在读诗时领略到一种画风,景色的描写、色彩的搭配、层次的组合十分和谐,按照人物的视角组织语言,让我们获得视觉性的美学感受。诗人在《自剖》中说:"星光的闪动,草叶上露珠的颤动,花须在微风中的摇动,雷雨时云空的变动,大海中波涛的汹涌,都是触动我感兴的情景。"[2]前文所列的《车眺》,描写的是五月黄昏时的田园图,读来有王维《渭川田家》相同的风味:云、树、水田、草虫、流水、水牛、孩童、豆畦、桑树林、白石桥以及月亮,这些悠闲而又别有韵味的意象,构成一幅田园画。类似的还有《夏日田间即景》:"柳林青青,/南风熏熏,/幻成奇峰瑶岛,/一天的黄云白云,/那边麦浪中间,/有农妇笑语殷殷。/笑语殷殷———/问后园豌豆肥否,/问杨梅可有鸟来偷;/好几天不下雨了,/玫瑰花还未曾红透;/梅夫人今天进城去,/且看她有新闻无有……"柳林、白云、麦浪、农妇、豌豆、杨梅、玫瑰花,完全是生活的绘画,再现的是日常生活化的场景。其他诗我们只要看诗歌的题目就能在脑海里形成画面感,如《石虎胡同七号》《花牛歌》《东山小曲》等。

其次是色彩美。诗是要诉诸形象的,而形象的第一要素是色彩。王维《积雨辋川庄作》"漠漠水田飞白鹭,阴阴夏木啭黄鹂"充分展现大自然的色彩美,"白鹭"——"黄鹂","漠漠水田"——"阴阴夏木",色彩上的黄白交织、明暗交错,让画面感异常强烈。在表现上运用了强烈对比的设色法,采用明暗对比的处理,使画面的意境更为鲜活。"渭城朝雨浥轻尘,客舍青青柳色新。"(《送元二使西安》)采用

---

① 韩石山编:《徐志摩全集》第3卷,天津:天津人民出版社2005年版,第5页。
② 韩石山编:《徐志摩全集》第3卷,天津:天津人民出版社2005年版,第338页。

"青""绿"两种色彩简单地进行渲染,使无限离愁的送别在这个背景之下诗意清新,从而淡化忧愁。《辋川别业》中"不到东山向一年,归来才及种春田。雨中草色绿堪染,水上桃花红欲然。"用画家的眼光、画家的着色用色法,把两种色彩放到一起展现:红欲然——红得似乎要燃烧起来;绿堪染——绿得好似可以用作染料,读这样的诗就像在看画家的调色盘。

徐志摩诗歌的色彩同样明艳。试看《康桥西野暮色》中的第一节:一个大红日挂在西天/紫云绯云褐云/簇簇斑斑田田/青草黄田白水/郁郁密密鬅鬅/红瓣黑蕊长梗/罂粟花三三两两……诗人通过太阳、云彩、青草、黄田、白水、罂粟花等意象,勾勒出一幅优美的康桥暮色图,这和王维的"漠漠水田飞白鹭,阴阴夏木啭黄鹂"有神似之处。在色彩的表现上,大势铺排,"红、紫、绯、褐、青、黄、黑",用色大胆,色彩鲜明。再如"我站在桥上,/这甜熟的黄昏,/远处来的箫声和琴音——点儿,线儿,/圆形,方形,长形,/尽是灿烂的黄金,/倾泻在波涟里,澄蓝而凝匀"(《威尼市》)。将形状与色彩完美地呈现在文字之中。至于《月下雷峰影片》:"深深的黑夜,依依的塔影,/团团的月彩,纤纤的波鳞——/假如你我荡一支无遮的小艇,/假如你我创一个完全的梦境!"在想象中涂抹鲜艳的色彩。另外《灰色的人生》中色彩的运用也非常大胆:"我一把揪住了西北风,问它要落叶的颜色,/我一把揪住了东南风,问它要嫩芽的光泽;/我蹲身在大海的边旁,倾听它的伟大的酣睡的声浪;/我捉住了落日的彩霞,远山的露霭,秋月的明辉,散放在我的发上……"把嫩芽的光泽、落叶的枯黄色、大海的蓝色、落日的红色、远山的露霭、秋月的明辉,交糅在一起,色彩运用丰富多彩,画面感十足。

色彩和构图合在一起就能构成优美的意境。"大漠孤烟直,长河落日圆"(王维《使至塞上》)是"诗中有画"的典型,无论是构图还是色彩恐非画家所能为,而"江流天地外,山色有无中"(《汉江临眺》),若有若无的线条和色彩更是给人梦幻般的美丽,真可谓只可意会而不可言传。而徐志摩笔下的诗歌,又何尝不是如此。"最是那一低头的温柔,/象一朵水莲花不胜凉风的娇羞"(《沙扬娜拉》)将低头的动作神态用水莲花进行比喻,就将复杂的感觉和情绪具象化地传达出来,我们只需用绘画美还原出在凉风吹拂下的水莲花的娇羞姿态,便能感受到日本少女的"温柔"情韵。

王维作品中类似的还有"明月松间照,清泉石上流。"(《山居秋暝》)"荒城临古渡,落日满秋山。"(《归嵩山作》)"柳条疏客舍,槐叶下秋城。"(《与卢象集朱家》)"靡靡绿萍合,垂扬扫复开。"(《萍池》)徐志摩作品中还有:《小诗》《月夜听琴》《秋月呀》《夜半松风》《黄鹂》《珊瑚》等绘画感十足,限于篇幅就不一一罗列。

三、建筑美

闻一多在《诗的格律》中说:"在我们中国的文学里,尤其不当忽略视觉一层,因为我们的文字是象形的，我们中国人鉴赏文艺的时候，至少一半的印象是要靠眼睛来传达的。诗的实力不独包括音乐的美（音节），绘画的美（词藻），并且还有建筑的美（节的匀称和句的均齐）。"①唐代近体诗，其形制本身就具有一种排列上的建筑美。并且，篇式、句式有一定规则，音韵讲究一定规律。王维曾被唐代宗誉为"天下文宗"，他的诗歌严守声律，意境优美，在用韵、对仗、字数以及平仄上都遵守着严格的要求，所以有人将王维推为"盛唐律诗第一高手"②，更说明王维诗歌在结构上的精妙之处。而新诗虽然没有近体诗形制上的要求，但也讲究内在的节奏和排列。徐志摩说："新诗的格式由我们自己的意匠来随时构造""打破一个固定的形式，目的是要得到变异的形式。"③我们以王维的《终南山》和徐志摩的《五老峰》作一比较。沈德潜评析《终南山》说："'近天都'言其高，'到海隅'言其远，'分野'二句言其大，四十字中无所不包，手笔不在杜陵下。"（《唐诗别裁集》卷九）从空间构图上看，先写高，次写广，以白云、阴晴衬托大，最后从景写到人，写景壮阔而又不失细腻，字字合律而却又浑然天成，体现的是一种精致的建筑美。同样是写山，徐志摩的《五老峰》展现的是形式和内容的契合："不可摇撼的神奇，/不容注视的威严，/这耸峙，这横蟠，/这不可攀援的峻险！/看！那巉岩缺处/透露着天，窈远的苍天，/在无限广博的怀抱间，/这磅礴的伟象显现！"以内在的形制结构全篇。作者生动形象地描绘了壮丽险峻的五老峰的美景，神奇的是，诗行本身以参差错落的结构来呈现，再现了山峰磅礴的伟象，从诗行中我们能够体会到山峦的起伏，群峰错落的跌宕起伏之势。所以，新诗的建筑美稍异于格律诗，它表现在诗行排列上所形成的视觉效果。

王维的绝句《鹿柴》："空山不见人，但闻人语响。返景入深林，复照青苔上。"由动与静、远与近、虚与实勾勒得惟妙惟肖，造成一种迂回往复的节奏，展示出独特的建筑美。而徐志摩的《为要寻一个明星》："我骑着一匹拐腿的瞎马，/向着黑夜里加鞭——/向着黑夜里加鞭，/我骑着一匹拐腿的瞎马！……"徐志摩采用的是"复沓变奏"的抒情法，第1、4行顶格，第2、3行空两格，诗意循环推进，环环相扣，体现诗歌的建筑美。

相比于王维诗歌的整齐划一，新诗的建筑美表现在内在的节奏。徐志摩说："行数的长短，字句的整齐或不整齐的决定，全得凭你体会到了的波动性……"④闻一多也注意到新诗旧诗形制的不同，认为新诗的形式可以是层出不穷的，可以根据内容来建构。这其实是说，新诗在继承中国诗歌传统的基础上，也可以吸收西方诗

① 闻一多：《诗的格律》，《晨报·诗镌》（第6号），1926.5.13。
② 陆平：《王维：盛唐律诗第一高手》，《文学遗产》2011年第6期。
③ 徐志摩：《诗刊放假》，《晨报副刊》（第11号），1926.6.10。
④ 徐志摩：《诗刊放假》，《晨报副刊》（第11号），1926.6.10。

歌的艺术形式,推陈出新,将二者融合而加以创新。

王维的五律《观猎》:"风劲角弓鸣,将军猎渭城。草枯鹰眼疾,雪尽马蹄轻。忽过新丰市,还归细柳营。回看射雕处,千里暮云平。"此诗刻画的是将军狩猎的风采,画面栩栩如生! 开篇描写气候恶劣,将军出列,先声夺人。而结尾却采用回看的动作,与开篇呼应对照,表现狩猎圆满结束的自得神态,以景衬情,余味无穷。在建筑美上,八句四行的形式,虽是固定不变的。但却有许多值得玩味的地方,如中间两联巧妙变化,一联通过写景来写人,一联直写将军的动作;一联意象密集,一联意象流畅;对仗使用上,一联采用正对,一联采用流水对。两联句法略有变化。沈德潜评曰:"神完气足,章法、句法、字法俱臻绝顶,盛唐诗中亦不多见。"①形式和内容高度契合,是建筑美的典范。王维特别的注重句式的搭配与变化。《山居秋暝》第二联"明月松间照"采用二二一句式,而第三联"竹喧归浣女"却变为二一二句式。而徐志摩的诗歌也十分讲究形制和章法,他的诗多以四行一节式为主,但从整体上看,节式、章法、句法、韵律较王维有更多的变化,他讲究诗形而能不为其束缚,整饬中有变化,呈现出灵活多样的体式。如《盖上几张油纸》:"一片、一片,半空里/掉下雪片;/有一个妇人,有一个妇人/独坐在阶沿……"全诗共10节,每节4行,每节1、3行顶格而2、4行空两格,并且长短相间,诗歌开头两节和结尾两节完全重复,首尾照应,复沓循环,结构模式与诗中所叙述的悲剧情态相契合,令人不胜伤悲。每节第2、4句押韵,格式上整齐中有错落,参差中有匀称,外在形式和内在情感契合得非常好。通过徐志摩的诗歌《山中》《沙扬娜拉》《落叶小唱》《石虎胡同七号》《雪花的快乐》《无题》可以发现,徐志摩诗歌的建行虽然千变万化,但都是有规律可循的,大多数都能做到一种视觉上的建筑美——排列上的整齐匀称。如《偶然》:"我是天空里的一片云,/偶尔投影在你的波心——/你不必讶异,/更无须欢喜——/在转瞬间消灭了踪影。/你我相逢在黑夜的海上,/你有你的,我有我的,方向;/你记得也好,/最好你忘掉,/在这交会时互放的光亮!"诗歌分为两段,粗略地看各行字数相差比较大,各行停顿也不尽相等,但段落的排列、诗句的分行显然是有章法可循的。首先,两段相比,停顿数目是相同的,两段字数也大体相同,这是"大"的"建筑美"。而一节之内,短句前面往往用两个空格补足,多形成一个停顿。这其实类似于绘画的"留白",加上留白的节奏,各行之间渐趋于整齐,这是"小"的"建筑美"。所以,当我们统计徐志摩的诗歌,往往能够得出其形制美、建筑美的结论。"《石虎胡同七号》每行字数大体上都保持在15—17字之间,《月下雷峰影片》大体保持在9—12字之间,《在那山道旁》大体保持在11—13字之间,有的诗每行字数相差较大,但却符合一张一弛的原则,长短搭配,在整体上反倒是整齐了……徐志摩的独

---

① 陈铁民:《王维集校注》,北京:中华书局1997年版,第612页。

特性在于,他以自己天赋的感觉能力,十分妥当地调整自由与均齐之间的微妙关系,(就像他调整了自由意识与大自然的关系一样)他基本上抛弃了种种外在的整齐,而是在一种不太整齐的参差错落中构织着内在的和谐。)"①

总之,王维诗歌忠实、客观、简洁,意境悠远而又清新自然,他在诗歌创作中坚持"三美"的和谐统一,即音乐美、绘画美、建筑美,在创作中实现多种艺术形式互为交融。徐志摩诗歌继承了王维诗歌的艺术精髓,吸收了格律诗的外在格式和内在精神,诗歌意境与诗歌形制彼此契合,正符合了闻一多所说的"新诗的格式是根据内容的精神制造成的"。所以,在"音乐美、绘画美、建筑美"三个方面,王维的山水田园诗对徐志摩的新诗创作,形成深刻影响。

但音乐美、绘画美、建筑美只是艺术的外在传递形式,徐志摩对王维最深层的接受恐怕还是在于其内容,在于对大自然的领悟和心性意趣。王维"深林人不知",给人丝丝遗憾,然而却又有"明月来相照",人与自然已经充分地融为一体。徐志摩说"在康河的柔波里,我甘心做一条水草!"也已经超越了人与自然的隔膜,王维和徐志摩对自然的亲近与溶入,对大自然的观照与热爱,形成一种共振。大自然的纯洁幽深博大,内化成了诗人精神世界的一部分,王维和徐志摩自觉不自觉地在对大自然的领悟中实现了对中国传统文化的精神默契,他们通过诗歌这种"美"的形式去传达领略到的"美"的内容,从而把传统与现代,把内容和形式融合在了一起,完成了中国古代诗歌美学的现代"重构"。

(作者单位:湖北科技学院人文与传媒学院)

---

① 李怡:《古典理想的现代重构——论徐志摩与中国传统诗歌文化》,《江海学刊》1994 年第 4 期,第 171 页。

陈澕对王维诗风的接受

金昌庆

一、陈澕其人其诗

陈澕,高丽时期神宗年代的文人,生卒年代不详。韩国高丽时期,即公元935—1392年,"就时代而言,相当于中国五代十国末期(后唐末帝清泰二年,南汉高祖大有八年)至明朝初年(洪武廿五年),在历史、文化、教育、文学与艺术发展各方面,均与中国关系密切,尤其当时以汉字为书写文字,文人士大夫莫不以汉字表达思想、纪录史实、创作新篇。"[1]对陈澕其人的身份描述,多指为新式贵族文人。中国学者,如千光玉(2011),在《梅湖陈澕与中国文学之关联研究》中,论及陈澕其人为"著名贵族文人",诗中表达对社会不满及崇尚自然的倾向,又可见其与前朝旧贵族文人之别;再如逄淑军(2013),在《浅析高丽文人心目中的理想社会》中,亦指"以陈澕为代表的官场文人",相较于前之李仁老等没落的旧贵族文人,后之李奎报等新兴士大夫阶层,对理想社会的理解与追求之不同。

有关陈澕生前行绩的记录或文集多不为后人所知,只是在《梅湖遗稿》中可考其人其诗。《梅湖遗稿》有《梅湖遗稿序》,分别为黄景源序文、南泰普序文和李英裕序文,有崔粹翁之《梅湖遗稿小传》,有《梅湖遗稿跋》,分别为吴载纯、闵钟显、崔粹翁、陈廷杰四人所作,从中可对他作一个侧面了解。

陈澕其人,各文文笔侧重不同,且有重复之处,《梅湖遗稿跋》四篇较短,故以《黄景源序文》、崔粹翁《梅湖遗稿小传》为主而探究:

> 梅湖陈公澕洪州人也,宁宗庆元六年,举进士,未几,登第入翰林以书状

---

[1] 衣若风:《高丽文人李仁老、陈澕与中国"潇湘八景"诗画之东传》,《中国学术》2003 年第 4 期。

官,使于金,擢知制诰,由正言迁拜补阙,已而进为右司谏,知公州事,卒于官。①

梅湖公洪州骊阳县人也,姓陈名澕,梅湖其号也。曾祖讳宠厚,事高丽仁宗,以大将军讨贼臣李资谦封骊阳君。祖讳俊,参知政使,当毅明庚癸乱,扶护文臣,全活甚多,时人谓其后必昌。考讳光贤,枢密副使。公,其仲子也。②

陈澕其诗《三韩诗龟鉴》《东文选》《东人诗话》等,通过其15代后裔陈墫编撰的《梅湖遗稿》而流传下来。《梅湖遗稿》共收录了48题59首诗,尽管如此,韩国后世学者对陈澕诗世界的评价在《梅湖遗稿》的三序、小传、四跋中,都有很好的描述,给予很高评价和很大赞誉:

……玉堂唱酬之作,雄俊清丽,非文顺公所能及也。(《黄景源序》)
……世推李文顺为大家,梅湖陈公富丽少选,清新殆过之。(《李英裕序》)
……其为诗清华雄迈,变态溢媚。(《李英裕序》)
……有备才,善属文,尤工歌诗,清丽雅健。(《小传》)
……然观公之诗,虽寂寥如此,清新而有致,隽永而有味,譬若昆山之片玉,桂林之一支,具眼者而有取焉。(《闵钟显跋》)
……梅湖陈公之诗,卓为历代名家。清而不寒,丽而不繁,雄健华雅,百态横生。(《崔粹翁跋》)

陈澕的作品技艺高超,受人高抬,堪比高丽朝同时期士大夫阶层文人的代表李奎报的名声,这种评价除在《梅湖遗稿》序文、跋文的字里行间中得以彰显外,也在《高丽史》和《芝峰类说》中有相似记载:

公善为歌诗,与李文顺公奎报齐名一世。③
梅湖陈公之诗,卓为历代名家。清而不寒,丽而不繁,雄健华雅,百态横生。与李相国奎报,万驾不相让。评之者或推以才近东坡,或许以李杜孰胜。④
澕选直翰林院,以右司谏知制诰,出知公州卒。善为诗,词诗清丽,少与李

---

① 《梅湖遗稿》序之《梅湖集序》,黄景源。
② 《梅湖遗稿》之《梅湖遗稿小传》,崔粹翁。
③ 《梅湖遗稿》之《梅湖遗稿跋》,吴载纯。
④ 《梅湖遗稿》之《梅湖遗稿跋》,崔粹翁。

奎报齐名,时号李正言、陈翰林。①

丽朝学士陈澕,洪州人。诗甚清丽,与李奎报同时,翰林别曲所谓,李正言陈翰林双韵走笔者也。②

二、崇尚自然的整体上的"清"意象

存于《梅湖遗稿》中的陈澕诗作,有五言和七言,又以七言诗作居多,包括有绝句、律诗、排律、古诗四体。其诗多以田园山水为主题,有与友人的叙旧,如《春日和金秀才》;有观景后的遐思,如《宋迪八景图》;有寺庙生活的感悟,如《书云严寺》;有睹物思怀的情意,如《和李俞诸公题任副枢景谦寝屏四咏》。内容丰富,感情真挚,在接人待物、观光睹物的过程中,借景抒怀。

有王维诗《鹿柴》:

空山不见人,但闻人语响。返影入深林,复照青苔上。

另有王维诗《桃源行》:

渔舟逐水爱山春,两岸桃花夹古津。坐看红树不知远,行尽青溪不见人。……
当时只记入山深,青溪几度到云林。看来遍是桃花水,不辨仙源何处寻。

王维诗,诗中有画,画中有诗,在意境中取胜,清新怡人,令人神远,其诗匠心别运,高人一筹,具有独立的艺术性和文学价值,自不用说。

陈澕诗受盛唐诗风影响极大,尤其是受王维诗风影响,陈澕在其"诗画"特征明显的文学创作中,总体特征上,意在崇尚自然的"清丽",体现自己的"出淤泥而不染",在"清新"中"清警",其诗风中凸显的自然雅趣,也正是表达自己作为新式文人对理想世界的诉求,进以批判现实官场和社会不公。一个"清"字,即成为陈澕诗作的整体风格符号,而在创作方法和表现手法上,"诗画之风"与"禅境界"则是其受王维诗重大影响的具体运用上的突出表征。

高丽时期中国"潇湘八景"东渐后,"八景诗"一时盛行,借风景诗、山水诗咏情抒意,也成为陈澕诗中不可或缺的内容和情感意象,通过诗作呈现自然清丽的自然

---

① 《高丽史》卷百,列传十三。
② 李晬光:《芝峰类说》13,《文章部·东诗》。

人文之美，"清"诗中透着"画"与"禅"，"画"与禅"体现其诗作的"清"风，互为你我，左右关联。如陈澕的五言绝句《忆金翰林》：

> 吟诗卧穷巷，爽气透屋浮。上天结为露，散作人间秋。

整首诗，作者酒醉时追忆金翰林，以言简意赅之语，表述自己的心境。虽身处不妙的"巷""屋子"之地，卧醉吟诗，有些不堪，屋中文人落寞与酸楚的画面仿佛浮于纸上，但后两句"上天结为露，散作人间秋"倏然间让情势翻转，上天入地，超脱于世外，醉酒的文人成了神通的能人，上天"结为露"，可以普化人间的四季。虽然卧巷吟诗的文人此刻早已醉意朦胧，一个"秋"难掩诗人愁绪，但清醒中，他欲"结露""散秋"，简单明朗的"画面感"，前后对比中体现出的潇洒、快意、超然与旷达，诗作整体中所呈的"清警""清雄""清旷"诗风可见一斑。正如崔滋的《补闲集》中评价到，"金翰林克己诗，醉时歌及河阳山庄，用剧韵、叙旧等长篇，其辞意清旷浩汗。卓而不穷，诚富赡之才华也，不然，何以陈补缺忆翰林云。"①

再如陈澕的七言绝句《春日和金秀才二首》：

其一

> 绕栏炉烟学细云，酒醒愁重两眉春。
> 莺惊雨脚斜穿院，蜂把花心懒避人。

其二

> 满树春红泣露华，映门垂柳欲藏鸦。
> 作诗亦是妨真兴，闲看东风扫落花。

在诸多咏春诗作中，陈澕的这两首七言绝句，可谓既有唐诗的整体气象，又有王维诗的显性特征。诗中写春的辞汇，雅致清新，运用"双韵走笔"，巧妙神采地描绘出春意盎然之景。第一首，"细云""愁眉"中点出了"春意"，进而生动刻画了春意的别致来，"莺惊雨脚斜穿院，蜂把花心懒避人"的诗句，出自高丽文人陈澕之手，让春意"百态横生"，像是一幅画卷，展现在面前，静中有动，诗中有画，如此"清丽"的春景意象，何其妙哉。第二首，"满树春红"和"映门垂柳"勾勒出了春日的场景图，"泣露华"和"欲藏鸦"以拟人手法呼应着主语，第三句表露了诗人的心境，他丝毫不

---

① 《梅湖遗稿》之《忆金翰林》。

避讳"东风扫落花"的场景,"妨真兴"和"闲看"是其作诗和做人的态度,前两句描写春天极其生动之画面意象,后两句展露诗人极其平和之内心理想,诗画中体现淡泊和除弊的特征,整体上看,又是"清而不寒,丽而不繁"的"清丽"之作。

综诸家对陈澕诗作之评价,及上述对陈澕诗整体风格特点之阐析,可以判读出其诗世界的"清"字特质。"清新""清丽""清警""清雄""清华""清旷"等词评,可知陈澕诗中衬出其内心世界清新、干净、透明、旷达等情感诉求。崔滋也在他的《补闲辑》中提到"公诗清雄华靡,变态百出,信一代宗匠也"。与陈澕并称"双韵走笔"、赫赫有名的士大夫李奎报也对陈澕的诗世界做了如下评价:

"某近承盛作多矣,近体短章,诚清警绝妙,唯未识长篇巨韵中纵笔放肆处,故以长篇试之,今蒙所和新篇,辞语奔放,固在天地六合之外,甚叹甚叹,更何言哉!"[①]

李奎报也认为,陈澕的诗不论长篇还是短篇,"清警绝妙",都达到了非凡的境地。

陈澕的"清诗"是学习和借鉴了王维诗风中描绘自然山水时赋诗的写意意象的,虽总体上不及王维水平,但已体现当时高丽贵族文人崇尚自然、讲求清丽的文学追求和寻求变革的社会理想。

三、陈澕诗中的"诗画之风"

陈澕的《梅湖遗稿》中收录的 48 题 59 首诗,内容和主题上,以山水田园诗居多,这种和山水田园诗形式上的联系,可以从陶潜或谢灵运中找到其根据,而观其诗中意境、意象、意韵,其体现出的绘画性特征,则是王维诗的影响和接受使然。

王维山水诗中把直观的情感投影到具体景物中,表露诗作意境,借景抒情中,自然流畅、清新怡人,赋诗与作画相得益彰,开山水诗之一家之创,陈澕的诸多诗作中展现了这种王维式的"诗画之风"。

有王维诗《鸟鸣涧》:

人闲桂花落,夜静春山空。月出惊山鸟,时鸣春涧中。

陈澕《春晚题山寺》中显现出了王维山水画的特征,其诗为:

雨馀庭院簇莓苔,人静双扇昼不开。碧砌落花深一寸,东风吹去又吹来。

---

① 李奎报:《东国李相国集》11,《陈君复和次韵赠之并序》。

在这首诗中，作者在山寺这一空间里十分细腻地描绘出一瞬间事物的移动。诗人居住的山寺位于人迹罕至的地方，在这样的空间中，诗人不动声色地按原样描绘出晚春山寺中出现的自然变化，即诗人在不表现自己感情的情况下，原封不动地刻画出现场的风景。从表面上看，陈澕的诗只是描写这样的心象，并不附加任何说明和解释，这是因为陈澕的诗重视"象外之意"。像这样，诗人通过写景和写情，显现出不强调主体"人"的现象，这是为了超越人的感情而维持平静的心态。这样主体和客体合一的情景交融就是王维山水诗的妙处。再来看他的《野步》：

　　小梅零落柳傲垂，间踏青岚步步迟。渔店闭门人语少，一江春雨碧丝丝。

这首诗通篇清新美丽地描绘出春天悠闲的情趣和清新的氛围。但是在这首诗中，诗人只是描写作为诗的对象的自然心象，却没有投影出人的身影。这是"非人间化"的表达手法，只写景的意象，诗人的意在景中，也就是把自己投影和幻化在诗意中。这说明诗人本人作为话者，已经和世界成为一体，到达了难以区别主体和客体的超凡境地。因此，徐居正在《东人诗话》中评价到："清新幻妙，闲远有味，品藻韵格，如出一手，虽善论者，未易伯仲也。"

陈澕《五夜》：

　　五夜不知风雨恶，醉和残梦度晨鸡。家僮忽报南溪涨，半泣山花到石阶。

这首诗，以雨为对象，以夜为背景，由诗人自己所见所感引发，写情境。此诗意在写雨中自己的境遇，虽与王维诗中的写雨场景不同，但其用词、用意、层层递进的层次感，以及对情境中各种物象的白描，基本都是循王氏的笔法而作。

王维诗中，写雨景的也颇多，如《渭城曲》中的"渭城朝雨浥轻尘，客舍青青柳色新"《山居秋暝》中的"空山新雨后，天气晚来秋"等作品中，从"朝雨""新雨"入手，写了"柳色新""晚来秋"的舒爽明快。而此诗没有刻意模仿王维代表性雨诗题材中的轻快明朗的一面，而是敢于就自己的感闻写雨诗，写"风雨恶"。后三句，句句都没写到"恶雨"，笔间却生有雅趣和自嘲的意味，写了"残梦""家僮"，把"晨鸡""南溪""山花""石阶"这些雨夜中的物象，巧妙地组合在诗中，尤其是最后两句的描写，十分立体，充满了写意，"忽报"和"半泣"将诗作变得更加栩栩如生，演化为一幅生动的诗画。从最后的效果看，陈澕的这首夜雨诗，倒如王维另一首写雨诗《积雨辋川庄作》中的情节和意象了，充满着生活中的凡事和野趣，却在淡泊和自嘲中抒发情感，写景写境，有诗有画，寓意尽在其中。王维《积雨辋川庄作》诗云：

积雨空林烟火迟,蒸藜炊黍饷东菑。漠漠水田飞白鹭,阴阴夏木啭黄鹂。
山中习静观朝槿,松下清斋折露葵。野老与人争席罢,海鸥何事更相疑。

在陈澕诗中,律诗也是常见体裁,其中,保留下来的七言律诗较多,而五言律诗仅三首。其律诗中,也有大量较为显著的王维诗画风格的诗句。如五律中的陈澕《次韵朝守》:

清切天居近,徘徊阁道深。楼明初榜殿,月落半庭阴。
烟色笼温树,风声度舜琴。醉颜侵夜起,残梦亲微吟。

再如陈澕七律中《月桂寺晚眺》:

小楼高倚碧屏颜,雨后登临物色闲。帆带绿烟归远浦,潮穿黄苇到前湾。
水分天上真身月,云漏江边本色山。客路几人闲似我,晓来吟到晚鸦还。

这些律诗中,已足见陈澕诗中王维诗风的影响,即在写景中强调意境,在意境中勾勒出诗画。遣词、组句、排律,尤其是铺陈、构思、意象上,陈澕十分考究和运用王氏诗风,无论是五律还是七律,其中都常见有王维诗中善描之物色,如"山、月、雨、烟、绿、闲"等,内容也多是乡间野趣、山水雨月,立足于景中,超脱于象外,抒发诗人归隐淡然的志向,将追求人生抱负、去除社会流弊、务实革新的情感物化为景,情景交融,一幅幅诗画,跃然笔端。

另有其七律诗作中的若干散句留存,如《江上》:"风吹钓叟帆边雨,山染沙鸥影外秋",《失题》:"三年旅枕庭闱月,万里征衣草树风"等句,体现王氏之风。而陈澕在《梅湖遗稿》之"七言古诗"下有《宋迪八景图》八篇诗作,虽亦是其写景山水诗之佳作,但因是受"潇湘八景"东传而作就的"八景诗",另做它论。

四、陈澕诗中的"禅""禅境""禅诗"

陈澕诗并不止于诗情画意、情景交融,作为王维"诗画之风"的集大成之作和登峰造极的物象,"禅"成为必然重要的写作主题,"禅境"成为烘托和凸显意境的最佳氛围,"禅诗"成为王维诗及后继者们承继和拓新的文学形式和符号。准确地说,王维的禅诗,是基于其整体清新脱俗的诗歌特质,在诗画风格的山水诗基础上,将"情景"和"情境"完美融合的表现载体。王维的禅诗,是"清新的山水禅诗",这同时也自然吸引和影响着有同等情趣和志向的文人的文学偏好,高丽文人陈澕便是其中一例。

王维诗中显现的以禅入诗的境界,被陈澕所接受。受其影响,陈澕诗作中有不少关于"禅""禅境"的"禅诗"。这可以从崔滋的《补闲集》中记载陈澕对"逸气"的见解窥见一端:

"逸气一言,可得闻乎？陈曰,苏子瞻品画云,摩诘得之于象外,笔所未到气已吞,诗画一也。杜子美诗,虽五字中,尚有气吞象外,李春卿走笔长篇,亦象外得之,是谓逸气,谓一语者欲其贵也。夫世之嗜常感凡者,不可与言诗,况笔所未到之气也。"

文中,吴芮公请问陈澕何为"逸气",从陈澕的回答中可见其诗观,即意在象外。陈澕对"象外"的意境十分看重和推崇,其提到苏子瞻之品画,杜子美之诗,李春卿之赋长篇,都胜在"象外"。王维的"诗中有画"和神韵倾向,就是陈澕所言之"逸气""象外",在王维禅诗中,体现出的"禅"和"禅境",便是陈澕接受王维诗风的重要原因。再举陈澕《月桂寺晚眺》一诗为例,诗云:

小楼高倚碧屏颜,雨后登临物色闲。帆带绿烟归远浦,潮穿黄苇到前湾。
水分天上真身月,云漏江边本色山。客路几人闲似我,晓来吟到晚鸦还。

此诗中,诗人描写出在雨后登上月桂寺,眼前所展现出的无限闲静的世界。诗人由于沉迷于此景,所以早晨登上月桂寺,不知不觉已到傍晚,乌鸦开始回巢。这首诗中通过王维的以禅喻诗的风格,描写出入禅的境地。对此,徐居正在《东人诗话》中说到,此诗中出现的"真身月"或"本色山"等诗语是佛家语。"真身月"或"本色山",指的是对象原本的真实面目。诗人登寺后,看着倒影在水中的月和被云遮住而隐约显现的江边山色,重新唤起了对这些物象原来面貌的想象。对于这一点,翁方纲在《石洲诗话(卷一)》中,对王维诗"禅的境界"有如下的记述:

右丞五言,神超象外,不必言矣。至此故人不可见,寂寞平陵东,未尝不取乐府以见意也。

翁方纲评价说,诗作意境中显现出超越物象世界的"禅的意境",超于"象外"的禅诗,的确不可多得。陈澕对自己诗作的要求,也是如此。陈澕《读李春卿》中,有云:

啾啾多言费楮毫,三尺喙长只自劳。谪仙逸气万象外,一言足倒千诗豪。

诗中前两句,夸张而形象地描写诗作绘画美和声态美,强调诗中应体现的声形并茂的构词和刻画的重要性，象外的"逸气"之言，可以让"谪仙"傲视众家诗客，斟字酌句很关键，诗句胜在笔先。其把对"象外"意境的看重，写进了这首诗里。也正基于此，陈澕对王维诗中"禅的意境"大为接受和认可，对王维及自己所作山水诗中的"禅"和"禅境"才有了更好的把握和拿捏。陈澕"禅诗"中，突出山水特色同时，着意呈现"禅境"，并与王维诗风中惯有的绘画性特征相结合，景与"禅"合汇交融。

再如陈澕《游五台山》：

> 画里当年见五台，浮空苍翠有高低。今来万壑争流处，自觉穿云路不迷。

崔滋的《补闲集》中注解此诗云："此诗可作图画者也。陈补缺游五台山云，此古人所谓对境想画也。"[①]此诗题后的解中也说："时公因王事往来东作，载舆地胜览"。陈澕去五台山主要是"游"，未曾游过五台山的陈澕如何在短短的七言绝句中尽陈五台之壮美，他如王维的《送别》句，没有用太多华丽的辞藻，也没有用过多的物化的白描和写景，而只写了自己一时的情感，将画中见过的五台和眼前的五台进行比较，不由感慨万千，在"万壑"中"穿云"，在"浮空苍翠"的恋恋山脉里，峰回路转"路不迷"。"争流处""路不迷"，看是写景，实又双关地在写意、写境，写自己的境遇，写自己的追求和志气。用后两句的感受"画龙点睛"，突出五台山的气势恢宏，以"禅的意境"写景写情，不露声色、水到渠成地达到了"意在象外"的"逸气"之美，让人觉得境中有境，味中有味，是画非画，禅意浓浓，与王维《送别》等诗有异曲同工之妙，是陈澕"王维山水禅诗"的佳作。王维《送别》，诗云：

> 山中相送罢，日暮掩柴扉。春草年年绿，王孙归不归。

又如陈澕七言古诗《书云严寺》：

> 昨夜山梅一枝发，山中老僧不知折。使君年少正多情，走傍寒业问消息。
> 恨无仙人双玉箫，吹破人间远离别。到山三日不登山，无奈东风却凄切。
> 明朝上马入红尘，谁赏堂前一帘月。

诗中写山寺，但单看每一句，亦是写"禅意"的人生。"山梅"与"老僧""年少""多情""问消息"的情境，由此想到人间别离，"不登山"与"东风无奈"，最后一句切入正题，"红尘"中的人生，才是需要我们面对的不变话题，"帘月"既令人向往，又有

---

① 《梅湖遗稿》之《游五台山》。

谁来"赏"，必须要学会独自面对。作者在前几句，以不同情境叙事，老僧般的痴悟、多情年少、别离、无奈，都是人生的常态，"谁赏堂前一帘月"既是在发问，也是给出了答案。陈澕诗中，借用"山寺""老僧"等写现实社会，在对比中自省、自悟，以探究人生哲理，希望打破现世社会的积弊，透露出理性的禅意和哲思。

在《梅湖遗稿附录》之"酬唱"下，有李奎报之载陈澕诗文十三首，多以长诗见之。其中的前几首，有不少与"僧""灯"等"禅意"有关的诗句，以诗现佛寺的偈语，前后呼应，对仗工整，提点如下：

其二

    端坐萧然肖衲僧，爱君闲话更挑灯。人呼百日无双客，身到青云第几层。……

其三

    冷淡生涯厌较僧，羡君豪眼惯馋灯。醉携红袖香生座，吟罢琼楼月上层。……

    不招棋伴即诗僧，断送长宵只一灯。让蝶雪微独解舞，学峰云淡不成层。……

其四

    朝退时时爱访僧，又逢闲客共棋灯。寻山雨帽低沈角，趁阙风缨坚作层。……

    忧喜忘来似定僧，任他金粟巧排灯。琳条阴地强千丈，玉陇通天仅万层。……

此外，陈澕《转大藏经消灾道场音赞诗》云："两手蕉心经卷卷，半肩山色衲层层。禅朝案上香堆烬，讲夜簪头月减棱。"[1]又《金明殿石菖蒲》云："禅窗日末香烟袅，一枕随风竹阴好。上人睡足眼波寒，宴坐相看不知老。"[2]均是陈澕"禅意诗"的佳作。

五、"春风不到峨眉岭"：陈澕诗风的解读

作为高丽时期贵族文人的代表，陈澕的文学作品表现出了明显的较之前朝旧

---

[1]《梅湖遗稿》之《转大藏经消灾道场音赞诗》。
[2]《梅湖遗稿》之《金明殿石菖蒲》。

文人的变化,他的诗作,呈现出崇尚自然的"清"字特质的整体意象,强调"诗中有画"的形神意境,并格外看重创作时对"意象之外"的"逸气"的运用,这些都是王维诗风的特征。陈溁对王维诗风的接受,一方面是对诗歌发展变化中的自我理解和融通之举,另一方面也欲借王维"清雅的山水禅诗"以抒自己胸志、以诉对理想社会革新的渴慕。其诗中,有些抒情、有些写意、有些求意境美、有些寻理性哲思,更有将抒情、写意、意境、哲思写于一诗之作,这既是文学作品发展和融通的需要,也是当时时代变化的背景表征和历史起承转合过程中的人文映照。

陈溁《题画扇蟠松》云:"老僧长伴苍髯叟,何更移真入扇团",诗下《闲补集》注曰:"陈补缺因王事,行过雉岳西,山松阴密水石幽奇,心爱之,入洞中。有草屋两三,隐映林间,一老僧带儿子坐溪石。陈下马与语,气韵不凡,遂偶坐。见一纸扇画蟠松。陈取扇书其背云:老僧长伴苍髯叟,何更移真入扇团。僧即和云:春风不到峨眉岭,扑地蛟龙翠作团。陈郎惊愕叹服。又赠十韵,语意俱清绝。不知何许人也。"

可见,陈溁所处的时代,隐居于山林的高人奇士不少,能诗作对,气度不凡。"清绝"的诗风,已是时代进步和文化发展的潮流所趋。以与山林僧人题诗应对之事作为题材,来记叙陈溁这段所见所闻,也可隐喻当时"诗"与"僧""禅"之密切关系,"山水诗"与"禅意的诗"之息息关联。而老僧一句"春风不到峨眉岭,扑地蛟龙翠作团",可能不光让陈溁惊愕其文采,也让陈溁惊愕隐居山林的老僧对当时天下时弊的精妙譬喻,也让现世之我辈可以再次遥想"陈溁对王维诗风接受"背后的时代命脉。

(作者单位:韩国釜庆大学文学院)

211

《王维资料汇编》拾遗

谭苦盦

　　新近所梓《王维资料汇编》①用力甚勤,所萃亦丰,为王维研究者提供了极大之便宜。然智者千虑必有一失,此编博赡之馀,不免或遗,兹就平素翻检所得,拾补如次,以备同人利用。

一、顾可久《唐王右丞诗集注说》②

　　卷首《新刻王右丞相诗集注说序》:"六艺之文,其以诗胜,在唐人集中,称摩诘王右丞焉。右丞之诗精深崇峭,词与旨称,而华婉蔚沉之气兴发于比兴间,当时赞言'至比大雅',流传后世,莫不慕而读之。狭襟单量,未窥万一,得其言而未得其所以言,犹未读也,况能陈其义而说之乎? 解颐于鼎者寡矣。予友无锡顾洞阳氏,少嗜学,蚤以文名,尤邃于诗,……晚岁独好右丞诗,日置一卷几上,晨曦宵魄,欣忻对之,意有所会即书于册,句为之注,篇为之说,犁然泮然,如与右丞面谈于一堂之上,抵掌而示肝鬲者。……洞阳名可久,字与新。……嘉靖庚申夏六月,江阴张衮撰。"

　　卷末《王右丞诗集跋》:"诗有别材,非关书也。诗有别趣,非关理也。然非入路之正、立志之高,且加工力,不免有愈骛愈远之忧矣。故学诗者先以楚骚汉赋为本,次熟读盛唐诸名家诗,服膺其法体,游泳咀嚼,久之自成立志之基,而纵学之未至,亦不为失正路也。方今皇朝盛唐各集既行于世者,惟有李翰林、杜工部、孟襄阳、崔司勋耳。夫李之飘逸、杜之沉郁,向所谓有别材别趣者,而今昔之所未易觊觎也。至于孟之清雅、崔之雄浑,虽出于诸名家之右,顾王右丞之精致雅韵,岂亦在于孟、崔之下乎? ……往日请人得见《王右丞集》十本,欣赏无已,仅录三卷,而每读之犹思得其全,重索之,不易得。顷幸因人得复见合部,读之直如辋川之诸胜瞭瞭于皆

---

① 张进、侯雅文、董就雄:《王维资料汇编》,北京:中华书局 2014 年版。
② (明)顾可久:《唐王右丞诗集注说》,日本京都大学藏本。

睫之际，又知坡翁所谓'诗中有画，画中有诗'之意，于是收录终篇，补向不足，还辨异同，以为文房之奇珍也。恐其藏箧多年，谩充蜗蟫之蠹末，遂除文四卷，缮写诗六卷，以附刻工，寿诸梓，且欲以副国字，而便览观。然王诗多用梵语，顾注亦引佛经，以余不达其理，略有违作者之意，后来有博达士，幸正余讹谬云。正德癸巳阳复日，平安木房祥跋。"

二、张燧《千百年眼》①

卷一"巢许非旷士"："王维云：'古之高者曰许由挂瓢、巢父洗耳。耳非驻声之地，声非染耳之迹。恶外者垢内，病物者自戕。此尚不能至于旷士，岂入道之门也。'"（第183页）

卷八"诗词讹字"："古书无讹字，转刻转讹，莫可考证，略举数条，……王右丞诗'銮舆迥出千门柳'，用建章宫千门万户事也，'归鸿欲度千门雪'、'却望千门草色间'皆本此，俗本'千门'作'仙门'，谬甚。"（第290—291页）

三、周复俊《泾林杂纪》②

卷二："晋人有至吴者，吴人以菱角食之，因问'君地有此物否'，晋人曰'满山皆是'，吴人笑之。或曰：'王右丞诗中"采菱渡头风急"，又云"桃花源里人家"，桃花非采菱时也，右丞其晋人邪？'予曰：'此右丞兴到之诗，不必泥也。'因思右丞画雪中芭蕉，宋人以世无此景嘲之，然予往来滇蜀间，其地芭蕉秋冬苍翠特甚，每每于雪中见之，始知世间之物目所未经、迹所未到，未可执以为无也。"（第146页）

卷二："王右丞清词雅调，如《登楼歌》《双黄鹄歌》《送友人归山歌》《鱼山神女祠歌》，洎五言律可弦歌者无虑数十首，七言律粹然者十首，田家乐六言五首，古诗五七言绝，大抵高古清妙，信乎艺林之独步。其佞佛也，比唐诸公为尤笃焉。妻亡不复再娶，萧然一室，日事禅诵，至老不衰。然观其《献始兴公》诗'贱子跪自陈，可得帐下否'，何其气之卑、言之下也？不将为彼释所笑哉？"（第147页）

卷二："王右丞佞佛虽其素性，然亦有托而逃也。右丞昆弟凤相友爱，公得罪于凝碧时，弟缙愿削己职，乞代兄死，公之感弟何如也。及缙为相，倚势怙权，脏贿狼籍，公或规之，而缙不从，且虞其祸之逮己也，于是一意栖寂，以养生而免祸焉，故曰右丞之佞佛有托而逃也。"（第148页）

---

① （明）张燧：《千百年眼》，《四库禁毁书丛刊》（子部），第11册，北京：北京出版社1997年版。
② （明）周复俊：《泾林杂纪》，《续修四库全书》（子部），第1124册，上海：上海古籍出版社2002年版。

四、方弘静《千一录》①

卷一一："王右丞《送钱少府还蓝田》云'手持平子赋'，谓归田赋也，此易见事。以平子对老莱，工矣，若所引僻则不可。"（第270页）

卷一二："盛唐诗，王、孟并称久矣。王司寇序卢山人诗过为二家优劣，失言哉，且所序乃藩篱外者耳，恶可与襄阳同日而评也。余尝评二家：王如清水夫容，孟如深山老柏，风韵骨力，各臻其趣矣。"（第276页）

卷一二："余又尝语汪司马'王，妙达禅机，时与四众示疾；孟，冥楼高士，独于千仞振衣耳'，司马以为知言。"（第277页）

卷一二："七言律取王、李是矣。然二家风韵之美，杜集中具之，而杜之变态色色具足，王、李或未尽也。七言律，竟当以子美为宗耳。"（第277页）

卷一二："右丞诗'方将与农圃，艺植老丘园'，'方将'字对，'艺植'字对，乍看不觉也，第以为律中古意耳。"（第283页）

卷一二："右丞诗'白社'、'青门'、'青菰'、'白鸟'，二青二白，虽云不拘，非不可易，佳句偶然，未加点耳。"（第283—284页）

卷一二："《梅道士水亭》而云'傲吏'，此别有指，非引梅福也，须自注。右丞诗'似舅即贤甥'自可解，不可注，不必注。"（第284页）

卷一二："'秦川一半夕阳开'，日向西返照正得一半，题固云'和温泉寓目'也，中二联皆寓目成画。右丞诗中有画，信然。今乃谓宫苑得秦川半为四百里，而以露台寓讽，又谓诗人失实，误矣。'青山尽是朱旗绕'亦寓目一望所见耳，岂谓遂尽秦山哉？"（第284页）

卷一二："王、李非不超秀，杜集中所具耳。"（第285页）

卷一二："七言律结构之精，变化曲中，老杜至矣，盛唐名家犹有可指，如……右丞'草色全经细雨湿'，意感世情，然前后句未见映带，比兴颇疏。又'周文'、'汉武'、'尧尊'、'舜乐'一首四君，杜无是也。"（第285页）

卷一二："'草色全经细雨湿'，以为感慨，语不显。'宠光蕙叶与多碧'、'身过花间沾湿好'自是佳景，雨何负于草乎？'花枝欲动春风寒'则称矣。"（第285页）

卷一二："王右丞诗'晚钟鸣上苑，疏雨过春城'，唐人多于雨中言钟，盖雨则喧，寂寂故钟声清耳，雨骤则钟声反不易闻，故云疏雨。……不得其趣，则'晚钟'、'疏雨'本不相属，奚取焉？"（第287—288页）

卷一二："右丞'重门朝已启，起坐听车声'，拾遗'午时起坐自天明'，一有待而不至，一许邀而不果，叙情事各臻其妙。'新妆可怜色，落日卷罗帷'，春眠迟起之态

---

① （明）方弘静：《千一录》，《续修四库全书》（子部），第1126册。

宛然,工在'落日'字,试咏之,则卧稳慵起之句犹觉未超耳。"(第288页)

卷一二:"诗中引事须映带沉着,使可复也。若惟语之工而神意不符,亦明月之类耳。盛唐大家亦时有之,如'别妇留丹诀,驱鸡入白云','驱鸡'用拔宅事也,鸡既可驱,妇何用别与?前后语皆庚矣,读者第击节佳句,而未深玩也。"(第288页)

卷一二:"'脱貂赏桂醑',诗人每以为佳致,解龟典衣,咏之不厌矣,然驸马家何得乏酒?貂之脱,无乃非情乎?"(第288页)

卷一二:"《归辋川作》何以用'惆怅'字?五六'菱蔓弱难定,杨花轻易飞',大有慨耳,不得其意,则不得二句之佳。"(第288页)

卷一二:"'柳条疏客舍,槐叶下秋城',秋之为气,可悲也。结以'语笑且为乐,吾将达此生',则无悲矣。唐人佳句每工于语外,而右丞所长,盖风人之致也,亦深于禅者也。'催客闻山响'须后有'松风'句,乃响耳。'长松响梵声','响'字乃工。"(第288页)

卷一二:"'青菰临水映,白鸟向山翻',言物各得其所,有道者自得之语,'青'、'白'字重奚足论。"(第288页)

卷一二:"刘梦得言九日茱萸诗人三道之,子美为优。余意王、杜句俱工,未可优劣,朱放则非其伦耳。杜'醉把茱萸仔细看',王'遍插茱萸少一人',朱'学他年少插茱萸'。"(第288页)

卷一二:"'当令外国惧,不敢觅和亲'、'须令外国使,知饮月支头'、'当令犬羊国,朝聘学昆耶'三结句颇近套,以上六句皆称,故不令人厌耳。"(第288页)

卷一六:"沈宋、李杜、王孟,各齐名一时。至七言律,则宋不及沈,李不及杜,孟不及王,才固有所长短耶?诸家所长杜无不具,所以为大成。"(第338页)

卷一八:"《辋川集》裴迪竭力而不逮,若无右丞在前,亦自楚楚,故知才情由于天赋,不可强也。王戏赠'猿吟一何苦',杜亦云'知君苦思缘诗瘦',二诗盖实录哉。"(第370页)

卷一八:"太白、摩诘亦以文见知,晚节何若?使其不负时名乃免耳。"(第371页)

卷二一:"药栏,右丞、工部皆谓花药之栏,用修以为不通,以今花栏票为证。余意花栏票之义正以栏之刻画文饰加花字耳,王杜非误也。"(第406页)

卷二二:"王摩诘作《能禅师碑》,称其变弯弓'跳殳之风,畋渔悉罢,蛊酖知非',果然是佛教可以助王化,胡弗取为?究之,则前所云从古至今未尝革面,王之碑虚为便耳,惟当以任循良,刑礼兼施,庶几可胜残去杀,恶用彼西夷之异言乎。"(第418页)

卷二四:"王摩诘何如人也?其诗类澹泊于世味者,终身蔬食,类有得于如来之教者。如来之教,无论种种空华即死生幻泡,无足以入其心,而维也始以王门伶人进，晚而污于禄山，幸免大僇，犹自名颇好道，何也？其论陶渊明耻折腰五斗米，而自令乞食，以为'一惭之不忍而终身惭'，斯言也，使陶家漉酒童子闻之，定洗其耳，而如来善之耶？嗟乎，今之佞佛者类维也，苟能充蔬食之心，不以饥渴之害为心害，斯无事于佛矣。"（第449—450页）

五、朱亦栋《群书札记》[①]

卷五"垂杨生肘"："王右丞《老将行》：'昔时飞箭无全目，今日垂杨生左肘。'按，《庄子》：'支离叔观于冥伯之邱，昆仑之墟，黄帝之所休，俄而柳生其左肘。'柳，疡也，瘤也，以为垂杨，误矣。芹考《抱朴子·论仙篇》'牛哀成虎，楚妪为鼋，支离为柳，秦女为石'，则直作杨柳解，右丞盖本诸此。"（第82页）

卷五"天幸"："王维《老将行》：'卫青不败由天幸，李广无功缘数奇。'案，《汉书·卫霍列传》：'去病所将常选，然亦敢深入，常与壮骑先其大军，军亦有天幸，未尝困绝也。'又高达夫《送浑将军出塞》：'李广从来先将士，卫青未肯学孙吴。'按，《汉书》：'去病为人少言不泄，有气敢往。上尝欲教之孙吴兵法，对曰："顾方略何如耳，不知学古兵法。"'此与右丞诗皆误以去病事作卫青用也。芹按，《庄子·渔父篇》：'今者邱得遇也，若天幸然。''天幸'二字本此。"（第82页）

卷一一"驱马"："王右丞《出塞作》颔联云'暮云空碛时驱马'，结句云'玉靶角弓珠勒马'（沈确士云'两马"字"押脚亦是一病'，毛西河云'两"马"字偶不检，无碍'）。案，上"马"字乃"雁"字之讹。鲍照诗'秋霜晓驱雁，春雨暗成虹'，又杨衒之《洛阳伽蓝记》有'北风驱雁，飞雪千里'之句，右丞盖本此也。"（第154页）

卷一一"中州"："王右丞《奉和圣制送朝集使归郡》诗'祖席倾三省，褰帷向九州'，又云'宸章类河汉，垂象满中州'，两'州'字重押。案，下'州'字乃'洲'字之讹。《楚词》'君不行兮夷犹，蹇谁留兮中洲'，《尔雅》'水中可居者曰洲'，此《送朝集使归郡》与《送祕书晁监还日本》大约相同，则'中洲'二字乃切合也。"（第154页）

卷一一"桃源西面"："王摩诘《访吕逸人不遇》诗起联云：'桃源西面绝风尘，柳市南头访隐沦。'（毛西河云：'西面'、'南头'对起，初以'西'字类'面'字，误作'面面'，既又云一'面'字，将一'面'字分拆作'一向'二字，大误'。）案，唐人律诗多用对起法，毛说甚允，别本亦有作'四面'者，皆'西'字之讹也。《汉书·游侠传》'万章字子夏，居城西柳市，号曰城西万子夏'，《汉宫阙疏》'细柳仓有柳市'，王诗本此。又结句云'闭户著书多岁月，种松皆老作龙鳞'，《西河诗话》曰'种松皆作老龙鳞'有云原本是'皆老作龙鳞'，老在松，不在鳞。后观唐试士诗，有《谢真人还旧山》题，范传正试卷云'种松鳞未老'，正用摩诘此句，然老在鳞，不在松，何耶？案，此句自以原

---

① （清）朱亦栋：《群书札记》，《续修四库全书》（子部），第1155册。

本为允,松老则鳞老可知,毛必据范诗以改之,无乃强作解事。"(第154—155页)

卷一一"手绽寒衣":"刘长卿《送灵澈上人还越》诗'身随敝履经残雪,手绽寒衣入旧山',……'绽'字即作缝绽解,……王右丞诗'绽衣秋日里,洗钵古松间',按,扬子《方言》'擘,楚谓之纫',郭注'今亦以线贯针为纫,音刃'。"(第155页)

卷一三"隐囊":"《杨升庵集》:'晋以后士大夫尚清谈,喜晏佚,始作麈尾。隐囊之制,《颜氏家训》云"梁朝全盛之时,贵游子弟驾长檐车、跟高齿屐、坐棊子方褥、凭班丝隐囊",王右丞诗"不学城东游侠儿,隐囊纱帽坐弹棊"。'按,隐,倚也,如隐几之隐,隐囊如今之靠枕。杜少陵诗'屏开金孔雀,褥隐绣芙蓉'亦其义也。"(第174页)

六、彭端淑《雪夜诗谈》①

卷上:"殷璠曰:'王维诗词秀调雅,意新理惬,在泉成珠,着壁成绘,才高弗可及矣。'"(第69页)

卷上:"苏子瞻曰:'味摩诘之诗,诗中有画;观摩诘之画,画中有诗。'"(第69页)

卷上:"摩诘诗佳句甚夥,如'青皋丽已净,绿树郁如浮'、'黄云断春色,画角起边愁'、'日落江湖白,潮来天地青'、'窗中三楚尽,林外九江平'、'行到水穷处,坐看云起时'、'流水如有意,暮禽相与还'、'白云回望合,青霭入看无'、'欲投人处宿,隔水问樵夫'、'草枯鹰眼疾,雪尽马蹄轻'、'江流天地外,山色有无中'、'大漠孤烟直,长河落日圆',皆超然绝俗,出人意表。"(第69页)

卷上:"七律最难,惟少陵、右丞乃造其极,而维诗甚少,殊不满意,如'云里帝城双凤阙,雨中春树万人家'、'九天阊阖开宫殿,万国衣冠拜冕旒'、'草色全经细雨湿,花枝欲动春风寒'、'漠漠水田飞白鹭,阴阴夏木啭黄鹂',皆雄视古今,无与行者。"(第69页)

七、黄子云《野鸿诗的》②

其一:"杜陵兼风、骚、汉、魏、六朝而成诗圣者也,外此若沈、宋、高、岑、王、孟、元、白、韦、柳、温、李、太白、次山、昌黎、昌谷辈犹圣门之四科,要皆具体而微。"(第191—192页)

其二:"大抵近代能自好者,五律则冠裳王孟,五古则皮毛《文选》,然不过游览宴赏数韵而已,若夫大章大法,窃恐有待。"(第192页)

其三:"高岑王三家均能刻意炼句,又不伤大雅,可谓文质彬彬。"(第203页)

---

① (清)彭端淑:《雪夜诗谈》,《续修四库全书》(集部),第1700册。
② (清)黄子云:《野鸿诗的》,《续修四库全书》(集部),第1701册。

八、蔡钧《诗法指南》①

卷首"任应烈序":"三唐名家不下百馀,其间以应制擅场者莫如摩诘,以长律横绝千古者莫如少陵。然试取二公全诗读之,则诸格毕备,无美不臻,何者? 咏歌大旨,归于抒写性灵、发挥底蕴,学者苟未上溯源流,博求旨趣,而徒斤斤于五排八韵之间,句栉而字比之,吾知其诗必不工。诗不工而求工试帖,犹断港绝潢而蕲至于河海也。"(第383页)

九、吴仰贤《小匏庵诗话》②

卷一:"仁和赵松谷殿成笺注《王右丞集》,义例矜严,详简有法,善本也。然右丞深耽禅悦,博览竺经,其引用之语诚有不易搜讨者,如卷二《赠裴迪》诗云:'不见相(句),不相见来久(句)。日日泉水头,常忆同携手。携手本同心,复叹忽分袂。相忆今如此,相思深不深。'起二句只八字,初阅不解,笺注亦未及,疑有脱误,后乃知语出《维摩诘经》:'维摩问文殊师利:"不来相而来,不见相而见。"文殊师利答云:"若来已更不来,若去已更不去。"'按,《一切经音义》云:'相,先羊反。彼此二边曰相。'然于诗中两'相'字仍费索解,当质之熟精内典者。"(第5页)

卷一:"王右丞之陷贼与郑虔不同,少陵诗于王则云'一病缘明主,三年独此心',于郑则云'反覆归圣朝,点染无荡涤',此史笔也。然读右丞《谢除太子中允表》,涕泣引罪,无讳无饰,此又岂今人所能耶? 今节录之,略云……。"(第5页)

卷一:"王孟并称,而两人襟怀不同。孟云'北阙休上书,南山归敝庐。不才明主弃,多病故人疏',看他何等激昂。王云'漆园非傲吏,自缺经世具。偶寄一微官,婆娑数株树',看他何等闲淡。"(第5—6页)

卷一:"戴叔伦《除夕》诗:'一年将尽夜,万里未归人。'黯然销魂,几令客中不忍卒读。然此并十字为句,能合不能分,其句法本于王维之'五湖三亩宅,万里一归人',而王句却分开得。"(第8页)

十、徐经《雹坪诗话》③

卷一:"王右丞亦抱重冤,后人皆不为之伸雪,可发一慨。"(第542页)

卷二:"杜少陵称王右丞'高人',顾宁人谓'岂有高人仕贼'? 余谓右丞为贼所拘,不得脱走,非仕之也。虞伯生谓其志荒于山水,故无卓然之高节,皆非公平之

① (清)蔡钧:《诗法指南》,《续修四库全书》(集部),第1702册。
② (清)吴仰贤:《小匏庵诗话》,《续修四库全书》(集部),第1707册。
③ (清)徐经:《雹坪诗话》,《北京师范大学图书馆藏稀见清人别集丛刊》,第19册,桂林:广西师范大学出版社2007年版。

论。当时李供奉亦坐永王之冤,宣慰大使崔涣、御史中丞宋若思已为推覆清雪,及代宗即位,有拜拾遗之命,而后人尚欲诬之,甚矣,求全之难也。"(第567页)

十一、马先登《勿待轩诗话存稿》①

卷上:"五律中练字多在第三字,……唐人有五字俱练者,如……'泉声咽危石,日色冷青松','咽'字、'冷'字。"(第42页)

卷上:"诗之自然句似易实难,如王摩诘'流水如有意,暮禽相与还'、'行到水穷处,坐看云起时',……皆略不经意,自成妙句。"(第43页)

卷上:"予雅不喜绝句即截律之说,虽唐人绝句俱称律诗,其实源流迥别,体制自殊。五绝昉于两汉,七绝起于六朝,俱乐府中一体,而皆至唐始工。五七言律以浑灏流转为主,若绝句,则意致欲其含蓄,神韵欲其悠远。五言惟摩诘独臻绝顶,馀若崔、孟、储、王俱堪辅乘。……王维《渭城曲》……以绝句作乐府,必谓皆束缚于律,而强为割裂,安得复有真气?为彼说者亦见其泥而鲜通矣。"(第43—44页)

卷下:"律诗之不叶平仄者,如'中岁颇好道,晚家南山陲'、'兴来每独往,胜事空自知'、'行到水穷处,坐看云起时'、'偶然值林叟,谈笑无还期',……皆兴到笔随,纯任自然之作,必谓其有意拗折,恐作者未必如是。"(第54页)

卷下:"诗无论律古总争起句,一起得势,则全体俱振。五言如'万壑树参天,千山响杜鹃'、'柳暗百花明,春深五凤城',……皆气势沉雄。"(第54页)

卷下:"颔联、腹联之沉博雄丽者,略举一二,如'荒城临古渡,落日满秋山'。"(第55页)

十二、蔡家琬《陶门诗话》②

第一一条:"作诗必有我在,诗情始活。昔人说诗云'辋川诗中有画,左司诗中有人',此韦之所以胜于王也。有人者,即有我之谓也。"(第729—730页)

十三、杭世骏《订讹类编》③

卷二"王右丞误用柳生左肘事":"《说诗晬语》云:'《庄子》"柳生左肘",柳,疡类也。王右丞《老将行》云"今日垂杨生左肘",是以疡为树矣。'愚案,东坡诗'柏生左肘乌巢肩',施注引《传灯录》野鹊巢于佛顶事,而'柏生左肘'独无所引,意亦用《庄子》语,但不知右丞何以误为垂杨,东坡何以复误为柏也。"(第40页)

卷二"霍去病事误作卫青":"王维诗'卫青不败由天幸',《西清诗话》《邵氏闻见

① (清)马先登:《勿待轩诗话存稿》,《北京师范大学图书馆藏稀见清人别集丛刊》,第23册。
② (清)蔡家琬:《陶门诗话》,《清代诗文集汇编》,第468册,上海:上海古籍出版社2010年版。
③ (清)杭世骏:《订讹类编》,北京:中华书局1997年版。

录》皆谓误以霍去病为卫青,《野客丛书》又云'《汉书》"不学孙吴兵法"乃霍去病,非卫青也'。高适诗'卫青未肯学孙吴',与王维同以去病事为卫青用,盖卫、霍同时为将,而二传相近,故多误引用之。"(第40页)

卷三"唐诗中讹字":"《坚瓠集》:'王右丞诗"进水定侵香案湿",魏禹卿辨云"定水崩侵"。又"桃源面面绝风尘",陈可一辨云'"桃源西面"正对"柳市南头"。'"'"(第104页)

卷六"内兄弟外兄弟之别":"《柳南随笔》云:'《仪礼·丧服篇》"舅之子",郑氏注云"内兄弟也"',……唐王维有《秋夜独坐怀内弟崔兴宗诗》,皆谓舅之子也。"(第184页)

十四、周中孚《郑堂札记》①

卷二:"盛侍御符升题王新城尚书《雍益集》总述'尚书八岁能诗,伯氏西樵授以王、裴诗法',而尚书《香祖笔记》云'唐人五言绝句往往入禅,有得意忘言之妙,与净名默然、达磨得髓同一关捩,观王、裴《辋川集》及祖咏《终南残雪》诗,虽钝根初机亦能顿悟'。案,《辋川集》四十首,最宜启迪初学,故尚书即以幼时所受者标举于人,所撰《唐贤三昧集》于王、裴诸体诗大有取弃,独是集王则选十五首,裴则选十一首,其嘉惠后学之盛心,固昭然于简策中也。"(第13页)

十五、周中孚《郑堂读书记》②

卷四八:"《画学祕诀》一卷,说郛本,旧题唐王维撰,……然考其辞语,殊不类盛唐人,况摩诘文章笔墨冠天下,宜有绝妙好辞,以写其胸中所得之祕,传为模范,以启佑后人,乃卑卑无甚隽言,其为后人所托又何疑焉。"(第762页)

十六、焦循《易馀籥录》③

卷一五:"至唐遂专以律传,杜甫、刘长卿、孟浩然、王维、李白、崔颢、白居易、李商隐等之五律七律,六朝以前所未有也。"(第463页)

卷一五:"王维《老将行》'今日垂杨生左肘',用《庄子·至乐篇》'柳生其左肘',以垂杨释柳,是柳为木也。元稹诗亦云'乞我杯中松叶酒,遮渠肘上柳枝生',林希逸谓《庄子》之柳乃瘤。毛稚黄、沈归愚因讥右丞为误。近武进汤大令大奎《炙砚琐谈》并讥元微之。仁和孙侍御志祖《读书脞录》云:'柳训瘤,《释文》无此说,他书亦无以柳为瘤者。《南华》本寓言,即谓垂杨生肘,何害乎?《抱朴子·论仙篇》"支离

① (清)周中孚:《郑堂杂记》,北京:中华书局1985年版。

② (清)周中孚:《郑堂读书记》,上海:上海书店出版社2009年版。

③ (清)焦循:《易馀籥录》,《丛书集成续编》(子部),第91册,上海:上海书店出版社1994年版。

为柳,秦女为石",亦以柳为杨柳。'按,侍御辨是也。《庄子》此篇上文云'支离叔与滑介叔观于冥伯之邱,昆仑之墟,黄帝之所休,俄而柳生其左肘',谓邱墟为葬处。肘,司马本作'胕',谓足附上。人之葬也,首后足前,当其邱墓之前,有杨柳生焉,支离叔感于幽冥生死之故,故其意靥靥然恶之。滑介叔云:'子何恶?生者,假借也。假之而生生者,尘垢也。死生为昼夜。且吾与子观化而化及我,我又何恶焉。'恶者,恶死埋于邱中而墓生木也。俄而者,言死生一瞬间也。解作'疡生于肘',失其义矣。右丞《胡居士卧病遗米》诗云'徒言莲花目,岂恶杨枝肘',《能禅师碑碣》云'莲花承足,杨枝生肘',皆以柳为杨枝,右丞固不误。"(第 467 页)

十七、夏荃《退庵笔记》①

卷四"鹿女":"邑天目山鹿女得道事,具胡昉《天目山记》,又《述异记》'真山在毗陵,梁时有村人韩文秀,见鹿生一女,因收养之。及长,令为女道士,武帝为立观,号曰鹿娘',与鹿女事正相类。姜西溟论王右丞《游感化寺》诗'雁王衔果献,鹿女踏花行'诗意即用此,刘须溪疑其用《周礼》鹿女之误。案,《郊特牲》:索蜡之时,诸侯之贡使草笠而至,大罗氏致鹿与女,戒诸侯曰'好田好女者亡其国',与诗意绝不涉,辰翁殆不知有鹿女故事耶。"(第 409 页)

十八、魏源《诗比兴笺》②

卷三"王维诗笺":"《偶然作》,……前章见朝政之日非,思归隐而未能也,后章刺鸡神通之宠幸,而贤材遗弃。与太白诗同旨。"(第 530 页)

十九、章学诚《校雠通义》③

外篇"王右丞集书后":"王摩诘诗文二十八卷,弁语一卷,附录一卷,序目一卷,总三十一卷,仁和赵殿成松谷氏笺注,李穆堂跋、杭大宗世骏、全谢山祖望、厉太鸿鹗皆为之序。赵君于此书博赡精辨,于近代注书家号为杰出。其自述所见王集旧本,如庐陵刘须溪、武陵顾元纬、句曲顾可久、吴兴凌初成四家之书,推须溪本为最善,而惜于蜀本、广信本、维扬本与何义门考正宋椠本俱未得见。又以诗有多本可校,而文则仅有顾元纬本,馀皆不见为惜。尝考王缙进维集表'诗笔十卷',今须溪本诗集六卷,合武陵本文集四卷,却如其数,则析为二十八卷自赵君笺注始也。赵君又云:'《旧唐书》维传:弟缙对代宗言"编缀都得四百馀篇",今须溪本所载仅三百七十一篇,疑非宝应所进原本。'今按,传载代宗语云'多少文集,卿可进来',表进

① (清)夏荃:《退庵笔记》,《四库未收书辑刊》(第 3 辑),第 28 册,北京:北京出版社 1997 年版。
② (清)魏源:《诗比兴笺》,《魏源全集》,第 20 册,长沙:岳麓书社 2004 年版。
③ (清)章学诚:《校雠通义》,《章学诚遗书》,北京:文物出版社 1985 年版。

文云'共成十卷,随表奉进',则四百馀首似合诗文计之,诗篇三百七十,杂体文字六十馀篇,合计正符其数,似未有所遗也。摩诘萧远清谧,淡然尘外,诗文绚烂,归入平淡,似不食人间烟火味者。'郁轮袍'取解之辱,杭大宗已辨其诬。陷身于贼,服药取痢伴瘖,赋凝碧池诗,前人谓其心未忘君,不能引决为遗憾耳。历观前世清静自好之士,能轻富贵寡嗜欲,而往往顾惜身命,临难不能引决,依违濡忍,卒遗后世讥议,若扬子云之投阁馀生,王摩诘之辋川晚节,均可惜也。子云心仪老氏,摩诘神契空王,聪明才学,使人可欲者多,则不免于稚罗之患,而淡泊宁静,不自义方敬直中来,则隐微私□犹存,不能临危难而授义命也,故责以古人之道义,摩诘可谓君子而不幸者矣。若其庸懦猥鄙,患得患失,本非学道之人,则文章流丽,必有踽踽牵率,发于不知其然而然,不能有此物外远致,是又在乎知言者之善鉴也。"(第112页)

二十、曾纪泽《归朴斋诗钞》①

戊集卷上《读外舅刘霞仙先生尺牍有感》自注:"先太傅批云:'律诗约分句法章法两种,讲句法者奇警蕴藉,针线灭迹,以王摩诘、刘文房为最,而少陵集其成。……历代作者各有偏废,然果能名家,则精于句法者未尝无卷舒自如之章。'"(第230页)

二十一、康有为《南海师承记》②

卷二"讲励节":"王昌龄(王维?)以《郁轮袍》一曲干公主,进身已坏,无怪污于禄山也。"(第520页)

二十二、孙宝瑄《忘山庐日记》③

光绪卅三年六月廿四日条:"览王右丞五古。右丞古体不如律诗,尤以五律为最,如'倚杖柴门外,临风听暮蝉'、'流水如有意,暮禽相与还',颇得陶之神髓。人当俗务猬冗劳悴烦乱之际,抽暇读古人诗,为之心境清凉,其味弥永。"(第1055页)

二十三、陈曾寿《读广雅堂诗随笔》④

其三:"公不喜王右丞诗,一日见王伯唐铁珊主事遗笔,所论适与公合,则大喜,以为知言,盖不喜其人,遂及其诗耳。"(第152页)

---

① (清)曾纪泽:《归朴斋诗钞》,《曾纪泽集》,长沙:岳麓书社2008年版。

② (清)康有为:《南海师承记》,《康有为全集》,第2集,上海:上海古籍出版社1990年版。

③ 孙宝瑄:《忘山庐日记》,上海:上海古籍出版社1983年版。

④ 陈曾寿:《读广雅堂诗随笔》,王培军《校辑近代诗话九种》,上海:上海古籍出版社2013年版。

二十四、邵祖平《无尽藏斋诗话》①

其二六："先生论诗亦绝精,有……《答问王孟优劣》曰:'辋川得味禅悦,深达性旨,故其诗绣淡通明,若云英化水,了无尘障,亦其晚年得罪后,顿悟真如,直超贤劫之验,不可以《郁轮袍》燥进少年事议其人品。此正如锁子菩萨,虽曾作妓,仙骨犹存,亦何碍于西升耶? 襄阳终不仕,人品固高,第观"不才明主弃"及"端居耻圣明"、"徒有羡鱼情"流露诸语,似亦非渊明、和靖一流人物,然其诗亦清妙矣。'"(第201页)

其四三："数月前钞选《全唐诗》竟,曾题五诗,录此以当诗话。……其三:'……盛唐李与杜,飞动龙鸾挙。高岑与王李,骖乘亦同车。'……其四:'……王孟暨储韦,偶然清气会。'"(第217—218页)

二十五、俞陛云《吟边小识》②

卷二："咏花鸟之诗多矣,若晚唐人之'晓来山鸟闹,雨过杏花稀'、'风暖鸟声碎,日高花影重',元人诗'布谷叫残雨,杏花开半村',皆称佳咏,但专咏花鸟,不若王右丞之'兴阑啼鸟散,坐久落花多',以身所见闻者写之,便饶情味,此盛唐人诗之高于后人处。"(第383页)

卷二："唐人诗中,句眼用'上'字者,右丞之'墟里上孤烟',……皆善用'上'字。"(第385页)

卷五："王右丞亦曾用前人句,如'行到水穷处,坐看云起时',乃《英华集》中句。但诵古人诗多者,积久或不记,往往用为己有,非必如'生吞郭正一'之俦也。"(第436页)

卷一〇："王右丞诗'兴阑啼鸟散,坐久落花多'、'草枯鹰眼疾,雪尽马蹄轻',其意味工力不减杜陵。右丞出则陪岐薛诸王及贵主游,归则饱饫辋川山水,且学佛工画,故其诗于台阁山林两得之。"(第519页)

卷一一："好联之佳者难得,且两句匀称尤难。唐人诗如……'兴阑啼鸟散,坐久落花多',……皆下句胜于上句。"(第523页)

由于笔者案头书册有限,所补未可多得。倘有博雅君子发心广征续拾,以使《王维资料汇编》益臻完善,其于深入王维研究,亦不无裨补也。

(作者单位:重庆师范大学古籍所)

---

① 邵祖平:《无尽藏斋诗话》,王培军《校辑近代诗话九种》。
② 俞陛云:《吟边小识》,王培军《校辑近代诗话九种》。

《王维资料汇编》续拾

谭苦盫

　　《王维资料汇编》,张进、侯雅文、董就雄编,中华书局 2014 年版。此编"是海内外第一部全面而系统的王维资料整理之作,弥补了《古典文学研究资料汇编》中王维资料长期阙如的缺憾。《王维资料汇编》系统全面搜集历代研究王维资料,内容涉及诗歌、散文、绘画、音乐、书法等领域;又通过选本、刊本等资料的搜集、编者按语的新形式,以及两岸三地学者共同携作,呈现出与以往资料汇编不同的诸多新特色"[①]。然其博赡之馀,不免或遗,笔者力谋貂续,技效蝇钻,曾有《〈王维资料汇编〉拾遗》[②]发表。兹就所见续补如次,以备此编重印时作参考。

一、龚颐正《芥隐笔记》[③]

　　其一"古人用字":"王维诗'九天阊阖开宫殿,万国衣冠拜冕旒',老杜'阊阖开黄道,衣冠拜紫宸'。"(第 23 页)

二、王肯堂《郁冈斋笔麈》[④]

　　卷二:"王维画雪中芭蕉,世以为逸格,而余所知嘉善朱生因以自号,然梁徐摛尝赋之矣,'拔残心于孤翠,植晚习于冬馀,枝横风而碎色,叶渍雪而傍枯',则右丞之画固有所本乎。松江陆文裕公深尝谪延平,北归宿建阳公馆时,薛宗铠作令,与小酌堂后轩。是时闽中大雪,四山皓白,而芭蕉一株横映粉墙,盛开红花,名美人蕉,乃知冒雪着花盖实境也。"(第 42 页)

---

① 钟书林:《王维资料整理研究的一大创获——评张进教授等编〈王维资料汇编〉》,《陕西广播电视大学学报》2015 年第 1 期,第 63 页。
② 谭苦盫:《〈王维资料汇编〉拾遗》(上下),《书品》2014 年第 3、4 期。
③ (宋)龚颐正:《芥隐笔记》,北京:中华书局 1985 年版。
④ (明)王肯堂:《郁冈斋笔麈》,《续修四库全书》(子部),第 1130 册,上海:上海古籍出版社 1996 年版。

卷二:"前辈画山水皆高人逸士,所谓'泉石膏肓,烟霞痼癖',胸中丘壑,幽映回缭,郁郁勃勃不可终遏,而流于缣素之间,意诚不在画也,自六朝已来一变,而王维、张璪、毕宏、郑虔再变。"(第 54 页)

卷二:"王维画雁如章草字。"(第 62 页)

三、孙传能《剡溪漫笔》①

卷一"渊明种秫":"渊明为饥所驱,至叩门乞食,及为令,乃不能为五斗米折腰,视折腰之耻甚于乞食,平生恨饮酒不得足,公田之利足以为酒,自渊明意中事,乃不及一稔而去之,略无斗醴之恋,视夺志饥渴甘屈身以狗世者,奚啻若九牛毛? 王摩诘云'一惭之不忍,而终身惭',九原有知,当笑王维吓鼠耳。"(第 324 页)

卷二"可人":"陈后山《绝句》云'书当快意读易尽,客有可人期不来。世事相违每如此,好怀百岁几回开',其寄王充云'俗子推不去,可人费招呼。世事每如此,我生亦何娱',二诗语意全似,其属意'可人'一何倦倦也。自昔高人隐处,必与一二同志相为周旋,若……摩诘之裴迪,……臭味即同,而文采又足以相资,正后山所谓'可人',诚未易得。"(第 339 页)

四、吴桂森《息斋笔记》②

卷上:"王维诗'宿昔朱颜成暮齿,须臾白发变垂髫。平生几许伤心事,不向空门何处消',可谓无聊之计矣,盖才华富贵一无可恃若此,学问可贵无他,必不入此可怜场耳。"(第 440 页)

五、顾起元《客座赘语》③

卷八:"黄美之家有王维著色山水一卷,又王维《伏生授书图》一卷,又出数轴皆唐画也,吴中都元敬看毕吐舌,曰:'生平未见。'"(第 227 页)

卷八:"王维《江天雪霁》卷为胡太史懋礼家藏,后其子没,冯开之先生以数十金购之,今尚在其长君骥子家,慕而欲购者悬予其直,且数百金矣。"(第 227 页)

六、张泰阶《宝绘录》

(按,以下所录诸家题跋之内有张氏托名伪撰者,不可不辨也。)④

卷一《六朝唐画总论》:"古来以绘事名者,大抵皆作人物、花鸟、佛道、鬼神之

---

① (明)孙传能:《剡溪漫笔》,《续修四库全书》(子部),第 1132 册。
② (明)吴桂森:《息斋笔记》,《续修四库全书》(子部),第 1132 册。
③ (明)顾起元:《客座赘语》,《续修四库全书》(子部),第 1260 册。
④ (明)张泰阶:《宝绘录》,《四库全书存目丛书》(子部),第 72 册,济南:齐鲁书社 1997 年版。

类。自顾、陆、张、吴辈出,始创为山水一格,然而世代悠邈,不可得而详矣。自唐以来其最煊赫者,如二李、阎相、右丞、卢鸿、荆、关之属,皆能匠心独得,自辟宗门,为当时脍炙。数子蹊径不甚相远,但二李以工丽胜,右丞以秀润胜,较为特出。"(第130页)

卷一《六朝唐画总论》:"王右丞之《捕鱼图》在元为姚子章所藏,至今尚在吴门,而世之赝托者何庞杂也。……惟《捕鱼》一图为巨室所秘,当世特闻而未见,一时凿空杜撰,大非右丞面目矣。尝见迩来拙绘,往往作天神夜叉之状,或讥其不肖,其人忿然作色曰:'汝未见天神,而何以知其肖不肖也?'今之未睹唐画而并信其非唐者夫亦类是哉,大抵唐世之法,工妍秀润,虽斤斤规矩,而意趣生动自在其中,二李、右丞原属一辙。"(第131页)

卷一《杂论》:"赵魏公秀润可方摩诘,……或曰'唐有摩诘,元有松雪'。"(第134、135页)

卷四《王维雪渡图》其一:"'摩诘仙游五百年,尽称雪渡未能传。只因曾入宣和府,珍重令人缀短篇。'右丞笔人世罕传,即宣和内府未过五六,此《雪渡》其一也,迄今三百载,而复归之太朴先生,诚可谓奇遇矣。一日出以相示,谨沐手漫书于末。至正乙丑立夏日,大痴学人黄公望记。"(第148页)

卷四《王维雪渡图》其二:"右丞《雪渡图》名世物也,向入宣和内府,罹金人之变散出,归于赵子固,未几又转入吴门宋子虚,子虚与余有忘年之好,以厚直购之,遂得属余。噫,记室中有此,奚止生色数倍? 风日晴和,明窗展对,诚人间一大快事也。临川危素拜手识。"(第148页)

卷四《王维雪渡图》其三:"'万树千山一旦新,寒江冻合净无尘。是时深阁围炉者,谁识冲风渡雪人。'往岁石田先生为予言及此图,诚是神物,每形诸梦寐。不数年,河溪陈氏请余题识,此匣特获睹前代名笔,而石翁之语犹历历在心目间也,书毕不胜憬然。正德七年岁次壬申春二月十八日,衡山文璧征明。"(第148页)

卷六《王右丞雪溪图》其一:"右《雪溪图》乃唐王右丞维真笔也,维诗为四杰之一,至于画,用笔设色超凡绝俗,又为古今第一,岂昔人所谓姿禀高迈、意度潇洒、下笔便当过人者耶? 往岁曾于袁清容处得见《辋川图》,已属神品,及见此卷,尤觉奇绝,苍崖古雪,俨然天际峨眉,令览者萧然意远,吾谓虎头复起,其不北面也者几希。丹丘柯久九思。"(第169页)

卷六《王右丞雪溪图》其二:"《敬题王右丞所画雪溪图一首》:'朔风扫氛埃,彤云暝不开。千山飞鸟尽,一水溯舟回。波面方镕汞,林梢已泻瑰。归人停策蹇,埜店具新醅。'画中之妙莫若右丞,画之不易得者亦莫若右丞,今见此卷,岂非不世之珍乎? 并识于后。至正十一年中元日,俞和拜手书。"(第169页)

卷六《王右丞雪溪图》其三:"王右丞此卷不事墨骨,而以铅粉先施,继之丹碧点缀,无一事不入神,无一物不入妙。然何从而得此哉？正以其知不二法门也,吾侪若由此参悟,亦庶乎其有所得,虽然骨力已定,恐未易以语此。大痴道人黄公望谨书。(尝见黄子久为危太朴作画,题云曾于姚子章处见王右丞《捕鱼》《雪溪》二图,知古人用笔诚非草草,因此似有悟。夫子久为元末宗匠,原非溢美,然所称不二法门则近乎迂矣。)"(第169页)

卷六《王右丞雪溪图》其四:"'寒云结重阴,密雪下盈尺。群峰失苍翠,万树花俱白。幽居深涧滨,门径断行迹。伊谁能远寻,应是探梅客。'至正十四年三月八日,云林生倪瓒敬题。"(第170页)

卷六《王右丞雪溪图》其五:"'绕径沾太湿,登台试屦危。乾坤增壮观,江海得深期。历乱瑶华吐,纷披玉树枝。精微谁与并,顾陆颇相宜',又'碧树拥江扉,朱帘卷翠微。崇朝无客过,傍晚有渔归。岭耀梅重白,堤萦絮正飞。若留清夜赏,铅粉更光辉'。至正己丑十一月三日,吴镇敬题于梅花庵中。"(第170页)

卷六《王右丞雪溪图》其六:"'吴生落笔风雨快,坡翁第一推神怪。宽于维也无间言,闲远当求诸象外。京师忆见辋川图,孟城鹿柴相萦纡。头风快尔顿失去,古迹皆云绝世无。元龙孙子好事者,授我缥缃珠满把。谓言无意意独深,诗里陶潜琴贺若。问君何从得此图,破箧蛛丝知者寡。我□见之加什袭,气压营丘并马夏。寒林昏鸦栖复惊,平野惨淡烟云生。湖光溚溚月未起,万树银花天隔水。朱楼画栋玉妆成,岸上行人犹未止。欲止未止还自疑,水结沙凝岁暮时。峨嵋太白有如此,昔读维诗今见之。翻思盘礴绝所丐,当年顾陆今安在。千秋晦剥一朝完,临卷摩挲发长慨。'弘治四年二月七日,长洲吴宽题。(匏翁此诗可谓心手相应,盖推尊之极矣。)"(第170页)

卷六《王右丞雪溪图》其七:"'右丞画卷真奇观,江山一夜皆玉换。前岗坡陀带复岩,小约凌竞连断岸。水边疏柳似华柳,忽有微风与飘散。绀宫几簇林影分,白鸥一个江光乱。老渔簑笠只自苦,冰拂冻须□欲断。江空天远迥幽疏,只有一竿聊作伴。此时此景此谁领,今日此图从我玩。宛然一笑寒战腕,万里江山在几案。'弘治乙卯冬十二月十四日,长洲沈周识。"(第170页)

卷六《王右丞雪溪图》其八:"唐王右丞为开元中第一流人,诗与画并入神品,故后进悉宗之,至如尺楮点笔获之不啻连城夜光,今默庵所藏此卷正如河清难俟,岂徒供把玩而已也。昔人有睹名碑不忍遂去,乃为卧其下者三日,余与某某无亦同兹癖云。正德八年孟秋六日,晋昌唐寅书。"(第170—171页)

卷六《王右丞雪溪图》其九:"'城中十日暑如炙,头目眩花尘上塞。僧楼今日见此卷,雪意茫茫寒欲逼。古木乔柯枝袅矫,下有琱檐倚丛碧。隔溪胶艇不受呼,平溪贯渚何人迹。西风翻鸦忽零乱,远雁迷云犹呖呖。轻施丹粉精神在,收阅千年若完璧。宛然一段小江南,三远备全能事毕。维名依稀半未漶,肉眼再摩初认得。所存只是天假借，名手当时重唐室。吴中人家宝古迹，贵宋及元高尔直。若教见此风斯下，倒囊定应无吝啬。锦标内帑固自宜，人间间出凤五色。昔年尺素见雪渡，草树凌竞人跼蹐。短方仅尺不尽意，何似此图长五尺。太丘孙子具法眼，凿壁韬藏加袭百。我将拙语敢印证，聊写心知并自识。'右丞佳笔，神妙之致，悠远之神，见亦罕矣。予于沙溪陈氏获观《雪渡》，盈尺而已，今又于徐所阅此妙卷，不胜惊喜，漫题其后。正德八年既望，文征明识。（衡翁满口揄扬，盖繇钦服之极，但云倒囊不吝，似为收藏家子孙长十倍声价矣。）"（第171页）

卷六《王右丞雪溪图》其一〇："《题王右丞雪溪图》：'尘土冻裂号朔风，天孙剪玉纷□空。扁舟归来□下泊，欲觅径路无行踪。乾坤一日光璀璨，咫尺犹难辨昏旦。仙人缟花乘素鸾，隐约琼台隔霄汉。何如野夫情最闲，茅茨独往深林间。坐拥寒炉歌郢曲，不知日尽溪南山。'后学祝允明。"（第171页）

卷六《王右丞雪溪图》其一一："'飞雪漫漫覆艸茨，坐看策蹇过村居。自从两晋陵夷后，无复精神类虎痴。'右丞真迹流落海内者无几，而吴中居其三，此外殆寥寥矣。予始得《江干秋霁》，以为至幸，今更获此二种，称合璧云。崇祯辛未七月朔日，云间畸人张泰阶题。"（第171页）

卷六《王维春溪捕鱼图》其一："《书王摩诘所画春溪捕鱼图一首》：'春江水绿春雨初，好山对面青芙蕖。渔舟两面渡江去，白头老渔争捕鱼。操篙提纲相两两，慎忽江心轻举纲。风雷昨夜过禹门，桃花浪暖鱼龙长。我识扁舟垂钓人，旧家江南红叶村。卖鱼买酒醉明月，贪夫狗利徒纷纭。世上闲愁生不识，江草江花俱有适。归来一笛杏花风，乱云飞散长天碧。'大痴道人黄公望。"（第171—172页）

卷六《王维春溪捕鱼图》其二："'辋川之景天下奇，我惜曾闻不曾识。若人笔端干玄气，万顷烟涛归咫尺。渔翁生事浩无穷，醉挹青蓝洗胸臆。或披蓑笠卧寒蟾，或倚孤篷蘸空碧。静观此理良可娱，应须仰慕王摩诘。'至大辛亥二月，过姚子章寓舍，获见王摩诘《春溪图》真迹因题。古涪邓文原。（按，黄子久别幅题云"曾于姚子章处"见此二图，今观此跋，良是。至于卷首"王维春溪捕鱼图"七字乃宋道君真迹，盖道君初为潞州军节度，余在彼中见其遗墨甚多，故信之不疑。泰阶。）"（第172页）

卷六《王维春溪捕鱼图》其三："'今年无禁太平年，浪静风恬温放船。今夜得鱼何处泊，百花□上白鸥边。'至正十四年三月八日，云林生倪瓒敬题。"（第172页）

卷六《王维春溪捕鱼图》其四："'前滩罾兮后滩网，鱼兮鱼兮何所往。桃花□浪绿杨村，铺淑忽闻渔笛响。我行笠泽熟此图，顿起桃源鸡犬想。不如归向茅屋底，老瓦盆中醉春酿。'时至正十三年三月小尽日，梅道人吴镇题于垂虹舟次。"（第172页）

卷六《王维春溪捕鱼图》其五："《宣和画谱》载王维《春溪捕鱼图》，此卷当时应入御府，黄褾标签是裕陵亲书，靖康之乱散落民间。予悲夫数尺生绡，凝烟霭之中，几辈渔翁钓叟，闲阅千古兴亡、近今曩日。金窗玉几之间，复殿崇台之上，琼瑸为题，天衣作袭，何其盛也。今日茅屋藜床，瓦尊蓬席，较量晴雨，款曲烟波，畴昔荣华皆如梦寐。然而红桃岸侧，绿柳矶头，山霭未消，晓烟犹幕，篷窗开而不卷，渔网落而半疏，譬如桃源鸡犬，那知楚汉兴亡，扁舟五湖，宁问周秦长短。仲山先生予同心友也，暇日访予东庄别业，出示此卷，既相道正，因拈数语，以见丹青灵物不与河山俱倾，在在□处，应作希有。弘治丁巳七月，延陵吴宽书。（匏翁此跋有无限兴亡之感，乃知御府宝藏诸物其散落榛莽间者，又宁可以数计哉。泰阶。）"（第172—173页）

卷六《王维春溪捕鱼图》其六："《渔父词十二首》：'白鹭群飞水映空，河豚吹絮日融融。溪柳绿，野桃红，闲弄扁舟锦浪中'、'笠泽鱼肥水气腥，飞花千片下寒汀。歌欸乃，扣苔菁，醉卧春风晚自醒'、'湖上杨花卷雪涛，湖鱼出水掷银刀。春浪急，晚风高，前山欲雨且回桡'、'四月清波拂镜平，青天白日映波明。风不动，雨初晴，水底闲云自在行'、'江鱼欲上雨潇潇，楝子风生水渐高。停短棹，驻轻桡，杨柳湾头历晚潮'、'白藕开花映碧波，榆塘柳隩绿阴多。抛钓饵，枕渔簑，卧吹芦管调鱼歌'、'霜落吴松江水平，荻花洲上晚风生。新厌酒，旋炊粳，网得鲈鱼不入城'、'月照蒹葭露有光，木兰轻楫簚头航。烟漠漠，水苍苍，一片蘋花十里香'、'黄叶矶头雨一簑，平头舴艋去如梭。桑落酒，竹枝歌，横塘西下少风波'、'败苇萧萧断渚长，烟消水面日苍凉。鱼尾赤，蟹膏黄，白醁村醪倍雪霜'、'雪晴溪岸水流澌，闲罩冰鳞掠岸归。收晚棹，傍寒矶，满篷斜日晒簑衣'、'陂塘夜静白烟凝，十里河流泻断冰。风飒笠，月涵灯，冰冷鱼沉不下罾'。王摩诘《捕鱼图》为画中神品，脍炙人口，曾属匏翁，识语知其向已至吴中者不二十年，后复为某所得，岂非物之聚散有时，而得失之靡定也？予阅之不胜叹赏，辄书《渔父》十二词于后，但珠玉在前，觉我形秽多矣，书此识愧。衡山文征明。（向闻有吴仲圭《渔父图》，颇为当时脍炙，闻已流落不可物色矣。）"（第173页）

卷六《王维春溪捕鱼图》其七："'□江何悠哉，漶漾春未晚。恬风水镜净，一望定□□。远山积浓翠，历历烟树短。草平露洲溆，夹岸桃花暖。羡彼垂纶翁，扁舟寄疏散。䲙鲂与赤鲤，来往亦缱绻。危坐下中流，自送飞鸦远。'客岁见王右丞《雪溪图》，以为希世之珍，不意今日再见此卷，岂神物有灵，散而复聚耶？予深异之，并赋短句。苏台唐寅。"（第174页）

卷六《王维春溪捕鱼图》其八："予题此卷忆自癸酉岁，及今丁丑，恰四年矣，而复从某先生斋头得见《江干秋霁图》，斗奇争胜，不可名状，是何神物聚合于一时也。今日再过某请观，细玩其精微变幻处，又以见某好古不倦而得其道，因并识之。二月五日，征明再题。（《江干秋霁图》与此卷伯仲间耳，衡山以为神物聚合，信然

哉。)"(第 174 页)

卷六《王维春溪捕鱼图》其九:"'关城弱柳绿蓁蓁,隐隐渔舟辋水滨。一自右丞施点染,满原芳草迥生春。'新秋大雨如注,足迹不能出户,遂以闲窗简出王右丞三卷阅之,识语殆遍,然得无为右丞累乎?所不免矣。崇祯辛未七月朔日,云间张泰阶。"(第 174 页)

卷六《王摩诘江干秋霁图》其一:"'山空木落绝嚣尘,雨过江干几钓纶。楼阁参差云外寺,烟霞古今景中人。长松故掩归樵径,墅竹时穿隔舍邻。千古右丞谁得似,依稀点染自生春。'黄鹤山樵王蒙题。"(第 174 页)

卷六《王摩诘江干秋霁图》其二:"'绘理精微世莫群,秋岚过雨锁苍云。右丞笔力能扛鼎,五百年来无此君。'云林生瓒。"(第 174 页)

卷六《王摩诘江干秋霁图》其三:"画家右丞,书家右军,世不多见,予昔年于徐武功处所见《雪江图》都不皴染,但有轮廓耳。及世所传摹本,若王叔明《剑阁图》,笔法大类李中舍,疑非右丞画格。又予至长安见赵大年临右丞《林塘清夏图》,亦不细皴,稍似史氏所藏《雪江图》,而窃意其未尽右丞之致,盖大家神品必于皴法有奇。大年虽俊爽,不耐多皴,遂为无笔,此得右丞一体者也。最后复得郭忠恕《辋川》粉本,乃极细润,相传真本在新安,既称摹写,当不甚远。然余所见者庸史,故不足以定其画法矣。惟虞山李氏处有赵松雪二图小帧,颇用金粉,闲远清润,迥异常作。余一见,定为学王维。或曰何以知是学维?余应之曰:'凡诸家皴法自唐及宋皆有门庭,如禅灯五家宗派,使人闻片语单词,可定其为何派儿孙。今文敏此图行笔非僧繇、非思训、非洪谷、非关全,乃至董巨李范皆所不摄,非学维而何?'今年秋间梁溪有王维《江山秋霁》一卷为吾郡王守溪学士所得,过其舍索观,学士珍之,自谓如头目脑髓,以余有右丞画癖,虽不辞而出示,展阅一过,宛然松雪小帧笔意也,予用是自喜。且右丞自云'宿世谬词客,前身应画师',予未尝得睹其迹,但以想心取之,果得与真有合,岂前身曾登右丞之室,而亲览其磐礴之致,故结夕不寐乃尔耶?学士云此卷是梁溪友人从后宰门拆古屋于折竿中得之,凡有三卷,皆唐宋书画也。予又妄想彼二卷者安知非右军迹,或虞褚诸名公临晋帖耶?倘得合剑还珠,足辩吾两事,岂造物妬完耶?老子云:'同于道者,道亦乐得之。'予且珍此以俟时。弘治丁巳秋九月十二日,延陵吴宽书。(按匏翁跋语,则摩诘尚有《雪江图》及《林塘清夏图》,但元季诸公未尝齿及,似亦非其至者,今二图不可概见,何哉?)"(第 174—175 页)

卷六《王摩诘江干秋霁图》其四:"'江头潮下秋水枯,青山落日云模糊。楼台远近路长驱,萧萧行李行人孤。蹇驴渡桥归思急,村南村北天秋色。何者相呼鸡犬声,山前山后烟林立。江风水面吹浅莎,打鱼小艇如飞梭。何人荡桨立船头,钓者船头腰半跎。仲宽刘君焉能作,粉笔流传愁剥落。莫厘长者宝之奇,特书召我示新跋。相城白发画亦狂,见翁此卷心即降。携家便欲上船去,买鱼煮酒杨子江。'王右丞先生丹青博学,宿世有传,自古以来未有能并者,夺天机化工,万重丘壑宛在握中矣。昔年观史氏类古编纂载诸名家画帙,永思先生评右丞公效晋人《江干秋霁图》'工细入神,妙在奇绝',想慕已久,今为守翁先生所藏,正谓惜天下之宝者得天下之宝者矣。明后学长洲沈周。"(第 175 页)

卷六《王摩诘江干秋霁图》其五:"右丞画世不多见,余生平所见者惟《雪溪图》《捕鱼图》而已,馀无闻焉。况右丞至今八百馀年,其罹兵火不知凡几,而欲求其无恙,不亦难乎?以故益信右丞之画为不易也。其用笔高古,点缀清深,为百代画家之祖。今少傅王公所藏《江干秋霁图》为右丞真迹,向得之于梁溪友人之手,虽物之聚合有时,亦有少傅公之好古不倦,此又非市骏骨而千里马至者可比。征明每过从,辱少傅公不弃,时出法书名画赏玩,窃谓武库中有此奇珍,诸品皆为减色矣。时正德丙子四月九日,后学文征明书于苍玉斋中。"(第 175—176 页)

卷六《王摩诘江干秋霁图》其六:"王摩诘画思致高远,出于天性,故昔人谓其'诗中有画,画中有诗',非虚语也,然纤细工致如此卷者则又绝少。予尝谓摩诘如卫夫人《笔阵图》,一点一画别是一切钩戟利剑,毛根出肉,力健有馀,巨壮雄丽,肤脉连络,真为探微道玄敌手,而开元中第一人也。正德丙子四月廿八日,吴门唐寅书。"(第 176 页)

卷六《王摩诘江干秋霁图》其七:"戊寅三月既望,予以公事过少傅公园居,坐谈间再出此卷,不胜欣畅,不啻重入山阴道上。同观者有汤珍子重、吴爟次明、彭昉寅之,并记其后。文征明。"(第 176 页)

卷六《王摩诘江干秋霁图》其八:"王右丞《江干秋霁图》在文恪王公亦推为丹青之冠,衡山太史见后即与唐子畏柬云'自见此卷,寤寐不忘',诚非虚语。所云《捕鱼》、《雪溪》两图在徐处者,余亦先后购得,今并藏箧中,称三绝云。崇祯辛未七月朔日,张泰阶。"(第 176 页)

卷六《王维辋川图》其一:"'辋口林亭手自图,当年题字未模糊。朝元偶忆开元胜,还拟王维尚可呼。'宣和殿御笔题。'王维此图可称三绝。'宣和五年再题。"(第 178 页)

卷六《王维辋川图》其二:"清容所得矮本《辋川图》乃王摩诘生平第一笔,兼之诗句入禅,字法入妙,而宣和主题为三绝,真知言哉。余向僻处寡营,适清容过慰岑寂,并以佳卷索跋,欣喜无已,遂为书之。延祐庚申四月九日,吴兴赵孟頫识。"(第 178 页)

卷六《王维辋川图》其三:"王摩诘辋川别业,一时名满天下,千载而下,犹令人企慕之,其图乃摩诘手自点染,一木一石,皆极精工秀美,毫发无遗。首辋川,次华子岗,次孟城坳,次辋口庄,而文杏馆、斤水岭、木兰柴、茱萸沜、宫槐陌、鹿柴继焉。鹿柴而后则为北垞,此则辋川之北庄,中间院宇、亭榭、草木、鸟兽,种种具备,而摩诘乃祖襟静坐,傍列图史,而奚僮侍立,玄鹤翔舞于阶除之下,亦乐矣。由北垞而南则有欹湖,湖上构亭曰临湖亭,亭下为柳浪,又南为栾家濑、金屑泉,而南垞在焉,此即辋川之南庄也。比北垞差小,而茅茨土朴,雅有古风。自此而白石滩、竹里馆、辛夷坞、漆园、椒园,皆俪于南垞,而田庐耕作,宛然村落景色,所谓'蒸藜炊黍饷东菑'者,水田、白鹭、夏木、黄鹂在在有之,真诗中之画也。而此卷其画中之诗乎?予素向慕久矣,兹辱清容先生出示,不胜喜跃,漫录其景物如此。时天历二年春王正月下浣,大痴学人黄公望拜手书于虞山山居。"(第178页)

卷六《王维辋川图》其四:"'开元宇宙承平日,华子岗头曾燕适。至今自貌辋川图,下有幽人交莫逆。辛夷户外苿涨隔,亦复扁舟春荡漾。竹君冰霰岁寒傲,未辨申椒能辨屈。平生雅志厌朝市,醒醉悠哉睨泉石。是间山水无限趣,况乃佳宝得裴迪。宣和昔日手亲题,千载流传人爱惜。鸟啼花落香仍在,谁信长安叹凝碧。后来附卷意迷忙,且复追惟三太息。'《辋川图》为王摩诘生平画卷第一,清容先生所藏前代名人真迹固多,亦当以此为最。短句附尾,乌足以尽其美,聊供一笑可耳。至顺二年秋八月廿九日,紫芝山人俞和谨书。"(第178页)

卷六《王维辋川图》其五:"'猪龙儿嬉锦□好,三郎岁晚欢娱老。阿环姊妹拥华清,朝士宫前谁敢到。右丞脱却尚书履,布袜青鞋弄烟水。蓝田别业堪画图,矮本丹青自游戏。华子冈头辋口庄,湖亭竹馆遥相望。小桥摺转青红窗,树窠历历烟茫茫。栾家濑前两舟上,柳浪一尺清风狂。诗成相与和者谁,我家裴迪无能双。丘壑风流固如此,安知画外清凉意。凝碧池头天乐声,白石累累净如洗。乱后归来旧第中,玄墙绿户老秋风。人生过眼皆梦境,乞与山僧开梵宫。半幅吴绡如传舍,俟谁得此千金价。客来寒具莫匆匆,三百年前御厨画。'《辋川图》矮本尤为妙绝,心切慕之,今日偶从清容先生斋头得见此图,殊为庆幸,敬赋长句。时至顺二年秋九月十二日,丹丘柯九思拜手记。"(第178—179页)

卷六《王维辋川图》其六:"王维字摩诘,开元初进士,官至尚书右丞,工诗画,辋川其所居,自写为图,精密细润,若陆探微,又似李思训,此矮本更觉神妙,尤可宝也,敬赞短句:'园图新画早流传,已是人间五百年。凝碧池头秋句在,当时几负此林泉。'黄鹤山人王蒙书。"(第179页)

卷六《王维辋川图》其七:"右丞《辋川图》有二本,此即矮本也,画格高绝,尤有生意,展观良久,为赋短句:'诗中传画意,画里见诗馀。山色无还有,云光卷复舒。前溪渔父隐,旧宅梵王居。千古风流在,披图俨起余。'至正辛巳冬十一月五日,梅花道人吴镇书于天宁僧舍。"(第179页)

卷六《王维辋川图》其八:"予见前人墨迹画卷亦多矣,有画而未必兼诗,有诗而未必兼画,有诗画而未必书法之具备也。此卷为王右丞神妙之笔,其二十咏俊逸清丽,冠绝李唐,而书法又似萧子云,间乎出入大令,以一卷而众美毕萃,古人画卷中

所未有也。中静宜什袭而藏之。正德辛未夏四月下浣，吴郡唐寅书于梦墨亭。"（第179 页）

卷六《王维辋川图》其九："王右丞《辋川图》有二，一为高本，一为矮本。高本不知所传，世称郭忠恕摹本乃其高者，吾恐非原本之所自来。若矮本，此卷是也，所谓'诗中有画，画中有诗'，于兹见之，岂非绣心、锦肠、神工、圣腕始得臻此，苟非其人而欲步武，虽秃笔成冢，犹未能得其一二。此图墨法设色又出入陆探微、李思训间，然右丞何心哉？大抵古人高才绝艺，意之所至，笔之所之，自不容于不合矣，未可以后先而定其优劣也。卷前后有宣和题识，其为徽庙爱重如此，不知何由散落人间，而为袁清容得之，至国初，又为宋昌裔所藏，复逸去，为新安古中静宝爱二十年。中静不能守，而归之默庵，默庵以重价购之，斯称得所矣，第武库中不宜少此。昔白尚书云'六宫粉黛无颜色'，以太真色美而压群也，若右丞此卷曷异乎是？予以语质默庵而并书其左，时嘉靖九年冬十月七日，长洲文征明书于悟言室。附文太史手束：'前者孙文贵同新安古中静以王摩诘《辋川图》至，不宿留而去。昨徐默庵来云已与彼斟酌六百数，而中静犹以为不然。今早遣人去，竟无处觅，倘一到梁溪，再无复来之理。今默庵深有冉子之意，烦复孺为彼调停斡旋此局，默庵断不负所举也。画册尚未设色，至十九日可完事。此覆，征明肃拜。复孺贤甥茂异。'"（第 180 页）

卷六《王维辋川图》其一〇："尝见文衡翁题王右丞《终南草堂》小幅云：'生年七十有四，所见右丞真卷凡四，今更见《终南》一幅，深自庆幸。'随遡衡翁他跋中，初于陈沙溪处见《雪渡图》，盈尺而已，继又于徐默庵处见《捕鱼》《雪溪》二图，于王文恪公处见《江干秋霁图》，最后又见默庵矮本《辋川图》，所称四卷，盖指《捕鱼》《雪溪》《秋霁》《辋川》并《终南》为五，而盈尺之《雪渡》不与焉。至于《辋川》一图，始为新安大豪古中静所得，尝携至吴门，为名公吴匏翁辈啧啧不已，止索唐子畏一跋而去，故匏翁于《秋霁》卷中有《辋川》已入新安之语，嗣后又经数年，中静再持至，吴默庵酬价六百有奇白镪，出而古生竟拂衣去，衡翁为尼其舟，托复孺恳请复以千金为寿，而此图遂归徐氏记室矣。衡翁客于海上顾氏，尝谓先祖言《辋川》入吴源委甚悉，先君曾于庭趋时为予述之，至今历历在耳也。偶简衡翁致复孺束，宛然当日情景，世曾有欺人文叟哉？呜呼，右丞真迹传布人间者数幅之外寥寥矣，默庵得其四，文恪得其一，而《雪渡》短幅初为危太朴《四朝合璧》中散出者，仍为合浦之珠，默庵之搜索诚可为不遗馀力矣。意者用志不分，而鬼神遂阴助之乎？予何人，斯而两公所不能兼者尽揽之于箧中，抑何幸哉。特右丞为两公幽秘二百馀载，予又椟而藏之，世人既不见右丞之真，而何以辩右丞之伪？使《捕鱼》等赝卷纷纷四出，而举世梦梦曾不敢辞而辟之，真可慨也。崇祯四年腊月廿有八日，云间张泰阶。"（第180—181 页）

卷六《王维高本辋川图》其一："王维《辋川图》有二，此高本当为第一，以其布置

更胜也。宣和五年十二月,御笔题。"(第181页)

卷六《王维高本辋川图》其二:"朝散无聊,检出再观一过,毕竟妙于矮本。是月廿有二日,宣和御笔重题。"(第181页)

卷六《王维高本辋川图》其三:"王摩诘家蓝田辋口,所为台榭亭坳合有若干处,无不入画,无不有诗,以此则摩诘之胸次潇洒、情致高远,固非尘壤中人所得仿佛也。其图亦出自摩诘点染,有高本、矮本传世,此图乃高本也,较之矮本更胜,后复系以诗题,种种神妙,世所称卷中三绝,孰有逾于此者。昔明皇见郑虔画,题为三绝,其亦未见此耳。若见此卷,其称赏又当何如耶?一日太朴危君出示于余,惜余衰迈已甚,而不能悉其旨趣,惟有击节三叹而已。延祐辛酉春三月十有一日,吴兴赵孟頫书于鸥波亭中。"(第181页)

卷六《王维高本辋川图》其四:"'辋口风烟春日迟,浅沙深渚带东葿。红杏花开翔白鹤,绿杨丝袅逗黄鹂。山云寂寂入寒竹,野露瀼瀼裹嫩葵。谁似右丞清绝处,千秋一士更何疑。'古涪邓文原。"(第181页)

卷六《王维高本辋川图》其五:"一日太朴先生持高本《辋川图》问于予曰:'《辋川图》有高本、矮本,何也?'予应之曰:'摩诘始为矮本,本低则丘壑不耸、景物延缓,故摩诘复演为高本。本高则山岳嵯峨、台馆周匝,以此知矮本尤不若高本之更佳也。'太朴曰:'非子言,则予心几茅塞矣。'予又闻赵子固云:'此图遭金人之变,遗落颓垣中,一卒拾归,不知其为重宝也。后尚有裴迪唱和诗,不□连属,其妻裂去,与儿相戏,竟投之于火。此可为深叹惜者也。'夫子固素称博雅,深晓古今事迹,岂无据而出此语。今已归于太朴,可为得所,复何虑哉?兹因出示,辄以夙昔所闻而书其左,后之览者借此亦足知《辋川图》之始末矣。大痴学人黄公望拜手书。"(第181—182页)

卷六《王维高本辋川图》其六:"《题太朴先生所藏右丞辋川图二首》:'潇洒开元士,神图绘辋川。树深疑垞小,溪净见沙圆。径竹分青霭,庭槐饮暮烟。此中有高卧,欹枕听飞泉。'其二:'画里诗仍好,萦回自一川。湖晴岚气爽,浪静柳阴圆。赋咏成珠玉,经营起雾烟。当年满朝士,若个在林泉。'梅花道人吴镇书。"(第182页)

卷六《王维高本辋川图》其七:"《辋川图》出自摩诘一一点染,其台榭景物无不可游、可玩、可忘世,以故赏识者称'画中有诗',苟非胸次磊落、指掌神奇,恐未易臻此也。至于诗题俊语,不减陶谢,又诗中画也。五百馀年来画家如林,鲜有与之并驾者,披阅一过,不胜神往。丹丘柯九思。"(第182页)

卷六《王维高本辋川图》其八:"右丞此卷向入宣和御府,流转人间,今又属之太朴先生,乃知神物去来原无定处也。吾师松雪翁已为题识,而予何幸,得以展阅,既书而并系以短句:'开元朝士王摩诘,睥睨金章山水间。槐陌岗头足游乐,佳宾觞咏竟忘还。''园图流转几经年,高本倏然更可怜。谁谓米颠今再见,未应珍玩溷人

塵。'紫芝山人俞和书。"（第 182 页）

卷六《王维高本辋川图》其九："先外大父松雪翁尝语人云：'学书不学右军，终成下品。绘事不法右丞，不能上达。'信斯言也。翁下世已十有四年，未敢少忘。一日太朴先生出示高本《辋川》，画法诗题俱已入圣，诚艺林中奇珍也。前有邓善之先辈及我同志子久、仲圭、敬仲、紫芝识语，如珠联璧络，亦可见一代文物之盛，当并垂不朽矣。黄鹤山樵王蒙记。"（第 182 页）

卷六《王维高本辋川图》其一○："袁清容有矮本《辋川》，危太朴先生有高本《辋川》，均是神品。若布景点缀，矮本不能不少逊一筹。前一峰道人题语详备，可称知画。汝南袁凯题。"（第 183 页）

卷六《王维高本辋川图》其一一："二泉先生所藏高本《辋川》已久，一日过其寓舍，予欲求观甚坚，先生知不能已，遂为出示，乃知摩诘一生精脉尽萃于此，相与叹赏竟日。余曰：'君有《辋川》卷，予有古册七十二幅，足相敌也。'援笔书之，以纪一时之胜晤云。震泽王鏊识。"（第 183 页）

卷六《王维高本辋川图》其一二："王摩诘《辋川》二图悉属宣和御府所藏，因遭金虏之厄散落人间，后曾归贾秋壑，又归赵彝斋，二三其说，然今亦不可考矣。至胜国时，矮本属之袁清容，高本属之危太朴。卷首徽庙及诸名人一一题识，精备不啻琳琅琬琰之在目也。至我明，矮本为某所得，高本竟不知何所。一日某友兄购得，后有文恪公手书，方知为梁溪邵二泉所藏，虽不甚富，日惟置之密室，不欲示人，故赏鉴者竟莫得而知也。惜乎二泉公下世已久，无嗣，近为其族人鬻出，某不吝重价易之，诚可谓能继先志矣。前人历历评此本更胜，信非妄语。余年过大耋，观览颇多，即摩诘真迹合有数种，终不若此本之精妍也，不识观者以为何如。嘉靖甲寅九月五日，文征明题，时年八十有五。"（第 183 页）

卷六《王维秋林晚岫图》其一："'千峰凝翠宛神州，中有仙翁窈窕游。林麓渐看红叶暮，风烟俄入野塘秋。摇摇小艇寻溪转，寂寂双扉向晚投。我欲探幽未能去，画中真境许谁俦。'邓文原题。"（第 183 页）

卷六《王维秋林晚岫图》其二："'群山矗矗凝烟紫，万木萧萧向夕黄。岂是村翁恋秋色，故将轻舸下横塘。''秋岚荏苒泛晴光，处处村村带夕阳。一段深情谁得似，故知辋口味应长。'王右丞生平画卷所称最者，惟《辋川》《雪溪》《捕鱼》等图耳，吾意以为绝响，不谓太朴于中州友人家又得此卷，而用笔之妙、布置之神，殆尤过焉，固知右丞胸中伎俩未易测识，而千奇万变时露于指□间，无穷播弄，岂非千载一人哉？置之案头，临摹数过，终未能得其仿佛，漫书短句，并识而归之。人痴学人黄公望。"（第 183—184 页）

卷六《王维秋林晚岫图》其三："《敬题王摩诘所画秋林晚岫图二首》：'右丞深绘理，应有个中诗。树色连天末，岚光拥暮时。霜馀山市静，水落野航迟。处处人来往，优游不负期。'又：'峦静秋光肃，烟消树色明。隔邻频慰问，辙迹不须惊。返照穿林麓，归人入化城。应如图画里，幽思诧无声。'紫芝山人俞和。"（第184页）

卷六《王维秋林晚岫图》其四："唐王维诗句入神，画格入妙，于以知心灵资敏二者未始不相通也。予往岁每见外大父松雪公画卷往往宗之，又知摩诘为古今画家之祖。此《秋林晚岫》卷尤为精绝，无一景物不入神品，无一木石不可为后人法，绘理至此，无复加矣。吾恐太朴武库中有此，诸卷当为之减色，奈何。至正癸巳十月三日，王蒙。"（第184页）

卷六《王维秋林晚岫图》其五："夫画至右丞正在中古交易之际，诸美毕臻，遂为山水中绝艺。此《秋林晚岫》高古精密，闲旷幽深，无纤微烟火气，虽由学力高赡，而尤得于资禀之超邈也。噫，学力可到，而资禀不可及。吾于此卷不能不为之神驰目骇，惟有击节三叹而已：'右丞已往六百载，翰藻神工若个同。千嶂远横秋色里，山家遥带暮烟中。'梅花道人吴镇拜手题。"（第184页）

卷六《王维秋林晚岫图》其六："王摩诘此卷不独为诸名胜画中第一，即摩诘生平卷中诚未能过之者，太朴先生可不什袭而藏之？汝南袁凯沐手敬题。"（第184页）

卷六《王维秋林晚岫图》其七："右《秋林晚岫图》为王摩诘真笔也。摩诘画卷有《辋川》之严整秀发，《捕鱼》《雪溪》之高雅幽闲，为古今画中神品，虽明月水精之朗洁，恐未足以方之。此卷往岁外舅大参吴公为予言及，犹然在耳。曾入宣和内府，至胜国时，为危太朴所得，诸名士题识历历可据。至我明，又为某公所藏。公于执政之初，晋府以是图为馈，公欣然受之，而却其馀，于此以见公之有真识，而不止于徒好，就中书法设色更觉神奇，当出□□卷诸画一头地。大痴、梅庵，画家董狐也，而于此卷尤将北面，况后人乎？予窃慕已久，一日公出示□之几上，把玩浃旬，因并书其颠末而归之。嘉靖壬午十一月三日，长洲文征明题。"（第184—185页）

七、陈师《禅寄笔谈》[①]

卷五："崔涂《旅中》诗'渐与骨肉远，转于僮仆亲'，诗话亟称之，然王维《郑州》诗'他乡绝俦侣，孤客亲僮仆'已先道之矣，然王诗浑含，似胜于崔耳。"（第660页）

卷五："王维诗脍炙人口者多矣，即当时厕名艺苑者或用其意，或用其语，殊不以为嫌。如维云'猿声不可听，莫待楚山秋'，孟浩然亦曰'清猿不可听，沿月下湘流'，又维云'云黄知塞冷，草白见边秋'，耿湋亦曰'白草三冬色，黄云万里愁'，他如'怜君不得意，况复柳条新'，刘长卿'怜君不得意，川谷自逶迤'，维'露冕见三吴，方知百城贵'，韩翃亦云'顷过小丹阳，应知百城贵'，维'为客黄金尽，还家白发新'，宋唐庚'桂玉黄金尽，风尘白发新'，维'岂学书生辈，窗前老一经'，谭用之'莫学区区

---

① （明）陈师：《禅寄笔谈》，《四库全书存目丛书》（子部），第103册。

老一经',维'拔剑已断天桥臂,控鞍共饮月氏头',黄山谷'幄中已断匈奴臂,车前更饮月氏头',维'宿世谬词客,前身应画师',而《白氏长庆集》'房传往世为词客,王道前身应画师'又实用其诗与字也。"(第 661 页)

卷五:"予前所言王维诗为人祖述者多矣,然右丞好取人句而裁剪用之者亦多,略举数隅,如颜延年'悲哉游宦子',王则'心悲游宦子',陆机'人生无几何',王则'人生能几何',古乐府'谁家女儿对门居,女儿年几十五六',王则'洛阳女儿对门居,才可容颜十五馀',应休琏'避席跪自陈,贱子实空虚',王则'贱子跪自陈,可为帐下不',鲍照赋'积雪满群山',王则'开门雪满山',何敬祖'广庭发晖素',王则'积素广庭间',沈约'去去掩柴扉',庾信'苍茫落晖馀',王则'寂寞掩柴扉,苍茫对落晖',陶潜'步止荜门稀',王则'人访荜门稀',鲍照'竖儒守一经',王则'岂学书生辈,窗前老一经',颜延年'城阙生云烟',王则'枕席生云烟',其他类此者尚不一也。《国史补》言王右丞'有诗名,好用人章句',虽以己意裁截,实源委之矣。昔人谓老杜诗无一字无来处,岂古之文人大约乐取善而忘尔我耶?而亦何损于文人声价也。狂子不察,或漫以请客讥评,是诚小儿曹强解事伦矣,此可与知诗者道之。"(第 664 页)

八、刘世伟《过庭诗话》[①]

卷上:"唐人作绝句,其法多般,亦须理会得法,用方能自作,大率作者多截去中四句,如王维'金杯缓酌清歌转,画舸轻移艳舞回。自叹鹡鸰临水别,不通鸿雁向池来',……此截去首二句与末二句者也。"(第 122 页)

卷上:"王摩诘爱孟浩然吟哦风度,绘为图以玩之,……古人好尚之笃如此。"(第 123 页)

卷上:"王摩诘为盛唐大家,世皆谓'漠漠水田飞白鹭,阴阴夏木啭黄鹂'为公平生第一诗。世伟尝爱《汉江临泛》,云'楚塞三湘接,荆门九脉通。江流天地外,山色有无中。郡邑浮前浦,波澜动远空。襄阳好风日,留醉与山翁',其豪迈之气上逼霄汉,下视晚唐诸子之作,犹促织居钟楼壁耳。"(第 124 页)

九、陈懋仁《藕居士诗话》[②]

卷上:"王摩诘'酌酒与君君自宽,人情翻覆似波澜',上句用鲍明远'酌酒以自宽',下句全用陆士衡《君子行》语。"(第 308 页)

卷下:"史谓孟浩然对玄宗'不才多病'之作,乃王维邀入内院,驾至匽床下,诏出。《北梦琐言》谓在李白第,仁谓在白第驾至必预闻可他逸,内院仓促,故床下

① (明)刘世伟:《过庭诗话》,《四库全书存目丛书》(集部),第 417 册。
② (明)陈懋仁:《藕居士诗话》,《四库全书存目丛书》(集部),第 418 册。

耳。"（第 320 页）

十、张丹《张秦亭诗集》①

卷五《短歌行与弟祖定》："我初学诗气磊落，王维杜甫才卓砾。梦中或共辋川吟，花下时披草堂作。"（第 538 页）

十一、王之绩《铁立文起》②

前编卷二"记"："王摩诘有《蓝田山石门精舍》五言古，钟退庵以为妙在说得变化，有步骤而无端倪，作记之法亦然，益可见诗文之道相通如此，惟在人能佳处领其要尔。"（第 706 页）

前编卷一二"骚"："王摩诘之《山中人》以淡远胜，……即此亦可见文中天地尽宽，何所不有，作诗必此诗者殆泥矣。"（第 754 页）

十二、赵翼《陔馀丛考》③

卷一一"新唐书多回护"："其于文士尤多所回护，如《王维传》不载其入侍太平公主弹《郁轮袍》求及第之事。"（第 202 页）

卷二三"六言"："王摩诘等又以之创为绝句小律，亦波峭可喜。"（第 452 页）

卷二三"和韵"："又有和诗不和韵者，如贾至《早朝大明宫之作》，王维、岑参、杜甫皆有和章，而不用其韵也。"（第 466 页）

卷二四"古今人诗句相同"："古今人往往有诗句相同者，……惟全用一联一首，略换数字，此则不免剽窃之诮。……阴铿诗'水田飞白鹭，夏木啭黄鹂'，而王维诗有云'漠漠水田飞白鹭，阴阴夏木啭黄鹂'。"（第 498 页）

十三、赵绍祖《消夏录》④

"以画奉崔圆者非王维"："《韵语阳秋》谓王维以画而奉崔园，不欲言，故集中无画诗。余按王维与郑虔同陷安禄山而得罪，然维自以《凝碧池》诗得免，而以画奉崔圆而获免者郑虔也。葛氏固知而言之矣，何忽作此语。"（第 149 页）

十四、朱三锡《东嵒草堂评订唐诗鼓吹》(亦名《重订唐诗鼓吹笺注》)⑤

卷二《和贾舍人早朝大明宫之作》："此与贾舍人同一章法，而中间措手各有不

① （清）张丹：《张秦亭诗集》，《四库全书存目丛书》（集部），第 210 册。
② （清）王之绩：《铁立文起》，《四库全书存目丛书》（集部），第 421 册。
③ （清）赵翼：《陔馀丛考》，北京：商务印书馆 1957 年版。
④ （清）赵绍祖：《消夏录》，北京：中华书局 1997 年版。
⑤ （清）朱三锡：《东嵒草堂评订唐诗鼓吹》，乾隆四十年（1775）刻本。

同。贾之'银烛朝天紫陌长'一起即写早朝,此却从天子未视朝之先写起。三四方写'朝'字,体格独超。五六写景同用'香'字,贾云'衣冠身惹御炉香',此云'香烟欲傍衮龙浮',更为出色。末则归美舍人,结出奉和意,言此时千官朝散,我辈独归凤池,含毫待诏,高华清切,无能比也。"

卷二《酬郭给事》:"前四句先生自道比来况味如此也,官舍之中洞门、高阁、花阴、柳絮。曰'霭馀晖'者,言馀晖从洞门穿入,倒照高阁,所闻者疏钟耳、啼鸟耳,虽居清要,一无所事。五六酬郭给事业,言摇玉佩、捧天书、与君同事,岂不甚愿? 奈晨趋夕拜老不能堪。此必因给事有诗相赠,故作此以酬之也。"

卷二《秋雨辋川庄上》:"前四句写辋川积雨之苦,后四句写辋川自适之况。惟积雨,故炊迟,惟炊迟,故饷晚。漠漠水田,阴阴夏木,虽写庄上积雨景象,实有一段悯恤劳人情绪,不仅空空作写景观也。然积雨炊迟者其时,而习静清斋者其性,观朝槿之荣落可以自娱,采葵叶以充膳可以疗饥。当斯时也,无是非权力之争,有和光混俗之乐,机心尽忘,随在自得,如欲令二三野老侧目待我,一如杨朱所云执高(席?)避灶,然后自为愉快,亦大非本色道人也。《尔雅》:'葵为百菜之主,味尤甘滑。公仪休相鲁,食于舍而茹葵,愠而拔之,不欲夺园夫之利。'《颜氏家训》:'蔡朗父讳纯,遂呼莼为露葵,面墙者效之。有士人聘齐,主客郎李恕问江南有露葵否,答曰:"露葵是莼水乡所出,今所食者绿葵耳。"'此诗云松下折之,岂亦误以为绿葵耶? 然《七启》云'霜蓄露葵',注曰'葵宜露',公或本此。公时尝斋奉佛,故有此语。"

卷二《送杨少府贬郴州》:"通首只写'不久留'三字耳。起曰'明到',又曰'若为',是逆料其后来到衡山与洞庭时必不能对秋月而听猿者,细玩语意,似乎多此一别。三四抽笔出来,曰'愁看',曰'恶说',又重写一段惜别光景,此真绝妙文章绝细手笔也。五六又叙其所经之地所过之时,言既已如此,不妨暂去,多应未必前到郴州而再召之命即下,故曰'不久留'也。'三湘客',集作'三湘远'。"

卷二《敕借岐王九成宫避暑应教》:"题旨是敕借九成宫,而先云'帝子远辞'者,言帝子瞻恋天阙,何敢远游,只为敕借避暑,暂尔告辞,则天子友爱之情与帝子恭敬之忱俱跃跃纸上矣。三'云雾生衣上',四'山泉入镜中',极形九成宫之高敞,是单写宫中此等景况,惟宫中人知之。五'水声喧笑语',六'树色隐房栊',极形九成宫之清幽,是通写合宫此等景况,统宫内宫外之人知之,总是极写所借之地暑气全无,清凉隔世,所谓'仙家未必能胜'者即此也。'此'字总承上文,而结言可知。唐人之七八必定是结上五六,尝看唐诗七八多用'此'字作结,便知其法,如此诗'仙家未必能胜也',此即'水喧笑语''树隐房栊'也。其余如……皆用'此'字来结上二句意,须知五六特为生起七八,非与三四同写景物可知。"

卷二《和太常韦主簿五郎温泉寓目》:"题和太常温泉寓目,曰'寓目'者,目中之所望所见也。目之所望必从远而及近,目之所见自由边而及中,譬如善画者,于笔墨之或浓或淡以分形势之为远为近,而善观画者,亦即于浓淡远近之间而知何者为起笔、何者为落笔,分其界限,看其层次。而作诗之法亦然,正所谓'诗中有画'也。一'汉主离宫'即指温泉,'接露台'言自始皇露台祠边而起也,二'秦川''夕阳'言自长安秦川而往,半程即见楼台,此寓目者由远而及近也。三四实写温泉,然三犹通写合宫,言仪卫旌旗围绕满山也,四方写汤殿,言泉流灌输回环殿旁也,此寓目者由边而及中也。五六就宫中所见言之,此即《甘泉赋》,料以子云比太常,句中有托讽意。"

卷二《酌酒与裴迪》:"起句极妙,言人情翻覆,直可酌酒释之。三四正写翻覆波澜也,'相知按剑'加上'白首'二字,极其刻毒,言半世知交转瞬敌国,'朱门弹冠'插入'先达'二字,极其轻薄,言一朝得志顿忘贫贱,大可慨也。五六虽就酌酒时景色言之,而语意各有所指,曰'细雨湿'者是晤遭浸润失于不觉也,曰'春风寒'者是重受排挤不得自持。'高卧加餐'正'酌酒与君'之意耳。"

卷二《春日与裴迪过新丰里访吕逸人不遇》:"题曰过新丰里吕逸人,不是特地来访,可知昔日共闻其名,今日偶过其里,如遇逸人,果足为欣,即不遇逸人,亦不为憾。一'桃源面面少风尘'先将逸人所居之里抬高一层,言山川花鸟总非人境,有不得不访之势矣。三曰'到门',四曰'看竹',岂以逸人不遇而遂去耶? 五眺其山,六玩其水,七八窥其窗中、抚其庭树,亦可为大惬来应矣。新丰里在陕西临潼县。"

卷二《早秋山中作》:"前四句是当秋思归,后四句是因秋感暮。唐人感怀迟暮诗必用秋晚岁暮等意,其法本自初唐人。"

卷二《敕赐百官樱桃》:"题曰敕赐百官樱桃,俗手为之,不知如何先写樱桃矣。妙在第一句,先曰'芙蓉阙下会千官',便见百官日会阙下,君咨臣俞,共襄大事,而樱桃不过偶然之赐耳。如此写来,方见立言之高、笔法之妙。三四又将樱桃写得如许慎重,以明敕赐之非小。五写先受赐者,六写后受赐者,末又写到慰谕饱食,益见君恩之无穷,殊出意外。"

卷二《出塞作》:"一曰猎天骄,下三句皆写天骄也。'野火连天'有可骄之地,'驱马''射雕'有可骄之技,真北望一大忧也。五六'乘障''渡辽'重言边镇之得人,言必如此方足以制彼之骄耳。"

十五、张尔岐《蒿庵闲话》①

卷一:"王摩诘《与魏居士书》云:'近有陶潜不肯把板屈腰见督邮,解印绶弃官去,后贫,《乞食》诗云"叩门拙言辞",是屡乞而多惭也。尝一见督邮,安食公田数顷,一惭之不忍,而终身惭乎? 此亦人我攻中,忘大守小,不鞭其后之累也。'摩诘见

① (清)张尔岐:《蒿庵闲话》,《续修四库全书》(子部),第 1136 册。

解乃尔,据此而推《郁轮袍》非诬也。当其把郑虔手洒涕咏《凝碧池头》之句,与夫囚首听处分时,回想柴桑老人曳杖访亲,知风味孰惭孰不惭。"(第 101 页)

十六、袁栋《书隐丛说》①

卷一一"古诗误用":"古人诗有误用者,……不可学也,如……王右丞诗'卫青不败由天幸'误以霍去病为卫青。"(第 544 页)

卷一七"用事之讹":"自古用事之误承讹不觉,……《庄子》'柳生其左肘','柳'是疮疡类,王维诗云'今日垂杨生左肘'。"(第 616 页)

卷一七"名句来历":"古人诗中名句往往多有来历,……王摩诘诗'漠漠水田飞白鹭,阴阴夏木啭黄鹂'本李嘉祐诗'水田飞白鹭,夏木啭黄鹂'。"(第 616 页)

卷一七"临歧诗歌":"昔人临歧握别,恋恋不忍舍,形于诗歌。……王摩诘云'车徒望不见,时见起行尘',……各极其致。"(第 618 页)

卷一八"昔人诗病":"王摩诘《九成宫避暑》中四句'隔窗云雾生衣上,卷幔山泉入镜中。帘下水声喧笑语,檐前树色隐房栊','衣上''镜中''帘下''檐前'连用之。"(第 640 页)

十七、俞樾《湖楼笔谈》②

卷六:"王维《终南别业》诗:'中岁颇好道,晚家南山陲。兴来每独往,胜事空自知。行到水穷处,坐看云起时。偶然值邻叟,谈笑无还期。'此诗极有意味,真所谓一篇如一句者,读者或未之见及也。盖诗中'往''还'两字乃一诗之关键。其'兴来独往'也,有无穷之'胜事'人不能知而自知之,'行到水穷','坐看云起','胜事'之在其中者不可胜写矣,使不逢'邻叟',则亦兴尽而还耳,乃偶与叟遇,遂谈笑而忘还。人读至此,以为寻常结句,不知'还'字与'往'字正相应也,苟不为拈出,负作者苦心矣。"(第 412—413 页)

卷六:"有即古人成句……截去其二字而为己有者,如王右丞诗'漠漠水田飞白鹭,阴阴夏木啭黄鹂',李嘉祐截去'漠漠''阴阴'四字,变七言为五言是也。"(第 414 页)

十八、俞樾《茶香室丛钞》③

卷八"律诗一联中有重复字":"国朝骈蒘道人《姜露庵笔记》……又云王右丞诗'一从归白社,不复到青门',起句已用'青''白'二字,腹联更用'青菰临水映,白鸟

---

① (清)袁栋:《书隐丛说》,《续修四库全书》(子部),第 1137 册。
② (清)俞樾:《湖楼笔谈》,《续修四库全书》(子部),第 1162 册。
③ (清)俞樾:《茶香室丛钞》,《续修四库全书》(子部),第 1198 册。

向山翻',徐子能谓'大手笔不嫌重复',未免矫枉过正。按,诗中复字原不必尽避,如右丞此诗则疏忽太甚矣。"(第238页)

卷二〇"蓝舆之舆读去声":"国朝宋长白《柳亭诗话》云右丞《酬严少尹徐舍人见过不遇》诗'偶值乘蓝舆,非关避白衣','蓝'字从草,对'白舆',作仄声。按《广韵》'九御'有'舆'字,亦注云'车舆',则'舆'字自可读去声也。其'蓝'字从草,未详。"(第353页)

十九、俞樾《茶香室续钞》①

卷一六"王摩诘语":"国朝张尔歧《蒿庵闲话》云王摩诘《与魏居士书》云:'近有陶潜不肯把版屈腰见督邮,弃官去,后贫,《乞食》诗云"叩门拙言辞",是屡乞而多惭也。尝一见督邮,安食公田数顷,一惭之不忍,而终身惭乎? 此亦人我攻中,忘大守小,不鞭其后之累也。'摩诘见解乃尔,据此而推《郁轮袍》非诬也。"(第515页)

二十、俞樾《茶香室四钞》②

卷二"辋川为宋之问别业":"明徐燉《笔精》云:'摩诘《辋川》诗"来者复为谁,空悲昔人有",注皆未分明。盖辋川旧为宋之问别业,"昔人"即之问也。'按,辋川至今为摩诘所专,莫知其本属宋之问矣。"(第160—161页)

卷一三"喻良能评诗":"元吴师道《敬乡录》载喻良能字叔奇,有评诗一则,云……孟浩然、王维、韦应物如'志和雪水''和靖孤山',虽未能追蹖高隐,然不至为俗气所敝。……按,以人品诗与自来品评迥别,虽无独出之见,比拟亦尚允当。"(第255—256页)

卷一三"古人句调多复":"国朝周亮工《书影》云王摩诘《九成宫避暑》中四句'隔窗云雾生衣上,卷幔山泉入镜中。帘下水声喧笑语,檐前树色隐房栊','衣上''镜中''帘下''檐前'乃一连用之,……在古人皆不以为嫌,今人用之不知如何揶揄矣。"(第256页)

二十一、许起《珊瑚舌雕谈初笔》③

卷七"诗同意不同":"诗中有同指一物,而句意虽不同,然皆佳妙,一则如王维云'遍插茱萸少一人',朱放云'学他年少插茱萸',老杜云'好把茱萸仔细看'。"(第593页)

---

① (清)俞樾:《茶香室续钞》,《续修四库全书》(子部),第1198册。
② (清)俞樾:《茶香室四钞》,《续修四库全书》(子部),第1199册。
③ (清)许起:《珊瑚舌雕谈初笔》,《续修四库全书》(子部),第1263册。

二十二、邓绎《藻川堂谭艺》①

唐虞篇："李白得诗之清,王维得诗之和,陈子昂得诗之任,杜甫得诗之时,四子者皆圣于诗,然而杜甫远矣。"(第 751 页)

三代篇："唐宋以来兼长诗古文辞者,其诗每不若古文词之盛,……李杜王孟之不能于文也,其心思有所专注耳。"(第 888—889 页)

二十三、佚名《不敢居诗话》②

其一："律诗最争起势,工部为长,……惟王右丞埒之。《终南山》云'太乙近天都,连山到海隅。白云回望合,青霭入看无',《观猎》云'风劲角弓鸣,将军猎渭城。草枯鹰眼疾,雪尽马蹄轻',固可相提并论。"(第 14 页)

其二："右丞长于律句,五言如'兴阑啼鸟缓,坐久落花多'、'日落江湖白,潮来天地青'、'江流天地外,山色有无中'、'古木无人径,深山何处钟'、'大漠孤烟直,长河落日圆',七言如'云里帝城双凤阙,雨中春树万人家'、'九天阊阖开宫殿,万国衣冠拜冕旒'《酬郭给事》起四语云'洞门高阁霭馀晖,桃李阴阴柳絮飞。禁里疏钟官舍晚,省中啼鸟吏人稀',真足横行今古。"(第 14—15 页)

二十四、王礼培《小招隐馆谈艺录》③

卷一："王孟韦柳,五言之宗匠,何尝不沿袭大谢,而化其板比之迹,开辟关键,上契渊明澹静之境,益求精澂,此中功用资于学,尤资于识。……五言如王维之工致、孟浩然之清逸、储光羲之真静,是为唐代五言古诗极盛之时。"(第 716—717 页)

卷一："少陵七律发端高挹,结束稍落缓弛,明者自能辨之,尚不若摩诘之能发皇首尾匀称,如'花近高楼''风急天高'二首之唤起何等兴象,试问'可怜后主还祠庙,日暮聊为梁甫吟'、'艰难苦恨繁霜鬓,潦倒新亭浊酒杯'能无头重脚轻之病乎?如是者,谓之游结,未极'束紧''拓开'两法之妙用。惟'玉露凋伤'一首八句皆振,再接再厉,不独《秋兴》之冠,实为集中所仅。故夫沈宋之浓厚、摩诘之振兴、少陵之阖辟顿挫,是皆七律之阶梯,从此参透,自入正轨。"(第 724—725 页)

卷一："五绝为体,二十字耳,措辞嫌尽,不使句尽于字、意尽于辞,其境界似天与俱高,一碧无际,摩诘独擅其长。"(第 725 页)

---

① (清)邓绎:《藻川堂谭艺》,《中国诗话珍本丛书》,第 19 册,北京:北京图书馆出版社 2004 年版。
② (清)佚名:《不敢居诗话》,《中国诗话珍本丛书》,第 20 册。
③ (清)王礼培:《小招隐馆谈艺录》,《中国诗话珍本丛书》,第 22 册。

二十五、江庸《趋庭随笔》①

其一："叶石林诗话谓诗下双字最难，唐人记'水田飞白鹭，夏木啭黄鹂'为嘉祐诗，王摩诘窃取之，非也。此两句好处正在'漠漠''阴阴'四字，此乃摩诘为嘉祐点化，以自见其妙。又周紫芝《竹坡诗话》亦言摩诘四字最为稳切。案，李肇《唐国史补》云：'王维有诗名，然好取人文章佳句，"行到水穷处，坐看云起时"，李华集中诗也，"漠漠水田飞白鹭，阴阴夏木啭黄鹂"，李嘉祐诗也。'据此，则'漠漠''阴阴'四字亦不出自右丞矣。《四库提要》谓'水田''白鹭'之联今李集无之，然四库著录并无李嘉祐集，不知何据，李退叔集则四库所有，于'行到'二句初不置辩，何也？"（第55—56页）

二十六、宋育人《三唐诗品》②

卷二："盛唐……其归二体，或沉苍以结响，或清润以永致，乃如李杜韩岑，叩坚同骨，王孟储韦，取神共味。"（第281页）

卷二："尚书右丞、太子中庶子、中书舍人河东王维，字摩诘，其源出于应德琏、陶渊明。五言短篇尤劲，《寓言》二首直是脱胎《百一》。'楚国夫狂（狂夫？）'诸咏，则《咏贫士》之流，'田舍'诸篇，《闲居》之亚也。七言矩式初唐，独深排宕，律诗神超，发端亦远。夫其炼虚入秀，琢淡成腴，变六代之深浑，发三唐之明艳，而古芳不落，夕秀方新。司空表圣云'如将不尽，与古为新'，诚斯人之品目，唐贤之高轨也。"（第282页）

二十七、蒋瑞藻《续杜工部诗话》③

卷上："王摩诘云'九天宫殿开阊阖，万国衣冠拜冕旒'，子美取作五字云'阊阖开黄道，衣冠拜紫宸'，而语益工。"（第1693页）

卷上："得好句易，得好联难，……'兴阑啼鸟换（缓？），坐久落花多'，……下句皆胜上句。"（第1694页）

二十八、胡怀琛《中国诗学通评》④

其一："然诗之为用，则仍不外吾前所述之三种，即对己'发挥感情'、对人'适应交际'、'感化人群'。……发挥感情者：屈原，……出于《国风》，其弟子宋玉、唐勒、景差等祖述之，自后太白、摩诘之诗亦有出自《离骚》者。"（第5页）

---

① （清）江庸：《趋庭随笔》，《近代中国史料丛刊》，第9辑，台北：文海出版社1990年版。
② （清）宋育人：《三唐诗品》，《古今文艺丛书》，扬州：江苏广陵古籍刻印社1995年版。
③ 蒋瑞藻：《续杜工部诗话》，《古今文艺丛书》。
④ 胡怀琛：《中国诗学通评》，上海：大东书局1923年版。

其二:"陶公诗浩荡元气,自然流布,而又包罗万象,胸次高绝,真千古第一人也,唐人祖述之者为王摩诘、孟浩然、储光羲、韦苏州、柳子厚,而各得一偏,王得其清腴者也,孟得其闲远者也,储得其真朴者也,韦得其冲和者也,柳得其峻洁者也,虽得一偏,然皆不愧名家矣。"(第5—6页)

其三:"王维……为诗善状山水,苏东坡云'味摩诘之诗,诗中有画,观摩诘之画,画中有诗',沈归愚云'摩诘宗陶而得其清腴者也',朱晦庵谓其'词虽清雅,亦萎弱少气骨'。按,'萎弱少气骨'五字可云道着摩诘短处。"(第24—25页)

其四:"王孟韦柳四人又并称,王孟前于韦柳,与高适、岑参又并称为王孟高岑,而沈归愚则谓王孟储韦柳同宗渊明,而各得一偏,今细读其诗,深信归愚之言为允当矣。"(第27页)

二十九、王承治《评注唐诗读本》①

卷一《送别》:"白云无尽,山中之乐亦无尽。钟伯敬云'感慨寄托尽此十字中',信然。"(第3页)

卷一《蓝田石门精舍》:"用笔变化不测,似仿陶记而作。"(第4页)

卷一《渭川田家》:"真率中有静气,自是摩诘胜致。"(第4页)

卷二《夷门歌》:"一结点出正意,为夷门增多少气概。"(第3页)

卷二《答张五弟》:"清空一气。"(第4页)

卷三《山居秋暝》:"词意恬适,深得自然之趣。"(第6页)

卷三《过香积寺》:"曰'咽',曰'冷',具见用字之妙。'钟韵'一联尤超逸。"(第6页)

卷三《观猎》:"写得有声有色,结有馀味可玩。"(第7页)

卷五《鹿柴》:"有声有色,却于静中得之。"(第3页)

卷五《竹里馆》:"明月相照,兴不孤矣。"(第3页)

卷六《九月九日忆山东兄弟》:"忆兄弟却写到兄弟忆己,此《杕杜》之遗韵。"(第2页)

卷六《与卢员外象过崔处士兴宗林亭》:"想见贤主人遗世独立之概。"(第2页)

卷六《送元二使安西》:"劝饮之情真挚如许。"(第3页)

卷六《戏题磐石》:"吹送落花硬坐春风,为有意不脱戏题之旨。"(第3页)

三十、沈仁《亮钦诗话》②

诗评:"人但知王维能写景,其实不然,如《黄雀痴》云'黄雀痴,黄雀痴,眉言青

---

① 王承治:《评注唐诗读本》,上海:大东书局1930年版。

② 沈仁:《亮钦诗话》《沈亮钦诗及诗话》,上海:文明印刷局1933年版。

觳是我儿。——口衔食,养得成毛衣。到大喞啾解游飏,各自东西南北飞。薄暮空巢上,羁雌独自归。凤凰九雏亦如此,慎莫愁思颓领损容辉',亦写社会也。"(第33页)

三十一、朱宝莹《诗式》①

卷二《少年行》:"前两句写少年之技击,四句写少年技击奏功,要从三句转出,信哉变化工夫全在第三句也。盖'坐金鞍'写少年方骑马,'调白羽'写少年方射箭,而'杀单于'三字自迎机而上矣。"(第10页)

卷二《赠裴旻将军》:"首句写旻之武装,二句写旻之武功,三句'擒黠虏'系从'百战'转出,四句叹旻处又从'擒黠虏'转出,蝉蜕而下,何等灵彻。宋严羽云:'诗意贵透彻,不可隔靴搔痒,语贵脱洒,不可拖泥带水。'如此诗绝无拖泥带水之病,洵可为法。"(第11页)

卷二《齐州送祖二》:"祖咏过王维留宿,维诗以送之。首句就题起,二句'使我悲'三字承上句'泪如丝','君向东州'四字言咏之所向,三句托言传语,以报故人凋谢,良足以悲。四句从三句发之,言憔悴可伤,不似洛阳全盛之时,而三句四句又从送别发出一种感慨,所谓辞尽意不尽也。"(第12页)

卷二《九月九日忆山东兄弟》:"首句以作客说起,'独'字便见离却父母兄弟矣。二句言'每逢佳节'见不第九日也,言'倍思亲'见不逢佳节亦尝思亲,但至佳节更增一倍耳。忆兄弟而先说思亲,父母更切于兄弟也。三句转入兄弟之忆我,所谓宛转变化也。'遥知'二字一呼,不特下五字吸起,即四句七字全行吸起矣。此从对面落笔,盖因九日而忆兄弟登高之处,且因兄弟登高而转思兄弟之忆我。四句只自从三句发之,言昔年在家与兄弟一同登高,茱萸若干,今我在异乡,兄弟遍插却多一枝茱萸,方知少一个人在家,不必呆指思家,而'思'字自跃然纸上。按,三四句与白居易'共看明月应垂泪,一夜乡心五处同'意境相似。"(第13页)

卷二《送韦评事》:"四句纯系用事,盖送韦而用汉将军事也。首句二句言欲立功于外,故向塞上去。三句忽转,言出关远适,满目皆愁,'孤城''落日'写出十分愁思,却从对面看出,用'遥知'二字句法,与忆山东兄弟作同。"(第14页)

卷二《与卢员外象过崔处士兴宗林亭》:"首句写林亭。二句承林亭写出一种幽静之景,崔处士退隐林亭,少往来者,故地上青苔日见其厚,不必明言无人走,而自可见无人走,所谓对景兴起也。三句从二句转,写出遗世独立之态,'科头'见处士之潇洒,'箕踞'见处士之高傲,'长松下'见处士之隔越尘俗,只七字耳,做出如许神境,一句中有层次,耐人寻味。四句从三句发之,找足睥睨一切之概,神理全在

---

① 朱宝莹:《诗式》,北京:中华书局1935年版。

'看他'二字，'他'字尤见处士以青眼看摩诘也。"（第15页）

卷二《戏题磐石》："首句就题起，'磐石'二字亦已点清，而磐石'临泉水'，故觉'可怜'。二句承'磐石'写，言石畔复有垂杨，坐石上，临水边，酌酒举杯，而垂杨复来拂之，此境大可玩，要从开首'可怜'二字贯下。三句转变，此为虚接，言人坐石上举杯，垂杨何以来拂之？只是春风吹来，似解人意，而为人增趣者。句法反跌，作一开笔，紧呼下意，谓不是春风解意，何以又吹送落花于石上举杯时耶？两句开与合相关，下句如顺流之舟矣。以落花显出垂杨，以拂杯显出临水，以春风解意显出磐石可怜，各尽妙境。"（第16页）

卷二《疑梦》："此盖托兴也，纯本高旷之怀，而行之歌咏，莫惊宠辱，莫计恩雠，则与世复何所争。首句二句有突兀高远之势，黄帝、孔丘安知不是此身？则自命正自不凡，而于宠辱恩雠两无所与，亦势也。第三句从前两句'莫'字转变出来，'安知不是梦中'六字托之虚幻，栩栩欲活，造境何等灵妙。杜甫'卧龙跃马终黄土，人事音书漫寂寥'意境略不相同。"（第17页）

卷四《早秋山中作》："发句上句从山中对面入，言不敢以无才而出，恐做坏了事致累明时，下句承首句入题，'向东溪守故篱'，已在山中也。颔联上句言婚嫁之事俱了，盖身无所绊，可以归山中矣，岂厌其早乎？下句言今始在此山中，只为一官未能遽去，却嫌其迟也，用尚平、陶令事，所谓用事引证也。颈联写景，分帖'早''秋'，均切。落句上句浑收山中，言寂寞只是人不到之故，而寂寞如此，断亦无人到耳，下句言空林之下惟己与白云可以相期，亦见在山中人少也，必如此乃写出山中真境。"（第15页）

卷四《酬郭给事》："凡赠诗须切是人地位，给事在殿中，故发句上句曰'洞门高阁'，起便壮丽，下句备极风华。颔联'禁里疏钟''省中啼鸟'写景。颈联'晨趋金殿''夕拜琐闱'写事。落句言未尝不欲从君，只以年老卧病，故解下朝衣而将老也。摩诘两居给事中，故尔云云。起联、颔联、颈联俱华贵，落句尤极蕴藉。题为摩诘酬郭给事，在摩诘口中必须推重给事，此即尊题之法，如李颀《宿莹公禅房闻梵》一首落句云'始觉浮生无住著，顿令心地欲皈依'，于此将毋同。"（第16页）

卷四《送杨少府贬郴州》："发句上句'衡山''洞庭'先定地位，以郴属衡阳，衡山在衡阳，洞庭在湖南境也，下句'秋月猿声'写景，便有凄清之象，以杨少府乃贬至郴州也。颔联'愁看''恶说'承次句，言'北渚三湘'之远，景虽好而愁看，'南风五两'之轻，风虽利而恶说，写出迁客心情。颈联'夏口''溢城'为郴州作点染，青草瘴时颇恶，白头浪里颇险，写出谪居境地。落句翻用贾谊谪长沙事，为杨少府言，不久贬于此，何须如贾谊之吊屈平，借以自伤，有温柔敦厚之旨。凡引前事或翻用或正用，如刘长卿《过贾谊宅》一首，落句云'寂寂江山摇落处，怜君何事到天涯'，此又正用，盖长卿谪居长沙，惜谊正所以自悲，亦极悱恻缠绵之致。无论翻用与正用，只在曲

尽其妙,此类是也。"(第 17 页)

三十二、潘德衡《唐诗评选》①

序言:"其意境闲远,神理高隽,冥心于自然,寄情于宇外,从容优美,读之如明月入林春风满座者,王右丞也。"(第 1—2 页)

题咏"王维"其一:"泠泠幽涧泉,悠悠绿绮琴。琴泉两清绝,跳荡幽人心。"(第 5 页)

题咏"王维"其二:"微言要不繁,风致何潇洒。万象落毫巅,乾坤一炉冶。"(第 6 页)

题咏"王维"其三:"道入名理深,心与凡尘远。悠悠望白云,天外自舒卷。"(第 6 页)

题咏"王维"其四:"世事从渠淡,襟怀彻底清。荣华与轩冕,未若静中真。"(第 6 页)

卷上"王维":"维诗高淡闲远,神理超然,清辞秀句,沁人心脾。其状物写情细腻精致,若展大自然之图画于目前,何其妙也。读其诗,如林下听泉、月下观梅,令人心静气和,悠然意远。人或以浩然与右丞相比,浩然诗虽劲健,但比较刻划着力,仍不脱苦吟习气,若论自然高妙、不矜才、不使气、不求工而自工、不雕饰而自美,则终当逊右丞一筹。右丞是一多方面之作家,其五言绝句固超逸隽妙,含情不尽,堪称神品,五律亦严整有法,光彩焕发,其上者堪与杜甫齐肩,至其五古则又浑厚自然,简练高洁,足以上继渊明,下开韦柳。"(第 91—92 页)

卷上"王维":"维诗最近渊明,其爱好自然,忘怀得失,亦大有渊明风趣,如《终南别业》《春夜竹亭赠钱少府归蓝田》《赠裴十四迪》及《渭川田家》诸作,气度深醇,一片化机,置之渊明集中,殆不可辨。广而论之,维诗最大特色有三:一曰富于禅趣,如'深林人不知,明月来相照''日暮飞鸟还,行人去不息''坐看苍苔色,欲上人衣来''秋夜守罗帏,孤灯耿不灭',均语尽而意不尽,所谓有'弦外之音''味外之味'者也。二曰善于言情,如'惟有相思似春色,江南江北送君归''劝君更尽一杯酒,西出阳关无故人',何等神韵,'浮云为苍茫,飞鸟不能鸣。行人何寂寞,白日自凄清',又何等凄婉。三曰工于状物,如'秋山敛馀照,飞鸟逐前侣''洒空深巷静,积素广庭闲''明月松间照,清泉石上流''大壑随阶转,群山入户登''枕上见千里,窗中窥万室''春风动百草,兰蕙生我篱',或细腻精致,或娟秀俊逸,或高雄奇趣,无美不备,妙不可言,他如'高情浪海岳,浮生寄天地'则精警绝伦,'日落江湖白,潮来天地青'亦壮丽无匹。"(第 92 页)

---

① 潘德衡:《唐诗评选》,天津:大地书局 1937 年版。

三十三、张葶荪《新体评注唐诗三百首》①

卷一《送别》："设为问答辞,其妙处全在末二句,拨转得势,便觉意味深长。钟伯敬云:'感慨寄托尽此十字,蕴藉不觉深味之自见。'"(第5—6页)

卷一《送綦毋潜落地还乡》："从赴试起,次写落第,次写还乡,末四句方实叙送行,谓吾谋偶然不用耳,终有知音者也,慰词得体。"(第6页)

卷一《青溪》："'随山万转'写溪之形势,中四句正写溪景,末言吾心之闲、清川之澹,将与之徘徊终古,所谓'少与道契,终与俗违'也。"(第7页)

卷一《渭川田家》："绝妙一幅田家晚景图,所谓摩诘诗中有画也。"(第7页)

卷一《西施咏》："人患无才,不患不为世用,诗之大旨如是,不过以西施为喻耳。'贱日'二语尤为阅历名言。"(第8页)

卷二《洛阳女儿行》："题为女儿行,诗恰似良人作陪,篇中分写合写处总是极形其富丽,未用反衬法,与《西施咏》用意不同而同。'春窗'句'春'字应上'桃''柳','戏罢'句'理曲'字应上'教舞',唐诗最重照应法。"(第41页)

卷二《老将行》："写少年便写其转战立功,写衰老便写其弃置勿用,两边都说得淋漓尽致,试问当局者情何以堪。"(第42页)

卷二《桃源行》："将幽事寂境长篇大幅滔滔写来,流动不羁,自见魄力。中一段写世外人不知世事,光景如见。《唐文粹》注摩诘作此诗时年十九,但其格律之谨严、风神之澹古、意境之超脱,非老手不办,亦可谓奇矣。"(第44页)

卷三《辋川闲居赠裴秀才迪》："幽闲古澹,与储孟同声。"(第14页)

卷三《山居秋暝》："秋日山居,俯仰自得,即无芳草留人,而王孙亦不肯去,此境界未易造得。"(第14页)

卷三《归嵩山作》："'车马闲闲'与'流水''暮禽'相迎送,其间经多少荒城、古渡、落日、秋山,总为'迢递'二字作势。"(第14页)

卷三《终南山》："前六句一路写来,终南气象如在目前,结到投宿,可见南山之胜非一日能穷其概,言有尽而意无尽。"(第15页)

卷三《酬张少府》："上四句写情,五六写景,末句即景悟情,悠然不尽。"(第15页)

卷三《过香积寺》："洁净玄微,声色俱泯,写'过'字尤善于题前着笔。"(第16页)

卷三《送梓州李使君》："起笔壁立千仞,下引故事以实之,益见章法变化之妙。"(第16页)

---

① 张葶荪:《新体评注唐诗三百首》,上海:大东书局1938年版。

卷三《汉江临眺》："绮丽精工,与沈宋合调。按,右丞五言工丽闲淡自有二派,此作与'风劲角弓鸣'同一派也。"(第17页)

卷三《终南别业》："通首根一'道'字,第三句以下正写乐道之人,行止自在,时人不识,不过偶与邻叟谈笑耳。"(第17页)

卷四《和贾至舍人早朝大明宫之作》："音律雄浑,句法典重,用字清新,诸美俱备,直与老杜颉颃。"(第6页)

卷四《奉和圣制从蓬莱向兴庆阁道中留春雨中春望之作》："典重温雅。钟伯敬曰:'曰"迥",曰"回",盛唐用字只如此,不类小家。'"(第6页)

卷四《积雨辋川庄作》："极写田家景象之幽、风味之美,便见所以与人无争,结语自然合拍。"(第7页)

卷四《酬郭给事》："李攀龙曰:'情景在言外,所以妙。'顾华玉曰:'结语温厚,作者少及。'"(第7页)

卷五《鹿柴》："诗意深隽,静观自得。"(第1页)

卷五《竹里馆》："下二句写独坐,耐人寻味。"(第1页)

卷五《送别》："别后归家,预揣归期,是进一层说。"(第2页)

卷五《相思》："借物言情,恰到好处。"(第2页)

卷五《杂诗》："通体作讯问口吻,久别思乡,其情若揭。"(第2页)

卷六《九月九日忆山东兄弟》："下二句从对面写来,'忆'字更进一层,'少一人'正应'独'字。孝友之思蔼然言外。"(第2页)

卷六《渭城曲》："临别赠言,情真意切,音节之妙,犹在馀事。"(第19页)

卷六《秋夜曲》："蘅塘退士曰:'"银筝"二句,貌为热闹,心实凄凉,非深于涉世者不知。'"(第20页)

三十四、丁翔华《艺人小志》①

卷中:"古图既不可见,亦不必见,不见之妙胜于见也。但图可不必见,而名不可使之亡也。如载籍中《辋川图》,秦太虚观之,便却疾。闻其名已使人惝恍神迷,况睹其真迹乎?唐王维字摩诘,太原人,开元九年进士第一,天宝间诗名极盛,为尚书右丞,工书画,措思入神,至山平水远,云势石色,绝迹天机,非人工所到。尝画大石一帧,后为风雨飞去,又画《袁安卧雪图》,有雪里芭蕉,乃得心应手,意到笔随,自成妙品。别墅在辋川,与裴迪时游其中,因为图画,极臻其妙。著《王右丞集》。《画学秘诀》曰:'画道之中,水墨为上,肇自然之性,成造化之功。'苏子瞻曰:'味摩诘之诗,诗中有画,观摩诘之画,画中有诗。'可谓精鉴者矣。"(第40页)

---

① 丁翔华:《艺人小志》,《蜗牛居士全集》,上海:上海丁寿世草堂1940年版。

三十五、朱麟《注释作法唐诗三百首》①

卷一《送别》:"以问答法成诗,自成一格。"(第7页)

卷一《送綦毋潜落第还乡》:"从赴试写起,依次写到落地还乡,末方写到送行,结用宽慰语,尤为得体。"(第7页)

卷一《青溪》:"首叙溪的曲折,次叙溪的深峭灵洁,末言我心的闲和溪水的澹,隐相契合,实是自为写照。"(第8页)

卷一《渭川田家》:"写田家晚景,宛如一幅图画,末结二句含有随遇而安的意思。"(第8页)

卷一《西施咏》:"借西施作喻,言人有其具,不患无其遇。"(第9页)

卷二《洛阳女儿行》:"叙女儿娇贵,良人豪侠,或分写,或合写,无不穷形尽相,末用西施反衬,令人读罢浩叹。"(第49页)

卷二《老将行》:"篇中分三段,首段状少年威勇,中段叙衰老废弃,末段冀其老而复用。"(第50页)

卷二《桃源行》:"叙幽境则曲而深,写幽人则高而古,的是诗中有画。"(第51页)

卷三《辋川闲居赠裴秀才迪》:"上六句写辋川风景,末以接舆比裴迪,以陶潜自比,幽闲古澹。"(第71页)

卷三《山居秋暝》:"篇中描摹夜景,不漏山居,结语'春芳歇'正应上'秋'字。"(第71页)

卷三《归嵩山作》:"始言'闲闲',终言'迢递',想不知经过几许荒城、古渡、落日、秋山而后得归,'流水''暮禽'恰好为归隐衬托。"(第71页)

卷三《终南山》:"上六句状终南山形势,末以投宿作结,语意含蓄。"(第72页)

卷三《酬张少府》:"把'好静'二字作眼,下二联承上'好静'来,末以问答作结。"(第72页)

卷三《过香积寺》:"写一路闻见,于'过'字善为描摹,结联方落到香积寺。"(第72页)

卷三《送梓州李使君》:"前路(段?)写梓州形胜和民情,末以化行治蜀作结,方落到李使君。起语雄健,尤擅全篇之胜。"(第73页)

卷三《汉江临眺》:"语语为'临眺'二字传神,和呆叙汉江形胜者有别。"(第73页)

卷三《终南别业》:"此以'好道'二字作骨,'独往''自知'俱根'好道'而来。"(第

---

① 朱麟:《注释作法唐诗三百首》,上海:世界书局 1947 年版。

74 页）

卷四《和贾至舍人早朝大明宫之作》："写早朝局势雄壮,声韵铿锵,末写贾至原作,极其荣贵,兜转'和'字。"（第 95 页）

卷四《奉和圣制从蓬莱向兴庆阁道中留春雨中春望之作》："前写两宫道中风景,结用颂扬,极合应制。"（第 95 页）

卷四《积雨辋川庄作》："历写田家乐境,便见与世无争,末自明心迹,与海鸥相随,有悠然出世意。"（第 95 页）

卷四《酬郭给事》："前写郭给事,语极颂扬,末结到自身,立意温厚。"（第 96 页）

卷五《鹿柴》："上二句静中寓动,下二句动中寓静。"（第 115 页）

卷五《竹里馆》："描摹'独坐'情景逼真。"（第 115 页）

卷五《送别》："别后预揣归期,是从题后透写。"（第 115 页）

卷五《相思》："借物言情,四句呵成一气。"（第 116 页）

卷五《杂诗》："全用问信口吻,异乡逢故人,确有这般情状。"（第 116 页）

卷六《九月九日忆山东兄弟》："写佳节思亲并及友爱之情。"（第 126 页）

卷六《渭城曲》："起二句写送行时和送行地,末复把酒相劝,临别赠言,想见情真意切。"（第 141 页）

卷六《秋夜曲》："先写'秋夜',次写'曲'字,'心怯'承'未更衣'来,好似闲乐,实有所悼。"（第 141 页）

三十六、蒋抱玄《民权素诗话》①

钝剑《愿无尽庐诗话》："唐初始专七律,沈宋精巧相尚,至王岑高李,格调益高矣。及大历才子起,而词意气格更增完备,谓不逮盛唐者,此谬说也。"（第 197 页）

太牟《澹园诗话》："太白之诗以气韵胜,子美之诗以格律胜,摩诘之诗以理趣胜。太白千秋逸调,子美一代规模,摩诘则精大雄厚,篇章字句皆合圣教。合三长而学之,斯无愧风雅矣。"（第 212—213 页）

卷盦《蕙园诗话》："辋川诗以淡远胜,如'落日鸟边下,秋原人外闲'。曰'鸟边',曰'人外',曰'闲',写暮色入画。"（第 259 页）

由于笔者经眼书册有限,所补未可多得。倘有博雅君子发心广征续拾,以使《王维资料汇编》益臻完善,其于深入王维研究,亦不无裨补也。

（作者单位：重庆师范大学古籍所）

---

① 蒋抱玄：《民权素诗话》,《民国诗话丛编》,第 5 册,上海：上海书店出版社 2002 年版。

近二十年来王维诗歌接受研究述评

高 璐

在上世纪八十年代西方接受美学和接受史理论引进的同时,学界也逐步开始了针对相关作家接受研究的尝试。陈文忠在《20年文学接受史研究回顾与思考》一文中概括道:"……20年(注:1983—2003)接受史研究的历程,大致可分为三个阶段:80年代初接受美学的引进和消化;与之同时接受史的酝酿和尝试;90年代以来接受史的多元发展。"①在此学术背景下,王维诗歌的接受研究也逐渐由方兴未艾发展到蔚为大观。早在1981年,就有程千帆的论文《相同的题材与不相同的主题、形象、风格——四篇〈桃源诗〉的比较研究》②问世,内容涉及对王维早期诗作《桃源行》传承接受情况的考察,可视为新时期以来王维诗歌接受研究的滥觞之作。此后,王维诗歌接受研究稳步发展,尤其是近二十年来呈现出较为显著的学术增长态势。其发展大致经历了三个阶段:局部发轫阶段(1998—2005)、稳步发展阶段(2006—2011)和全面繁荣阶段(2012至今)。各阶段的发展都自有特征,并为下一个阶段的出现奠定了基础。

一、木末芙蓉花,山中发红萼——局部发轫阶段(1998—2005)

这一时期的王维诗歌接受研究尚处于起步阶段,相关研究成果尚未获得较为独立的研究地位,大致呈现两种态势:

一是将王维诗歌接受的情况作为研究某些文人或文学流派诗论特征的材料来对待。

---

① 陈文忠:《20年文学接受史研究回顾与思考》,《安徽师范大学学报》(人文社会科学版)2013年第5期,第534页。
② 程千帆:《相同的题材与不相同的主题、形象、风格——四篇〈桃源诗〉的比较研究》,《文学遗产》1981年第1期,第56—67页。

上世纪末,周群在《佛禅旨趣与竟陵派诗论》①(1998)一文中探讨了竟陵派对王维诗歌静寂闲适一路的接受与区别式发展。本世纪初,陈文新、王同舟在《明代诗学论时代风格与作家风格》②(2001)中指出,明代诗论家就王维诗与禅的讨论远较前代深入犀利,对于王维诗歌的主要风格特征的把握也非常准确。稍后,章继光在《诗画一体的观念与宋人尚意的美学追求》③(2003)文中提出,宋人尚意的美学追求与王维的影响有着密切的关系。王维以其诗画脱略行迹的贯通融合而成为了宋代文人写意的典范。王述尧在《试论后村的写景诗》④(2004)文中也提到,刘克庄早期的写景诗深受王维、姚贾和四灵诗风的影响,但并未进一步就刘克庄对王维诗歌的接受这一问题展开研究。许辉勋的《王维诗歌与朝鲜申纬诗歌之比较》⑤(2004)一文可以被视为较早研究王维诗歌域外接受情况研究的成果。文中论述了朝鲜文人申纬对王维诗歌的接受过程,并指出申纬善于吸纳王维的诗歌成果:"(申纬)以一系列追踪王维创作轨迹的会心之作,成为古代朝鲜的'诗佛'。"⑥

二是将王维诗歌接受的情况,作为研究王维文学地位变化的材料来对待。

王志清在《王维文学史地位浮沉的反思》⑦(2003)一文中指出,历代诗论家对王维诗歌的评价较高,而新中国成立后至 20 世纪末学术界因时代意识对王维的评价则有失客观公允,并提出王维的文学史地位应当得到合理重建。而张浩逊的《从唐代接受层面看王维诗歌的历史地位》⑧(2005)一文则从唐人对王维诗歌的接受程度来考察王维的艺术魅力与成就。文章指出王维的诗歌在唐代已经得到了充分接受,并且产生了直接的社会效果。这种接受盛况在唐代诗人中只有李白和白居易可与之比肩。

此外,关于王维诗歌的海外翻译与接受情况,这一时期有朱徽的《唐诗在美国的翻译与接受》⑨(2004)一文述及:"从 20 世纪五六十年代起,……在美国掀起了

---

① 周群:《佛禅旨趣与竟陵派诗论》,《江海学刊》1998 年第 2 期,第 168 页。

② 陈文新,王同舟:《明代诗学论时代风格与作家风格》,《孝感学院学报》2001 年第 4 期,第 43—44 页。

③ 章继光:《诗画一体的观念与宋人尚意的美学追求》,《中国文学研究》2003 年第 3 期,第 21 页。

④ 王述尧:《试论后村的写景诗》,《社会科学家》2004 年第 2 期,第 28—29 页。

⑤ 许辉勋:《王维诗歌与朝鲜申纬诗歌之比较》,《延边大学学报》(社科版)2004 年第 2 期,第 19—23 页。

⑥ 许辉勋:《王维诗歌与朝鲜申纬诗歌之比较》,《延边大学学报》(社科版)2004 年第 2 期,第 19 页。

⑦ 王志清:《王维文学史地位浮沉的反思》,《南通师范学院学报》(哲学社会科学版)2003 年第 3 期,第 114—118 页。该论文后经材料补充,构成王志清《中国诗学的德本精神研究》第七章《王维接受考察的德本意义》第四节《文学史写作与王维地位的沉浮》(济南:齐鲁书社 2007 年版,第 150—164 页)的主要内容,可作参看。

⑧ 张浩逊:《从唐代接受层面看王维诗歌的历史地位》,《韶关学院学报》(社会科学版)2005 年第 10 期,第 25—28 页。

⑨ 朱徽:《唐诗在美国的翻译与接受》,《四川大学学报》(哲学社会科学版)2004 年第 4 期,第 84—89 页。

翻译学习中国古诗的第二次高潮,……就中国古代诗人而言,最受关注的是李白、王维等诗人。王维诗作主要描绘山水田园风光和隐逸生活,充满诗情画意,安适恬静的意境令人向往。其诗歌语言平易晓畅,意象精美便于英译,鲜有典故省掉注释。王维是被翻译和出版得最多的中国诗人。"①进而列举了这一时期有代表性的王维诗作的五种英译本和一部王维传记,并作简要评论,为学界研究王维的当代海外接受研究提供了相关线索。

整体而言,这一时期是王维诗歌接受研究的起步阶段。与后两个阶段相比,这一时期的相关研究成果数量较少,并呈现出零星化、片段化状态。也就是说,作为研究对象,这一时期王维诗歌接受研究尚未获得较为独立的研究地位,并具有以下两种典型特征:

一是与对其他文人的接受研究相伴出现。如在论证某个作家或流派的诗歌接受情况时,王维诗歌接受研究往往与陶渊明诗歌接受研究、孟浩然诗歌接受研究以及其他诗人的接受研究一道,共同作为被罗列的"诸家"之一予以简要评析。二是这一时期王维诗歌接受研究,或作为总结某些文人创作风格的论据,或作为论证王维个人文学地位的论据而存在,尚未被视为一个可以被独立研究的对象。

可以说,这一时期的王维诗歌接受研究的范围与程度均有待深入,而以王维接受为选题的整体性研究尚未出现。

二、草枯鹰眼疾,雪尽马蹄轻——稳步发展阶段(2006—2011)

(一) 专门以王维诗歌接受为研究对象的博硕士学位论文在本阶段出现

这一阶段的王维诗歌接受研究成果数量大幅增加,不仅突破了上一阶段未被视为独立研究对象的窘境,而且出现了专门以王维诗歌接受作为选题的一系列博硕士学位论文,其中不乏较为全面、细致的整体性研究。研究范围、深度都有明显拓展。以此为标志,王维诗歌接受研究也进入了稳步发展的阶段。

2006年首次出现了关于王维接受的整体性研究。李淑云的硕士学位论文《王维接受情况研究》②从历代选本选诗的数量、评语等材料出发,对五代以前、两宋、金元、明清、近代王维接受的情况进行了简要梳理。紧接着在2007年,袁晓薇的博士学位论文《王维诗歌接受史研究》③问世。该论文从整体上较为细致地梳理了王维诗歌的接受脉络,以具体学术问题为线索对历代王维接受过程中的重要现象予以分析,并将王维诗歌的接受与后世相关重要诗论的滥觞相结合,对历代接受过程中有关王维诗歌地位、诗佛关系、诗画联系等问题进行辨析和阐释,就王维诗歌的

---

① 朱徽:《唐诗在美国的翻译与接受》,《四川大学学报》(哲学社会科学版)2004年第4期,第85页。
② 李淑云:《王维接受情况研究》,上海:华东师范大学硕士学位论文,2006年。
③ 袁晓薇:《王维诗歌接受史研究》,芜湖:安徽师范大学博士学位论文,2007年。

创作影响、历史定位、传播建构乃至接受研究方法本身等问题提出了一系列观点。相关学位论文出现的重要意义在于促使该研究的进一步系统化与专门化,而优质的学位论文经过进一步打磨,则可形成该领域的专著以飨学界。此后,袁晓薇在2012年出版了《王维诗歌接受史研究》①专著,成为了王维诗歌接受研究领域较早出现的一部专门性著作,后文将详细论及。

2009年出现了专门就某一时期王维诗歌接受情况进行考察研究的学位论文。周蒇在其硕士学位论文《唐宋时期王维诗歌接受史》②中以时代为线索,对相关选本、史传笔记、诗话画论等文献资料的梳理,分章节探讨了王维在当世、中唐中后期、晚唐五代、北宋前后期、南宋前后期的接受情况,并从唐宋文学观念与文化范型的差异入手,分析唐、宋对王维接受情况不同的原因。该论文是较早出现的关于王维诗歌断代接受研究的专门性成果。

此后又陆续出现了从诗论家或选注本角度出发,内容部分涉及王维诗歌接受研究的学位论文。如王爱兵的硕士学位论文《赵殿成〈王右丞集笺注〉研究》③(2010)、刘黎的博士学位论文《王维诗歌三家注研究》④(2011)、刘波的硕士学位论文《论胡应麟的王维诗歌批评》⑤(2011),以及高仙的硕士学位论文《陆时雍〈唐诗镜〉研究》⑥(2011)等,均在部分章节里专门就注本所反映的相关诗学理念予以分析。尤其是刘波的硕士学位论文《论胡应麟的王维诗歌批评》,在分析胡应麟王维诗歌批评的基础上,设专章讨论胡应麟在王维诗歌接受史上的贡献与不足,为明代王维诗歌接受增添了新的研究样本。

除了从诗论家或选注本角度出发之外,还有一些学位论文或从文体学角度切入,或从作家创作角度切入,在部分篇章中涉及了对王维诗歌的接受情况的探讨。如刘京臣的博士学位论文《盛唐中唐诗对宋词影响研究——以六大诗人为中心》⑦(2010)上编列专章讨论王维对宋词的影响。指出王维在宋代词人心目中往往以"画师"形象出现。宋词之中也多将王维与丹青并举,即先将其视作画家,其次才是诗人。而王维的诗歌用语也沾溉宋词良多,大抵清丽之作影响晏几道、周邦彦较

---

① 袁晓薇:《王维诗歌接受史研究》,合肥:安徽大学出版社,2012年版。

② 周蒇:《唐宋时期王维诗歌接受史》,宁波:宁波大学硕士学位论文,2009年。该论文部分相关内容后经补充,分别发表于《浙江纺织服装职业技术学院学报》2010年第2期,题为《盛唐和中唐对王维诗歌的接受》,以及《王维研究》(第五辑)(镇江:江苏大学出版社,2011年,第169—179页),题为《论唐五代对王维的接受》,可作参看。

③ 王爱兵:《赵殿成〈王右丞集笺注〉研究》,广州:暨南大学硕士学位论文,2010年。

④ 刘黎:《王维诗歌三家注研究》,西安:陕西师范大学博士学位论文,2011年。

⑤ 刘波:《论胡应麟的王维诗歌批评》,西安:陕西师范大学硕士学位论文,2011年。

⑥ 高仙:《陆时雍〈唐诗镜〉研究》,武汉:中南民族大学硕士学位论文,2011年。

⑦ 刘京臣:《盛唐中唐诗对宋词影响研究——以六大诗人为中心》,北京:中国社会科学院研究生院博士学位论文,2010年。

深,慨叹之作影响刘辰翁为多。而其凝碧诗、送别诗或引起异代共鸣,或开送别词之源。王勇的硕士学位论文《晁公遡诗歌研究》①(2008)则从个体诗人的创作接受出发,指出晁公遡的诗歌渊源不止杜甫一家,而是受到诸多前人影响,王维乃其中之一。另外,由于王维诗歌成就较高,其身后作品在东亚文化圈中广为传播,因此在创作中受到其诗作影响的域外文人不在少数。早在1995年就有马歌东在论文《试论日本汉诗对王维三言绝句幽玄风格之受容》②中论及日本汉诗对王维诗歌的接受情况。而就本阶段相关研究来看,日本的绝海中津、高丽的金克己、朝鲜的梅湖陈澕与宋翼弼、越南陈仁宗等人对王维诗歌的追摹与学习,分别在朱雯瑛③、李楠④、千光玉⑤、张银环⑥、范明心⑦的硕士学位论文中有所体现。

(二)相关研究论著与单篇论文的研究深、广度及数量有所增加,但部分研究领域仍待拓展

这一时期除了相关学位论文大量出现之外,关于王维诗歌接受情况的相关论著以及单篇论文也明显增多。从研究方法来看,以考量时代综合因素为主要切入角度、围绕诗论家与唐诗选本对王维接受情况进行考察、进而对王维文学地位作出评价,这三个特征是这一时期相关论著与单篇论文所采用的主要研究方法,研究者或采其一或兼而有之,由此产生的成果数量也较为可观。

本阶段唐五代王维诗歌的接受情况的研究,已经进一步细化到盛唐、中唐,乃至晚唐、五代等具体时期的研究。关于盛唐时期王维诗歌的接受情况,王志清在《中国诗学的德本精神研究》⑧(2007)一书第七章《王维接受考察的德本意义》中的第一、二节有相关讨论。其中第一节《盛唐和谐与王维的盛唐意义》提出,和谐的盛唐时代因素对王维诗歌的创作产生与流传接受有促成性影响。此后,王志清在其论文《王维诗歌盛唐接受的现实与意义》⑨(2010)中就这一话题进一步展开,对盛唐时期王维诗歌的上层社会接受情况与缘由进行了分析,并指出王维诗歌贵族化

① 王勇:《晁公遡诗歌研究》,长春:东北师范大学硕士学位论文,2008年,第40页。
② 马歌东:《试论日本汉诗对王维三言绝句幽玄风格之受容》,《人文杂志》1995年第3期,第102—107页。
③ 朱雯瑛:《关于五山禅僧形象的考察——以绝海中津为中心》,天津外国语学院硕士学位论文,2009年。
④ 李楠:《高丽金克己汉诗创作与中国诗歌关联研究》,延边大学硕士学位论文,2010年。
⑤ 千光玉:《梅湖陈澕与中国文学之关联研究》,延边大学硕士学位论文,2011年。
⑥ 张银环:《仙翁调鹤松下过,青鹿来游饮碧泉——朝鲜文人宋翼弼的山水诗与中国古代山水诗比较研究》,延边大学硕士学位论文,2011年。
⑦ 范明心:《越南陈代诗僧陈仁宗汉禅诗研究》,华中师范大学硕士学位论文,2011年。
⑧ 王志清:《中国诗学的德本精神研究》,济南:齐鲁书社2007年版。
⑨ 王志清:《王维诗歌盛唐接受的现实与意义》,《2010年中国文学传播与接受国际学术研讨会论文汇编》(中国古代文学部分),武汉:武汉大学中国文学传播与接受研究中心,2010年,第263—272页。

接受倾向的文学史意义在于：王维诗歌的美学趣味是盛唐的主流趣味、王维及其诗歌是盛唐时期诗坛的首席代表、是时代因素造就了王维及其诗歌乃至以之为主流趣味的审美取向。而其专著《中国诗学的德本精神研究》第七章第二节《唐人选唐诗与王维的盛唐接受》则专门从选本角度就王维在盛唐时期的接受情况进行了分析,指出王维诗歌被唐代选本选入的次数最多。《中兴间气集》虽然没有收录王维的诗,"但是选者言必称'右丞',每每以王维比照,可见高仲武选诗,明显是以王维及王维诗风为取舍标准。"[1]这个观点后来又在其论文《从〈中兴间气集〉看盛、中唐过渡期的王维接受》[2](2008)中进一步展开论述,提出高仲武选诗追求题材上的"正声"和艺术上的清雅逸远,典型体现了以王维趣味为标准的美学主张。稍后,袁晓薇的论文《王维诗勃兴的文化政治因素》[3](2011)则剖析了王维诗歌在盛唐时代广为接受的原因在于王维成就与盛唐文化心理的契合、王维诗歌艺术特征适应时代文化趋尚以及盛唐政治文化背景等因素。

关于盛、中唐过渡期的王维接受情况的研究,除了前述王志清的论文《从〈中兴间气集〉看盛、中唐过渡期的王维接受》(2008)之外,这一时期还有孙明君的论文《天下文宗　名高希代——唐代宗期待视野中的王维诗歌》[4](2007)从君主对王维诗歌的接受角度出发,指出唐代宗对王维的评价折射了当时最高统治者对文学创作的政治态度和审美情趣,王维诗歌无论从朝廷政治角度还是从日常生活角度来看均符合统治者及其政权对文学的政治要求和审美期待。

中唐时期王维诗歌接受的情况,王志清《中国诗学的德本精神研究》(2007)书中第七章第三节《"后王维"时期王维接受的演变》[5]有整体性论述。作者将中唐时期王维接受走向梳理为：全盘接受——部分接受——全盘拒绝,并指出这种多元动态特点的产生原因与世风人情、学术思想以及时代审美趣味相关联。而袁晓薇的论文《从王维到贾岛：元和后期诗学旨趣的转变和清淡诗风的发展》[6](2007)则从个体作家对王维诗歌的接受角度出发,指出贾岛的创作是对王维在清淡诗风传统中所确立的艺术范式的发展和新变。

关于晚唐五代时期的王维接受研究,本阶段有袁晓薇的论文《论"韵味说"的

---

① 王志清：《中国诗学的德本精神研究》,济南：齐鲁书社2007年版,第126页。
② 王志清：《从〈中兴间气集〉看盛、中唐过渡期的王维接受》,《文学遗产》2008年第6期,第132—135页。
③ 袁晓薇：《王维诗勃兴的文化政治因素》,《学术界》,2011年第11期,第147—154页。
④ 孙明君：《天下文宗　名高希代——唐代宗期待视野中的王维诗歌》,《陕西师范大学学报》(哲学社会科学版),2007年第5期,第98—103页。
⑤ 该内容同年稍晚以论文形式发表于《唐都学刊》2007年第6期,题为《"后王维"时代的王维接受》,可作参看。
⑥ 袁晓薇：《从王维到贾岛：元和后期诗学旨趣的转变和清淡诗风的发展》,《中国韵文学刊》,2007年第2期,第59—66页。

"味"与"格"——兼论司空图对王维诗歌艺术的理论阐发》①(2011)从诗论家的角度梳理司空图对王维诗歌的接受情况,并指出司空图在王维诗歌接受史中的重要意义:在其诗论中,王维的意境创造艺术与审美内涵得到了首次表举,同时奠定了后世对王维诗歌艺术特征的基本认识。同时袁晓薇提出,"韵味说"在后世接受中有玄虚化倾向,"味""格"并存而更重"味"才是司空图"韵味说"的理论内核,以及司空图体认王维诗歌的基本态度。而潘慧琼的论文《〈辋川集〉与唐代五绝审美趣味》②(2008)从诗体研究角度出发,指出王维《辋川集》中的作品在现存唐人选唐诗十三种中均未入选,其原因与唐代五绝创作渐冷,审美更注重俗世情怀有关。而《辋川集》富含禅思的作品在宋代末年以后才开始日益受到重视和欣赏,这与时代审美趣味的趋向相关。

宋代王维接受情况的相关研究,本阶段有王祥的论文《宋人论王维述评》③(2008)分四个时期述论宋人对王维的评价,指出宋代王维的接受情况和唐代相比产生较大变化,整体而言,宋人对王维及其诗歌的评价不如其绘画,这一状况与宋人重名节、尚学问、积极入世等心理有关。张进在《宋金元王维接受研究》④(2010)一文中持相同看法,并指出王维诗歌未能如其画一样在宋金元时期备受关注与赞誉,主要原因在于论者以儒家的文用观、文德观和重气主健的审美观为原则来审视王维诗歌并予以批评。并指出王维接受与社会政治、时代风气以及文艺观念密切相关。袁晓薇的论文《"诗中有画"与王维诗史定位之起伏》⑤(2011)则提出,"诗中有画"这一经典命题的提出虽然扩大了王维的文化影响,有助于深入体认王维诗歌艺术特征,但这种阐发加深、强化了王维诗歌与传统诗教之间的隔膜和疏离,因此在主流诗学中并没有起到提高王维诗歌地位的实际作用,反而致使其与传统诗学典范标准拉开了距离。刘京臣的《风雅传今日 云山想昔时——论王维诗歌对宋词的影响》⑥(2012)从文体学出发,就王维诗歌的各类题材对宋词影响展开论述。该论文上承其博士学位论文的研究脉络,增添了许多新的内容。从王维的山水诗、边塞诗、柔婉之作及其凝碧诗入手,逐一分析它们对宋词的影响及相关表现。(中

---

① 袁晓薇:《论"韵味说"的"味"与"格"——兼论司空图对王维诗歌艺术的理论阐发》,《福州大学学报》(哲学社会科学版),2011年第3期,第78—112页。

② 潘慧琼:《〈辋川集〉与唐代五绝审美趣味》,《唐都学刊》2008年第6期,第30—33页。

③ 王祥:《宋人论王维述评》,《沈阳师范大学学报》(社会科学版)2008年第2期,第79—85页。

④ 张进:《宋金元王维接受研究》,《西北大学学报》(哲学社会科学版)2010年第2期,第43—40页。

⑤ 袁晓薇:《"诗中有画"与王维诗史定位之起伏》,《陕西师范大学学报》(哲学社会科学版)2011年第3期,第133—138页。

⑥ 刘京臣:《风雅传今日 云山想昔时——论王维诗歌对宋词的影响》,《鲁东大学学报》(哲学社会科学版)2012年第1期,第42—46页。

国台湾)侯亚文的论文《刘辰翁、顾璘评王维诗析论》(2011)①从诗评角度入手,分别梳理刘辰翁、顾璘二人对王维诗歌评价的预设观点,并阐释二者诗评在明清迄今王维诗接受史上的意义。提出苏轼、刘辰翁开王维"诗中有画""自然""清远"一路诗歌接受史,经胡应麟发展,至王士禛完成,并为现代文学史家广泛接受。而至于顾璘所别以"雄浑""温厚"论王维诗,虽也曾在明代发挥较大影响,但于今日而言,则远逊于苏轼、刘辰翁之说。

关于明代王维接受情况的研究,有孙武军、张进的《明代前中期唐诗选评中的王维接受》②(2011)从明代前中期选本中王维诗歌的入选数量、体裁、题材等因素入手,对明代前中期王维诗歌的接受情况进行分析。指出在这一时期,王维在盛唐诗史上排名第三的地位真正确立,王维各体诗歌都受到关注,其中应制饯送、山水游览题材备受青睐,而其诗歌雄浑自然和委婉闲适的风格得以推崇。而岳进《论竟陵派对唐五言古诗的接受》③(2010)则从明代诗论家选诗角度入手,讨论晚明竟陵派对唐代五言古诗的认识与肯定,王维的五言古诗虽未如李白杜甫诗一样被列为专节讨论,然亦在竟陵派选入之列。

此外,王兆鹏的论文《千年一曲唱〈阳关〉——王维〈送元二使安西〉的传唱史考述》④(2011)则从单篇作品入手,细致梳理了王维经典诗歌《送元二使安西》的历代流传接受情况:自盛唐入乐歌唱,至中晚唐成为流行歌曲。宋代《阳关曲》更加盛行,成为离筵的经典骊歌、文人的集体记忆、离别诗词中的常用意象。金元时期,流行的程度虽不及两宋,但依然有人传唱。明清两代,《阳关三叠》衍变为器乐曲,《阳关》歌曲虽偶有人唱,但其风头已让位于《阳关三叠》乐曲,《阳关三叠》琴曲更是常被演奏的经典曲目。董艳秋的论文《从历代论诗绝句看王维接受》⑤(2011)统计出了历代论诗绝句中与王维及其诗歌相关的作品数量有 35 首,其中 32 首作于清代,而相关评论范围涉及王维山水诗、应制诗乃至其创作中的诗画关系、佛学影响、传闻逸事等方面。而袁晓薇《〈辋川集〉的经典化和辋川模式的建立》⑥(2011)列举了宋代至清代相关文人对辋川模式的追慕与想象式再现,指出后人对《辋川集》的接

① 侯亚文:《刘辰翁、顾璘评王维诗析论》,梁瑜霞、师长泰主编《王维研究》(第 5 辑),镇江:江苏大学出版社 2011 年版,第 192—201 页。

② 孙武军、张进:《明代前中期唐诗选评中的王维接受》,《宁夏大学学报》(人文社会科学版)2011 年第 5 期,第 88—92 页。

③ 岳进:《论竟陵派对唐五言古诗的接受》,《江西社会科学》2010 年第 4 期,第 112—115 页。

④ 王兆鹏:《千年一曲唱〈阳关〉——王维〈送元二使安西〉的传唱史考述》,《文学评论》2011 年第 2 期,第 151—156 页。

⑤ 董艳秋:《从历代论诗绝句看王维接受》,梁瑜霞、师长泰主编《王维研究》(第 5 辑),镇江:江苏大学出版社 2011 年版,第 202—209 页。

⑥ 袁晓薇:《〈辋川集〉的经典化和辋川模式的建立》,《深圳大学学报》(人文社会科学版)2011 年第 1 期,第 93—99 页。

受不仅是诗歌艺术的论析和诗歌意蕴的阐释,而更突出地表现为一种精神境界和人格范型的认同与向往。

整体而言,尽管本阶段相关研究论著和单篇论文在产出数量上、研究的广度与深度上均超过了上一阶段,但研究者所关注的时代呈现出明显的不均衡特征。仅就以上不完全统计来看,相关成果数量有一半以上集中在唐五代王维诗歌的接受方面,甚至还可以进一步细分为盛唐、中唐、晚唐和五代等时期,并且出现了相关专著开辟专章予以讨论的情况。可见,唐五代各时期的王维接受情况在本阶段吸引了研究者主要的关注目光。宋代次之,有 8 篇论文涉及,金元时期有 2 篇涉及,明代有 5 篇涉及,清代有 3 篇涉。然而这种研究情况和历代王维诗歌接受文献的传世数量是不相称的。仅就历代诗学的发展情况与文学现象的产生流变而言,宋元明清时期是流派纷呈、大放异彩的阶段,各类经典文学现象与话题在这一时期不断涌现、流传并再次建构,而且愈到近古时期,各家各派愈是呈现出"你方唱罢我登场"的态势,对于王维诗歌的述评与创作追慕不仅不鲜见,甚至可称样本繁多、蔚为大观。但这种"烈火烹油、繁花着锦"的热闹情况,与本阶段所呈现的王维接受断代研究成果的分布是不相称的,即使将之前所列举的学位论文算入,本阶段关于近古时期尤其是明清时期的王维诗歌接受研究情况仍显薄弱,而金元时期王维接受的系统性研究则尚未展开。可以说,王维诗歌接受的近古时期研究领域在本阶段尚未得到充分发掘与开拓,有待于下一阶段的研究者来突破。

此外,关于王维诗歌接受的研究方法,本时期也有相关学者提出建议。袁晓薇在其《解读一个"全面的典型"——王维诗歌接受史研究刍议》①(2009)论文中提出,对作家接受史研究中"一维历时结构"的简单化操作不仅难以取得王维研究的深入,也不利于提升接受史研究的学术品味。建议王维诗歌接受史研究以"王维现象"为基点,从王维对后世影响最大的几个方面入手,分别予以考察。而其《别让"接受"成为一个"筐"——谈古代文学接受史研究的变异和突围》②(2010)论文则提出,要在诗歌接受史研究上有所突破,必须产生富含学术思考的"问题意识"。就王维诗歌接受史而言,这种"'问题意识'在总体架构上体现为以历代接受史的纵线贯穿,而以不同的问题点切入,分为几个层面对王维诗歌在后世的影响加以清晰立体的勾勒和展示。在具体内容和论述中,王维诗歌接受史研究的'问题意识'主要

---

① 袁晓薇:《解读一个"全面的典型"——王维诗歌接受史研究刍议》,《阜阳师范学院学报》(社会科学版)2009 年第 2 期,第 29—32 页。

② 袁晓薇:《别让"接受"成为一个"筐"——谈古代文学接受史研究的变异和突围》,《学术界》2010 年第 11 期,第 90—95 页。

表现为抓住王维诗歌接受史上阶段性的重大问题,对其作专题性的深入探讨。"①
这些建议虽然也曾引发不同声音,但就整体而言,为王维诗歌接受研究避免进入误
区、拓展研究路径、开辟学术增长点等方面提供了诸多有价值的观点。

回顾这一时期的王维诗歌接受研究,其中最为显著的特征是,以王维诗歌接受
为专门研究对象的整体性、系统化研究的博硕士学位论文相继出现。学位论文出
现的重要意义在于促使该研究的进一步系统化与专门化,而优质的学位论文经过
进一步打磨,则可形成该领域的专著以飨学界。与此同时,王维诗歌在各历史时期
的接受情况也相继进入研究者的视野。针对王维诗歌的创作影响、历史定位、传播
建构等相关问题都在前一阶段的基础上进一步有所拓展。而研究方法也呈现出多
角度,多样化的趋势,有的从问题现象切入,有的从时代好尚切入,有的从名家选本
切入,有的从流派创作切入,凡此种种,不一而足。值得注意的是,这一时期的研究
者还就王维诗歌接受的研究现状、研究方法等问题提出了有益的反思与建议。可
以说,这一时期的相关成果在产出数量上、研究的广度与深度上均超过了上一时
期,但就所关注的王维诗歌接受时代而言,呈现出明显的不均衡分布特征:研究唐
五代接受情况的成果较多,宋代次之,近古时期略显薄弱,仍有较大的拓展空间。
整体而言,本时期是王维诗歌接受研究的稳步发展阶段,这一阶段的良好铺垫,为
下一个研究时期做出了有力支撑。

三、愿君多采撷,此物最相思——全面繁荣阶段(2012 至今)

2012 年以来,王维诗歌接受研究进一步细化,并出现了三个显著特征:首先,
围绕某一时期、某些文人作家群体以及某种选本对王维诗歌接受的研究延续了上
一阶段的发展势头,并在原有的基础上出现了进一步细化和新的拓展,成果集中涌
现。其次,这一时期的王维诗歌接受研究已经吸引了海外研究者的目光,国外学者
开始进入到这一研究领域并发表相关研究成果。最后,出现了较为全面细致、专门
研究王维接受的专著,促使该领域研究更为系统深入,使得这一时期的王维接受研
究成为王维诗歌整体研究的坚实基础和有机组成部分。我们以这些特征为线索,
分别就这一时期的王维接受研究做出进一步分析。

(一)以历史阶段为切入角度的王维诗歌接受研究

这类研究延续了上一阶段的发展势头,并在原有的基础上出现了进一步细化
和新的拓展,而上一阶段的薄弱之处也在本阶段得到了增强。唐代王维诗歌接受

---

① 袁晓薇:《别让"接受"成为一个"筐"——谈古代文学接受史研究的变异和突围》,《学术界》2010 年第
11 期,第 90—95 页。

情况的研究有孙桂平的著作《唐人选唐诗研究》①(2012)。该著作第三章辟专节讨论唐人各家唐诗选本所体现出的对王维诗歌的接受情况。而周莹、王雪凝在论文《天下文宗旨归处——浅谈长安文化区中的王维与李白》②(2016)则通过诗人生平经历、创作题材格调、相关选本分析等方面,对盛唐时期王维李白接受情况进行比较分析。提出在当世人眼中,尤其是对处于长安文化区的文人和权贵来讲,王维更能被称为是唐音正宗。此外,(中国台湾)谢明辉的著作《中唐山水诗研究》③(2012)第六章第一节则对中唐诗人对于王维五绝体式的山水组诗的创作继承情况进行了分析。

这一时期关于宋元王维诗歌接受情况的研究也有所推进。张进的论文《论〈阳关曲〉的经典性及其在宋代的传播与接受》④(2013)从《阳关曲》的文本价值与传播角度出发,考察王维作品在宋代的接受情况。而聂好敏、彭红卫的论文《王维诗歌宋代接受与传播方式初探》⑤(2016)则提出,王维诗歌在宋代的接受与传播表面上陷入低潮,但实际上进入了一个被全面"发现"的时期。诗书画三种传播媒介的转换、诗歌著作权之争以及诗歌因故事而流传,成为王维诗歌在宋代的主要接受与传播方式。这种多样化接受与传播方式产生的原因在于多种艺术观念的融合、接受群体身份的多样化等原因。由此形成了王维诗歌经典接受的格局,并为明清时期王维诗史定位奠定了基础。徐朦朦的论文《论元代前期对王维诗歌的接受》⑥(2016)以方回《瀛奎律髓》的选诗情况为主要文献依据,对元代前期的王维接受情况予以分析,并简要梳理了元代王维诗歌的整体接受情况。作者指出《瀛奎律髓》对于王维诗歌并未显示出特别的重视,具体表现在其选诗数量、内容、题材以及评论情况上。其原因在于"江西诗派"诗论的影响、律诗的选诗体裁、理学教化的影响以及方回个人对"平淡"之美的追求。

清代王维诗歌接受情况的研究亦出现了新的推进性进展。元文广在论文《清代王维诗歌接受中的两个变化》⑦(2013)中提出清人对王维诗歌的接受,与前代相比出现了两个新的变化。一是摆脱了长期以来诗坛"王孟"齐名的观点,将"孟不及

---

① 孙桂平:《唐人选唐诗研究》,北京:中国社会科学出版社2012年版。
② 周莹,王雪凝:《天下文宗旨归处——浅谈长安文化区中的王维与李白》,《江淮论坛》2016年第1期,第154—158页。
③ 谢明辉:《中唐山水诗研究》,台北:花木兰文化出版社2012年版。
④ 张洪:《论〈阳关曲〉的经典性及其在宋代的传播与接受》,吴相洲主编《王维研究》(第6辑),北京:学苑出版社2013年版,第396—409页。
⑤ 聂好敏,彭红卫:《王维诗歌宋代接受与传播方式初探》,《三峡论坛》(三峡文学·理论版)2016年第1期,第85—89页。
⑥ 徐朦朦:《论元代前期对王维诗歌的接受》,《西昌学院学报》(社科版)2016年第1期,第96—99页。
⑦ 元文广:《清代王维诗歌接受中的两个变化》,《西安航空学院学报》2013年第6期,第19—22页。

王"的诗歌主张推向了一个新阶段。二是清人走出了盛唐诗歌首推李杜其次王维的观点，提出王维与李白、杜甫三足鼎立的诗歌主张。并指出王维在清代备受推崇的深层原因在于王维的人格品质不再是影响其诗歌接受的障碍、诗坛领袖如王士禛、沈德潜、翁方纲、袁枚等人对王维诗歌的提倡以及清代唐诗选本大量选入王维诗歌。陈曦燕的硕士学位论文《清代诗学中的王维诗体和并称研究》①（2016）分为诗体研究和并称研究两部分。诗体研究主要考察清代王维五七言诗的诗歌史定位和风格评价，以及对近现代王维诗歌阐释的影响；并称研究主要考察"王孟高岑"和"王孟韦柳"的形成过程和内涵，指出这两个并称分别体现王维诗歌不同的审美风格。而李白、杜甫和王维的三家并称出现的形式多样，内涵各异。其中杜甫和王维的二家之争实际上是儒家诗教与纯审美观之间的斗争。

（二）以文人或作家群体为切入角度的王维诗歌接受研究

这一时期以唐宋文人为切入角度的相关研究，往往和王维诗歌"诗画一体"的审美特征相联系。王增学的论文《论刘商对王维诗歌的接受》②（2014）就中唐兼画家诗人刘商对王维的接受原因及方法进行了梳理与剖析，指出刘商与王维的家世、身份、经历有相似之处，审美观念趋同，在创作上二人诗歌的意象、意境、句式与韵律近似，由此使诗有画境。而马郁在其硕士学位论文《文同及其诗文研究》③（2012）中提到，文同的诗歌创作受陶渊明、王维影响颇深，并结合了自身作为画家的优势，将诗画结合推上了一个新的高度。随后，罗曼在其硕士学位论文《论陈与义诗中的画意》④（2013）中也提出，陈与义诗中的画意的成因与禅宗和王维的影响密不可分，陈与义和王维诗歌意境相似原因在于，前者继承了后者以绘画技法入诗的成就并掺以深重的禅宗情结。此后，张进的论文《论朱熹与王维接受》⑤（2015）提出，朱熹对王维的接受态度是多重性的。并从审美评价、道德评价等方面进行梳理，指出朱熹对王维的评价有其内在的逻辑性，这与朱熹的政治理想与审美理想密切相关。

涉及明清文人及作家群体对王维接受的研究成果，这一时期以学位论文多见。如黄馨慧的硕士学位论文《吴廷翰诗歌研究》⑥（2013）、王露的博士学位论文《明代弘嘉之际吴中文学思想研究》⑦（2013）、虞佳慧的硕士学位论文《阮大铖诗歌审美

---

① 陈曦燕：《清代诗学中的王维诗体和并称研究》，福州：福建师范大学硕士学位论文，2016年。

② 王增学：《论刘商对王维诗歌的接受》，《山东理工大学学报》（社科版）2014年第5期，第46—50页。

③ 马郁：《文同及其诗文研究》，西北大学硕士学位论文，2012年。

④ 罗曼：《论陈与义诗中的画意》，哈尔滨师范大学硕士学位论文，2013年。

⑤ 张进：《论朱熹与王维接受》，《徐州工程学院学报》（社会科学版）2015年第1期，第59—65页。

⑥ 黄馨慧：《吴廷翰诗歌研究》，广西大学硕士学位论文，2013年。

⑦ 王露：《明代弘嘉之际吴中文学思想研究》，复旦大学博士学位论文，2013年。

研究》①（2013）等，均从个体或流派审美角度出发，就王维诗歌审美特质对相关文人的创作影响予以梳理分析。而杨一男的硕士学位论文《雍正御制诗研究》②（2016）则从雍正御制诗的审美风格入手，提出雍正对王维诗歌所具有的禅意空灵之境颇多领悟，并就其着意师法的表现进行了举例。

如前所述，王维诗歌在其身后流传遍布整个东亚文化圈，甚至在世界范围内都有影响。王志清的论文《东亚三国文化语境下的王维接受》③（2012）指出，由于文化的同源性和同根性，中日韩的王维接受排异反应甚微，日本诗人松尾芭蕉、韩国李朝诗人申纬与王维具有相似的艺术精神、审美情趣和艺术品格。具体表现为静寂观照的审美态度、不言言之的表达方式和神韵天然的诗境。而柏闾的硕士学位论文《比较视域下的日本汉诗"风雅"溯源研究》④（2012）与范氏义云的博士学位论文《越南唐律诗题材研究》⑤（2013）则分别从不同角度涉及了王维诗歌对日本汉诗、越南唐律诗的影响。值得注意是，这一时期的王维诗歌接受研究得到了海外学者的关注，并出现了研究本国王维诗歌接受情况的研究成果。韩国釜庆大学金昌庆的论文《高丽文人对王维诗的接受》⑥（2015）从高丽时代文人诗文集出发，分析王维对高丽时代文人的影响，其中包括对林惟正集句诗里出现的王维诗、李奎报《东国李相国集》中对王维的认识、李齐贤和王维的文学关联性、陈澕诗中显现出的王维风格、李穑对王维的认识等几部分内容的考察。同年稍晚，其另一篇论文《朝鲜文人对王维诗风的接受》⑦（2015）则被收入了《王维研究》（第七辑）。该论文考察了高丽时代和朝鲜时代诗风变化过程，并以成侃、李达、申纬等人为中心，探讨朝鲜时代文人对唐诗风尤其是王维诗歌风格的认识和接受。可见，这一时期的王维诗歌接受研究已经吸引了邻国学者的目光。

（三）后世诗论家与相关选本中所体现的对王维的接受研究

上一阶段已经出现了从考察诗论家视角入手，对明代王维诗歌的接受情况做出相关分析的研究成果，本阶段相关研究进一步发展。关于唐代诗论家对王维的评价，李本红的论文《皎然诗论对王维诗歌接受史的意义和作用》⑧（2013）提出，皎

① 虞佳慧：《阮大铖诗歌审美研究》，南京师范大学硕士学位论文，2013年。
② 杨一男：《雍正御制诗研究》，中央民族大学硕士学位论文，2016年。
③ 王志清：《东亚三国文化语境下的王维接受》，《中国比较文》2012年第1期，第112—125页。
④ 柏闾：《比较视域下的日本汉诗"风雅"溯源研究》，陕西师范大学硕士学位论文，2012年。
⑤ 范氏义云：《越南唐律诗题材研究》，吉林大学博士学位论文，2013年。
⑥ 金昌庆：《高丽文人对王维诗风的接受》，《徐州工程学院学报》（社会科学版）2015年第3期，第50—59页。
⑦ 金昌庆：《朝鲜文人对王维诗风的接受》，王志清主编《王维研究》（第7辑），济南：齐鲁书社2015年版，第114—124页。
⑧ 李本红：《皎然诗论对王维诗歌接受史的意义和作用》，《中州学刊》2013年第6期，第144—148页。

然论诗"重意",对王维诗歌有着深入体认,其诗论对大历诗坛仿袭王维诗歌的风气有所纠偏。刘宁的论文《晚唐诗学视野中的右丞诗——司空图对王维的解读》①(2014)认为"澄澹精致"是司空图对王诗的核心认识,但该评价并不完全符合王诗的艺术特点以及盛唐趣尚,而是带有司空图自身诗学观念的晚唐趣味。而卢燕新的论文《论姚合〈极玄集〉对王维诗的接受》②(2013)则从选本角度出发,对中唐时期的诗歌审美范式与王维接受的情况进行梳理。

关于宋代诗论家对王维的评价,周觅的硕士学位论文《张戒〈岁寒堂诗话〉美学思想研究》③(2013)在第二章《〈岁寒堂诗话〉的作家论》当中有所述及。相关分析涉及张戒对王维诗歌品评情况,并指出张戒较为欣赏王维诗歌深远无穷的意味。稍后,潘殊闲则在论文《叶梦得与王维》④(2015)中,以叶梦得《石林诗话》为蓝本,探讨了叶氏著述中对王维诗歌、画作的直接接受与传播。而胡正伟的论文《金元时期唐、宋诗接受思潮探赜——以若干诗歌选本为核心》⑤(2013)则简略提到元代方回在《瀛奎律髓》中对王维以及其他初盛唐诗人的整体评价与欣赏态度。

关于明代诗论家对王维评价的研究,这一时期有岳进的《明代唐诗选本与"唐无五言古诗"之争》⑥(2014)、《复古与"情艳":明代唐诗选本中的五绝建构》⑦(2016)两篇论文。二文均对王维诗歌在明代选本中的选录数量与评点情况予以分析,进而考察明人对王维诗歌的接受特征,兼及这种接受对清人的影响。此外,(中国台湾)侯雅文的论文《李攀龙唐诗选本选评王维诗析论》⑧(2013)则从李攀龙的诗论家选诗角度出发,对其唐诗选本中与王维诗歌有关的评论进行梳理,以分析这一时期明代诗坛对王维诗歌的受容。而张迈的硕士学位论文《徐增诗学研究》⑨(2016)第四章论述了徐增唐诗选本《而庵说唐诗》的编选体例、编选宗旨及标准。身处明清之际的徐增,以"有益于初学"为其编选宗旨,将杜甫诗歌作为初学者的诗

---

① 刘宁:《晚唐诗学视野中的右丞诗——司空图对王维的解读》,《北京大学学报》(哲学社会科学版)2014年第6期,第69—78页。

② 卢燕新:《论姚合〈极玄集〉对王维诗的接受》,吴相洲主编《王维研究》(第6辑),北京:学苑出版社2013年版,第376—386页。

③ 周觅:《张戒〈岁寒堂诗话〉美学思想研究》,哈尔滨师范大学硕士学位论文,2013年。

④ 潘殊闲:《叶梦得与王维》,王志清《王维研究》(第7辑),济南:齐鲁书社2015年版,第381—390页。

⑤ 胡正伟:《金元时期唐、宋诗接受思潮探赜——以若干诗歌选本为核心》,《江西社会科学》2013年第12期,第96—100页。

⑥ 岳进:《明代唐诗选本与"唐无五言古诗"之争》,《云南师范大学学报》(哲学社会科学版)2014年第2期,第143—150页。

⑦ 岳进:《复古与"情艳":明代唐诗选本中的五绝建构》,《海南大学学报》(人文社会科学版)2016年第4期,第104—110页。

⑧ 侯雅文:《李攀龙唐诗选本选评王维诗析论》,吴相洲主编《王维研究》(第6辑),北京:学苑出版社2013年版,第387—395页。

⑨ 张迈:《徐增诗学研究》,山东师范大学硕士学位论文,2016年。

法范本。然而从个人的审美偏好来讲,徐增选择王维作为学习典范。

涉及清代诗论与王维接受情况的研究,这一时期也有明显进展。仅论文就有张毅的《关于唐诗的分解与选评——金圣叹、王夫之唐诗接受方式刍议》①(2012)、范建明的《论沈德潜早年的论诗绝句及其诗学意义》②(2013)、田明珍的《沈德潜视野中的唐诗典范——以〈唐诗别裁集〉选评李白、杜甫、王维为中心的考察》③(2014)、刘宝强的《王渔洋〈十种唐诗选〉选诗特征》④(2013)和《王渔洋〈唐贤三昧集〉选诗特征探微——兼与〈唐诗别裁集〉比较》⑤(2014)、董就雄的《清代初期王维接受史述论——以王维诗注解、评点为中心》⑥(2015)、覃小耘的《王士禛〈十种唐诗选〉》研究⑦(2016)等成果,分别从不同诗论家和选本入手对王维的清代接受情况予以分析和研究。其中董就雄的论文《清代初期王维接受史述论——以王维诗注解、评点为中心》在文献分析上较为细致,分别就金圣叹《贯华堂选批唐才子诗》、徐增《而庵说唐诗》、王夫之《唐诗评选》、黄生《唐诗摘钞》和《唐诗矩》等评本、选本出发,从"接受的方法"和"接受的贡献"两个角度进行详细梳理与阐释。此外,董连祥的论文《简论历代王维诗歌创作批评》⑧(2015)则从创作论角度入手,就历代关于王维诗歌创作的相关评论进行了简要梳理。

(四) 在相关博硕士论文基础上出现了专门研究王维接受的专著

2012 年袁晓薇的专著《王维诗歌接受史研究》⑨问世。专门性著作的出现,使得该领域研究更为系统深入。以此为标志,王维接受研究进入了新的阶段。该著作在其同题博士学位论文基础上进一步修改完成,分为上中下三编。上编《王维"唐音正宗"的"诗"路历程》从时代好尚、诗论评析等因素入手,分析唐代各时期王维诗歌接受情况以及王维当世的实际文学地位与其后的转折变化。中编《王维诗学意义的美学发现》则涉及对唐以后历代文人与诗论家乃至整个社会审美文化意

① 张毅:《关于唐诗的分解与选评——金圣叹、王夫之唐诗接受方式刍议》,《南开学报》(哲学社会科学版)2012 年第 3 期,第 37—48 页。

② 范建明:《论沈德潜早年的论诗绝句及其诗学意义》,《厦门广播电视大学学报》2013 年第 2 期,第 27—34 页。

③ 田明珍:《沈德潜视野中的唐诗典范——以〈唐诗别裁集〉选评李白、杜甫、王维为中心的考察》,华中师范大学硕士学位论文,2014 年。

④ 刘宝强:《王渔洋〈十种唐诗选〉选诗特征》,《赣南师范学院学报》2013 年第 2 期,第 44—48 页。

⑤ 刘宝强:《王渔洋〈唐贤三昧集〉选诗特征探微——兼与〈唐诗别裁集〉比较》,《汕头大学学报》(人文社会科学版)2014 年第 1 期,第 43—47 页。

⑥ 董就雄:《清代初期王维接受史述论——以王维诗注解、评点为中心》,王志清主编《王维研究》(第 7 辑),济南:齐鲁书社 2015 年版,第 140—177 页。

⑦ 覃小耘:《王士禛〈十种唐诗选〉研究》,广西大学硕士学位论文,2016 年。

⑧ 董连祥:《简论历代王维诗歌创作批评》,王志清主编《王维研究》(第 7 辑),济南:齐鲁书社 2015 年版,第 374—380 页。

⑨ 袁晓薇:《王维诗歌接受史研究》,芜湖:安徽师范大学博士学位论文,2007 年。

识对王维诗歌受容的研究。下编《王维诗歌经典的接受和文化心理阐释》则从王维的经典诗歌作品，如《送元二使安西》《相思》《息夫人》《凝碧池》出发，细致梳理其成名与传播情况。并对《终南山》误读的情况作出阐释现象的分析和梳理。此外，还从王维《辋川集》接受中的"辋川情节"入手，分析王维诗歌中的"辋川模式"对后世文人的吸引之处，以及后世辋川文化的形成。

可贵的是，作者并非通过简单地时代罗列来分析各时期王维的接受情况，而是以问题意识串连各时期王维接受所出现的文学现象，进而发掘现象产生背后的各类深层次因素，体现出接受史论的鲜明特色。研究观点独特，下笔时见新意，如苏轼对王维诗歌"诗中有画"的评价历来被认为是对王维诗作的高度褒扬和的评确论，流传广泛、影响深远。但作者敏锐地指出这种影响的确立对王维诗史地位的作用是双面的，并细致梳理论析。此书问世后，学界的肯定性评价时时见诸期刊。（中国台湾）陈怡良在《领域新辟　拓展有成——读〈王维诗歌接受史研究〉》①（2015）书评中认为该著作"选题慎思，领域新辟；架构有序，层次清晰；文史互证，见地深刻；宏观微观，兼容并蓄；文献丰富，精审识断。虽有小疵，不掩卓识。展现出作者对该研究领域的精深钻研和开拓创新，诚为王维接受史研究领域的重要成果。"②而师长泰在《以史带论，史论结合——评〈王维诗歌接受史研究〉》③（2015）书评中称该著作"不仅填补了王维研究领域内的学术空白，深化了对王维及其诗歌艺术的研究。更以其"接受史论"的特色，在同类著作中别开生面，提升了古代文学接受史研究的学术品格。"④

尽管在接受美学传入我国之前，中国学者已经意识到经典作家接受史研究的重要性，"不过，无论欧美还是中国，经典作家接受史的自觉和兴起，都是接受美学和'读者文学史'正式提出以后的事。"⑤而王维诗歌接受研究从发轫到现今，也仅走过短短二、三十年的历程，未来的相关拓展仍非常值得期待。由以上各阶段王维接受研究的梳理可以发现，近二十年的王维接受研究是稳步发展、循序渐进的，符合文学研究的一般性发展规律。尤其是第二阶段与第三阶段，不仅在研究方法、研

---

① 陈怡良：《领域新辟　拓展有成——读〈王维诗歌接受史研究〉》，《合肥师范学院学报》2015年第1期，第67—72页。

② 陈怡良：《领域新辟　拓展有成——读〈王维诗歌接受史研究〉》，《合肥师范学院学报》2015年第1期，第67页。

③ 师长泰：《以史带论，史论结合——评〈王维诗歌接受史研究〉》，《安徽农业大学学报》（社会科学版）2015年第2期，第100—103页。

④ 师长泰：《以史带论，史论结合——评〈王维诗歌接受史研究〉》，《安徽农业大学学报》（社会科学版）2015年第2期，第100页。

⑤ 陈文忠：《走出接受史的困境——经典作家接受史研究反思》，《陕西师范大学学报》（哲学社会科学版）2011年第4期，第27页。

究领域和研究深度上都有明显拓展，而且各类成果集中涌现、时见亮点，并在此基础上出现了全面、系统的整体性、专门性的研究论著以飨学界。全面繁荣的王维诗歌接受研究已经成为了王维研究的坚实基础和有机组成部分，根据近二十年来稳中有进的研究态势我们有理由相信，未来阶段的王维接受研究会有更为细化的、多层次多角度的、问题意识浓厚的研究成果出现。

（作者单位：兰州大学文学院）

王维辋川庄考辨

张效东

一、王维辋川居第问题

王维隐居辋川是文学史上的重要事件。关于这次隐居的基本情况,如居辋川的开始、终止时间,关于辋川的诗文作品,在辋川的过从交游,辋川别业的地望园林等,经过几代学人的研究探索,已发表、出版了不少相关的论著,大部分问题已有了比较清晰的结论,或已初步有了主流共识。但有一个基本问题,一直却较少引起关注和专门研究,这便是王维辋川居第问题。事实上,从中唐以来到现今,关于王维辋川宅第的表述,一直都存在不准确、不统一的问题。

在王维关于辋川的诗文中,提到自己的居第共有两处:一是《辋川集·孟城坳》诗的"新家孟城口",即孟城坳;一是《请施庄为寺表》中所说的"臣遂于蓝田县营山居一所",即位于今白家坪村银杏树处的前身为王维故居的鹿苑寺。孟城居第本为宋之问蓝田别墅,王维购得作为初到辋川的居所,所以有"新家孟城口"之句。鹿苑寺居第是王维在辋川的后期居所,临终前上表朝廷捐为佛寺,初名清源寺,宋时更名鹿苑寺并一直存续至上世纪 60 年代三线建设建厂时被毁。①

为论述方便,本文姑称前者为孟城坳居第,称后者为鹿苑寺(或清源寺)居第。王维自述的这两处居第,从耿湋凭吊王维的诗《题清源寺(即王右丞故宅)》也可得到佐证:"右丞……母夫人卒,表宅为寺。今冢墓在寺之西南隅。"②

儒墨兼宗道,云泉隐旧庐。孟城今寂寞,辋水自纡余。内学销多累,西林

---

① (宋)洪迈:《李卫公〈辋川图〉跋》:"《辋川图》一轴,李赵公题其末云:'蓝田县鹿苑寺主僧子良赍于予,且曰鹿苑寺即王右丞辋川之第也。
② (宋)洪迈:《容斋随笔·容斋三笔》,北京:商务印书馆 1959 年版,第 53 页。

易故居。

深房春竹老,细雨夜钟疏。陈迹留金地,遗文在石渠。不知登座客,谁得蔡邕书。

"孟城今寂寞,辋水自纡余"是说王维曾经的旧居孟城,人去城寂,只剩下辋水依旧蜿蜒流淌。西林指庐山西林寺,高僧慧远曾居此,此借指清源寺。"内学销多累,西林易故居"意思是说崇佛向禅使王维的许多牵累得以销解,王维的故居也改易为清源佛寺了。在同一首诗里,耿湋同时提到了王维曾经的"新家孟城口"和改易为清源佛寺的另一处故居。耿湋与王维同时代而稍晚一些(耿湋生卒年不详,但其进士及第时间 763 年只比王维去世的 761 年晚二年),可知这首怀人的诗应是写于王维逝世后不久,诗文中关于王维有两处故居的表述是清楚的,也应是可信的。

但是,在王维身后,关于王维辋川居第的表述,却出现了十分混乱的状况。例如中唐人李肇《唐国史补》:"王维得之问辋川别业,山水胜绝,今清源寺也"①,明显把孟城坳居第和清源寺居第混为一处了。而这个说法,对后世影响很大,许多有关论文和学术著作都沿用这一说法。

唐以后不久,成书于五代时期的《旧唐书·王维传》,又有了一个新的提法:"(王维)得宋之问蓝田别墅,在辋口"②。这一提法同样对后世影响很大,很多文献书籍中都有辋口庄的说法。例如稍后的五代画家郭忠恕,所临王维《辋川图》中,于别业二十景之外就多出了一景——辋口庄(见台北故宫博物院收藏本)。

这样,关于王维的辋川山庄,就出现了三个概念:孟城庄、鹿苑寺庄和辋口庄。这种模糊、混乱的表述,大量出现在与王维有关的后人著作和文章里,使得王维的辋川居第,变得扑朔迷离,让读者无所适从。

那么,王维的辋川居第,到底在哪里? 是一处,还是两处,抑或是三处? 到底有没有辋口庄的存在? 近年来,笔者趁我县(蓝田)全域旅游开发的东风,百多次深入王维辋川别业故地,在对王维辋川文化全面考察挖掘的同时,有意识地对此问题做了专题考察和研究。本文试通过现地考察和文献考证,对以上问题给出明确答案,从而析疑匡谬,以正视听。

(一)孟城坳居第

孟城原是一座兵城,名思乡城,亦名柳城,旧址即今之辋川镇官上村。位于辋峪中部,距离辋峪口约 6 千米,距离王维手植银杏树处约 5 千米,所在峪道南北宽约 500 米,是整个辋峪最宽平处,以前辋川镇政府即驻此。民国《续修蓝田县志·

① (唐)李肇:《唐国史补》,上海:上海古籍出版社 1957 年版,第 16 页。
② (后晋)刘昫等撰:《旧唐书》,北京:中华书局 1975 年版,第 5052 页。

土地卷》中,综合古代史志的记载曰:"思乡城,(据)《元和郡县志》,在县东南三十三里,宋武帝征关中筑城于此,南人思乡,因以为名。《长安志》:思乡城一名柳城。以旁多柳,故曰柳城。"条目下志书编者按:"城在辋川内关上,王维称'孟城坳'。"成书于清道光年间的《重修辋川志》卷二云:"孟城坳,土人呼为'关'"。该志所载周焕宇《游辋川记》云:"过北岸关上村,高平宽敞,旧志云即孟城口,右丞居第也。"

以上引文中所说的"关""关上",即今官上村的旧称。"关"之含义应当就是指刘裕所建的思乡关城。王维称其为"孟城",但关于孟城之名的来历,查无任何历史文字记载。据我们考证,似与以下史实有关:民国《续修蓝田县志》卷二中有关于蓝田县城的前身峣柳城的一段记载:"(据)《资政录》……峣柳,则今县治也。晋义熙中,刘裕入关,以其地对峣山多柳,故名。"刘裕于东晋义熙十三年(417)率兵征关中的后秦,蓝田是其驻军主要据点。他以多柳的特征命名了两座军事性质的"柳城",即蓝田县城的前身峣柳城和位于辋川的思乡柳城。孟,诸多义项中有下列两义:"孟,长也"(《说文》);"孟,始也"(《广雅》)。推测可能刘裕按两个柳城的规模大小或命名的先后,将位于辋川的柳城又名曰"孟城"。至王维入住时该名称尚流行(前文提到的耿湋诗就有"孟城今寂寞"句),只是没有更多的相关记载文字流传下来。

孟城最早是宋之问的别墅"蓝田山庄"的所在,其时,城的南侧畔就是古代辋河淳潴而成的一面大湖——欹湖。宋之问在这里留下了《蓝田山庄》《别之望后独宿蓝田山庄》《见南山夕阳召监师不至》《留别之望舍弟》等诗。其中有写到辋川、辋水、欹湖的诗句:"辋川朝伐木,蓝水(即辋水)暮浇田""孤兴欲待谁? 待此湖上月"。[1]《旧唐书》曰:"(王维)得宋之问蓝田别墅,在辋口,辋水周于舍下。"[2]宋之问因媚附张易之、武三思,先天年间(712—713)被唐玄宗"赐死桂州"(见《新唐书》),其蓝田别墅荒废。约 30 年后,王维购得作为初到辋川的居所。这有王维、裴迪同题咏《辋川集·孟城坳》诗可证:

> 新家孟城口,古木余衰柳。来者复为谁,空悲昔人有。(王维)
> 结庐古城下,时登古城上。古城非畴昔,今人自来往。(裴迪)

从"新家孟城口""结庐古城下"可知,这是王维初到辋川的居所。"空悲昔人有"应是悲孟城的前主人宋之问。还可知,王维入住时,关城的外墙尚在,二人可"时登古城上"游玩,但已是一派"古木衰柳"的残敝景象了。

---

① (清)彭定求、曹寅等:《全唐诗》,北京:中华书局 1960 年版,第 635,622 页。
② (后晋)刘昫等撰:《旧唐书》,北京:中华书局 1975 年版,第 5052 页。

关于王维的孟城坳居第,历史文献和地方志书没有留下更多的史料。为了弥补这一缺憾,尽可能具体地了解其历史真实,笔者在近几年通过研究王维诗中涉及孟城坳居第的篇什,对有关的文学地理环境作了实地调查和反复论证。令人欣慰的是,凡王维诗文中涉及到的孟城周围的湖山形胜、村落格局、巷陌郭门、山泉溪流、水利田亩等等,在现地考察中一一能够得到对应和吻合。我们可一一对照如下:

后浦通河渭,前山包鄢郢。(《林园即事寄舍弟紞》)

这是王维寄给弟弟王紞的诗,从诗题"林园即事"可知,诗文一定要说到居第周围环境的。这两句诗意为:我住所后面的水面可通向渭河黄河,前面的山峦连通着楚地的鄢都郢都。后浦,即庄后面的水面,指欹湖。欹湖下游水注入灞河,灞河是渭河的支流,渭河最终注入黄河,所以说"后浦通河渭"。鄢,楚别都,在今湖北宜城西南。郢,楚郢都,在今湖北荆州西北。鄢郢泛指楚地。诗文所说的前山,即官上村北去 2 千米处的东西走向的峣山。峣山也叫青泥岭,沿山脊有西起咸阳、东南可达荆楚的秦楚古道(即蓝关古道),故云"前山包鄢郢"。依此后为湖、前为山的定位,王维孟城居第的庄向应为坐南向北无疑。

王维《山中示弟》有诗句"山阴多北户,泉水在东邻",除了又一次印证王维居第的坐南向北的庄向外,还提供了居第在村中的大致位置:位于水泉之西。现地考察可见,在今官上村南北中轴线(村子为东西横向)的稍西,有一口村里世代相传的自流水泉,距村子西端约 250 米。据村里老人讲,此泉所在周围地下水位很高,现场考察可看到附近住户的水井只一米多见水。此泉甚旺,全村人共用这一口泉,直至上世纪 60 年代新筑的蓝葛公路过此时被毁。从"泉水在东邻"可知,王维家住水泉之西,亦即村之西头。从下面诗句也可证明,村西一带是王维经常活动的场所:

采菱渡头风急,策仗村西日斜。(《田园乐之三》)

这首诗还提到了欹湖的渡口。孟城地处欹湖的中腰部北岸,这里是欹湖水面最为宽阔之处,打渔采菱和两岸船渡等,必定要有渡口、码头一类设施。值得注意的是,王维在多首诗中都写到了欹湖的渡口,如"渡头余落日,墟里上孤烟"(《辋川闲居赠裴秀才迪》)、"渡头灯火起,处处采菱归"(《山居即事》)等。"采菱渡头风急,策仗村西日斜",王维策仗村西散步可以看到日斜风急的渡口的采菱景象,可知这个渡口也在村子的西边。这个判断,在笔者对宫槐陌的考证结果中也得到了佐证。笔者曾根据裴迪《宫槐陌》诗句"门前宫槐陌,是向欹湖道"的线索,通过村里的老人们察访到了宫槐陌的遗址。上世纪 60 年代前在一条东西横贯官上村的街巷边曾生长着 13 棵巨大的古槐,最大的一棵有三四人合抱大。据此断定这些古树为唐槐,这条街巷即为辋川别业二十景之一的宫槐陌的遗址(笔者另有考辨论文)。这条槐荫小径的西端,正是该村通往辋河滩的下田路,也应是唐时通往欹湖的渡口。正因为王维家住村西头,渡口也在村西,他于傍晚朝着渡口方向西望,才会看到"渡头余落日"的景象。也由于渡口离王维家较近,天黑后王维在居第附近不用专门到现场,就自然会看到"渡头灯火起,处处采菱归"的景象。

还有一首《新晴野望》,随着诗人视线的远近周匝移动,诗对孟城居第东、南、西、北方向的周围环境作了全景式的空间扫描:

> 新晴原野旷,极目无氛垢。郭门临渡头,村树连溪口。
> 白水明田外,碧峰出山后。农月无闲人,倾家事南亩。

诗人视野里呈现出一系列景物:原野,郭门,渡口,与村边树林相连的溪流,闪着亮光的水田,山峦后高耸的碧峰,位于村南的田亩。令人惊喜的是,这一切在现地考察中都能得到符验:原野、南亩和水田:孟城坳的"坳",意为山间平地,官上村就是辋峪最宽阔平坦之处。官上村南大苜蓿沟口至辋河畔一带有数百亩的平野田畴(近一二十年才出现了不少建筑物),这种地形给远望的王维以开阔平旷的感觉,所以王维用"原野旷""极目"来形容。"南亩"在诗文中泛指农田,我觉得王维诗句里的"倾家事南亩",将南亩理解为狭义的特指也讲得通,因为村里的大片耕地就位于孟城的南边,且全部是水浇田。新中国成立前辋川有唯一的引水灌溉工程——石渠,就是为浇灌这片田地,在石壁上开凿的一条长约 4 千米的人工引水渠。宋之问《蓝田山庄》诗也有"蓝水暮浇田",说明官上村自古就有水浇田。水田在晴日的光照下,成片的白色亮光,给诗人以特别强烈的视觉感受,于是有了"白水明田外"的生动描写。

郭门:前文说到,王维初居孟城时,思乡城的城墙还在,王维诗里的"郭门临渡头"的郭门,就是关城外墙的城门,且与渡口相邻。前文已说过,郭门、渡口均位于村子的西头,所以有"采菱渡头风急,策杖村西日斜"这样的环境景物描写。

溪流:在官上村东南方向,有一条南北向的山谷叫大苜蓿沟。从大苜蓿沟流出的溪水,在本世纪 90 年代整修改道直流入辋河之前的流向是:水流一出沟口,便折向西南方向,再从官上村东侧环抱村庄流入辋河。这便是"村树连溪口"。

碧峰:官上村之北,是一些蜿蜒起伏的小山峦,当地人称为"后梁"。再向北约2000 米,就是隔开辋峪和蓝峪东西绵延 10 多千米的岉山。岉山海拔最高处 1700米,诗人站在孟城,视线越过后梁远眺岉山,就会看到"碧峰出山后"的高峻宏远景象。诗人正是用此宏阔远景,和"白水明田外"的明丽近景,形成互为对仗、互为映衬的。

如果把现地考察结果结合王维诗意展开想象,一千多年前的环境景物,似乎全都活了起来,一一复原呈现在我们的眼前,构成了王维孟城山居的一个完整画面:这里川阔地平,湖山秀美。建于300多年前的思乡兵城,虽已破败,但城墙郭门还在。城里的兵营已为村落替代,坐南朝北的王维宅第,就坐落在水泉之侧的村子西头。东西横贯村中的一条槐荫小道,从王维家门前经过,然后一直向西延伸出郭门通向渡口。村子东侧,茂密的绿树掩映着清澈的溪流。村南辽阔的稻田在晴日下泛着亮光。向着村北远处望去,连绵的山峦背后现出高耸的峣山碧峰——这便是王维的孟城故居,一副多么美丽的辋川山居图!

(二)鹿苑寺居第

王维于天宝三载(744)开始经营辋川,历经14年后的乾元元年(758,王维逝世前3年),上表肃宗,将他与母亲晚年的居所捐为佛寺。他在表中说:

> 臣亡母故博陵县君崔氏,师事大照禅师三十余岁,褐衣蔬食,持戒安禅,乐住山林,志求寂静。臣遂于蓝田县营山居一所,草堂精舍,竹林果园,并是亡亲宴坐之余,经行之所……伏乞施此庄为一小寺,兼望抽诸寺名行僧七人,精勤禅诵,斋戒住持,上报圣恩,下酬慈爱。无任恳款之至。(《请施庄为寺表》)

表章获朝廷批准,寺初名"清源寺"。中唐诗人耿湋《题清源寺》题下注:"即王右丞故宅"。《陕西通志》卷九十八《拾遗一》记载:"王右丞尝于清源寺壁画《辋川图》,岩岫盘郁,水云飞动。"该寺至宋时更名"鹿苑寺",一直有若干僧人住持,直至上世纪60年代三线建设建厂时被毁。

王维鹿苑寺故居,位于辋峪最南端的飞云山西北麓(即今王维手植银杏树处),西南距白家坪村700米,距辋峪口1100米。由此再向东南纵深方向,就是辋峪的延伸支峪东采峪和西采峪,但古时候由于大山阻隔,从这里再向前到采峪是不通行的,这里是真正的深山僻壤。至于什么时间从最初的居第孟城坳移居到这里,王维诗文中没有留下任何线索。移居的原因,应是为了避繁趋静。他在《请施庄为寺表》中强调信佛的母亲"乐住山林,志求寂静",志求寂静何尝不是同样奉佛的王维的志趣呢。孟城坳川阔人稠,王维在《辋川别业》诗中写他离开近一年回到辋川时,众多的乡邻朋友——"优娄比丘经论学,伛偻丈人乡里贤"都来了,宾主"相欢语笑衡门前"。在《赠刘蓝田》诗里,写到因夜间犬吠而到篱外察看,原来是一帮去县衙交田税夜归的农人。这些情景显示当时王维的村邻不少。而鹿苑寺居第位于偏僻的辋峪终端,附近无其他居民,离得最近的村落白家坪村也将近二里,移居这里说明王维是在追寻隐居生活的本真——避世离尘,恬静自在。

鹿苑寺坐北朝南,有两进寺舍,前为王右丞祠,后为鹿苑佛寺。寺和祠历史上曾多次重修。民国《续修蓝田县志》卷十二记述道:

> 王右丞祠,在县南四十里鹿苑寺前。乾隆四十八年知县周崧晓捐俸重建,又以北曲铺山场地亩归祠,岁赁钱三千作岁修费。道光十六年,知县胡元煐重修,有"栋宇重开新气象,山川不改旧容颜"楹联。

由于历多次毁建和重修之故,原址周围留下了很多遗迹。蓝田县 2009 年文物普查资料记载道:寺址平面呈长方形,南北长约 270 米,东西宽约 120 米,瓦砾堆积厚 0.3—1 米。地表遗物丰富,有石灰岩质莲花柱础、上马石、绳纹手印砖、素面筒瓦等。据《旧唐书》《蓝田县志》,清源寺建于唐代,毁于唐末战乱……该遗址是一处重要的唐的寺庙遗址,也有后代延建的遗迹。

表庄为寺三年后的上元二年(761),王维病逝。《新唐书·王维传》记载:"母亡,表辋川第为寺,终葬其西。"[1]清雍正《蓝田县志》记载:"王右丞维母博陵县君崔氏及右丞墓,俱在鹿苑寺偏西。"乾隆年间,陕西督邮使程兆声曾树立王维墓碑,道光年间其碑尚在,如道光十四年(1834)任蓝田县丞的周焕禹所写《游辋川记》:"(鹿苑寺)西为母塔坟并右丞墓,丰碑仅存。"(见《续修辋川志》)但之后的不足百年期间,封土、墓碑已无踪迹,至民国九年(1920 年)牛兆濂游此所写的《游辋川记》[2]中,已没有了关于墓和墓碑的有关记述了。近年,笔者曾在白家坪村民中通过调查,了解到 1966 年向阳公司建厂处理地基时,在鹿苑寺旧址西 60 米处,曾开挖出一个古砖所圈大墓,围观村民见到墓内有古砖、小碗等物。此墓址与《新唐书》、明清《蓝田县志》《辋川志》的有关记载吻合,必为王维墓无疑(笔者有另文专述)。

王维鹿苑寺居第,群峰如围,山环水抱,环境极为清幽。宅第背靠玉川、蓝桥界山泉山的西延山峦飞云山,海拔 1400 余米。庄前,古辋河呈 C 形环绕宅第南侧的孤峰,纡回流过。(上世纪 70 年代辋河被从 C 字形的两端点劈山截直而不再流经王维故居)故居周围有王维《辋川集》吟咏的二十景点数处,如文杏馆、椒园、漆园、斤竹岭等。《重修辋川志》记载曰:"文杏馆,遗址在寺门东,今有银杏树一株。椒园,遗址在寺东。漆园,遗址在寺西。"明代蓝田县令王邦才的辋川游记中写到:"寺后(有)斤竹岭。"(见《重修辋川志》)这些景点环列于故居周围,与王维《请施庄为寺表》所云"于蓝田县营山居一所,草堂精舍,竹林果园"描写相符。但历经岁月沧桑,

---

① (宋)欧阳修、宋祁撰:《新唐书》,北京:中华书局 1975 年版,第 5765 页。

② 牛兆濂著,王美凤、高华夏、牛锐点校整理:《游辋川记》,《关学文库·牛兆濂集》,西安:西北大学出版社 2015 年版,第 80 页。

至明万历年间蓝田县令王邦才游历辋川时,这里竹林果园已荡然无存。他记述道:"森荫苍翠,茂林丛密,有虎豹猿鹿,昼吼夜啼,百千为群,而樵采牧猎之子,唱和出林。"(见清《重修辋川志》:王邦才《辋川图赋》)时至今日,这里虽立有鹿苑寺重点文物保护碑石,但故居和王维墓遗址均被压在向阳公司厂房之下,惟余一株相传为王维手植银杏古树屹立千年仍挺拔葱茏。

(三)辋口庄

综上所述,王维隐居辋川期间共有两处宅第——孟城坳居第和鹿苑寺居第,事实清楚,证据确凿,本不应有什么争议,但许多文献资料里屡屡又出现的"辋口庄"到底是怎么回事呢?

这牵扯到了对辋口概念的理解。查《汉语大辞典》:"峪口,山谷或峡谷开始的地方。"这类地方,老百姓一般称之为"山口子""沟口"等。绝大多数志书、论文和学术著作中的"辋口"的"口"的含义,即取该意。如《重修辋川志》:"辋峪口,即峣山口。其地两山对峙,川水从此流入灞。"从这个意义上说,辋口庄是不可能存在的。因为辋川刚进入的一段峪口,大山夹峙,峪道极为窄逼险阻,号称三里(一说七里)阎王碥。直到民国初年牛兆濂游辋川过此尚且"下马蹑石磴,按辔鱼贯行,目怵心骇"。① 高萍、师长泰《王维蓝田辋川诗地名释义考辨》认为:"王维山中宅第与别业自不会建于山口,也不会建于进入辋口约五里长的悬崖绝壁间。"(见《王维研究》第七辑)这个判断完全正确。

但是,关于辋口的概念,还有另一种理解,就是把辋峪的两端口都看成是"峪口",即有北口和南口两个辋口,北口为出口,南口为终端口。例如清代毕沅所撰《关中胜迹图志》卷七《古迹祠宇》的"清源寺"条目引用《一统志》记载曰:"(清源寺)在蓝田县南辋谷口。"②再如陈铁民《新译王维诗文集·答裴迪辋口遇雨忆终南山之作》对辋口的解释:"辋口,指辋谷南口。"③该书的《辋川集序·题解》:"辋谷……其北口在蓝田县城南八华里。④

持这种解释观点的不多,但这个解释,却让王维诗《酬虞部苏员外过蓝田别业不见留之作》诗中的"贫居依谷口"得以合理通释。也就是说,王维这里说的"居依谷口",就指的是位于辋峪南端口的居第。按这样的理解,旧唐书"(王维)得宋之问蓝田别墅,在辋口"这句话中,如果辋口指辋峪南口,所云王维辋川居第指位于辋峪南口的山庄,自然没错。但将王维得宋之问的孟城坳别墅,和王维辋峪南口的鹿苑

① 牛兆濂著,王夫凤、昌华夏、牛锐点校整理:《游辋川吧》,《关学文库·牛兆濂集》,西安:西北大学出版社 2015 年版,第 80 页。
② (清)毕沅撰,张沛校点:《关中胜迹图志》,西安:三秦出版社 2004 年版,第 250 页。
③ 陈铁民:《新译王维诗文集》,台北:台北三民书局 2009 年版,第 520 页。
④ 陈铁民:《新译王维诗文集》,台北:台北三民书局 2009 年版,第 497 页。

寺宅第混为一处则是错误的。而宋之问蓝田别墅所在的孟城坳,也断不能称"辋口"的,因为那里到辋峪北口和南口的距离分别约为 6 千米和 5 千米。

话说回来,如果将辋口的概念定义为"辋峪通向山外的口子",若再将王维"贫居依谷口"这句诗作为推理的依据,就会得出王维辋川山庄在辋峪口甚至在辋峪口之外的结论。如台湾学者简锦松《王维"辋川庄"与"终南别业"现地研究》[1],就是据此把王维辋川别业的遗址确定在辋峪口之外直至延伸到今县城西南的西河桥一带。这个结论,无视王维"余别业在辋川山谷"的自述,完全背离了历史的真实。

结论

通过以上分析和考辨,我们可以得到这样的结论:王维隐居辋川期间的居第,共有两处,即早期在孟城坳,后期移居鹿苑寺处。在上述两处居第之外,不可能实际上也并不存在第三处居第辋口庄。如果把辋峪口理解为有南北两个"辋口",那么"辋口庄"实质上就是指位于辋峪南口的鹿苑寺居第。

(作者单位:蓝田县王维/四吕文化研究会)

---

[1] 简锦松:《王维"辋川庄"与"终南别业"现地研究》,台湾中正大学《中正汉学研究》2012 年第二期(总第二十期)。

林泉情趣　气韵生动

——试论王维《辋川图》及宋元明清摹写之比较

赵新亭

　　王维被誉为"诗佛画祖"，是我国盛唐时期伟大的诗人，也是我国绘画史上开宗立派的水墨山水画家。王维的山水画中为后世推崇的首当《辋川图》。王维晚年隐居在蓝田辋川，尝自作《辋川图》，画面群山环抱，树林掩映，亭台楼榭，古朴端庄。别墅外，云水流肆，偶有舟楫往来，呈现出悠然超尘绝俗的意境。"《辋川图》山峰盘回，竹木潇洒，其石小劈斧皴，梢多雀爪，叶多夹笔。描画人物眉目分明，衣褶钉头鼠尾，楼阁用笔界画。笔力清劲，曲尽精微，真如台阁文章，锵金戛玉，故当在第一品也。"（《山水·家法真迹》《王右丞集笺注》，北京古籍出版社，2007年）

　　辋川，地处古长安城东南近郊，唐时水路交通比较方便，水上可溯灞河乘舟而上，陆路可径直抵达白鹿原。清人胡元英说："辋川在县南尧山之口，水沦涟如车辋，故名。"辋川确有"山重水复疑无路，柳暗花明又一村"的"世外桃源"景象。这里出蓝田县城八里许便至辋川山口，经盘折崎岖、触目惊心的三里碥，便豁然开朗，山光水色、村落掩映、扁舟点点、烟云青岚，故有"辋川烟雨"的美名。王维精心营造的辋川别业，依山傍水，亭台屋宇，绵延十余里与辋川河谷遥相辉映，点缀着辋川的秀丽山河。

　　辋川给王维不仅提供了雅致的憩息之地，更使他的诗画创作有了不尽的艺术源泉，使王维的才思在辋川迸发出璀璨的艺术光芒。辋川因王维而名扬天下，王维也因辋川而创作出不朽的诗篇。以河水回环如车辋而得名的辋川是王维首先唤起的名字，他把他所有营造的园林称为"辋川别业"，把他描写这里景色的二十首诗取名为《辋川二十咏》，把自己精心营建的辋川别业二十景写生成画，起名曰《辋川图》，生动真实地画出了宁静自然的唐时辋川山水二十景观。纯朴淡泊，那青山绿水使人仿佛荡舟鼓湖，同画家一起喜悦的纵目眺望湖岸山村；竹树围村，苍郁繁茂，依山傍水，诗情画意，交织着诗人追求桃花源式的闲适优雅的林泉情趣。唐宋景玄的《唐朝名画录》云："王维山水树石，踪似吴生，而风致标格特出，复画《辋川图》山谷郁郁盘盘，云水飞动，意出尘外，怪生笔端。"作为南宗画创始人的王维，他画的《辋川图》自然成了千古名画。

对于《辋川图》的品鉴风格技法，一是强调气韵生动、意境不凡，如"山谷郁郁盘盘，云水飞动，意出尘外，怪生笔端""岩岫盘郁，云水飞动"；另一是强调精巧细密，如"摹本笔细"（《画史》）、"叶多夹笔。描画人物，眉目分明"（《山水·家法真迹》）、"自写为图，精密细润，在小李将军着色山水上"（《书画题跋记》）。黄伯恩《东观余铭》说："所传则赋象简远，而运笔至峻，盖摩诘遗迹之不失其真者。"

清人布颜图在《画学心法问答》中总结了王维山水画的用笔特点："辋川四面环山，其危岩叠巇，密麓稠林，排窗倒户，非尺山片水所能尽，故右丞始用笔正锋，开山披水，解廓分轮，加以细点，名为芝麻皴，以充全体，遂成开基之祖，而山水始有专学矣。"这是南宗画法的特点，自然也是《辋川图》画法的特点。唐人张彦远、朱景玄的"笔力雄壮""山谷郁盘"云云，是与这种画法特点相符合的。

贡师泰《题王维辋川图》也赞云："南宋自王维始，而其源则始南朝。以南都踞扬子江流域，山水木石多平远疏旷也。"（《旧唐书·王维传》）王维字摩诘，太原祁人，历尚书右丞。书画特臻妙，笔踪措思，参于造化。而创意经图，即有所缺，如山水平远、云峰石色，绝迹天机，非绘者之所及也。李肇国《史补》谓：维有高致，信佛理以山水琴书自娱，工画山水，体涉今古。王维著有《山水诀》一卷，又有《山水论》，见宋·郭思《林泉高致》。

王维的《辋川图》美学价值很高，美称观之可以爽神愈疾。传宋人秦少游夏日得肠道疾病，久卧舍中不愈，得赏《辋川图》而治。他在《书辋川图后》讲了这件事："元祐丁卯（公元1087年），余为汝南郡学官，夏得肠癖之疾，卧直舍中。所善高符仲携摩诘《辋川图》示余曰：'阅此可愈疾'，余本江海人，得图喜甚，即使二儿从旁引之，阅于枕上，恍然若与摩诘入辋川，度华子冈，经孟城坳，憩辋口庄，泊文杏馆，上斤竹岭，并木兰柴，绝茱萸沜，蹑槐陌，窥鹿柴；返于南北垞，航欹湖，戏柳浪，灌栾家濑，酌金屑泉，过白石滩，停竹里馆，转辛夷坞，抵漆园，幅巾杖履，棋弈茗饮，或赋诗自娱，忘其身之匏系于汝南也。数日疾良愈，而符仲亦为夏侯太冲来取图，遂题其末而归诸高氏。"此说或有夸张，但王维的山水画能给人以精神上的陶冶和身心上的审美愉悦，却是无人质疑。

清源寺壁上的《辋川图》，保存了多长时间，无人考知，但可以肯定的是随着庙宇的圮毁而消失的，所谓"烟中壁碎摩诘画"是也。绢本的《辋川图》最早也是藏在辋川庙内的，留在清源寺主持僧释子良的手中。宋洪迈《容斋三笔·李卫公辋川图跋》云："辋川图一轴，李赵公题其末云：'蓝田县鹿苑寺主僧子良赞于余'。"李赵公即唐宪宗的宰相李吉甫。他从寺僧处得到《辋川图》后，作为家藏传给儿子李德裕（李卫公）。其时已是元和年间了，上距王维之死约五十年。

李藏《辋川图》不知家传几代,后来又传入南唐宫廷中,李后主时,画家郭忠恕"奉命复本",宋人李钰称这个复本为妙笔(见《书画题跋记》)。时有"书有《兰亭序》、画有《辋川图》"之称。《辋川图》犹如书法史上的《兰亭序》成为后世临习的经典范本。五代著名的画家郭忠恕、赵大年,元明的商琦、赵孟頫、文徵明、王蒙、熊墨樵等都有临摹传本留世,成为可观的《辋川图》画典。

明代的王世贞《弇州续稿》就说:"有王摩诘《辋川图》,临之者郭忠恕,再临者仇实父也。"郭忠恕擅长画木屋,得唐画风韵,他作树似摩诘,而且传世的画几乎全为临摹王维的作品。其中第一个就是《辋川图》。现在蓝田《辋川真迹》"苍劲有力"四字隶书就是郭忠恕的作品。在上面有题名与书印。郭忠恕临摹的王维《辋川图》全然与李思训的仙山楼阁、官宦游春风格不同。

今传《辋川图》是五代至北宋初年著名画家郭忠恕的临摹本以及历代传承人的几个传本。现存于蓝田县的辋川图石碑是王维故居遗址原王维墓留下的珍贵遗存。其中主要有明代郭世元刻镌的郭忠恕摹本五块,全为横幅阴刻,均宽 1.02 米,高 0.29 米。有明代万历年间蓝田县令王邦才作赋的《辋川图》总图一块,高 1.73 米,宽 1 米。现存于蓝田的石刻还有明代嘉靖时,蓝田县令韩瓒摹王维《辋川四季图》四块,高 0.61 米,宽 0.51 米,《四季图》下有王维、裴迪各以辋川二十景为题的二十首五言绝句诗。另有清代熊墨樵临摹的二郭刻石两块,亦为横幅阴刻,均宽 0.71 米,高 0.41 米。

郭忠恕,字恕先,洛阳人,约卒于宋太平兴国二年(1977)。为人豪放不羁、玩世疾俗,入宋为国子监主属,能文章,精小学,工书法,善绘画,山水树石皆极神妙,尤善界画,樑栋楹桷,精细准确,独步当代。郭忠恕是王维南宋画的重要传人,他也是以临《王维辋川图》而成名的。

《辋川真迹图》虽是明清后人的临摹本,但在某种程度上保留了王维的绘画风格。现在仅存的石刻是临郭忠恕的摹本,笔意孱弱,线条单调,皴法不成熟,这自然也与刻石者的艺术功底有关,但《辋川图》留下的构思构图以及民俗文化重建和艺术气息是我们学习研究王维可靠的资源。

况且现存石刻,不同于壁画、绢本的画,诚如明画家祝允明所言:"绘事岂金石所能力,亦存其骨肉大都耳。"因此,石刻真迹不仅大异于王维原作,甚至也不能和郭忠恕临本等同看待,尽管如此,在今天它仍然是吉光片羽、弥足珍贵的。

郭忠恕临本到了明代有仇英的再临本,文徵明为题辋川二十绝句于其上。明画家郭㴑八也临过郭本,并刻石传世,共六块,上有郭忠恕原题"辋川真迹"四个隶书大字,今存于蓝田县文物管理所。

北京故宫博物院原存有郭忠恕临摹《王维辋川图》的绢本,1949 年蒋介石逃离大陆时,将其带往台湾,现存于台湾故宫博物院。1986 年此画随台湾博物院组成的《园林名画特展》赴日本展出。据其文字说明，图为绢本，纵 0.29 米，横 4.903 米，图上有辋川二十景，款曰：郭忠恕摹本；隶书题识：王摩诘辋川图（含二十景名称）。

郭忠恕摹本《辋川图》，既保存了王维《辋川图》文人画的主旨，又使王维《辋川图》增加规模宏大气势雄伟之感，保存了大部分王维《辋川图》原作的面貌，在王维真迹失传的后代未尝不可追而思其真图也。

在西安博物院馆藏有一轴赵孟𫖯摹王右丞辋川图，为绢本，轴长 7.04 米＋5.5 米（留白），高 0.536 米，画面净长 4.13 米，题字 0.87 米，画后题款：赵松雪摹王右丞辋川图。赵孟𫖯（1254—1322），字子昂，号松雪道人，元代著名书画家，博学多才，能诗善文，工书法，经绘艺，擅金石，通律吕，著有《松雪斋文集》，特别是书法和绘画成就最高，开创元代新画风，被称为"元人冠冕"，是元代四大书画家之一，是元代山水画的主流，对明清两代影响很大。

总之，《辋川图》意出尘外，宁静悠远，山谷郁盘，流水做带，竹树潇洒，翠然入眸，画中有诗，诗情画意。王维把对生平颇有林泉癖的爱好和感性与秀丽多姿的辋川山水抒写在图中。《辋川图》通过精心的经营，把辋川二十景浑然天成的组织在一体。浏览全图，使人如见辋川美景，留恋不厌。亦为我们纪念王维、研究王维，提出了新的课题。王维的《辋川图》及其诸多摹本，大多流落海外，今天无从看到，这不得不能说是一件憾事，然而蓝田县文保单位保存的《辋川真迹》聊可解憾。当然，最好请去蓝田辋川山谷中，领略那儿的山光水色，你会看到一幅刻满林泉情趣、自然天成的辋川图。

（作者单位：西安王维诗画研究院）

宿世谬词客,前身应画师^①
——论诗坛画家王维

王　静

苏轼曰:"味摩诘之诗,诗中有画;观摩诘之画,画中有诗。"(《东坡题跋》下卷《书摩诘蓝田烟雨图》)高度统一了王维作为诗人和画家的形象,得到了无数人认同,成为提及王维不得不说的评价。

一、诗中有画,画中有诗——从唐代起已经是王维画的特殊面貌

世人皆知王维诗画合一,将诗与画并提始于王维自己。他的《偶然作》:"老来懒赋诗,惟有老相随。宿世谬词客,前身应画师。不能舍余习,偶被世人知。名字本皆是,此心还不知。"晚唐张祜写《题王右丞山水障二首》:"精华在笔端,咫尺匠心难。日月中堂见,江湖满座看。夜凝岚气湿,秋浸壁光寒。料得昔人意,平生诗思残。"^②与王维同时代的殷璠在《河岳英灵集》中说:"维诗辞秀调雅,意新理惬,在泉为珠,着壁成绘,一字一句,皆出常境。"这几处虽未像苏轼"味摩诘之诗,诗中有画;观摩诘之画,画中有诗"中确切说明王维的诗画合一,但也确实用画形容其诗,以诗联系其画,或将其诗人与画家身份并置。

宋代《宣和画谱》说:"……观其思致高远,初未见于丹青,时时诗篇中已自有画意。由是知维之画出于天性,不比以画拘,盖生而知之者。故'落花寂寂啼山鸟,杨柳青青渡水人',又与'行到水穷处,坐看云起时',及'白云回望合,青霭人看无'之类,以其句法皆所画也……至其卜筑辋川,亦在图画中,是其胸次所存,无适而不潇洒,移志之于画,过人宜矣。"至宋代,王维画的地位进一步上升,"不下吴道玄也",而更多指出王维出于天性,"生而知之",画与诗只是他表达意境的方式,因而诗具

① 基金项目:教育部人文社会科学研究规划基金项目"王维诗歌与长安文化的双向建构"(15YJA751007)
② 《全唐诗》后八句为:"右丞今已殁,遗画世间稀。咫尺江湖尽,寻常鸥鸟飞。山光全在掌,云气欲生衣。以此常为玩,平生沧海机。"

画面感,而画亦有诗境,此乃王维的才情决定的,只是"移志之于画"耳。

明代董其昌谓其画:"云峰石迹,迥合天机;笔思纵横,参乎造化","山下孤烟远村,天边独树高原。非右丞工于画道,不能得此语。"(《画禅室随笔》)史论家韦宾曰:"诗画境界相通,自觉而成为绘画创作之动因,应自董其昌始。"而"摩诘之画迹近吴生,然而得推为文人画之祖者,其山水诗也。王维以山水诗创造山水意境,此意境者,乃后世逸品绘画独有之意境也。"①

综上,从王维自我认定开始,诗人与画家、诗画同一说法开始发酵,经宋代对王维画技充分肯定后,明代董其昌总结王维诗画境界相通,成为绘画创作之依据。

二、诗画结合在王维画中是意境结合,在形式上并无诗画的结合

清人郑绩言:"唐宋之画,间有书款,多有不书款者,但于石隙间,用小名印而已。自元以后,书款始行,或画上题诗,诗后志跋。如赵松雪、黄子久、王叔明、倪云林、俞紫芝、吴仲珪、邓善之等,无不志款留题,并记年月为某人所画。则题上款,于元始见。迨沈石田、文衡山、唐子畏、徐青藤、陈白阳、董思白辈,行款诗歌,清奇洒落,更助画趣。"②

今天谈到中国画,在观画者心目中,是诗、书、画、印为一体的。因而说到诗画结合,容易理解为作诗并题于画上,与"诗书画"结合相混淆。我们今天看到的唐代留存至今的绘画摹本,也题字于画上。其实大多为后世藏家所题。唐代、宋代早期的画家是不在画上题字的,也无印章。这时的书、画还是分开的。也可能因为大部分的画师不是读书人,书法、题诗对他们来说可能性不大。直到李成、郭熙等都不见题款。直到《溪山行旅图》才在树丛间隐隐题下范宽二字。南宋马远《华灯侍宴图》、马麟《层叠冰绡图》均有题画诗,但都由当朝皇后御题。可见唐宋之时,并不流行在画上题诗,少数题字的也常由有身份地位的人完成。画家自题题画诗从元代赵孟頫、元四家开始流行起来,到明代成为一种普遍现象。

自元以后,在画上题诗的形式也逐渐丰富起来,有的题在画面上,有的则题在画外。如:长卷画作的前后或立轴画作的上下,另用纸书写,装裱时与画裱在一起等。其样式更是多种多样,如圆形、扇形、扁方、正方、长条等等。但不管何种形式,皆以从属于整幅画的章法美为原则,有的为了不破坏画面竟题写在裱好的画面四周绫边上。

因而讲王维诗画结合,是指诗意与画境在感觉上形成的高度统一,是在思想和意境上相通,而在具体形式上,唐代绘画上并无题画诗。当然,自唐始人们大为关

① 韦宾:《唐朝画论考释》第二章《王维考论》,天津:天津人民美术出版社 2007 年版。
② 《梦幻居画学简明》卷一

注诗画结合。诗与画在意境上的和谐与高度统一，使得后人将诗、书、画、印结合在一起，创造出中国绘画的经典范式，几者交相辉映，达到了前所未有的审美高度。

三、王维被后世尊为南宗之祖，其绘画风格或理念与北宗的差别

至明代，王维被董其昌尊为南宗文人画鼻祖，谓其使用水墨渲染之法有别于青绿，引世人效仿。但在唐代，王维并不似董其昌说的那样风格突出，足够开宗立派。

（一）明代董其昌提出绘画的南北宗之分

明代董其昌在《画旨》中提出"禅家有南北二宗，唐时始分。画之南北二宗，亦唐时分也；但其人非南北耳。北宗则李思训父子着色山水，流传而为宋之赵干、赵伯驹、伯骕，以至马（远）、夏（圭）辈。南宗则王摩诘（维）始用渲淡，一变钩斫之法。其传为张璪、荆（浩）、关（仝）、董（源）、巨（然）、郭忠恕（熙）、米家父子（米芾和米友仁），以至元之四大家（黄公望、王蒙、倪瓒、吴镇）。亦如六祖之后，有马驹（马祖道一）、云门、临济儿孙之盛，而北宗微矣。要之，摩诘所谓：'云峰石迹，迥出天机；笔意纵横，参乎造化'者。东坡赞吴道子、王维壁画，亦云：'吾于维也无间然！'知言哉。"

董其昌以禅宗的南北分宗比喻山水画的流派，将山水画的发展分为两派。划分的起始为唐代。北宗的代表人物为李思训、李昭道，画风为青绿山水（又称为金碧山水）；南宗的代表人物为王维，画风为水墨山水，采用渲淡手法。后宋、元、明画家均以此分为两派，各有其传承。

之所以从唐代分宗，可能有两个原因：一者南北宗理论源自于佛教禅宗南北之分，而佛教分南北宗始自于唐；二者山水画在唐代初成（"山水之变，始自吴，成于二李"[①]），开始有了较为成熟的面貌、适宜的技法和相对明确的画风。表面看来，"二李"和王维各为一派宗主，不分伯仲。但从谈论南宗的篇幅，讲其创新技法、肯定苏轼对王维的称赞来看，董其昌是更为推崇南宗王维一派的。当然这是山水画发展到了明代，已经拥有庞大的画家队伍、繁杂的流派和风格的时候提出来的，可以达到为当代人和后世梳理山水画发展脉络的作用。

（二）南北宗风格比较

山水画分宗的理论始于明代，在唐代山水画还没有明确的风格区分。既然明代将其分宗立派，两派宗主应该有明显的风格区分。《唐朝名画录》记载："思训格品高奇，山水绝妙，鸟兽、草木，皆穷其态。"王维"故右丞宅有壁画山水兼题记，亦当时之妙。故山水、松石，并居妙上品。"《历代名画记》记载李思训："其画山水树石，笔格遒劲，湍濑潺湲，云霞飘渺，时睹神仙之事，窅然岩岭之幽。"王维"尤工画山水。

---

① 唐张彦远：《历代名画记》。

体涉今古，笔力雄壮，所作破墨山水，笔迹劲爽，气势重深。所画山水松石，踪似吴生（道子），而风致标格特出，画辋川图，山谷郁郁盘盘，云水飞动，意出尘外，怪出笔端。"从唐代人对二人绘画的描述，二者均下笔有力，"笔格遒劲""笔力雄壮""笔迹劲爽"；擅长画树石："其画山水树石""山水、松石，并居妙上品"。不同的是，李思训的山水场景甚广、气魄宏大，善于营造深远的意境；而王维的山水气势深重，颇具个性。

宋代《宣和画谱》记载"李升，唐末成都人也。初得李思训笔法而清丽过之……升笔意幽闲，人有得其画者，往往误称王右丞者焉。"可以看出，唐代画家李升学画于李思训，"得李思训笔法"，而"笔意幽闲"，却往往被误认为是王维的作品。因而，可见李思训和王维的画也有很大程度的相似。

明谢肇淛《五杂俎·人部三》："唐初虽有山水，然尚精工。如李思训、王摩诘之笔，皆细入毫芒。"在谈论唐初山水精细工整的特点时，以李、王二人举例，称"皆细入毫芒"。可见唐初，由二李创立的山水画样式有工细的特点，成为大多数山水画家所遵从和追求的意趣。

因而，同处盛唐时期的李思训、王维，在山水画的表现风格上有不同，但也有很多相似之处，可能并非如董其昌所说风格迥异。而如明代朱谋垔所说"思训用金碧辉映为一家画法，后人所画著色山，往往宗之"（《画史会要》），凡是后来者的青绿山水着色晕染，都归于大小李将军门下；凡水墨山水都归于王维门下，也不合理。实际上，王维并不单纯只用水墨，而后来的画家们，都在各自的角度上对有所突破和创造，几乎已经完全改变了南北宗最初的范式。

（三）水墨画不始自王维

王维以水墨山水见长，但水墨山水不始自王维。王维对于水墨山水有自己独特的贡献，突破了浓墨钩线填色的单调技法，在水墨自身中求变化。

"唐代最伟大的画家吴道子，只使用浅色，或者根本就不着色。然比较保守的宫廷画家还是继续使用着工笔重色。"[①]

据记载，唐代的刘单也是水墨山水画家。诗人杜甫在给刘单的题画诗里写道："堂上不合生枫树，怪底江山起烟雾……元气淋漓障犹湿，真宰上诉天应泣。"其中"烟雾""元气淋漓"都描述其画作水墨湿润的观感。

同代画家张璪也是水墨山水的大家。朱景玄说他的山水画"高低秀丽，咫尺重深，石尖欲落，泉喷如吼……其近也，若逼人面寒；其远也，若极天之尽"。荆浩《笔法记》云"张璪员外树石，气韵俱盛，笔墨积微，真思卓然，不贵五彩，旷古绝今，未之有也。"米芾《画史》记载："钱藻字醇老，收张璪'松'一株，下有流水涧，松上有八分

---

① 高居翰：《图说中国绘画史》，北京：生活·读书·新知三联书店 2014 年版。

诗,断句云:'近溪幽湿处,全借墨烟浓'"。其中"不贵五彩""全借墨烟浓"体现出张璪的山水画以墨为主,展现了极强的表现力。

吴道子、刘单、张璪都是唐代的大画家,他们有以道释题材为主,有以山水为主,但都有水墨作品,甚至以水墨见长。因而水墨画做为中国绘画的重要一环,不是王维独创的。

(四)王维之水墨技法

"王右丞笔墨宛丽,气韵高清,巧写象成,亦动真思。李将军理深思远,笔迹甚精,虽巧而华,大亏墨彩。……吴道子笔胜于象,骨气自高,树不言图,亦恨无墨。"(《笔法记》)荆浩是首先肯定王维绘画成就和地位的画家,也是首先将王维的地位列于吴道子与二李之上的人,他将王维的水墨特色置于李思训和吴道子之上,说另二人"大亏墨彩""恨无墨",给予王维极高的评价。

张彦远言:"……余曾见破墨山水,笔迹劲爽"(《历代名画记》)。此处的破墨,和今天理解的破墨不甚相同。今天说的破墨是指前一笔墨色未干之时,画上另一墨色,两个墨色有浓有淡,有重合的地方。分为:浓破淡、淡破浓、墨破色、色破墨。而王维所创始的破墨法是打破前朝浓墨平涂的方法,令墨色有深有浅,突出层次的画法。自此始,才有了后代的墨分五色和各种皴擦技法。

高居翰也说到:"王维在推动水墨山水的发展上,要比人物画更著名。"但他也说:"后世批评家把好几种创新画法归功于著名的诗人画家王维,这种归誉可能并不恰当。新法之一就是'破墨',把比较浓的墨加在画面某些重点上,'打破'了水墨画常犯的单调毛病;另一种新法则是皴笔的使用。两种技巧对以后纯水墨画的发展都很重要。"[1]

高居翰虽然肯定了王维对水墨发展有推动,却提出把"破墨"和"皴笔"技法归誉为王维不恰当。唐代山水画初成,技法还不丰富,张彦远是唐代关于用笔用墨技法的记载中较早的。他在《历代名画记》中,关于破墨技法的记载有两处:一处介绍王维"余曾见破墨山水";另一处记载"张璪……破墨未了"。据记载王维生于701年,卒于761年;而张璪没有确切的生辰,只记载建中三年(782)作画于长安,技法受王维水墨画影响。张璪晚生于王维,也有可能其破墨技法是自创的,而以时间早晚推断,王维学习张璪的破墨技法可能性不大。至于"皴"笔技法,张彦远通篇未提到,而董其昌说的"钩斫"之法,也未提及。因而可以看出,破墨技法始自于唐王维、张璪二人无疑,至于是二人各自创造了此种技法还是有相互学习,无法定论。但因王维生辰早出张璪许多,后人将破墨技法归于王维是合理的。皴擦之法唐代并无文献记录。所以高居翰说将"破墨"和"皴笔"归于王维"不恰当"也是有理可

---

[1] 高居翰:《图说中国绘画史》,北京:生活·读书·新知三联书店2014年版。

循的。

四、总结

王维做为历史名人,在唐诗和绘画方面都取得了极高的成就。他以诗闻名天下,晚期绘画始有其名。其绘画风格与吴道子、二李是较为接近的,而其山水画因为题材丰富、意境悠闲,同时又以墨色见长,探索出破墨技法,成为其特色。王维的诗画合一得到当代及后人的肯定,直至尊为南宗文人画鼻祖。虽然他的画面上并没有题画诗,但诗自在画中。诗与画于王维是不可分的,正因为王维诗的境界高逸,他的画才备受推崇,也正是王维,才能将这二者结合的天衣无缝。正是:"维之画出于天性,不比以画拘,盖生而知之者"(《宣和画谱》)。

(作者单位:西安文理学院文学院)

唐代文学研究的又一硕果

——写在《王维诗歌艺术论》出版后

梁瑜霞

引言

我的案前，是上海三联书店 2016 年 11 月出版的《王维诗歌艺术论》，墨泽尚新，书香犹浓。然令人扼腕的是，著者中国王维研究会的创会会长师长泰教授，未能看到自己的这部新著面世，于 2016 年 10 月 13 日，永远的离开了这个世界，享年78 岁。先生祖籍山西临猗，1938 年 2 月生于陕西西安，1960 年陕西师范大学中国语言文学系毕业，长期供职于西安师范专科学校（西安文理学院前身之一），1984—2000 年，担任中文系主任 16 年，2000 年 3 月退休。1985—2000 年，先生创办并担任西安文学研究会会长 15 年，1991—2016 年，先生创办并担任中国王维研究会会长、荣誉会长 25 年。

上世纪 80 年代末，笔者研究生毕业，供职于西安师范专科学校，成为该校学报《唐都学刊》的一名编辑，有幸参与了师先生创建中国王维研究会的前期筹备工作，荣幸的参加了"首届王维诗歌研讨会"，撰写了本次会议的论文综述，刊发于《唐都学刊》；2006 年 10 月，在先生退休 6 年之后，笔者又有幸成为先生担任 18 年系主任的院系——文学院的一名继任者；2009 年 5 月作为中国王维研究会的挂靠单位，笔者所在的西安文理学院文学院承办了"王维·辋川国际学术研讨会暨中国王维研究会第五届年会"，并与先生一道主编了《王维研究》第五辑。种种机缘，让我与先生及中国王维研究会，结下了深厚的缘分。该书出版后，遵我的同事——中国王维研究会副会长兼秘书长高莘教授嘱托，责无旁贷的为先生该书写下一些自己的读后感，以纪念先生并就教于方家。

师先生对中国古代文学尤其是古典诗歌艺术的探究，始于 20 世纪 80 年代。1985 年，先生创办了西安文学研究会，将我市大中小学爱好和研究古代文学的教师,团结在"西安文学研究会"的麾下;1986 年,陕西人民出版社出版了先生的《古代诗词名句艺术探胜》一书。该书共选析有代表性的历代诗词名句一百三十条,运用比较的方法,纵横拓展,前后连贯,深入肌理,着力赏析名句的主要艺术特色。因其中一部分赏析文章曾在《西安晚报》开辟的《诗词名句赏析》专栏发表,受到广大读者的喜爱。

1991 年《唐诗艺术技巧》一书面世。先生运用马克思主义的认识论,对唐代的文化氛围和历史空间所形成的大量诗歌精品以及历史上不同时代许许多多具有不同审美追求的研究鉴赏家的论述,重新进行了一番认真的研究和分析,勘比众说,自铸伟词,自成体系,从唐诗的抒情方式、表现角度、描写手法、锤炼字句等诸多方面,探究唐人诗歌创作的艺术法则,揭示诗歌创作的艺术规律,为唐诗研究者提供了极好的借鉴;1997 年,先生的《唐人律诗精品评赏》一书,以其既专且博的学问功底,啃下了唐诗中的硬骨头——律诗精品,成为唐代文学教学中律诗作品讲授的楷式和典范;1998 年,先生又出版了《历代诗人咏兴庆宫诗选注》),成为今天兴庆宫建设和研究的重要参考文献之一;2008 年,先生在退休八年之后,又出版了《白居易诗选评》,为他的另一位山西老乡——白居易的研究,再添新功。先生为唐代文学的教学和研究,贡献了自己毕生的才情学问和心血智慧,在唐代文学研究的历史上,留下了自己深刻的印迹。

为了深化唐代文学研究,正确评价王维在唐代文坛和中国文学史上的地位,推动王维及其诗歌研究,先生奔走呼吁,在他的精心策划筹备下,1991 年 5 月 4 日—9 日,由西安联合大学师范学院(西安文理学院前身)和蓝田县人民政府共同承办,在古都西安召开了"首届王维诗歌学术研讨会"并成立了全国性的学术组织——中国王维研究会,隶属于中国唐代文学研究会。

在西安文理学院中国古代文学省级重点学科的建设进程中,学科组同仁有感于先生在王维研究方面的杰出贡献,决定资助先生整理出版自己的王维研究成果。2016 年,先生以其抱病之身,将 1991 年中国王维研究会成立以来,先后发表于《文学遗产》《人文杂志》《唐代文学研究》《王维研究》《唐都学刊》等学术刊物上关于王维研究的文章,结集为《王维诗歌艺术论》,在北京某医院住院期间,先生于病榻之上,几经校对修改、设计策划,2016 年 10 月 12 日,先生为自己的新著选定了封面之后,翌竟然就撒手人寰,驾鹤西去,令人不胜唏嘘!

《王维诗歌艺术论》的部分文章,曾刊发于《唐都学刊》,当年笔者曾有幸担当责任编辑,对此部分算是故文重读。今天的笔者,从一名编辑到接过先生的教鞭、为本科生讲授唐代文学 17 年之后,再来拜读先生的文章,立场和角度都发生了极大的变化,对先生和王维都有了全新的认知:一方面对先生多了一份再晤故人、再沐春风的亲切怀旧之情和深深的遗憾、感喟;另一方面,通过该书的文字,愈发体会到先生在王维研究方面所达到的高度和深度,愈发理解王维诗歌作为经典的价值和意义。反复拜读《王维诗歌艺术论》一书,笔者认为该书是师长泰先生王维研究的集成之作,体现了先生王维研究的四个特点:一是重视文本细读的基本功夫;二是重视诗艺诗法的探赜抉微;三是重视文献和田野调查相结合的研究方法;四是该书具有王维研究学术史的价值和意义,也奠定了先生在王维研究学术史上的崇高地位。

一、以文本为中心的精妙解读

文学研究就是对作品本身的描述和评价,作者的真实意图,我们只能以作品为依据。王维既是一位多栖的艺术家,又是一个把诗歌和佛教作为自己诗意栖居、解脱痛苦的精神归宿的佛教徒,其诗歌融诗艺、画技、禅境、乐理于一体,具有极高的艺术造诣,是盛唐文化的集中代表。正复如此,王维诗歌文本的准确解读,是所有王维研究者面临的首要问题。可能因师先生是在教学的基础上进行研究的关系,其王维研究最大的特点,在于他对王维诗歌文本的重视及其以文本为中心的精妙解读。打开该书,拜读师先生的每一篇文章,读者一定会看到大量的王维诗歌被征引,先生的每一个观点,都是基于对王维诗歌的深细解读而得出,绝不空言结撰。如开卷第一篇——《王维诗歌意象的审美特征》一文,全文约 15000 字,整诗或部分征引解读的王维诗歌文本达 89 首之多;再如《王维七言古诗的章法结构》一文,据清人赵殿成《王右丞集笺注》王维七言古诗共计 26 首,几乎全部都进入到先生该文的研究视野,整首引用就有 7 首,故得出王维七古具有:运律入古、章法严谨,意随韵转、脉略清晰,经营位置、变化多姿等三个特点时,给人以水到渠成,意惬理惬,极能服人。先生之重视文本,于此可见一斑。更重要的是先生对王维诗歌文本的精彩解读,如对王维诗歌中“空山”“白云”“落日”“柴门”等意象的把握、对意境的体悟、对语义的分析,尤其是对文本中的某个词、句或段与上下文之间的联系之解读,极见功夫。如对王维《山居秋暝》“明月松间照,清泉石上流”一联诗与整首诗之间意象对接的分析:即使“清泉”也与“新雨”“明月”有联系。以“清”状“泉”,本属平常,而此处却可耐寻味。山泉本来就“清”,“新雨后”的山泉“更清”,又处在“明月”照临之下,则此泉尤为“清”了。① 先生就一个“清泉”意象,来解读该意象与全诗在意象上的承接关系,真是精妙入微、别具慧眼。先生至于文本之重视和他那种细读的功夫,精妙的解读,让我们讲授和研究唐代文学的读者来拜读此书,真如行走于山阴道上,应接不暇,从中获益良多乃至感受到震撼。

---

① 师长泰:《王维诗歌艺术论》,上海:上海三联书店 2016 年版,第 17 页。

二、重视诗艺诗法的探赜抉微

如上所述,先生重视文本,对文本有着极为精深的细读功夫。这种功夫,其实是中国传统的感悟式诗歌评论的一个基本功夫。先生的文本细读,既是对传统的诗评方式的继承,更注重运用现代的批评方式,从艺术构思、人物形象、表现手法、审美特征等理论层面来观照王维诗歌。在王维研究欣欣向荣、各种方法和角度的研究渐次铺开的时代,需要特别加以指出的是,先生作为当代王维研究的一个大家,他几十年来的王维的研究,特别重视诗艺诗法的探赜抉微,先生的文本细读是一种文学批评语境下的文本细读。

该书收录先生与王维研究相关的文章 43 篇,有 22 篇论文在探讨王维的审美特征、艺术特征、章法结构、移情作用、艺术构思等诗艺、诗法问题。这是因为师先生认识到“就当前王维研究现状而言,对于王维诗歌艺术的研究,相对较为薄弱,所论主要集中在诗中有画方面,广度与深度均嫌不够。”①先生期望自己能够对王维的诗法、诗艺进行更全面、更深入的探讨。凭心而论,先生以其 25 年的不懈努力和探索,达成了自己的预期。

先生在诗艺和诗法的研究上,首先是全面而宽广的:就诗歌形式而言,正如我们从目录中看到的,亦复如先生在本书《自序》所言:本书的论域“涉及到了王维五律、七律、七古,以及五、六、七言绝句等诗歌体式”②;就艺术创作的具体法则而言“则围绕着情与景、情与物、正与奇、动与静、简与繁、显与隐,以及虚实相映之法、含蓄蕴藉之法、渲染烘托之法、对比照应之法、篇章结构之法、修辞造句之法”等;就诗歌审美而言,涉及到王维诗歌意象的审美特征、王维诗歌的动态美、王维诗歌创作中的移情作用等,先生从不同角度和不同侧面,去努力揭示王维诗歌的艺术特征,全面详实,寻幽抉微,无所不到。

其次,若从深度上而言:一方面先生特别强调王维诗歌文本的内部组织结构的起承转合——从具体的一首小诗的分析,到王维某一类诗歌的分析,师先生都坚持对内部结构进行寻幽探微式的扫描和分析,为学界同行的王维研究和高校的王维教学,提供了多方面的借鉴。另一方面,先生尤能够在王维诗歌的内部结构、篇章布局的起承转合之中,看出王维在诗歌表现手法上的神妙之处。该书中有一组文章——《王维五、七言绝句谈艺录》,从“对面落笔”“借物见意”“化美为媚”“以动衬静”“以简御繁”“叠字传情”“以景结情”等七个方面来探赜、总结王维诗歌的艺术表现方法,新见叠出,见人未见,颖异可喜,鞭辟入里。故而,先生这 22 篇文章虽是

① 师长泰:《王维诗歌艺术论》,上海:上海三联书店 2016 年版,第 2 页。
② 师长泰:《王维诗歌艺术论》,上海:上海三联书店 2016 年版,第 2 页。

单独成篇、一题一议,但由本书我们可以纵观先生 25 年来王维研究的轨迹,先生王维研究之论域在不断向纵深拓展,通读全书,可帮助读者从中获得其对王维诗歌艺术的全面认识。以此观之,该书实乃先生自己一生王维研究的总结集成之作。

三、重视文献和田野调查相结合

先生之所以用后半生的心血来致力于推动王维研究,乃是有感于 20 世纪的唐代大诗人的研究中,王维研究是一个薄弱环节。先生一再慨叹"长期以来对待王维很不公允:一是评价偏低。二是研究方法不当。三是待遇冷落。唐代大诗人中,四川江油、安徽马鞍山有李白纪念馆;成都有杜甫草堂,河南巩县有杜甫纪念馆;洛阳则有以白居易为名的白园;陈子昂、韩愈、柳宗元等,也都相继成立了纪念馆所;唯独王维至今没有纪念地。"所以,自先生成立王维研究会之始,对学术界存在的偏差,他尽自己一己之力,努力呼吁矫正和弥补。

关于评价偏低的问题,在历次王维诗歌研讨会上,先生不断呼吁"要以历史唯物主义与辩证唯物主义为指导,全面地、科学地、实事求是地看待研究王维。"25 年后的今天,对王维在中国文学史、文化史上应有的地位,已经取得了共识,还原了王维的本来面目。先生认为"王维是我国盛唐时期的杰出诗人,是盛唐山水田园诗派的卓越代表。他的诗歌与李白、杜甫的诗歌一起,共同显示出盛唐诗歌的恢弘气度与辉煌成就。在李白未到长安、杜甫未成名时,王维已名噪京师,长期居于诗歌创作的中心,实际上是这个时期诗坛的领袖人物,当时尝有天下文宗之称。可以说王维是盛唐文化的代表人物。"对先生的这一评价,陈贻焮先生也曾做了准确而凝练的认同和呼应:"盛唐独步诗琴画,文苑三分李杜王。"王维是一个和李白杜甫一样,享誉世界的杰出诗人,这一结论,已为学界普遍接受并达成共识。

关于研究方法问题,已如上所述,先生以自己 25 年的文本细读、探赜抉微、寻幽探胜,给王维研究学术史交了一份深刻而丰富的答卷。那么,对于王维的备受冷落,先生给予了高度的关心、关爱和关注——致力于呼吁地方政府修复辋川别业风景区,期待王维纪念馆屹立终南山下、辋水之滨。

捧读先生遗作,我们还可以看到,基于对恢复王维辋川别业的高度关注和殷切期待,先生的王维研究特别重视文献资料与田野调查相结合的研究方法。几十年寒来暑往,先生对一些地方方志材料如唐代李泰的《括地志》、李吉甫的《元和郡县图志》、北宋宋敏求的《长安志》、南宋程大昌的《雍录》、清代胡元煐《重修辋川志》(其中有《蓝田县志》《辋川志》等资料)及当代蓝田县人民政府的《陕西省蓝田县地名志》等古今志书资料,广为搜求,反复研究。同时,为获取一手资料,先生身体力行,无数次深入一线调查,奔赴蓝田辋川、蓝田文史馆,走访县文管部门的专家和当地群众,在当地文史专家樊维岳等王维研究专家的支持帮助下,踏遍了蓝田的山山水水,进行田野调查,其成果就是该书中一组关于王维"辋川别业"的考证力作:如《王维辋川别业的园林特征》①一文以16000字的篇幅,考证、考察了王维辋川别业二十景中主要景点的位置和辋川别业的园林特征,是一篇极具史料价值和田野调查价值的珍贵文献。此外,他还结合历史文献典籍、古今地志和他自己多年的实地考察,对辋水与辋川、辋口与辋川别业、蓝田山与辋川等问题,还有感化寺、细柳营等地名,进行斟酌考稽,检验勘正,对长期以来学界的一些错误的"定论"和注释,进行了梳理和辨析,对以往的王维研究做出了有益的矫正和补充,功莫大焉!

为修复辋川遗址,先生把田野考察的研究方法,推广于学界同行:他曾多次接待和组织国内国外的王维研究专家学者赴实地考察王维蓝田辋川别业遗址。王维研究会还提交了《关于修复王维蓝田辋川别业给西安市人民政府的建议书》,并在《光明日报》《陕西日报》《西安晚报》等报刊上,发表专文呼吁社会关注。先生多次与蓝田县政府领导研究、讨论有关修筑王维纪念馆和修复辋川二十景的构想和实施方案,以期矫正王维待遇冷落的历史尴尬,也是为开发旅游事业、振兴地方经济尽一个学者的责任。然而,时至今日,先生已矣,王维纪念馆及辋川别业重建的愿景,仍在子虚乌有之中。悲夫!

四、王维研究的学术史意义

据不完全统计:在上个世纪改革开放之前的1958—1978年20年间,发表于期刊的王维研究论文仅有11篇,学界对于王维的研究,相较于李白、杜甫研究,显得非常冷落寂寥;改革开放后的1979—1991年13年间,王维研究论文计有178篇,呈现出增长的趋势;1991年5月,在师先生的呼吁奔走之下,中国王维研究会成立于古都西安,有力的推动了学界的王维研究向纵深发展。1992—2002年10年中,每年都有几十篇王维研究论文面世;而2003年以来,每年就有100多篇研究论文面世。就数量而言,每十年都是成十倍在增长,如今,王维研究,蔚成气象,毫无疑问的是,中国王维研究会与有功焉!

本书在王维诗歌艺术的探究之外,收入了先生任职中国王维研究会会长25年间,所写的关于王维学术研讨会的综述、总结、致辞及其主编《王维研究》所写的前言、后记等文章若干篇,这似乎与王维诗歌艺术论无关,却清晰准确的展示了中国王维研究会的成立、成长与发展的历史进程及其取得的成就,记录了王维研究会的挂靠单位——西安文理学院历届领导如胥超、王学民、门忠民等校长书记对研究会的创建之功和倾力支持之情,也彰显了陈贻焮、傅璇琮、霍松林、周祖譔、陈允吉等

---

① 师长泰:《王维辋川别业的园林特征》,梁瑜霞,师长泰主编《王维研究》第五辑,镇江:江苏大学出版社2011年版,第282页。

学界大家对学会成立的指导、指点之功，同时突出了陈铁民、张清华、王丽娜、毕宝魁、吴相洲、王志清、袁晓薇及入谷仙介等国内外学者在王维研究方面取得的丰硕成果，在王维研究学术史上，具有极高的价值和意义。

同时，作为中国王维研究会的创会会长，先生执掌研究会长达 25 年，在经费极为紧缺的情况下，筚路蓝缕、黾勉求之，得到了挂靠单位和承办单位的大力支持。中国王维研究会坚持"百花齐放，百家争鸣"的方针，积极举办学术研讨会，分别在陕西西安、辽宁鞍山、首都北京、江苏南通、羊城广州，先后举办了八次王维国际学术研讨会，吸引了国内两岸三地的王维研究专家和日本、韩国等外国的王维研究专家参会交流，扩大了王维研究会在海内外的影响；编辑出版了《王维研究》学术论集八辑，收入王维研究的学术论文 200 余篇，逾 200 万字；为《唐代文学研究年鉴》的"王维研究"专栏组织稿件 20 余篇，先生以其非凡的毅力和卓越的组织领导力，凭借王维研究会这个学术平台，推动着国内国外的王维研究向纵深发展，拓展了王维研究的广度和深度，及时地反映了王维研究的最新成果和最新水平，有力地团结和吸引了海内外的王维研究者，奠定了自己在王维研究学术史上的崇高地位。

如今，师先生已驾鹤西行，但蓝田的山山水水将永远记着他：为寻王维旧踪迹，铁鞋踏破辋川谷。祈愿世人瞩右丞，深情永驻辋川水！

（作者单位：西安文理学院）

一部情理性、兼容性、诗质性并美之力作
——王志清《王维诗传》特色论略

李金坤

作为唐代五大诗人之一、中国十大诗人之一的王维,历来是学界研究的热点人物,对其研究论著之丰、涉猎范围之广、采用方法之多,已成为一道独放异彩的学术景观。因此,在这样一方已被专家学者们纵横驰骋、深耕细作过的园地里,另辟蹊径、再创佳绩,其难度是可想而知的。最近,王志清在出版《纵横论王维》《王维诗选》专著与发表王维研究论文40余篇的基础上,又隆重推出了《王维诗传》(河北人民出版社2016年版,下文简称《诗传》)。难能可贵如此,实在令人刮目。《诗传》是作者"以西西弗斯的沉勇坚韧,踽踽而奋行……进入了王维研究的深水区",拓展了别开生面、令人耳目一新的"王维景观的新景区"。(《诗传》第4页)作者知难而进,避熟就新,以自己独识之慧眼、非凡之视角、神会之体悟、求真之精神,又一次为王维研究园地催发了一朵含露馨香的奇葩,可喜可贺,可钦可佩!一气读罢《诗传》,如行山阴道上,风光无限,美不胜收。概而言之,《诗传》之亮色,略有三端,即:考索辨正的情理性、诗史互证的兼容性与语言表述的诗质性。就此简论之。

一、考索辨正的情理性

迄今为止,王维研究虽然取得了十分丰硕的成果,但就诗人的生卒年、《集异记》公主助王维而得解头故事的真伪、太乐署中伶人舞黄狮子的公案、王维出塞的原因、王维"知南选"后有否绕道吴地、王维为何隐居南山、王维与李白交往无记录的原因、如何看待王维任伪职等诸方面问题,仍然众说纷纭,莫衷一是。作为以诗为传的《诗传》,上述种种,都是作者不能绕过而又必须解决的问题。从书中对王维种种疑难公案的辨析厘正情形观之,诸种疑难皆得到了较为圆满的解决。其考索辩难之功、情理兼具之效,字里行间,历历可见。如对《集异记》中公主助王维故事的真伪问题的考证,学界对"公主"所指有三说:一是太平公主,二是玉真公主,三是九公主。作者结合历史典籍等有关资料,将三说统统推倒。得出结论:"这是一

则美丽的故事,是一则神化王维的故事,是一则破绽明显而难以自圆的故事,大家都忙于考证故事中的'公主'究竟是谁,也就是将故事等同于事实了。我们认为,这样的考论,首先是其前提错了,将戏说的故事,完全等同于历史事实了。王维一举登第,有贵人出以援手是无疑的,但是,应该说主要还是凭他自己的真才实学。助王维的'公主',就是他自己。"(《诗传》第 31 页)阐论洞明,辨析精当。

《诗传》考索求真的可贵精神,还体现在不为"尊者讳"的实事求是的科学态度上。众所周知,范文澜是鼎鼎大名的史学家,但他在《中国通史简编》中抨击王维贪官恋阙的恶劣行径的论断,作者却大不以为然。《诗传》从唐代普遍盛行的投诗干谒的社会风尚,李白、杜甫等诗人连篇累牍、不厌其烦的投诗干谒行为等事实出发,批驳范文澜仅凭《上张令公》一首诗就指责王维是贪官恋阙行径之恶劣,简直是"语含鄙夷与讥讽,且此评价又与事实不相符,这就让人觉得不只是有失公允而已,简直是别有成见的一种苛刻了。"(《诗传》第 76 页)如此驳难,由面到点,层层论证,头头是道,颇有力度。又如对王维《被出济州》尾联"纵有归来日,各愁年鬓侵"中"各"的考索,也是其显作者版本考证功力的。"各愁年鬓侵"句,陈铁民本作"多愁年鬓侵"。而述古堂本、明十卷本以及《全唐诗》等俱作"各愁年鬓侵"。那么,何以弃"多"字而选用"各"字呢?作者从诗人当时被逐出京城的怨愤心情、一帮友人的亲近关系,以及唐人选本《河岳英灵集》此诗题目为《被出济州别城中故人》等情况综合考察,认为"用'各'字自然比用'多'好。而且,这个'各'字告诉我们,王维此诗是有所寄的,也是有所寄意的。"(《诗传》第 42 页)所论内外比照,左右逢源,合乎情理,真切可信。正如王维研究名家陈铁民先生所嘉许的那样:"在《王维诗传》中,志清提出了不少新见,也颠覆了不少旧说。非常值得赞赏的是,他严肃的研究态度与扎实的考辨功力。"(《诗传》"序")纵观全书考辨之处,的确如此。

二、诗史互证的兼容性

作者说得好:"此诗传特别想做到的是,一切都主要由其诗来言说,进而佐以史证,进而成为'诗传'性质的'史传',进而让读者认识一个诗性而又真实的王维……我则立足于诗之文本,而在诗与史两边游走,交界模糊,一方面以诗为史料而补正史乘,一方面则以史为鉴而通解诗意,诗史互为发生,也互为验证。"(《诗传》第 3 页)全书诗史互证,相辅相成,使传主的形象更为鲜活、厚实而逼真,较之于一般的人物传记来,则更多了一分诗韵之美、人性之美、情感之美与悦读之美。

王维曾于天宝三年(744)作有一首酬和宰相李林甫的诗,题为《和仆射晋公扈从温汤》,其时李林甫已经为相 10 年,正处唐王朝的繁盛期。有人认为此诗是王维欲高攀李林甫的阿臾逢迎之诗。《诗传》则借助于《旧唐书》《新唐书》《全唐诗》《格式律令事类》《唐六典》《历代名画记》《资治通鉴》等唐宋文史典籍,详细而周密地阐释了全诗的内容,诗与史互为印证,最终得出了较为公允的结论:"王维自谦'陈诗且未工'。画外之音是:此和诗非我主动所为也。事实上此诗亦乃王维诗中的平庸之作。王维奉命而作,违心周旋,虽非通篇客套话,满纸虚词,却堆砌熟典,一无生气。不过,仅凭此诗而便说王维欲攀李林甫,则真让其蒙受不白之怨也。"(《诗传》第 137 页)阐释之精彩,评价之允当,正是其诗史互证的理想而美妙的结果。

此外,一些学者认为王维与裴迪等道友豫游唱和,包括王、裴唱和的《辋川集》的形成,当在王维丁母忧时,其理由是此段时间王维才有这等清闲。作者依据《旧唐书·王维传》所载诗人与朋友唱和的《辋川集》有关内容,以及作者对《辋川集》中20 首五绝丰厚内蕴的深刻论析,严正指出:学者们所论"大悖常理,更有违于王维至孝的历史形象。"因此,作者推断:"唐书所记载的这段美好时光,约于天宝五载前后为好,官在长安而隐在蓝田,而绝不会在其丁母忧时(即天宝九载到天宝十一载)。"(《诗传》第 154 页)对此,作者又进一步辨析道:"王维辋川诗作的情绪是乐观的,思想是开朗的,格调是健康的,他在诗中热情歌颂美,歌颂生活,歌颂理想,歌颂美政。可以肯定地说,诗中所表现出来的恬适绝不是王维丁忧期间的情绪,也绝不像是诗人的暮年之作。"(《诗传》第 157 页)诗史参证,有理有据,《辋川集》作于诗人丁母忧的谬误不攻自破。收到了求真务实、诗史双美的论证效果。

陈寅恪先生治学一向主张"以诗证史"或"以史证诗"的诠释方法,一方面以诗为史料而补证史乘,另方面以史释诗,通解诗意,诗史互证,势必增强了诗作的可读性与可信性。《诗传》作者娴熟而巧妙地借鉴陈寅恪先生所主张的"诗史互证"的治学方法,遵循王维编年诗的线索,结合历史典籍的佐证,准确描摹诗人的人生轨迹,细心体悟王维的空灵诗心,将王维形象立体化、多层面而原生态本真地呈现出来,基本还原了具有历史的真实、艺术的真实和文化心理的真实的"独一个"的王维形象,至为可贵,自当称美。

三、语言表述的诗质性

作者一向真性情,擅诗赋,尤长于散文诗的创作,是位典型的才子型学者。故以其率真的秉性与沛然的诗情来赏论王维"诗中有画,画中有诗"的空灵清秀之作,必然呈现出语言清雅表述诗质性鲜明行文特征。正如作者所说:"我的研究是偏于诗性审美的一种,坚持文学研究的诗性精神,坚持学术研究的情性参与的自觉,在研究的过程中强调主体审美激情、悟性和灵视的积极介入,追求与诗人性情的相接与沟通。"(《诗传》第 3 页)所以,作者对王维诗歌的品鉴赏论,总能给人以心心相印、灵犀相通的知音之美感,是真正走进诗人心灵深处的审美自觉,具有清新俊逸、耐人寻味的悦读享受。

　　王维的五律名篇《山居秋暝》，作者认为是"王维代表作中的代表作，诚可谓诗中之诗也，其艺术性与思想性都达到极致。诗是理想化的，充满了浪漫气息，是王维的'桃花源记'。"（《诗传》第 158 页）评价至高而不过实，定位至准而不浮夸，倘若没有对王维诗歌全面而深刻的准确把握与入心而透骨的真切体悟，是万不能下此新人耳目之断语的。尤其是作者对此诗首句开头"空山"二字 700 余字的诗性解读，更是深入诗髓、出神入化的哲思妙悟，令人如饮醇醪，如食橄榄，心旷神怡，拍案叫绝。作者如此剖析道："'空山'是第二自然（或第二意境）之再造，新雨后之空山，其山之'空'，非视觉上空无的空，乃胸中脱去尘浊而对自然静观后的认知，空而不空，不空而空，空的是心，不空的是境……'空山'是一种象征，是诗意居住的生态理想，是盛世面影的生动写真，是生命与自然一体后而生成自由与欢欣的艺术情境，蕴涵了诗人对生活、人生、自然和社会特殊理解的深意……意境的成熟，使中国山水诗进入哲学的层面，这也是王维对中国山水诗的最杰出的贡献。王维的这类山水诗，境随心转，景情互发，情融于景，而余味深长，人是自然的人，自然是人的自然，生命无论安顿于何处而无不适意也。"（《诗传》第 158 页）作者完全用诗化的语言，从诗学、哲学、美学、绘画学、心理学等诸种层面由外而内地阐析了"空山"的艺术圣境，将王维此诗真正读懂、理清、解透、升华，如此知音式的深度解读，大有开人眼界、怡人耳目的审美效果。想必摩诘有灵，当会领首揖谢于九泉的吧。

　　像作者对《山居秋暝》这种具有深刻哲思之美的诗性评价之处，《诗传》着实不少。如对《辋川集》诗美的总体评价说："辋川庄，成了一帧韵味幽远而意境恬淡的山水画长卷，自然美与人工美统一，自然性与人文性互衬，王维巧妙地借大自然的种种声息来衬托恬适与闲和，极大地渲染了山庄的幽邃与僻静，充分表现出山庄主人的自然幽趣。王维以其高远思致而融诗、画、乐艺术所造之辋川庄，为中国园林美学提供了极为珍贵的范本。"（《诗传》第 156—157 页）如此得体到位的诗性浓郁的评析之语，在同类著作中实在是不多见的。也许有人会认为这样会影响学术语言的所谓严谨性、规范性与学理性，其实，无论何种著作，都是给人看的。如果语言呆板、苦涩，难免会影响阅读效果。而我们学界前辈中许多大学者如胡适、郑振铎、刘大杰等，他们的文学史著作，其语言表述多具有清雅秀美而诗性满篇的鲜明特征的，既给读者以准确的学术评价，又给读者以畅神的悦读美感。《诗传》具有浓郁诗性美的表述特征，正是对前辈学者诗化语言书写形式的良好承传与光大，这是应该值得肯定的。

　　如上所述，《诗传》可圈可点之处的确很多，但也难免不足之点。如对王维与李白在京城期间两次见面机缘的推测："王维与李白侍从随行，或者就住在同一单元里，有的是见面的机会……王昌龄与王维同游，很可能也带上李白的。王昌龄与李白交好，情性甚为相投。"但最后作者却说："王维与李白之间没有任何交往，一丁点的联系也找不到,这真是个谜。我们情知不能圆说,还是存谜吧。"(《诗传》第131—133页)为了遵循存真求实的立传原则,在难以自圆其说的情况下,还是以不猜测为妥。不过,较之于《诗传》的总体成就而言,如此欠缺,仅乃大醇小疵、白璧微瑕而已。

要之,《诗传》考索辨正的情理性、诗史互证的兼容性、语言表述的诗质性这三大亮点是十分鲜明的,它恰是桐城派"义理、考据、辞章"三位一体论学纲领的生动而真切的体现。无疑,《诗传》是一部超越自己、瞩目士林而独具风神的拔萃力作。在最近的全国书展中,它之所以能成为河北人民出版社重点推出参展的六部精品之一,其成果之杰出,自是不言而喻的。

(作者单位:江苏大学文学院)

简评王志清先生的《王维诗传》

黄明月

王志清先生是中国当代著名辞赋家、诗人,也是著名的王维研究专家。曾出版过享誉学界的专著《纵横论王维》《王维诗选》等,在王维研究上做出了重大贡献,开拓了一片新天地。其新著《王维诗传》是又一部力著。此书运用"诗史互证"的方法,提出问题的同时又深入探讨问题,将王维的研究推入一个新的境界。正如王先生所说:"研究思维与研究方法的改变,让我进入了前所未有的深度,看到了不少我原先没能看到的景观,也解决了此前研究中没有涉及或者没有解决好的问题,或者说我也颠覆了不少的己见与他见而提出了一些新说。"①书里提出了许多新的见解,诗性与理性并重的思维论证法对读者有很大的启发。这部作品是王先生潜心研究、蕴孕而成,其优美的散文诗语言,读来甚觉齿颊留香,很是享受。具体而言,其特点如下:

一、结构创建的独具匠心

王志清先生对本书寄予厚望,不仅希望《王维诗传》可以成为学术意义上的诗传,为学术研究提供与众不同的见解,而且希望《王维诗传》能在普通读者中产生"史传"效应,让读者认识一个诗性而又真实的王维。为此,王先生精心谋篇,严谨布局,以独具匠心的结构描绘了一个诗性而真实的王维形象。纵观全书,从书的各个标题中,我们可以窥见王先生独具匠心的谋篇布局。除去前言与后记,本书共分为十三章,每一章都有与文章内容相对应的四字标题,简短的四个字概括出诗人在这段时期的主要经历或是发生在诗人身上的主要事件。这十三个标题,即是诗人的一生:从解褐之前,少年游侠的风光起,到向善而终,"舍笔而绝"止,为读者呈现了王维完整的人生历程。但简短的标题不是简单罗列其生平事件,亦不是仅仅堆

<hr>

① 王志清:《王维诗传·前言》,石家庄:河北人民出版社 2016 年版,第 3 页。

砌解读记录诗人生命历程的作品。王先生强调主题审美激情、悟性和灵视的介入，追求与诗人性情的相接与沟通，试图揣其心事，达到与诗人相通的境地。所以这些标题，有着严密的情感与逻辑联系，共同构成了一个内涵深厚的文章结构。

乘风破浪会有时，人生亦难一帆风顺。品读诗人的一生，从少年的风姿到长大成人，初官太乐，长安城从此多了一个儒雅气质和出尘风度超群的人，虽然王维的这段日子过得还算顺畅，但诗中却不甚记载，开元九年（721年）秋，王维被逐出京城，《被出济州》正是这一时期蒙冤被贬的心情写照，王先生赞许说："此时的王维，灰头土脸，满腹委屈与牢骚，成了一个典型的'愤青'。"①得意时，时光飞逝，在快乐中逍遥自在，难得提笔，而跌入低谷，身处窘境之时，心情沮丧，满腹牢骚喷涌而出，通过创作以排解心中不快之意，写诗聊以慰藉，大概出于这样一种心理，王维在离开长安赴任的路上，留下了不少纪行诗，并且将田园与城邑两种文化自然的交融，创新了田园诗的写法。对于现代学者来说，此时的纪行诗是研究王维的不可或缺的珍贵文献。王维是一个随性之人，所谓随性，乃是不拘束自己，无论身处何地，心性都能得以释放。他的诗亦然，不是简单的游记或是记录自己的生活，而是心性使然，随心而动，随缘而作。自开元十六年秋离开济州，到开元二十二年出官右拾遗，这期间行止不明，因诗人没有记录具体的时间、地点及行程规划，所写的诗中透露出巴蜀一带，因此，学术界对这一问题具有很多争议，王先生从时间与行径路程的关系，有说服力地论证出王维是有过巴蜀之行的，并且考明大致路线为秦蜀要道：自大散关入，然后进入黄花川。王维的随性更多的体现在他能仕隐自若，这或许是一种生存的本领，亦或是一种无奈，但他能在官即隐，隐而出仕，在二者之间游刃有余的徜徉，岂不快哉！王先生概括的更为精确："王维于仕隐，无可无不可，身性自如，高蹈自在，仕即为隐，隐亦即仕。"②他"既不认为在朝即庸俗而可鄙，也不认为逸野就高洁而可敬。"③活的生性自由，隐得自在，仕得自然，人如其诗"行到水穷处，坐看云起时"④，是何等随性的淡然与洒脱。王先生在最后一章中写道：诗传写到王维向善而终，刚好"十三章"，"抑或是偶然，似有其必然，仿佛有什么谶验似的。"⑤综观全书，并非偶然，似写平生，而又不局限于讲述其经历旅程，似有感悟，而又借以史料论证独特的观点，可以说，在一定程度上笔者与诗人达到了某种契合，这大概是二十余年王先生与王维耳鬓相磨的成果与默契吧！

总之，本书的框架结构，在目录部分展露无余。通过简短而深刻的大标题，可

---

① 王志清：《王维诗传》，石家庄：河北人民出版社2016年版，第39页。
② 王志清：《王维诗传》，石家庄：河北人民出版社2016年版，第126页。
③ 王志清：《王维诗传》，石家庄：河北人民出版社2016年版，第119页。
④ 王维著，赵殿成笺注：《王右丞集笺注》，上海：上海古籍出版社1984年版，第35页。
⑤ 王志清：《王维诗传》，石家庄：河北人民出版社2016年版，第191页。

知诗人一生的经历。王先生不仅大标题拟写的精彩,小标题的拟写也独具内涵。每一章的大标题之下有三个小标题,每一个小标题拟写的相当讲究,例如,孤身走长安、少年游侠的风光、大漠看射雕等,读来仿佛一幅幅的画卷。第十一章的三个小标题:丁母忧柴毁骨立,天下朋友皆胶漆,归来才及种春田,直接引用诗句,优美且书写工整。还有些小标题直接就是王先生独特观点的体现,如:"公主"就是他自己,出塞应该不是受打压,未必想傍李林甫等。深刻简洁的大标题与优美工整的小标题读起来别有一番趣味,同时勾勒出独具一格的结构体系,王先生的这种匠心独运,可谓是,内容上画龙点睛的章节勾勒出诗人的一生。

二、诗史互证的严密论证

王先生在本书的前言中就提到:进入《王维诗传》的写作,我的研究思路发生了变化,即特别重视文本细读,而从文本中获得"以诗证史"的历史真实,进而作"以史证诗"验证,力图在"诗史互证"中实现与古人"同情"的客观真实。"以诗证史,诗史互证",不是"以诗证史"和"以史证诗"的简单结合,亦不是简单罗列文学材料和史学材料,而是注重二者的逻辑性,增加其客观性,以力求实事求是。葛红在《语境与诗史互证的对比》中写到:"从内容上要求的是与研究的诗人、诗歌文本相关;从时间的维度对于历史的要求就是诗歌文本同时代的诗人本事、诗中的时事或历史背景。"[①]清代,钱谦益先生注杜诗,用诗史互证法,并取得了大成就,洪业在《杜诗引得序》中说:"谦益之与杜集最注意者,多在考证事实,以揣摩杜陵心事。"[②]后来,陈寅恪先生在考察元稹艳诗的过程中,也运用"诗史互证"的方法,尽可能还原当时当地,彼时彼刻诗人的一系列活动。王先生在《王维诗传》中将此法运用的炉火纯青且论证严密,在文章中有多处体现,以下列举两例加以说明。

其一,王维与孟浩然是否是至交至今不能笃定,关于二人交往的程度也没有现成的文献记录,根据史载和赠答,二者有过交往。孟浩然落第还山前,写了一首诗,题为《留别王维》,王维则以《送孟浩然》为和,所存资料中,能证明二人有过交往的,也就是这一唱和。王先生指出,葛立方根据"王孟唱和"与"商较风雅"的故事,恶意曲解,颠覆原意,这是"创造性"的借题发挥,并指出《新唐书》中内署较诗的故事是子虚乌有的编造,因王维一生未入翰林院,更无侍诏金銮的资望,诗人的自身经历使这一历史记录不攻自破。此外,书中引用闻一多先生对《岁暮归南山》一诗的评价,即显得葛先生的观点有主观臆断之弊了。其二,当王维走出南山,由殿中侍御史转左补阙时,写有一首酬和宰相李林甫的诗,题为《和仆射晋公扈从温汤》,此为

---

① 葛红:《语境与诗史互证的对比》,《学术论坛》2010 年第 3 期。
② 洪业:《杜诗引得序》,上海:上海古籍出版社 1983 年版,第 48 页。

"奉和"诗,而李林甫的原诗没有保存下来。李林甫历来被以佞臣视之,有论者苛求王维,认为其和诗奸相,是一种巴结与谋图,这使得王维有趋炎附势之嫌。李林甫性格沉密,城府深阻,虽然权倾朝野,但是他也是一个依法办事的宰相,对于盛唐的稳定有一定的贡献。王先生评价说:"王维诗如'上宰无为化,明时太古同。灵芝三秀紫,陈粟万箱红。王礼尊儒教,天兵小战功。'歌颂宰相辅佐之功,歌颂盛世大治,也非全是谀辞溢美之词,似乎还是比较实事求是的评价。"①这样的解说无疑合乎王维"无可无不可"的本性。王维的一生,没有劣迹,惜身爱命,不似李白般狂傲,不像杜甫般执拗,懂得变通与生存的智慧,在红尘烟云与避世绝俗中游刃有余,我想,这值得当下人去思考,去体味,大概这也是王先生能够跨越时空,并且享受这种精神漫游的原因吧!

王先生也极其重视文本细读,在《王维诗传》中多次将王维的诗作进行研究论证,并结合相应史料,真正做到了"诗史互证"之严密。

三、散文语言的诗化魅力

王志清先生擅长辞赋及诗的写作,曾出版诗集《生命场景》《心如古铜》等,其文笔在学界颇受好评。《王维诗传》体现其一贯行文风格,语言清丽,读来如沐春风,文字在先生指尖如行云流水般肆意,如诗如画,让人流连忘返。无论是目录的拟写还是文章内容的阐释,都可窥其右。例如:标题—孤身走长安,"孤"和"走",一个形容词,一个动词,生动形象的刻画出一个孤独而风度翩翩的少年,在生命最惊艳的时光里,举手投足间体现出与生俱来的贵族气质及良好的家庭教养,大漠看射雕,则直接用诗人诗中的意象作为标题,为目录增添了不少诗意色彩。在文章内容上,对于《红牡丹》的解读:"牡丹艳丽因绿叶映衬更加闲逸宁静,红色花瓣由淡而渐深。而其内在却愁肠欲断,春色哪里知道其心情呢! 诗人以花写人,写他自己。牡丹通常用来写富贵,写喜悦,而此诗则用来写愁苦之情。如果也用牵合政治的解法,'红衣浅复深'则暗示其职位变化。唐太宗贞观四年始,朝官按一定的服色区别贵贱,以紫、绯、绿、碧分品秩。三品以上紫色,四品深绯,五品浅绯。王维原为给事中,正五品上,著浅绯;而官尚书右丞,正四品下,著深绯。官服的颜色虽然都是红色的,则由浅红而变为深红了。人但见我官职又有升迁,而不知我内心愁苦、肝肠寸断啊。"②有议论,有抒情,读来不觉乏味,字里行间透露出愁肠欲断的情愫。王先生对王维晚年的诗歌评析的更为精湛,譬如《书事》,"人闲慵懒之极,白昼也懒得去开院门,万念俱息,闭关凝定,进而虚怀待物、逼生出一种环境。于是,诗人轻而

---

① 王志清:《王维诗传》,石家庄:河北人民出版社 2016 年版,第 135 页。
② 王志清:《王维诗传》,石家庄:河北人民出版社 2016 年版,第 193 页。

易举地进入与物冥一的高峰体验时刻；于是，诗人成了不辨何为现实之真而何为想象之幻的交感；于是，诗人达到真作幻而幻亦作真的同一。是青苔色欲人衣来，还是人心潜入苔色？诗人塑造是一个典型的物我相生的艺术境界，这种超悟对象的智慧之光，暗合庄、禅理谛。"①诗人参禅的蕴味于诗情画意的文字间流转，既有精湛缜密的评论，又有清丽空灵的文字，议论与抒情相辅相成，读来甚觉清新脱俗，这大概是因为王先生喜爱散文诗写作，比较重视研究性文字的文学性，既追求语言的个性化，也注重语言表达的抒情性，这种散文诗语言增加了本书的可读性，从而使本书独具值得经久玩味的魅力。

综观全书，从其诗而论其诗性人生。一切由诗来言说，由史以佐证，语音清丽优美，仿佛在读历史，犹品诗歌，亦如在赏散文，读罢易引起读者共鸣，时而低落，时而欣慰，时而宁静，时而豁达，颇能引导读者与其共同探讨。诚如王先生在后记中所说："细读王维的诗，而对其诗其人有了些新感觉新认识与新思考，虽然有些问题没有史料以实证，或只能通过想象力来助解，或做比较性考察以推测，或只能存疑，但是，这样的解读尝试，充满了探险与开拓的新鲜感，抑或能够吸引读者积极参与，这肯定是一种'可读性'的。"②因此，这不仅是一本阐述观点，具有独到学术见解的书，也是普通读者走进王维，观其一生的"史传"。

（作者单位：安徽师范大学文学院）

---

① 王志清：《王维诗传》，石家庄：河北人民出版社 2016 年版，第 203 页。
② 王志清：《王维诗传》，石家庄：河北人民出版社 2016 年版，第 207 页。

简评王志清先生的《盛世读王维》

吴振华　邵承菊

　　王志清先生是当代王维研究卓有成就的大家。其新著《盛世读王维》（2018年，河北人民出版社），是又一部力作。该书具备畅销书的普及性与专著学术性相结合的特色。全书以问题为导向，共有十讲，每讲着重解决一个问题，都以"为什么"进行发问，然后引领读者带着思考进入他的解说世界。全书不仅解释了为什么要"盛世读王维"，还剖析了王维研究的问题与误区，给人振聋发聩的启迪。王先生本着还原史实的态度，让我们看到了与传统印象中不同的王维。

　　该书前三讲着重分析王维成为"盛世高人"的原因。长久以来，文学史对王维的误读是一个不争的事实。"王维是盛唐盛世的产物"，他的一生，几乎与大唐盛世同步。"为什么说盛世读王维"？因为盛唐最盛行的就是王维诗风。世人大多知"诗仙"李白，因为他的诗雄浑飘逸；知"诗圣"杜甫，因为他的诗堪称"诗史"，而王维最多可以位列第三，称其"诗中有画"。然"诗圣"杜甫称王维为"高人"，王维辞世五年后，杜甫《解闷》诗称赞王维"最传秀句寰区满"，这不能不引起我们的注意，王维的诗在那个时代必然有独特地位与影响。

　　从个人的角度来说，我们要"做一个王维的'够资格的读者'"，在对王维了解不深的情况下，人们会认为王维是一个没有思想没有血性的人，但深入了解王维的内心，细细品读他的诗歌就会发现，王维是一个把思想隐藏得很深的诗人，他表达委婉，最重"含蓄"。我们从王维诗中体会到的不应该是一种安逸的环境，还有更多精神上的满足。

　　从历史的角度来说，在阶级斗争的时代，王维是不受欢迎的诗人，是被"现实主义"边缘化了的诗人，甚至认为王维的诗是反现实主义的，在"以阶级斗争为纲"的时期，强调文学为政治服务，而王维生在盛世，其作品表现那个时代的和平安定，这导致了文学史中像王维这样的对阶级斗争、对政治没有太大用处的人物被忽略。如胡适《白话文学史》是五四新文学革命的产物，其书旨在为新文化运动张目，所以

306

对诞生于盛世的王维诗歌就不特别重视；刘大杰《中国文学发展史》写作于国难时期，王维被分在"王孟诗派"里而只占一节，刘大杰批评王维是官僚士大夫的典型，缺少斗争的力量，因此评价不高。这是政治对文学深刻影响的一种体现，也是王维在近代不被重视的一个原因。王志清先生认为，这不仅因为已有文学史的影响根深蒂固，而且新编文学史又墨守成规，另外还有现在高校的文学史教学"买椟还珠"的原因。学生先接触到的是文学史，而不是原典，所以被文学史知识先入为主了。这确实是现在高校文学史教学的现状，把文学史的教学与作品分离了，学生只了解文学史中所描述的某位作家，而没有通过他的作品去理解这个人物。这一点可谓切中时弊，发人深省。

在我们大多数人印象中，王维是一个与盛世争名斗利格格不入的消极形象，是那个为了获得一席生存之地而去"请谒公主"的形象。但王先生搜罗历代对王维的大量评论后，认为王维是一个真正的"高人"，他有着"'周而不器'的人格形象"，有着"道德自我救赎的人性自觉"（《盛世读王维》第49页）。有"仁者之勇"，他对自己犯下的错误进行了忏悔。

《盛世读王维》从王维主观方面来分析其能够成为盛世代表的原因。主要通过对王维不同类型的诗进行分析，证明王维诗风是盛世流行的。王先生说王维最擅表现"盛唐气象"，其诗是盛唐正音，王维颠覆了诗的传统，将意境做到极致，王维诗是诗教极品，并称赞王维是边塞诗第一人。王先生不是简单地描述文学史来进行论述，而是用王维的诗和他人对比来说话。论证是有事实依据的，措辞是严谨的，是让人信服的。王维颠覆了诗教传统，而王志清先生则矫正了我们对王维的认识。

正因为王维能够颠覆诗的传统，故他能将禅与诗融在一起；将意境做到极致，做到"诗中有画"；将"教"融于诗，且能"直诘易尽而婉道无穷"，成为诗教极品，所以他的诗才最擅长表现"盛唐气象"，才能够成为盛唐正音。王维的诗分为朝省诗、田园诗、山水诗、送别诗以及边塞诗，不同类型的诗以他们各自特点都不约而同地成为盛唐气象的表现者。朝省诗一般是应制诗，比如《奉和圣制从蓬莱向兴庆阁道中留春雨中春望之作应制》。大多不易写来，而王维却能够写得意趣淋漓，反映大唐的盛世风采。王维的田园诗如《新晴野望》等"从乡村原野的角度来表现盛唐气象，以超逸淡雅之象与静穆平和之境，来表现自然界哲学意义上的'和'，给人一种心平气和的生存惬意与精神快感"（《盛世读王维》第79页）。山水诗如《山居秋暝》等"表现的是一种真正的无目的的审美观照，而这种无目的的合目的性也就是禅宗所要求的自由经验"（《盛世读王维》第110页）。王维的山水诗不仅能够表现盛唐的伟大气象，它还是王维禅理思维的反映，他的这类诗中渗透着禅理，因为王维不仅是一名诗人，也是一位哲学家。王维的送别诗可谓"浑厚大雅，怨尤不露"（《盛世读王维》第155页），自古以来，送别诗都是以悲为美，用悲情表现对送别之人的不舍，而王维送别诗如《送元二使安西》在送别中又藏"诗教之旨",体现了王维诗"温柔敦厚"的气象。

王先生希望为王维的边塞诗在盛唐"夺"得一个地位。他认为王维是盛唐边塞诗第一人,这与我们普遍认知中的岑参是边塞诗第一人的看法不同。王先生尤其看重王维的边塞诗,将盛唐四大边塞诗人"高岑王(王昌龄)李"和王维进行比较,分别从边塞诗创作时间、存诗数量和在盛唐的接受程度及艺术成就等方面来证明王维堪称盛唐边塞诗的第一人。虽然不一定非要争夺边塞诗第一的位置,但王先生充满激情的论述,还是让人耳目一新。

最后一讲,王先生讨论了王维辋川别业,重点不谈诗,而论王维的园林艺术,而这与王维参禅礼佛有很重要的关系。在人人都热衷购置别业的时代,王维也无法置身其外。王维没有盲目跟风选择购买热地,而在相对偏僻的地方,购买了能够让他随心所欲地改造扩建的别业,选择能够尽情发挥他艺术才能的地方。我们知道王维的别业与其佛学思想有关,他自己说过,别业是其母宴坐经行之所,也是他自己禅坐修行的地方。然而,王志清先生却认为王维建造辋川别业是为了"将他的美学思想变为审美实践,在造园艺术上展示其不凡的美学才华"。王维的这座别业,现在已不能亲眼目睹它的气宇,但从王维的诗如《孟城坳》《柳浪》《斤竹岭》等,不仅可以看出王维对别业的喜爱,更可以看出其中所表现的禅学思想。在这座别业中,不仅注入了王维的心血、王维的园林艺术技巧,而且成为中国隐士文化和田园文化的符号。

王志清先生的《盛世读王维》以明晰的思路向我们介绍了我们既熟悉又陌生的王维,让我们能够以全新的视野重新把握王维在中国诗歌史上的地位。王维的诗歌展现出一位天才在盛唐的独特形象,不仅是一个"诗中有画,画中有诗"的"诗佛",更是一个在盛世拥有盛名的、在诗歌绘画与园林艺术上都空前绝后的天才。

《盛世读王维》,让我们看到了一个与传统迥异的王维,让我们深深感觉到应该重新理解王维,这就是王志清先生这本书对我们最大的启示,也标志着新时期的王维研究取得了重大进展。

(作者单位:安徽师范大学文学院)

2014 年王维研究综述

康 震 张 华

　　2014 年,王维研究领域最重要的成果当属《王维资料汇编》的出版。该书汇编了历代有关王维诗文、绘画、音乐等方面的评论与评点,以及有关王维交游出处、诗文集版本源流、绘画收藏流传等方面的考述。全书所辑资料自唐代迄于近代,分为唐宋金元、明代、清代三个部分,所收资料全面,编排条理清晰,易于检索。《王维资料汇编》的出版,改变了"已出版的《古典文学研究资料汇编》系列中,王维资料长期阙如"(《王维资料汇编》编后记)的尴尬境地。纵观 2014 年,王维研究也因此书的出版更添了一抹亮色。2014 年,以王维为研究对象的论文共有一百余篇,其中包括 6 篇硕士论文,各类研究如杂花生树,选题的多样性也大大丰富了王维研究的外延,进而促使相关研究更上层楼。

一、生平与作品考辨

　　关于王维的生卒年,学界历来众说纷纭。如王维的生年,从如意元年(692)说,到长安元年(701)说,前后跨度竟达十年。目前,学界主要观点集中在如意元年(692)、延载元年(694)、证圣元年(695)、圣历二年(699)、圣历三年(700)这几个时间点上。邱小毛、袁志成的《王维生于证圣元年新证》(《中国文学研究》2014 年第 2期)根据王维的《与魏居士书》及《送韦大夫东京留守》两诗,推断王维的生年应该是证圣元年(695)。文章认为,《与魏居士书》中的"罪人"一词并非实指,而是谦称,典出《三国志》,指"凡大臣年高力尽,虽不能裨补朝政而犹贪禄恋栈者。"故此文不必作于安史之乱后。作者认同林继中先生根据文中"仆年且六十"而提出的"作于天宝末年"的提法。根据《送韦大夫东京留守》里出现的"老病"一词,作者推论王维写作此诗时应较之韦陟即诗题中之"韦大夫"年长,韦陟充东京留守在乾元二年(759)秋七月,时年 64 岁,因此,作者推断,乾元二年(759)王维不得少于 65 岁。作者认为,《与魏居士书》中出现"相国急贤"句,此"相国"即杨国忠,杨国忠于天宝十一载

(752)任右相,天宝九载(750)至天宝十一载(752)三月期间,王维丁母忧服阙,故此文当作于杨国忠入相次年,即天宝十二载(753)。文章据此推断"天宝十二载(753),王维'年且六十',若以59岁推算,则其在乾元二年得65岁,与其在是年的岁数下限正合。由天宝十二载(753)王维59岁逆推,得其生年在武后证圣元年(695)。"较之以史传及年谱为依据进行的考证,从诗文互证以及官职考辨等角度出发厘清纷繁复杂的王维生卒年问题不失为一种新的尝试。

关于王维作品,学界关注的重点仍在名篇的辨析上,自南宋胡仔以来,对名作《江南逢李龟年》的作者是否为杜甫一直争论不休,至今亦然。在否定杜甫著作权的学者中,对《江南逢李龟年》的作者归属也是莫衷一是,赵海菱在《〈江南逢李龟年〉作者发疑》(《社会科学辑刊》2014年第5期)一文中提出,作者极有可能是王维。赵文从胡仔《苕溪渔隐丛话》质疑的立场生发开来,对晚唐人郑处诲《明皇杂录》、范摅《云溪友议》中所载《江南逢李龟年》的创作背景进行了辨析,指出天宝十五载(756)到至德二年(757),"杜甫先是被安史叛军俘虏,后来逃出后直奔肃宗即位的甘肃灵武,待两京收复后,随肃宗朝班回长安。在此期间,杜甫未曾到过湖湘。他流落湖湘是在大历三年(768)之后的事。"因此,认为郑、范二人文中所提到的流落湖湘的李龟年歌"杜甫赠诗"的事情是无稽之谈。针对支持杜甫与李龟年曾于开元年间有密切来往的学者所依据的诗句"斯文崔魏徒,以我似班杨。"赵文通过近年来陆续出土的《唐故陈王府长史崔府君(尚)志文》《大唐故河南府泗水县尉长乐冯君墓志铭并序》等史料证实,对杜甫颇为赏识的崔尚、魏启心根本未曾做过郑州刺史、豫州刺史,杜甫自注里的"崔郑州尚,魏豫州启心"实属子虚乌有,而"在杜甫现存的所有作品中,找不到任何有关他与岐王(李范)、崔九(涤)、李龟年等人相识的记载。"基于同样出众的音乐才能,又同样被岐王所赏识,赵文推断王维与李龟年"都是岐王宅里的常客"。开元十四年岐王去世后,李龟年有过漫游江南的经历,而开元十五年,王维在离开济州返长安后不久,转官吴越。王维第二次赴江南,是在开元二十八年,使命是"知南选"。这样,王维和李龟年便有了在江南两次交集的前提条件。至于王维有无诗作记载与李龟年的相遇,赵文指出,据凌濛初刊《王摩诘诗集》,王维著名的《相思》,一作《江上赠李龟年》。赵文认为,"从版本学的角度看,一般而言,古人诗作,题目内容详细具体的往往是原题,而相比之下简略概括的则常常出自后人的改动。"因此,《相思》的原题应为《江上赠李龟年》,因而《江南逢李龟年》极有可能是王维的作品。涉及著作权的问题,历来都是见仁见智,虽然赵文所得出的结论尚可商榷,但其大胆设论仍具开创之功。

二、诗歌艺术研究

针对王维诗歌艺术所开展的研究历来都是王维研究领域中最为集中的部分,

也正是因为这样,这一领域的研究成果数量虽多,却往往乏善可陈。众所周知,王维诗歌意象丰富,又因其与绘画、音乐等艺术相融摄,故而为研究者提供了解析的广阔空间。对于王维诗作中某一意象的解析,往往能在总基调不变的基础上,有一些小小的创获。比如对王维诗歌中"松"意象、"花"意象、"云"意象的解读,在不触动王维诗歌总体风格的基础上,进行一些小的探索。比较而言,许总、白凯《论王维诗歌中的听觉感知》(《河北科技师范学院学报》2014 年第 3 期)对王维诗歌中所涉及的听觉感知进行了重点考察,略显新意。文章通过统计得出,在《王右丞集校注》收录的 438 首诗歌中,关于听觉感知的有 126 首之多,占到全部诗作的将近三分之一。通过对这些诗歌的对比分析,结合王维的生平,作者提出,王维诗境建构与听觉感知密切相关,王维诗歌的情思不少是由听觉感知触发的,由声音感知展开联想与想象,与细致观察过的景致、真切体验的主观感情相融合来铺叙诗情。

本年度,学界对王维诗歌艺术的观照主要集中在其山水田园诗上,首当其冲的便是王维代表作《辋川集》。关于《辋川集》的研究,颇具新意的有吴振华《试论李白〈秋浦歌〉与王维〈辋川集〉的异同》(《阅江学刊》2014 年第 2 期)和张红《王维〈辋川集〉与南国文学传统》(《中国文化研究》2014 年夏之卷)等。吴振华文认为,李白《秋浦歌》与王维《辋川集》是天宝后期创作的表现江南秋浦胜境和北方蓝田辋川佳境的两组山水诗。尽管王、李二人没有交往唱和,也没有受到对方的影响,但两组诗还是存在相同之处。通过大量的文本分析,吴文认为王维和李白都继承了南朝大谢、小谢山水诗的艺术传统,运用五绝组诗描写山水景物。在分析共同点的基础上,吴文还进一步指出《秋浦歌》《辋川集》的差异,主要包括如下几点:1.李白重主观抒情,王维重客观描摹。2.李白受民歌影响,追求"诗中有人";王维则受佛禅影响,追求"诗中有画""诗中有禅"等。张红文则从文学流变的角度,考察了《辋川集》对南国文学即楚辞、《庄子》及六朝辞赋的接受。张文认为,《辋川集》对《庄子》的接受主要表现在对道家、道教思想的接受,而对《楚辞》的接受,则表现为对其语词与意象的借用和新意境的开发等方面。王维对六朝辞赋的接受,更深入更直接,"不只是接受南朝诗人的意象,还连带接受了南朝诗人组接意象的方式"。同样是围绕王维与辋川,杨晓慧《从王维诗画接受看蓝田辋川旅游开发策略》(《河南理工大学学报》2014 年第 3 期)将古代文学研究与当下实际相结合,体现了古代文学研究者的当代担当。

山水田园诗之外,本年度陆续有学人关注到王维的其他诗歌类型,比如边塞诗,比如女性诗。王维的边塞诗不仅数量可观,其成就也非同凡响。据李术文《论王维边塞诗的魅力构成》(《太原理工大学学报》2014 年第 2 期)统计,王维诗集中有边塞诗三十几首,且名篇荟萃,佳句迭出。李文认为,王维边塞诗独特的魅力构成,除了与时代精神风貌相一致外,还有诗人本身的文化因缘。王维自幼生长在

"人性劲悍,习于戎马"(《隋书·地理志》)的晋阳古地,从小便非常赞赏那些重义轻生的游侠豪客。除此之外,丰富的塞外经历更拓展了王维的视野,为其边塞诗创作提供了无尽的源泉。王维边塞诗在艺术风格和美学意义上有三点突破:一者为用乐府歌豪情,一为以画笔造境界,一为从壮美到柔美。因此,王维的边塞诗既有豪迈壮阔的胸襟,又有缠绵哀婉的柔情,他用深沉的思想和细腻的笔触,唱出了盛唐昂扬奔放的时代最强音。张自华《王维女性诗的孤独情怀》(《华南理工大学学报》2014 年第 5 期)对关注度更小的女性诗进行了解读。文章粗略统计,王维实际描写女性的诗歌共有二十多首。在诗中,王维用彩绘般的美丽语言描绘出一幅幅女性闺思、宫怨、爱情的画面,同情、怜悯封建时代妇女的不幸遭遇,绵绵情意、委婉蕴藉的语句隐喻着诗人内心深处的寂寞,王维借诗中的女性形象诉说孤独不安的情怀,安顿他那颗漂泊的心灵。

三、思想研究

关于王维的思想,学界讨论的重点历来以佛禅思想为主,近年来陆续有学人开始探析佛禅之外的思想对王维创作的影响。钱志熙《论王维玄佛结合的人生哲学及与艺术的关系》(《北京大学学报》2014 年第 6 期)结合玄学与佛学对王维的人生哲学和艺术进行了全面观照,文章认为,王维具有多种身份角色和多个思想及艺术的层面,对此进行调谐与整合的主要是一种玄佛结合的人生哲学。这也是他所说的"道"的主要内容。从渊源来讲,这种人生哲学来自于东晋南北朝的士族文化传统,但在盛唐时代以王维为代表的寒素士人群体成为它的主要继承者。王维诗歌中表达了丰富的自然及自然与名教合一的玄学主题,并且常常与佛禅哲学结合。崇尚自然与证悟无生,是其在玄学与佛学方面的主要追求。王维对于世俗与现实,从早年的有所对抗到晚年的完全调和,正是其上述人生哲学调谐的结果。其思想特点更接近于谢灵运,而与陶渊明存在一些质的不同。王维的出处同归、色空无碍、名教即自然等思想,具有一种虚假性。王维的艺术境界也体现了与上述思想对应的多种层次。

探讨王维的思想,并不仅仅局限于文学,还可以扩展到绘画艺术。徐菁菁在《从"不问四时"看禅宗对王维水墨画构图观的影响》(《西华师范大学学报》2014 年第 4 期)中提到,王维作画,经常违背现实世界的时令,张彦远称之为"不问四时"。文章进而指出,"不问四时"是一种审美选择,是王维创导的一种新的审美风范,对后世影响深远。而"不问四时"与禅宗思想有着密切的关联。王维正是在禅宗思想影响下创作出这类画作,也是以"不问四时"这一荒诞的形式,来表达他心中的禅意。同样是对王维画作的关注,杨晓慧《试论禅宗对王维绘画技法创新的影响》(《唐都学刊》2014 年第 2 期)一文重点阐述了禅宗在王维绘画技巧创新过程中的作用。文章认为,王维的画弃彩用墨,自然天成,幽深淡远,是中国画史上文人画"以墨为色"的最早表现。"水墨"的大量使用,无疑表现了王维在绘画方面的开拓精神。这种开拓精神是与禅的创新精神密切相关的。禅宗那种灵活自由、不受拘束的精神对王维在艺术上的开拓精神有重要启发。

四、译介与比较研究

值得注意的是,近年来,越来越多的研究者从比较文学的角度解读王维,并取得了一定的成就。本年度,在有关王维的 6 篇硕士研究生毕业论文中,对王维进行译介和比较研究的竟达到 4 篇之多。其中,华中师范大学张泉的毕业论文《虚无的风景——王维与史蒂文森诗学研究》和厦门大学郭主美的毕业论文《华兹华斯与王维的比较研究》都把选题的焦点放在王维的比较研究上。张文分析了两人诗篇中有无相成的互动关系,揭示其诗学结构的不同形态,构建过程,以及背后成因。郭文指出华兹华斯和王维二者之间存在着一些相似之处。首先,华兹华斯和王维都受宗教影响。并且,在一定程度上,他们的人生境况也颇为相似:在经历了人生的跌宕起伏后,二人均选择了隐居自然。最后,从生态批评的角度来看,其作品中均反映出二人的生态意识。他们可谓是生态诗人的先驱。在诗歌语言特色上,可以看出,二者的诗歌中包含一些相似的意象;但是,反映到诗歌的句法以及创作诗歌的视角上,二者的差别较大,这是由于不同语言本身所具有的特征以及诗人不同的思维模式所造成的。湖南师范大学范觅《对俄汉语教学之王维诗歌教学——以《鹿柴》等四首诗为例》、西北大学段政丝《本雅明翻译理论下的中国古典禅意诗英译研究——以王维禅意诗为例》、河北师范大学高隽《"阐释学"指导下的王维诗歌英译》都对王维诗歌的译介提出了自己的看法。

魏家海《译画入诗、译禅入诗和译典入诗——宇文所安的英译王维诗的翻译诗学》(《理论月刊》2014 年第 9 期)一文从宇文所安英译王维诗的"译画入诗""译禅入诗"和"译典入诗"三个方面,探讨了诗歌画境中的动态性、静态性和光线色彩的和谐性在翻译中的摹写和润饰作用,分析了禅宗审美意境翻译中的"无我之境"、情景交织中的意境翻译的动感、声情意象翻译的乐感,总结了典故翻译的文化交互性,指出了宇文所安的翻译艺术的再现性重于表现性。此外,顾力豪《中国古典诗歌翻译中的音乐性再现——以《王维诗百首》为例》(《淮海工学院学报》2014 年第 10 期),秦小红《模糊理论与翻译的模糊对等——以王维《鸟鸣涧》三个译本为例》(《陇东学院学报》2014 年第 3 期),肖新新《王维山水诗禅意的再现——以《辛夷坞》、《鸟鸣涧》、《鹿柴》为例》(《牡丹江大学学报》2014 年第 5 期),徐宜华、廖志勤《从王维《鹿柴》三个英译文本看翻译审美再现》(《西南科技大学学报》2014 年第 4 期)等等,都结合王维具体作品的外文译本,探讨了如何更真实、更完美地在译介中呈现中国古典诗歌的美。

五、接受研究及其他

有关王维诗画接受的研究，本年度继续受到学者的关注。刘宁《晚唐诗学视野中的右丞诗——司空图对王维的解读》（《北京大学学报》2014 年第 6 期）一文，从晚唐诗学趣味出发，分析了司空图对王维诗解读失真的主要原因。文章提出，"澄澹"与"精致"，是司空图解读王维诗的核心认识，但这一评价也存在着明显的局限，即与王维诗的艺术特点存在一定的距离。刘文认为，这也折射出司空图自身诗学观念的晚唐趣味。司空图用"澄澹"与"精致"来理解王维，与其"韵味论"诗学思考有密切的联系。刘文指出，司空图以"韵味"论诗，改变了盛唐、中唐诗论以"境""象"论诗的理论侧重，弱化了对物象做天真自然表现的理论追求，强化了诗人主观体验对诗歌意境形成的意义，反映了晚唐诗歌重人工、尚锻炼的诗风变化；产生于晚唐的"韵味论"诗学，是司空图在解读王维诗中所体现出的晚唐趣味的理论基础。从知人论世的角度出发，刘文进一步指出，司空图对王维诗解读存在局限的精神层面上的成因是二人不同的社会生活环境，即"富贵"与"山林"的对立。也正是人生观、价值观上的巨大差异，使得司空图虽然追慕王维却又难以追复王诗神韵。王增学《论刘商对王维诗歌的接受》（《山东理工大学学报》2014 年第 5 期）则主要考察了大历时期诗人兼画家刘商对王维的接受。文章认为，刘商与王维的家世、身份、经历近似，且审美观念趋同，因而刘商在诗歌艺术上能主动学习王维。文章进一步研究发现，刘商、王维二人诗歌的意象、意境、句式与韵律有不少近似之处，均具诗有画境的特点；二人都善于用画家之锐眼"取象"，在诗中以散点透视法"经营位置"，将线条与色彩巧妙搭配，使诗作富有画面感。王文认为，刘商继承王维的诗歌艺术，并有新的探索，他是王维诗歌接受史上一位重要的诗人。刘京臣《离歌自古最消魂——《送元二使安西》与宋代送别诗词》（《邵阳学院学报》2014 年第 1 期）认为，《送元二使安西》是宋代送别诗词中最常见的取法源头之一。对诗意的展现，宋人或形之以画——如李伯时的《阳关图》——这为宋诗带来了一系列的题画诗；或于词中创制新调——如《古阳关》《阳关引》《阳关三叠》等；或于诗词中直袭本意、化用意象，以书写别绪离情。

关于王维在海外的接受与传播，本年度有日本学者内田诚一《从古代中国舶来日本的〈王维集〉版本初探——兼论〈三体诗幻云抄〉中的〈题崔处士林亭〉一诗》中提到，日本室町时代五山禅僧月舟寿桂（号幻云）曾编辑《三体诗幻云抄》，其中收录了王维诗的注释，这使得我们得以看到 15 世纪到 16 世纪日本五山禅林流传的王维集版本的情况。文章认为在当时日本广为流传的《王维集》版本之中，应有现在中日两国都没有见到的宋版《王维集》。这部版本与中国国家图书馆收藏的《王摩诘文集》和日本静嘉堂文库收藏的《王右丞文集》有所不同。

此外,刘全发、黄旦怡的《王维研究二十年(1993—2012)定量分析》(《南都学坛》2014 年第 1 期)采用计量分析的方式对 1993—2012 这 20 年来王维研究期刊论文进行统计分析。作者通过对研究总量、研究内容、期刊种类及作者分布的详细考察,发现近 20 年的王维研究总体上呈现研究规模逐年扩大、内容更趋全面、研究角度更加多样、作者队伍愈加壮大等特点,但同时也暴露出诗文研究比例不协调、论文质量不容乐观以及个别研究者一稿多投甚至抄袭等现状。这些,都应该引起我们的注意。

综上所述,2014 年度王维研究继续向前发展,取得了一定的成果。首先,《王维资料汇编》的出版,为更有效地开展王维研究奠定了良好的基础。其次,学界对王维的研究继续保持很高的热度,所探讨的内容也日趋深广。再者,王维研究领域出现了越来越多新的探索,有些研究直接与时代相结合,体现了古代文学研究的当代参与和担当。然而,在肯定成绩的同时,我们也要清醒地看到,在研究内容更加全面,研究更加深入,论文数量越来越多的同时,本年度王维研究领域也存在着一些值得注意的问题。比如研究比例不协调,本年度关于王维文章的研究近乎空白,对于王维诗歌的研究也主要集中在山水田园诗上。由于比例的不协调,进而导致有些论文质量不容乐观的问题,一方面表现在过多的重复;另一方面表现为研究流于表面,论述缺乏深度。诚然,这些问题属于古代文学研究所面临的共性问题,要想解决也并非一朝一夕所能达成。仅就王维研究而言,如何引导学界更多关注悬而未决的课题,比如聚讼不休的王维生平研究,比如莫衷一是的某些作品的考辨等,显得尤为重要。同样,王维研究也存在薄弱环节,比如王维文章的研究,需要我们进一步加强。我们相信,在学界同仁的共同努力下,王维研究定能取得越来越多的新成果。

(作者单位:北京师范大学文学院)

2015 年王维研究综述

康 震 王 聪

2015 年度的王维研究在充分继承了以往研究成果的基础上又有所开拓和创新。据统计,本年度共发表了一百二十余篇有关王维研究的期刊论文,四篇硕士论文。出版了一部专著,即胡果雄的《王维的精神世界》(中国社会科学出版社,2015年 7 月)。一部会议论文集,中国王维研究会第七届年会于 2014 年在南通召开,会后由王志清主编的《王维研究》(第七辑)(齐鲁书社,2015 年 11 月)在本年度与大家正式见面。三部注本,分别是宋代刘辰翁评点的《王摩诘诗集》(共 3 册)(上海古籍出版社,2015 年 1 月),赵仁珪、王贺选注的《中华传统诗词经典——王维诗》(中华书局,2015 年 1 月),和李俊标疏解的《国学经典——王维诗选》(中州古籍出版社,2015 年 12 月)。本年度的王维研究,范围大致集中在五个方面:一、生平、交游及考证研究;二、思想文化研究;三、艺术特点研究;四、比较研究;五、接受、译介和传播研究。下面择要予以概述。

一、生平、交游及考证研究

对于王维出生年份的问题,两《唐书》的记载不甚明确,学术界根据诗文等材料进行佐证,得出了几种不同的看法,但长期以来尚无定论。黄蓉《王维生年研究综述》(《邢台学院学报》2015 年第 4 期)针对这一学术界的公案,将 20 世纪以来研究者的探讨作以归纳整理,黄文总结了四种主要的说法:即公元 701 年说,公元 692年说,公元 694 或 695 年说,公元 699 年说。文章对这几种说法的提出源起、来龙去脉、证明材料等都做出了细致的说明,并根据王维的诗文从中推测,王维享年应有近七十岁。关于王维的生平考证,本年度虽然没有专著出版,但针对近几年这方面的成果,有两位研究者在本年度发表了自己的书评作为回响与勉励。许连军《汉宋之学结合的结晶——评王辉斌〈王维新考论〉》(《宁夏师范学院学报》(社会科学)2015 年第 2 期)认为《王维新考论》(黄山书社,2008 年)中的"考"和"论"发扬光大了学统,将考据、义理牢笼其中,大小不遗,破了汉儒的繁琐,补了宋儒的空疏,这在方法论上首先就是一种创获。同时,材料扎实,论述精密,充分参考前人成果,解决了王维研究中的很多问题。钟书林《王维资料整理研究的一大创获——评张进教授等编〈王维资料汇编〉》(《陕西广播电视大学学报》2015 年第 1 期)是关于《王维资料汇编》(中华书局,2014 年)的书评,充分肯定了张进教授在整理王维资料方面的成绩。指出其弥补了《古典文学研究资料汇编》中王维资料长期阙如的缺憾,系统全面搜集整理了历代研究王维的资料,又通过选本、刊本等资料的搜集、编者按语的新形式,以及两岸三地学者共同携作,呈现出与以往资料汇编不同的诸多新特色。

而本年度的一些文章就王维的交游情况进行了考证。如王辉斌《李白与王维"骊山交游"说质疑》(《宁夏师范学院学报》(社会科学)2015 年第 5 期)认为,据现存所见之材料考察表明,李白与王维并没有因唐玄宗天宝元年的"幸温泉宫",在骊山温泉宫共同居住过"三十三天"。而针对有人提出的李白与王维在当时"见面的机会应该有一些,最起码想要见面是非常方便的"说法,王文认为完全无法接受材料的检验。苏者聪《从王维、晁衡、李白的交往看唐代诗坛盛开的中日友谊之花》(《东坡赤壁诗词》2015 年第 2 期)指出,唐代时期,日本经常派遣使节和留学生到中国来学习,现今仍存有与王维等人的诗文往来。晁衡即是其中一员,唐玄宗爱重其才而厚遇之,于是改姓名在唐朝做官,任秘书监、左补阙兼卫尉卿等职。后来随使臣一道归国,当时在长安的王维、赵骅等题诗相赠,晁衡亦当即赠剑答诗。回程途中误传晁衡海上遇难的消息,李白听到后写有《哭晁卿诗》,后晁衡大难得救又重返长安,直至终老。此文虽然是以晁衡的经历作为贯穿的,但这段材料的梳理,有助于从侧面更加细致的了解王维的交游情况。

除此之外,还有一些关于王维作品考证辨析的文章。韩刚《王维〈山水诀〉版本疑伪辨析》(《艺术探索》2015 年第 4 期)指出,现存王维《山水诀》石刻本、今本两个版本中,以关中石刻本最接近王维原作,今本当源于石刻本。在关中石刻本与今本中均不同程度地羼入了后世伪托信息,又以今本中伪托信息最多。袁洪流《"雪中芭蕉"涵意考论》(《兰台世界》2015 年第 36 期)勾稽排比了"雪中芭蕉"相关的文献资料,总结了历代研究者对"雪中芭蕉"的四种看法,进而探索"雪中芭蕉"的禅学意蕴,并认为它在古代文学作品中还具有表达"清凉冷寂的诗境""坚贞的爱情操守""悠闲自在的清净之心"和"超凡脱俗的诗情画意"这四种功能。

二、思想文化研究

王维的佛学修为对其诗文产生了显著而深远的影响。以往对王维思想的研究,多集中于佛学。但不可忽略的是,其思想同时受到儒释道的多元浸润,三者在王维身上往往综合呈现出来。对此，龙珍华《"诗佛"精神世界探赜》(《江汉论坛》2015 年第 12 期)侧重分析"禅"的内涵来阐释王维的思想构成。认为，"诗佛"王维深受佛教禅宗的影响，论家对他也颇多"以禅入诗"之概评，因而对其精神世界的观照常常偏执于佛教禅宗之一隅。而对王维与儒释道之间的关系进行了较为全面深入的探讨后，进一步窥得王维精神世界的真实存在。文章认为，就王维"入禅"而论，其"禅"不仅指佛家一家，同样，"禅"中有"道"，"禅"中有"儒"，最终形成王维儒释道互融互补的精神特质。张红欣《从王维碑表探其政治心态的转变》(《广西教育学院学报》2015 年第 2 期)则是从王维的碑表文入手，探索王维的心路历程。张文指出，王维的碑表文记录了不同政治时期一些官员的政治状况、君主的执政政策、当时某些社会状况以及他认可或反对的执政理念、事主方式等，从一定意义上来说，可以看作其政治思想的一种写照，且从中可以窥探出不同时期王维政治心态的转变。加之与其诗歌的互相印证，可知，张九龄罢相与在安史叛军中迫任伪职两件事对其政治心态的转变产生了巨大的影响，从执政伊始时的唯才是举、宽猛相济到道德齐礼、"厚俗"合宜，再到思归农圃、辋川参禅，王维在经历官场沉浮的过程中，对儒、道、释三家的思想不同程度的消化吸收，以求在理想和现实间找到平衡。而尹天梅《王维诗歌意象的精神内涵：儒释道思想交融的自然流露》(《安徽冶金科技学院学报》2015 年第 2 期)则选择从意象的视角透析王维的思想。尹文认为，王维诗歌的意象美贯穿于他创作的整个生命过程。而这种具有中国传统水墨画般美感的特征成为他的诗歌的独有气质。他是儒释道三种思想互相交融的产物，儒家思想让他的诗和谐而安详，道家思想让他的诗安闲而脱俗，佛家思想让他的诗空静而意味隽永。

在儒、释、道三家中，儒学对王维的影响，以及王维对儒学的接受、改造和融合，越来越成为研究者深入挖掘王维思想的关注点和争执所在。胡果雄在由其博士论文修订而成的《王维的精神世界》(中国社会科学出版社，2015 年 7 月)一书中指出，王维早年由儒家而仕进，具备深厚的儒学底色，辞章"怨尤不露"，持论中正，以"不废大伦"为文宦之基本人格要求与处世规章，具有浓厚的"活国济人"兼善天下的儒家人生哲学理想。随着时序位势之变，转而倾慕隐遁、虚静、澄澈而至于物化大通。但从对儒学的认知来看，王维有异于其他仕宦阶层所向往和实践的"内圣外王"思想，对于理想与现实之间的差异，提出"外人内天"的理论思想，由醇儒理想化的治国模式，演变为超越完美人格修养，行政合乎天道自然之后，精神境界达到真如涅槃——外在实现"圣""王"之道德与作为，内心实现空寂无尘的境界。

而与传统的儒家气节最为矛盾的，莫过于王维在安史叛军中担任伪职的经历。本年度对王维的研究中，有几位研究者将关注点投在了王维的这段经历上，并藉此分析王维的气节、心态、思想等。李小青《论王维的气节——以"安史之乱"为例》

《兰台世界》2015）从正面肯定了王维在迫受伪职期间作出的抗争。安禄山造反，安史之乱起，王维因扈从不及而落到安禄山手中，安强迫他任伪职，为了不做安禄山的官，他"以药下痢"，"阳瘖"，靠吃泻药制造疾病，装聋作哑。作为大唐臣子，王维表现出了崇高的气节。成松柳、李雪容《王维任伪职与中国古代遗民心态》（《中国文学研究》2015 年第 2 期）则着重分析了王维在安史之乱中迫受伪职期间与之后的痛苦煎熬。文章认为，为了减轻愧疚，王维走出"桃花源"，潜心钻研佛经，在给朝廷和官员的谢表中，几乎都要提及任伪职的经历，心态转变很大。并借此生发，拓展至探究古代以士大夫为主体的遗民担任伪职的遭遇和心态，认为这与古代中国独特的社会治理结构密不可分。将个体的王维研究放置到古代遗民的群体中，并由此揭示出以家族制为基础、以孝道为核心的中国古代社会组织的思想构成。

除此之外，还有一些研究试图将思想与文化挂钩，内容与形式联结，将文人的文化心理与创作文体联系起来，如张之为《文体选择与文化心理距离的关联性考察——以王维山水田园诗为中心》（《唐都学刊》2015 年第 3 期）认为，诗人对诗体的选择受到文化的强烈影响，而文化的影响力并不完全取决于地理空间距离，在某些情况下，与文化心理距离的关联性更强。文人在进行文学创作时，这种文化心理距离不但表现为思想内容上的显著差异，也会在文体选择上呈现出来。王维的山水诗就是这方面的典型代表。以《辋川集》为例，天宝初年到安史之乱前是王维创作山水田园诗的高峰，以往对它的研究多是从思想精神的角度，而这组诗歌在文体方面的内涵还没有得到充分的关注与挖掘。他以王维田园诗为例，认为从文化与诗体的角度考察文学史，将会产生许多有价值的问题，深入追踪这些问题，有助于我们对中国古代社会和文化产生更深刻、更透彻的理解。从一定意义上来说，这种探索文化心理距离的方法为王维的山水田园诗研究提供了一种新的思考路径。但如何走好这一条路径，需要更多的研究者为此去开拓探索。

三、艺术特点研究

王维的诗文创作艺术造诣颇高，曾不断引起研究界广泛而深入的探讨，成果斐然。本年度学者对此亦多有探究，且角度涉及多个方面。黄立一《王维五律的文学史意义》（《古典文学知识》2015 年第 2 期）分别从独构一种诗体典范、标举一个美学至境、形成一脉创作影响三个方面，探讨王维五律在文学史上的特点。指出王维不仅是"神韵"论者的偶像，同时还是"格调"论者的典范，代表王维诗歌最高成就之一的五律创作不仅具有完善一种诗体的价值，而且对中国近古文学史进程的建构也有别样的意义。王伟、和磊《论王维山水诗的审美特点》（《齐鲁师范学院学报》2015 年第 4 期）以王维山水诗的具体诗作为文本，阐述、分析王维山水诗的审美特点，认为王维山水诗具有视觉与听觉的艺术魅力，追求精神和审美情怀的解放，用一种超功利的审美心态审视山水自然。黄金灿《论王维诗自然意象的运用方式》（《广东技术师范学院学报》（社会科学）2015 年第 7 期）认为，在表现自然意象方面，王维探索了一套独特的方法。并从诗句和篇章两个层面做出了探讨。指出前者主要表现在自然意象与表动态的词，表色彩的词、表音响的词、表空间的词的组合上。后者主要表现为：以自然意象奠定全篇基调，深化诗意，组成群落，藉以发挥审美预示、情感强化、集群、比兴等效应。

　　而从本年度对王维诗作艺术特点的研究侧重来看，其中，相当一部分研究者选择从绘画的角度进行更细致的挖掘，试图打通王维诗画一体的多条筋脉。王波平《试析王维山水诗的浓淡色调》（《湖北大学学报》（哲学社会科学版）2015 年第 4 期）认为，王维的山水诗无意间都附着一种色调，这种色调有着画家的专业视域，所绘山光水色，或浓墨重彩，或淡墨轻染，显露着一种自然清新、浓淡相宜、色泽怡人的诗境。浓彩着色时，注意色彩的映衬、调和和对比，主要有红绿映衬、青白调和、杂色对比，浓彩绘出清新自然；淡彩生意处，只在乎色调刹那间的"虚静"与"妙慧"，色调轻盈而空蒙，或淡彩虚静，或五色空灵，淡彩绘出空灵静谧。正是这种自觉地着色于诗的高妙，营造了王维山水诗的清新宁静境界。刘风娇《王维诗歌的空白美探究》（《中央民族大学学报》（哲学社会科学版）2015 年增刊）认为，王维的诗歌洋溢着大量的空白美，即一种让美在合理想象的基础上得以无限延续和展开的结构机制。王维诗歌的语言风格、炼材与诗体决定了空白的产生，而空白美贯穿了王维诗歌的意境、情感与佛理。杜涵《从南宗画论看王维之景物诗》（《华北水利水电大学学报》（社会科学版）2015 年第 1 期）认为，王维作为南宗画派的创始人和山水田园诗派宗师，其山水景物诗显示了与南宗画派一脉相承的特色：彩色上深得水墨之味，以黑白写出六彩并通过"计黑当白"幻化出空灵之境；能够以胸中之气写山水，表现出自然的生机和韵律；且将时光感渗入诗中，既有"时史"之作，又有超越"时史"之作。李荷莲《"点景人物"于王维山水田园诗的意义与影响》（《贵州社会科学》2015 年第 9 期）指出，"点景人物"是中国山水画的重要艺术手段，画家情感与画中山水的融合，常借助"点景人物"得以完成。"点景人物"在诗话当中算不上是一个具有普遍指导意义的理论，但在历代众多的山水诗派当中，王维山水田园诗习惯将传统绘画中"点景人物"手法引入山水诗的创作中，成为其"诗中有画"表现风格的重要组成因素。

　　以往对王维诗作艺术特点的概括，多指出其明秀俊逸一面，往往忽略其雅正淳厚一面。随着研究的深入，王维诗作的不同特点，以及渊源流脉越来越明晰地被挖掘出来。刘青海《论王维诗歌与诗骚传统的渊源关系》（《文学遗产》2015 年第 6 期）认为，王维的文学创作对诗、骚传统都有很深的汲取。其诗歌在艺术精神上受到风雅颂的深刻影响，庙堂应制、酬赠之作多以雅颂为体，山林隐逸之作则情兼雅怨,少数表现对现实不满和怨愤的作品又婉而多讽。在具体的艺术表现上,其诗对《诗经》的体制、风格、意象、语面都多有取法。王维也创作了相当数量的骚体诗,用于应制、祭祀与登临送别等多种主题,而且其五七言诗在风格、意象和语面上,对于《楚辞》尤其是《九歌》的抒情艺术多有汲取。盛唐山水田园诗大盛,诸家皆有名篇,王维之所以能够在诸家之外独成一大宗,这与他在陶谢之外向诗、骚传统深汲的创作倾向是分不开的,也是盛唐诗人在诗歌创作上锐意复古的体现。

在对王维诗艺进行探索的同时,也有一部分研究者将目光投注到王维的文章上。如成松柳、李雪容《王维山水游记散文特色探析》(《湖南社会科学》2015 年第 2期)认为,王维的山水游记文既有诗的韵味,又有文的魅力:形式自由随意,散体化倾向明显,在盛唐骈体文一统天下的局面中,有着独特的价值,作者在写景的同时透露出淡淡的人文关怀,勾勒出唯美而不失现实的王维式的理想家园。王维山水游记散文虽然数量不多,却启迪了以柳宗元为代表的唐代山水游记散文,作者散体化的有意尝试,对于中唐古文运动,也产生了影响。相比之下,本年度研究王维文章艺术特点的论文不多,目前来看,对王维"文"的艺术特点的探索尚还有相当的开拓空间。

四、比较研究

本年度运用比较的方法研究王维的文章不乏其例。作为山水诗派的杰出代表,王维与陶渊明的比较研究屡见不鲜,本年度这方面的论文量亦比较丰富。徐思颖《陶渊明〈桃花源记并诗〉与王维〈桃源行〉比较研究》(《现代语文》(学术综合版)2015 年第 3 期)将王维的《桃源行》与陶渊明的《桃花源记并序》作以对比。认为,陶渊明本着抱朴含真的理念,给我们展示了带着原始色彩的理想社会情景,与当时社会绝然相对立,充满温馨的人情味,而王维则在乌托邦的同时,带有纯净的仙佛风味。魏倩倩《陶渊明对王维山水田园诗的影响及二者诗风的异同》(《黄河科技大学学报》2015 年第 5 期)指出,王维的山水田园诗在一定程度上秉承了陶渊明使用的意象,借自然界景象事物的特点来象征隐士之风,如用"五柳"代表隐逸精神,用"桃源"寄托尘世中的理想、用日暮归鸟的意象表达年迈归隐的向往。二人的山水田园诗作中都含有回归自然的向往,但不同的是:陶渊明多以参与者的视角来写田园生活,而王维则是从旁观者的视角进行描绘;陶渊明诗风自然朴实、情意真切,而王维更着意描摹山水景色,讲究饱满和谐的画面感,诗句更加精致工整。往往相似的景致在他们的笔下被赋予了不同的神韵,展现出不同的意境。赵彩霞《形似而神异——陶渊明与王维山水田园诗辨析》(《和田师范专科学校学报》2015 年第 3期)认为,陶渊明和王维的中国山水田园诗,从表面看,二者都在追求一种自在洒脱、任真自得的境界,但在精神内质方面,二者又有很大的不同,陶渊明以儒道思想为精神支撑，主张委运物化，顺应自然；而王维以禅宗的空定之境为最高追求，诗风空灵澄澈，超然物外，虽为景语，句句皆禅语。

除了和陶渊明的比较外，研究者将王维和同时代、跨时代的诸多诗人都作过比较，论文量亦不在少数。如和同时代的李白、杜甫、孟浩然，前代的谢灵运，后代的韩愈、李商隐、苏轼等，都从不同角度与王维进行比较。孔德朝《极貌写物与物我合一——谢灵运与王维山水诗比较》（《名作欣赏》2015 年第 5 期）认为，谢灵运善于用富艳精工的言语记叙游赏经历、描绘自然景物，多有形象鲜明、意境优美的佳句，其诗充满道法自然的精神，贯穿着一种清新、自然、恬静之韵味。而王维以画理来创造诗歌，所写的山水诗诗情浓郁，画意鲜明，是山水诗的集大成者。他们都丰富了山水诗的题材和艺术表现手法，却由于他们生活的时代、生活的遭际不同，受前人文化传统影响不同，因而诗歌艺术风格也不同，谢诗主张极貌以写物，王诗更注重物我合一。杨智《超越与纠缠：王维、李商隐的禅诗诗境之比较》（《作家》2015 年第 6 期）认为，王维、李商隐二人都与佛教禅宗思想颇有渊源，他们笔下的诗歌有很多都渗透出禅意。然而细论之，二人的禅诗诗境是不同的。吴言生称"诗佛摩诘，情禅义山"，王维超然物外，以一种佛的胸怀看待自然人生，通过描写山姿水态，刻画自然界刹那间的现象变化，表现天地间的"本来面目"。李商隐自始至终表现出对美好事物的珍爱，处处流露出对生命的深沉眷恋，通过咀嚼情感幻灭的况味，在一定程度上实现了自我的解脱与超越。张棉棉《论王维、苏轼山水诗的审美差异》（《名作欣赏》2015 年第 30 期）认为，王维和苏轼是唐宋时期山水诗创作的代表人物，但两人的山水诗在审美情趣上却存在较大差异。王诗清新淡雅，而苏诗潇洒有深度。两人的性格不同，所处朝代和人生境遇不同，使得两人的山水诗在创作倾向、体悟方式、意向描绘等审美上呈现出了较大的差异。

本年度对王维的研究中，不但与我国其他伟大诗人的比较层出不穷，与外国诗人的比较亦屡见不鲜。邱文婷《王维和松尾芭蕉禅诗的比较分析》（《现代语文》（学术综合版）2015 年第 8 期）认为，盛唐时期的王维和江户时代的日本诗人松尾芭蕉，他们禅诗内容的相同之处是：对自然风光的感受和对清净境界的追求；内容的不同之处是：王诗描写学佛悟道的自省、抒发对身世遭遇的感概，而松尾芭蕉则体现了哲学体味与宿命色彩。同时他们的禅诗在艺术特色上有相同之处：风格平淡自然，意境空灵悠远，并且都运用了借景抒情、动静结合与移情手法。不同之处在于：王诗诗情画意，水乳交融，并且近体诗多，注重音乐美，而松尾芭蕉的禅诗语言简短，营造出一种独特的孤寂感。孙玉霞《由华兹华斯与王维诗歌的对比品中西文化的异同》（《艺术品鉴》2015 年第 4 期）认为，同为杰出田园诗人的华兹华斯与王维在中西文化差异下，诗歌风格迥然不同，所持有和反映的自然观也差异颇大。但二者都崇尚以自然为美，讴歌自然、亲近自然的诗意。自然之美，在他们的诗作中，升华为更为深层的精神的洗礼。

五、接受、译介和传播研究

对王维的接受研究是近些年来王维研究的一个热点。袁晓薇前几年出版了《王维诗歌接受史研究》（安徽大学出版社，2012 年）一书，广受好评。本年度仍有对此书的评论相继发表。陈怡良《领域新辟，拓展有成——读〈王维诗歌接受史研究〉》（《合肥师范学院学报》2015 年第 1 期）认为《王维诗歌接受史研究》一书选题慎思，领域新辟；构架有序，层次清晰；文史互证，见地深刻；宏观微观，兼容并蓄；文献丰富，精审识新。虽有小疵，不掩卓识。展现出作者对该研究领域的精深钻研和开拓创新，诚为王维接受史研究领域的重要成果。师长泰《以史带论，史论结合——评〈王维诗歌接受史研究〉》（《安徽农业大学学报》（社会科学版）2015 年第 2 期）认为袁晓薇所著的《王维诗歌接受史研究》一书，是国内第一部研究王维诗歌接受史的学术专著。它不仅填补了王维研究领域内的学术空白，深化了对王维及其诗歌艺术的研究，而且以其广阔的学术视野，创新的学术思维，以及丰富、深刻的思想内容，以史带论，史论结合，体现出了"接受史论"的鲜明特色，在当今古典诗歌接受史的研究领域中，亦显得别开生面。

本年度对王维的接受研究比较集中于宋代。张进《论朱熹与王维接受》（《徐州工程学院学报》（社会科学版）2015 年第 1 期）认为，朱熹对王维的接受态度是多重性的。从审美评价看，他推赏王维的律诗，辋川体与《辋川图》等；从道德评价看，他尖锐批评王维在政治上的失节，以至压倒了其审美评价。朱熹对王维的是褒是贬，看上去似矛盾而又无序，但还是有其内在的逻辑性，这与他的政治理想与审美理想密切相关。刘永成《从〈文苑英华〉看王维诗歌成就》（《山西高等学校社会科学学报》2015 年第 4 期）指出《文苑英华》所录的王维诗大多为奉和应制诗，对最能代表其诗歌特色的山水田园诗所收甚少，但王维的山水田园诗对宋诗风格的形成仍起到关键作用，期间的影响与接受过程耐人琢磨。本年度对王维的接受研究，不仅有后来朝代对王维个人和诗文的看法，还涉及到海外作家对王维的认知和接受。金昌庆《高丽文人对王维诗的接受》（《徐州工程学院学报》（社会科学版）2015 年第 3 期）认为王维诗中的境界与精神不仅对中国，而且对邻国韩国的影响也是相当巨大的。通过高丽文人对王维的认识，可以考察两国文人之间精神上的交流。而王维对高丽时代文人带来的影响基本上集中在对自然的感悟、"言外之意"的风格、禅的境界和"诗中有画"的境界等层面。

中国的传统文学翻译一直难于找到恰当的语言输出，而要译出王维诗作的精妙所在，更是难上加难，故而对王维诗的翻译研究一直在探索中。李庆本《禅宗、身体美学与王维的诗及其翻译》（《中国文化研究》2015 年第 3 期）以王维的《山居秋暝》及其五个英译本为透视焦点,从中国禅宗与西方身体美学两个不同的角度进行深入的解读。为了展现出中国与西方、古代与现代之间的跨文化联系,作者以"非二元性"为基础强调了中国禅宗与身体美学理论之间的共同性。"非二元性"不仅指对传统的二元对立的概念,例如动/静、内/外、主体/客体、身体/精神、人/自然,这些在王维的《山居秋暝》中已阐释的概念的超越,也指不同文化之间的沟通和互相超越。丛滋杭《从诠释过度与不足论王维山水诗歌的翻译》(《浙江树人大学学报》(人文社会科学版)2015年第1期)结合王维山水诗歌的翻译现状,从王维山水诗歌的无我性、王维山水诗歌的含蓄性以及王维山水诗歌的语言等三个方面展开批评,进而更充分地论述诠释过度与诠释不足的概念,认为对王维诗作的翻译,应力图保留诗人的创作思想和艺术风格。

王维本人及其诗文的传播,不仅仅是传统文学的延续与推广,更成为中华传统文化的载体与表征。本年度发表了一些关于王维诗文传播的论文,虽然数量有限,但或预示了一种研究方向。黄逸《浅析王维诗歌的"整合传播"》(《现代语文》(学术综合版)2015年第2期)认为,各类媒介对王维诗歌有着直接或间接的传播作用,不同媒介有其不同的传播特色,相互整合才形成了王维诗歌的完整传播路径。整合传播主要有以歌为主的口语传播、以书为主的文字传播和偏向时间的碑、壁传播,这些路径各有特色,相互整合,形成了王维诗歌独特的传播模式。同时,多元化的路径也说明,王维诗歌并不是单一传播的,其文、其画,甚至其人,都在传播过程中发挥了重要作用。杨晓慧、张含《从王维诗画的接受看蓝田辋川文化旅游的开发利用》(《西安文理学院学报》(社会科学版)2015年第4期)认为,王维作为我国盛唐时期的杰出诗人和画家,在历代诗歌绘画的发展中,受到诸多诗画家的高度赞赏。伴随着名人故地游的发展,辋川作为王维的隐居地引起了大家的关注。故文章从历代对王维诗画的接受出发,对辋川的旅游开发提出具体可行的建议,以期更好地实现王维在当代的接受和传播。

纵观本年度的王维研究,总体上是在原有研究基础上向前推进和拓展的,但重复研究、浅表层研究等问题仍然存在。对于一些具体问题的探究仍有待深入。如研究者在继续谈佛论禅的同时,越来越关注王维的儒学思想,并作出了有价值的阐述与辨析。但关于王维对儒学的认知与其他人的异同,以及在其言行中的体现,尤其是面对重大历史事件(如安史之乱迫任伪职)时,作出的行为选择背后的思想原由,尚缺乏深度发掘。而就文体而言,多是对王维诗歌的研究,且多从艺术的角度分析,但对于其文章的研究还不够充分。还有一些关于王维的交叉学科的研究,或能预示一种新的研究方向,有待于研究者继续开拓挖掘。

(作者单位:北京师范大学文学院)

2016 年王维研究综述

康 震 田萌萌

2016 年度王维研究,在继承以往研究成果的基础上,向着更加深化、细化、多元化的方向发展。据统计,本年度中国内地出版王维相关论著 2 部——师长泰《王维诗歌艺术论》(上海三联书店 2016 年 11 月)、王志清《王维诗传》(河北人民出版社 2016 年 12 月);王维作品赏读 1 部——陈殊原《王维》(五洲传播出版社 2016 年 6 月);王维作品集两部,即胡珍选编《王维诗集》(共 2 册)(广陵书社 2016 年 1 月)、影印北宋蜀刻本《王摩诘文集》(共 2 册)(上海古籍出版社 2016 年 6 月);公开发表王维相关期刊论文 100 余篇,硕士论文 11 篇。综观本年度王维研究,主要集中于以下几类:作品辨析及考证研究、思想文化研究、艺术特征研究、比较研究、传播与接受、译介及其他研究,现择要予以概述:

一、作品辨析及考证研究

本年度王维相关考证文章多集中于其作品的辨析论证。如杨松冀《王维〈使至塞上〉诗新考》(《文学遗产》2016 年第 2 期)一文,就学界诸多争论的《使至塞上》创作背景、具体创作时间、地点以及王维此次出塞行走路线进行考证,在前人基础上进一步论证并得出结论为:王维此次出塞身份是“按察覆囚”的监察御史充任河西节度判官,且此次出塞是被牵连进张李党争,而受排挤打压所致。至于创作时间、地点则以陈铁民等“开元二十五年秋”于凉州之说以为是。行走路线是途经萧关的北道。吴相洲《王维〈暮春太师左右丞相诸公于韦氏逍遥谷宴集序〉笺证》(《首都师范大学学报》2016 年第 6 期)从解读《暮春太师左右丞相诸公于韦氏逍遥谷宴集序》入手,结合材料论证以探讨王维对景龙文学的态度。作者认为,王维对景龙山庄贵游崇尚自然给予高度评价,对张说将景龙文学传统引入盛唐以实现文治理想表示高度认同,且王维本人的文学创作也深受上官婉儿、宋之问等景龙诗人影响。《终南山》本为王维山水田园诗代表作之一,是盛唐山水诗中之经典。然而自宋代始,对此诗便有另一种解读,认为其为讥讽朝政之诗。莫砺锋《王维的〈终南山〉是讽刺诗吗?》(《古典文学知识》2016年第2期)就此问题从唐代宽松的政治氛围、此诗的创作背景以及写于同时的姊妹篇《终南别业》三个角度出发进行论述,认为《终南山》并非讽刺诗,并指出文本"过度阐释"的弊端之所在。

值得注意的是胡可先《石刻史料与诗人王维、王缙兄弟研究论述》(《学术界》2016年第5期)一文,此文结合上世纪以来出土的碑志和传世石刻题名题记中王维兄弟的相关记载,补正王维兄弟事迹,解读王维作品。出土文献为王维作品系年、理解提供新线索之余,又可与王维文章相互印证,在事实对比中阐发内涵,订正讹误。而有关王缙石刻史料记载中,《唐故文安郡文安县尉太原王府君夫人渤海李氏墓志铭并序》末题"大理丞王缙撰"又为探讨同为太原王氏家族的王维和王之涣提供了重要文献信息。本文开拓材料,既对以往研究加以补正,又为王维兄弟的文学家风和文坛地位研究提供了新方法和新思路。且新材料的运用,出土文献与传世文献互证,亦使研究更加严谨、详实。

二、思想文化研究

本年度关于王维思想文化研究,在继承以往其融儒释道思想为一的研究成果基础上,最多、最集中的依然是王维与佛学的深厚渊源相关研究。禅宗的思维方式和人生哲学在王维诗中打下了深深的烙印。本年度王维禅诗研究较多,且多从禅意、禅学、禅趣美等角度论析。如周裕锴《空灵蕴藉,涵泳不尽——王维禅诗精赏》(《古典文学知识》2016年第1期)分别以《鹿柴》《鸟鸣涧》《过香积寺》《终南别业》为例,赏析王维禅诗深林返景、山空鸟鸣、薄暮空潭、水穷云起等禅境美。又张自华《禅趣的美学建构——王维〈辋川集〉意境论析》(《名作欣赏》2016年第15期)以王维《辋川集》为例,分析其禅趣之美。认为王维为构建这种禅趣,选取一种淡雅、清冷、静态意象,营造一种虚静、空寂、无我的诗歌境界,而这空寂诗境又契合禅宗"空寂""无我"的义理精神,由此诗境达于禅境,诗趣通于禅趣。此处值得关注的是本年度关于佛学与王维诗歌研究出现了更加细致化的倾向。以往佛学与王维诗歌研究,多从佛性观、禅学等角度切入,本年度出现了鸠摩罗什译经对王维诗文影响的相关研究。龟兹高僧鸠摩罗什被誉为中国佛教史上四大翻译家之一,在佛经翻译事业上做出了突出贡献,所译之经对历代文人影响甚大。屈玉丽对王维受其之影响做了一系列研究。如《论鸠摩罗什译经对王维的影响》(《青海师范大学学报(哲学社会科学版)2016年第2期》)认为王维字"摩诘"与鸠摩罗什所译《维摩诘经》有密切关系,罗什译经对于名相的辨析以及本土优势的发挥都在一定程度上启发并引导王维的佛经接受和阐释。且以罗什译经与王维关系角度切入,亦可探索龟兹文化在中华文化及文学发展过程中的重要作用。《鸠摩罗什论"空观"的遮诠双遣方式对王维诗文的影响——以〈维摩诘所说经〉为主要分析对象》(《重庆师范大学学报(哲学社会科学版)》2016 年第 5 期)一文认为遮诠双遣说理方式在大乘佛典中被广泛运用,鸠摩罗什所译经典将其完美地表现出来。尤其是《金刚经》《妙法莲华经》《维摩诘所说经》等佛经中以遮诠双遣手法阐释"空观"的经文内容和行文方式,深刻影响了王维的诗文创作。通过王维以遮诠双遣手法在作品中所阐释的"空观",可体会罗什译经在中印文化交流中的作用。《鸠摩罗什偈颂翻译和创作对王维诗文的影响》(《华南农业大学学报(社会科学版)2016 年第 5 期》)认为罗什译经中文学性最突出的偈颂部分与诗歌同中有异,互相影响,对后世文人的文学创作影响甚大。王维为其中最具代表性者。罗什译偈对王维散文偈颂部分影响主要表现在:句式体例、语言修辞、音声韵律和内容类型等方面。同时,罗什所做三百首偈颂对王维的佛理诗创作也有不容忽视的影响。又《论鸠摩罗什译经中的情节设置与王维涉佛诗文的构思》(《北华大学学报》2016 年第 4 期)认为印度佛经本身的文学色彩表现在情节的宏阔壮观和精妙神奇,罗什译经时亦将其巧妙的情节设置展现出来。一些重要的故事情节如文殊问疾、维摩诘默然无语、天女散花、"法华七喻"等对王维的诗文创作有着重要的启发,不仅使王维涉佛诗文更具故事性,也有助于其中相关佛理的阐释。鸠摩罗什译经对王维诗文影响,从经文角度出发,是研究佛学对王维创作影响更加细化的体现。

三、艺术特征研究

王维诗文创作艺术水平颇高,一度是学界关注、研究的热点。本年度王维作品艺术研究仍不在少数。师长泰《王维诗歌艺术论》则是对王维诗歌艺术的专门研究,书中涉及王维五律、七律、五、六、七言绝句等诗歌体式,围绕情与景、情与物、正与奇、动与静、虚实相映等艺术法则,从不同角度不同侧面去揭示王维诗歌艺术特征。至于期刊论文,则主要分为美学、诗画关系、田园诗、边塞诗几个方面来探讨王维诗文艺术特征。

美学方面有四川师范大学罗兰硕士学位论文《王维自然审美观研究》和河北大学路濛硕士学位论文《生态美学视野下的王维诗歌研究》。二者有异曲同工之效,都是在一定的审美视域下对王维作品进行艺术分析。不同之处在于:罗文从王维诗歌、散文、画论相结合的整体视域,在梳理中国古代"自然"概念和简述先秦两汉魏晋南北朝自然审美观念发展的基础上,结合王维生平事迹和唐代美学思潮,对王维的自然审美观进行了系统地研究。指出王维诗歌中的自然审美观包括空灵寂静之美、空灵顺应之美和空灵超越之美。王维散文和画论的自然审美观则为审象净心、天机清妙和诗画清敦。并通过与宗炳画论比较,突出王维自然审美观的时代性和历史价值。路文则依托生态美学的相关理论,结合佛教禅宗思想中的生态意蕴和前人成果,对王维诗歌进行解读,从而分析王维诗歌生态美的成因、体现及影响。文中指出,王维诗歌生态美成因在于佛教影响、生活方式使然以及本能生态自觉。具体表现则为:自然美、和谐美和禅悦美。王维诗歌生态美对后世诗歌创作以及读者心性启发都具有很重要影响。期刊论文则有魏义刚《王维诗歌艺术表现形式及其美学意义》(《城市地理》2016年第2期)等文,从王维诗歌艺术美的成因、具体体现以及价值等角度进行分析,从而探讨其美学意义。

与2015年相同,本年度亦有大部分论文从诗画关系角度对王维作品进行艺术分析,其中不乏诗与绘画关系的研究。如河北师范大学杨杰的硕士学位论文《观空逾境——王维禅诗对宋元时期山水画的影响》通过禅学与艺术的角度,探析王维禅诗中对禅境与诗意的追求如何影响宋元山水画的意境追求。此文指出:王维禅诗丰富了宋元时期山水画的诗意性表现,开拓其意境,并使宋元山水画有了崭新的艺术风貌,完备的艺术语言,不断提升的艺术精神,其主观抒情性的表达更是把宋元山水画推向历史高峰。又魏耕原《王维诗中有画的模式》(《长安大学学报(社会科学版)2016年第4期》)通过文献分析和比较论证,探讨王维以"诗中有画"形成诗与画的相互交流模式问题,认为王维山水诗有继承南朝与前盛唐传统的一面,又有诗与画交流后的创新;王维山水诗中"二维空间叠合",借助了山水画空间表现的形式;山水画的平远与深远均见于其中。暗示空间的"外"形成了简洁精约的模式;诗与画中动静、颜色与拟人的表现,带有颇具个性的模式化特征,具有经典性。除此之外,还有王维作品"诗中有画"意境相关研究。如张永旺《"诗中有画,画所难画"——王维诗中的画境研究》(《湖州师范学院学报》2016年第1期)指出王维虽诗、乐、画兼通,在诗里往往将诗情、画意、乐感杂糅,使诗中有浓郁的画意。但是诗与画是两种艺术门类,内容与形式、蕴含与表现都不可轻易等同。因此,王维的一些诗中虽有画意,却难以用画将诗意完全表现出来。魏春梅《从零度偏离看王维诗歌"诗中有画"的艺术特色》则是从修辞学"零度偏离"概念来解读王维"诗中有画"的艺术特色,分别阐释了"诗中有画"与零度语言、偏离语言以及两者的共同作用之间关系。莫道才《文中有画亦有诗——王维〈山中与裴秀才迪书〉品读》(《古典文学知识》2016年第1期)认为王维诗与画的融合不仅体现在其诗中,文中亦有所体现。此文以王维《山中与裴秀才迪书》为例,分析此篇书信散文,指出其描摹的情景不仅像一副画,更似一首诗,文中近乎全用简洁凝练的诗语,且多用四字句,文中意象多是诗的意象用法,这便使整篇文章传达出来的静谧禅意之美与其诗相同,因此此篇书信散文便具备了画意与诗意。

本年度以山水田园诗角度论述王维创作艺术特征的研究亦不在少数。王小峰《王维山水田园诗中的五古诗研究》(《开封教育学院学报》2016年第7期)从用韵、句法两方面分析王维五古山水田园诗的艺术特点,在分析总结特点之余,又探究其特点形成原因,认为是由于王维受张说、张九龄影响,在诗歌中透露想要展示给读者的意象,所以诗作中既有散文化句式也有诗化语言。此外五古诗不受格律限制,是描写山水的需要。吴柯颖《试论王维山水田园诗的审美特征》(《语文学刊》2016年第 12 期)从色彩美、构图美、音响美三个角度分析王维山水田园诗艺术技巧。与此类似,许宏刚《论王维山水田园诗的意境美》(《新西部(理论版)》2016 年第 12 期)则从画意美、诗意美、禅意美分析其艺术技巧以及在此基础上营造出来的意境美。并指出王维诗歌是诗人超然人格和艺术修养的再现,诗中融入了诗人独特的审美感受以及人生哲思。

边塞诗是王维诗歌的一个重要方面,在山水田园诗之外,边塞诗拓宽了王维诗歌表现范围,丰富了诗歌的内容和主题。本年度亦有王维边塞诗相关研究。王志清《唐代军事文学中的王维表现》(《解放军艺术学院学报》2016 年第 2 期)指出,王维是盛唐边塞诗人中知行合一的先行者。王维出塞河西后,诗风大变,其边塞诗现实精神陡增,现场感极强,创作了一批形象饱满而气骨高峻的边塞作品。他改变了边塞诗"捕风捉影"的做法,提升了边塞诗的表现力与艺术性,改变了边塞诗长哀怨、多愤患的沉郁格调以及偏重内容而疏于艺术的创作风气,创造了境界苍莽而气象雄浑的意境。吴莉莉《王维边塞诗的演变》(《安徽文学》2016 年第 10 期)则是将王维边塞诗分期,探讨其不同时期的鲜明特点,从而总结王维边塞诗歌发展演变的历程。文中指出:王维早期未历边塞时以前人经验为基础,想象边塞景象,寄托胸中豪情;亲历河西时,深入描写边塞,抒发心中感慨;出访河西后,送别友人之时则以回忆自身经历为基础,设想边塞风光,关怀友人前程。与此文遥相呼应的是王巳龙等人《王维边塞诗的情感变化与环境影响》(《忻州师范学院学报》2016 年第 3 期)同样将王维边塞诗分期,以探讨其环境影响下的感情变化。文中提出:在王维诗歌创作早期,其诗歌主要情感表现为激情与幻想的边塞情绪;中期则因自身边塞经历而表现出昂扬奋进的精神;晚期因为自身境遇变化与唐朝国力式微,王维的边塞诗情绪则以苍凉反战为主。

四、比较研究

本年度王维与其他诗人的比较研究亦不乏其例。既有与同时代的孟浩然、李白、杜甫、高适相对比研究,又有与后代的柳宗元、白居易、王安石、苏轼相对比,还有与外国诗人对比如华兹华斯。诗歌上的对比研究较多,如上海师范大学孟思远的硕士学位论文《王维和白居易隐逸诗的比较》,将王白二人隐逸诗进行对比,指出:题材上,王白二人写景目的相同,都是烘托内心情感,且都通过交友诗歌表现归隐情绪。不同之处在于王维侧重山水的写景,白居易侧重居住环境的写景。意象上,二人都有描绘自然之意象。不同处在于,王诗重田园生活和自然意象的结合,白诗重日常生活环境意象。且王诗意象以象征性为主、描写性为辅,白诗则反之。意境上,二者诗中都呈现出"闲"的意境,王诗中更多"闲静"之美,白诗中多为"闲适"之感。且二人虽都受陶渊明影响,但也不尽相同。因为他们的相似性使二人诗歌建立联系,又因二人诗歌差异性,使其各具特色。王苑《从辋川、柳州到半山——从山水诗的"雅丽"范式看唐宋诗学转轨》(《咸阳师范学院学报》2016 年第 5 期)将王维、柳宗元与王安石三人作比,论述三人因有着相似经历下所作相似题材与风格的诗歌作品异同,从而揭示出此类诗歌在唐宋时期的时代特色和承传演化的轨迹。同是追求一种"雅丽精工"的艺术风尚,以王维为代表的盛唐诗则显出兴象玲珑的艺术境界,雍容浑厚、极尽丰艳却不露理脉、不落言筌。到了柳宗元为代表的中唐则更加重法度、重技巧,一改之前开阔、疏朗的意境而诗境、构思愈发细密,同时依旧崇尚自然,重锤炼而非偏涩、苦雕琢而不板滞,本质上与宋代诗学"雅正""平淡"审美理想一致。而到了王安石则显得人力有为,这是他个性气质在艺术上的不自觉流露,与其深受儒家思想影响亦相关联。

值得注意的是,本年度王维比较研究中出现了将文化地域视角纳入的比较方法。周莹、王雪凝《天下文宗旨归处——浅谈长安文化区中的王维与李白》(《江淮论坛,2016 年第 1 期》)一文,以长安文化为背景,从"后世多以李白为盛唐代表,而唐朝却奉王维为'天下文宗'"现象切入,认为这种现象的差异可从王维与李白对长安文化区有着不同的适应度和不同的体现度来加以分析。通过对二人最受重视的"应制诗、边塞诗、山水诗"进行对比,又加之以二人不同的生平际遇,发现王维体现出的是一平淡适意的优游贵族形象,而李白却时时展现山野散人形象。且当世人偏爱秀丽典雅、清新柔美作品,相比之下王维作品则更符合当世主流审美。因此王维"天下文宗"之名归是对其诗艺肯定,亦是对其在长安文化区地位的肯定。又张晓怡《文学地理学视域中的王孟山水田园诗的异趣》(《名作欣赏》2016 年第 9 期)则将王维、孟浩然山水田园诗置于文学地理的视域下,从自然意象与人文意象、文学地理批评与空间批评的角度进行对比,得出结论:王孟二人山水田园诗整体上抒发对祖国河山的赞美,有很强的相似性。但由于二人具体生活环境、人生经历不同,尤其是两人生活的南北方地理环境的巨大差异,直接造成了二人山水田园诗的题材选取、创作风格、艺术手法等方面的不同。诗人的出生、成长地理环境影响诗人的性格气质,而诗作题材对象所处的地理环境则部分决定了诗歌作品的文学性。以文化地域为背景,从文学与地域文化、地理环境的关系出发进行诗人比较研究,既见文学差异性,又见不同诗人作品中文学地域性特征之体现。

此外,朱丽丹《华兹华斯与王维诗歌意象的对比研究》(《语文建设》2016 年第 2 期)则将英国田园诗人华兹华斯与王维作比,透过二者诗歌意象与主题选择的论析,探讨二者同与不同。两人在诗中都对自然美景有详细描述,都借助意象表达对自然、人生的感悟。但由于二者生活背景、时期不同,创作亦有不同。华兹华斯诗中儿童观是一重要主题,相比而言,王维诗中则多友情描写;华兹华斯作品更关注自己与他人之间关系,而王维诗中更关注自然美景。

五、传播与接受、译介及其他研究

本年度王维接受研究仍集中于宋元时期。聂好敏、彭红卫《王维诗歌宋代接受与传播方式初探》(《三峡论坛(三峡文学·理论版)》2016 年第 1 期)指出王维诗歌宋代接受与传播方式呈现多样化和互动性的特点。主要接受与传播方式为:诗书画三种传播媒介的转换、诗歌著作权之争以及诗歌因故事而流传。此三种方式产生的原因为多种艺术观的融合以及接受群体的特殊性。从长时段看,王维诗歌在宋代的接受与传播表面上陷入低潮,但实际上进入了一个开始全面"发现"时期。宋代多样化的接受与传播方式形成了王维诗歌经典接受的格局,为明清时期王维诗地位奠定了基础。徐朦朦《论元代前期对王维诗歌的接受》(《西昌学院学报·社会科学版》2016 年第 1 期)通过分析《瀛奎律髓》中王维诗选录情况探讨元代前期王维诗接受情况。认为作为一部影响巨大的唐宋诗选,《瀛奎律髓》在对王维诗的选评上具有代表性。元代前期诗歌有"宗唐"者,亦有"宗宋"者,整体上表现出"唐宋并举"的态势。而对于王维的接受,虽受程朱理学影响,但对其诗歌都有一定的清醒认识。认为其"清雅""雅净",音律和协,有"一唱三叹不可穷之妙。"但对其地位肯定不够,且选诗较少,题材多限于山水田园的闲适诗,不能全面看待王维诗歌,重视度不够。此外,本年度亦有王维研究之作,如李定广《独辟蹊径与纠谬补阙——论王辉斌教授对王维研究的贡献》(《重庆第二师范学院学报》2016 年第 2期)总结了王辉斌教授对王维研究的贡献主要表现于三个方面:独辟蹊径开拓王维研究新天地;通过文本细读与文献考证获得王维研究新成果;在王维研究中务去陈言与跌出新见。认为其代表作《王维新考论》将王维置于整个历史文化流变中考察,使读者得以窥见盛唐诗歌的文学渊源,从而突出了王维诗歌所独有的特色,给人以深刻的印象。又山东大学于成君的硕士学位论文《论日本学者对王维诗画的研究》建立在对日本现代汉学家小林太市郎、入谷仙介、伊藤正文、内田诚一以及他们的学术著作基础上,总结日本学者对王维生平事迹、诗歌以及山水画的研究,概括日本学者研究方法及其启发性意义在于:重视第一手资料;知人论世,重生平事迹考证;研究范围广;重实地考察。

由于汉英语言体系间的巨大差异,汉诗英译存在诸多难题。尤其王维诗歌独具艺术风格和写作特色,又浸润了禅宗思想,使得王维诗歌英译更加困难。山东大学张嘉宁的硕士学位论文《从关联理论探讨王维诗歌英译》为了解决王维诗歌中面临的问题和难点,试图通过关联理论来寻求其英译之路。文中重点在于以关联理论深入开展王维诗歌英译分析,从韵律、意境以及文化特色词三方面分析王维部分代表作品及其翻译,以图通过最佳关联翻译王维诗歌,最大限度地让译文读者体会到王维诗作的艺术魅力。外交学院王清的硕士学位论文《寻求与诗人的共鸣——以规范性研究视角看王维三首古诗英译》从规范视角出发,以《送别》《九月九日忆山东兄弟》《送元二使安西》三首古诗为例,选取不同译本,总结英译此三首古诗的难题,并在此基础上提出解决办法:充分理解后不囿于形式、音译及注解、标点、词语体现语气、避免绝对化表述,以期寻求与诗人共鸣。此外,张媛媛《试论中国古诗英译的意义再生——以王维的〈山居秋暝〉英译文为例》(《太原城市职业技术学院学报》2016 年第 7 期)从许均教授提出的"去字梏""重组句""建空间"三个意义再生遵循的原则为出发点,分析许渊冲先生对王维《山居秋暝》的英译文,体现出意义再生在古诗英译中的重要性。陈琳、曹培会《诗歌创译的世界文学性——以〈竹里馆〉英译为例》(《中国翻译》2016 年第 2 期)在一定意义的关照下,分析王维诗歌《竹里馆》英译文的世界文学性动态生成过程。指出:庞德的创译体现了原诗的自然基质和其倡导的意象——旋涡主义诗学主张的结合;斯奈德赋予了译诗荒野精神,并籍此发出荒野哲学的呼声;欣顿基于对深层生态主义与道、禅哲学在精神内核上的共通性,凸显了其译诗禅思与诗情的融合,解读出诗歌中"天人合一"思想的深层生态主义原型。三位译者不同的创译行为表明,在由源文化与东道文化的亚文化形态共同建构的新语境架构中,译者对原诗进行了折射性的翻译诗学阐释,这又恰恰促成英译文世界文学性的生成。因此,世界文学诗歌不是"译之所失",而是"创译之所得"。

除此之外,师长泰《"千宫之宫"的艺术写照——王维诗中的大明宫》(《唐都学刊》2016 年第 5 期)认为王维奉和皇帝阁道的赏春应制诗,描绘了大明宫雄伟壮丽的"外观";早朝所写之诗,又深入到大明宫"内涵",反映了朝廷的朝会礼仪、国事活动。王维的诗作,表现唐帝国威震四海、万国臣服的鼎盛气象,彰显并丰富了大明宫历史文化,既是对大明宫的艺术写照,也是对大唐盛世的热情礼赞。此文将王维诗歌与地域文化相结合,分析王维诗歌中建筑的描写特色,既是以另一种方式对王维诗歌艺术技巧的进一步分析,又是对王维诗歌研究内容的细化。与此类同的是郑州大学简东的硕士学位论文《由〈辋川集〉看王维的园林与景观意识》据《辋川集》中所描述"别业",分析其中所蕴含的造园理念、园林意境以及其园林的景观美学特质。从而为更全面、独到地解读王维山水田园诗提供了新的视角,彰显其美学价值。

综观本年度王维研究,在继承前人研究成果基础上,总体呈现多元化特征,且各门类研究试图在新视角的视域下探寻王维研究新路径、新方法,从而提出问题、解决问题,如新材料的开拓、地域文化视角的纳入、王维园林意识的探寻等。而各门类内部又有进一步深化、细化的发展倾向,如鸠摩罗什译经对王维的影响;生态美学、自然美学视域下王维作品艺术分析等。然而总的来看,重复、浅表层研究等问题依然存在。且就文体而言,现有研究多集中于王维诗歌研究,禅诗、山水田园诗仍占研究中较大比重,对王维文的研究则凤毛麟角,且质量不高。因此,关于王维文章研究,仍有待于研究者进一步开掘、探索。

(作者单位:北京师范大学文学院)

"中国王维研究会第八届年会暨
国际学术研讨会"综述

高　萍

　　2017 年 5 月 13 日至 14 日,由广州大学和中国王维研究会共同举办的"中国王维研究会第八届年会暨国际学术研讨会"在广州南国会国际会议中心召开,来自中国和韩国的 50 余名学者参加了研讨会。

　　广州大学文学思想研究中心主任刘晓明教授主持开幕式,文学院院长纪德君教授致欢迎辞,中国王维研究会会长、中国乐府学会会长、中国唐代文学学会副会长吴相洲教授致开幕辞,韩国釜庆大学人文学院院长金昌庆教授、中国王维研究会副会长王志清教授、张进教授分别致辞。著名王维研究专家陈铁民先生、毕宝魁教授发来贺电、贺信,预祝大会圆满成功。在开幕式中还向 2016 年故去的中国王维研究会创会会长、西安文理学院教授师长泰先生默哀致敬。

　　在开幕式致辞中,吴相洲会长总结了三年来王维研究取得的成绩,同时对今后王维研究的发展提出两点期望:一是求深,沿着已有的思路纵深开掘。目前研究问题过于集中,对作为乐府诗人的王维、作为边塞诗人的王维、"一代文宗"的王维、散文家的王维、画家的王维关注不够。二是求新,要发现新的研究思路。王维诗歌的言说艺术、王维的闲适生命智慧等都有待进一步深入开掘。

　　韩国釜庆大学金昌庆教授在致辞中提议中国王维研究会要与世界各国从事中国唐代文学研究的大学和机构建立积极深入的联系,形成良好的互通机制,开展相关研究活动。通过国际学术交流,提高人才培养,促进唐代文学研究和王维研究进一步发展。

　　本次研讨会收到论文 30 余篇,涉及王维的生平思想、作品考辨、诗歌艺术、历代接受、域外传播、绘画成就等多个层面,既有传统命题的拓展,又有新研究命题的提出,使王维研究更具有多元化和立体化。

一、王维作品校注与考辨

作品注本和作品系年是文学研究的基础。目前王维作品注本使用最为广泛的是陈铁民先生的《王维集校注》。陈先生在《校注》出版二十年后第三次修订，将唐诗和王维研究中一些有益的成果吸收到新《校注》中。《〈王维集校注〉修订重排本修订说明》就本次修订情况进行了说明：在注释上订正了原本中讹误、缺漏、不确之处；在诗文编年上修订了原本中十九首诗、两篇文的编年；修订了《王维年谱》和附录。

王志清先生《关于王维研究的几个误读》对目前王维研究中存在的三个具有代表性的观点进行了辨析，认为王维生平思想前期积极后期消极、王维夺得"解头"是请托公主、王维诗中有禅而少趣并品格走低三个观点均属误读，提出王维在张九龄罢相后三次出使，雄辩证明他行政才能出众；王维郁轮袍之事乃笔记小说之言，不足为证；王维引禅入诗而意境自成，将诗禅一体的艺术境界发展到极致，使中国古代诗歌进入到艺术哲学层面，对中国诗学做出了重大贡献。

吴相洲先生《说王维〈扶南曲五首〉》从乐府学的角度考察了《扶南曲》的音乐特点、思想内容、文本流传、乐府归类等问题。认为《扶南曲五首》属于倚曲制作，且属于旧声新辞，从而证实了在新乐府中部分作品是入乐的。《扶南曲五首》歌辞内容多记述宫女生活，既有宫体特点，又有宫词特点，处在宫体诗向宫词过渡状态。吴先生认为这五首诗在王维任太乐丞期间创作的可能性最大，为五首诗系年提供了重要依据。

陈才智先生《王维〈过太乙观贾生房〉之"太乙观"辨》对诗题中"太乙观"究竟在河南嵩山，还是陕西终南山进行了考辨，认为诗中"双泉水"等描写更切合嵩岳之太乙观，检索今存文献，嵩山太乙观唐初即有，终南太乙观则唐末始见，王维诗之太乙观在嵩山似为更妥。对太乙观地理位置的考辨关乎此诗的编年和王维的行迹，具有重要意义。

二、王维思想、诗歌内容研究

关于王维思想，研究者较多关注佛禅思想对王维的影响，本次研讨会主要探讨了道家思想、道教思想对王维及其诗作的影响。高萍《道教视阈下的王维研究》认为王维对道教主动接受，又能动地选择与内化。他摒弃了服食成仙的炼形之法，选择了"守静去欲"的修神之道，将道教的入世修行思想践行为仕隐两全的生存智慧，将山居求仙的宗教信仰内化为辋川桃源的精神追求，建构了具有现实性的人间乐土和心灵家园，形成了淡泊宁静的闲远人格和空灵澄澈的清远诗格。孙明才《老庄思想与王维的诗文创作》认为老庄思想对王维创作影响很深，促使诗人营建了适宜的创作心境,形成了理想化的审美思维和"以明"的观照方式,道教的神仙思想使他采用了仙境化的笔法描绘现实。

关于诗歌内容研究,陆平《论王维的长安行迹及其帝都歌吟》,雒莉、高萍《论王维长安诗》都从地域视角研究了王维诗歌与长安文化之关系。陆平在考察了王维不同阶段在长安的行迹和诗歌的基础上,提出了在长安城"东富西贵"的格局中,王维行迹集中在朱雀门之东近北诸坊,他的人生价值取向是"官"而不是"隐"。达官显贵在王维长安生涯和人生关键时刻起着至关重要的作用。功名意义上的长安成为王维仕隐行藏的催化剂,文化意义上的长安使王维成为典型的贵族化都市诗人。雒莉、高萍则认为王维长安诗再现了大唐气象,不仅赞美了长安自然景观的美质神韵,而且展示了人文景观的博大内涵和堂皇气势,同时赋予了长安冲淡渊雅的人文气息和兼容并摄的文化气度。

刘万川《王维诗歌中的多重自我》认为王维诗作中的自我形象存在阶段性特征,不同的创作环境、不同的自我认知,造就了诗歌中的多重自我形象。尤其是《辋川集》等同咏作品,带有游戏和标榜性质,应结合创作"场"解读,佛教阐释有过度解读之嫌。

杨林夕、聂雅璘《论王维女性题材诗歌的思想意蕴》则从女性视角论述了王维女性题材诗歌的内容,并发掘其中包含的思想意蕴,认为这些诗作表达了诗人对美好事物的热爱、对女性命运的同情、对黑暗现实的讽刺,并借女言志抒发了怀才不遇的感慨。

三、王维创作艺术特点研究

关于王维诗歌艺术特点,吴振华教授《试论王维诗歌结尾的独特个性及其艺术特征》在对诗歌统计分析的基础上全面讨论了王维诗歌的结尾艺术,认为王维常常运用否定句、疑问句和假设句结尾来表达正向意蕴,用肯定句结尾展现意境、表达情思。这种结尾艺术既是对传统诗艺的继承,也是诗人澄净心灵、闲雅个性的反映。郑蓓培、曾智安《论王维诗歌中的数字运用》通过对以数字入诗情况的分析,探讨王维诗歌中数字运用的创作心理,认为"一对多"数字往往用在山水田园诗作中,表达了内心孤独而又渴望温暖;"多对多"往往用在应制诗、边塞诗上,展示出开拓进取、积极有为的时代精神。张中宇教授从王维现存近四百首诗和历代对王维的评价中探讨王维的诗学素养,认为王维诗境虽极幽静,而气象每自雄伟。雄浑贯穿了王维所有的诗歌,是王维的重要底色,也是盛唐诗的真正底色。王维较早地将陈子昂的风骨和骨气转化为诗歌创作。

关于王维绘画艺术特点,王静《宿世谬词客,前身应画师——论诗坛画家王维》从绘画风格、水墨技法、创作形式三方面进行了分析,认为其绘画风格接近吴道子和李思训,又以墨色见长,打破了前朝浓墨平涂的方法,突出墨色深浅层次,探索出破墨技法,但还不足以开宗立派。赵新亭《林泉情趣,气韵生动——试论〈辋川图〉及宋元明清摹写之比较》则考察了王维《辋川图》在元明清的摹本情况以及现今留存的碑刻和绢本。

四、王维接受和传播研究

接受研究是近几年王维研究的一个热点,本届研讨会中关于接受研究的论文有十余篇。学者们结合选本研究和文献资料多有开掘,讨论了王维在唐代、宋代、清代、当代和韩国的接受情况,并对二十年来的接受研究进行了回顾与总结。

张进教授《简论唐宋人之"陶、王论"》通过考证唐宋诗作和诗论,研究了陶渊明、王维在唐宋时期的接受程度以及"陶王"并称现象。认为在唐代不曾将二人相提并论,王高于陶;宋代开始出现二人并称,并将他们作为山水田园诗歌和平淡诗风的代表,确立了一个诗派的继承关系,确立了尚平淡的审美理想。

刘方教授《苏轼〈书摩诘蓝田烟雨图〉的质疑与发覆》对苏轼评论王维的"诗中有画,画中有诗"这一著名论述发出了质疑。作者检查今存宋版东坡集,至明版东坡7集,发现均未收录苏轼《书摩诘蓝田烟雨图》,也未收录与此题跋文字相关或者相近的文字。第一次可以考察到收录苏轼《书摩诘蓝田烟雨图》题跋文字的版本是万历三十四年(1606)茅维编刻的《苏文忠公全集》七十五卷本。作者认为这段著名的苏轼题跋文字,很可能只是一段著名的被附会为苏轼的评价王维诗文绘画的题跋。这一问题的提出,不仅关乎王维的接受问题,而且关乎苏轼的文艺思想问题,引起与会学者的关注与讨论。

王作良《清范大士选评〈历代诗发〉"王维"诗评辑录——兼及〈唐贤三昧集〉对其之影响》辑录了《历代诗发》中对王维诗歌评语者共六十八首,并讨论了《唐贤三昧集》在编选思路、王维诗歌选目与评语上对《历代诗发》的影响。

韩国釜庆大学金昌庆教授《陈澕对王维诗风的接受》一文认为作为高丽时期贵族文人的代表,陈澕的文学作品较之前朝旧文人表现出了明显的变化,呈现出崇尚自然的"清"意象,强调"诗中有画"的形神意境,追求禅境界,这都深受王维诗风的影响。陈澕对王维诗风的接受,一方面是诗歌发展变化中的自我理解和融通之举,另一方面也欲借王维"清雅的山水禅诗"以抒自己胸志、以诉对理想社会革新的渴慕。

陈晓红《一生几许伤心事,不向空门何处销——从王摩诘到白乐天》从名字玄机、品貌才华、人生际遇、性格思想等四个方面对王维与白居易的创作与人生进行比较。卢晓瑞《论晚清关学诗人群对王维诗的接受研究》探讨了晚清关学诗人群对王维诗歌的接受情况。或崇尚王维诗的"自然""阔大""流动";或因绘画而入王维诗学;或推崇王维五言诗,他们的接受态度与学术思想的开放性及通融性相关。李明的《摩诘与志摩——论王维诗歌对徐志摩的影响》通过对两位诗人诗歌的比较分析,认为在"音乐美、绘画美、建筑美"三个方面,王维的山水田园诗对徐志摩的新诗创作产生了深刻的影响。

高璐《近二十年来王维诗歌接受研究述评》梳理了王维诗歌接受研究的三个阶段:局部发轫阶段(1997—2005)、稳步发展阶段(2005—2011)和全面繁荣阶段(2012至今)。近几年出现了专门性、整体性、细致化的接受研究专著,标志着接受研究步入繁荣。

康震教授提供了2014、2015、2016三年的《王维研究》综述,从生平交游、作品考辨、思想文化、艺术特征、接受译介等方面述评了研究情况,认为近三年王维研究呈现出多元化和新视角,但重复研究、浅表研究等问题仍然存在,对于王维文的研究需要进一步加强。

由张进、侯雅文、董就雄编纂的《王维资料汇编》,2014年3月由中华书局出版,弥补了王维研究资料的长期阙如。博赡之余,不免或遗。谭苦盒《〈王维资料汇编〉续拾》辑录了宋、明、清36种文献中的王维研究资料,续拾《汇编》所遗漏之内容。梁瑜霞《〈王维资料汇编〉辑补》从清初诗人屈复《唐诗成法》一书中辑得王维五言诗评论30则,七言律诗评论11则,以补《王维资料汇编》的清代部分。

王志清先生的《王维诗传》于2016年12月由河北人民出版社出版,引起学界好评。本次研讨会中李金坤先生评价此书具有考索辨正的情理性、诗史互证的兼容性与语言表述的诗质性,特色鲜明、破旧立新,具有学术价值和方法论意义。黄明月认为此书以诗论王维的诗性人生,结构创建独具匠心,论述严密,诗史互证,语言具有诗化魅力,不仅是一部学术著作,也是走进王维的史传作品。

本次讨论会的亮点主要有:一是对王维诗作的考辨与系年研究。通过对王维诗中地名的考辨、对王维乐府诗的音乐特点的考辨,进一步确定某些诗作的系年;二是对唐代、宋代人对"陶、王"的论述进行考证,阐发了"陶王"并称的接受情况;三是对王维研究的重要资料——苏轼《书摩诘蓝田烟雨图》"诗中有画,画中有诗"材料的真伪问题提出质疑,并进行考证辨析。四是对2014年出版的《王维资料汇编》补遗。这些卓有见地的研究与探索进一步深化和拓展了研究领域和研究视角。此外,中国王维研究会还联络了西安王维诗画研究院参会,向大会展出了明清两代《王维辋川图》拓片,引起了与会学者强烈的关注与兴趣。

中国王维研究会成立于1991年5月,先后举办了八届国际学术研讨会,出版了七辑《王维研究》论文集,学会成为联络海内外学者共同推进王维研究的重要平台。本次参会论文将收入《王维研究》(第八辑)中。本次研讨会也促成了《王维资料汇编》后续的补遗工作,进一步推动王维研究向更深更广发展。

(作者单位：西安文理学院文学院)

悼念师长泰先生

陈允吉

惊悉师长泰教授不幸逝世，遽闻耗音，悲痛无任，怀想容辉，恍如在目。谨具一纸短笺，远致哀挽，并请向师先生的家属转达我的问候与慰意。

师长泰先生是西安文理学院中文系的元老和创建者之一，为了推动学校发展和系科建设，他积数十年之筹划辛劳，披荆斩棘，竭虑殚心，作出了众多具有开拓性和原创性的贡献。西安文理学院演进至于今日规模，诚然有着师长泰先生的一份难能可贵的功绩在，自当为后人所历久传诵而不朽。

师长泰先生是忠诚党的教育事业的优秀教师，他知识丰富，作风朴实，关爱学生，精心施教。他长期工作在教学第一线，努力弘扬民族文化，传播传统诗词精华，如春蚕吐丝，如蜡炬成灰，以"红烛"精神培育青年一代，深受广大同学的爱戴。师先生擅长唐诗研究及王维研究，植根深厚，饶多创意，雅为学界同行所推重。

师先生是中国王维研究会的发起人和承担常务的会长，他对学会奉献之钜亦是无与伦比的。从上世纪初至二〇〇九年，我多次赴西安参加学会主办的研讨会，得蒙师先生热忱接待，共话衷曲，并陪同一起参观蓝田辋川、香积寺、渼陂、草堂寺、楼观台等胜迹，深挚情谊，没齿难忘，殊愿此笺将我的崇敬、感谢之情奉达于先生灵前，祈望先生安息。

复旦大学中文系教授
陈允吉谨启
原王维研究会会长
二〇一六年十月十八日

悼念师长泰先生

吴相洲

2016 年 10 月 13 日晚上,忽然接到西安文理学院高萍教授电话,说中国王维研究会名誉会长师长泰先生于当天下午 6 点在北京广安门中医医院去世! 14 日我看望了师母,15 日在医院告别室与师先生告别。几天当中,我的心情一直处在震惊、悲伤、惋惜、茫然当中。我慢慢接受了一个冰冷的事实:我失去了一位可敬的师长,王维学会失去了依靠,学界失去了一位有特色的唐诗研究专家。

与师长泰先生初次见面是在 2000 年 5 月上旬西安联合大学在唐城宾馆举办的王维研究会年会暨王维国际学术研讨会上。那时我 38 岁,副教授,第一次参加正式学术会议。会上我感觉到师先生对我格外照顾,称我为先生,让我大会发言,问我能否会后到联合大学开个讲座。我想可能是师先生和陈贻焮先生感情好,我是陈先生的学生,才这样亲切吧。会议开得很成功,还参观了蓝田辋川,拜谒了黄帝陵,参观了药王庙,在周恩来总理吃过饭的西安饭庄吃饭,在王顺山下举行过笔会……那是一段美好的回忆。在水陆庵避雨时,我和师先生谈起陈先生,我爱人在旁边录像,留下了将近 20 分钟长的影像。

2003 年王维会在鞍山召开,可惜因为非典,北京人不便出京,我没能参加。2009 年王维研讨会在西安举办,我又到台湾逢甲大学做客座教授,又未能与会。我在电话中向师先生表达歉意,同时也表示以后有机会可以为学会做点贡献。于是就有了 2011 年北京召开的王维研究会成立二十周年纪念大会暨王维国际学术研讨会。师先生会前会后,细心指导,会议开得很成功。谁知在会议结束前一天晚上的理事会上,师先生把我推选为会长。很显然,这是师先生和陈铁民、陈允吉两位会长商量好的。我自知难以胜任,但又不敢拒绝长辈的信任和重托。我能体会到师先生的心情,他是希望我能把年会正常开下去,把《王维研究》继续编下去。我答应了下来,并与师先生约定:学会还是您来操心,我只负责办会、出刊。2014 年年会在南通大学召开,王志清教授承办,师先生依然到场指导。家有一老,如有一

341

宝,有师先生在,我放心地做起了逍遥会长。如今,我真切地感受到了失去"一老"后的无助。

在与师先生共事当中,我能处处感受到师先生对学会的高度责任心。贻焮师有诗云:"盛唐独步诗琴画,文苑三分李杜王。"王维在盛唐具有很高的地位,是盛唐文化的典型代表,但王维研究无法和李杜相比。师先生在二十多年中,为学会倾注了大量心力,为研究王维搭建起一个高水平的交流平台,对推动王维研究起到了不可替代的作用。

师先生的唐诗研究有自己的特色。我一直以为,成就辉煌的唐诗应该成为后人提高语文能力的样板,唐后无数诗人、诗评家一直在为此努力。可是二十世纪以来的唐诗研究,很少有人关注唐诗艺术技巧的传达。师先生1991年出版的《唐诗艺术技巧》,是这方面难得一见的成果。随着国人自主设计文学研究之路工作的深入,传承唐诗艺术经验,必将成为一个新的学术增长点。二十世纪以来唐诗研究另一个缺点是不太重视田野调查工作。在2014年南通会议上,师先生和高萍教授合作的文章《王维蓝田辋川诗地名释义考辨》在这个方面做了有益的探索,也将成为今后唐诗研究的一个新方向。

"用真心创王维学会同侪感仪范,谭诗艺传唐代精神后辈沐德音",师先生的道德文章是鼓励我前行的动力。

2016年10月

（作者单位：广州大学文学院）

创建之功,功不可没
——深切追思中国王维研究会创始人师长泰先生

张 进

师长泰先生祖籍山西,长于长安;郑夫人娘家蓝田,时往时来。会不会是这些因素,让师先生走近王维呢? 我已无从证实。只知道先生对王维诗歌情有独钟,他一生最专注、最致力的一件事就是王维研究会,为此倾尽全力,荣乐与共。

上世纪九十年代初,师长泰先生时任西安联合大学师范学院中文系主任,从学院的地理位置和学科建设的实际出发,他发起了举办全国首届王维诗歌学术讨论会和成立全国王维研究会的动议,借以带动院系的科研与教学工作,扩大学院的影响力。这个动议得到了胥超校长的热情肯定与鼎力支持,并决定举全院之力办好会议。师先生遂与蓝田县政府磋商,又邀请著名古典文学研究专家霍松林先生担任学术顾问,在 1991 年 5 月 4 日至 5 月 9 日,由西安联合大学师范学院和蓝田县人民政府共同举办的“全国首届王维诗歌学术讨论会”在西安成功召开。北京大学教授陈贻焮先生因病未能赴会,但专门修书,就成立王维研究会等事宜提出重要意见。在这次会上,由霍松林先生与胥超校长亲自主持,在著名学者傅璇琮、周祖譔先生的支持下,几经研究、磋商,完成了王维研究会的组建工作,成立了中国王维研究会,挂靠在西安联合大学师范学院。陈贻焮先生为名誉会长,中国社科院研究员陈铁民先生、上海复旦大学教授陈允吉先生与师长泰先生共同担任会长,师长泰先生为执行会长兼秘书长。

从此,师长泰先生主持王维研究会常务工作,闵闵勤勤,如婴儿之望之长也。

师先生广泛结交国内外王维研究的专家学者,积极联络兄弟院校与学术组织,不断推动王维研究的深入发展。在他的辛勤努力下,1995 年 10 月,由西安联大师范学院、渭南师范专科学校和中国唐代文学学会王维研究会共同举办的“全国第二届王维诗歌学术讨论会”在西安召开。2000 年,又由西安联合大学与中国王维研究会共同在西安举办了“中国王维学术研讨会”。师长泰先生对以上三次学术会议的成果精心编辑,先后主编出版了《王维研究》第一辑(中国工人出版社 1992 年)、

《王维研究》第二辑(三秦出版社 1996 年)与《王维研究》第三辑(陕西人民教育出版社 2001 年)。在师长泰先生的精心培育下,王维研究会亦如少年王维,展示出意气勃发的神采风貌。

2000 年后,师长泰先生虽已退休,仍继续主持王维研究会的常务工作。由于他的积极联络与协商,由中国王维研究会主办,鞍山师范学院承办的"王维国际学术研讨会暨王维研究会第四届年会",于 2003 年 4 月 23 日至 26 日在辽宁鞍山召开。当时正值"非典"时期,先生不顾风险前往辽宁参加会议并发表讲话,令人感佩。2008 年初夏,时任西安文理学院文学院院长的梁瑜霞教授将准备筹办第五届王维学术研讨会的意向报告师先生,先生欣然称快,积极参与了会议的筹划安排。2009 年 5 月 9 日至 12 日,由西安文理学院与中国王维研究会共同举办的"王维·辋川国际学术研讨会暨中国王维研究会第五届年会"在西安召开。在这次会上,我与高萍被增补为理事,我忝列为王维研究会副会长,高萍为秘书长。自此与师先生的交流多了起来。每次通话,他都谆谆再三,催我奋进,受益良多。之后,由梁瑜霞、师长泰担任主编,我与高萍为副主编的《王维研究》第五辑出版发行(江苏大学出版社 2011 年)。

2011 年 5 月,在王维研究会走过 20 年的历程后,由首都师范大学文学院、首都师范大学中国诗歌研究中心联合主办的"中国王维研究会成立二十周年国际学术研讨会"在北京召开。会上进行了换届等工作,年逾七旬的三位老会长请辞获准,首都师范大学吴相洲教授继任新一届会长。至此,师长泰先生主持王维研究会常务工作二十年画上了圆满的句号。然先生仍眷眷不舍,颇有"扶上马,送一程"之雅意。2014 年 5 月,先生以名誉会长出席由南通大学文学院和首都师范大学文学院共同承办的"中国王维研究会第七届年会暨国际学术研讨会"。鉴于先生年事已高、身体欠佳,我陪他提前两天乘飞机至上海转南通。一路上,先生兴奋得像个初出家门的小孩子,说呀笑呀,吃呀喝呀,几乎没有不适的感觉。第二天,南通大学文学院的潘鸣老师陪师先生、吴会长和我,一同游览了号称"江海第一山"的南通狼山风景区,为我们拍下了开心的时刻。在这次会议的闭幕发言中,师长泰先生回顾了中国王维研究会的发展历程,他说:"我作为全国首届王维诗歌学术讨论会的发起人,同时也是王维研究会组建工作的参与者,见证了王维研究会的诞生、成长与发展的历程,因而心情格外激动和兴奋。"是的,幸亏有他的深情回顾与详尽叙述,使得我们后来者对中国王维研究会的发起与成长过程有了清楚的了解。没想到,这竟是先生最后一次参加王维研讨会,他的"回顾",也成了留给我们的一份弥足珍贵的遗产。

师长泰先生曾称胥超先生对中国王维研究会"具有创建之功,功莫大焉,功不可没",此语移于先生,亦为确当。他不但发起、创建了中国王维研究会,还躬亲力行,推动了王维研究会工作的不断发展;他扶植了新人康震、高萍等,又将重任托付于吴相洲会长及新一届理事会。在离世的前两天,他还在关照下一届年会的召开,殷殷之情,天地可鉴。如今中国王维研究会,已"少年成壮士",王维研究事业正"击汰复扬舲",研究会同仁定将继承先生之遗志,"精诚自励",在挂靠单位西安文理学院的重视与支持下,将先生开创的事业推向前进! 师先生,您放心吧,安息吧!

2016 年 10 月 26 日

(作者单位:西安文理学院文学院)

高人王右丞，异代有知音

——纪念师长泰先生

高 萍

2016年10月13日，清秋的秦岭，银杏泛黄，层林渐染。我思忖着周末可以邀上师长泰老师一起去看看辋川秋色。傍晚时分，突然接到师老师女儿的电话，告知先生因病在北京去世。这突如其来的噩耗，犹如晴天霹雳让我震惊……我无法相信，两天前还曾通话，还在讨论即将出版的专著的封面设计，书稿尚未面世，他怎就转瞬仙去了呢？第二天一大早我便赶到北京，第三天与中国王维研究会会长、首都师范大学吴相洲教授，北京师范大学康震教授一起送了老师最后一程。几天来悲痛难已，扼腕叹息。悲哉，学界失去了一位唐诗研究专家！叹哉，辋川王维失去了一位知音！痛哉，我们失去了一位敬爱的师长！

师长泰先生，山西临猗人，1938年出生。20世纪50年代后期求学于陕西师范大学，师从著名的古典文学专家、文艺理论家霍松林先生。他在学业上用力尤勤，多得霍先生嘉许。毕业后在中学从教10余年，70年代末任教于西安师范专科学校（西安文理学院前身），并任中文系主任。此外还担任了陕西师范大学古代文学专业研究生兼职指导教师。他执教讲坛五十年，知识渊博，治学严谨，教法精湛，为教师之楷模，为学生之典范。1994他走上了曾宪梓教育基金奖的领奖台，这是对师者长泰先生的最高褒誉。

我与师先生相识是在1991年，那时他已过知命之年。他个子不高，精神健爽，讲授《唐宋文学》。析文讲诗时总是神采奕奕，声如洪钟。一首绝句、一阙宋词，往往旁征博引，妙语连珠，有声有色，情味盎然。讲到精彩处，他总是微微昂着头，眼睛凝望着远方，泛着光芒，仿佛重返他魂牵梦绕的唐宋时光。学生们随着先生的讲析一起沉醉在诗情和词美之中。唐的海上明月，金戈铁马；宋的晓风残月，赤壁惊涛，情真意切，皆动人心魄。先生尤重诗歌的审美性，往往在比照分析中揭示诗句中的奇正、虚实、动静、显隐、浓淡等艺术法则。或是作家群体比较、或是作家不同阶段比较、或是同类诗文联类比较，视野开阔，启迪思路。印象极深的是先生讲析王维《观猎》，其诗首联为后人称赏，先生先举沈德潜、施补华、张谦宜所论，然后从听觉、视觉、触觉所营造的环境氛围分析两句诗的妙处，最后与张祜《观徐州李司空猎》中"万人齐指处，一雁落寒空"比较，张诗气度局促，境界狭窄，出语浅露，王诗气韵雄浑，构思奇巧，意出侧面，两诗境界差别立见，王诗的声势气魄自显。多少年来，众多弟子正是在他春风化雨的教诲下陆续走上了古代文学的研究道路。

师先生在上世纪 80 年代开始致力于古典诗歌艺术研究。他从古代传统诗评家零散的感悟式评点出发，将传统诗论与现代的哲学、心理学、美学等科学理论相结合，探寻诗歌的艺术规律和审美本质。他的唐诗艺术研究强化文本，注重诗艺诗法，建立了艺术技巧辩证体系，颇具特色。80 年代初他在《西安晚报》开辟《诗词名句赏析》专栏，每周一篇，历时两年，深受读者喜爱，曾受邀到诸多大学作讲座，皆是座无虚席。后将专栏文章补充，结集为《古代诗词名句艺术探胜》（陕西人民出版社，1986 年）。选析了历代诗词名句一百三十条，先疏通名句句意，再选录历代诗话、词话评论，最后探析艺术之美。评笺宏富丰赡，浅析或言内容意蕴，或指艺术特色，或类比短长，信笔挥洒，征引庞博，颇见功力。

其后，师老师撰写出版的《唐诗艺术技巧》（陕西人民出版社，1991 年）亦是沿着诗歌艺术的研究思路，征引 600 余首唐诗，60 多部诗话，围绕着抒情方式、表现角度、描写手法、锤炼字句等方面，探求唐人诗歌创作的艺术法则。他借助美学、心理学等多学科的思维方法，对唐诗的创作规律和审美法则进行综合性的分析与研究，建构了属于中国气派的诗歌艺术体系。将唐诗中偶然的、零碎的诗歌表现手法，上升为审美或诗学的构思原理，揭示诗歌创作的艺术规律，使唐诗的艺术阐释焕发出新的生机。如以李端的《拜新月》为例，师先生提出诗歌创作中的"离托之法"，即在艺术构思上打破思维活动的常规，离开抒情逻辑发展轨迹，另辟蹊径，选择新的表现角度，似断实续。师先生在《感物兴怀，物我情融》篇中提出了诗歌的审美移情问题，将德国心理学家、美学家立普斯的"移情说"与中国诗论中的"感物兴怀""心物交感"相结合，分析了唐诗中移情之心境、移情之方法、移情之艺术功能，被学界认为是"第一篇系统而深入地研究唐诗移情现象的理论文章。"

其后，师先生又出版了《唐人律诗精品评赏》（太白文艺出版社，1997 年），融注释、赏析和集评为一体，分析了 48 位诗人 90 余首律诗精品起承转合之法和诗情诗美，为唐诗的普及和唐诗的教学提供了范本。他选编注释的《历代诗人咏兴庆宫诗选注》（西安出版社，1998 年）成为西安兴庆宫文化建设的重要参考文献。师先生在唐代文学的研究上，关注艺术技巧的传达，为唐诗艺术经验的传承做出贡献。

师先生在唐代文学的研究中尤为关注王维。先生祖籍山西省临猗县，出生并生活于西安，岳丈家在蓝田，与王维的生存空间几乎重叠，这种机缘巧合似乎冥冥之中将他和王维永远地牵系在一起。王维是盛唐诗坛的杰出代表，当时即有"天下文宗"之誉,后世又有诗佛之称,堪与李白、杜甫鼎足而三,与李杜共同显示了盛唐诗歌的恢宏气度与辉煌成就。但因其在安史之乱中陷贼受官,致使后世学界对王维研究往往是艺术上肯定,思想上否定,褒贬不一,未能给予足够的重视。

师先生因地域之利和兴趣所趋,自觉地肩负起了推动王维研究,提高王维地位的重任。他在资金短缺,学校无名等困难下,筚路蓝缕,数年筹划王维研讨会。先后得到中国唐代文学学会副会长霍松林先生、傅璇琮先生,唐代文学学会理事周祖撰先生、陈贻焮先生的鼓励与支持。经多次与蓝田县人民政府筹措,终于于1991年5月在西安召开了全国首届王维诗歌学术讨论会,并遵照著名王维研究专家陈贻焮先生的倡议,成立了全国性的专业学术组织——中国王维研究会,名誉会长陈贻焮先生,会长陈铁民先生、陈允吉先生、师长泰先生。这是王维研究史上的第一次盛大集会,为海内外王维研究学者搭建了交流的平台,文人雅集,论议王维,推动了王维研究向纵深发展。会后论文结集,编辑出版了《王维研究》第一辑,代表了当时王维研究的最高成就。

作为创会会长,在随后的二十年里,他殚精竭虑,多方筹措,与陈铁民先生、陈允吉先生积极组织学会工作。先后在西安、鞍山、北京、南通顺利召开了共七届王维研讨会,共出版了七辑《王维研究》,收录论文230余篇。不仅云集了国内王维研究的著名学者,还先后邀请了日本学者入谷仙介、内田诚一;新加坡学者萧驰;韩国学者朴三洙、柳晟俊、金世焕、金昌庆;台湾地区学者侯雅文,香港地区学者董就雄等,极大地扩大了王维研究影响力,提高了王维在中国研究史上的学术地位,推动了海内外王维研究的深入与发展,使王维研究真正与李白、杜甫、韩愈和李商隐等唐代大家研究相垺,成为唐代文学研究中的重镇。师先生为王维研究发展做出了开拓性和原创性的贡献。正如首都师范大学吴相洲教授挽联所言:"用真心创王维学会同侪感仪范,谭诗艺传唐代精神后辈沐德音"。

自研究会成立之后,师先生的学术研究也聚力在王维上。先后在《文学遗产》《人文杂志》《唐代文学研究》《王维研究》上发表论文十五篇。所论就题材而言,涉及王维的送别诗、山水田园诗、应制诗、边塞诗、咏史诗;就诗体而言涉及王维五律、七律、七古以及五、六、七言绝句;就艺术而言,涉及诗歌意象和艺术法则。2016年他集以前成果,又补充新作,出版了《王维诗歌艺术论》(上海三联书店,2016年11月),这是师先生王维研究的全面总结。细致分析了王维诗歌的艺术之美和结构之法,揭示了王维诗歌中的正奇、动静、繁简、虚实等艺术辩证法则。

因地域形便,师先生在王维研究中,现地研究独具特色。他多次赴辋川实地考察,对王维生活和创作地点展开典籍调查和田野调查,先后发表了《论〈辋川集〉及蓝田辋川风景区的建设》(《唐代文学研究》第五辑)、《论〈辋川集〉及蓝田辋川风景区的特色》(《人文杂志》1993年第5期)、《是感配寺,不是感化寺——王维〈山中与裴秀才迪书〉别解》(《名作欣赏》2011(31))、《唐"细柳营"考释——兼及王维〈观猎诗〉地名辨误》(《王维研究》第七辑)，对地名进行了考稽勘证，审慎择取，辨误纠错，得出一些较为权威的结论。

先生参照王维《辋川集》和宋初郭忠恕摹本《辋川图》，实地考察，走访当地群众，比照辋川山形水势，对王维辋川别业的几个主要景观位置予以确定。他认为辋川别业并非大板块结构，而是绵延近二十里，错落分布在辋川川道及附近的山坡上。大体以北垞、孟城坳和文杏馆为中心。根据《蓝田县志》《重修辋川志》《陕西通志》描述，结合地形考察，得出北垞位置在蓝田县城南约十五里过了"扁路"而境界"豁然开朗"的闫家村。由闫家村向东南前行六里，到官上村，此即别业中的"孟城坳"，地处辋川中心，是王维初居辋川时的新家所在地。根据《辋川志》记载，并结合蓝田水文资料，证实与官上村隔河相望的地处山角下的新村，便是当年王维营建的"南垞"的遗址。官上村上行十余里，到飞云山麓的白家坪村，此为王维辋川庄园住第。师先生还对王维诗文中的地名进行了考证和辨误。关于感配寺，几乎所有的选本都注释为感化寺。因为王维《过感化寺昙兴上人山院》《游感化寺》两诗均提到。但感化寺在白鹿原北侧的灞陵附近，距王维辋川居所约 90 华里。据《山中与裴秀才迪书》一文所述，王维去感配寺是当日往返，因此不可能是百里之遥的感化寺，而是邻近辋川别业的西北山岭中临灞河的一座佛寺。现地研究从空间维度上辨析了王维生活和创作之地，丰富了诗歌意象的地理内涵，增加了文学史对诗人描述的清晰度，对深入解读其人其诗有重要的理论价值。

此外，师先生还把古典文学研究与振兴地方文化结合起来。在考证的基础上，阐述了辋川别业的园林特征，明确了辋川等地的具体位置，为辋川的文化开发奠定了基础。陕西蓝田辋川为唐代诗人王维的隐居之地，亦是他的精神家园。王维长期生活于斯，创作于斯，死后又葬于斯。王维不仅营造了著名的辋川别业，而且写下了许多歌咏辋川山水的诗作，从而奠定了他在盛唐山水文学中的领军地位。从清末到 20 世纪 80 年代末，辋川一直处于沉寂之中，无人问津。先生多次到蓝田县王维辋川别业遗址实地考察，撰写了《论〈辋川集〉及蓝田辋川风景区的建设》论文，在第一、二、三、五届研讨会期间，组织代表们实地考察了王维蓝田辋川别业遗迹，使昔日辋川再现文人雅集盛况。尤其是以王维研究会名义向政府提交了《关于修复王维蓝田辋川别业给西安市人民政府的建议书》，呼吁社会关注遗址的保存。他多次与蓝田县政府领导研究，讨论有关修筑王维纪念馆和修复辋川二十景的构想和实施方案，以期使盛唐士人园林风姿再现于世。师先生多次提到唐代大诗人李白、杜甫、白居易、陈子昂、韩愈、柳宗元等皆有纪念馆所，唯独王维没有。先生期待王维纪念馆能够屹立在辋水之滨。清末民初理学家《蓝田县志》编者牛兆濂曾云"辋川名胜，李唐以来，骚人韵士，咸艳称之。顾辋川之在蓝田，以摩诘著，摩诘则以其诗画著跡,其名字归依维。"辋川因王维而天下知,王维乃辋川之知音也;师先生极力推进辋川的文化建设,亦王维之知音,辋川之伯乐也。

师先生不仅关注王维研究的前沿动态,蒐集学者们的最新研究成果,而且对后辈们奖掖提携。青年学者袁晓薇新著《王维诗歌接受史研究》出版后,师先生欣然为之作评,高度赞扬了这部书是"国内第一部研究王维诗歌接受史的学术专著","填补了王维研究领域内的学术空白","以史带论,史论结合,体现了接受史论的鲜明特色"。我也是在先生的带领和鞭策下开始王维研究。1995年召开第二届王维研讨会时,我还是助教,协助先生参与了一些会务工作。会后,撰写了《全国第二届王维诗歌讨论会综述》。之后我在陕西师范大学师从中国史记研究会副会长张新科教授研习《史记》,与王维渐行渐远。直到2009年第五届王维研讨会,我提交了论文《王维应制诗与盛唐帝都文化》,没想到一点浅见得到了老师的肯定。在2011年第六届研讨会上,又提交了《王维应制诗的因革及其模式意义》继续这一问题的研究。受先生之影响,2013年我开始关注王维辋川诗中的地名考证。先生不辞劳苦,带我两次赴辋川考察,并提供了很多有价值的文献资料。2011年理事会改选时,师先生竟推举我做了副会长、秘书长,让我诚惶诚恐,自愧难当。我资质驽钝,生性散漫,恐负先生厚望,唯有尽心尽力做好学会工作,以继先生之志业。

师先生从1984年开始担任中文系主任直至2000年退休。繁忙的行政管理工作,丝毫没有让他停止学术研究。退休后,他一直坚持不懈,追求自己的学术理想。2015年已是77岁高龄的他,不顾高血压和糖尿病的困扰,笔耕不辍,伏案写作《王维诗歌艺术论》。当看到他那厚厚的一叠手写书稿时,我内心充满了震撼与敬佩。先生一生心系王维,情定辋川,"春蚕到死丝方尽,蜡炬成灰泪始干"。这部书既是他研究王维的总结,也是他生命的结晶。《王维诗歌艺术论》于2016年11月正式出版,而先生却在半个月前离世,令人唏嘘不已。幸哉!先生在病榻前选择了心仪的封面,先睹风貌。痛哉!先生未能等到新著面世,就撒手人寰。鸣呼哀哉,此恸何极!

"空山不见人,但闻人语响。返景入深林,复照青苔上。"蓝田丘壑,不见高人王右丞。长安辋川,不见先生师长泰。但王维的雅韵流风,师先生的道德文章,都如一抹温暖的阳光,与辋川共存!

2016年10月30日

(作者单位:西安文理学院文学院)

编　后

《王维研究》第八辑为"中国王维研究会第八届年会暨王维国际学术研讨会"的学术论文集,共收录与会国内外专家学者研究论文 30 余篇,共 33 万余字。涉及到王维的生平思想、作品考辨、诗歌艺术、历代接受、域外传播、绘画成就等多个层面,既有传统命题的拓展,又有新研究命题的提出,使王维研究更具有多元化和立体化。

2017 年初夏,中国王维研究会第八届年会暨王维国际学术研讨会在南国之都广州召开,广州大学人文学院承办本次会议,在会议的筹办和召开上做了大量的工作,表现出对优秀传统文化的高度热忱,对此表示衷心的感谢!

本书的出版得到了王维研究会挂靠单位西安文理学院的大力支持,文学院中国古代文学省级重点学科鼎力出资,重点学科负责人李小成先生给予关心与支持,对此深表感谢。同时也得到了教育部人文社科基金项目(15YJA751007)的大力支持。上海三联书店责任编辑殷亚平女士为本辑的出版付出了很多心血,西北大学张蓓蓓硕士参与本辑的整理工作。在此,中国王维研究会及《王维研究》编委会,谨向热情帮助、支持王维研究事业的各位领导、专家、学者、同仁表示最诚挚的谢意!

《王维研究》编委会
2019 年 11 月 1 日

图书在版编目(CIP)数据

王维研究(第八辑)/高萍,梁瑜霞主编.—上海:上海三联书店,2020.10
ISBN 978 - 7 - 5426 - 7060 - 1

Ⅰ.①王… Ⅱ.①高…②梁… Ⅲ.①王维(699 - 759)—人物研究—国际学术会议—文集 Ⅳ.①K825.6 - 53

中国版本图书馆 CIP 数据核字(2020)第 092300 号

王维研究(第八辑)

主　　编 / 高　萍　梁瑜霞

责任编辑 / 殷亚平
装帧设计 / 一本好书
监　　制 / 姚　军
责任校对 / 张大伟

出版发行 / 上海三联书店
　　　　　(200030)中国上海市漕溪北路 331 号 A 座 6 楼
邮购电话 / 021 - 22895540
印　　刷 / 上海惠敦印务科技有限公司

版　　次 / 2020 年 10 月第 1 版
印　　次 / 2020 年 10 月第 1 次印刷
开　　本 / 710 × 1000　1/16
字　　数 / 420 千字
印　　张 / 22.5
书　　号 / ISBN 978 - 7 - 5426 - 7060 - 1/K · 585
定　　价 / 88.00 元

敬启读者,如发现本书有印装质量问题,请与印刷厂联系 021 - 63779028